国家社科基金
后期资助项目
GUOJIA SHEKE JIJIN HOUQI ZIZHU XIANGMU

黑色维纳斯的
诗艺人生与世界观照：
丽塔·达夫研究

The Poetic Life and World Reflection
of Black Venus:
A Study of Rita Dove

王 卓 著

社会科学文献出版社
SOCIAL SCIENCES ACADEMIC PRESS (CHINA)

国家社科基金后期资助项目
出版说明

　　后期资助项目是国家社科基金设立的一类重要项目，旨在鼓励广大社科研究者潜心治学，支持基础研究多出优秀成果。它是经过严格评审，从接近完成的科研成果中遴选立项的。为扩大后期资助项目的影响，更好地推动学术发展，促进成果转化，全国哲学社会科学工作办公室按照"统一设计、统一标识、统一版式、形成系列"的总体要求，组织出版国家社科基金后期资助项目成果。

全国哲学社会科学工作办公室

序

　　收到王卓教授的书稿《黑色维纳斯的诗艺人生与世界观照：丽塔·达夫研究》，心中满是喜悦，祝贺她圆满完成这项国家社科基金后期资助项目。王卓请我为其作序，作为她的博士生导师，我自然十分乐意。王卓是山东省有突出贡献的中青年专家、山东省教学名师，长期担任山东师范大学外国语学院院长以及《山东外语教学》的主编，她的大量时间不能不用在学院的行政工作和杂志的编辑工作中，我不难想象她要完成这部厚达500余页的著作需要付出多少时间和精力。王卓做学问始终坚持一种理念，就是做一项课题，就一定要做好、做深、做透。2015年底她出版的90余万字的学术专著《多元文化视野中的美国族裔诗歌研究》，体现的就是这种理念。《黑色维纳斯的诗艺人生与世界观照：丽塔·达夫研究》也是如此。王卓的这两部著作既全面反映了其研究领域的最新学术成果，也体现了她学术研究的独特个性。

　　《黑色维纳斯的诗艺人生与世界观照：丽塔·达夫研究》是王卓以博士学位论文为基础经过较大幅度修改后申报的国家社科基金后期资助项目。王卓对博士学位论文的研究范围和内容做了重大调整和扩充，把博士学位论文对达夫诗歌的研究扩展到对达夫全部创作的整体研究。所以，现在展现给读者的专著《黑色维纳斯的诗艺人生与世界观照：丽塔·达夫研究》是王卓对美国第一位黑人桂冠诗人丽塔·达夫全部创作进行的系统性研究，内容除了达夫在40余年文学生涯中创作的十几部诗集，还涉及达夫的长篇小说、诗剧、短篇小说集、文集等多部作品。仔细翻阅，深感这部厚重的学术著作不仅文化视野宏阔，文献资料丰富，充满炽烈的探索精神，而且阐释方法新颖，学术思维缜密，理论梳理清晰，新的解释、观点、结论随处可见，是一部不乏真知灼见的学术佳作，完全称得上丽塔·达夫研究的一部标志性成果。

王卓现在已经成长为学界有重要影响的学者。这部著作既是王卓的又一部学术代表作，也是她学术成长的记录。翻阅眼前的书稿，她跟随我访学、读博的往事历历在目。王卓思维敏锐，学术基础厚实，敢于开拓创新。她38岁晋升教授，其时已经开始主持国家社科基金项目。但是她没有停止学术追求的脚步，晋升教授后毅然选择随我访学充电，并决心攻读博士学位。2010年王卓开始攻读博士时，已经到了不惑之年。攻读博士期间，她学习非常努力，潜心研究，不遗余力。

王卓的博士学位论文选题锁定美国第一位黑人桂冠诗人丽塔·达夫的诗歌研究，原因是多方面的。首先是这位出生于1952年的美国黑人女诗人在美国非裔诗歌发展史上占有重要地位，尤其是对"后黑人艺术运动"时期的黑人诗歌发展发挥着承上启下的作用。其次是这一选题适合王卓的研究方向，是她感兴趣的研究领域。多年来，王卓致力于英语诗歌诗学的研究，同时又在美国族裔文学领域努力耕耘，在英语诗歌和美国族裔文学研究这两个领域都有独到见解。在论文的具体研究内容上，考虑到达夫诗歌研究在国内外都还没有系统展开，我建议她首先对丽塔·达夫诗歌进行基础性研究，承担起基础性、奠基性研究的使命，写作一部系统研究丽塔·达夫诗歌的博士学位论文。这正好也是王卓的想法，可谓不谋而合。我们深知基础性研究往往是难度最大的研究，但王卓愿意知难而上，做好意义重大的达夫诗歌奠基性研究。研究难度是可想而知的。王卓首先按照主题重新对达夫的十几部诗集进行了分类、整理和翻译，前后花了一年多时间才完成这项工程体量大、难度系数高的工作。在前期研究过程中，王卓对达夫诗歌的各个方面都有了更为深入的理解，这为她后面的研究打下了坚实的基础。2012年，王卓在国家留学基金项目资助下到美国宾夕法尼亚大学访学，师从美国非裔文学和南方文学研究资深专家赛迪欧斯·戴维斯（Thadious M. Davis）教授继续深造。在宾大访学期间，王卓不仅出色地完成了博士学位论文《丽塔·达夫诗歌主题研究》和她主持的第一个国家社科基金项目"多元文化视野中的美国族裔诗歌研究"，而且学习了宾夕法尼亚大学英语系开设的文学课程，参加了大量学术活动。王卓在宾夕法尼亚大学夜以继日地工作、殚精竭虑地思考，顺利完成了她的两大学术课题。2013年秋，王卓从宾夕法尼亚大学回国。我突然发现，出现在我面前的王卓神采飞扬、精神饱满，变成了一个骨感美女。可想而知，她在宾大访学期间付出了多少努力和艰辛！王卓的博士学位论文在学术界得到了高度评价，外审获得了全优的好成绩。

2014年，王卓博士毕业后作为高层次人才被山东师范大学引进，担任外国语学院的院长和《山东外语教学》的主编，全面负责外国语学院和编辑部的管理和建设工作。在管理岗位上，王卓才华尽展，行政管理工作做得风生水起，学院的教学、科研、学科建设等都得到全面发展，取得长足进步。她主编的《山东外语教学》杂志在时隔10年后，又重新成为北大核心期刊。王卓自己的学术研究也取得新的进展，获得了山东省有突出贡献的中青年专家、山东省教学名师等多项荣誉称号。可谓科研教研齐头并进，硕果累累。2016年，她完成了第二个国家社科基金项目"文明互鉴视域下的英语现代诗学谱系研究"。2018年，她的学术专著《多元文化视野中的美国族裔诗歌研究》获得山东省社科优秀成果一等奖。在教学方面，她牵头申报的教学研究项目"学科专业一体化新文科外语人才培养模式改革"获得山东省教学成果一等奖。这些学术荣誉来之不易，是对她在人才培养和科学研究两个领域创新发展的充分肯定和巨大鼓励。

从王卓博士学位论文答辩到《黑色维纳斯的诗艺人生与世界观照：丽塔·达夫研究》这部书稿的完成，经历了整整十个年头。她出版《多元文化视野中的美国族裔诗歌研究》时，我也应邀作序。巧合的是，我记得那部90余万字书稿的完成前后也历时十年之久。王卓治学的难能可贵之处在于她能够做到静心思考、潜心治学。这种沉下心来做学问的"十年磨一剑"的精神，在当下尤为可贵。经过十年的沉淀、思考和修改，该书的内容得到很大扩充，分析论证更加深入，归纳总结更为清晰，方法新颖，特色鲜明，可以说创造了一种作家研究的范例。

该书通过对达夫40余载创作生涯中创作的全部作品的梳理和分析，归纳出达夫作品中主题、风格、书写策略鲜明的四种书写范式，即成长书写、空间书写、历史书写和文化书写。这部著作以在成长书写、空间书写、历史书写和文化书写四种范式中形成的四个作品群为研究对象，突出整体性、系统性特色。各章研究的问题突出，内部逻辑严密，紧紧把握从青春到母爱的成长轨迹、从家园到世界的空间延展、从家族史到世界史的历史延伸、从多元文化到世界文化的发展脉络，不仅完整地勾画出达夫文学创作内容的嬗变过程，而且揭示出达夫文学创作思想的发展演变。这部著作聚焦于作家作品，真正做到了将文本研究与文化研究、作家个体研究和黑人作家群体研究、黑人政治研究与艺术运动研究有机融合在一起，既有深度，又有广度。从某种意义上说，这部专著既是对作家作品的个案研究，也是对美国非裔文学思潮流变的历时性研究，带有鲜明的文化研究特点。

在研究方法上，这部著作另辟蹊径，注重创新。该书并没有试图将研究内容纳入某种统一的理论框架之中，而是致力于在文学文本细读和美国黑人文化史、政治史、艺术史之间进行对话和互动。著作将种族、性别、社会政治文化研究融为一体，在相关问题之间建构有机对话关系，强化了这部著作的哲学深度。作者这种独特的研究方法贯穿全书始终。在研究过程中，作者灵活调用女性主义批评、后殖民理论和文化批评、空间批评、神话原型批评、伦理批评的理论观点和视角，将其悄然融入文本细读之中，做到多而不杂、繁而不乱。这种研究方法需要作者谙熟多种文学理论，并能内化于心才能做到。在文本细读中将理论运用于无形，在归纳总结中形成独到观点，这正是王卓研究的特点。

可以发现，《黑色维纳斯的诗艺人生与世界观照：丽塔·达夫研究》能够做到立足当下，反思历史，富有批判精神。著作通过对达夫创作的研究，不仅敢于对当代美国暴力文化、种族政治等展开批判，而且勇于揭示当代美国社会中存在的种族政治问题。近年来，美国种族问题日益突出，美国非裔文学的创作和研究进入了一个动荡时期，这不仅凸显出达夫文学创作与思想的文化价值，而且深化了这部著作的学术价值和现实意义。面对全球化问题、美国国内日益突出的种族问题、美国的国际霸权问题，以达夫为代表的"后黑人艺术运动"时期的黑人作家群开始了新的反思。王卓的研究也敏锐地注意到这一现象，并从历史和当下的互相观照中尝试对这些问题给出中国学者的回答。

在多年的学术交往中，我深深感受到，王卓是一位对学术研究充满热情的学者。她对学术的执着沉潜心间，已经内化为她的日常生活方式、思维习惯和理想追求。这也是王卓能在做好学院繁杂的行政工作和期刊管理工作的同时，一直能保持良好学术研究状态和不断推出高质量研究成果的原因。我相信，凭着她的这份执着，这部专著的完成将是王卓另一个更高学术起点的开始。

聂珍钊

2022 年 6 月

目　　录

绪 论

　　1993 年对非裔美国作家和非裔美国文学来说是标志性的一年。在这
一年美国黑人女作家托尼·莫里森（Toni Morrison，1931-2019）获得了
诺贝尔文学奖，而她的黑人姐妹丽塔·达夫（Rita Dove，1952- ）则被
提名为美国新一届桂冠诗人。作为黑人和女性，莫里森的获奖和达夫的桂
冠具有划时代的意义。可以说，这是"长夜"过后的"伟大的时刻"①。
两位非裔女作家为美国非裔文学和美国文学史开创了一个新的时代，但更
重要的是，她们为自己的非裔姐妹和其他族裔女性的创作打造了一间
"她们自己的房间"②。达夫与她的前辈莫里森一样来自俄亥俄州，在经历
了一个才情难以被压制的学生时代之后，自然而然地走上了文学创作之
路，并以自己的诗歌创作才华和非凡的社会影响力在美国诗坛占据了一个
稳固而显赫的位置。达夫被称为"自格温朵琳·布鲁克斯之后出现的最
训练有素、技巧最出色的黑人诗人"③。而她的诗歌更是被认为"独一无
二的"④。有评论家认为，"她是黑人诗人中最优秀的"⑤，也是美国非裔
诗人中被经典化最为成功的诗人，因为她已经成为"美国诗歌经典中的

---

① Ann DuCille, "African-American Writing: Overview," in Cathy N. Davison and Linda Wagner-
Martin, eds., *The Oxford Companion to Women's Writing in the United States* (New York:
Oxford University Press, 1995), pp. 22-29.

② Paul Gray, Jack E. White, "Rooms of Their Own: Toni Morrison, Rita Dove," *Time* 18,
Oct., 1993: 86-89.

③ Arnold Rampersad, "The Poems of Rita Dove," *Callaloo* 9 (Winter, 1986): 54.

④ Therese Steffen, *Crossing Color: Transcultural Space and Place in Rita Dove's Poetry, Fiction,
and Drama*, New York: Oxford University Press, 2001, 8.

⑤ Irvin Molotsky, "Rita Dove Named Next Poet Laureate; First Black in Post," *The New York
Times*, May 19, 1993, Section C, p. 15.

主要作家"，可与华莱士·史蒂文斯（Wallace Stevens）、玛丽安·摩尔（Marianne Moore）、兰斯顿·休斯（Langston Hughes）、罗伯特·洛威尔（Robert Lowell）、约翰·阿什贝利（John Ashbery）比肩。① 早在 1988 年出版的《当代文学批评》（Contemporary Literary Criticism）年册中，就有文章将达夫作为获奖作家进行了专门介绍。该文还有预见性地指出，达夫是她这一代"抒情诗人的领军人物"。② 《本质》（Essence）杂志在 20 世纪 90 年代也曾盛赞达夫是"美国最优秀的诗人之一"；而《民族》（The Nation）杂志在介绍达夫时，更是不吝赞美之词，宣称："女士们，先生们，这是一位……值得记住的作家。"③ 进入 21 世纪，达夫已经成为很多美国诗人心中的"大姐大"④，其影响力与日俱增。2011 年，丽塔·达夫更是由于她对美国诗歌、美国文化等多方面的贡献获得"国家人文奖章"（National Humanities Medal）。2017 年达夫获得总统学者奖⑤，2018 年受聘为《纽约时报》的诗歌编辑。⑥ 2019 年达夫获得哈佛大学颁发的杜波伊斯奖章。⑦

一　美国桂冠诗人丽塔·达夫

丽塔·达夫 1952 年出生于俄亥俄州一个黑人中产阶级家庭，父亲是当地第一位非裔美国化学家，母亲擅长讲故事，是名副其实的贤妻良母。达夫在温馨的家庭氛围中和家人的呵护下度过了一个平静而幸福的成长

---

① Pat Righelato, *Understanding Rita Dove*, Columbia：U of South Carolina P，2006，2.

② Pat Righelato, *Contemporary Literary Criticism*，Volume 50（Yearbook，1987），Detroit：Gale Research Inc.，1988，152-158.

③ 转引自 Rita Dove, *Selected Poems*，封面、扉页。

④ Luo Lianggong, "Interview with Elizabeth Alexander," *Foreign Literature Studies* 5（2011）：4.

⑤ "U. S. Presidential Scholars Foundation Honors Poet and UVA Professor Rita Dove," *Targeted News Service*，22 June 2017. http：//link. galegroup. com/apps/doc/A496374249/STOM？u = mlin_ w_ umassamh&sid = STOM&xid = 7f7c2f91. Accessed 15 Mar. 2019.

⑥ "Rita Dove to Become New York Times Magazine's Poetry Editor," *Targeted News Service*，28 Apr. 2018. http：//link. galegroup. com/apps/doc/A536557925/STOM？u = mlin_ w_ umassamh&sid = STOM&xid = 39ced5e8. Accessed 15 Mar. 2019；侯丽：《有趣味的人文资讯凸显杂志价值》，《中国社会科学报》2018 年 5 月 30 日。

⑦ 参阅 Amanda Y. Su, "Harvard Awards W. E. B. Du Bois Medals to Queen Latifah, Rita Dove," October 9，2019，https：//www. thecrimson. com/article/2019/10/9/du - bois - medalists/。

期，这与传统意义上在黑人贫民窟中成长的黑人作家群体有着本质的区别，而这将在很大程度上影响达夫文学创作的主题和审美，也在一定程度上改变了美国非裔文学创作的品位和方向。在中学，达夫是出色的学生，并因此于 1970 年作为总统奖学金的获得者而被邀请到白宫做客。在艾奥瓦大学读书期间，达夫开始接触文学创作并加入由保罗·恩格勒（Paul Engle）创办的"作家工作室"。在艾奥瓦大学学习期间，对达夫影响最大的还是盛况空前的"国际写作项目"（International Writing Program）。在一次访谈中，达夫谈到了这次写作计划："来自不同国家的 25 位职业作家……每周都做讲座。两个小时的讲授，谈论他们的文学，他们本国的文学。"① 这次培训计划开启了达夫文学创作之门，并使她从一开始就拥有一种以国际化视野审视文学的独特视角。与德国作家弗雷德·维班（Fred Viebahn）的婚姻成为达夫迈向国际化生活的另一重要因素，使得她在不同的语言和文化，尤其是欧洲文化和美国文化之间自由游走。同时，身为黑人女性，她也不可避免地体验到了作为"他者"被审视的滋味，而这些经历和体验将成为达夫创作的重要情感源泉和主题素材。

　　达夫是美国第一位黑人桂冠诗人。② 同时，她也是一位在多个文化领域都取得了辉煌成就的黑人女性。她是一位出色的歌手、大提琴演奏家和国标舞蹈家，也是一位善于讲故事的小说家，一位妙手改写经典的剧作家，更是一位有着独到诗学意识的诗人，而音乐、舞蹈、文学又往往水乳交融地完美结合在一起，成为达夫独特的表达方式。当然，达夫最大的成就还是诗歌创作，她不但于 1987 年因诗集《托马斯和比尤拉》（*Thomas and Beulah*）获得了普利策诗歌奖，而且在诗歌创作上也十分丰产。20 世纪八九十年代是达夫诗歌创作的第一个高峰期。从 1980 年的《街角的黄房子》（*The Yellow House on the Corner*）到 1999 年的《与罗莎·帕克斯在公交车上》（*On the Bus with Rosa Parks*），达夫在 20 世纪八九十年代共出

---

① Gretchen Johnsen and Richard Peabody, "A Cage of Sound: Interview with Rita Dove," *Gargoyle* 27（1985）：4.

② 达夫于 1993 年 10 月接续上一届桂冠诗人莫娜·范德温，成为美国历史上最年轻的桂冠诗人之一，也是第一位摘得这顶桂冠的美国黑人诗人。直到近 20 年之后，即 2012 年，才由另一位非裔女诗人娜塔莎·特雷塞韦（Natasha Trethewey）再次获得此殊荣。

版诗集 6 部，其余 4 部分别是《博物馆》（*Museum*，1983）、《托马斯和比尤拉》（1986）、《装饰音》（*Grace Notes*，1989）和《母爱》（*Mother Love*：*Poems*，1995）。进入 21 世纪之后，达夫更是佳作不断。主要包括诗集《美国狐步》（*American Smooth*，2004）、《穆拉提克奏鸣曲》（*Sonata Mulattica*，2009）、《诗集：1974－2004》（*Collected Poems*：1974－2004，2017）、《启示录清单》（*Playlist for the Apocalypse*：*Poems*，2021）等。另外，达夫主编的两部诗集《美国最佳诗作》（*The Best American Poetry*，2000）和企鹅版《20 世纪美国诗歌选集》（*The Penguin Anthology of Twentieth Century American Poetry*，2011）均引起了较大反响。达夫还创作有诗剧《农庄苍茫夜》（*The Darker Face of the Earth*，1994），长篇小说《穿越象牙门》（*Through the Ivory Gate*，1992）、短篇小说集《第五个星期日》（*Fifth Sunday*，1985）、文集《诗人的世界》（*The Poet's World*，1995）等。达夫的作品也被收录到各种文集中，包括海伦·文德勒（Helen Vender）主编的《哈佛美国当代诗选》（*The Harvard Book of Contemporary American Poetry*，1985）、唐纳德·麦克奎德（Donald McQuade）等主编的《哈珀美国文学》（*The Harper American Literature*，1987）、尼娜·贝姆（Nina Baym）等主编的《诺顿美国文学选集》（*The Norton Anthology of American Literature*，1989）、海伦·文德勒主编的《美国当代诗歌费波选集》（*The Faber Book of Contemporary American Poetry*，1992）、马格丽特·佛桂森（Margaret Ferguson）等主编的《诺顿诗选》（*The Norton Anthology of Poetry*，1996）、伊丽莎白·舒弥特（Elizabeth Hun Schumidt）主编的《美国桂冠诗人诗选》（*The Poets Laureate Anthology*，2010）、查理斯·罗威尔（Charles Henry Rowell）主编的《上升角：诺顿当代美国非裔诗歌选》（*Angles of Ascent*：*A Norton Anthology of Contemporary African American Poetry*，2013）等。她的诗歌在美国高校被广泛讲授。例如，在保罗·劳特（Paul Lauter）和詹姆斯·米勒（James A. Miller）1995 年编写的"美国非裔文学大纲"中，达夫诗歌就是重要的授课内容。卸任桂冠的达夫返回弗吉尼亚大学执教，是弗吉尼亚大学的联邦教授（Common Wealth Professor）。

丽塔·达夫是美国当代文学和文化界的宠儿。当初美国国会图书馆馆

长詹姆斯·比林顿（James H. Billington）选定达夫为桂冠诗人的一个重
要原因也正是看中了她在美国文化的多个领域和读者中广泛的影响力。达
夫不负众望，对桂冠诗人的职责进行了革命性的拓展，并把诗歌的影响带
到了从政治到文化、从总统到平民的生活之中。① 她是各个诗歌朗诵会的
明星、各类访谈的嘉宾、各项颁奖礼的焦点人物。达夫的声音在美国当代
文坛是最有号召力的声音之一。2012 年新任桂冠诗人，非裔女诗人娜塔
莎·特雷塞韦在很多公开场合坦言，自己的诗歌创作是从模仿达夫的诗歌
开始的。②

　　丽塔·达夫在美国非裔文学和美国文学史上都具有极为重要的地位。
其一，作为 20 世纪 80 年代登上美国诗坛的"后黑人艺术运动"非裔诗
人③，达夫对于美国非裔诗歌甚至美国非裔文学最大的意义在于她代表了
一种全新的种族观、诗学观和世界观。达夫是这一代作家中"最先对抗
黑人艺术运动操控的诗人之一"④，而以达夫为代表的这一代诗人所具有
的"超越黑人艺术运动"的独立而明确的身份标识"对于文学史以及对
于我们理解今天的诗歌都至关重要"⑤。其二，达夫的诗歌创作摆脱了黑
白对立的窠臼，打破了种族的界限，汲取了黑人文化、美国文化和欧洲文
化的多元营养，预示了黑人艺术运动之后黑人诗歌从黑人民族主义向世
界主义的转向。这是达夫作为美国非裔诗人的意义，也是本书研究的
最大价值所在。达夫的文化身份定位、黑人价值定位以及对种族关系

---

① Elizabeth Hun Schumidt, *The Poets Laureate Anthology*, New York: W. W. Norton & Company,
2010, 196.

② 参见 "Creativity Conversation with Rita Dove and Natasha Trethewey," Apr. 8, 2011.
www.youtube.com/watch? v = 9xIobJXZ-cg。

③ "后黑人艺术运动"一代美国非裔诗人，就时代特征而言，这些诗人出生在 1945~1965
年，而他们的作品在 20 世纪八九十年代引起评论家关注。这一代诗人包括 Wanda
Coleman, Yusel Komunyakaa, Rita Dove, Thylias Moss, Harryette Mullen, Cornelius Eady,
Cyrus Cassells 和 Elizabeth Alexander 等。参见 Malin Pereira, "Walking into the Light:
Contemporary Black Poetry, Traditions, and the Individual Talent," *Into a Light Both Brilliant
and Unseen: Conversations with Contemporary Black Poets*. Athens, Georgia: The University of
Georgia Press, 2010, 1.

④ Ibid. 2.

⑤ Malin Pereira, "Walking into the Light: Contemporary Black Poetry, Traditions, and the
Individual Talent," *Into a Light Both Brilliant and Unseen: Conversations with Contemporary
Black Poets*. Athens, Georgia: The University of Georgia Press, 2010, 2.

的理解与她的前辈诗人迥异，这形成了达夫诗歌创作在主题、艺术风格、诗学策略等方面与前辈诗人，尤其是黑人艺术运动时期的非裔诗人诗作全然不同的特征。达夫一直认为，欧洲文化也是非裔美国人应该继承的合法遗产①，而她对古希腊和古罗马神话、史诗以及西方经典作家的继承、发展、挪用和颠覆对她的诗歌创作产生了显著的影响。非裔诗歌发展到丽塔·达夫，其承继脉络中欧洲的、书面的、优雅的、知性的成分才得以合法化，也才得到读者和学者的承认。因此对于达夫的研究将有助于还原、梳理、建构非裔诗歌中书面的、知性的、世界性的侧面，这一侧面与口头的、抗议的、政治的、黑人性的非裔诗歌传统一起，以各种形态始终贯穿于非裔诗歌发展的各个阶段。此两种诗歌传统或抗争、或对峙、或融合、或对话的关系正是非裔美国诗歌不断发展的内在动力。

其三，达夫的多元文化遗产和多元文化书写策略对于建构当代黑人的多元文化身份意义重大。在《诗人的世界》一文中，达夫列举了一系列对她的文学创作生涯产生了深远影响的诗人。值得注意的是，这些诗人的族裔身份、文化身份、宗教信仰等多元而复杂。既有但丁（Dante）、莎士比亚（William Shakespeare）、雪莱（Percy Bysshe Shelley）、济慈（John Keats）、摩尔、伊丽莎白·毕肖普（Elizabeth Bishop）、H. D.、普拉斯（Sylvia Plath）等白人作家和诗人，也有兰斯顿·休斯、安德勒·罗德（Audre Lorde）等非裔诗人，还有艾德里安娜·里奇（Adrienne Rich）、缪里尔·鲁凯泽（Muriel Rukeyser）等犹太诗人，另外还有桑德拉·希斯内罗丝（Sandra Cisneros）这样的墨美作家。可见，她的文学渊源不仅有欧洲作家和美国作家，而且有"一系列不同种族和族群背景"的作家。② 达夫的多次访谈也对她开列的这个名单起到了补充说明的作用。在与海伦·文德勒的访谈中，她说，"我感到有前辈相伴"，并列举出了海涅（Heinrich Heine）、里尔克（Rainer Maria Rilke）、德里克·沃尔科特（Derek Walcott）③、莫里森等人的名字。④ 在

---

① Charles Henry Rowell, "An Interview with Rita Dove," *Callaloo* 31. 3 (2008)：718–720.

② Lesley Wheeler, *Poetics of Enclosure*：*American Women Poets from Dickinson to Dove*, 140.

③ 德里克·沃尔科特（1930~　），西印度群岛诗人、剧作家。1992 年他成为第一位获得诺贝尔文学奖的加勒比作家。

④ Helen Vendler, "An Interview with Rita Dove," 491.

另一次访谈中，达夫具体谈到了 H. D. 对她的影响之大，以至于她开始产生了"影响的焦虑"，只敢"小剂量"吸收，"否认听起来就像她了"①。达夫在创作《母爱》时，更是"想要忘记"H. D.，否则她担心自己会模仿这位现代派大师挪用神话的方式②。可见，达夫的文学谱系是多元的，她对诸多文化身份、种族身份各异的前驱作家既有继承也有超越，更试图"以多种方式跨越分歧"③。换言之，达夫在美国非裔诗歌的发展进程中，在全球化语境中，起着承上启下的作用④，在美国当代族裔文学中具有相当的代表性。之所以说达夫具有承上启下的地位，可以从两个层面来看。第一个层面是就整个非裔美国文学史而言。达夫是 20 世纪 80 年代在美国诗坛崭露头角的美国诗人，而这一时期恰恰是非裔美国文学史上的转折期。该时期标志着黑人艺术运动的终结和一个文学新时期的崛起。第二个层面是就非裔女性文学而言。美国诗人、学者卡尔文·赫顿（Calvin C. Hernton）把美国黑人女作家分为四代：20 世纪 60 年代之前写作的黑人女作家是最早的一代，包括波勒·马歇尔（Paule Marshall）、格温朵琳·布鲁克斯、玛格丽特·沃克（Margaret Walker）等；20 世纪 60 年代涌现的作家是第二代，包括玛雅·安吉罗（Maya Angelou）、托尼·班巴拉（Toni Bambara）、朱恩·乔丹（June Jordan）、安德勒·罗德、托尼·莫里森、索尼娅·桑切斯（Sonia Sanchez）、艾丽斯·沃克（Alice Walker）等⑤；第三代被称为大器晚成的一代，她们在 20 世纪 70 年代开始创作，但是一直到 80 年代之后才发表作品，如芭芭拉·玛斯卡拉（Barbara Masekala）、海蒂·格赛特（Hattie Gossett）、雷吉娜·威廉姆斯（Regina Williams）、芭芭拉·克里斯蒂（Barbara Christian）等；第四代是"新黑人女作家才华横溢的后代"，包括洛林·贝瑟尔（Lorraine Bethel）、格洛

---

① Malin Pereira, "An Interview with Rita Dove," *Contemporary Literature* 40. 2 (1999): 204.

② Ibid. 205.

③ Therese Steffen, *Crossing Color: Transcultural Space and Place in Rita Dove's Poetry, Fiction, and Drama*, 7.

④ Calvin C. Hernton, "The Sexual Mountain and Black Women Writers," *Black American literature Forum* 18. 4 (1984): 139-145.

⑤ 王卓：《多元文化视野中的美国族裔诗歌研究》，中国社会科学出版社，2015，第 617~638 页。

里娅·赫尔（Gloria Hull）、希拉里·凯（Hillary Kay）、西里亚斯·莫斯（Thylias Moss）等。按照这一分期，达夫属于从"后黑人艺术运动"时期开始创作的第三代诗人，起着承上启下的作用。

其四，达夫的诗歌创作和诗歌推广等活动对美国非裔诗歌的当代复兴具有重要意义。早在 1986 年，诗评大家阿诺德·拉姆帕赛德（Arnold Rampersad）就大胆断言，当时只有 33 岁的达夫是最能承担起黑人诗歌复兴重任的诗人："至少有一个迹象清楚表明，即便不是即将到来的诗歌复兴，至少也出现了一位不同寻常的强有力的新人，她才华横溢，有可能成为诗坛的榜样和领袖。"① 拉姆帕赛德之所以发出这样的感慨，是因为他认为在黑人艺术运动期间辉煌的黑人诗歌到了 20 世纪七八十年代却变得死气沉沉，而几乎没有一位非裔诗人能够像在 20 世纪 60 年代末期开始文学创作的莫里森、沃克等黑人小说家一样取得巨大影响。达夫的出现显然恰逢其时，为当时死气沉沉的美国非裔诗坛注入了活力。

其五，达夫的诗歌创作从 20 世纪 80 年代开始，在 21 世纪的前二十年进入了又一个黄金期，并代表了美国非裔诗歌在 21 世纪的最新发展。2009 年出版的叙事诗集《穆拉提克奏鸣曲》一经问世就好评如潮，并为达夫赢得了赫斯顿/赖特遗产奖（Hurston/Wright Legacy Award）。因此，关注达夫的诗歌创作在某种程度上也是对美国非裔诗歌最新成就和发展趋势的关注。尤其重要的是，考察达夫诗歌创作的轨迹对于描绘一条美国非裔诗歌从 20 世纪到 21 世纪的跨越世纪的路径具有相当的借鉴意义。

其六，达夫是当代非裔知识分子和学院派诗人的代表。作为学院派诗人，达夫的诗歌创作在一定程度上扭转了非裔诗歌研究中"口头标题、方言标题、说唱标题、音乐标题"一直居于评论的主导地位的状态。② 达夫以及在她的影响下成长起来的伊丽莎白·亚历山大（Elizabeth Alexander）③、娜塔莎·特雷塞韦等美国非裔知识分子诗人以知性的表达、

---

① Arnold Rampersad, "The Poems of Rita Dove," *Callaloo* 9.1 (1986): 52-60.
② Elizabeth Alexander, *Power and Possibility*, Ann Arbor: The U of Michigan P, 2007, 159.
③ 伊丽莎白·亚历山大，美国非裔女诗人，耶鲁大学教授，2008 年受美国总统奥巴马的邀请，在他的总统就职仪式上朗诵了诗歌"赞美这一天"。

冷静深邃的思考为美国非裔诗歌树立了另一种范式,那就是倡导"知识的"、"文化的"和"美学的"诗歌和诗学。①

本书对达夫和她的作品的兴趣一方面出于对她的作品本身的喜爱,但还有更为深层次的原因。达夫的作品集中体现了"后黑人艺术运动"时期黑人文学的特点,她对黑人族群、黑人女性性别、阶级和黑人美学的诠释以鲜明的方式修正并改写了传统非裔文学作品的呈现,对于我们理解当代美国黑人的生活、思想、审美等具有重要意义。同时,她对种族问题和性别歧视等敏感话题的含而不露、绵里藏针的呈现方式对于我们以更为客观、冷静的态度理解美国非裔历史和现实具有重要的启示意义。

二　国内外研究现状

从 1980 年出版第一部诗集《街角的黄房子》② 到 2021 年出版《启示录清单》,达夫的诗歌创作生涯不知不觉走过了四十个年头。其间达夫先后出版诗集十部,主编诗集两部,出版长篇小说、诗剧、短篇小说集、文集各一部。她的诗歌作品还被大量收录到各种版本的诗歌选集之中。

达夫是创作起点较高的诗人。初登诗坛的达夫很快就引起了海伦·文德勒和阿诺德·拉姆帕赛德等诗歌评论大家的关注。从 1986 年到 1995 年的 10 年间,文德勒表现出了对初登文坛、名不见经传的达夫的持续关注,并连续撰写了 9 篇关于达夫和其诗歌的论文、书评和访谈。而拉姆帕赛德于 1986 年冬撰写的论文《丽塔·达夫的诗歌》("The Poems of Rita Dove")已经成为达夫研究的经典文献。达夫创作的四十年也是达夫研究不断推进、不断探索、不断出新的四十年。国内外达夫研究成果日趋丰富,专著、文集、论文、访谈、书评等研究成果从数量到质量都非常可观。适时地梳理已有的研究成果对于将达夫研究推进深入是十分必要的,也是本书达夫研究工作的起点。

(一) 20 世纪 80 年代研究状况

20 世纪 80 年代的达夫研究数量不多,分量却不可小觑,海伦·文德

---

① Malin Pereira, "The Poet in the World, the World in the Poet: Cyrus Cassells's and Elizabeth Alexander's Versions of Post-soul Cosmopolitanism," *African American Reviews* 41 (2007): 709-725.

② 在这部诗集出版之前,达夫的诗歌已经开始在全美杂志和文集中发表。

勒和阿诺德·拉姆帕赛德等人定位准确的评介和大胆的预言成为日后达夫研究的基点和基调。

这一时期的主要研究成果为论文、书评和访谈。其中最有分量的论文当数阿诺德·拉姆帕赛德的《丽塔·达夫诗歌》（1986）。拉姆帕赛德开篇就指出："在过去的几年中，非裔美国诗歌一直处于一种死气沉沉的状态，仿佛进入了一种深度休眠期。"① 十年或十五年前，黑人诗人傲立于民权运动和黑人权力运动的中心，这一事实几乎粉碎了奥登（Wystan Hugh Auden）的"诗歌百无一用"的哀叹。然而，这一切却似乎不复存在了。在当代的美国诗坛，几乎没有凭借诗歌创作声名鹊起的诗人。然而，随着 35 岁的丽塔·达夫的精彩作品持续不断问世，即便不能说美国诗坛，尤其是美国非裔诗歌开始了一次"诗歌的复兴"，"也至少出现了一个清晰的迹象"②。他还断言，"显然丽塔·达夫既拥有能引领其他作家的能力，也有职业精神"，而她的诗歌创作更是证明了她还拥有这样的"天分"③。拉姆帕赛德更是高调地指出，达夫"可能是继格温朵琳·布鲁克斯之后，最训练有素、技巧最为高超的黑人诗人"④。当然，拉姆帕赛德对达夫研究的贡献绝不仅是对达夫的高调定位，还在于他在四个方面准确地把握了达夫诗歌的特点以及达夫所代表的新生代诗人的文化取向：第一，达夫诗歌与黑人运动时期的黑人诗歌有着本质区别；第二，达夫对诗歌功能的认识与黑人前辈迥异；第三，达夫诗歌的历史特质和达夫的历史意识；第四，达夫诗歌体现出的世界性经验。这些论断事实上成为日后达夫研究的指南针和指挥棒。

这一时期另一篇重要论文是罗伯特·麦克唐威尔（Robert McDowell）的《丽塔·达夫的集合视野》（1986）。该文指出达夫与 20 世纪中叶之后盛行的"拆拆分分的精神"（dissembling spirit）不同，她是把生活中不同的事实装置在一起的"组装者"，"并以撼动我们习以为常的观念的方式

---

①　Arnold Rampersad, "The Poems of Rita Dove," *Callaloo* 9 (Winter, 1986): 52-60.

②　Ibid.

③　Ibid. 52.

④　Ibid. 54.

呈现它们"①, 而这一策略使得 "她能够讲述故事的各个方面"。该文还谈到达夫语言所呈现的富有震撼性的意象。这些意象之所以富有震撼性是因为它们是对 "原初视野的观察"②。该文也谈到了诗人对神话的投入, 以及她试图通过神话揭示当代生活中的神奇的理想。麦克唐威尔这篇论文最大的价值在于将达夫与只注重语言、忽略生活内涵的后现代诗人区别开来。③

　　这一时期的书评主要针对《街角的黄房子》和《托马斯和比尤拉》两部诗集。前者之所以受到关注是因为这是诗人的第一部诗集, 而后者得到关注主要是因为其为诗人赢得了普利策诗歌奖。主要书评有琳达·格瑞杰森 (Linda Gregerson) 对《街角的黄房子》的评论 (*Poetry*, 1984); 海伦·文德勒 (*New York Review of Books*, 1986)、约翰·绍波陶 (John Shoptaw) (*Black American Literature Forum*, 1987)、丽莎·斯泰曼 (Lisa M. Steinman) (*Michigan Quarterly Reviews*, 1987) 等人对《托马斯和比尤拉》的评论。该时期斯泰·汝宾 (Stan Sanvel Rubin) 和厄尔·英格索尔 (Earl G. Ingersoll) (1986) 以及斯蒂文·史奈德 (Steven Schneider) 分别对达夫进行了两次重要访谈。在前一次访谈中, 达夫回答了关于语言与历史的关系、事实与想象的关系问题; 在后一次访谈中, 达夫主要围绕《托马斯和比尤拉》回答了诗人如何成为历史的承载者的问题。

　　尤其值得一提的是, 1988 年的《当代文学评论》年册 (CLC 50 Yearbook) 首次将达夫作为获奖作家进行了全面介绍, 并指出达夫是她这一代 "抒情诗人的领军人物"。

---

①　Robert McDowell, "The Assembling Vision of Rita Dove," *Callaloo*, No. 26 (Winter, 1986): 61-70.

②　Ibid. 61.

③　某些评论家认为达夫所代表的这一诗歌传统已经绝迹了。例如, 玛乔瑞·帕洛夫教授在《后现代主义和抒情诗的僵局》("Postmodernism and the Impasse of the Lyric") 一文中指出, 浪漫主义/现代主义抒情诗, 在一个 "封闭的自我" 的沉思中, 让位于一种庞德美学: "在 20 世纪后期的诗歌中, 心灵的呼喊, 如叶芝所言, 正不断屈从于头脑的游戏。" Marjorie Perloff, *The Dance of the Intellect: Studies in the Poetry of the Pound Tradition*, Cambridge University Press, 1985, 172-200.

（二）20 世纪 90 年代研究状况

20 世纪 90 年代的达夫研究更为丰富和多元化，多篇有分量的论文、访谈、书评为日后的达夫研究打下了良好的基础。1993 年，丽塔·达夫被任命为桂冠诗人，而这一年可以说是"达夫年"。次年出版的《当代文学评论》年册用了大量篇幅介绍了桂冠诗人丽塔·达夫，并汇总了海伦·文德勒和阿诺德·拉姆帕赛德等十余位颇具影响力的美国文学研究者撰写的关于达夫的论文、书评和访谈等文献。

20 世纪 90 年代的达夫研究开始关注达夫创作的文化背景和文化立场问题。这一点对于确定 20 世纪 80 年代之后开始文学创作的达夫等美国非裔诗人的多元文化立场和杂糅的文化策略至关重要。这一研究最具代表性的成果就是海伦·文德勒的论文《丽塔·达夫：身份标识者》（"Rita Dove：Identity Markers"，1994）。该文对达夫研究最大的贡献在于明确了三个问题。第一，达夫创作的文化背景："在她作为作家的早期，达夫进入了一个同化和分离主义均发出强有力声音的文学场景。"① 正是这种文学场景迫使达夫做出对她的诗歌创作至关重要的抉择。第二，达夫这一代作家与兰斯顿·休斯等前辈作家最大的不同在于对黑人性的态度。文德勒认为，休斯等前辈作家一生都挣扎于拥抱黑人性还是反对黑人性，抑或置身于黑人性的痛苦抉择之中。而达夫的诗歌却呈现了另一种可能，即"黑人性不一定是一个中心主题，但也同样不一定要被省略"②。第三，达夫的历史书写问题，以《托马斯和比尤拉》为文本，思考了抒情诗与黑人性历史关系问题。当然，文德勒的有些观念值得商榷，并已经成为某些研究者的标靶。比如，文德勒认为，达夫的诗歌是"肤色中立的"（color-neutral）③，达夫是通过回避肤色问题，从而解决肤色问题等。④ 当然，这篇文章并非文德勒达夫研究的唯一成果。1995 年，文德勒在其文集《灵魂述说》（Soul Says）中有两篇文章涉及丽塔·达夫。一篇为《不和谐的三和弦：海瑞·科尔、丽塔·达夫、奥古斯特·克莱

---

① Helen Vendler, "Rita Dove：Identity Markers," *Callaloo* 17.2 （Spring, 1994）：383.
② Ibid. 393.
③ Ibid. 384.
④ Ibid. 390.

扎 勒》（"A Dissonant Triad：Henri Cole，Rita Dove，and August Kleinzahler"），对三位风格各异的美国当代诗人进行了点评①；另一篇题目颇具诗意的文章《黑色的鸽子：丽塔·达夫，桂冠诗人》（"The Black Dove：Rita Dove，Poet Laureate"）则重点介绍了这位新任桂冠诗人。②

　　这一时期的达夫研究延续了 20 世纪 80 年代对达夫历史书写的持续关注。1995 年，伊利诺伊州桂冠诗人、评论家、布拉德利大学（Bradley University）教授凯文·斯泰恩（Kevin Stein）的长篇论文《运动中的生活：丽塔·达夫诗歌中的多元视角》（"Lives in Motion：Multiple Perspectives in Rita Dove's Poetry"）集中探讨了达夫诗歌的历史书写问题。斯泰恩指出，达夫的历史观就是其运动性，基于此，"历史有必要生产多元的视角、不同的立场，从这些立场出发，同一事件能够被以全然不同的方式观察和诠释"③。总之，达夫认为历史是建构的产物。此外，在广泛分析了达夫诗歌的基础之上，斯泰恩指出，达夫的历史书写是"公共的和诗人的历史的交合"④。达夫"重新编码这些记录，运用诗性想象，以顿悟的火花和人性的情感灌注光秃秃的'事实'"⑤。该文也触及了历史与语言的关系问题。另一篇关于达夫历史书写的重要论文是评论家派翠西亚·华莱士（Patricia Wallace）的《分裂的忠诚》（"Divided Loyalties"）（1993）。该文探究了达夫与其他两位美国当代少数族裔女诗人⑥诗歌中想象与真实、历史事件与个人体验之间的关系问题。派翠西亚认为，这几位诗人"不仅由她们各自的文化所塑形，也被一种对语言的可能性、对诗歌本身的创造和实验的能量的激情所塑形"⑦。这种激情有时似乎把她们

---

① Helen Vender，"A Dissonant Triad：Henri Cole，Rita Dove，and August Kleinzahler," *Soul Says*，Cambridge：Belnap Press，1995，141-155.

② Helen Vender，"The Black Dove：Rita Dove，Poet Laureate," *Soul Says*，Cambridge：Belnap Press，1995，156-166.

③ Kevin Stein，"Lives in Motion：Multiple Perspectives in Rita Dove's Poetry," *Mississippi Reviews* 23.3（Spring，1995）：51-79.

④ Ibid. 52.

⑤ Ibid.

⑥ 分别为奇卡诺女诗人洛娜·迪·塞万提斯（Lorna Dee Cervantes）和美国华裔女诗人宋凯西（Cathy Song）。

⑦ Patricia Wallace，"Divided Loyalties：Literal and Literary in the Poetry of Lorna Dee Cervantes，Cathy Song and Rita Dove," *MELUS* 18.3（Autumn，1993）：3-19.

从自己的族群中分离开来；她们的诗歌的唯美诉求似乎与那些生活于水深火热中的人毫无关系。这些诗人接受的正规的、文学的教育以及她们对书面语言的精通也可能使得她们与自己的文化群体产生隔膜。派翠西亚认为，达夫的文学知识与她的经历以及对历史的理解是不可分割的。达夫"对历史魂牵梦绕"，相比较而言，她对美国历史和更为广泛的历史的关注要远甚于对个人历史的关注。① 她尤其关注被官方历史遗漏的历史。这一结论与达夫本人对历史的理解不谋而合，而且也成为 21 世纪达夫历史书写的基调。

　　这一时期对达夫作品的研究主要集中于《母爱》和《装饰音》两部诗集。以希腊神话得墨忒尔-珀耳塞福涅神话（Demeter-Persephone）为框架的十四行诗诗集《母爱》一经出版即引起了广泛关注。除了大量书评，有三篇同时发表在 1996 年 *Callaloo* 杂志第一期上的论文也很有分量，分别是埃里森·布斯（Alison Booth）的《绑架和其他极乐事件》（"Abduction and Other Severe Pleasures：Rita Dove's 'Mother Love'"）、洛塔·罗弗格瑞（Lotta Lofgren）的《部分恐怖：达夫的〈母爱〉中的片段化和疗伤》（"Partial Horror：Fragmentation and Healing in Rita Dove's 'Mother Love'"）和斯蒂芬·库什曼（Stephen Cushman）的《鸽子归来》（"And the Dove Returned"）。埃里森·布斯的《绑架和其他极乐事件》集中探索了这部诗集挪用古希腊神话的动因及意义。该文作者指出，达夫挪用古老的得墨忒尔-珀耳塞福涅神话是对欧洲文学传统的"颠覆的致敬"（subversive tribute）。② 达夫在这个神话框架之中，融入了当代美国女性的生活和母女关系的敏感问题，并借此传递出对女性生命意义的理解：女性生命具有循环性："所有的母亲都曾是女儿，所有女儿一定会和母亲分离，生老病死，孕育新生命。"③ 另一篇长文是洛塔·罗弗格瑞的《部分恐怖：达夫的〈母爱〉中的片段化和疗伤》。罗弗格瑞认为，诗集

---

① Patricia Wallace, "Divided Loyalties：Literal and Literary in the Poetry of Lorna Dee Cervantes, Cathy Song and Rita Dove," *MELUS* 18.3 (Autumn, 1993)：12.

② Alison Booth, "Abduction and Other Severe Pleasures：Rita Dove's 'Mother Love'," *Callaloo* 19.1 (Winter, 1996)：125-130.

③ Ibid. 130.

《母爱》以母女神话为中心神话，聚焦各个不同时代的母女关系，反映出女性身份和母女关系的片段性和女性身份的不确定性。"但是这部诗集的关键在于从片段性到一种新的和谐的多层次的运动。"① 两篇文章的共性在于均注意到达夫针对古希腊神话采用的挪用策略，以及借此种策略传递的美国当代女性，尤其是非裔女性复杂、多变、片段化的文化身份问题。但相比之下，罗弗格瑞更为全面地思考了达夫的神话改写策略对于反映当代美国女性身份的意义。此外，罗弗格瑞也特别关注了达夫对十四行诗形式的挪用策略，以及内容和形式的关系问题。罗弗格瑞指出，"每一首诗歌的形式都参与到与反抗原初暴行的相似的抗争之中"。这种古老的欧洲诗歌形式在这部诗集中很好地服务于达夫创造"一个完好无缺的世界"的理想。对此，罗弗格瑞的理解是：从达夫发表了她的第一部诗集《街角的黄房子》开始，她就渴望拥有无拘无束地穿越个人历史、非裔美国历史以及突破世界文化各种界限的自由。跨文化视角赋予她某种特权，使她调和这些因素，并把它们塑造成新的连续性，弥合各自分离的文化之间的裂痕，把一个个片段编织进有着自己图案和纹理的织物，从而构建一个完好无缺的世界。② 斯蒂芬·库什曼的《鸽子归来》更为集中地探讨了抒情诗歌的形式问题。库什曼指出，在达夫的诗歌中，常常有一种充满智慧、调皮可爱的自我指涉和自我呈现，恰如诗人透过文字向我们眨眼，字里行间蕴含着语言的"调皮的多种可能性"（playful possibilities）。③ 比如，达夫常常以自己的名字调侃，形成自我指涉的双关语。《托马斯和比尤拉》《母爱》中均有此种例子。作者认为，达夫的"鸽子"有双关的意味，与很多诗歌中的自我意识的比喻一样，这样的比喻会把读者直接带入关于抒情诗本质的思考，以及对第一人称的神秘性长达三千年的实验。④ 达夫对"鸽子"意象的运用方式为我们理解她如何在《母爱》中运用十四行诗形式提供了一个"指导性的类比"⑤。该文作者认为，"抒情诗人几个世纪以

---

① Lotta Lofgren, "Partial Horror: Fragmentation and Healing in Rita Dove's 'Mother Love'," *Callaloo* 19. 1 (Winter, 1996): 135.

② Ibid. 142.

③ Stephen Cushman, "And the Dove Returned," *Callaloo* 19.1 (Winter, 1996): 131.

④ Ibid.

⑤ Ibid.

来一直称颂形式限制所具有的悖论式的解放力量"，而达夫自我强加的形式限制发挥的不是歌唱的枷锁的作用，而是她之所以能够歌唱的护身符。① 达夫研究专家泰瑞斯·斯蒂芬（Therese Steffen）在 1999 年撰写了《形式的根植错位：丽塔·达夫〈母爱〉中的十四行循环诗》（"Rooted Displacement in Form：Rita Dove's Sonnet Cycle 'Mother Love'"）一文，特别阐释了达夫对十四行诗形式的挪用和改写。该文收录在颇具影响力的文集《非裔美国诗歌狂野怒放》（*The Furious Flowering of African American Poetry*，1999）中，反响颇大。

　　20 世纪 90 年代是达夫文学创作的多产时期，也是社会声望日隆之时，因此这一时期的访谈和书评数量非常多。该时期书评主要集中于对诗集《装饰音》《母爱》《诗选》，诗剧《农庄苍茫夜》和小说《穿越象牙门》的介绍和评述。休斯顿·贝克（Houston A. Baker）（1990）、布鲁斯·威格尔（Bruce Weigl）（1990）、朱迪斯·基钦（Judith Kitchen）（1990）、简·克劳森（Jan Clausen）（1990）、伯尼·考斯泰罗（Bonnie Costello）（1991）等评论家集中评介了《装饰音》。休斯顿·贝克的书评极具拓展性。他从这部诗集延展开来，讨论了达夫等新一代黑人作家的身份归属问题。他指出，不能把达夫简单地划归为"种族诗人"，然而在美国文化的流行话语体系中却只有一个基本类别可以容纳达夫。那个类别就是，"非裔美国"诗人或者是"黑人"诗人。这是令人非常遗憾的。他还高度评价了达夫这本新诗集的艺术性，指出在达夫的《装饰音》中，种族被诗性地转化为一种"不寻常的平常性"（uncommon commonality），它出现在不可思议的怀旧的场景中，以一种原型般的真实触动读者。② 贝克认为，《装饰音》是一部体现了达夫最优秀的创作才华的诗集：讲述一个故事，歌唱一首记忆中的歌，从每日生活、爱情、欢乐和忧伤的平庸音节中流淌出一首世界主义的朴实的歌。布鲁斯·威格尔的肯定更为直接："这是直截了当、激情四溢的诗歌。"③ 圣经音乐、布鲁斯、爵士乐都呈现

---

① Stephen Cushman, "And the Dove Returned," *Callaloo* 19. 1 (Winter, 1996)：133.
② Houston A. Baker, "A Review of *Grace Notes*," *Black American Literature Forum* 24. 3 (Autumn, 1990)：574-577.
③ Bruce Weigl, "A Review of *Grace Notes*," *Manoa* 2. 1 (Spring, 1990)：169-172.

在这部诗集中，并深深根植于美国精神和时代特征，既有狄金森（Emily Dickinson）的视野，也有克劳德·麦肯（Claude McKay）的特征，既有弗罗斯特的特点，也有兰斯顿·休斯的传统。威格尔还大胆预言："毫无疑问，在《装饰音》中，作为诗人的达夫进入了创作的成熟期，或者说，她已跻身当代最优秀诗人的行列。这部诗集的价值不会随着时光的流逝被低估，也不会被遗忘，而是会历久弥新。"① 简·克劳森的书评讨论了出版于 1989 年和 1990 年的三部女诗人的诗集②，其中就包括达夫的《装饰音》。简·克劳森认为，达夫的《装饰音》中充满着令人惊讶的意象。这些意象是优雅的，能够牢牢抓住人们的情绪和瞬间的思维，却抗拒被分析和解释。有时她秉持的美学几近冷酷，她有些惆怅地宣称把美丽的东西置于邪恶的东西中的可能性。"然而，她远非逃避者。"③ 她的很多诗歌以关注的目光审视黑人的、女性的经历。"总体而言，这部吸引人的诗集似乎充溢着一种深深的矛盾和焦虑。"④ 简·克劳森还指出，这部诗集中蕴藏了一种"狄金森式的野心"⑤。

《母爱》也是引起热议的诗集。苏赞纳·麦森（Suzanne Matson）(1995)、卡洛琳娜·怀特（Carolyne Wright）(1996)、本·霍华德（Ben Howard）(1996) 等从不同的角度品评了该诗集。卡洛琳娜·怀特认为达夫在《母爱》中借用神话框架努力探寻一位母亲艰难地接受孩子长大成人、不得不面对空巢的现实。作为一个十几岁女孩的母亲，达夫明白母亲终将面对孩子长大成人、不再需要自己的转折性时刻。这一转折性时刻就蕴含在得墨忒尔－珀耳塞福涅神话中，而这也是整部诗集的"主控的比喻"⑥。此外，卡洛琳娜·怀特对这部诗集采用十四行诗形式进行创作的评价毁誉参半。怀特首先肯定了达夫的苦心：这种"充满魅力的结构"或多或少地帮助了诗人和她的孩子在一个"混乱就在门外潜藏"的世界

---

① Bruce Weigl, "A Review of *Grace Notes*," *Manoa* 2.1 (Spring, 1990): 170.

② 其他两部诗集分别是 Minnie Bruce Pratt 的 *Crime Against Nature* (1990) 和 Toi Derricotte 的 *Captivity* (1989)。

③ Jan Clausen, "Still Inventing History," *The Women's Review of Books* 7.10/11 (1990): 12-13.

④ Ibid. 12.

⑤ Ibid. 13.

⑥ Carolyne Wright, "Persona Grata," *The Women's Review of Books* 13.8 (May, 1996): 19.

反抗"多舛的命运"。不过，怀特随即对达夫的这一尝试表达了自己的保留意见：达夫十四行诗的尝试与其说完全成功不如说勇气可嘉：这些诗歌之所以被称作十四行诗只是由于其包含十四行而已，因为韵律往往很随意。对此，怀特的理解是："某种程度的混乱已经渗透到秩序井然的诗歌形式领地，与达夫对无序和失落主题的大书特写遥相呼应。"尽管这些诗歌作为十四行诗不算十分严谨，没有遵循十四行诗的声韵规律，但诗歌本身却大大得益于这种"灵活的整体结构"。这部诗集的七个部分"把古希腊神话的片段以当代的语言和文化用典转化为现代场景，尤其是达夫本人的非裔美国人的渊源，同时也从这个故事的起源地——欧洲——汲取了[能量]"①。怀特认为，"这部诗集最具创新性的部分在于达夫透过当代的喧嚣与混乱掩盖的现实，发现古代故事的清晰框架以及它保有魅力的永恒力量。"② 本·霍华德基本肯定了《母爱》所运用的"改良的十四行诗"形式。③ 此外，霍华德对达夫对古希腊经典神话的挪用也给予了关注。霍华德指出，在这部诗集中达夫借用得墨忒尔-珀耳塞福涅神话探索母女关系的动态性，这是她第二次对经典进行改写。第一次是诗剧《农庄苍茫夜》对俄狄浦斯王故事的改写。然而，尽管从表面上看诗集运用了古希腊的传统形式，却并非简单的模仿之作，也不是后现代的拼贴。这两部作品诗集在大胆地把新与旧杂合在一起的时候，既尊重也挑战了它们各自借用的传统。

学术界对达夫《诗选》的评介也很有分量。尽管《诗选》只是汇集了《街角的黄房子》、《博物馆》和《托马斯和比尤拉》中的诗歌，但是评论家们还是读出了新意。1994 年，伯纳德·莫里斯（Bernard Morris）在《哈佛评论》（*Harvard Review*）、阿卡沙·哈尔［Akasha（Gloria）Hull］在《女性书评》（*The Women's Review of Books*）上撰文评介了这部诗集。其中，阿卡沙·哈尔的评论非常有建设性。在题为《当语言成为一切时》（"When Language Is Everything"）的文章中，阿卡沙·哈尔对达夫的诗歌语言进行了定位："很少有评论家抱怨达夫的文字难懂或者晦

---

① Carolyne Wright, "Persona Grata," *The Women's Review of Books* 13.8 (May, 1996): 19.
② Ibid. 20.
③ Ben Howard, "A Review of *Mother Love*," *Poetry* 167.6 (Mar., 1996): 349.

涩，因为她在普遍接受性和高雅深奥的边缘舒适地游走。"① 同时，该文也对达夫诗歌的身份书写问题进行了阐释。首先，阿卡沙·哈尔关注了达夫的种族身份问题。从种族观点来看，她的作品缺乏直白的忠诚、批判和抗议。她对白人霸权的批评通常是隐晦的、非个人的、迂回的或者保持历史距离感的。考虑到"这个国家文化政治的本质"，人们反而能够理解这可能就是她获得普遍认可的原因所在。② 其次，哈尔探讨了达夫的性别身份问题：达夫认为自己是女权主义者，尽管她说当她走进书房写作时，她不会用政治术语思考自己，但毫无疑问，她的观念是女权主义的。不同的是，她的表现方式更为复杂：既表现男人，也表现女人，并揭示两性间"性别建构的困境"③。

达夫的诗剧《农庄苍茫夜》第一版一经问世就引起了极大反响。仅1994~1997 年针对该诗剧发表的书评就有十余篇。约翰·克尼（John Keene）（1994）、克里斯托夫·蒂芙尼（Christopher Tiffany）（1994）、威廉·李斯顿（William T. Liston）（1997）等人的书评分别发表在《戏剧杂志》（Theatre Journal）、《哈佛评论》、《今日世界文学》（World Literature Today）等杂志上。在这期间，对达夫唯一一部长篇小说《穿越象牙门》的评论也颇有力度。盖布瑞勒·弗曼（Gabrielle Foreman）（1993）、戴尔德瑞·耐伦（Deirdre Neilen）（1994）等在《女性书评》《今日世界文学》等杂志上撰文，对这部小说给予了高度评价。

这一时期评论界对达夫的访谈十分密集，从 1990 年到 1999 年达夫接受的访谈达十余次。其中最有代表性的当数海伦·文德勒亲自操刀的达夫访谈。这篇访谈被收录在盖茨（Henry Louis Gates, Jr.）主编的《阅读黑人、阅读女权主义：批评文集》（Reading Black, Reading Feminist：A Critical Anthology, 1990）中。此外，朱迪斯·卢森堡（Judith Pierce Rosenberg）（1993）、威廉·沃什（William Walsh）（1994）、M. 文恩·托马斯（M. Wynn Thomas）（1995）、派翠西亚·科克派忒克（Patricia

---

① Akasha (Gloria) Hull, "When Language Is Everything," *The Women's Review of Books* 11. 8 (May, 1994)：7.

② Ibid.

③ Ibid.

Kirkpatrick）（1995）、泰瑞斯·斯蒂芬（1997）、马琳·派瑞拉（Malin Pereira）（1999）等的访谈均产生了比较大的影响。这些访谈从多个角度，各有侧重地对达夫的文学创作、作品、诗学观、历史观等进行了探究，成为日后达夫研究的宝贵资料。

这一时期出现了以达夫及其创作为其研究对象之一的博士学位论文。其中比较有代表性的有哈佛大学的乔纳森·胡夫斯塔德（Jonathan Hufstader）的《进入意识》（"Coming into Consciousness"）和亚利桑那州立大学的苏珊·戴维斯（Susan Shibe Davis）的《创造性构建》（"Creative Composing"）（1994）等。这些博士学位论文均以达夫作品作为研究对象之一。

20 世纪 90 年代也是达夫走出美国、进入世界文学研究视野的时期。达夫最早在欧洲受到关注应当追溯到 1978 年瑞法尔·罗赞诺（Rafael Lozano）把达夫收录到他编辑的 12 位青年美国诗人作品开始，然而在欧洲达夫真正意义上被接受还是等了十年之久。希腊萨洛尼卡（Thessaloniki）亚里士多德大学教授艾克泰瑞尼·乔高戴凯（Ekaterini Georgoudaki）为该校一年级学生编写了《玛雅·安吉罗、格温朵琳·布鲁克斯、丽塔·达夫、尼凯·乔瓦尼和安德洛·罗德作品中的种族、性别和阶级视角》（*Race, Gender, and Class Perspectives in the Works of Maya Angelou, Gwendolyn Brooks, Rita Dove, Nikki Giovanni, and Audre Lorde*）一书，作为美国非裔女性诗歌导论课程的教材。这部著作导论中的两个章节关注了达夫，分别是"安吉罗、布鲁克斯、达夫、乔瓦尼和罗德诗歌中的黑人和白人女性：复杂而矛盾的关系"（"Black and White Women in Poems by Angelou, Brooks, Dove, Giovanni, and Lorde：Complex and Ambivalent Relationships"）和"丽塔·达夫：跨越边界"（"Rita Dove：Crossing Boundaries"）。而后一部分"丽塔·达夫：跨越边界"发表在 *Callaloo*（1991）杂志上，并成为达夫研究的经典文论。此外，艾克泰瑞尼·乔高戴凯还于 1996 年发表了《当代美国黑人女性诗人：抵抗性暴力》一文，也关注了达夫的诗歌。当然，在这些研究成果中，最有分量的还是《丽塔·达夫：跨越边界》一文。乔高戴凯认为，达夫诗歌精致的文体不但把她与同时代的非裔美国诗歌区别开来，而且揭示了她在自己的族裔范围之内一直不温不火的原因。乔高戴凯在这篇文论中提出的最重要的观点是将达夫界定为一位跨文化的、不同抒情声音的中间者和调和者，从而打破了所有的疆界，并实现了跨界书写。达夫"生活在两个不同的世界，以双重视野观察事物"。乔高戴凯还指出，"尽管她也触及种族主义和性别主义问题，但她既没有采用黑人民族主义，也没有采用女权主义的抗议之声，因此她没有让愤懑、愠怒和抗争控制自己的诗歌"①。

　　国内对达夫的译介开始于1990年。彭予1990年翻译了达夫的三首诗歌，发表在《当代外国文学》（1990年第3期）上；随后，1994年和1995年，邵旭东和杨金才分别撰写了《美桂冠诗人谈振兴诗坛》和《美国第二位女桂冠诗人丽塔·达夫》，介绍了达夫桂冠诗人的身份，分别发表在《外国文学研究》（1994年第1期）和《世界文化》（1995年第1期）上。这些译介让中国读者和学界第一次领略了这位桂冠诗人的风采。

（三）21世纪初的研究状况

　　进入21世纪，达夫的文学创作进入又一个高峰期，而达夫研究也进入了一个全新时代。21世纪的达夫研究呈现以下明显特点。其一，对达夫的研究更为系统、全面。20世纪的达夫研究以论文、评论为主，21世纪出现了多部有分量的专著。其二，评论界把达夫纳入美国文学的各个谱系，为达夫进入经典行列打下基础。

　　21世纪出现了达夫研究专著。其中最有代表性的著作包括泰瑞斯·斯蒂芬的《跨越肤色：丽塔·达夫诗歌、小说和戏剧中的跨文化空间和地点》②（*Crossing Color*：*Transcultural Space and Place in Rita Dove's Poetry*，*Fiction*，*and Drama*，2001）；马琳·派瑞拉的《丽塔·达夫的世界主义》（*Rita Dove's Cosmopolitanism*，2003）；派特·瑞什拉托（Pat Righelato）的《解读丽塔·达夫》（*Understanding Rita Dove*，2006）等。泰瑞斯·斯蒂芬的《跨越肤色》探索的是达夫拒绝与"黑人艺术运动"为伍的文化立场，认为达夫是"朝向一种多元文化民族身份主流"的开创者。③ 马琳·派瑞

---

①　Ekaterini Georgoudaki，"Rita Dove：Crossing Boundaries，" 420.

②　下文简称为《跨越肤色》。

③　Therese Steffen，*Crossing Color*：*Transcultural Space and Place in Rita Dove's Poetry*，*Fiction*，*and Drama*，9.

拉的《丽塔·达夫的世界主义》的研究对象是达夫的前 7 部诗集，以及
她的长篇小说《穿越象牙门》、短篇小说集《第五个星期日》和诗剧《农
庄苍茫夜》，等等。派瑞拉这部专著最大的贡献在于探索了达夫的世界主
义文化身份，以及以达夫为代表的"后黑人艺术运动"时期的美国非裔
作家的文化困境。马琳·派瑞拉的研究与其说是关于达夫本人的，不如说
是关于美国文学史，或者更确切地说，是关于美国非裔文学史的。马琳·
派瑞拉试图探究 20 世纪八九十年代，当"黑人艺术运动"逐渐暗弱，美
国非裔文学究竟发生了怎样的变化。派瑞拉借用了特瑞·艾利斯（Tray
Ellis）在《新黑人美学》（"The New Black Aesthetic"，1989）中的观点，
指出新黑人美学体现的文化杂糅性和普遍性在"黑人知识分子传统"中
一直存在。这一传统以"长期的张力"存在，并与强调"黑人特殊性"
的传统对立存在。因此，从"黑人艺术运动"到新黑人美学的变化是必
然的，这种变化只是非裔美国文学史中反复出现的张力中的一个部分而
已。派瑞拉认为，达夫的重要性在于她帮助"引领了一直延续的世界主
义传统线索的非裔美国诗歌史的一个新阶段"①。达夫努力解决的是黑人
诗歌中一直缺少"一个可以言说的黑人世界主义者谱系"问题②，正是出
于此种目的，她高度评价了 20 世纪四五十年代具有"宽泛文化意识"
的诗人，如罗伯特·海登（Robert Hayden）和麦尔文·托尔森（Melvin
Tolson），而对阿米里·巴拉卡（Amiri Baraka）等黑人民族主义诗人的
评价却不高。派瑞拉指出了达夫的中产阶级身份在其美学形成和她被评
论界接受中发挥了重要作用，这一论述很有见地。派特·瑞什拉托的
《解读丽塔·达夫》也是一部影响深远的达夫研究专著，与前两部专著
的不同之处在于，作者舍弃了任何理论框架，而是对达夫的作品进行了
文本细读。

　　与达夫研究的专著不同，一些研究者开始把达夫纳入各自研究的体系
之中，从多个角度对达夫诗歌进行界定和解读。其中比较有代表性的专著
有莱斯蕾·威勒（Lesley Wheeler）的《封闭诗学：从狄金森到达夫的美

---

① Malin Pereira, *Rita Dove's Cosmopolitanism*, 11.

② Ibid. 13.

国女性诗人》（*Poetics of Enclosure*：*American Women Poets from Dickinson to Dove*，2002）、崔西·瓦尔特斯（Tracey L. Walters）的《通往经典神话的普世之路》（*A Universal Approach to Classical Mythology*，2007）、伊丽莎白·伯格曼·罗伊斯兹克斯（Elizabeth Bergmann Loizeaux）的《20世纪诗歌和视觉艺术》（*Twentieth-Century Poetry and the Visual Arts*，2008）、威廉·库克（William W. Cook）和詹姆斯·塔图姆（James Tatum）的《美国非裔作家和经典传统》（*African American Writers and Classical Tradition*，2010）等。莱斯蕾·威勒的《封闭诗学：从狄金森到达夫的美国女性诗人》把达夫放置在始自狄金森，到摩尔、H. D.、格温朵琳·布鲁克斯、伊丽莎白·毕肖普，再到丽塔·达夫所形成的美国女性诗歌传统之中。这部专著确立了从狄金森到达夫的美国女诗人群体所运用的封闭语言体系。这些女诗人的一个共同特点就是把"遮蔽和限制"的比喻与作为文类的抒情诗结合起来，同时也作为一种诗歌策略加以保留。每一位诗人都不同程度地把抒情诗作为一种封闭系统，她们也表达了对其严格限制的不同态度。这里的"封闭"有三层含义：形式的限制；风格和内容的保留或私人性；对狭小空间意象的依赖。① 在该专著的第六章"丽塔·达夫：房子延展"中，作者检视了两个相互关联的意象：家宅空间和母性樊篱，并把达夫巧妙地放置到女性抒情诗歌传统之中。

崔西·瓦尔特斯的《通往经典神话的普世之路》研究的是非裔美国女作家如何以及为何挪用古希腊罗马神话。该专著首先探讨了18～19世纪的非裔女作家如惠特莉等如何确立非裔美国女性的经典改写传统，接着探索了20世纪美国非裔女作家如布鲁克斯、莫里森、达夫等人把现代主义和后现代主义的手段运用于经典神话改写的方式。对达夫的研究主要集中于诗剧《农庄苍茫夜》和诗集《母爱》。达夫这两部作品的"主题和结构成分"都改写自希腊神话。在《农庄苍茫夜》中，达夫把俄狄浦斯神话透射进关于奴隶制和失去的爱的故事中。在《母爱》中，"得墨忒尔－珀耳塞福涅的神话被改写成关于创造和失去身份的叙述"②。事实上，这

---

① Lesley Wheeler, "Introduction," *Poetics of Enclosure*：*American Women Poets from Dickinson to Dove*, 2.

② Tracey L. Walters, *A Universal Approach to Classical Mythology*, 133.

一神话在布鲁克斯和莫里森的作品中都以改写的面目出现，然而后两位作家对这一神话的改写凸显了成为男性施虐对象的女性，而达夫笔下的女性形象却是一位摆脱了男性压迫的独立自主的女人。布鲁克斯和莫里森的神话改写聚焦于"性政治"，达夫却把焦点从"男性-女性的冲突"转移到对"母-女关系"的探索上来。① 达夫表明，母亲和女儿之间的紧张关系是双重的：为了保护孩子免受外界伤害，母亲常常会避免女儿经历生活的艰难，造成其承压能力受到压制。结果是女儿憎恨母亲试图保护她们的做法，并想方设法追求自己的生活，留下失落的母亲独自悲伤。除了强调母女关系的复杂性，达夫对这一神话改写的与众不同之处还在于"她在叙述中融入了半自传的细节"。"达夫的神话重构揭示了她本人穿梭于世界的史诗般的旅程以及她本人从女儿到妻子和母亲的转变"②。崔西·瓦尔特斯还注意到，尽管种族主题也呈现在本文之中，达夫还是更多地关注母女冲突的普遍性而不是种族问题。

伊丽莎白·伯格曼·罗伊斯兹克斯的《20世纪诗歌和视觉艺术》从视觉艺术的角度考察诗歌艺术。这部专著的撰写源于对这样一个问题的思考：为什么那么多现代诗人，如此专注、如此自觉地将绘画和雕塑作为诗歌的主题。为何这样一种抒情诗亚类型如此频繁地出现在20世纪英美诗人的诗歌之中？这部专著把丽塔·达夫与叶芝（W. B. Yeats）、奥登、摩尔、威廉斯（William Carlos Williams）、洛威尔、里奇、阿什贝利等19~20世纪的诗歌大家并置在视觉诗歌艺术的框架之中，为理解达夫的诗歌艺术开启了一扇新的门。该书主要探究了达夫在诗集《博物馆》中的视觉诗歌，对多首诗歌进行了文本细读。伊丽莎白·伯格曼·罗伊斯兹克斯想要表明的是"诗集—作为—博物馆"这一理念如何为达夫提供了一种以抒情诗表达非裔美国文化遗产问题的方式。

威廉·库克和詹姆斯·塔图姆的《美国非裔作家和经典传统》最后一章"丽塔·达夫和希腊"探讨了达夫与西方经典的关系，尤其是与古

---

① Tracey L. Walters, *A Universal Approach to Classical Mythology*, 133.
② Ibid. 134.

希腊神话、史诗的关系。作者指出，达夫的创作涉及多种西方经典形式：古希腊神话和文学，横跨史诗、悲剧、抒情诗、荷马的《赞美诗》等。该专著集中探讨了达夫的《穿越象牙门》对《荷马史诗》的挪用；《农庄苍茫夜》对《俄狄浦斯王》的挪用；《母爱》对希腊得墨忒尔-珀耳塞福涅神话的挪用。该专著对《母爱》的分析尤其到位。

2011 年，宾夕法尼亚大学的博士研究生伊萨贝尔·吉赛尔斯（S. Isabel Geathers）完成了博士学位论文《悲剧的黑色眼睛：当代美国非裔文学中的悲剧理论化》（"Tragedy's Black Eye：Theorizing the Tragic in Contemporary African American Literature"）（2011）。这篇博士学位论文从黑人作家的悲剧作品入手，主要关注达夫的《农庄苍茫夜》和《母爱》两部作品。吉赛尔斯认为，达夫的悲悼的诗体形式决定了悲伤的施为模式是一种"受难的形式"。《母爱》探索了悲悼对死者的必然认同的冲动和结果，并通过追踪达夫重塑得墨忒尔-珀耳塞福涅神话的悲伤脉搏而探索悲悼对活着的生命的影响。达夫使这则神话实现了"当代化"，让得墨忒尔和珀耳塞福涅游走在巴黎的街头，沐浴着亚马孙的骄阳，同时也安居在生与死之间的阈限空间。达夫之所以运用十四行诗形式并非因为其具有的秩序的魅力，也不是因为"它充满魅力的结构，和它美丽的情绪"，而恰恰是因为十四行诗歌界限的瓦解，它"漂亮的藩篱"的破坏。该论文把悲悼和非裔女性文化传统、政治传统联系起来，非常有启发性。

除了以上专著和博士学位论文把达夫放置于英美诗歌传统之中，有不少论文集也基丁同样的思路把达夫和她的诗歌纳入其中。比较有代表性的是论文集《在框架之中：从玛丽安·摩尔到苏珊·维勒的女性视觉再现诗歌》，收录了简·海德雷（Jane Hedley）的论文《丽塔·达夫的身体政治》（"Rita Dove's Body Politics"）。该文从视觉艺术的角度解读了达夫收录于《装饰音》中的诗歌《美杜莎》（"Medusa"）。该文还对达夫对古希腊神话的挪用进行了梳理，指出达夫对古希腊神话的兴趣早在 1986 年出版的诗集《托马斯和比尤拉》中就初见端倪，在 1989 年的《装饰音》中逐渐清晰，到她 1995 年的诗集《母爱》运用手法成熟完善起来。简·海德雷认为达夫的视觉再现诗歌揭示了她对性别和种族的双重重塑。① 斯蒂芬·波特（Stephen Burt）和大卫·米奇克斯（David Mikics）合著的《十四行诗歌艺术》（*The Art of the Sonnet*）（2010）中收录了达夫的《头胎的晚礼服》（"Party Dress for a First Born"），并分析了《母爱》中的神话改写、母女关系以及《头胎的晚礼服》的声韵特点。

这一时期出版了两部访谈。一部是厄尔·英格索尔主编的《丽塔·达夫访谈》（*Conversations with Rita Dove*）（2003）。这部访谈收录了从 1985 年到 2002 年间的重要访谈共 13 篇。这些访谈比较集中地回答了达夫的文学创作之路、文学创作体会、诗学观、历史观、种族观等重要问题。可以说是对达夫内心世界的一次完整梳理，勾画了她一直强烈地、持续地抵抗被归类和被误读的过程。另一部是马琳·派瑞拉主编的《走进既灿烂又晦暗的光：当代黑人诗人访谈》（*Into a Light both Brilliant and Unseen: Conversations with Contemporary Black Poets*）（2010）。这部访谈集收录了马琳·派瑞拉与达夫 1999 年的访谈，略有修改和调整。这部访谈集的意义在于选择的八位诗人②是被称为"后黑人艺术运动一代"的当代美国非裔诗人。就时代特征而言，这些诗人出生于 1945～1965 年，他们的作品在 20 世纪八九十年代引起评论家关注。这一代非裔诗人"迷失在 20 世纪 60 年代黑人艺术海洋变化莫测的前夕"。尽管"黑人艺术运动"使得这些诗人的创作成为可能，但他们的作品却常常无法满足美学家们严苛的批评框架。③ 马琳·派瑞拉认为，这些作家作为"超越黑人艺术运动"独立而明确的一代的身份标识"对于文学史以及对于我们理解今天的诗歌都至关重要"④。这一代非裔诗人在主题、美学特征方面表现得十分多元化，他们以包容的声音、视角和技巧建构自我。与巴拉卡在《家：社会文论》

① Jane Hedley, "Rita Dove's Body Politics, in Jane Hedley, Nick Halpern, and Willard Spiegelman," eds., *In the Frame: Women's Ekphrastic Poetry from Marianne Moore to Susan Wheeler*, Newark: University of Delaware Press, 2009, 197–212.

② 这八位诗人分别是 Wanda Coleman, Yusel Komunyakaa, Rita Dove, Thylias Moss, Harryette Mullen, Cornelius Eady, Cyrus Cassells 和 Elizabeth Alexander。

③ Malin Pereira, *Into a Light both Brilliant and Unseen: Conversations with Contemporary Black Poets*, 45.

④ Ibid. 2.

（*Home*：*Social Essays*）中宣称他变得越来越黑，把种族作为一种家或者本质的观念不同，"后黑人艺术运动"时期的黑人作家想象存在"复数的家以及关于黑人性和诗歌之间的复数观念"①。马琳·派瑞拉认为，达夫是这一代作家中"最先对抗黑人艺术运动操控的诗人之一"②。

　　这一时期的达夫研究已经不仅仅局限于诗歌研究，而且拓展到诗剧和小说研究层面。关于诗剧《农庄苍茫夜》有两篇重量级研究论文。一篇是马琳·派瑞拉的《"当梨树花开"》（" 'When the Pear Blossoms' "）。这篇文章运用心理分析方法，从弗洛伊德原初场景理论视角分析了达夫作为非裔美国女作家创作的复杂心理动因。派瑞拉认为，这部诗剧漫长的修改过程代表了"被焦虑压制的非裔美国人的原初场景"③。这种原初场景在达夫的作品中一直被压抑着，长期被延宕着，征候性地以一种乱伦母题贯穿于她的全部作品之中。乱伦母题表现的压抑的原初场景在达夫若干作品话语中清晰地呈现，这些文本在每一处乱伦场景以及《农庄苍茫夜》中的终极原初场景中调用的是相同的喻指语言。派瑞拉认为，达夫的乱伦母题以及文化杂糅的原初场景通过一个文化混血儿的形象表现出来，是她的世界主义观念的主题化表达。另一篇是西奥多拉·卡里斯雷（Theodora Carlisle）的《阅读伤疤：丽塔·达夫的〈农庄苍茫夜〉》（"Reading the Scars：Rita Dove's *The Darker Face of the Earth*"）。该文从读者反应理论的角度探索了达夫如何阅读并改写了古希腊悲剧《俄狄浦斯王》，并以此为基础思考了美国非裔作家如何继承双重遗产的问题。该文从作为读者的作家、作为"掮客"的改写者、作为创新者的剧作家、作为作家的读者等角度展开了论述。④

　　特别值得一提的是，2008 年 *Callaloo* 出版了丽塔·达夫专刊。该专刊

---

① 　Malin Pereira, *Into a Light both Brilliant and Unseen*：*Conversations with Contemporary Black Poets*, 2.

② 　Ibid. 3.

③ 　Malin Pereira, " 'When the Pear Blossoms/Cast Their Pale Faces on/the Darker Face of the Earth'：Miscegenation, the Primal Scene, and the Incest Motif in Rita Dove's Work," *African American Review* 36. 2（Summer, 2002）：195.

④ 　Theodora Carlisle, "Reading the Scars：Rita Dove's *The Darker Face of the Earth*," *African American Review* 34. 1（Spring, 2000）：135–150.

不仅收录了达夫即将出版的新诗集《穆拉提克奏鸣曲》的部分诗歌，而且精选了达夫 30 多年创作生涯中的优秀诗歌、散文等。同时，该专刊还推出了达夫的最新访谈以及部分代表性达夫研究成果。其中，查理斯·亨利·罗威尔（Charles Henry Rowell）与达夫的长篇访谈主要集中于《穆拉提克奏鸣曲》。论文有派特·瑞什拉托的《丽塔·达夫和历史艺术》（"Rita Dove and the Art of History"）。这是派特·瑞什拉托继专著《解读丽塔·达夫》之后的又一力作，集中探讨了达夫诗歌的历史书写和历史诗学。林恩·格瑞汉姆·巴兹莱（Lyn Graham Barzilai）对诗歌《肯塔基 1833》的解读《在边缘：肯塔基 1833》（"On the Brink：Kentucky 1833"）也聚焦于该诗歌的历史主题。丹尼·塞克斯顿（Danny Sexton）的《掀起面纱：丽塔·达夫〈农庄苍茫夜〉中的修正和双重意识》（"Lifting the Veil：Revision and Double-Consciousness in Rita Dove's *The Darker Face of the Earth*"）是对诗剧《农庄苍茫夜》1994 年和 1996 年两个版本的差别的解读，是对达夫改写结尾背后的深层原因的探索。作者认为这一改写反映出杜波伊斯（W. E. B. Du Bois）所言的双重意识。戴安娜·克鲁兹（Diana V. Cruz）的《辩驳流放：达夫解读麦尔文·托尔森》（"Refuting Exile：Rita Dove Reading Melvin B. Tolson"）以达夫论托尔森为基点，全面阐释了达夫对黑人诗学和黑人性等问题的观念。

　　21 世纪前 20 年是达夫研究在中国逐渐发展的重要时期。2000 年张凤娟、袁霁编译了《莉塔·多佛访谈录》（《外国文学动态研究》2000 年第 2 期）。2009 年，王卓在期刊《外国文学研究》上发表了长文《阅读、误读、伦理阅读"俄狄浦斯情结"——解读达夫诗剧〈农庄苍茫夜〉》，2010 年又在《解放军外国语学院学报》上发表了《论丽塔·达夫诗歌的文化空间建构》。前文主要聚焦于达夫诗剧《农庄苍茫夜》，后者从空间诗学的视角探究了达夫诗歌的文化建构。2012 年，王卓在《外国文学评论》上发表了长文《论丽塔·达夫新作〈穆拉提克奏鸣曲〉的历史书写策略》，对达夫出版于 2009 年底的新作《穆拉提克奏鸣曲》中的历史观、历史主题、历史书写策略进行了全面解读。2013 年她又在《山东外语教学》上发表论文《一场"黑人内部"的女人私房话——〈穿越象牙门〉与〈最蓝的眼睛〉的互文阅读》，从黑人女性成长模式的角度解读了达夫的小说《穿越象牙门》。2013 年王卓完成博士学位论文《丽塔·达夫诗歌主题研究》（华中师范大学，2013）。该博士学位论文是国内首部针对达夫诗歌主题的整体研究。2017 年她又分别在《国外文学》和《浙江工商大学学报》上发表长文《论丽塔·达夫诗歌中"博物馆"的文化隐喻功能》和《种族之战？文化之战？经典之战？——从丽塔·达夫与海伦·文德勒的论战说起》。前文探究了达夫作品中博物馆的意象以及作为文化隐喻的博物馆所承载的文化重量；后者则从丽塔·达夫和美国著名文学评论家海伦·文德勒围绕达夫主编的企鹅版《20 世纪美国诗歌选集》展开的论战说起，从种族、文化和经典三个层面思考了这篇论文独特的文化内涵。2019 年王卓等又发表了《论丽塔·达夫的美国黑人民权运动书写》（《外国语文研究》2019 年第 5 期），对达夫以黑人民权运动之母罗莎·帕克斯为中心，全面审视黑人民权运动中的性别身份问题进行了解读。其他研究者的相关论文主要有：唐旭、刘文的《丽塔·达夫〈几何学〉中的文化空间》（《求索》2010 年第 4 期）、于志学的《丽塔·达夫诗歌的女权主义视角探析》（《语文学刊（外语教育与教学）》2011 年第 7 期）、孙小红的《超越肤色的创作——析丽塔·达芙诗歌中的非种族特征》（《沙洋师范高等专科学校学报》2012 年第 1 期）、曾巍的《丽塔·达夫〈冥河酒馆〉的陌生化书写》（《山东外语教学》2020 年第 5 期）等。近几年，中国大陆和台湾陆续出现了达夫研究的硕士学位论文，包括吴佩真的硕士学位论文《丽妲·朵芙〈汤玛仕与蓓拉〉》（台北：中国文化大学，2008）、胡文萍的《丽塔·达芙的诗集〈托马斯与比尤拉〉对真理的探寻》（南昌大学，2009）、刘花平的《对丽塔·达夫〈母亲的爱〉中西方传统的喻指研究》（中南大学，2009）、刘中伟的《丽塔·达夫诗作中的"流散"主题》（武汉理工大学，2010）、于志学的《歌唱空间与内心自由的语言——丽塔·达夫诗歌中的"第三空间"》（河北大学，2012）等。访谈有谢勋的《诗歌与舞蹈并行——访问非裔美国桂冠诗人朵芙〔Rita Dove〕》（《秋水诗刊》第 151 期［海外诗坛］专栏，2011 年 11 月号）。达夫诗歌仅有十几首由彭予教授（《当代外国文学》，1990）、张子清教授（《最新外国优秀诗歌》，2002）、郑建青教授（Callaloo，2008）译成中文。2017 年黄礼孩主编的达夫诗选《她把怜悯带回大街上》由北岳文艺出版社出版。此间达夫与中国学界开始密切交往。2015 年《诗歌与人》杂志社将第十届"诗歌与人·国际诗歌奖"颁发给达夫，她亲自到广东接受了该奖项。① 从以上的梳理中可以看出，尽管我国学界开始关注达夫，但对她的研究还处于起步阶段，尚没有高水平的基金项目立项，同时学术专著也寥寥无几。

达夫研究专家派特·瑞什拉托在《解读丽塔·达夫》中说，达夫是一直"避免被归类的作家"②。她的诗歌突破了种族、性别和流派的界限，游走于复杂而优雅的中间地带。达夫的作品"超越了任何种族、性别、阶级或文化的考量"，"属于被称之为经典的人类共同遗产"③。达夫的此种写作状态为她的诗歌作品增添了无限的可能性和复杂性，也使得达夫研究变得极具挑战性。

三　内容、方法和结构

本书对美国非裔桂冠女诗人丽塔·达夫诗歌、小说、戏剧的主题，美学理念和文化身份建构策略等进行了全面梳理、解读和提炼。本书的研究对象覆盖了丽塔·达夫从 1980 年出版的第一部诗集《街角的黄房子》到 2021 年最新诗集《启示录清单》共十部诗集，以及由她编选的企鹅版《20 世纪美国诗歌选集》（2011）。同时特别关注了达夫的诗剧《农庄苍茫夜》和小说《穿越象牙门》。

本书全面梳理、品读、诠释了丽塔·达夫的诗歌、小说、戏剧作品，总结了她独特的诗学理念和书写策略。通过对达夫在 40 余年创作生涯中的全部作品的梳理和分析，本书发现达夫的作品形成了四个主题、风格、书写策略鲜明的作品群，即成长书写、空间书写、历史书写和文化书写。成长书写作品群以自传性素材为基础，探索了美国黑人女性在身体、精神、艺术上的成长和升华；空间书写作品群以不同的空间形态和空间意象为基点，探究了家园空间、漫游空间、时空连续体和诗学空间对黑人，尤

---

① 参阅第十届"诗歌与人·国际诗歌奖"揭晓的相关报道，zgsgxh.com，2015 年 10 月。
② Pat Righelato, *Understanding Rita Dove*, University of South Carolina Press, 2006, 1.
③ Mohamed B. Taleb-Khyar, "Gifts to Be Earned," Earl G. Ingersoll, ed. *Conversations with Rita Dove*, Jackson：University Press of Mississippi, 2003, 74-87.

其是黑人女性知识分子的族群身份、文化身份和艺术身份形成的意义和影响；历史书写作品群从黑人家族和黑人民族两个层面，以黑人从奴役走向自由的历史过程中最具代表性的历史时段、历史人物和历史事件为线索，探究了黑人家族史、黑人奴隶史、黑人解放史和黑人世界史；文化书写作品群在与西方经典作品的互文对话中，思考了黑与白的相对性，勾勒出达夫的黑人文化身份建构策略从多元文化主义向世界主义转向的轨迹。

尽管成长书写作品群、空间书写作品群、历史书写作品群和文化书写作品群关注点不尽相同，却有着诸多内在关联性，它们分别代表了达夫对自我身份、种族身份和文化身份形成过程的思考，从这一角度来说，此四个作品群不但具有内在关联性和统一性，而且体现了文化身份建构的动态性。首先，从自我建构的角度来说，成长书写关注的是黑人，尤其是黑人女性的身体、精神和艺术成长，阐释的是"我"和"我们"是谁的问题；空间书写关注的是黑人个人和族群成长的物质、精神和艺术空间维度，阐释的是"我"和"我们"来自哪里的问题；历史书写关注的是黑人家族和黑人族群成长的时间维度，阐释的是"我"和"我们"在历史的流变中的成长轨迹。文化书写关注的是达夫作为黑人女性作家的书写策略、与文学经典的对话等问题，阐释的是当代黑人女性知识分子的精神成长以及黑人文学的文化立场。其次，从诗学建构的角度来说，此四个作品群分别对应的是达夫独特的"后黑人艺术运动"时期的非裔女性诗学观、空间诗学观和历史诗学观和世界主义诗学观，而此四种诗学观则共同构成了达夫多维度、多层次的诗学理念和艺术创作策略。最后，从族群建构的角度来说，此四个作品群分别建构了美国黑人的主体性、黑人族群的流散性和世界性。

第一章"从青春到母爱：达夫的成长书写"集中探讨了达夫成长书写作品群、达夫的女性成长观以及女性成长书写策略。达夫的成长书写主要集中于她的诗歌作品，散落于从出版于1980年的第一部诗集《街角的黄房子》到2004年的《美国狐步》等六部诗集之中。这个数量庞大的成长书写诗歌群勾勒了黑人女性从青春少女到为人妻、为人母的成长历程。然而，达夫的成长书写并非只是对黑人女性成长的线性梳理，而是从黑人女性身体成长、黑人女性知识分子精神成长和黑人女性艺术家的艺术成长三个层面对当代黑人女性身份意识的完整诠释。从这一角度来看，达夫关注的黑人女性成长既是物质的，也是精神的，更是文学隐喻性的。尤其是以母女关系和父女关系为焦点的黑人女性成长诗歌在某种程度上诠释的是身为黑人女作家的达夫对待西方文学传统和非裔文学传统扬弃的态度。

第二章"从家园到世界：达夫的空间书写"勾勒的不仅是达夫作品的空间主题嬗变的轨迹，更是她对黑人，尤其是黑人女性自我建构方式的转变轨迹，同时也是她的诗学观念的发展轨迹。达夫的空间书写作品群按照空间关注点的不同分为家园空间诗歌群、漫游空间诗歌群、时空一体的博物馆诗歌群和空间诗学诗歌群。这四个诗歌群分别从不同的侧面反映了达夫的家园观、世界观、时空观和诗学观。达夫的家园空间诗歌群以其丰富的家宅意象，赋予了家宅各个空间维度以独特的文化含义。厨房、门廊、后院等看似平凡的家宅空间在达夫的诗性呈现中都与黑人，尤其是黑人女性生命息息相关，更与黑人家庭的命运形成了富有历史维度的关联。达夫的漫游空间诗歌群与家园空间诗歌群是相辅相成的。急于离开家宅的黑人女性终于义无反顾地踏上了旅行之路，也开启了达夫的旅行诗歌的书写。时空一体的"博物馆"诗歌群主要集中于达夫诗集《博物馆》。这部诗集从宏观和微观两个层面来看都集中体现了博物馆这个特定空间的时空一体性和文化呈现的品性。通过"博物馆"这一文化隐喻，达夫把一个时空一体的特定空间转变成为一个文本空间、一个叙事空间和一个文化空间。空间诗学诗歌群集中表达了作为诗歌评论家的达夫的空间诗学观。达夫秉承了狄金森的"诗歌之屋"的空间诗学想象，结合巴什拉的"空间诗学"理念，提出了两个至关重要的空间诗学观念："幽灵之城"和"一个移动的 x-标记-点"。这两个概念分别确立了达夫的空间诗学观和诗人的观察点。达夫以丰富的、多层次的空间主题和空间意象，不仅创造了一个黑人女性的生存空间，而且解决了黑人诗人的生存空间问题，可谓一箭双雕。

第三章"从家族史到世界史：达夫的历史书写"探索了达夫历史主题诗和诗剧、她独特的历史观和历史诗学建构策略。达夫的历史主题作品群按照所关注侧重点和历史时期的不同，大致分为四大诗歌群，即黑人家族史诗歌群、黑人奴隶史诗歌群、黑人解放史诗歌群和黑人世界史诗歌群。此四大诗歌群分别从不同的侧面反映了达夫对黑人的族群身份、黑人的文化身份、黑人的政治身份和黑人的历史身份的独特认识。达夫的黑人家族史诗歌群以达夫的祖父母在黑人移民大潮中的经历为素材，以多重叙事声音构筑了三重对话：黑人夫妻对话、黑人两代人对话及黑人家族史和美国历史之间的对话。这三个层面的对话不仅按照时间顺序呈现了一个中产阶级黑人家庭的形成和发展史，更在与历史大事件的观照中，阐释了个人与社会、个人与历史、个人与族群之间休戚与共的联系。达夫的黑人奴隶史诗歌群以独特的视角审视了那段尽管遥远，却以最惨烈的方式影响了黑人族群命运的历史。黑人奴隶史是美国非裔族群历史上留白最多的历史时段，也是被美国官方历史扭曲最严重的历史时段，而这些遗憾却恰恰成为达夫发挥诗性想象的最好空间。达夫再次将多重叙事声音的魔力放大，让黑人奴隶的自白声音以"我"、"我+我"和"我们"的多重方式呈现，书写了一段"有生命""有态度""有故事"的黑人奴隶史。达夫的黑人解放史诗歌群主要聚焦于一个女人、一个时刻和一个事件："黑人民权运动之母"罗莎·帕克斯在公交车上拒绝把座位让给白人，并由此点燃了黑人民权运动的熊熊烈火。这组诗歌围绕着罗莎和这场对黑人政治生活产生了深远影响的运动，再次探测到了"历史的下面"，发掘出关于罗莎拒绝让座的动机、罗莎在这场运动中若隐若现的位置、罗莎背后的"男人们"和"女人们"等鲜为人知的历史事实。达夫的黑人世界史诗歌群集中体现在诗集《穆拉提克奏鸣曲》中。这部叙事诗集以生活在19世纪的黑人小提琴家布林格托瓦的经历为基础，关注了黑人的世界经历和世界主义者的文化身份起源问题。

第四章"从多元文化到世界文化：达夫的文化观与经典重构"探索了达夫的长篇小说、短篇小说、诗剧和她遴选的企鹅版《20世纪美国诗歌选集》的文化书写策略。本章重点关注达夫与西方经典和主流文化的对话和论战，以互文书写的视角审视达夫对西方经典的改写策略，尝试勾描出达夫的文化身份策略从多元文化主义到世界主义的嬗变之路。

本书要实现的研究目标是双重的：一方面是对达夫作品的主题解读和写作策略分析；另一方面通过对比研究总结出以达夫为代表的"后黑人

艺术运动"时期的黑人女性公共知识分子在族群身份、文化身份和诗学理念等问题上对前辈黑人作家的修正和偏离。鉴于此，本书首先对达夫作品进行主题归类和梳理，析出达夫作品最具代表性的四个主题：成长主题、空间主题、历史主题和文化主题。在对达夫作品主题进行解读的过程中，本书同时关注了达夫的诗学建构、身份建构和文化策略选择等问题。其次，本书在文本细读的基础之上，引入比较研究视角，对比达夫以及以达夫为代表的"后黑人艺术运动"时期的美国非裔作家在种族观、文化观、身份建构策略等方面与前辈美国非裔作家的不同，从而勾画出一条美国非裔诗歌历时发展的动态轨迹。

　　本书的核心部分是对达夫作品四重主题的梳理和提炼。本书之所以聚焦于此四个主题有以下四点原因。其一，综观达夫的八部诗集以及小说和戏剧作品，我们发现尽管这些作品的创作长达四十余年，跨越了两个世纪，创作背景、风格和重心也各有不同，但是却形成了四个非常明显的作品群，即成长主题群、空间主题群、历史主题群和文化主题群。其二，此四个作品群贯穿于达夫整个创作生涯和全部作品，并因此赋予了她的400余首诗歌、一部长篇小说、一部短篇小说集和一部诗剧以独特的内在统一性和连续性。其三，达夫的此四个主题作品群并非孤立存在，而是具有深层的内在联系。它们分别是达夫对自我形成、种族形成和诗学形成过程深入思考的结果，从这一角度来说，此四个主题作品群阐释的是一系列的形成过程。其四，此四个主题作品群与自我、种族和诗学之间的内在联系使得对作品主题的考察也同时是对美国黑人族群身份、文化身份建构策略的考察以及对达夫的诗学建构的考察。简言之，达夫作品的"主题的和谐性"① 和书写策略的一贯性是达夫作品的灵魂所在，也是达夫作品和诗学研究的基础和核心。

　　本书因循美国非裔女性研究的种族、性别和阶级研究的交错式研究方法，并在此基础上，增加了历史、文化和诗学维度，从而形成两对三位一体的研究范式并行并相互支撑的格局。之所以运用两对三位一体的研究方法，是因为前一个三位一体的交错性是黑人女性被压迫的根源；而后一个

---

① Pat Righelato, *Understanding Rita Dove*, 3.

三位一体的交错性形成了当代美国非裔作家独特的美学特征。除了进行非裔女性作家研究不可或缺的女性批评视角和族裔批评视角，本书不试图赋予全书任何统一的批评框架。但这并不意味着本书质疑理论的重要意义，也不意味着放弃借助理论的引导，相反一直相信理论的重要意义，并会运用多种批评术语，但所有这一切均以文本为中心，以文本细读为基础。

此外，达夫本人就是弗吉尼亚大学的联邦教授，是一位资深的诗歌研究和文化研究专家。她对托尔森、布鲁克斯等美国非裔诗人的研究已经成为公认的非裔诗歌研究的经典之作。因此对达夫作品，尤其是诗歌解读的最好方式莫过于将其置于女作家本人的诗学理念的框架之中，并在两者的交互参照中相互投射、相互诠释。达夫本人对非裔女性诗学、空间诗学和历史诗学均具有十分独到的见解，而这三个层面又与达夫的女性成长诗歌和小说、空间诗歌和历史诗歌形成了一一对照的关系。

本书一个贯穿始终的是比较研究视野，特别是对达夫和前辈黑人作家，尤其是"黑人艺术运动"中的黑人作家的比较研究。本书之所以从始至终采用了比较研究视野和方法出于以下三点考虑：首先，通过比较研究探究达夫和以她为代表的"后黑人艺术运动"时期的美国非裔作家在世界主义视野的主导下，在种族身份、文化身份和诗学策略等层面对秉持黑人民族主义理念的黑人前辈作家进行的修正和偏离；其次，通过比较研究探索达夫和以她为代表的"后黑人艺术运动"时期的美国非裔作家对美国非裔诗学传统的继承和发展，从而为达夫等作家在黑人文化和文学传统中确定合适的位置；最后，通过比较研究探索出身于黑人中产阶级家庭并接受过西方教育的黑人知识分子如何协商黑人文化、美国文化和欧洲文化，而游走于三种不同文化之间的经历，又在何种程度上以何种方式影响了他们（她们）的诗歌创作和诗学建构。

基于以上的研究思路，本书主体部分按照达夫作品主题的不同分为四个作品群，分别加以研究，即：从青春到母爱：达夫的成长书写；从家园到世界：达夫的空间书写；从家族史到世界史：达夫的历史书写；从多元文化到世界文化：达夫的文化观与经典重构。此四个部分不仅是达夫作品的四个作品群，也是她作品的四重主题，同时也是她的四种诗学建构策略。从身份建构的角度来讲，此四重主题回答的分别是"我"是谁？

"我"来自哪里？"我"何时成为"我"？我如何成为"我"？这四个颇具哲学意义的问题。从诗学建构的角度来讲，此四重主题分别对应的是达夫独特的"后黑人艺术运动"时期的非裔女性诗学、空间诗学、历史诗学和文化诗学。从族群建构的角度来讲，此四重主题分别建构了黑人女性的主体性、黑人族群的世界性和流散性。

第一章

从青春到母爱：达夫的成长书写

对于黑人女性作家而言，根据自身体验书写女性成长是一个永恒的主题。达夫也不例外。她不但创作了具有"鲜明托尼·莫里森风格"的"女性成长小说"——《穿越象牙门》①，还创作了"青春组诗"等"探寻成长在当代美国的种种纠结"的成长诗歌。② 综观达夫的诗作不难发现，黑人女性成长主题贯穿了她文学创作的始终，并形成了一个数量庞大、特色鲜明的成长主题作品群。她的第一部诗集《街角的黄房子》的第四部分，《博物馆》的第三部分"我父亲的望远镜"，《装饰音》的第一、第四部分，以及《母爱》《美国狐步》中的绝大部分诗歌都奉献给了这一主题。而达夫本人在多次访谈中也畅谈了自己对于书写女性成长的情有独钟。事实上，美国非裔女作家对黑人女性成长的书写构成了非裔女性文学的主体部分。从20世纪50年代开始，美国黑人女作家以女性成长为题材的作品就已经大量涌现。到60年代，美国非裔女性成长小说进入了成熟期，并在80年代达到高峰。③ 女性成长书写是伴随着女性主义的风潮而来的，从这一点来看，大书特写女性成长对于身为女权主义者的达夫而言是很自然的事情。

前文提到，达夫创作过一部经典的女性成长小说——《穿越象牙门》。这部小说与达夫的前辈作家莫里森的处女作《最蓝的眼睛》（*The*

---

① Philip A. Greasley, ed. *Dictionary of Midwestern Literature*, 152.

② Pat Righelato, *Understanding Rita Dove*, 24.

③ 参见王卓《投射在文本中的成长丽影——美国女性成长小说研究》，中国书籍出版社，2008，第2~5页。

Bluest Eye）形成了鲜明的互文性。然而，却在"洋娃娃桥段""乱伦情节"等至关重要的"身份情节"上"偏离并修正了《最蓝的眼睛》"①。那么在"后黑人艺术运动"时期成长起来的达夫对于黑人女性的理解和成长书写与莫里森等前辈作家存在着哪些本质上的区别呢？而这样的差异又反映出达夫这一代黑人女性作家在族裔立场、文化立场、性别立场、美学立场上有哪些独到之处呢？这将是本章关注的主要问题。达夫的成长诗歌与成长小说相比，内涵和外延显然更胜一筹。由于题材的局限，成长小说往往是以女性个人"经历"为基点的，而达夫浩繁的成长诗歌群却是基于女性"差异"的多维度的诗性叙述。综观达夫的女性成长诗歌，我们不难发现这个女性成长诗歌群聚焦于三个比较突出的维度：黑人女性身体成长、黑人女性精神成长和黑人女性艺术成长。而这三个维度的成长的合力完整地呈现了达夫对黑人女性和黑人女性作家成长之路的探寻。

　　除了叙事诗集《母爱》是以古希腊神话得墨忒尔-珀耳塞福涅母女关系为框架，集中通过书写母女关系来彰显女性成长之路，达夫的其他成长诗歌均散落于她不同时期出版的不同诗集之中，而这些诗歌在风格、内容、文化内涵等方面也存在着比较大的差别。通过对她的成长诗歌群的集中梳理可以发现有以下四种不同类型：第一种类型是以历史上真实的女性人物为主体，探索女性成长的历史内涵以及黑人女性作为他者和被凝视的客体成长的艰难历程；第二种类型是自传性或半自传性诗歌，主要描绘黑人少女的个人成长体验，并揭示在自我审视下黑人女性主体建构的可能性；第三种类型是以《母爱》为代表的以古希腊女性神话故事为基本框架，探寻母女关系历史和当代的嬗变，并隐喻性地揭示当代黑人女性文学的多维文化艺术传承；第四种类型是以父亲为书写对象，通过对父女关系的书写来探寻女性成长，并再次隐喻性地通过"杀死"黑人之父实现黑人女性的艺术成熟。之所以说这四种不同类型的诗歌均具有成长主题特征，原因在于它们均聚焦女性，尤其是黑人女性的身体、精神、艺术成长之路。这四种不同类型的成长诗歌的不同点在于叙事对象、叙事声音和叙

---

① 参见王卓《一场"黑人内部"的女人私房话——〈穿越象牙门〉与〈最蓝的眼睛〉的互文阅读》，《山东外语教学》2013 年第 3 期，第 87~93 页。

事焦点的不同。

由于特殊的历史遭际和美国当代社会日趋复杂的种族关系和文化关系，美国非裔女性"身份是复杂的和多元的"①，而人们对身份的建构性也达成了共识，因为"身份……来源于对经济、政治和文化力量不断变化的反映的历史"②，具有"流动性"和"操演性"③。对于美国非裔女作家而言，完整的文化身份是三位一体的，即性别的、族裔的和阶级的，而对于在"黑人艺术运动"大潮的退潮期投身艺术海洋的达夫而言，还有一个重要的文化身份，就是她作为当代的黑人女性知识分子的文学创作立场和美学选择的问题，因此还涉及作者身份的合法性问题，借用著名美国非裔文学评论家伯纳德·贝尔（Bernard W. Bell）的说法就是"合法化"自己的创作"权威"的问题。④ 对于达夫等在"后黑人艺术运动"时期开始文学创作的非裔女性作家而言，文化身份的建构过程需要锻造和支撑无数的幻觉。这个过程对于那些文化身份尚未形成，或者与周遭氛围和大环境尚存隔阂的作家而言，就更显得凶险而脆弱。而这种种不确定性反而赋予了达夫诗歌中成长主题的多层次、多维度的特点和一种杂糅的、矛盾的美学特征。从某种程度上说，达夫诗歌的成长主题建构的正是非裔女性的性别意识、族裔身份以及艺术创作的多维成长。

达夫诗歌的多维度、深层次的成长主题是在美国非裔女性的身体成长、精神成长和艺术成长的多维层次中一一呈现的。而此种多维度的文化身份建构呈现的是一个文化混血儿，或者更确切地说，一个"女性—文化混血儿—公共知识分子"的全面成长。本章将聚焦于达夫女性成长诗歌对黑人女性身体的历史和当代呈现，母女关系的物质、精神和艺术维度，以及父女关系的生理、精神和艺术联系。那么，达夫的女性成长是从哪里开始的呢？我们不妨从她第一部诗集中的第一首诗歌说起。出版于

① Kwame Anthony Appiah, *African Identities*, in *Nicholson, Linda and Steven Seidan, Social Postmodernism: Beyond Identity Politic*, 110.

② Ibid.

③ Judith Butler, *Gender Trouble: Feminism and the Subversion of Identity*, New York: Routledge, 1990.

④ Bernard W. Bell, *Bearing Witness to African American Literature: Validating and Valorizing Its Authority, Authenticity, and Agency*, Detroit: Wayne State University Press, 2012.

1980 年的第一部诗集《街角的黄房子》中第一首诗歌名为《此生》（"This Life"）（*YH*，4）。① 这首小诗算不得达夫的代表诗作，也极少被收录到诗选、诗集之中，即便是达夫诗歌研究专著和论文对这首诗歌也往往视而不见或者一笔带过。然而这首小诗却包含着很多不容忽视的重要信息。正如诗名《此生》所预示的那样，这是达夫生命的起点，更是她艺术创作的起点：

> 绿色的台灯在桌上，灯光闪烁。
> 你告诉我
> 千篇一律，
> 上楼，睡觉。
> 现在我看到：可能性
> 是放在厚实盒子中的金色礼物。
>
> 孩童的我，恋上了
> 一个日本木质玩偶
> 一个凝视着月亮的女孩。
> 我和她一起等待着她的恋人。
> 他穿着白裤和白色木屐而来，
> 他留着山羊胡子——
>
> 他长着你的脸，不过我还不知道这一点。
> 我们的生活会一样——
> 你的唇，由于遇到危险时吹出的口哨
> 肿胀，
> 而我是这片沙漠中的
> 陌生人，
> 培育着无花果坚硬的皮。

----

① 本书涉及丽塔·达夫的作品除特别提到的均为作者自译，诗集缩略写法见附录。

当被问及创作诗歌的目的时，达夫说她创作诗歌是为了回答"自己"来自哪里、为何会成为现在的"自己"等颇为深奥的哲学问题。这一回答本来有敷衍之嫌，显得过于空泛。然而，她接着透露的信息却不容忽视。她说为了回答这些问题，她的"尝试"是"带着轻快的欢悦和深深的焦虑"，通过"记忆之桥"，"回到童年时代"①。《此生》就是一首典型的回溯童年时代的诗歌，也是一首典型的成长诗歌。首先，这首诗歌中的女性讲述者有着童年和成年的双重视角，出现了现在与过去的时间维度的对照；其次，这首诗歌中出现了自我与多个他者之间的对立关系：孩童与成人、男性与女性、局内人与局外人等，是成长历程中必经的阶段；最后，这首诗歌中出现了现实与幻想之间的对立，是成长的期许与成长的实现之间不可或缺的矛盾统一。可以说，达夫第一部诗集中的第一首诗歌就传递出了女性成长作品的所有特质。

除了上述普遍意义上的成长特征，还有四点独特的信息不容忽视。其一，这首成长诗歌几乎是"去种族"的。在这个成长的世界里没有黑人贫民窟，没有通常意义上黑人女性成长的血泪之路。这是由达夫本人的身份决定的。成长在黑人中产阶级家庭，接受过良好的大学教育，并在富布莱特奖学金资助下在德国学习的达夫对于黑人贫民窟是陌生的。对于不必再书写黑人贫民窟的黑人生活，达夫深感幸运。达夫曾经说："在托尼·莫里森和艾丽斯·沃克之后，人们有可能想象一个黑人作家不必一定要写黑人贫民窟。"② 这是"后黑人艺术运动"时期的美国非裔作家最大的特权，也是他们面临的最大的挑战，是他们艺术成长中将不得不面对的艰难抉择。其二，这首诗歌中女孩对未来生活的憧憬是通过视觉凝视实现的。女孩"凝视着月亮"等字眼时刻提醒着读者这将是达夫书写女性成长的一个重要视点。达夫之所以对凝视方式如此敏感，和她本人作为一名有着国际化生活经历的黑人女性的成长和体验关系密切。达夫注意到，同样作为黑人，在欧洲和美国，人们审视她的方式也有所不同。在一次访谈中，达夫说，"作为一名到欧洲去的人，我因为是美国人而被不同对待。我是

---

① Rita Dove, *Selected Poems*, New York: Vintage Books, 1993, xxi.

② Qtd in Therese Steffen, *Crossing Color: Transcultural Space and Place in Rita Dove's Poetry, Fiction, and Drama*, 6.

黑人，但是他们对待我的方式和我作为黑人在这里被对待的方式不一样。事实上，我常常感到有点像菲亚美达（Fiammetta）①；我成了客体"②。正是这种作为被凝视客体的他者感让达夫对视觉与主客体关系问题非常敏感。其三，这首诗歌呈现的是多元文化符号。"日本木质玩偶"就是最直接的异域文化符号。事实上，玩偶、娃娃等意象往往在女性成长类作品中被赋予深刻的文化含义。最典型的例子就是莫里森的《最蓝的眼睛》，而达夫在她的成长小说《穿越象牙门》中就借助与莫里森不同的选择传递出了一种不同时代黑人女性不同的文化身份取向的严肃问题。③ 在达夫的世界中，文化符号永远是多维度的、多元性的，而这正是达夫建构"世界主义"文化身份的法宝。其四，"去种族"并不意味着美国非裔作家获得了"回家"的感觉，沙漠中的"陌生人"传递的就是达夫反复强调的"我一直是陌生的土地上的一个陌生人"的文化流浪感。而这种文化流浪感来源于文化差异。因此达夫的诗歌是"去种族"的，但绝不是"去文化"的。总之，达夫诗歌中呈现的黑人女性自我是"多元主体性"的自我实现。④ 一斑窥全豹。作为女性成长诗歌，诗歌《此生》传递的丰富的内涵在达夫的成长诗歌群中不断发展、拓展，并最终形成了达夫独特的黑人女性成长观和艺术观。

第一节　"黑色的鸽子"：黑人女性的身体书写

《此生》还只是达夫成长诗歌谱系中的习作，更多的是基于处于成长期的女诗人的自我体验。随着达夫本人的不断成长，她那座通往"童年

---

① 薄伽丘年轻时代的情人菲亚美达。薄伽丘相继为她写作了长诗《菲拉斯特拉托》（Filostrato）（1336）及中篇小说《菲亚美达》（Fiammetta）（1343～1344），借以倾诉自己对她的爱慕之情。达夫对这一人物也非常感兴趣，在诗集《博物馆》中，达夫以不同的视角书写了这一人物。

② Stan Sanvel Rubin and Judith Kitchen, "Riding That Current as Far as It'll Take You," 6.

③ 关于两部成长小说中的布娃娃意象不同的文化含义，参见王卓《一场"黑人内部"的女人私房话——〈穿越象牙门〉与〈最蓝的眼睛〉的互文阅读》，第87～93页。

④ Lois Parkinson Zamora, "Magical Romance/Magical Realism: Ghosts in U. S. and Latin American Fiction," in Magical Realism: Theory, History, Community, ed. Lois Parkinson Zamara and Wendy B. Faris. Durham, NC: Duke University Press, 1995, 544.

时代"的记忆之桥通往的也不仅是自己的自传性的童年，而且是黑人女性的"集体记忆"的童年，是被语境化的黑人女性各具特色的历时和共时的成长历程。值得注意的是，达夫成长诗歌普遍运用了"对抗凝视"（Oppositional Gaze）的方式。这一由黑人女权主义学者贝尔·胡克斯（bell hooks）① 提出的文化理论概念，在达夫的诗歌中得到了艺术化实现。通过"对抗凝视"，达夫一方面实现了"去刻板形象"的初衷，另一方面也抵制了黑人女性"内化"刻板形象的危险，更为重要的是，揭示了黑人女性刻板形象生产的荒谬，从而由内而外有效地建构了黑人女性鲜活的个性和当代黑人女性的主体性。

一 凝视与黑人女性的身体

达夫的女性成长书写是从揭示黑人女性为何难以成长的秘密开始的，而这个秘密就深藏在黑人女性的身体之中。身体之所以成为达夫女性成长书写的起点在于身体对于女性，尤其是黑人女性自我建构的特别意义。对于女性作家而言，"身体就是一种语言、一种姿态、一种符号、一种在这个世界，并对着这个世界言说的方式"②。身体与自我之间存在着深刻而复杂的关系。"躯体是个人的物质构成。躯体的存在保证了自我拥有一个确定无疑的实体。任何人都存活于独一无二的躯体之中，不可替代。如果说，'自我'概念的形成包括一系列语言秩序的复杂定位，那么，躯体将成为'自我'含义之中最为明确的部分。"③ 对于生活在肤色识别的世界中的黑人女性，身体的意义则更为特殊。在某种程度上，身体就是黑人女性痛苦的根源。正如艾丽斯·沃克所言，黑人女性之所以如此孤独，就是"因为她的身体"④。众所周知，身体一直是黑人女性小说家揭示黑人女性心路历程，建构黑人女性主体性的制胜法宝。然而值得注意的是，身体对于黑人女性诗人而言，意义同样不可忽视，甚至由于诗歌本身具有自我情

---

① 贝尔·胡克斯的英文名字作者本人习惯于写为 bell hooks。
② Dennis Patrick Slattery, "Introduction," *The Wounded Body: Remembering the Markings of Flesh*, 1–20.
③ 南帆：《文学的维度》，上海三联书店，1998，第158页。
④ Alice Walker, *In Search of Our Mother's Gardens: Womanist Prose*, New York: Harcourt Brace Jovanovich, 1983, 248.

感融入性和投射性的特点，身体可能承载了黑人女诗人更多的情感重量。正如加利福尼亚州立大学女学者凯瑟琳·库辛尼拉（Catherine Cucinella）在《身体诗学》（*Poetics of the Body*）中所指出的，"身体是很多女诗人作品中的关键因素"①，而诗歌也因此成为她们身体的延伸。女性诗人书写身体，并把身体变成一个"诗性的主体和客体"。美国非裔女诗人们在欲望、创造力、心智、精神和性的语域中循环，证明了身体与性别、性、种族和阶级常常处于"争议的位置"②。

从某种意义上说，对于有着特殊身体遭遇的黑人女性来说，身体是物质的，更是"文化的-历史的"③。之所以说黑人女性的身体是文化的，原因在于她们的身体是文化差异投射的众矢之的，是主流文化边缘化黑人文化的喻指对象，是建构黑人女性他者性的文化手段。确切地说，"身体是一种文化的物质"，"因此它至关重要"④。可以说，对于黑人女诗人而言，身体是最恰切的"文化比喻和创造"⑤，因此对黑人女性自身和美国文化整体具有双重意义。基于此，身体是审视黑人女性成长的最好载体。正如凯瑟琳·库辛尼拉所言："身体变成了我们了解事物的方式，我们是谁的方式，以及构成我们知道什么和我们是谁的方式。"⑥ 达夫以女性成长为主题的诗歌就充分体现了这一点。同时，女性身体不仅是阐释女性自身成长的场域，更由于其承载的"文化文本标识"的特殊功能而成为诠释美国文化的一种方式。⑦ 换言之，黑人女性的身体所承载的文化重量对于审视美国主流文化和非裔文化之间的关系具有非同寻常的意义。这也是以达夫为代表的美国非裔女诗人笔下的黑人女性身体往往具有文化批判的功能的原因所在。

之所以说黑人女性的身体是历史的，原因在于，从作为被奴隶的客体

---

① Catherine Cucinella, *Poetics of the Body*, New York: Palgrave Macmillan, 2010, 13.
② Ibid.
③ Dennis Patrick Slattery, "Introduction," *The Wounded Body: Remembering the Markings of Flesh*, 8.
④ Dennis Patrick Slattery, *The Wounded Body: Remembering the Markings of Flesh*, 212.
⑤ Robert Romanyshyn, *Psychological Life: From Science to Metaphor*, Austin: Texas UP, 1982, 23.
⑥ Catherine Cucinella, *Poetics of the Body*, New York: Palgrave Macmillan, 2010, 14.
⑦ Qtd. in Jean Wyatt. "Giving Body to the Word: The Maternal Symbolic in Toni Morrison's *Beloved*," *PMLA* 108.3 (1993): 474-487.

到获得自由的主体，身体随着黑人女性的命运经历了一个复杂的嬗变过程。更为重要的是，曾经被奴役、被作为性欲对象的刻板形象的生产历史深深烙烫在黑人女性的身体之上，而烙烫后留下的伤疤并不会随着黑人女性在法律上获得自由而轻易消失。正如美国非裔文学研究专家卡罗琳·布朗（Caroline A. Brown）所指出的那样："历史地说，黑人女性和她们的身体的关系令人忧虑——奴隶制的虐待和其后各种形式的权利的被剥夺共同造成了这种状态。"① 可以说，黑人女性的身体就是一个美国种族歧视的历史、性别歧视的历史、阶级压迫的历史共同作用和共同累积之地。因此，通过对身体的书写，既能"使身体成为一个意义的节点"，也就是"刻录"黑人女性"故事的地方"，又能"使身体成为一个能指"，成为"叙事的情节和含义的一个最主要的动因"②。简言之，黑人女性身体的历史性在黑人女作家的作品中转化为一种独特的历史叙事。正如盖尔·维斯（Gail Weis）所言，"身体充当着所有文本的叙事地平线"，"特别是所有我们讲述的关于自己的故事"③。

黑人女性的身体是时间和空间的汇集之所，也是历史和文化的汇集之地。这就意味着黑人女性的身体书写将远远超越身体的物质性，集政治、文化、诗学等意识形态层面的元素于一体。这也正是凯瑟琳·库辛尼拉提出的"身体诗学"和"理论化身体"观的基础。④ 达夫的黑人女性成长主题诗歌群在某种意义上就是对"身体诗学"和"理论化身体"的最好诠释。在达夫的诗歌中，身体既是黑人女性故事的讲述者，也是故事本身。身体和文本是主体性和叙事的不可分割的两个侧面。在达夫的诗歌中，身体、艺术、文本、主体建构融合于一处，相互依赖、相互支撑。然而，作为文本的身体是所有这些因素中最为至关重要的。可以说，达夫诗歌中的女性身体就是包含了黑人女性故事的生命之所。达夫黑人女性成长主题诗歌群以多层次、多维度的黑人女性身体书写勾画出了一条曲折却完

---

① Caroline A. Brown, *The Black Female Body in American Literature and Art*: *Performing Identity*, New York, London: Routledge, 2012, 198.

② Peter Brooks, *Body Work*: *Objects of Desire in Modern Narrative*, Harvard UP, 1993, 4-5.

③ Gail Weis, "The Body as Narrative Horizon," *Thinking the Limits of the Body*. ed. Jeffery Cohen and Gail Weis, New York: State U of New York P, 2003, 26.

④ Catherine Cucinella, *Poetics of the Body*, NY: Palgrave Macmillan, 2010, 13-25.

整的轨迹：黑人女性的身体所经历的从客体到主体的转化过程，并揭示这一转化过程凝聚的恰恰是黑人女性从被动的牺牲者到成为主动的解放者，直至生活的创造者和享受者的心路历程。这一历程的起点就是揭示黑人女性的身体如何成为他人凝视下的欲望客体，而终点则是黑人女性身体如何转化为自我凝视下的主体。

　　女性的身体早已成为"现代叙事的欲望客体"①，因此达夫以黑人女性如何成为欲望客体为起点书写黑人女性成长之痛似乎并没有什么与众不同。然而，一个值得注意的现象是达夫对历史上的黑人女性躯体的书写锁定的对象往往是艺术作品，特别是欧洲人绘画或者雕塑作品中的黑人女性人物。无论是她的诗作《翼人奥古斯塔和黑色的鸽子瑞莎》（"Agosta the Winged Man and Rasha the Black Dove"），还是《维伦多夫的维纳斯》（"The Venus of Willendorf"），莫不如此。达夫的这一策略有两点值得思考：其一，以视觉艺术品中的黑人女性形象作为黑人女性客体呈现的对象；其二，以欧洲艺术家对黑人女性刻板形象生产作为标靶。这两点之所以值得注意，原因如下。第一，以视觉艺术品中的黑人女性形象作为黑人女性客体呈现的对象可谓事半功倍，因为成为绘画或者雕塑，黑人女性本身就是视觉对象，是凝视的客体。这就意味着达夫可以在诗歌中从容地考察这一客体生成的方式、形式和内在原因。从本质上说，达夫的诗歌创作的确是对"视觉再现的语言再现"（ekphrasis）。② "ekphrasis"简单说来就是一种"讲述""视觉或者造型艺术作品"的"行为"。因此，"ekphrasis"诗歌就是视觉艺术和语言艺术相结合的产物，是用语言展现视觉艺术的诗歌。文字与视觉之间独特的内在联系使得这种书写策略成为可能，也为达夫揭示黑人女性在白人眼中的刻板形象生产提供了最为恰切的方式。第二，达夫以欧洲艺术家对黑人女性刻板形象生产作为标靶，更显示了她对族裔关系理解的世界性思维。正如珊迪·卢赛尔（Sandi Russell）所言，

---

① Peter Brooks, *Body Work*: *Objects of Desire in Modern Narrative*, Harvard UP, 1993.

② 关于"ekphrasis"一词，目前较为常用的中文翻译有"艺格敷词""视觉再现的语言再现"等。前者出现较早，也较为常用；后者参见陈永国、胡文征所译《图像理论》一书。笔者感觉目前的各种翻译似乎都难以准确地表述这一含义极其丰富的词语，因此本书借用了陈、胡一书中的表述方式，只是认为这一表述适用于达夫的书写策略，并非认为该翻译是对"ekphrasis"一词的唯一合适的表述方式。因此下文只保留英文表述。

达夫通过她的艺术和清晰的视野带来的风景是"和世界一样宽广的"①。
之所以这样说，原因在于，达夫成长诗歌对黑人女性身体书写呈现的是白
人，特别是欧洲人眼中的黑人女性。这一点和美国黑人女作家往往把黑人
女性刻板形象生产只归咎于美国白人和美国主流文化有着本质区别。此种
视角拓展了黑与白对立的范畴，使得肤色问题体现出世界性特征。从这两
个层面来看，达夫的确是一位对黑人生活中"意想不到，未被探索的"
的方面有着"一双慧眼"的诗人。②综上所言，通过对白人凝视下的黑人
女性身体的语言再现，达夫不但如其他黑人女性作家一样，"政治化"了黑
人女性身体，而且"历史化""诗性化""世界化"了黑人女性身体，从而
实现了揭示黑人女性成为世界的客体和他者的历史原因。从某种程度上说，
达夫的这种世界性视野，才真正是对黑人女作家左拉·尼尔·赫斯顿（Zora
Neale Hurston）的黑人女性是"世界的骡子"的最好诠释。

　　法国女权主义者伊丽格瑞（Luce Irigaray）曾经说："女性对视觉的占
有并不像男人那样享有特权。"③事实的确如此。无论是福柯大写特写的
"全景式凝视"，还是波德莱尔、艾略特等人钟情的"漫游式"凝视都是
男性的专利，而女权主义者也一直致力于以各种方式挑战此种具有两种男
性中心文化特征的凝视方式。④可见，凝视方式的性别属性直接关系到其
政治和文化含义。而视觉艺术的此种特点也正是让达夫着迷之处。视觉艺
术品中的黑人女性几乎无一不是男性凝视下的产物。达夫的视觉诗歌对看
的"心理和政治动力""感兴趣"，因为"看既女性化了也种族化了其客
体"⑤。达夫诗歌中的黑人女性往往成为男性艺术想象的性欲的客体或者

① Sandi Russell, *Render Me My Song: African-American Women Writers form Slavery to the Present*, London, New York, Sydney: Pandora Press, 2002, 195.

② Ibid.

③ 转引自葛雷西达·波洛克：《现代性和女性气质的空间》，载罗岗、顾铮主编《视觉文化读本》，广西师范大学出版社，2003，第341页。

④ 葛雷西达·波洛克、安妮·弗莱伯格等研究者纷纷撰文挑战此两种凝视方式。参阅葛雷西达·波洛克：《现代性和女性气质的空间》，载罗岗、顾铮主编《视觉文化读本》，第341页；弗莱伯格：《移动和虚拟的现代性凝视：流浪汉/流浪女》，载罗岗、顾铮主编《视觉文化读本》，第329页。

⑤ Jane Hedley, "Rita Dove's Body Politics," in Jane Hedley, Nick Halpern, and Willard Spiegelman, eds. *In the Frame: Women's Ekphrastic Poetry from Marianne Moore to Susan Wheeler*, Newark: University of Delaware Press, 2009, 197–212.

牺牲品。《罗伯特·舒曼》（"Robert Schumann"）（*SP*，6）、《致黑泽和子》（"For Kazuko"）（*SP*，57）、《美女与野兽》（"Beauty and the Beast"）（*SP*，58）、《莎士比亚说》（"Shakespeare Say"）（*SP*，89）、《非洲水手》（"The Sailor in Africa"）（*SP*，119）以及《米莱特叔叔》（"Uncle Millet"）（*GN*，18）等诗歌中均有类似的呈现。

二　"黑色的鸽子"：他者凝视下的性欲客体

这种类型的诗歌中最有代表性的当数《翼人奥古斯塔和黑色的鸽子瑞莎》（*SP*，98~100）。评论大家海伦·文德勒就对这首诗歌情有独钟。她盛赞这首诗歌是达夫最扣人心弦的诗歌之一①，是达夫"超级自信的诗歌"②。那么这首让历来言辞犀利的文德勒不惜溢美之词的诗歌到底有何魅力呢？

这要先从达夫创作该诗歌的动因说起。达夫受富布莱特奖学金资助在德国求学期间，第一次在画展上看到了这幅德国画家克里斯汀·夏德（Christian Schad）绘制于 1929 年的画作《翼人奥古斯塔和黑色的鸽子瑞莎》（"Agosta, der Fluegelmensch und Rascha, die schwarze Taube"）。在诗集《博物馆》出版时，达夫获得了艺术家夏德的同意，把这幅画作作为自己这部诗集的封面。夏德是欧洲"新客观主义"（New Objectivity）的发起人之一③，是一位擅长以抽象、扭曲的方式反映真实生活和内心世界的大家。在他的画作中，中心人物常常以一种散漫的、没有聚焦的目光从画布中打量这个世界。正是夏德画作反映的独特的凝视方式，以及凝视和人物之间的关系深深打动了达夫。这种独特的凝视方式被达夫形容为"无情的"。那么这个被达夫用"无情的"来形容的凝视目光到底如何作用并左右了画中人物的命运呢？诗歌开篇，达夫以一贯冷静、细腻的笔触探测到艺术家的脑海，以自由间接引语的方式，描写了艺术家等待模特坐

---

① Helen H. Vendler, "The Black Dove: Rita Dove, Poet Laureate," *Soul Says: On Recent Poetry*, Harvard University Press, 1995, 156.

② Helen H. Vendler, "Rita Dove: Identity Markers," 383.

③ Jill Lloyd, Michael Peppiatt, eds., *Christian Schad and the Neue Sachlichkeit*, W. W. Norton & Company; 1ST edition, 2003.

定，开始作画的场景：

> 夏德用步伐丈量着他的公寓
> 停在墙边，
> 　　　　睁大眼睛
> 看着一处空白。在他身后
> Hardenbergstrasse 的叮当声和哼唱声，
> 汽车声和街头手风琴师的琴声。
> 　　　　　　差一刻五点。

绘画中的两个人物就是奥古斯塔和瑞莎，他们靠在马戏团巡演谋生。奥古斯塔之所以被称为"翼人"，并非真的生有翅膀，而是胸腔先天深度凹陷，使得后背看起来如两个翅膀一样隆起：

> 奥古斯塔告诉过他
> 　　　　在 Charite
> 医学院的学生
> 那个令人惊悚的舞台
> 　　　　　那里他栖息在
> 一个小房间，那里他的躯体
> 裸露出来，脊椎和尾翼
> 鸟儿的聚居地，试图
> 逃出来……
> 　　　　　学生们，
> 如鲠
> 在喉，做着笔记。

而画作中的另一个人物——"黑色的鸽子"瑞莎是马戏团从事蟒蛇表演的黑人妇女：

他想到了

瑞莎，从遥远的马达加斯加，

慢慢呈现在眼前

当大蟒蛇

逆时针盘卷出

　　　　　它厚重的爱。

观众是多么震惊地睁大双眼，

举杯庆祝，酸鲱鱼叹息。

当帐篷里灯光暗淡，

瑞莎回到她的拖车，

宰了一只鸡做晚餐。

以上呈现的奥古斯塔和瑞莎的形象既是语言呈现，也是视觉呈现。作为读者，我们一开始似乎很难厘清到底是画家在讲述还是诗人在讲述。细细品读，我们发现画家和诗人的声音似乎交叠在一起，难以剥离。尽管若隐若现，画家的声音不时闯进第三人称讲述人的叙述之中，并贯穿于诗歌始终：从一开始的"那里/遮蔽了天堂吗？"的扪心自问，到诗歌结尾处，绘画术语与内心体验结合的冷静叙述：

奥古斯塔身着

古典披风，定格，

瑞莎在他的脚边。

没有激情。不是

画布

　　　而是他们的凝视，

　　　如此淡定，

如此无情。

这个弥漫于诗歌之中、若有若无的画家的声音曾经引起文德勒的极大关注，她甚至认为这个声音是该诗最大的特点。然而，遗憾的是，文德勒对此只是一笔带过，并未揭示这个画家讲述声音的妙处所在。其实，达夫的巧思就在于她让这位画家在以视觉为基点对瑞莎进行了形象生产之后，又让他以语言复制了这一形象生产过程，而就在这视觉和语言的碰撞之中，他对这位黑人女性刻板形象的生产本质昭然若揭。瑞莎之所以会成为这位大画家画作的对象，原因就在于身为黑人女性，瑞莎符合夏德陌生化和异域化女性身体的全部理念，正如先天畸形的奥古斯塔也同样唤起了夏德的创作欲望一样。然而，绘画是无声的，其意义的生成更多地依赖于参观者的视觉体验和内心情感的共鸣。相比之下，文字就显得更为真切。在这首诗歌中，达夫让画家本人以一种自白的方式讲述了他对瑞莎的真实看法。在他的想象中，瑞莎就如同她表演的巨蟒一样，是神秘的，甚至是邪恶的：

> 啊，瑞莎的
> 　　　脚踏在楼梯上。
> 她缓慢移动，好像她带着的
> 蟒蛇一直
> 环绕着她的
> 躯体。

显然，瑞莎如蟒蛇附体，不但如蟒蛇般游走，而且她的饮食爱好也与蟒蛇一般无二。她不但杀鸡食之，而且：

> 曾经
> 她把生鸡蛋带到了
> 房间，斑斑点点
> 栩栩如生。

可见，蟒蛇就是黑人女性在克里斯汀·夏德眼中的形象，而这一刻板形象生产不仅体现在视觉上，更体现在白人心理上。然而，达夫并没有止步于此。正如这幅画作是克里斯汀·夏德对两个人物的视觉呈现一样，这首诗歌不但是达夫对两个画中人物的视觉和心理呈现，还是对这位手执画笔的人的心理呈现：

> 他的视线游移到
>
> 天花板上、石灰墙上的
>
> 漩涡装饰。那里
>
> 　　　遮蔽了天堂吗？
>
> 他不能离开自己的皮肤——曾经
>
> 他给自己画了一张新的皮肤，
>
> 丝滑的绿色，穿起来
>
> 像一件衬衫。

画家的心理活动的变化是随着他的视线移动揭示出来的。"睁大眼睛" "视线游移"等字眼都在强化着这一特点。这正应了拉康那句名言："我只能看到一个角度，但是在我的存在中我被从各个侧面看。"①达夫这首诗歌中的画家克里斯汀·夏德的呈现就体现了这种凝视的悖论关系。夏德以片面的目光审视着黑人女性瑞莎，自己却也因此成为以达夫为代表的黑人女性反观的对象。即使他为自己画上了"新的皮肤"，又如何能阻挡达夫们那锥穿灵魂的目光呢？在这样的目光之中，夏德为自己的辩解就显得苍白而可笑了：

> 画布，
>
> 不是他的眼睛，是无情的。

从作为艺术形式的绘画的特点而言，精确和客观的确是油画的要求，然而，夏德的这段自白却明白无误地告诉我们，真正操纵着绘画的是画布背后的那双眼睛，或者更为确定地说，是支配着那双眼睛的头脑。

---

① Jacques Lacan, *The Four Fundamental Concepts of Psycho-Analysis*, trans. Alan Sheridan, Harmondsworth：Penguin, 1979, 72.

把身体健康的黑人女性瑞莎和身体先天畸形的奥古斯塔组合在一起形成的构图本身就很能说明问题。在夏德的头脑中，瑞莎黝黑的肤色与奥古斯塔畸形的身体是画等号的，因为它们都是非正常的、病态的。相对于参观画作的人而言，皮肤黝黑和身体畸形都是另类的符号，因此可以归并为"他者"之类。这样看来，夏德绘画的过程其实就是生产出一种他者形象的过程，是他者身份建构的一个具象化过程。在这里，我们不得不佩服达夫构思的巧妙。绘画与诗歌、自我与他者的对立在这个特定的文本空间中相互审视、相互诠释、相互质疑、相互颠覆。这样的身份建构方式极端地体现了黑人女性他者性形成的方式，以及黑人女性身份的不稳定性。

可见，通过书写别人的艺术，达夫有意识地致力于创造和诠释，审视和诉说着自己的政治和审美意图。[1] 可以说，作为诗人、作为黑人女性的达夫有效地参与了艺术再呈现的过程，而在诗歌之中，她的参与是通过一个无所不在的第三者叙述声音实现的。这个声音与"黑色的鸽子"瑞莎不由得使人们意识到达夫本人的姓。这个名字的巧合使得黑色的鸽子瑞莎不再只是一个被凝视的对象，而化身为穿越时空的女诗人，从沉默的凝视客体转化为审视他者的主体。翼人奥古斯塔和黑色的鸽子瑞莎，一个由于身体被边缘化，另一个由于肤色被边缘化，却共同赋予了德国画家艺术灵感，而后又赋予了诗人达夫创作诗歌的冲动。从绘画到诗歌、从视觉到语言，生活在 20 世纪末，才华横溢的黑人女诗人成功地把在 20 世纪初期以黑人女性为凝视对象的白人画家转化为凝视对象。对此，达夫研究专家泰瑞斯·斯蒂芬的诠释很有新意："这首诗歌以女性合作艺术家和男性模特补充了那个使用女模特的无所不在的男性凝视。"[2] 不过，从以上的分析可以看出，达夫所完成的不仅是"补充"，更是逆转和颠覆。画家夏德本人从凝视者变成了被凝视者，黑人女性也从肤色的他者和被凝视的客体恢复了主体地位，从而实现了黑人女性从客体到主体的嬗变。

---

① Jas Elsner, "Seeing and Saying: A Psycho-Analytic Account of Ekphrasis," *Helios* 31 (2004): 157–185.

② Therese Steffen, *Crossing Color: Transcultural Space and Place in Rita Dove's Poetry, Fiction, and Drama*, 90.

与《翼人奥古斯塔和黑色的鸽子瑞莎》有相似之处，却又有着很大不同的诗歌《维伦多夫的维纳斯》（*RP*，48~50）也是一首在语言的魅力中对视觉艺术进行了有效重写的诗歌。《维伦多夫的维纳斯》与前一首诗歌的相似之处有以下几点：其一，达夫再次把对黑人女性的形象生产放置于欧洲，在"欧洲艺术传统的语境"中"探索了黑人性传递的特殊状态"①；其二，诗歌再次采用了第三人称叙事；其三，诗歌再次凸显了历史和现代两个交叉的时间维度。不过相比之下，此两首诗歌也有很大不同：其一，与《翼人奥古斯塔和黑色的鸽子瑞莎》相比，《维伦多夫的维纳斯》叙事性更强，更具故事性；其二，《维伦多夫的维纳斯》以虚构的当代女性人物为中心，与"维伦多夫的维纳斯"雕像互为呼应，更具女性成长文学的特征。

阅读这首诗歌仿佛在聆听一次时空交错中的黑人女性的对话。在现代时间维度中，诗歌几乎完整地讲述了一名美国非裔女孩在奥地利山区的考古见闻，描写了她到她的教授位于奥地利山区的别墅度假，并被带着参观"维伦多夫的维纳斯"的复制品的情形。诗歌的题铭是保罗·策兰（Paul Celan）的诗歌：

> 让你的眼睛如密室中的蜡烛，
> 你的凝视如刀锋；
> 让我茫然不见
> 去点燃它。

策兰如刀锋般的笔触似乎把我们的目光也打磨得锋利无比。当然这个题铭中的"眼睛""凝视"等字眼传递的最重要的信息还是视觉将再次在这首诗歌中扮演最重要的角色。事实证明，这种"期待视野"是正确的。在多重目光的审视中，这首诗歌对黑人女性的身份呈现变得异常丰富而生动。与《翼人奥古斯塔和黑色的鸽子瑞莎》一样，第三人称叙事预示着作者本

---

① Jane Hedley, "Rita Dove's Body Politics," in Jane Hedley, Nick Halpern, and Willard Spiegelman, eds. *In the Frame: Women's Ekphrastic Poetry from Marianne Moore to Susan Wheeler*, Newark: University of Delaware Press, 2009, 202.

人的参与，换言之，这首诗歌是在讲述人/作者的目光的审视和评判中讲述
的。不过，在诗歌内设的情节中黑人女性却是被凝视的对象。首先，几千
年前的"维伦多夫的维纳斯"是在男性的目光中被雕琢出来的。这个被建
构的黑人女性的体态特征让同为黑人女性的女主人公感到窘迫、难堪：

> 肥硕的屁股和原生态的大腿，
> 胸脯堆叠在手臂里
> 不让它溢出来。

其次，当讲述人来到奥地利偏僻山区的小村庄，她成为复活的"维伦多
夫的维纳斯"，成为当地白人审视和比照的对象：

> 一周前到达，在应邀到海尔教授
> 位于 Wachau 别墅的
> 一群外国学生中
> 她还是显得另类，
> 她被直接
> 从火车带到酒店
> 去见证山村刚出土的奇迹，
> 离这个别墅不出五英里：

> 传奇的维伦多夫的维纳斯

> 当然了，只是一个复制品，
> 几块远古的石头
> 封闭在玻璃罩中被展览
> 保管员一边不停掸掉灰尘
> 一边讲着故事，看到一个活生生的黑人女孩
> 这个故事更有魅力。

在这种被作为他者审视的目光中，黑人女孩感到自己的体态也如维伦多夫的维纳斯一样，开始呈现肉欲的特征：

> 你看到她了吗？他们问道，
> 把她和他们的维纳斯比较
> 知道她能感觉到自己的胸部下垂
> 臀部和大腿的困境
> 愈发成熟。

显然，年轻的黑人女孩处于被男人和白人的目光形塑的危险之中。"她"被以一种亲密的、身体的方式告知了其"黑人性"，或者更具体而言，她的"黑人—女性"的文化含义。欧洲艺术传统把黑人女性与异域、原初或者原始联系起来，强化的是黑人女性的性欲和性繁殖力。[1] 她的欧洲经历告诉她，对于她而言，黑人女性的地位与在美国一样，也是一个"接受神话"：一个是否"给予她在西方的位置"的问题。[2] 那么，维也纳人对这尊"维伦多夫的维纳斯"的狂热是否就意味着对黑人女性的接受、欣赏和热爱呢？一时间，年轻的女主人公似乎迷茫了。然而，她很快意识到，答案是否定的。首先，石像复制品的保管员不经意间的一席话透露了他们对"维伦多夫的维纳斯"如此热衷的原委：

> 我们本来应该留住她，他说。
> 让世界都到我们这里来，
> 来奥地利。

其次，黑人女孩通过自己不经意间的观察突然之间明白了石像和真正的女人之间的区别：

---

① Jane Hedley, "Rita Dove's Body Politics," 202.
② James Baldwin, "Notes of a Native Son," in *Collected Essays*, New York：Library Classics, 1998，128.

他们在阳台上

此时他坦白——不，"坦白秘密"

（妻子占据着厨房，切分蛋糕）

他的体毛已经花白。

她本应该震惊的

但不能否认它带给她的

惊颤，她的身体如何感觉到

柔软而猛烈，同时袭来。

什么使得一个雕像如此性感

而这里有真实的女人，

肉欲横流却无人膜拜？

比如说，教授的妻子，

长发飘飘，明眸皓齿

目光狂野——好像在说

你到哪里，我就到哪里——

然而当她清理茶点时

没有人用眼睛捕捉她。

教授的妻子鲜活生动、美丽多情却无人欣赏，雕像抽象模糊却令无数人心向往之。这一观察让年轻的女孩意识到，维也纳人对"维伦多夫的维纳斯"的热衷恰恰源于这个形象被剥离了其物质性，成为一个抽象的异域化、幽灵化的符号。换言之，他们喜爱的并非黑人女性，甚至也并非女性，而是这个与白人女性身体特征截然不同的符号所传递的一种异域的、他者的属性。这一点与夏德选择黑人女性瑞莎作为绘画对象的原因如出一辙。

《维伦多夫的维纳斯》一诗呈现的黑人女性雕像被白人文化不断建构的情况在文学史、考古学史和文化艺术史上并非个案。被称为"霍屯督维纳斯"（Hottentot Venus）的萨拉·巴特曼（Sara Baartman）就是另一个活生生的例证。巴特曼1789年生于南非，1810年她被白人主人带到英国展览。在英国和法国的很多私人聚会上，她被装到笼子里，放在舞台上供观众参观长达 5 年之久。欧洲观众用"像动物一样""异域的""不同的""不正常的"等字眼形容他们眼中这个黑女人。① 在那些付钱去参观巴特曼的欧洲人眼中，她是原始性欲和性行为的"语义符号"②，是一个被性欲化的他者，是在"白人男性观察者的望远镜"下被放大的"性欲的可笑的人物"③。这一点甚至从"霍屯督人"（Hottentot）一词就可清楚地洞见。这个称呼本身就是"争议之源"④，因为它传递的是"原始""野蛮"之意，"包含了我们如今认为是极端种族主义的含义"⑤。然而，不可思议的是，在经过无数次各种形式的艺术呈现之后，巴特曼俨然成为"一个学术的和流行的偶像"⑥，而这个经过了无数次建构的符号已经与当初那个饱受屈辱的、活生生的黑人女性没有多少关系了。那个生活在 18 世纪和 19 世纪的黑人女子巴特曼无论如何也想不到自己会在死后经历这样漫长而奇妙的"理论之旅"（theoretical odyssey）吧。⑦

　　当然，西方世界对诸如巴特曼一样的黑人女性的刻板形象生产也同样

① Deborah Willis, ed. *Black Venus 2010*：*They called Her "Hottentot"*，Philadelphia：Temple University Press，2010，4；王卓：《"黑色维纳斯"的伦理选择——文学伦理学批评视域下的帕克斯戏剧〈维纳斯〉》，《外国文学研究》2021 年第 1 期，第 92~103 页；王卓：《黑色维纳斯之旅——论〈黑色维纳斯之旅〉中的视觉艺术与黑人女性身份建构》，《当代外国文学》2017 年第 2 期，第 35~42 页。

② Sander Gilman，"The Hottentot and the Prostitute：Toward an Iconography of Female Sexuality，" in Deborah Willis, ed. *Black Venus 2010*：*They called Her "Hottentot"*，Philadelphia：Temple University Press，2010，19.

③ Ibid. 20.

④ J. Yolande Daniels，"Black Bodies, Black Space：A- Waiting Spectacle，" in Lesley Naa Norle Lokko, ed. *White Papers*，*Black Marks*：*Architecture*，*Race*，*Culture*，Minneapolis：University of Minnesota Press，2000，370.

⑤ Anne Fausto-Sterling，"Gender，Race，and Nation：The Comparative Anatomy of 'Hottentot' Women in Europe，1815-1817，" in Kimberly Wallace-Sanders, ed.，*Skin Deep*，*Spirit Strong*：*The Black Female Body in American Culture*，Ann Arbor：University of Michigan，2002，66.

⑥ Z. S. Strother，"Display of the Body Hottentot，" In *Africans on Stage*：*Studies in Ethonological Show Business*，ed. Berth Lindfors，Bloomington：University of Indiana Press，1999，1.

⑦ 这个漫长的理论和文化建构之旅可参阅 Zine Magubane，Which Bodies Matter？Feminism，Post-Structuralism，Race，and the Curious Theoretical Odyssey of the "Hottentot Venus"，Deborah Willis, ed. *Black Venus* 2010：*They called Her "Hottentot"*（Philadelphia：Temple University Press，2010，61）。另外，苏珊·斯图亚特（Susan Steward）在 *God*，*Gulliver*，*and Genocide*：*Barbarism and the European Imagination* 1492－1945（New York：Oxford University Press，2001）中，也对霍屯督维纳斯在西方文化中的呈现方式以及刻板形象的历史渊源进行了详尽分析，详见第 113~130 页。

成为非裔美国女作家和黑人女权主义者集中炮火回击的标靶。贝尔·胡克斯就曾经以这一刻板形象生产为基础，指出黑人女性躯体被强制充当了一种"普遍的性欲的对象"①。而黑人女诗人伊丽莎白·亚历山大则以巴特曼为原型，创作了长诗《霍屯督维纳斯》（"The Venus Hottentot"），并在论文中指出，"在美国文化中黑人的身体形象一直要么被超性欲化要么被去性欲化，以服务于美国白人的想象和目的"②。白人对黑人女性性欲化的文化生产，一直是黑人女权主义者强烈抗议的目标。看来，达夫也以自己的方式参与了对黑人女性刻板形象，尤其是性欲化形象生产本质的揭示。不过，达夫的贡献显然与众不同。她从另一个角度做了一件似乎更为有意义的事情。《翼人奥古斯塔和黑色的鸽子瑞莎》和《维伦多夫的维纳斯》均把黑人女性放置在欧洲的文化场景之中，而《维伦多夫的维纳斯》更是把时间框架放在了种族主义观念形成之前，用意更加深远。达夫不仅为这种刻板形象的生产寻找到了历史和文化之源，而且强化了一种观念，那就是黑人女性性欲化的刻板形象生产并不是种族主义的特有产物，而是一种文化差异和权力生产的产物。文化差异带来的是视觉和心理的震惊，而权力才是此种刻板形象生产的外在推动力。在种族主义体制下，黑人女性刻板形象生产变得疯狂和极端，从本质上说正是文化差异和政治权力合力作用的结果。

三 "我们是粉色的"：自我凝视下的女性主体

揭示黑人女性的刻板形象生产的机制并非达夫黑人女性身体书写的终点。恰恰相反，这只是达夫黑人女性书写的起点，从客体走向主体才是达夫的最终理想。值得注意的是，这种颠覆还是通过凝视来实现的。黑人女性似乎永远是凝视的牺牲者，而当代美国非裔艺术家开始思考的正是"超越黑人一直作为凝视牺牲者的描绘"③。达夫的诗歌体现的就是这种超越。在她的诗歌中，黑人女性是凝视的客体，更是凝视的主体，并具体体现为两种不同方式：一种是黑人女性的自我凝视；另一种是黑人女性的相互凝视。事实

---

① bell hooks, *Black Looks*: *Race and Representation*, Boston: South End Press, 1992, 62.

② Elizabeth Alexander, *Power and Possibility*, Ann Arbor: The U of Michigan P, 2007, 99.

③ Susan Benner, "A Conversation with Carrie Mae Weems," *Artweek* 23. 15 (7 May, 1992): 5.

上，女性之间的凝视一直被美国族裔女作家作为主体建构的法宝。正如犹太女诗人艾德里安娜·里奇的诗歌《超验的练习曲》（"Transcendental Etude"）所言：

> ……两个女人，四目相对
> 衡量着对方的精神，彼此
> 无限的欲望。
> 　　一首新诗就此开始。①

凝视需要力量，这正是达夫在很多女性成长诗歌中首先确定一个"女权主义的视角"的原因。② 为此，达夫选择了一个男权和女权不断交锋的领地，果断地加入了战斗。这个领地集中于希腊神话中的人物美杜莎身上。这个希腊神话中的女妖激发了一代又一代作家的创作灵感。不过这个人物之所以引起达夫的兴趣恐怕还是在于这个人物身上聚焦了男权主义和女权主义两股交锋的力量。现代心理学大师弗洛伊德在《美杜莎的头》（"Mdusa's Head"）一文中把美杜莎的美貌和被砍头作为阉割的代名词。③ 值得注意的是，弗洛伊德的阉割情结（Castration Complex）是基于视觉艺术作品对美杜莎，特别是她化为毒蛇的头发的诠释得出的。④ 弗洛伊德把女性作为"黑暗的大陆"，并把女性作为"极端的他者"的做法自然成为女权主义者的标靶。⑤ 法国女性主义者埃莱娜·西苏（Hélène Cixous）更是从这一神话人物身上获得了女权主义书写的灵感，发表了影响深远的《美杜莎的笑声》（"The Laugh of the Medusa"）。那么，达夫是如何进入这个男权与女权交锋的场域的呢？答案就在于女性凝视的

---

① Adrienne Rich, *The Fact of a Doorframe*: *Poems Selected and New* 1950–1984, New York: Norton, 1984, 264–268.

② Pat Righelato, *Understanding Rita Dove*, Columbia: University of South Carolina Press, 2006, 112.

③ Sigmund Freud, *The Standard Edition of the Complete Psychological Works of Sigmund Freud*, Vol. 18. ed. and trans. James Strachey et al., London: Hogarth Press, 1955, 273.

④ Marjorie Garber, *Profiling Shakespeare*, 93.

⑤ Elisabeth Bronfen, *Over Her Dead Body*: *Death*, *Femininity and the Aesthetic*, Manchester: Manchester UP, 1992, 255.

力量。

"力量与看和视觉有关。能够看并命名事物暗含着某种力量。"① 美杜莎就具有这样的凝视的力量。在希腊神话中，她的两眼能发出骇人的光芒，男人看她一眼就会变成毫无生气的大石头。当希腊神话中的英雄，宙斯和达那扼之子珀尔修斯（Perseus）受雅典娜女神之命去取美杜莎的首级时，他从青铜盾牌的反光中确定美杜莎的位置，才得以砍下她的头颅。不过达夫在《美杜莎》（GN，55）一诗中没有让美杜莎凝视男性，而是反观自我，走了一段深邃的心理之旅：

> 我一路下沉
> 到了我的眼睛
> 看不到的地方
> 毛茸茸的星星
> 忘却了瑟瑟发抖
> 忘却了里面
> 冷酷的吮吸
>
> 总有一天
> 有个人会
> 看到我
> 把我高高抛起
> 直到我够到了
> 天空
>
> 放弃他的记忆
>
> 我的头发

---

① Russell Ferguson, "Various Identities: A Conservation with Renee Green," in *World Tour*, Los Angeles: Museum of Contemporary Art, 1993, E 56.

干涸的水

达夫笔下的美杜莎与传统神话中的美杜莎形象和心态截然不同。其中一个关键点就是她的自我审视。在诗歌第一小节中，达夫以一个文字游戏强化了美杜莎的自我审视：

> I've got to go down
>
> Where my eye
>
> Hairy star
>
> Who forgets the cool suck inside
>
> Can't reach.

这一小节中的"eye"用了单数，与"I"同音，这一对语法规则的偏离显然是有意为之，达夫强调的是女性的"看"和"自我"是统一的。这个细节不但把美杜莎从被审视、被断头的客体提升到了"主体地位"[①]，同时第一人称的讲述也强化了这个观念：美杜莎不再是牺牲品，而是成为自己的主人，有能力来讲述一个关于她自己的故事。达夫改变了希腊神话中关于美杜莎以凝视男性作为杀人方式的邪恶女神的形象，让她走进自己柔软的内心世界，看到了眼睛"看不到的地方"，那就是真实的自我。这一改变似乎让美杜莎失去了外在的、暴力的力量，却获得了更为强大的内心的动力和张力。这一改写可谓匠心独具。其妙处就在于凝视方式的改变：从凝视他人到凝视自我。拥有以凝视为杀人利器能力的美杜莎不但没有拥有完整的女性人生，反而成为人人得而诛之的巫女恶魔；相反，学会自我凝视的美杜莎不但获得了宁静的内心体验，而且相信终有一天会有一个人为了自己"放弃他的记忆"，共度余生。这才是达夫所定义的女性的完整成长。在达夫的黑人女性成长诗歌中，黑人女性的自我成长就是通过女性的自我凝视实现的。

---

① Therese Steffen, *Crossing Color: Transcultural Space and Place in Rita Dove's Poetry, Fiction, and Drama*, 82.

　　与借用男性艺术家作品中被作为客体呈现的黑人女性来揭示黑人女性客体身份的形成机制相似，达夫巧妙地借用了女性艺术家的视觉呈现来颠覆女性作为客体的命运。其中最有代表性的当数《三原色十四行诗》（"Sonnet in Primary Colors"）（*ML*, 47）：

> 这是给那女人——一翅黑翼
> 栖息在她的双眸：可爱的弗瑞达，
> 屹立在鹦鹉群中，身着农妇朴素的衬裙，
> 她把自己画成了礼物——
> 野花缠绕着浆洗过的紧身胸衣
> 她的脊柱安居在那燃烧的柱石中——
> 这个镜子罗曼史中的女祭司。
>
> 每天夜里她在痛苦中躺下，
> 又起身拿起她已逝爱人的赛璐珞蝴蝶，
> ……
> 起身拿起画架，狗群气喘吁吁
> 像孩子沿着花园鹅卵石路走着，
> 迭戈的爱如圆形窗上的骷髅
> 拇指的指纹灼烧着她魅力永久的眉梢。

这首诗歌中的弗瑞达·卡罗（Frida Kahlo）是富有传奇色彩、生前饱受争议的墨西哥女画家。她 1907 年出生于墨西哥城，自幼患有小儿麻痹症，18 岁时又遭遇一场严重车祸，身体多处遭到重创，此后 29 年的生命里，她始终生活在无尽的身心痛苦之中。这个生命短暂的女画家浑然天成的肖像画令人过目难忘，尤其是她的自画像更是成为当代艺术品中的佳作。达夫的这首诗歌描绘的正是弗瑞达·卡罗两幅最有代表性的自画像：《戴着荆条与蜂鸟项链的自画像》（1940）和《我和我的鹦鹉》（1941）。弗瑞达·卡罗自画像最大的特点是她的肖像往往与动物、花朵、荆条、床等其他物品同时出现，然而，无论她在绘画空中填充了多少物件，她永远将自

己作为绘画的主体，她异乎寻常美丽的脸庞和尽管不完美却依旧支撑着她生命的身体始终是构图的绝对中心，而动物等意象只是表达她复杂自我的辅助物件。比如，在《我和我的鹦鹉》中，她端坐于构图的中心，而鹦鹉则散停于她的肩头或匍匐在她的胸口。自画像中之所以画进了鹦鹉，与这种动物在阿兹特克文化中被认为是神圣的、超自然的有关。画家相信这些带有灵性的生命能够把她的现实世界与精神世界联系起来。① 她的自画像是个人的，但是从很多层面而言，却也是世界的，是普遍性的。她的个人生活往往被比喻性地运用，往往与她的艺术相连，因为人们会从这样的自画像中品读到他们自己的人生。② 另外，还有一点值得注意。在她的自画像中，除了背景物件，她总是试图用自己的身体讲述一个故事。她所遭遇的痛苦是贯穿于她所有自画像作品的主线。③ 尽管她的自画像姿态各异，其间的动物或物件不同，但是有一点却惊人地相似，那就是她的眼神。她的所有自画像都是正面像，这使得她的目光可以直视观看画像的人。而所有的眼神都透着一种咄咄逼人的压迫感、挑战感，甚至是挑衅性。④

　　毫无疑问，弗瑞达·卡罗之所以热衷于自画像与对视觉权力的诉求不无关系。她之所以把自己的目光勾画得如此具有对抗性，原因正是在于迎接和挑战来自男性那种试图把女性作为客体的凝视。弗瑞达·卡罗和她的自画像生动地说明了女性同样具有自我审视、自我描画、自我解读的权力和能力。的确，女性对自身身体的解读有着与男性全然不同的方式和含义。前文提到的《维伦多夫的维纳斯》中，黑人女孩对维伦多夫的维纳斯的身体的解读体现的是纯洁的爱和艺术的美，这与性和肉欲无关，与诗歌中男性对这一形象的解读形成了鲜明的对照。另外还有一点值得注意，达夫以女权主义视角审视的黑人女性往往是现代的、现实的，与作为客体对象的黑人女性往往来自历史人物和艺术作品有着本质的区别。达夫的用

---

① SR. Udall, "Frida Kahlo's Mexican Body," *Woman's Art Journal* 24.2（Fall 2003/Winter 2004）: 13.

② J. Winterson, "Live Through This," *Modern Painters*, June 2005, 98-103.

③ Herrera, Hayden, *Frida Kahol: The Paintings*, 69-70.

④ Carlos Monsivais, Luis-Martin Lozano, Antonio Saborit, Diego Rivera, *Frida Kahlo*, Little, Brown and Company, 2000, 10.

意非常明显，作为客体的黑人女性的身体已经在历史的尘埃中渐渐被掩埋，而现实生活中鲜活的黑人女性已经成为视觉的主体。

　　成为主体的黑人女性具有自我审视的能力，而这种自我审视才是女性最终获得主体性的唯一途径。正如英国女学者普拉提哈·帕莫（Pratibha Parmar）所指出的，黑人女性的身份创造不是在"关系"、"反对"或"纠正"中完成的，"而是内在、自为的"。① 那么，达夫又是如何在诗歌中实现女性的自我凝视和自我主体建构的呢？达夫的一首诗歌和一次美国国会图书馆朗诵很能说明问题。

　　达夫在国会图书馆的这次诗歌朗诵受到评论界的广泛关注。比如评论家格蕾斯·卡威丽瑞（Grace Cavalieri）就认为，在这样的公开场合朗诵这首诗歌会让达夫以某种意想不到的方式留在文学史上。② 那么，这究竟是一首什么样的诗歌，会让格蕾斯如此惊讶和受震动呢？这首诗歌就是收录在诗集《装饰音》中的《睡觉前第三次朗读〈厨房之夜狂想曲〉之后》（"After Reading *In the Night Kitchen* for the Third Time Before Bed"）（41）中：

> 我女儿张开双腿
> 去找自己的阴道：
> 没有毛，这个被误解的
> 生殖系统
> 陌生人不能触摸
> 否则她就会大喊大叫。她要求
> 看看我的，顷刻之间
> 我们变成了堆积如山的玩具中间
> 不对等的星球
> 我那巨大的扇贝形
> 暴露在她小巧的石雕面前。

---

① 转引自〔美〕爱德华·索亚《第三空间——去往洛杉矶和其他其实和想象地方的旅程》，陆扬等译，上海教育出版社，2005，第123页。

② Grace Cavalieri, "Brushed by an Angel's Wings," 143.

然而同样光滑的

隧道，层次分明的排序。

她才三岁；所以这一切都

天真无邪。我们是粉色的！

她大呼小叫，一跃而起。

每个月她都想知道

哪里受了伤

我两腿之间

皱皱巴巴的带子是做什么用的。我说，

这是好血。不过那也不全对。

怎么告诉她那就是缔造了我们的东西——

黑色母亲，奶油孩子。

而我们在粉色中孕育

粉色亦蕴藏于我们的身体之中。

尽管考虑"很久"，决定"艰难"①，达夫还是在很多公开场合朗诵了这首诗歌，可见她本人对这首诗歌的偏爱。这首诗歌之所以让达夫纠结，并让格雷斯震惊，关键在于达夫让那些原本属于女性私密的身体符号跃然纸上，并在国会图书馆、著名大学等场合诵读表演。这首诗歌不仅令听者震动，也让很多诗歌研究者读出了别样的含义。美国诗歌研究专家简·海德雷（Jane Hedley）认为，这首诗歌唤起人们对于儿童"自我想象""加固"的"文化同化过程"的关注。② 之所以能够揭示这样一个深刻的文化身份塑造过程，原因在于达夫让女人的身体讲出了真相，而女人讲出真相的力量是令人震撼的。正如著名犹太女诗人缪里尔·鲁凯泽（Muriel

---

① Grace Cavalieri, "Brushed by an Angel's Wings," 142.
② Jane Hedley, "Rita Dove's Body Politics," in Jane Hedley, Nick Halpern, and Willard Spiegelman, eds. *In the Frame*: *Women's Ekphrastic Poetry from Marianne Moore to Susan Wheeler*, 200.

Rukeyser）所言："如果女人讲述她生命的真相，会发生什么？／世界将会撕裂开来。"① 的确如此，达夫正是用女人身体的秘密撕裂了这个世界。

在这首诗歌中，达夫引用了莫里斯·伯纳德·桑达克（Maurice Sendak）经典童话绘本《厨房之夜狂想曲》（*In the Night Kitchen*）（1970）中小主人公米奇掉进做面包的面团里后说的话"我在牛奶里，牛奶在我身体里……我是米奇"作为题铭，用意很明显。这个题铭里出现的"牛奶""身体"等字眼，以及你中有我、我中有你的复杂关系有效地强化了肤色意识。当三岁的女儿看自己的阴部，又要求看母亲的阴部，发出了惊呼，"我们是粉色的！"时，读者自然会联想到此前的"白色"，于是不同肤色所带来的对比彰显了种族的不同。"我们是粉色的！"集中表达了达夫试图"编码"一种超越黑白二元对立界限的"种族超越性"②，是对"自然化的白人性霸权"的一种"批判"③。"黑色母亲，奶油孩子"的表述更是强化了女儿的混血种族身份。混血的女儿对女性身体特征的好奇以一种自然而有趣的方式证明了性和种族对孩童已经产生身份维度的影响。通过这种方式，达夫的生活逸事被赋予了内在自我定义的能力，而这种能力在女孩和女人的不同阶段均扮演着重要的角色。可见，在达夫的黑人女性主体建构中，第一要素还是族裔身份。而女性身体的性别特征则是黑人女性族裔身份建构的手段。

值得注意的是，达夫以女性性别特征建构的黑人女性族裔身份是一种杂糅的身份，这一点与"黑人艺术运动"中的黑人作家致力于建构完整的、单一的"黑人性"有着本质的区别。达夫在《装饰音》中的很多诗歌关注的都是这样一种杂糅的"种族文本的被建构意识"④。除了前文提到的《睡觉前第三次朗读〈厨房之夜狂想曲〉之后》，《缝针》（"Stitches"）（*GN*, 51）也是一首以独特的方式关注了杂糅的黑人女性

---

① "What would happen if a one woman told the truth about her life? The world would split open." 该诗句出自 Muriel Rukeyser 诗歌 "Käthe Kollwitz", in *The Collected Poems of Muriel Rukeyser*, eds. Janet Kaufman, Anne Herzog, 460–464。

② Nicky Marsh, *Democracy in Contemporary U.S. Women's Poetry*, New York: Palgrave Macmillan, 2007, 50.

③ Ibid.

④ Ibid. 49.

族裔身份的诗歌：

> 当皮肤裂开
> 伤疤显露，
> 我只想到一句话
> "看看吧，我的里面是白色的！"
> 接着血流如注
> 滴落到臂弯。

与《睡觉前第三次朗读〈厨房之夜狂想曲〉之后》所强化的"粉色"的肤色不同，这首诗歌显然更进一步，触及的是人类共同的本质："看看吧，我的里面是白色的！""里面"和"白色"的象征意义不言而喻。这个人类生理上的共同特征使得以肤色的不同判断优劣、以肤色差异区分贵贱、以肤色为理由实施剥削和压迫的行为变得荒谬、可笑。这一发现是令人惊讶的，以至于讲述人居然忘了肉体的疼痛：

> 医生长着海狸牙，黄色的：
> 他边工作边吹着口哨，就像在伤口上
> 耕作。很神奇
> 居然不疼——就是当皮肤被他的线拽起时
> 感觉到压力。
>
> 就像一尾鳟鱼，女裁缝梦魇中
> 一条笔直的黑线：脚踏缝纫机
> 穿针引线。

当然，这种让讲述者本人都吃惊不已的认知是需要付出代价的："接着血流如注/滴落到臂弯"，而且她开始"感觉到压力"。最后，黑人女性好不容易通过血的代价换来的自我认知，还处于萌芽状态，就被扼杀了。尼凯·玛什（Nicky Marsh）对此的解读很有见地：讲述人通过身体的伤痛好不容易刚刚获得的"种族的模糊性"被医生的暴力又连根拔起了。①

那么，这种"压力"和"暴力"又源自何处呢？回答这一问题，我们首先有必要分析一下达夫通过看到皮肤下面是"白色的"，传递出一种怎样的种族意识。对此，尼凯·玛什在《美国当代女诗人诗歌中的民主》一书中曾经给出了一个恰切的定位："种族的模糊性"。这种模糊性并非否定种族差异，而是超越了种族差异，触及了人类的共性。然而，达夫很清楚自己对种族差异的此种观念是颇为冒险的，因为她不得不面对来自两个方向、两个族群的双重"压力"。其一，这一压力来自白人，原因在于白人的优势权力位置把黑人化约到肤色的生物层次来对待，肤色差异是白人种族歧视的生理基础，颠覆这一基础就意味着动摇了种族歧视的根基。其二，这一压力来自黑人。这种来自黑人的"压力"更为复杂，因为"压力"同时来自"融入主义"和黑人"民族主义"两个阵营。达夫这种看到肤色的下面、寻找人类共性的视野与试图为黑人戴上"白色面具"的"融入主义"的做法正好相反。这种漂白皮肤的思维在漫长的种族歧视过程中早已成为很多黑人"个人和集体"的"无意识"。法农曾经通过对一名黑人女子马伊奥特·卡佩西亚的梦境的分析接触到了她的无意识，并发现她不但不希望别人知道自己是黑人，而且一直试图改变这一事实。② 可见，以肤色差异为基础的种族歧视从皮肤渗透到心灵、从种族扩展为政治，这就是法农指出"黑人的心灵，其实更是白人的建构"的原因。"融入主义"者就是这种白人建构的产物。

另一个来自黑人的"压力"是黑人"民族主义"。达夫在这首诗歌中做了一项和法农在《黑皮肤，白面具》一书中做的同样的工作：面对"一些白人认为自己比黑人优越"，"一些黑人想不惜一切代价向白人证明自己思想丰富，自己有同样的智慧"的"双重自恋"的"事实"，"结束一种恶性循环的关注"③。显然，达夫对黑人女性主体的建构与传统意义上以黑为美的认知方式有着天壤之别。看来，达夫与休斯确立的黑人艺术

---

① Nicky Marsh, *Democracy in Contemporary U. S. Women's Poetry*, New York：Palgrave Macmillan, 2007, 50.

② 〔法〕弗朗兹·法农：《黑皮肤，白面具》，万冰译，译林出版社，2005，第 32 页。

③ 〔法〕弗朗兹·法农：《黑皮肤，白面具》，万冰译，第 3~4 页。

家的创作原则有着本质不同。休斯曾经说："我们正在创作的年轻一代黑人艺术家想要毫不恐惧和羞涩地表达的是我们个体的深皮肤的自我。"[1] 显然，在美学原则上，达夫承继的是卡伦（Countee Cullen）"我想做一名诗人——不是一名黑人诗人"的宣言。从黑人女性诗歌传统而言，达夫与哈莱姆文艺复兴和"黑人艺术运动"中的黑人女性前辈诗人也有着天壤之别。哈莱姆文艺复兴中的女诗人，如福赛特（Jessie Redmon Fauset）、格温朵琳·班奈特（Gwendolyn Bennett）、乔治亚·约翰森（Georgia Johnson）等笔下浓墨重彩的人物和情感强化的都是黑人女性被奴役、被压迫的形象。比如福赛特诗中的经典黑人姆妈形象：

> 我想我看到她坐在那儿，背弯如弓，肤色黝黑，
>
> 穷困潦倒带着奴隶制的致命的累累伤痕，
> 她的孩子被夺走了，孤独，悲痛，然而
> 依旧看着满天星。
>
> 象征的母亲，我们都是你的儿子，
> 在自由的栅栏上撞击我们顽强的心灵，
> 紧紧抓住我们与生俱来的权利，神情刚毅地战斗，
> 依旧能看见满天星！[2]

在"黑人艺术运动"中的黑人女性诗歌中，黑人女性身体成为一个重要的律动符号，张扬着女诗人对黑人女性身体和肤色的独特之美的自豪感。安吉罗在她的诗歌代表作《奇异的女人》（"Phenomenal Woman"）中为我们表现了一位心智得到彻底解放的黑人女性的骄傲以及由此而产生的独特的女性魅力：我的秘密在我的举手投足之间/在我臀部的扭动，在我脚步的迈动，/在我唇的曲线/我是女人/奇异的/奇异的女人/就是我。[3] 另

---

① Langston Hughes, "The Negro Artists and the Racial Mountain," 180.

② Maureen Honey, ed. *Shadowed Dreams*: *Women's Poetry of the Harlem Renaissance*, 99.

③ Maya Angelou, *Phenomenal Woman*: *Four Poems Celebrating Women*, 3-8.

一位女诗人伊洛斯·劳夫汀（Elouise Loftin）在《桑尼揭开面纱》（"Sunni's Unveiling"）中也表达了类似的对女性躯体的自豪感：

> 我是一个黑人妇女
> 我转过头去大笑
> 对拥挤不堪的人群
> 知道说谎的味道
> 就像全世界
> 坐在我的肚皮上。①

桑切斯的《宇宙的女皇》（"Queens of this Universe"）也是这一时期黑人女性自我主体建构的经典之作。综观这两个时期的黑人女性诗歌，不难发现，黑人女诗人强化的是黑人女性对黑色皮肤、黑人女性身体特征的自豪感。

对比达夫的诗歌，我们发现达夫显然有意偏离了她的黑人女性前辈对女性身体的书写策略。那么，达夫以凝视黑人女性隐私发现的"粉色"和剥皮割肉的代价发现的"白色"，到底有何深意呢？即便是在21世纪的美国，肤色问题也依旧是一个严肃的和严重的问题，达夫又为何逆时代潮流为之，偏要书写一种模糊的种族性，甚至"去种族"的女性成长模式呢？综观达夫创作的大量女性成长诗歌，我们不难发现，根据是否有种族背景可以把这些诗歌大致划分为两类：其一，种族背景模糊，普遍性的诗歌；其二，有明确的非裔文化背景，诗中人物黑人身份明确的诗歌。

达夫的成长诗歌中有大量第一种类型的诗歌，即"去种族"的，比如，《青春组诗 I》（*SP*, 42）就是这样一首诗歌：

> 露重风潮的夜晚，在祖母的门廊
> 我们跪在沙沙作响的草叶上窃窃私语：
> 琳达的脸在我们面前晃悠，像山核桃一样惨白，

① Elouise Loftin, *Jumbish*, 12–13.

却口吐箴言面露智慧之光：

"男孩子的唇很柔软，

　　像婴孩的皮肤一般软。"

空气随着她的话语凝滞了。

一只萤火虫在我耳畔嗡嗡作响，在远方

我能听到街灯砰地

闪烁成无数小太阳

映照着软绵绵的天空。

情窦初开的少女在"露重风潮的夜晚，在祖母的门廊"互相敞开心扉，羞涩却冲动地讨论初吻的感受和男孩子嘴唇的柔软，是能够唤起所有正值青春或者已经走过青春的女人的集体记忆的美妙感受。在谈到《青春组诗》时，达夫说，她之所以在自己的第一部诗集《街角的黄房子》中收录这些关于青春的诗歌，原因在于"它们是每一个人共有的话题"，当她把这些诗歌投稿给杂志社的时候，脑海里想的正是这个问题。① 的确，《街角的黄房子》第一部分中的大量关于成长的诗歌基本都没有鲜明的种族维度。比如前文提到的《此生》等成长诗歌就是适合所有人，是关于人类共同成长记忆的诗歌。

　　再比如，诗集《装饰音》中的另一首带有自传性质的成长诗歌《五年级自传》（*GN*，8）也是在可以唤起任何人青春记忆的氛围中拉开帷幕的：

我是这张照片里的第四个

和我祖父母在密歇根湖垂钓。

我弟弟蹲在毒常春藤下。

他的戴维·克罗克特帽子

端端正正地戴在他的头上，因此浣熊尾

---

① Gretchen Johnsen and Richard Peabody, "A Cage of Sound," in Earl G. Ingersoll, ed. *Conversations with Rita Dove*, 21.

调皮地在他的水手衫后背跳动。

我祖父就坐在一张折叠椅上

在稍远处，

我知道他的左手放在

他裤兜里的烟草上

因为过去每个圣诞节

我都为他卷烟。祖母的屁股

从灌木丛中露出，她正倚着

冰箱，太阳透过树枝

柔和的光线

映照在她的身上。

我开始嫉妒我的弟弟；

前天他第一次骑马，是独自一人。

我则被绑缚在

祖父身后的筐子里。

他一身柠檬味。他已经过世了——

但我记得他的双手。

这种少女记忆中与祖父母垂钓湖畔的温暖和亲情是属于全人类的，是各个种族、各种文化中最为普遍，也最能达成共识的场景和情感。少女与弟弟暗自较量，因为自己是女孩而受到的额外呵护既感到温暖，也有失落和不满的微妙情感，是所有女孩子成长中最细腻的情愫。

　　然而，身为非裔美国诗人，达夫不会让族裔身份永远缺席。这一身份永远会是美国非裔作家自我书写的一部分。达夫的成长诗歌中有"去种族"的青春成长的记忆，比如前文提到的《青春组诗》等，也不乏带有明确族裔身份特征的成长经历，换言之，是关于黑人女性成长的独特经历。值得注意的是，这些成长经历的呈现还是从黑人女性的身体和视觉体验开始的。更确切地说，达夫让黑人女性的身体讲述她们自己的故事，而她的视觉关注的是黑人女性身体上承载着创伤和痛苦的伤疤等创伤性标志，并让这些伤疤为我们讲述了一个又一个关于黑人女性的故事。达夫深知，只有当成为"讲述的故事"后，身体才对个人和整个族群具有意义。[①]

这一点倒颇有些亨利·詹姆斯（Henry James）的遗风。"身体、记忆和语言"构成了这位擅长游走在不同文化疆界的小说大师每一部作品中"情感的牢固的柱石"[②]。同样游走在不同文化疆界的达夫也用身体、记忆和语言编织了一个又一个密实的文本之网，并通过它们对开放的世界讲述一个故事。那么，恐怕没有什么是比黑人女性身体的创伤更有故事性的。创伤是埋藏或隐藏的东西开裂的地方，从而揭示一段记忆、一种痛楚，但也包括一种新的自由的快乐意识。身体被奴役、鞭打、虐待，伤痕累累，记忆随着这样的经历产生，于是记忆和叙事相互依存，融为一体。

其实，前文提到的诗歌《缝针》就是一个典型的例子：身体、凝视、叙事交织在一起，共同构成了一个深具文化内涵的文本场域。当诗中的讲述人对自己的伤口和感受进行观察和讲述的同时，现实中的讲述人则讲述着带有明显自传性元素的现实生活：

> 一切准备都是徒劳！
> 我打电话到大学
> 解释。我丈夫
> 冲进来，汽车飞驰，
> 他面色苍白，匆匆送我看急诊。

同时还有另一个声音参与其间，以斜体字体标识出来，与讲述人的声音唱和有间，这个声音就是诗人的声音：

> *你就不能别再卖弄小聪明吗？*

---

① Dennis Patrick Slattery, *The Wounded Body: Remembering the Markings of Flesh*, State University of New York Press, 2008, 212.

② Ibid.

哦，不怎么不能。我一直都能。

这一唱一和，幽默诙谐，从血流如注中的惊奇发现到现实的琐碎生活，再到富有哲理的人性和人生思考，都在这不同的叙事声音的交换中实现。

　　在达夫的成长诗歌中，此类诗歌非常具有代表性。例如，被达夫研究专家马琳·派瑞拉视为《装饰音》中的"签名诗"[1] 的《顶点海滩，1921》（"Summit Beach，1921"）就是这类诗歌中影响力最为深远的。诗歌开篇在一个带有浓郁黑人文化特征的场景中展开：

　　　　和着一面油鼓的鼓点和曼陀铃节奏
　　　　黑人在海滩翩翩舞动，
　　　　毛衫从最美的棕色肩头飞舞而去
　　　　世界的这一面。

在这热闹的氛围中，成长中的女主人公的落寞就显得尤为突出：

　　　　她坐在火堆旁，一枚
　　　　假珠宝胸针固定着披肩。她很冷，
　　　　谢谢你，她不想去跳舞——
　　　　她膝头的伤疤
　　　　随着夜晚的寒意闪光。

　　　　爸爸说过不要进展如此快，
　　　　你要为自己的所作所为负责。因此她拒绝
　　　　割断翅膀，尽管她让男孩子
　　　　给她拿来檫树茶一饮而尽
　　　　就像一块飘落的手绢。

---

[1]　Malin Pereira, *Rita Dove's Cosmopolitanism*, Urbana：U of Illinois. Illinois P，2003，120.

她的膝头脱皮的地方痒得

她勇气全无。

她能等，她是金子。

当她的真命天子对她微笑时

就会有音乐轻抚她的小腿

像一阵咯咯的笑声。她能感到

清风如流水滑过耳蜗，

又像当小女孩爬上爸爸的工具间，

从铁皮屋顶滑落到天空时的空气，

张开她的太阳伞和隐形的翅膀。

尽管以第三人称讲述，但这首诗歌显然带有自传性色彩，是达夫童年记忆的回闪。在达夫的记忆中，顶点海滩是她的祖父母初次相逢、一见钟情的美丽海滩，也是"一个种族隔离的海滩"①。然而，这首诗歌最耐人寻味之处却并非这个自传性场景，而是落落寡合的黑人女孩膝头的伤疤和内心的焦灼。黑人女性身体的创伤一直是黑人女作家大书特写、文学研究者在情感和学术上投入颇多的领域，因为饱受创伤的黑人女性其身体往往承载着太多的黑色记忆。女学者艾娜·奴尼斯（Ana Nunes）更是指出，"伤痕累累的女性躯体发挥着奴隶制文本记录的功能"，因此是"重新建构非裔美国历史的一个中心能指"②。然而，细读这首诗歌，我们不难发现达夫对黑人女性身体创伤的书写基调与黑人女性的奴役史无关，更与建构非裔美国历史无关。诗歌中女孩膝头的创伤更多的是青春期女孩心理创伤的外化，关乎种族，却更多地源于女性成长的特定生理和心理状态。

　　那么，达夫一方面强调自己成长诗歌的主人公是黑人女孩，另一方面又暗示成长的烦恼和困惑与种族无关，用意何在呢？答案就在于达夫对于

---

① Pat Righelato, "Rita Dove and the Art of History," *Callaloo* 31.3（2008）：765.

② Ana Nunes, *African American Women Writers' Historical Fiction*, New York：Palgrave Macmillan, 2011, 156.

美国当代黑人女性成长困境的独特理解。达夫诗歌中成长的黑人女孩基本是在接受了自己的族裔身份的基础之上展开的。这一点和传统非裔女性成长作品提供的女性成长模式的初始阶段，即人物的觉醒期，就是对其族裔身份的质疑和逃避有着极大的不同。无论是莫里森的《最蓝的眼睛》，还是玛雅·安吉罗的《我知道笼中的鸟儿为何歌唱》（*I Know Why the Caged Birds Sings*），抑或吉恩·瑞斯的《黑暗之旅》（*Voyage in the Dark*）等经典非裔女性成长小说中的女主人公莫不如是。换言之，达夫诗歌中的女性成长并非基于"种族逻辑"①（racial logic），而是基于人性逻辑的。

摆脱了种族逻辑的黑人女性既不会走入莫里森的皮克拉对"最蓝的眼睛"的疯狂渴望，也不会走入玛雅·安吉罗对"黑即为美"的执着固守，她们的成长世界也因此摆脱了黑与白的二元对立模式。达夫的自我形塑的身份挑战的是20世纪六七十年代的"黑人艺术运动"的"黑人本质主义"，因为"尽管达夫知道一种往往被认为赋予了黑人身份和文化核心的'策略的本质主义'认同在确保非裔美国人在一个种族歧视的社会中生存下来功不可没，她还是清楚地认识到那种认知的局限性"②。这样看来，达夫的女性成长诗歌是在"去族裔化"基础上建构了黑人女性独特的文化身份。她超越了黑与白形成的种族对立的门槛，穿越了白人文化和价值之门，回归了人性的普遍追求，关注的是人性的升华和人生的完善。

不过，有一点需要指出，达夫的女性成长并非刻意"去种族"，在对作为客体的黑人女性和作为主体的黑人女性的建构中，种族维度存在的方式也有着极大的差别。在黑人女性作为客体的呈现中，种族身份是一个非常重要的维度，而在自我凝视下的主体建构中，种族身份却让位于性别身份。从这一点来看，简·海德雷所说的在达夫的诗歌中，"性别和种族是相互牵涉的"，是两个"互锁互扣的身份维度"是有道理的③，但是其呈

---

① Walter Benn Michaels, *Our America*: *Nativism*, *Modernism*, *and Pluralism*, Duke University Press, 2002, 1.

② Malin Pereira, *Rita Dove's Cosmopolitanism*, Urbana and Chicago: University of Illinois Press, 2003, 1.

③ Jane Hedley, "Rita Dove's Body Politics," in Jane Hedley, Nick Halpern, and Willard Spiegelman, eds. *In the Frame*: *Women's Ekphrastic Poetry from Marianne Moore to Susan Wheeler*, Newark: University of Delaware Press, 2009, 200.

现方式从宏观上来说，却是在"破"与"立"中分别完成、各有侧重的。那么，个中原因何在呢？在白人对黑人女性的凝视和书写中，黑人女性的第一身份维度是种族的，其次才是性别的。换言之，对黑人女性刻板形象生产的基础说到底是因为她们的种族身份，然后才是她们作为女人的身体特征。在黑人女性的自我凝视中，身体的种族特征让位于身体的性别特征，成为黑人女性成长的背景。具言之，在白人男性的凝视中，黑人女性身体成为被情色化和殖民化的对象；而在黑人女性的自我凝视中，黑人女性身体成为自我成长和自我认知的神圣领地，更成为与现代政治和文化对话的文本之域。这样，作为"个人政治最突出的地方"① 的女性身体面对不同的凝视方式和凝视主体，实现了从客体到主体的华丽蜕变。

第二节　"我们都死于一事无成"：
黑人女性知识分子精神书写

达夫诗歌中黑人女性的身体成长带有强烈的精神维度，而她的诗歌中的黑人女性的精神成长却完全是基于黑人女性的现实生活，带有明确的物质维度。这一点和很多黑人女性作家的作品形成了强烈的反差。综观沃克、莫里森等黑人女作家的创作，我们不难发现一条从肉体到精神的单向之路，似乎倔强地不要返程。达夫不但买了返程车票，而且似乎穿越了女性成长的时间和空间维度，自由往来于肉体和精神、梦想和现实之间，书写了一曲艺术化成长的女性之歌。细读达夫的成长诗歌，不难发现她的一个独特的黑人女性成长认识和成长书写，那就是黑人女性知识分子的精神成长。她的成长小说《穿越象牙门》的女主人的文化身份和职业身份以及生活追求就是典型的黑人女性知识分子的生活和精神追求。她的大量诗歌更是集中体现了黑人女性知识分子的成长历程。从最直观的层面来看，达夫的诗歌中有相当一部分是关于黑人女性的学习生活和学术生涯的。达夫对女性知识分子的成长经历的书写在美国黑人女作家中显得十分独特。

---

① Susan Bordo, *Unbearable Weight*: *Feminism*, *Western Culture*, *and the Body*, Berkeley: U of California P, 1993, 17.

这与达夫本人的求学经历和诗人、学者的职业生涯有着密不可分的联系，然而从更深的层面来看，对黑人女性知识分子的成长书写构成了黑人女性精神成长的一个重要侧面，以一种与时俱进的姿态补充了黑人女性精神成长的维度和厚度，并为当代黑人女性更高层次的精神追求提供了参考。

一 "成长就是变得平庸"吗？

在《夜晚的报春花》（"Evening Primrose"）（AS，117）一诗中，达夫引用了美国作曲家、作家奈德·罗瑞姆（Ned Rorem）日记中的一句名言作为诗歌题铭："诗意地说，成长就是变得平庸。"① 从某种意义上说，从纯洁而富有无数可能性和创造性的孩童蜕变成复杂、刻板、墨守成规的成人，成长的确是不可逆转地走向平庸之路。这一点爱默生（Ralph Waldo Emerson）在《论自助》中阐释得非常清楚。那么，在达夫的意识中，成长真的就是变得平庸吗？答案恐怕没有那么简单。在《夜晚的报春花》的第一节中，达夫用花朵的颜色暗示了肤色的差异：

> 既不是粉面桃花也不是玉面凝脂，
> 和黄花金枝也不是表姐妹
> 更不是花团锦簇的灯笼海棠——
> 我想没有人
> 摘过这朵花赏玩，
> 尽管她们柠檬色的花簇
> 装点着丛林叠嶂。

显然，开在黑夜中的报春花象征的就是黑人女性。美国黑人诗人一直有以暗夜喻指黑人的诗歌传统。休斯就曾经说黑人是"黑夜的宠孩"②。美国黑人女诗人更是频频在诗歌中以暗夜喻指黑人女性。哈莱姆文艺复兴时期的三位黑人女诗人格温朵琳·班奈特和两位约翰森——乔治亚·约翰森和

---

① Ned Rorem, *The Paris Diary & The New York Diary*, 196.
② Langston Hughes, *The Collected Poems of Langston Hughes*, 45.

海莱娜·约翰森（Helene Johnson）都不约而同地表现出了对"黑夜女人"（nightwoman）意象的浓厚兴趣。所谓"黑夜女人"简单地说就是黑夜和女人两个意象的交互参照和互相映衬。班奈特的《早春的街灯》就清楚地表明了哈莱姆文艺复兴时期的黑人女诗人对这两个意象的痴迷：

> 夜身着衣裳
>
> 一袭柔软的天鹅绒，一水的紫罗兰色……
>
> 她的脸上戴着面纱
>
> 像飘浮的露珠晶莹闪烁……
>
> 在这儿，在那儿
>
> 在她的头发的黑色中
>
> 夜柔嫩的手
>
> 带着宝石般闪亮的光慢慢地移动①

海莱娜·约翰森的《我关注早晨什么》（"What Do I Care for Morning"）发出了"给我夜晚的美丽"的呼唤；② 乔治亚·约翰森在《一个女人的心》（"The Heart of a Woman"）中表达了"一个女人的心随着黑夜退却"的哀怨。③ 达夫继承了这一黑人女性诗歌传统，不过却从多个层面赋予了这一黑人女性诗歌传统多元的文化含义。首先，夜晚的报春花不是以孤立的姿态出现，而是与其他鲜花对比、对照，凸显了肤色和种族的差异性；其次，不被人欣赏的报春花似乎并没有任何寂寥和哀怨，相反呈现了一种蓬勃的生命力：

> 太阳夸口自己
>
> 冠冕堂皇的支持，但她们拒绝
>
> 加入行列。夏日
>
> 催生她们花团锦簇，

---

① Maureen Honey, ed. *Shadowed Dreams*：*Women's Poetry of the Harlem Renaissance*, 11.

② Ibid. 191.

③ Ibid. 162.

然而，当骄阳减弱，
你们看不到她们在路旁
迎风摆动。

她们等着世界和天空
包裹其间
无尽的光亮闪烁——然后
抬起她们饱满的眼帘
日日夜夜
闪耀着，闪耀着
不为任何人。

由此不难看出，达夫认为黑人女性的成长首先应该拒绝平庸。这一点在她的成长小说《穿越象牙门》中有更为形象的诠释。在《穿越象牙门》的十六章主体部分之前，有一个长达十页的"序幕"，而该部分的内容颇耐人寻味。在女主人公弗吉尼亚 9 岁生日时，她得到了两个娃娃作为生日礼物：一个是外婆送的黑人娃娃，另一个是凯瑞姑妈送的白人娃娃。白人娃娃制作精巧：长长的红色头发，配有粉色的小发卡和一个小梳子。相比之下，黑人娃娃有粗制滥造之嫌：她的眼睛不能闭上，更要命的是，她居然没有头发，只是在头部画上了几缕黑线充作头发，而且整个娃娃看起来粗笨得像一只"被翻过来的螃蟹"①。更让弗吉尼亚反感的是，外婆和母亲异口同声地说，这个黑人娃娃长得很像她。弗吉尼亚的反应令母亲和其他人始料不及：她把黑人娃娃扔出了窗外。对此，达夫的回答是：

是的，我同意她［的观点］。在那样的层面上，我与她观点一致。还有另一个方面，那就是在我的小说中的两个娃娃，白人娃娃有真正的头发，你可以梳理的，而黑人娃娃是画上的卷发，它是黑人娃

① Rita Dove, *Through the Ivory Gate*, New York: Vintage Books, 1992, 7.

娃大规模生产的最初尝试，模样不佳。它不漂亮，不是因为它是黑人，而是因为那个制造它的人认为黑人娃娃看起来就是那个样子。它看起来不像人的模样。当我回望过去，开始回忆那个场景并着手写作时，我意识到那就是当时困扰我的事情。很多年来我感到羞愧，因为我认为我拒绝了那个黑人娃娃。但是并非如此。只不过是因为它不是一个漂亮娃娃。他们造了一个丑陋的小娃娃，一无是处：我不能梳理它的头发。那才是真相！①

这段话是达夫本人对自己当初拒绝黑人娃娃的原因思考多年得出的结论。可见，与其说弗吉尼亚拒绝的是种族，不如说她拒绝的是"平庸"②。妈妈和外婆之所以认为这个黑人娃娃没有问题是因为一种"平庸期待"（expectation of mediocrity）心理在发挥作用。③ 从这个意义上来说，从法律上获得了自由的美国黑人女性其实"还没有自由"④。两代黑人女性对生活的不同理解、对自我形象的不同认知在某种程度上说源于对"平庸"生活的接受和超越的不同选择。从这个意义上来说，在政治上初步获得自由的黑人女性的成长动因、成长轨迹、成长标志也注定与传统意义上以追求政治自由、种族身份为黑人女性成长和成熟标志的成长模式有着本质的不同。尽管以是否能够超越"平庸"生活为目标的黑人女性成长看似缺乏黑人女性前辈的激烈、悲壮、宏大，显得柔和、温润和个人化，然而正是由于这些特点才在现实生活中更具挑战性。事实上，从某种程度上说，这个看似平常的追求也同样包含着深刻的种族、历史、政治动因，因此也同样成为某些黑人女性政治团体的政治口号。例如，成立于 1946 年的以黑人妇女为主体的"妇女政治委员会"（Women's Political Council，WPC）

---

① Malin Pereira, "Interview with Rita Dove: Going Up Is a Place of Great Loneliness," Earl G. Ingersoll, *Conversations with Rita Dove*, Jackson: University Press of Mississippi, 2003, 161.

② Therese Steffen, *Crossing Color: Transcultural Space and Place in Rita Dove's Poetry, Fiction and Drama*, 116.

③ Katie Lynn Love, *An Emancipatory Study with African-American Women in Predominantly White*, 131.

④ Maisha T. Fisher, *Black Literate Lives: Historical and Contemporary Perspectives*, New York and London: Routledge, 2009, 1–12.

就曾经提出"激励黑人超越平庸的生活"的口号，目的是丰富她们的思想，激发"妇女权力"的能量。① 而如何在新的历史条件下唤醒黑人女性对超越平庸生活的向往正是达夫等一代黑人女作家赋予自我的使命。

在达夫各个时期的诗歌中，均有大量诗歌表达了黑人女性试图超越女性平庸生活的渴望，但更为集中的体现是在 2004 年的诗集《美国狐步》中。正如该诗集中的第一首诗《所有的灵魂》（"All Souls"）的标题所表明的那样，这部诗集呈现的是灵魂之歌、精神之歌。在该诗集的第二首诗《我一直是陌生土地上的陌生人》（"I Have been a Stranger in a Strange Land"）中，达夫引用了狄金森写给亲人的信中的一句话作为题铭："生活是一个如此精致的咒语以至于一切都在共谋打破它。"显然，达夫感受到了这位她热爱的前辈女诗人虽然被禁锢于乏味的现实生活，却能够用心灵触摸到生活最精致、最美妙、最神奇的底色的灵魂。达夫的这首诗几乎可以说是狄金森生活感悟的现代版阐释：

> 这不是祝福。除了平凡的生活
> 还有什么是祝福呢？她几个小时
> 喋喋不休，一整天不停地
> 摸索、嗅闻、品尝……
> 迷人世界中精致的家庭生活。
> 然而日复一日
>
> 终有厌倦，纵然无比幸福，
> 却终究是漫无目的地生活。

平凡而宁静的生活是美好的，却终因缺乏激情、周而复始而变得单调、乏味。随着粗粝的生活的磨盘翻滚的美国黑人女性如何能够超越平庸的生活、超越平庸的自我，得到精神和心智的升华，是达夫这一代黑人女性作

---

① Jo Ann Gibson Robinson, *The Montgomery Bus Boycott and the Women Who Started It*: *The Memoir of Jo Ann Gibson Robinson*, Knoxville: The University of Tennessee Press, 2007, 23.

家十分关注的问题。与黑人女性获得自由、选举权，认识到"黑色的是美丽的"等政治生活一样，当代黑人女性如何获得崇高的精神生活，感知并实现"日常生活的再度魅惑"也是一个具有同样价值的政治选题。①这种对生活魅惑的感悟也在达夫的这首诗中得到艺术化的传递：

> 就在那时她发现了树木，
> 黑暗、朦胧的枝叶
> 支撑起那无言的慷慨，
> 无须告知她也知道
> 这是不允许的。这不是一个
> 所有权问题——
> 谁能主张
> 如此疯狂的完美。
> 她的头脑中没有声音，
> 树叶上没有潜藏
> 低语的睿智——只有痛苦在增长
> 直到她明白她已经失去了一切
> 只剩下欲望，它那红色的重量
> 温暖着她那张开的手掌。

对完美生活的渴望、对完整生命的追寻是获得法律和政治意义上平等的美国黑人女性不得不面对的另一个禁区。正如讲述人所深刻认识的那样，尽管这不是一个"所有权问题"，却是黑人女性心理上的暗区，是个意识深处隐约感知到"不允许"的禁区。

那么，达夫想要的超越平庸的生活是怎样的生活呢？在《美国狐步》的《光天化日的白日梦》（"Reverie in Open Air"）（118）一诗中，达夫以一种超现实的基调描绘了一种特立独行、如梦如幻的生活图景：

---

① Thomas Moore, *The Re-enchantment of Everyday Life*, HarperCollins Publishers, 1996.

我承认自己是一个异类：

衣不得体，习惯怪异

鹤立鸡群，永不合群。

我承认不知道如何

坐如钟，行如风。

我喜欢在月下读书，泥塑木雕。

但是这片草坪为了美观被平整，

于是我踢掉我的凉鞋走进那清凉的绿色。

谁说我们只是四肢发达头脑简单？

我的脚充满原始的力量。

至于其他人的——啊，现在的空气

静寂无声，空无一物

除了微风的消息。

这首颇具自白派诗歌味道的小诗以一种坦白得令人目瞪口呆的细节勾描了一种不同凡响的黑人女孩的生活态度和生活状态。这个"异类"女孩的形象其实正是达夫等一代黑人女性所追求的理想的女性形象。原因有二：这个喜欢在月光下读书，用充满"原始的力量"的头脑和身体思考和体验的黑人女孩形象彻底颠覆了黑人姆妈和黑人妓女的黑人女性刻板形象；这一"鹤立鸡群，永不合群"、以书为伴的黑人女性形象其实正是新一代黑人女性知识分子的典型形象。达夫诗歌中的这一独立于天地之间、任狂野的思维在宇宙之间飞扬奔跑的黑人知识女性形象在非裔女性作家的作品中是有着伟大的传统的。在左拉·尼尔·赫斯顿的《自传路上的尘迹》（*Dust Tracks on a Road*）（1942）中，这一形象就是赫斯顿自我定义的黑人知识女性形象："我常常独处于某个荒郊野外，挣扎于怪事和痛苦之中……宇宙的孤独是我的阴影。在我周围没有任何事和任何人能真正触动我。只有极少的人能够看到幻境、拥有梦想真是这个世界的福祉之一。"[1]

---

[1]　Zora Neale Hurston, *Dust Tracks on a Road*, New York：Harper Collins, 2006, 44.

赫斯顿所描绘的这种黑人女性成长的心路历程和达夫在《光天化日的白日梦》中所勾描的如出一辙。更为重要的是，两位黑人女作家均诗意地谈到"幻境"和"梦想"，而她们之所以对此情有独钟，就是因为这种能力和体验是把她们和"其他人""区别开来"的关键。① "梦幻"对黑人女性之所以具有辨识力，主要原因就在于这是黑人女性知识分子具有独立思考能力的标志。这也是达夫把自己的这首诗命名为"光天化日的白日梦"的根本原因。可见，达夫承继了赫斯顿等黑人女性知识分子的成长之梦、成长之路，并以诗歌和生命全面实践、实现了这一梦想。

这首小诗另一个耐人寻味之处在于，讲述人在回望自己的生活经历时那种直言不讳却透着一股冷漠的超然态度，以及鞭辟入里的分析和解剖的精神和能力。这种自我审视的态度和分析精神与一般黑人女性往往进行血泪横流的倾诉有着很大的不同。前者的理性自我定位体现的正是黑人女性知识分子独有的精神和能力。对此，贝尔·胡克斯深有同感：

> 在青春期，我经历了一个转化过程，这一过程推动我走向了知识生活。我在家庭里不断受到打压和惩罚，我试图理解自己命运的努力推动我走上了一条批判分析的思维之路。与我的童年经历拉开距离，以一种冷漠的解脱态度回望童年，对我而言是一种生存策略。用心理学家艾丽丝·米勒的话说就是，我成为自己的"启蒙见证人"，能够分析作用于我的力量，并通过这种理解维持一种分离的自我意识。②

胡克斯的这段话不但是自我成长历程的凝练，更是对黑人女性知识分子书写特点和社会意义的高度概括。在经历了漫长的感性体验和感性书写之后，黑人女性的自我成长到了理性分析和理论升华的关键时刻，黑人女性的成长也到了从如何活下来转化为如何更有价值地生活的思考。其实这也是沃克在《寻找母亲的花园》中提出黑人女性要实现"完整的人"的理

---

① Barbara Rodriguez, *Autobiographical Inscriptions*: *Form*, *Personhood*, *and the American Woman Writer of Color*, New York: Oxford University Press, 1999, 38.

② bell hooks, "Black Women Intellectuals," in *Breaking Bread*: *Insurgent Black Intellectual Life*, eds. bell hooks and Cornel West, 149.

想。值得注意的是，达夫和胡克斯在方法上也继承了沃克的思维，即"讲述一个批评的故事"①。以这种方式讲述的个人故事因为带有一种知性的批评视角而获得一种普遍性，因一种训练有素的知识视角而获得一种学术性，因一种冷静的距离感而获得一种客观性。基于此，黑人女性知识分子的自我书写，特别是关于黑人女性成长的书写往往呈现耐人寻味的多元性：融个人性与普遍性、感性与理性、生命故事和学术批评、内心体验与美学追求于一体。达夫关于黑人女性成长主题的诗歌基本上都具有这样的特点。《美国狐步》中的《通往星空之路》（"Sic Itur Ad Astra"）（119）一诗就体现了以上谈到的多重维度：

　　　　床，你意欲飞往何方？
　　　　差不多一个小时前
　　　　我进入梦乡，
　　　　而现在我却在门廊
　　　　对着满天的星光！

　　　　闭上我的眼睛
　　　　沉入
　　　　白日隐退前的小把戏；
　　　　敞开门
　　　　我光着脚，白色睡衣
　　　　如帆一般呼啦啦飘动。

　　　　他们要说什么
　　　　当他们发现丢失了
　　　　我——只是
　　　　我梦乡的形状

---

① Laurie McMillan, "Telling a Critical Story: Alice Walker's in Search of Our Mothers' Gardens," *Journal of Modern Literature* 28.1 (Autumn, 2004): 107-123.

弄皱了床单？

快上床吧。

我需要你！我不知道我的路。

至少留下我的枕头

提醒我

我逃离了怎样的苦海——

我可怜的，压碎的枕头

带着花园的味道！

小诗的标题是拉丁文，意思是"那就是通往星星之路，那就是通往永恒之路"。诗歌题铭引用了维吉尔的一句名言"这是通往星星之路"，强化了标题的含义。这样的标题赋予了这首关于女性成长的小诗一抹知性的味道。更为耐人寻味的是诗中讲述人自白的声音和批判的声音的交织和碰撞。在诗歌第一和第二节中，一个似乎还不谙世事的"我"对着满天的星光憧憬着未来，这是一个自白的声音；而在第三节中，复杂的人称使人物关系和情感元素也变得异常复杂："他们"、"你"和"我"之间构成了一个社会关系网络，而"我"深陷其间，开始以一种批判的目光审视这种关系，并猛然意识到，"我"之所以"不知道我的路"在何方，原因就在于"他们"和"你"所代表的是强大到足以淹没我的"苦海"。特别值得注意的是诗歌最后一行"带着花园的味道"。"花园"不由得使人想到沃克的"寻找母亲的花园"的表述。沃克的"花园"是黑人女性精神和艺术的伟大传统的集结地，而达夫的"花园"是逃离了"苦海"的黑人女性灵魂安居之地，这种巧合恐怕就是黑人女作家心灵相契的最好证明吧。

　　然而，无论是赫斯顿、沃克还是达夫都深知，黑人女性的知识成长绝非易事。赫斯顿的自传其实就是一名黑人女性知识分子成长的血泪史。那么，与黑人女性成长的普通模式相比，黑人女性知识分子的成长具有哪些更为复杂的因素、更为艰难的抉择呢？对于这些问题，黑人女权主义理论家贝尔·胡克斯已经进行了全面思考。她的《黑人女性知识分子》

（"Black Women Intellectuals"）一文就集中思考了黑人女性知识分子的成长困惑、意义、社会责任等问题，并在此基础上指出了黑人女性知识分子成长中的两个以有形或无形状态存在的阻力："性别歧视主从关系/种族歧视主从关系。"[1] 在贝尔·胡克斯的意识中，这两大阻力往往相生相伴、共同作用，其本质并无二致。尽管性别歧视和种族歧视往往以不同的方式表现出来，但是那种把黑人女性困囿于知识圈边缘，甚至排除于圈外的思维方式却惊人的一致："正是关于知识分子是谁、是什么的性别歧视/种族歧视的西方观念排除了黑人女性会被想到作为知识性职业代表的可能性。"[2] 胡克斯还进一步指出，"种族主义和性别歧视共同作用固化了一个黑人女性再现的形象"[3]，这一想象作用于集体文化意识，从而产生了黑人女性活着的主要目的就是服务于他人的根深蒂固的偏见。达夫的很多关于黑人女性知识分子成长的诗歌在某种程度上说就是对贝尔·胡克斯关于"性别歧视主从关系/种族歧视主从关系"的诗性表达，以艺术化的方式对黑人女性知识分子的成长困境进行了剖析、诠释和注解。本节以下两部分将对达夫如何艺术化地呈现"性别歧视主从关系/种族歧视主从关系"进行分析。

二　"从男人的人生之路上/抢下一块糖果"

达夫曾经明确表示自己是一名女权主义者，然而这一自我定位很有些出人意料。与坚决否认自己是女权主义者，却在诗歌中无时无刻不以女权主义姿态出现的毕肖普截然不同，明确表示自己是女权主义者的达夫很少以女权主义者的声音讲话。在她的诗歌中，更看不到黑人女权主义者对白人男权、黑人男权的血泪控诉，以及对男性暴力的批判。这一点与绝大多数黑人女权主义作家有着很大的不同。在达夫的作品中，我们看不到莫里森在《最蓝的眼睛》、沃克在《紫色》、安吉罗在《我知道笼中的鸟儿为何歌唱》中对男性的性暴力对女性身心摧残的控诉。情况恰恰相反，在

---

[1]　bell hooks, "Black Women Intellectuals," in *Breaking Bread: Insurgent Black Intellectual Life*, eds. bell hooks and Cornel West, 153.

[2]　bell hooks, "Black Women Intellectuals," 153.

[3]　Ibid.

达夫的两性世界观中，更多的是和谐和互动。也正是基于此，没有一本女权主义诗集收录过达夫的诗歌，也鲜有研究者从女权主义视角解读达夫的诗歌作品。可以说，在美国诗坛，从 20 世纪 80 年代开始就一直颇具影响的"女权主义诗歌运动"并没有给达夫留下一席之地。① 的确，与罗德等把爱欲作为解放的力量、以愤怒的姿态把黑人男性排除于世界之外的黑人女诗人不同，达夫的诗歌在处理两性问题上不但没有那种按捺不住的愤怒，反而有一种难得的宽容和从容。在这一点上达夫的思维和犹太裔女诗人艾德里安娜·里奇有几分相像。里奇是女权主义诗人，这一点是得到公认的，但是她却曾经这样批判过某些愤怒的女权主义诗人和她们的诗歌：当诗歌"愤怒""桀骜不驯"到如此程度，就违背了其本身作为"仪式空间的存在"和"优雅得体的原则"②。达夫的诗歌创作遵循的正是诗歌具有仪式感和优雅传统的原则，不过与里奇不同的是，达夫从来未曾试图"超越性别"③。换言之，达夫既没有牺牲女性的主体性，也没有走向极端的女权主义，从真正的意义上实现了女性和诗歌创作的兼容性。这种兼容性的实现是非常困难的。对此，美国女诗人、学者艾莉西亚·奥斯垂克（Alicia Ostriker）曾经指出："真正的作家意味着权力权威，而真正的女人意味着屈服顺从。"④ 与小说家相比，女诗人的创作将面临更为巨大的挑战，对此美国学界著名的女权主义评论家桑德拉·吉尔伯特（Sandra Gilbert）和苏珊·古芭（Susan Gubar）曾经总结说：女性小说家安全地躲避在散文体中，可以带着某种确定的无罪感幻想自由，而女诗人却好像必须在某种程度上变成她自己的女主人公，在扮演那些残忍的女巫或者智慧的女人角色时，在真实或者象征的意义上，她在传统和性别、社会和艺

---

① 比如，在出版于 1996 年的《女权主义诗歌》（*Feminist Poetry Movement*）中，Kim Whitehead 解读了 Judy Grahn，June Jordan，Gloria Anzaldua，Irena Klepfisz，Joy Harjo，Minnie Bruce Pratt 等女诗人的诗歌，并在扉页上指出，该书特别献给黑人女权主义诗人 Audre Lorde。

② Adrienne Rich，*What Is Found There*：*Notebooks on Poetry and Politics*，New York：Norton，1993，161.

③ Jan Montefiore，*Feminism and Poetry*：*Language*，*Experience*，*Identity in Women's Writing*，London，Chicago，Sydney：Pandora，1994，32.

④ Alicia Ostriker，"The Thieves of Language：Women Poets and Revisionist Mythmaking，" *Signs* 8.1（Spring，1982），repr. in Elaine Showalter，*The New Feminist Criticism*，Virago，1986，315.

术的交叉路口冒着戏剧性死去的危险。① 两位女权主义理论家的这番表述绝不是危言耸听：作家的权威性和女人的从属性之间的不可兼容性让很多女诗人的神经变得异常脆弱。事实上，走向极端愤怒的女权主义诗人就是为了避免这种戏剧性死去的危险而不得不采取极端策略。比如，前文提到的罗德就以女权主义同性恋者的身份，喊出了"爱欲的力量"② 的口号，把男性决绝地排除在女性的世界之外，女性也因此失去了作为母亲、作为妻子等传统意义上的社会角色。

　　然而，达夫既没有走向女权主义同性恋书写，也没有走向"爱欲的力量"的书写，恰恰相反，她既要做女人，也要做母亲，更要做诗人。在《美国狐步》中有一首小诗，名为《狐狸》（"Fox"）（25），实则在写女人。以狡黠的小狐狸自比的女人自然带着一种自鸣得意的小智慧：

> 她知道自己
> 有半仙之体
> 无所不能
> 神乎
> 其神。
> 她很自恋
> 想象着
> 一切唾手可得。
> 她什么也
> 没想。
> 她对于自己
> 拥有的
> 很是满足，
> 对她而言
> 已经足够，

---

① Sandra M. Gilbert and Susan Gubar, *Shakespeare's Sisters*, Indiana University Press, 1979, xx.
② 参见王卓《爱欲的神话——论安德勒·罗德诗歌爱欲写作策略》，《济南大学学报（社会科学版）》2010年第1期，第36~43页。

那已经

使得男人

望而生畏了。

这个认为自己几乎有着"半仙之体""无所不能"的"小狐狸"有着一种心理优势，一种掌控一切的欲望和能力。这种心理优势似乎与黑人女权主义者一脉相承，而这种豪情就是沃克的"妇女主义者"与日月同辉的朴素却伟大的情愫。达夫在这里呈现的黑人女性的心理和情感与"妇女主义者"有很多共性。首先，强有力的心理优势。沃克明确指出，她的"妇女主义者"是有力量、勇敢的女人。其次，成熟的女性和母性光辉。"妇女主义"其实是女孩气质的对立面，强调的是成熟、责任感，而不是任性地为所欲为。最后，关注自我成长的内心体验。① 因此，可以说达夫的这首诗歌深具沃克的"妇女主义者"的精神气质。然而，达夫在两性观和关系的处理上显然比沃克更为圆润。达夫诗歌中的女性不但在种族意义上不是分离主义者，而且在性别意义上也不是分离主义者。恰恰相反，达夫诗歌中的女性知道如何适可而止：不要让男人望而生畏。

在达夫的眼中，男人其实更像长不大的孩子，而女人则有一种游刃有余的优雅和优越感。正是基于这种对两性关系的认知，达夫的诗歌对两性关系的书写基调往往充满不动声色的幽默和满足。比如，在《对五十码外移动靶子的思考》（"Meditation at Fifty Yards, Moving Target"）（*AS*, 36~37）一诗中，达夫幽默地对两性关系进行了思考，并命名为"性别政治"：

男人们喜欢吵吵闹闹：烈焰腾腾，

钝头银色霰弹枪的闷声闷气，

或者双管柯尔特枪，从屁股后面慢吞吞拔出。

兰博或者牛仔，他们会高声大气。

---

① 　Alice Walker, *In Search of Our Mother's Gardens*, *Womanist Prose*, xi-xii.

女人更优雅，更安静。

她们更青睐精准：

树上的锡罐摇摇晃晃，

纸做的靶心微小的裂纹在五十码开外。

（问题是：如果有人追求你，

你喜欢怎样被征服——

穿过一片火海被撕裂

还是被一个炽热的指尖

轻轻采摘？）

可见，对于达夫而言，所谓的性别政治更多地强调的是男性和女性由性别差异带来的性情和思维方式的不同，而并不与政治有关。从达夫以幽默的方式提出的问题更可以看出，达夫认为女性被男性征服是很自然的事情，不同的只是方式而已。那么，又如何理解达夫自我认定的女权主义呢？

与安德洛·罗德、贝尔·胡克斯等黑人女权主义者相比，达夫的女权主义似乎是一种非典型女权主义。在达夫的诗歌中，黑人女性不再以男性暴力牺牲者的刻板形象出现，男性也不再以施暴者的形象出现。两性关系因此呈现更为复杂的特点。不过达夫也从来没有简单地认为，那个让黑人女性成为"看不见的女人"的世界已经彻底改变。[1] 她不是女权主义理论家，也从来未曾试图理论化自己的两性观。然而，达夫的两性书写策略却是一种当代黑人女性对两性关系最为睿智的思考，是有着明确的政治和文化考量的。派翠西亚·考林斯在《黑人女权主义思想》（*Black Feminist Thought*）中指出，男性的暴力，尤其是黑人男性的性暴力造成的问题常常"使黑人女性知识分子陷入被批评"的困境。[2]达夫敏锐地意识到了这个使黑人女性知识分子常常陷入困境的问题。

---

① Patricia Dannette Hopkins, *Invisible Woman: Reading Rape and Sexual Exploration in African-American Literature*, Dissertation, University of Pennsylvania, 2002.

② Patricia Collins, *Black Feminist Thought: Knowledge, Consciousness, and the Politics of Empowerment*, Boston: Unwin Hyman, 1990, 187.

而且，越来越多的美国当代黑人女作家也意识到，把黑人男性排除在外的美国黑人世界是不完整的，与种族分离主义一样，性别分离主义也是一种分离主义，其对于黑人的完整世界、完整人格其实也是一种损伤。

然而，对于美国历史和当代社会中存在的两性之间的不平等地位，达夫同样有着深刻的认知。与很多黑人女作家让黑人女性声泪俱下地进行血泪控诉不同，达夫以更为艺术化的方式呈现了作为文化意识的以根深蒂固的思维方式存在的男性中心主义。这种艺术化的呈现方式就是达夫特有的"舞蹈诗歌"（dance poem）。与杰恩·科特兹（Jayne Cortez）和尼托扎克·尚吉（Ntozake Shange）等前辈或同时代的美国非裔女诗人一样，达夫不仅接受过系统而专业的音乐训练，而且做过专业大提琴演奏员。她不但能歌，且善舞，无论是华尔兹还是狐步都具有专业水准。在她 2004 年出版诗集《美国狐步》之后，一个新名词"舞蹈诗歌"也应运而生了。达夫充分利用了国标舞男性和女性共舞、相互站位、相互配合的艺术特点，以新奇的空间想象力，模拟出了当代社会中男性和女性之间依旧明显的主从关系：

等等。

                                    响起了

在他的触摸下

                                    音乐：

（就在三头肌下）

                              向后靠，看着我——

锁住你的膝关节，

                                  你的腿越直

看，直接

                              越容易落下，

扑向他，他的手击打

                                    跳下

你的脸颊……

轻轻地。

（AS，107）

左右交替的诗行好似伦巴舞蹈中的两个舞者，右侧诗行的斜体更加强化了两位舞者的区别。一对舞者在诗歌这个空间中，优雅地翩翩起舞，穿梭在彼此的身侧。诗歌这个空间融合了这两个身影，也连接起两个不同的声音；我们既是舞蹈的观众，也是诗歌的读者，而我们阅读诗歌也必须如观看舞池中的对对舞者一样，把他们作为整体才会理解个中的意义。诗中回响着两个声音：第一位讲述人（左边）是位女性，正喃喃自语，尽管使用的是第二人称，但她的听者显然是她自己，她似乎正在默默复述舞蹈的动作要领，让自己记得更加牢固。而第二位讲述人（右边）是位男性，尽管他也使用了第二人称，但显然，他是在对他的舞伴讲话，话语中带有明显的指令性和操控性。这个带有操控性的声音逐渐控制了整个话语，不再有话语转换，开始了男性话语的"一言堂"：

　　不要闭上你的眼睛。
　　　　　　不要弯曲你的膝盖。
　　让身体托举起你
　　　　　　向上呼气——信任我！
　　以你的双脚着地。
　　　　　　等着。现在。

不过，这个男性的"一言堂"并没有持续很久，随着舞曲的起承转合，女性话语开始随着舞曲和舞蹈的变化融入舞蹈之中：

　　再次触摸：
　　　　　　轻轻点地
　　这次，膝盖
　　　　　　不过伸展你的双臂；
　　旋转，

给我定个调子

但是轻点，再（轻点）

（更多音律）

那次托举，那最后的渴望

& 连接……

到他的左手腕。

观众在哪里？

先前一步

找到他们。

这个女性的声音沉浸在音乐和舞蹈共鸣的空灵世界，却不能完全忘我。原因在于男性的身体一直主宰着她的身体：在国标舞中，女性尽管是舞蹈中最美妙的看点，是绝对的中心，然而，一个不得不承认的事实是，女性的身体始终如一株藤蔓依附于男性，从而保证完成旋转、腾跃等高难度动作。于是，在女性的声音独立讲述了一段时间之后，她突然发现，自己不得不"回到他身边"，而且"总是回到他身边"。女性这个令人沮丧的发现显然助长了男性试图控制一切的气焰。这一点在诗歌的结尾处尤为明显：

现在用你的脚尖站立

靠着我，

定义他的长度……

没错……

观众

忘记他们

观众

你的身体

爆发出

都是我的

掌声

现在

（*AS*，111）

诗歌中的两个声音关注的显然是完全不同的对象：女性讲述人关注的是观众的反应，而男性讲述人关注的则是他对女伴身体的控制。伦巴舞蹈中的一对舞者幻化成为诗歌中两个讲述人，而他们的肢体的运动则衍化为诗歌中两个不同的声音。这两个声音同时出现，唱和有间，时而相互独立，时而彼此联系，恰似伦巴舞中两个舞者时而分开、时而肢体交错的前后运动。这首诗表明达夫对于舞蹈诗歌的理解绝非停留在诗歌声韵对舞蹈节奏的简单模仿之上，而是在诗歌的空间中最大限度地调动了读者的听觉和视觉的能动因素，参与到舞蹈诗歌的空间运动和含义生成之中，并最大限度地满足了读者的听觉、视觉和感觉的多重需求。不过，在这多种满足之中，女性观众和读者却不得不带着些许酸楚和苦涩。

不过，显然达夫并不满足于借用舞蹈来揭示男性中心主义，她还对在这种框架之下女性如何成长和生存提出了自己的主张。在另一首"舞蹈诗歌"《达达恰恰》（"Ta Ta Cha Cha"）（*AS*，21）中，达夫提出了一个有趣的说法："舞蹈，从男人的人生之路上/抢下一块糖果。"这个说法粗看有肤浅、幼稚之嫌，然而仔细思忖，这又何尝不是女性人生之路的一种选择，甚至是一种充满大智慧的选择呢？在这首诗歌中，达夫再次借用了她本人喜欢的鸽子意象，联系她本人的名字，不能不说她在此融入了本人强烈的情感：

一、二——不对，是五只鸽子
分布在
胡乱拍打的翅翼前。
失去了，失去了，它们咕咕叫着，
它们可能是对的：
这是在威尼斯，而我是美国人，
脚穿凉鞋，身背行囊，
困顿在粉妆玉砌的

（石板、白雪和灰尘）
天空之碗中——
令人眩目的组合，浸润在
月亮冷色调的调色板中。

谁，你？不。不过这里，
从翅膀中失去的，流动着
一个苍白的、斜体的
答案。我得来全不费工夫
而一只鞋子
与它的另一半
继续着一二一的对话。
离得最近的清洁工
左闪右避，轻轻拾起
他那一首绝活奖励，孩子
那掉在地上的圆筒冰激凌。

拍拍手、跺跺脚：曾经是午后下雨
的警告体语。灰头土脸的
流浪汉，滑稽的信差
送信给地下情人——去哪里？
教教我你创造的
舞蹈，从男人的人生之路上
抢下一块糖果，因为他知道
自己意欲何往，目不斜视，
勇往直前，脸藏在
《每日新闻报》
那脏兮兮的纸张后面。

这个达夫独创的舞蹈其实是生活之舞，也是人生之舞。诗歌第一小节呈现了一个当代黑人女性的国际化的生活：身背行囊，游走在威尼斯水乡，一个世界主义的行者形象。这个与鸽子同名也与鸽子的生活习惯相似的黑人女孩带着对未来的憧憬游走在异国他乡。第二节看似充满了现实元素，实则很有些超现实的味道，特别是那两只鞋子的对话颇有深意。两只鞋子注定要对话一生，既不能各行其是，也不能各奔东西。这对鞋子的对话和舞蹈其实就是达夫心中最为朴素的两性观。既然如此，"从男人的人生之路上/抢下一块糖果"又何尝不是一种选择呢？达夫等黑人女性知识分子踏上的这条曾经由男性一统天下的学术和知识之路，就是这种抢夺"糖果"的行动。当然，抢夺"糖果"的行动绝非易事。这一点在达夫的"学术诗歌"中得到了更为充分的诠释。

三 那只"箭"射向哪里？

与美国黑人女性成长历程中取得人身自由、取得选举权等轰轰烈烈的政治生活相比，黑人女性获得受教育权并在知识界获得一席之地等事件似乎由于缺乏普遍性而并未获得应有的关注。美国黑人女性知识分子更是显得曲高和寡。前文提到贝尔·胡克斯在《黑人女性知识分子》一文中特别谈到黑人女性知识分子的成长受到性别歧视主从关系和种族歧视主从关系的双重困厄和束缚。达夫的"舞蹈诗歌"以形象的方式，借用国标舞本身的特点阐释了黑人女性，尤其是黑人女性知识分子成长中的性别歧视主从关系。那么，达夫的"学术诗歌"也以学术研究固有的规律，借用文学作品和历史事实阐释了黑人女性知识分子成长中的种族歧视主从关系，并特别揭示了性别歧视和种族歧视往往在黑人女性知识分子成长中共同发挥作用的特点。

由于达夫本人既是诗人又是学者、教授的身份，她创作了大量以黑人女性知识分子的学术和创作活动为内容的诗歌，我们权且称之为"学术诗歌"。在《街角的黄房子》《装饰音》《美国狐步》等诗集中都有相当数量的诗歌描述的是黑人女性知识分子的生活和心路历程。《归来》（"Back"）（*SP*, 26）、《在庭院里借助字典读荷尔德林》（"Reading Holderlin on the Patio with the Aid of a Dictionary"）（*SP*, 88）、《奉献》（"Dedication"）（*GN*, 47）、《诗艺》（"Ars Poetica"）（*GN*, 48）、

《箭》（"Arrow"）（*GN*，49）等均是"学术诗歌"的代表诗作。这些诗歌全面地揭示了美国当代黑人女性知识分子是如何"炼成"的。如果我们为这个过程进行一个线性勾勒的话，可以分成"求学""教学""学术活动"三个阶段。达夫所描绘的"求学"经历带有鲜明的国际化特点。她诗歌中的女主人公无一不是经历了国外求学、游历等国际化的学习生活，并开始以世界主义者的视角审视黑人女性的个人生活和学术生活。在《归来》一诗中，讲述人从欧洲求学归来，对故园尽管眷恋，却早已适应了国际化的生活，那颗思乡之心并不情愿就此停歇：

> 三年太晚了，我为求学
> 前往欧洲，如今归来。
> 四年，一种语言之后，
> 你的飞机第 39 次着陆在科威特。
> （穿过土黄色圆柱和条幅，
>
> 降落
> 夜晚，油田发出的光亮引导着你，
> 你终于放松下来——
> 羊奶和苏格兰人，没有女人，
> 也没有枫树。你想：我走了多远啊）
>
> 这次巡回演讲没有让我更亲近你
> 却让我的膝盖陷入紫罗兰里，
> 用祖母绿色的心形叶子埋葬了我。
> 它们就像 20 马克账单，它们让我想起
> 柔软的美元。

由时间和距离共同构成的生命轨迹因讲述人的异国求学经历变得多元而丰富，熟练掌握多门外语、空中飞人的国际化生活让讲述人成为以心灵距离衡量与故园距离的世界人。显然，这一黑人女性形象带有达夫本人的影

子，更是她本人欧洲求学心路历程的凝练。然而，达夫最为可贵之处在于她并没有停留在对黑人女性知识分子成长经历的简单描绘。善于进行文本分析和文化分析的世界主义学者的头脑让她对阻碍黑人女性知识分子成长的种族和性别因素格外敏感，并在她独特的"学术诗歌"中对这些因素进行了犀利的剖析。《箭》是其中最有代表性的诗歌。这首诗歌以富有戏剧性的场景和幽默的语气讲述了身为黑人女学者的"我"带着三位黑人女学生参加一次学术会议的经历：

> 某位知名学者"勇往直前"，
>
> 让阿里斯托芬《地母节妇女》（"Thesmophoriazusae"）中的文盲警察。
>
> 说一口城市黑人方言。
>
> 我们就坐在那。
>
> 达纳的紫色眼睛变得深沉，拜凯
>
> 扭曲着她的发梢
>
> 而穿着红鞋子的简奈斯
>
> 草草写着他是个蠢货；你想不想
>
> 离开？他是他的教育模式下的
>
> 标准产物，我回了个便条；我们能从中吸取教训。

这首长达 41 行的诗歌近年来引起了越来越多学者的关注，原因就在于这首诗歌揭示了学术界存在的也许并非"有意的""种族歧视"和"性别歧视"①。尽管没有指名道姓，但文学圈里的明眼人一看便知，诗歌中提到的这位大名鼎鼎的学者就是评论家、翻译家威廉·阿罗史密斯（William Arrowsmith）。尤其是联系到诗歌的名字《箭》（"Arrow"），这首诗歌与这位翻译家、学者的关系就更显而易见。然而有趣的是，综观整首诗歌，我们却看不到讲述人对这位大学者本人的人身攻击，这也正是海伦·文德

---

① William W. Cook and James Tatum, *African American Writers and Classical Tradition*, Chicago and London: The University of Chicago, 2010, 312.

勒认为这首诗歌不算成功的理由，因为诗歌没有对这位大学者本人大书特写，有离题之嫌。① 然而，从另一个角度来看，这也正是该诗歌成功之所在。达夫创作这首诗歌的目的对事不对人，或者更确切地说，她看到的是以阿罗史密斯为代表的白人学者、男性学者对黑人文化和黑人女性的态度。与借助国标舞中男女舞者的体位特征和体位关系来呈现性别歧视主从关系异曲同工，《箭》借用文学翻译和学术研究的特有模式来阐释种族和性别歧视的双重主从关系。为了让自己对希腊经典戏剧的翻译更为生活化、更富有现实性、更符合现代戏剧表演性，阿罗史密斯让阿里斯托芬的《地母节妇女》中本来操着德国方言的文盲警察讲起了黑人方言。这一翻译策略是基于戏剧人物台词翻译"以语言为基础的种族再现传统"②，本身无可厚非，然而阿罗史密斯为何会选择黑人方言的确就值得人深思了。尽管阿罗史密斯本人一再强调自己不是种族主义者，在翻译戏剧时也没有种族主义的初衷③，然而他的这种表白却恰恰说明，他对黑人的刻板印象是多么根深蒂固。

这首诗歌不仅是对学术界存在的种族歧视的揭露，更是对学术界存在的赤裸裸的性别歧视的剖析。更为耐人寻味的是，与种族歧视的传递方式一样，阿罗史密斯的性别歧视也并非刻意为之，而同样是以学术的名义，确切地说，就是通过对文学作品的解读和诠释来体现的：

> 于是我们坚持到掌声结束
> 而我的胸腔烈火炎炎，
> 我的心肺都被掏空了，直到我的脸
> 也火烧火燎。我不得不一吐为快。
> 而这位学者却得寸进尺

① Helen Vendler, "Rita Dove: Identity Markers," *Callaloo* 17. 2 (1994): 393.

② Elizabeth Scharffenberger, "'Aristophanes' Thesmophoriazousai and the Challenges of Comic Translation: The Case of William Arrowsmith's *Euripides Agonistes*'," *American Journal of Philology* 123 (2002): 459.

③ Ibid.

> 高谈阔论他获奖的
>
> 意大利诺贝尔桂冠诗人的翻译。他向我们这样
>
> 介绍了这位诗人：人物关系
>
> 诗人难懂；敏感；
>
> 女人是他认识宇宙的
>
> 一层薄纱。
>
> 我们忍着听完。这些诗歌，非常可爱。
>
> 我们能从中有所收获，尽管他们说的是
>
> 你们女人一无是处，一文不名。

"得寸进尺"的阿罗史密斯通过解读意大利诺贝尔桂冠诗人的诗作来表达自己对女性的看法："女人是他认识宇宙的/一层薄纱。"这种表述方式看似诗意无限，实则是以学术名义进行的性别歧视生产。这样的把戏在黑人女性知识分子面前是无从遮掩的，于是讲述人干脆把这句看似诗意、学术的表述方式直接翻译过来："你们女人一无是处，一文不名。"

那么，始终保持克制的讲述人和她那三位早已怒火中烧的黑人女学生又将如何应对这种学术歧视呢？诗歌接下来以更为富有戏剧性的画面把这场一触即发的矛盾推向了高潮：

> 到了提问时间我举起手，
>
> 一如既往地阐释了我的问题：嘲讽地，
>
> 以父亲们的语言
>
> 极为客气地解释我的谴责——
>
> 我感觉到我身后的空气凝固了。
>
> 而答案也一如既往：
>
> 人性——歌颂我们的差异——
>
> 种族的男子气概。

在这段诗句中，女讲述人针锋相对，犀利地提出了自己的抗议。然而，有两个事实却让她很难大获全胜。一个是她不得不"以父亲们的语言"抗

议"父亲们的语言"，这个令女权主义者头疼不已的难题在现实生活中果真如天堑般难以逾越。面对"以父亲们的语言"制定的学术游戏规则、学术思维和学术术语，讲述人的"谴责"显得苍白无力。于是"答案"显而易见："种族的男子气概"、种族和性别的双重因素共同作用，以"差异"为借口、以"人性"为掩护、以"学术"为名义，让满腹经纶的讲述人患了失语症。黑人女性知识分子的成长之所以艰难，原因还是在于她们要面对种族和性别的双重歧视。她们在职业生涯和现实生活中一直是学术圈的"局外人"。正如派翠西亚·华莱士所言："局外人的状态是一种无法释怀的伤痛。"①

　　然而，当这位学者讲述人黯然退场、败下阵来后，随她一同参会的女学生们却以各自特有的方式对这场写满种族和性别歧视的学术会议进行了回击：

> 我的学生
> 坐在那里已经设计好
>
> 她们不同的应对方式：
> 达纳知道最好
> 现在就犯偏头痛，把中的毒快点逼出来
> 拜凯克制了5个小时　而简奈斯
> 匆匆赶去参加晚上的朗诵会
> 而后再去晚会
> 身穿黑色裤子和带着银色镜子的外衣
> 她的尖头鞋子布满铆钉，邪恶的女巫鞋：
> 简奈斯将连着三天穿着红色
> 或者比她的头发还亮的
> 亮黄色，这样她就不会
> 引人注目了

---

① Patricia Williams, *The Alchemy of Race and Rights*, Cambridge, Mass. & London：Harvard University Press, 1991, 89.

三位黑人女学生的反应各不相同：达纳准备自己救赎，洁身自好，把中的毒逼出来就好；拜凯准备自我克制，自我消化这场屈辱的学术经历；而简奈斯却化身成为邪恶的女巫，长出一身坚硬的刺，准备以恶治恶，战斗到底，一个学术界的"女勇士"由此诞生。

达夫创作的学术诗歌固然与她本人的身份和经历息息相关，然而，值得注意的是，达夫的自身经历只是她大书特写黑人女性知识成长和艺术成长的原因之一。在更为深刻的意义上，这些诗歌对黑人女性形象的建构具有双重意义。其一，知识所承载的内涵与黑人女性特有的刻板形象中所传递的性欲是截然相反的。从这一角度来说，达夫所勾画的黑人女性知识成长和艺术成长之路也是颠覆黑人女性刻板形象的一个重要策略。高等教育经历和知性生活赋予了美国黑人女性不同的生活追求，并拥有了全新的生活意义。事实上，黑人女性知识分子一直认为，她们的知识与日常生活不可分割。正如胡克斯所言："我从来不认为知识工作以任何方式与日常生活政治分离，因此我有意识地选择成为一名知识分子，正是那种工作赋予我自己的现实和周围的世界以意义，同时让我去面对并理解具体事物。"[1]其二，达夫诗歌中黑人女性知识分子的批判意识是对黑人女性知识分子传统的继承、重构和重释。事实上，黑人女性知识分子是有着伟大的传统的。正如美国非裔文学研究专家、黑人女学者玛丽·海伦·华盛顿（Mary Helen Washington）所言："没有如范尼·拜瑞·威廉斯[2]、艾达·威尔斯[3]、范尼·杰克森·肖彬[4]、维多利亚·马修斯[5]、弗朗西斯·哈珀[6]、玛丽·泰瑞尔[7]和安娜·库柏[8]，我们将无从了解19世纪黑人女性的生活状态，然而黑人知识分子传统，直到最近，实际上忽略她们，贬低她们的学术成就，使之明显从属于黑人男性的成就。"[9] 从这些意义上来

---

① bell hooks, "Black Women Intellectuals," 150.

② Fannie Barrier Williams.

③ Ida B. Wells.

④ Fannie Jackson Coppin.

⑤ Victoria Earle Matthews.

⑥ Frances Harper.

⑦ Mary Church Terrell.

⑧ Anna Julia Cooper.

⑨ Qtd. in bell hooks, "Black Women Intellectuals," 151.

说，达夫对黑人女性知识分子成长之路的探索其实正是受到她身为黑人女诗人的社会责任意识的驱使。这一身份意识与哈珀、布鲁克斯等黑人女诗人形成的美国黑人女诗人的伟大社会传统一脉相承。

第三节　母亲·爱·母爱？　黑人女性人生之路与艺术之路的双重探索

《母爱》（*ML*，1995）是达夫创作的第七部诗集。此时的达夫正在桂冠诗人任职期内，作为诗人和公众人物的影响力与日俱增。这也是该诗集出版伊始就颇受关注的原因之一。《哈佛评论》（1995）、《女性书评》（1996）、《诗歌》（*Poetry*）（1996）等权威期刊纷纷组织书评，对该诗集进行推介。斯蒂芬·库什曼（1996）、埃里森·布什（Alison Booth）（1996）、洛塔·洛夫格仁（Lotta Lofgren）（1996）等美国学者也在次年发表了关于该诗集的解读文章和评论。泰瑞斯·斯蒂芬、派特·瑞什拉托、马琳·派瑞拉等学者在关于达夫的专著中，也对该诗集给予了高度关注。在崔西·瓦尔特斯、简·海德雷等学者出版的英美诗歌研究专著中，该诗集也是重要的研究对象。近年来，该诗集也开始成为国内外硕博学位论文的选题方向之一。

这部诗集之所以在研究者中保持了相当的热度恐与以下两点原因不无关系：其一，这部诗集是达夫唯一一部以希腊神话为框架的"组诗体"叙事诗集；其二，这部诗集是达夫唯一一部十四行诗诗集。此两个特点在当代美国诗歌中均不多见，而在当代非裔美国诗歌中更为罕见。前文提到的研究成果均聚焦于此。达夫为该诗集设定的神话框架和十四行诗的形式的确匠心独具、耐人寻味。然而，学者对该诗集神话框架进行研究后几乎不约而同地得出了一个结论，而且是目前为止唯一一个结论：这是达夫女权主义思想的胜利。马琳·派瑞拉曾经指出，"《母爱》是达夫最具女权主义［思想］的诗集"①。更有研究者认为《母爱》具有沃克的妇女主义思

---

① Malin Perira, *Rita Dove's Cosmopolitanism*, 141.

想。① 那么事实果真如此吗？事实上，真正了解达夫创作思想的研究者是很容易得出答案的。在达夫的世界中，从来没有如此单一、直接的答案。在与卡米拉·当吉（Camille T. Dungy）的访谈中，达夫曾说："真理有很多方面、很多侧面，而我正从不同角度探索同一情境。"② 那么达夫对希腊神话的挪用策略究竟出于何种考虑呢？本节将带着这样的困惑走进达夫的神话世界，并重点考察达夫借用这一神话框架对于黑人女性成长的意义。

一　《母爱》与"得墨忒尔-珀耳塞福涅神话"

《母爱》之所以可以作为一部完整的作品阅读最主要的原因就是达夫借用了"得墨忒尔-珀耳塞福涅神话"框架，并集中书写了一组以母女关系为核心的诗歌。这一神话框架以及由此形成的母女关系主题赋予了这部由 25 首诗歌组成的诗集一种完整性和统一性，从而使得这本书成为"第 26 首诗歌"，成为那首"额外的诗歌"③。可以看出，达夫对于她要重写的这则神话是非常熟悉和喜爱的。在《母爱》的前言"一个完好无损的世界"（"An Intact World"）中，她完整地讲述了这则"被玷污的世界"的故事：④

> 珀耳塞福涅是宙斯和农神得墨忒尔的女儿。一天，她与朋友在草地上采摘花朵，沉醉在迷离的春光中，不知不觉与他人走散。当她俯身去采一朵金色的水仙花时，大地突然崩裂，冥王哈德斯驾车跃出，把珀耳塞福涅拖进了冥府。母亲得墨忒尔无限伤悲，在大地上到处寻找自己的女儿。失去爱女的得墨忒尔离开了奥林匹斯山上的神位，化装成凡人在人间到处游荡，她无心顾及地上的农作物，疏于自己作为农神的职责，以致农田颗粒无收、万物凋零。天上的众神慌了，大家

① Jana Drešerová, *Canary Petunias in Bloom: Black Feminism in Poetry of Alice Walker and Rita Dove*, Masaryk University, 2006.

② Camille T. Dungy, "Interview with Rita Dove," *Callaloo* 28.4 （2005）: 1032.

③ Charles Henry Rowell, "Interview with Rita Dove," Part 2, 724.

④ Rita Dove, "An Intact World," *Mother Love*, n. p.

急忙来找宙斯商量办法。宙斯就派了一位使者来到地下，求冥王放了农神的女儿。得墨忒尔也对宙斯施压，要求他让哈德斯放了自己的女儿。哈德斯同意了。然而，珀耳塞福涅回到人间之前，已经吃了七颗冥府的石榴种子。任何吃过冥府食物的人，都不可能再完全回到原来的生活了。因此，她必须半年生活在哈德斯的冥府，做他的冥后，半年回到地上与母亲团聚。每当女儿回来时，农神便从山洞里回到家中，这时万物便恢复了生机，这段时间就是春夏两季；而当女儿回到地下时，农神思女心切，无心农事，回到山洞中，大地便不长谷物，树叶凋落，这就是秋季和冬季。①

从达夫在"前言"中讲述的这则神话来看，在情节上几乎与奥维德（Ovid）的《变形记》（*Metamorphoses*）的讲述别无二致，更确切地说，是《变形记》中这则神话的缩略版。然而，达夫的诗集却并没有简单地重复这则神话，而是对此进行了颠覆性改写。

达夫对这则经典神话的改写从诗集的宏观结构就可见一斑。该诗集共分七个部分。这种情况在达夫的诗集中比较少见。她偏爱的是五个部分。在一次访谈中她说，她喜欢把诗集分五个部分，因为这样会有一种平衡感，而不会过分偏重于某一个部分。那么，为何在《母爱》中达夫破例采用了七个部分的结构呢？泰瑞斯·斯蒂芬在专著《跨越肤色》中将此七个部分解读为"映射的是石榴的七颗种子"②。联系到神话的结构和含义，此解读不算牵强。第一部分仅有一首诗歌《英雄》（"Heroes"），是一首介绍性的寓言诗。这一部分似乎与得墨忒尔-珀耳塞福涅神话没有直接关系，然而却是达夫最看重的诗歌之一。这部诗集出版之前，达夫应 *Callaloo* 杂志之约从诗集中选出一首先行发表，达夫送来的正是《英雄》。对此，主编查理斯·亨利·罗威尔颇为诧异，认为这首诗歌与得墨忒尔-珀耳塞福涅神话以及母爱主题都没有明显的关系。然而，当他细细品读后，才悟出这首诗歌的意义所在：这是一首古代神话映射的"当代悲

---

① Rita Dove, "An Intact World," *Mother Love*, n. p.
② Therese Steffen, *Crossing Color*, 131.

剧"，寓言性地把我们引入片段、失落和重生的主题，具有统领整部诗集的力量。① 第二部分由 12 首诗歌组成，在自传与神话之间游走，讲述了故事的中心事件，即珀耳塞福涅被绑架以及母亲得墨忒尔的忧伤和愤怒。不过与这对神话母女之间的关系遥相呼应的还有一对当代母女之间的关系。第三部分"珀耳塞福涅在冥府"是一首由七个部分组成的诗歌，是神话中的冥府生活，对应的是现实世界中诗人和女儿到巴黎的花花世界中游历的种种体验。第四部分由五首诗歌组成，描绘了珀耳塞福涅与冥王哈德斯的生活，同时也是当代巴黎生活的继续。第五部分以复调声音，从神话和当代视角讲述了与珀耳塞福涅具有相似处境的黑人女性，蕴藏着对父权制不动声色的批判。在这一部分，珀耳塞福涅自己也成为母亲，而得墨忒尔与女儿以及她自己部分和解。在第六部分中，母女融合几乎完成，而得墨忒尔也与哈德斯达成和解。同时，在这一部分中，达夫还把神话维度拓展到美国的政治和历史维度。第七部分与第一部分首尾呼应，也仅有一首诗歌，名为《她的岛屿》（"Her Island"），回归了自传性，讲述了达夫一家人到西西里岛游玩的经历。除了与神话情节相互呼应，《母爱》的七个部分结构也"抗争着一种强加的秩序"②，诗集中的神话和现实、自传与虚构、欧洲与美洲之间的穿梭和交会赋予了诗集中的诗歌一种普遍性联系。

从以上介绍中不难发现，达夫创作这部诗集的"目的不是聚焦于呈现一种远古的神话故事的当代复制，而只是协商那些有助于建构她的叙事的神话元素"③。达夫灵活地提炼那些有助于建构叙事的神话元素，而不是拘泥于复制整则神话，为她的自传性素材留下了余地，从而使得这则神话成为远古与当代的一次有效对话。不仅在宏观结构上，神话元素与当代元素交替出现，在微观层面也是如此，两种看似格格不入的元素甚至直接出现在同一首诗歌之中。比如，在《珀耳塞福涅，陨落》（9）一诗中：

---

① Charles Henry Rowell, "Interview with Rita Dove," Part 2, 724.
② Lotta Lofgren, "Partial Horror: Fragmentation and Healing in Rita Dove's 'Mother Love'," *Callaloo* 19. 1 (Winter, 1996): 141.
③ Tracey L. Walters, *African American Literature and the Classicist Tradition: Black Women Writers from Wheatley to Morrison*, 141.

> 在那美丽却庸俗的花丛中，
>
> 一株水仙花，与众不同！她用力拽了拽，
>
> 弯下腰更用力地拽——
>
> 此时，大地崩裂，他不期而至
>
> 乘着他那金光闪闪
>
> 令人胆寒的战车，一跃而出
>
> 一切都结束了。没人听到她。
>
> 没有人！她离开人群太远了。
>
>
> （记住：直接上学校。
>
> 这很重要，别到处闲逛！
>
> 别和陌生人说话。和你的玩伴
>
> 结伴而行。低垂眼睑。）
>
> 苍蝇不叮无缝的蛋。
>
> 人们离地狱也就一步之遥。

从诗歌内容来看，与神话情节紧紧相扣，再现的就是神话中珀耳塞福涅被冥王哈德斯劫掠到冥府的场景。然而诗歌独特的叙事声音却让我们并不能安心地阅读一则诗性神话。诗歌第一节是诗人讲述人对神话的重述，而诗歌的第二部分的叙事声音却陡然转变成一个当代母亲叮嘱、告诫年幼的女儿的絮絮叨叨的话语。这种双重的叙事声音让我们意识到，达夫在同一首诗歌中也贯穿了神话和现实两个框架，而她借用神话的目的意在当下。此外，诗集中的少女珀耳塞福涅带有明显的黑人女孩特征。在多首诗歌中，达夫都通过对人物的外貌特征的描写、人物对自我身份的认知、他人对人物的观察和描写等反复强调了这一点。比如，在《保护》（"Protection"）一诗中，女孩的头发"像修剪的藤蔓"。黑人女孩的头发卷曲厚重，所以喜欢编成小辫子，紧紧绑在一起，看起来就像被修剪后捆扎在一起的藤蔓。在诗歌《珀耳塞福涅在冥府》中，哈德斯眼中的"她"穿黑衣服不好看、穿绿色的衣服才够漂亮等细节都在暗示这一点。

　　说起来，达夫与希腊神话的渊源颇深。她的诗剧《农庄苍茫夜》就

是以俄狄浦斯王的故事为基本框架，而早期诗歌《奈斯特的浴盆》（"Nestor's Bathtub"）、《锡耶纳的凯瑟琳》（"Catherine of Siena"）以及诗集《装饰音》中的部分诗歌都与希腊神话形成了鲜明的互文性。达夫的这种希腊神话情结恐怕与她所接受的系统的西方文化教育不无关系。而她改写希腊神话的创作策略则是基于她对神话本质的深刻理解。在多次访谈中，达夫都详细阐释了自己的神话观。在与斯蒂文·贝林（Steven Bellin）的访谈中，当被问及为何神话会成为通过诗歌反复阐释的"肥沃土壤"时，达夫滔滔不绝地就神话的内涵、神话与现实的关系等进行了阐释。她指出：

> 神话始于轶事——为了消遣而讲述一个故事——不过它也建构了一种叙述，使之成为一种解释我们在这个世界中的位置和过程的方式……神话或传说通过反复讲述而变得不可或缺。一代又一代人重复并丰富基本的故事情节；真正伟大的故事被其他文化借用并转化，以适应它们新的语境。①

值得注意的是，这次访谈就出现在达夫创作《母爱》诗集期间。② 达夫本人的话可验证这一点。在这次访谈中，达夫说："我最近一直围绕着珀耳塞福涅和得墨忒尔神话创作大量诗歌。"③ 可见，达夫对神话本质的深刻理解正是她借用这则神话创作《母爱》的理论初衷。达夫对神话的这一理解既忠实于神话的起源，又富有后现代思维。"神话一词，实际上是和希腊文明的历史遗迹某些特征联系在一起的希腊词语。"④ 从词源学的角度来看，"神话"的希腊写法是"mythos"，其含义就是讲述、叙述。以讲述形式存在的神话从某种意义上来说，没有源文本，因为每一次讲述都

---

① Steven Bellin, "Tricking the Muse by Taking out the Trash, in Conversation with Rita Dove," ed. Earl G. Ingersoll, Jackson: University Press of Mississippi, 127.
② 这次访谈发生于1993年，1995年发表于《密西西比书评》。
③ Steven Bellin, "Tricking the Muse by Taking out the Trash, in Conversation with Rita Dove," ed. Earl G. Ingersoll, Jackson: University Press of Mississippi, 128.
④ 〔法〕让-皮埃尔·韦尔南：《众神飞飏——希腊诸神的起源》，曹胜超译，中信出版社，2003。

是一种新的版本。神话是由同一个故事的多元版本构成的，而每一个版本都只不过是"叙事转化链条上的一个环节"，"在这一版本的任何一个侧面，尽管之于我们都是权威的，都排列着长长一串其他版本"①。美国女学者赛尔玛·辛恩（Thelma J. Shinn）指出："神话的讲述或重述，如同一种神话记忆，具有内在的能量，让人们能够在充满象征符号的神话世界里相互鼓励、互为动力。"② 神话的这一重述特征极富后现代精神。美国后现代小说家约翰·巴思（John Barth）因此说，神话可以无穷无尽地重述，而鉴赏家的乐趣就在于体会不同版本之间的不可避免的改变、差异和空白。③

事实上，达夫准备重述的得墨忒尔-珀耳塞福涅神话就是希腊神话中不断被重述的典范。这一神话成为后世所有关于这两位希腊女神故事的原型。就如伊丽莎白·海德斯（Elizabeth Hayes）所言："最初的叙事中的模式、意象和象征为后来的反复出现奠定了基础。因此，在相当的程度上，这则神话与其激发的原型是重合的。"④ 有很多古典作家或是讲述过完整的故事，或是重述过这一故事的片段。比如，荷马的《伊利亚特》（The Iliad）和《奥德赛》（The Odyssey）都提及了这一神话。几个世纪以来，英美作家弥尔顿（John Milton）、乔叟（Geoffrey Chaucer）、劳伦斯（David Lawrence）、H. D.、格温朵琳·布鲁克斯、托尼·莫里森等均重写过这则神话。女作家对这则神话兴趣更为浓厚，她们从不同的角度对这则神话进行了改写。得墨忒尔-珀耳塞福涅神话之所以吸引了如此多作家的目光，奥秘就在其蕴涵的丰富的文化含义：母女关系、两性关系母题，母亲和女儿原型，爱与恨、失去与追寻主题等均蕴涵于此。丰富的、多层次的文化含义激发了历代后世作家的激情和想象。女诗人艾德里安娜·里奇、心理学家卡尔·荣格（Carl Gustav Jung）等均运用了这一神话探讨过

---

① Fritz Graf, *Greek Mythology: An Introduction*, trans. Thomas Marier, The Johns Hopkins University Press, 21.

② Thelma J. Shinn, *Women Shapeshifters: Transforming the Contemporary Novel*, CT: Greenwood Press, 1996, 114.

③ John Barth, *Chimera*, New York: Random House, 1972, 68.

④ Elizabeth Hayes, ed. *The Persephone Myth in Western Literature*, in *Images of Persephone: Feminist Readings in Western Literature*, Gainesville: UP of Florida, 1994, 5.

母女之间的原型行为模式。① 莫里森和布鲁克斯等非裔女性作家则从各个角度对这一神话进行过改写，比如，莫里森的《最蓝的眼睛》、布鲁克斯的《在麦加》等都借用了这一神话的框架。

　　然而，作为古代以口头传统"讲述神"的形式，神话的特点是"万变不离其宗"，这就意味着这是一种固定的，甚至是过度固定的素材。用泰瑞斯·斯蒂芬的话说就是："这是一种可供无限次诠释，但其内核保持不变的神圣文本。"② 达夫的确是抓住了神话的本质，只借用了它的内核。这个内核就是母女关系。里奇曾经说："母亲和女儿之前的情感投入——基本的、扭曲的、滥用的——是未被书写的伟大故事。"③ 看来，达夫对这个永远无法穷尽的故事也情有独钟。达夫保留了神话中母女的人物关系内核和母亲寻女的情节线索内核，却通过自己的改写极大丰富了这则神话的内涵，并赋予其现代性和独特的文化身份、性别身份含义。正如达夫在诗歌中以调侃的口吻所言："丑陋的神，神居然都如此现代。"④ 那么，这个意在当下的神话挪用主要有哪些核心要素的改变呢？首先，诗中的母女从希腊神话的女神变成了美国当代的黑人女性。其次，原神话以母亲寻女为主要线索，以母亲为中心，线条单一，在达夫的诗集中，线索变成母亲和女儿对自我的双向寻求，线条立体，母女形象均丰满生动。最后，原神话叙事方式的改变。原神话以带有明显男性视角的第三人称全知全能叙事讲述了一对母女的故事，而在达夫的《母爱》中这个男性叙事声音让位于母女二人的自我叙述或者相互叙述，甚至在同一首诗歌之中，母女的身影和声音常常同时出现，她们的叙事既互补，又对立，形成奇妙的母女之间跨越时空、跨越阴阳、跨越文本的对话。借用女诗人、学者艾德里安娜·卡夫坡罗（Adrianne Kalfopoulou）的说法就是，女儿和母亲的叙事文

---

① 参阅 Nancy Chodorow, *The Reproduction of Mothering: Psychoanalysis and the Sociology of Gender*, Berkeley: University of California Press, 1978。在这本书中作者对母女关系进行了心理解读。

② Therese Steffen, "Rooted Displacement in Form: Rita Dove's Sonnet Cycle Mother Love," in *The Furious Flowering of African American Poetry*, ed. Joanne V. Gabbin, The University Press of Virginia, 2000, 61.

③ Adrienne Rich, *Of Woman Born: Motherhood as Experience and Institution*, Tenth Anniversary Edition, New York: W. W. Norton, 1986, 225.

④ Rita Dove, *Mother Love*, 72.

本互为语境［daughter's texts/ mother's（con） texts］。① 达夫的这些改写策略目的只有一个，那就是把原神话的寻女主题变成了黑人母女跨越时空的共同成长主题。

二　母爱与青春：母女的共同成长

在各种版本的得墨忒尔-珀耳塞福涅神话以及《荷马史诗》古典文本的改写中，女儿珀耳塞福涅均是以受害者的形象出现的。她先是被哈德斯掳到冥府，然后被动地等待母亲的寻找和救助。可以说，她的生命被母亲和男人共同主宰着。在达夫的《母爱》中，珀耳塞福涅不但被族裔化为黑人女孩，而且不再以受害者形象示人。她不但掌握了自己的命运，而且成为亦正亦邪、古灵精怪的强势女孩，既心地善良，又有仇必报。珀耳塞福涅的这一变化在开篇诗《英雄》中就辩证地体现出来。珀耳塞福涅看到一朵枯萎的罂粟花，于是她想趁着花儿尚未凋零采摘下来：

> 杂草丛中一朵花：
> 且当它是罂粟花吧。你采了这朵花。
> 不摘就要凋零了

然而珀耳塞福涅却因此与罂粟田的主人发生了争执。在争执中，珀耳塞福涅失手杀死了罂粟花田的主人：

> 你跑到最近的房子
> 要罐水。
> 门廊上站着的女人开始
>
> 哭喊：你采了她荒芜的花园中
> 最后一朵罂粟花，正是这朵花

---

① Adrianne Kalfopoulou, *A Discussion of the Ideology of the American Dream in the Culture's Female Discourses：The Untidy House*, Lewiston, Queenston, Lampeter：The Edwin Mellen Press, 2000, 81.

每天早晨给她起床的

力量啊！道歉太晚了
尽管你以动作表示了歉意，
送她环佩叮当，在书写的历史中
留下了潮湿的印记

然而她活不到读懂那一天了。
于是你对她拳脚相加，她用一块白色巨石
撞击自己的头颅，

于是除了把巨石打碎成小卵石
除了把花插进偷来的罐子
没有别的可做了
你得把这些带走
因为你现在被追逃了
你不能留下线索。
纸包不住火，
当你的心提到嗓子眼时，
村民骚动起来。啊，你
为何要摘那该死的花呢？
因为你知道
这是最后一朵

而它就要凋零了。

达夫版本的珀耳塞福涅在诸多环节偏离了她在"前言"中讲述的珀耳塞
福涅故事。其一，珀耳塞福涅从被掳掠的对象变成了施暴者：对别人
"拳脚相加"，巨石相向。其二，她离开母亲的原因从被掳掠走变成了主
动逃亡。其三，采摘水仙花的天真烂漫的少女变成了摘下别人最后一朵罂

粟花的小魔头。从"水仙花"到"罂粟花"的改变深具象征意义。在西方文化中，水仙花象征着美丽、高洁，恰如华兹华斯诗中那与微风共舞的美丽倩影；罂粟花却是美丽的毒药，诱人但邪恶。这一变化体现的正是达夫对珀耳塞福涅的改写，从希腊神话中天真、被动的少女到达夫诗歌中复杂、主动，渴望成长的黑人女孩。

以该诗作为开篇，达夫是在明白无误地告诉读者，她要讲述的这个关于珀耳塞福涅的神话，将与那则经典希腊神话有着天壤之别。她在这部诗集中要做的是：

> 把时间转化成
> 一个炼狱故事：一个女孩
> 被拖拽到湖里，一个完美的椭圆形
> 水槽枝枝蔓蔓周边缠绕
> 在这个物质世界的中心。

（74）

可见，黑人少女的成长将是这部诗集的内核之一。拨开达夫用多声叙事编织的话语之网，我们能够清晰地勾画出化身为黑人女孩的珀耳塞福涅充满传奇色彩的成长之路。具体说来，她的成长经历了两个相互勾连又互相补充的阶段。第一个阶段是独立女性意识的苏醒，以离家出走、挣脱母亲的庇护为标志。第二个阶段是性意识的苏醒，以与哈德斯相识、相恋为标志。

前文提到，黑人少女珀耳塞福涅在闯下大祸之后离家出走。不过这只是她离开母亲的原因之一，或者说是最直接的原因。其实，细细揣摩可以发现达夫在诗集中时断时续地编织进了珀耳塞福涅离家出走的根本原因。诗集第二部分第一首诗歌《涉世不深》（"Primer"）（7）就以女孩的视角解释了她所生活的这个令她想要逃离的世界：

> 六年级时我被加特林家的孩子们
> 一路追赶回家，三个骨瘦如柴

的姐妹穿着卷边巡警袜。去你的

聪明妞！柴火妞！她们踩我的鞋跟。

我知道自己的身体没有优势

就从来没有想到过反抗：谁该叫谁

柴火妞？（而且，我知道

她们会揍我一顿。）我逃过了

她们在校园的推推搡搡

因为我那五英尺挂零的妈妈驾着

她那带轮手推车把她们全镇住了。

无论如何我不上那辆车。

我一路走回家，发誓

我要让他们看看：我会长大。

这段童年逸事恰到好处地揭示了少女在成长过程中与母亲之间复杂而微妙的关系：母亲是那个让她骄傲，也让她烦恼的保护神。母亲的庇护是比那些威胁她、欺负她的伙伴们更大的敌人，而青春期的少女懵懂中的成长标志就是脱离如此强势的母亲的庇护。以希腊神话中的谷物女神得墨忒尔为原型的强势母亲形象在非裔文化中其实是能够找到对应物的。在非洲传统文化中，拥有主宰力量的女性被称为"我们的母亲"（awon iya wa）或是"夜晚的长者"，也被称为"大地"（aye）。这种带有超验能力的母性力量曾经在很多非洲部落占据着人们的情感和物质世界的中心位置。然而，这种力量也成为巨大的阴影笼罩着女儿们的身心成长。有研究者指出："尽管带有非裔和加勒比遗产的母亲文化本身是值得尊重和热爱的，但它也可能会束缚和阻碍成长。"[1]《母爱》中的一首诗歌《统计：见证者》（"Statistic：The Witness"）（14）就再现了女儿对母亲复杂的心理状态：

　　无论我向哪里转，她总在那里

---

[1]　Brita Lindberg-Seyersted, *Black and Female：Essays on Writings by Black Women in the Diaspora*, Scandinavian University Press, 1994, 147.

哭喊着。无论我怎么

跑，停下喘口气——

直到我自己成为那个哭喊不停的人

就像一台机器的嗡嗡声

整个下午响个不停。

从心理学角度来看，这种以摆脱母亲和母爱束缚为起点的女性成长是有科学依据的，就女性文学作品传统而言，此种女性成长模式也屡见不鲜。然而，此种以摆脱母亲和母爱为基础的女性成长在非裔女性成长作品中并不多见。情况恰恰相反，黑人女作家作品中的女儿往往有一种对母爱的极度渴望。就如莫里森的《宠儿》，宠儿对母亲的那种近乎扭曲的渴望拥有的心理："我是宠儿，她是我的。"① 这是一种 "拥有的焦虑"②。而这种独特的焦虑感与美国黑人长期被奴役的历史有着很大的关系。克里斯托弗·彼得森（Christopher Peterson）在专著《血缘幽灵：死亡、悲悼和美国人的亲缘关系》中从历史角度对此的阐释非常具有洞见力。他认为非裔美国历史中没有稳定的，或者受到保护的言语，能使黑人自然地说 "我的女儿" 或者 "我的妈妈"③。于是在黑人女性文学作品中，女儿对母爱的渴望往往成为生命意识最本质的体现，而母爱的缺失也往往成为黑人女性成长的羁绊。这一点成为莫里森的《最蓝的眼睛》《宠儿》，玛雅·安吉罗的《我知道笼中的鸟儿为何歌唱》以及牙买加·琴德凯（Jamaica Kincaid）的《我母亲的自传》（*Autobiography of My Mother*）等女性成长小说的核心内容。可见，达夫对黑人少女成长模式的探寻显然偏离了黑人女性文学固有的模式，个中原因耐人寻味。

逃离了母亲庇护的黑人少女珀耳塞福涅的生活并不总是尽如人意。人世间的各种凶险令她无所适从，她在不经意间堕入了地狱般的情感和身体的噩梦。由七首诗组成的 "珀耳塞福涅在冥府" 描写的就是珀耳塞

① Toni Morrison, *Beloved*, 214.

② Christopher Peterson, *Kindred Specters: Death, Mourning, and American Affinity*, Minneapolis: University of Minnesota Press, 2007, 69.

③ Ibid.

福涅的冥府之行。当然，这个"冥府"是双重时间坐标和双重地理坐标
的：神话时间中的冥府和现实时间中的欧洲。不过珀耳塞福涅的双向旅
程并非泾渭分明，神话世界与现实世界往往交织胶着、难解难分。在组
诗第一首诗中，还不满二十岁的珀耳塞福涅离开家，来到了她心中的
"光明之城"：

> 当我第一次深入光明之城的石头缝隙时
>
> 我还不满二十岁，
>
> 每天早晨四段楼梯在我的橡胶鞋底下吱吱作响。
>
> 在光线幽暗的大厅尽头，一扇小窗户向云朵
>
> 倾斜着，光线投射到
>
> 那些粗陋的生活设施上
>
> 由不体面的穷人和不知体面的年轻人共用。
>
> 于是青春洋溢的我，穿上质地很好的网球鞋，
>
> 寻着面包的香味
>
> 不断发酵的酵母的臭味，
>
> 噔噔跑下楼来。
>
> 用我会的七个法语词，
>
> 带着正好的零钱的我走过
>
> 商店门口，它的双层压花玻璃窗
>
> 冷漠地排列着
>
> 就像伴娘的花饰：
>
> 硬撅撅的香肠，桑园，
>
> 装配着绞索滑轮的"女人喷泉"

(23)

陌生的环境和生活经历固然新鲜，与"青春洋溢"的少女的气质也颇为
相投，然而，面对连食物都是"陌生的"世界，少女第一次感觉自己成
了"局外人"：

最后，一大堆烤制食物：

羊角面包闪着欲望的光泽，

黑人头上（Tetes au negres）汗津津的黑色帽子，

甜甜圈（Beignets）上的糖霜光洁透亮；

我审视着它们，每一个都一派庄重之色，

迈过叮当作响的门槛，

即刻到了一片陌生之地：法棍面包（une baguettete et）

黄油羊角面包（cinq croissants beurre），劳驾（s'il vous plait）

我们五个人，五个女孩。

纸币和硬币

预付，而我又成了局外人，

在川流不息的标志汽车

和货车的喇叭声中不知所措。

（23~24）

巴黎的文化内涵往往和浪漫的爱情、悠久的文化传统、高雅的艺术联系在一起，因此是憧憬着获得新生的珀耳塞福涅的理想居所。然而，真实的巴黎却与她梦想中的那个艺术王国、人间天堂有着巨大的差别。不过，外面世界与自己预期中的反差和摆脱了母亲束缚的欣喜比较起来，似乎微不足道了。在珀耳塞福涅的眼中，母亲的很多举动和想法幼稚可笑：

母亲忧心忡忡。她带着她那花团锦簇的理想

给我钱让我每天打电话回家，

但她不可能知道我的想法；

我正在做她不必知道的事情。

我正做着一切，而感觉一无所有。

（25）

在珀耳塞福涅的眼中，得墨忒尔给她钱，要求她每天打电话回家，不仅是为她的安全考虑，更多的是出于自私的考虑：担心女儿会因为离开自己而与自己疏远，或者说，母亲担心会因此失去女儿。电话线从这个意义上说，是母亲能够抓住女儿的最后一根稻草。成长中的女儿要剪断这根稻草，就如同当初离开母亲的子宫，医生剪断那根连接着母女的脐带一样，在某种程度上是一种女孩成长的普遍焦虑。不过，对于包括黑人在内的美国族裔女性而言，这种成长的焦虑还有更深层次的历史原因。被压迫、被奴役的经历使得母亲往往以一种负面女性形象出现在女儿的生活之中。被束缚、被压迫、被压制的母亲形象让女儿望而生畏，生怕步其后尘。对于这种"恐母症"（Matrophobia），犹太女诗人里奇的理解很有见地：

> 母亲代表了我们自己的牺牲，不自由的女人和殉难者。我们的个性好像危险地与我们的母亲的混杂、交合；在我们拼命试图弄清楚我们的母亲在哪里停止，而我们又在哪里开始的时候，我们激进地操刀肢解。[①]

对于有过为奴隶血泪史的黑人女性而言，母女之间的关系就更为复杂。母女关系的复杂性是很多黑人女性作家躲躲闪闪、欲言又止的话题。正如黑人女历史学家、学者 E. 弗兰西斯·怀特（E. Frances White）所言："我们怎么敢于承认自己的心理战斗是要和那个在种族主义和性别主义世界中教会我们生存的女人之间开展的？我们会感觉自己像不知感恩的叛徒。"[②] 从这一角度来看，达夫对"恐母症"的书写可谓有冒天下之大不韪的勇气的。

　　偏离了黑人母女关系的书写，那么达夫是否欣然遵循了西方文学传统呢？在西方文学传统中，现实的母女关系通常是以母亲的缺席和沉默作为女儿成长的动力之源的。从这一点来看，达夫似乎遵循了西方文学母女关系的呈现模式。不过，达夫显然更为激进，摆脱了母亲束缚的黑人女孩珀耳塞福涅还要更为完整地体现自己作为女人的价值，并以与男人的性关系抵御自己成为牺牲者的命运和感受，并试图通过建立两性关系来确立自己的身份。因此，在达夫的版本中，珀耳塞福涅不是男性暴力的牺牲者，她清楚地知道自己到底能从与男性的性关系中获得什么：

---

① Adrienne Rich, *Of Woman Born*, 230.
② E. Frances White, *Dark Continent of Our Bodies：Black Feminism & Politics of Respectability*, Philadelphia：Temple University, 2001, 71.

　　当然这里有爱。通常是男孩子：
从密苏里来的学机械的学生长着一张扁脸，
一名得克萨斯人炫耀着茶匙中的切罗基血。

我一直等待着——他们苍白的眼睑，前额
退化回去，那么这般痴迷就烟消云散了。
我不相信我正受着煎熬。我主要是
好奇：
每个人闻起来什么味，他有多少方式
这样做？
我淹没在花海之中。

（25～26）

在《荷马史诗》中，冥王哈德斯的掳掠和强暴成为母女分离的罪魁祸首，而在《母爱》中，与冥王哈德斯的相遇反而成为珀耳塞福涅成长的关键点。达夫以近乎浪漫的方式再现了这次邂逅。组诗第六首以不同字体凸显了叙事声音、观察视角的交替变化，呈现一幕青年男女初次相遇既相互吸引又审慎试探的微妙关系。这首篇幅不算长的诗歌却呈现了一出独幕剧的戏剧效果。诗歌以珀耳塞福涅的第一人称叙述开始，再次凸显了她身处异国他乡的"他者"感：

　　风吹过，气流
灌入我的咽喉，
一股热热的，难闻的糖浆气味
从几百支香烟中盘旋而上。
喋喋絮语变成了咆哮。法国人一无是处。
我不属于这里。

（31）

接着观察和叙述视角陡然变化，一双观察的眼睛开始注视着这个与众不同的女孩：

> 她不属于这里，千真万确。
> 皮裙下滑了一点：
> 甜心。没戴手套？美国人，
> 因为她穿黑色的衣服不好看。
> 我喜欢看她穿淡淡的花绿色衣服，
> 款款走来就像
> 微醺的小可爱。

（31）

显然，这双观察的眼睛来自一位被吸引的男性。正值青春期，对男性十分敏感的珀耳塞福涅马上注意到了这双火热的眼睛，并不动声色地同样观察起了这位男士。与男人对她的肤浅观察不同，她以一双仿佛能透射到心底的眼睛看到了这个男人的本质：

> 他略微低下头颅，一颗大脑袋，
> 像一只玩世不恭的鹦鹉。不易觉察的微笑。

（31）

于是两人之间上演了一幕美妙邂逅的戏码：

> *"能帮我个忙吗?"*

> 他声音低低地问
> 这声音飘忽而下轻舔着我的手。
> 发音可能标准优雅，
> 但我的法语捉襟见肘
> 沟通困难。

"或者我自己，如果你正看着。"
我小声说。我确信她不明白。

"对不起，没听清?"

"不好意思，我以为你是法国人。
你在找人吗?"

"是的。我想……他就在这儿的某个地方。"
给你，拿去吧。

"我希望他不要马上现身才好。
喝一杯吧?"

他一阵烟似的，走了又回来，
两手各拿一只高脚杯
泛着淡绿色的光泽。
"现在几点了?"

她脱口问道，
缩回了拿杯子的手。
"*A Minuit.* Midnight.
就是你说的
零点吧?"

再次露出那深沉的笑容。
"有人是那样说的。"

"这种淡淡的黄绿色"，我边说边递给她一杯酒，

"在全法国的自然界中都找不到

除了在酒杯中，

或者在 Cote de' Azur 海边的某些日子

当太阳照射在海面上

我们称之为海市蜃楼啊——"

"光的把戏。"我接过酒杯，

举起和他碰杯。

(31~32)

字体的变化使得阅读这首诗歌如同阅读一幕独幕剧，变化的字体将人物台词、人物心理、舞台提示等区别开来。这个声音低沉的男人很懂得如何征服女人，而"能帮我个忙吗？"的搭讪方式虽然老套，却绝对有效。这个男人的突然出现对刚刚摆脱了母亲束缚的珀耳塞福涅来说，如上帝的意外恩赐。因为人是关系的动物，没有了母女关系的束缚，珀耳塞福涅亟须通过另一种关系确定自己的性别身份和成熟意识。值得注意的是，性不再是毁掉她的致命毒药，而是一种女性与生俱来的力量。在这组诗歌的最后一首诗中，达夫再次运用超凡的想象力，以更加浪漫的笔触描写了一番珀耳塞福涅与哈德斯的地狱云雨：

如果我对着月亮低语

　　　　　　我正在等待

如果我对着橄榄树低语

　　　　　　你还在途中

哪一个会听到我的诉说？

　　　　　　我正在倾听

花园消失了

　　　　　　种子在黑暗之中

城市包围着我

　　　　　　　　　　　我正在等待

我进入了不毛之地

　　　　　　　　　　你投进了我的臂弯

我进入了温柔乡

　　　　　　　　　　我掰开绿色的叶鞘

我的一部分一直在等待

　　　　　　　　　　我撕开棕色的大地

已经在这种冰冷的渴望之中

　　　　　　　　　　你正在下沉

谁失去了我？

　　　　　　　　　　絮絮低语穿越了炎热

别动，妈妈低声说

　　　　　　　　　　一声叹息穿越了低语

让忧伤去旅行

　　　　　　　　　　黑暗穿越了这声叹息

她说别动

　　　　　　　　　　我正在等待

光会照进

　　　　　　　　　　你已经在途中

（33）

　　左右交错的诗行如同一曲浪漫二重唱，男女唱和有间，不仅有肢体的互动，还有心灵的碰撞。然而，在这和谐的男女对唱之中，却不时响起一个不和谐的"他者"的声音，那就是来自母亲的声音。母亲的低语警告女儿不要轻举妄动；在感到女儿对自己的警告无动于衷之后，她的一声叹息不仅穿凿时空，穿透大地，而且洞穿女儿的心扉。母女之间难以割裂的血脉联系让女儿不论何时何地都能真切感受到母亲的思虑。那么，面对成长中的女儿身体和心理的变化，面对那个曾经对自己百般依赖，现在却设法逃离的女儿，母亲又经历了怎样的心路历程呢？

　　在《母爱》中实现成长的并非只有女儿，母亲同样经历了成长。与女儿生理和心理的双重的、叛逆的成长不同，母亲的成长更多的是精神的，是在肉体经历了看不见却能够感受到的不断衰老的过程中，经历的精神的阵痛和成长。与女儿玩世不恭的语气形成鲜明反差，母亲得墨忒尔语气严肃、情绪悲伤，有一种"哀歌"般的悲剧力量。① 这种作为母亲所经历的独特的成长期与达夫本人的生命历程有着很大的关系。在一次访谈中，达夫对此有过明确的表述："当时我的女儿 Aviva 大约五岁，刚好要上幼儿园了，要走向外面的世界。作为母亲我要有所调整了。"②

《母爱》中的得墨忒尔就面临着这样的调整期：女儿羽翼渐渐丰满，要飞向外面的世界了，而这一调整期也是身为人母的女人的成长期。达夫诗歌中对为人母的情感体验从来就不是浪漫和温暖的，而是十分复杂的。早在诗集《托马斯和比尤拉》中，达夫就专门写了一首诗歌，名为《为人母》（"Motherhood"）（185），描写了初为人母的比尤拉既欣喜又焦虑的心态：

> 她梦到婴儿那么小，她总是
> 把它放错地方——它从摇篮里滚落
> 老鼠把它捡回了家，它和他的衬衫一起
> 消失在水流里。
> 然后她丢下它，而它像个西瓜一样
> 爆炸了，眼睛脓水直流。

初为人母有些神经质的心理体验在这个奇妙的梦境中清晰彰显。如果说这首诗歌抒写的是初为人母的心理体验，那么，《得墨忒尔悲悼》（48）一诗表达的就是母亲在失去女儿后无法抚平的创伤：

> 什么也抚慰不了我的忧伤。你可以
> 穿绸缎让皮肤舒心，效仿大富大贵之人
> 分送黄玫瑰。

---

① S. Isabel Geathers, *Tragedy's Black Eye: Theorizing the Tragic in Contemporary African American Literature*, University of Pennsylvania, 2011.

② Steve Bellin, "Tricking the Muse by Taking Out the Trash," 128.

你可以反复告诉我

我让人无法忍受（这我知道）：

可是，什么也不能把金子变成谷物，

什么也无法让牙齿咀嚼出香甜的味道。

我不是无理取闹；

人总是吃一堑长一智。

时候到了我自会忘记这空虚的丰收，

我会再次对着鸟儿欢笑

又或许轻轻抚摸鸟巢——

但那不是一种幸福，

因为我曾经尝过幸福的味道。

尽管处于为人母的不同阶段，这两首诗歌中的母亲却有一个共同的特点：情感脆弱而敏感。这一点颇耐人寻味。达夫本人在多次访谈中也谈到了她所理解的母亲情感的这一特点。例如，在 1995 年与派翠西亚·科克派忒克的访谈中，达夫说：

> 我未曾预料到作为母亲的脆弱；要接受生活中你对有些事情无能为力的脆弱；接受你不能完全保护另一个人；接受当你是女儿时，你不想要被保护的事实。而这种无所适从、茫然无助的感觉正是我尝试在这部书中探索的东西。①

达夫这种基于人类普遍情感的母性体验与传统的黑人母亲的超女形象形成了鲜明的反差。对于黑人作家作品中的"黑人超女"母亲形象，安吉拉·吉莱姆（Angela R. Gillem）的解读很有见地："黑人女性在某些情境下展现的力量常常导致一种对她们强势母性的刻板印象。由于这种刻板印象，非裔美国

---

① Patricia Kirkpatrick, "The Throne of Blues: An Interview with Rita Dove," *Hungry Mind Review* 35（1995）：37.

女性为一切承担责任，从黑人家庭的堕落到黑人男孩和男人的去势，并最终导致他们沦为囚犯或身陷险境。黑人女性还被刻板化为不需要白人女性通常应该得到的情感支持和体力帮助。"① 从这段论述中不难看出，"黑人超女"母亲形象是黑人女性经历的塑造，更是黑人政治生活的需要，以这种观念建构的黑人母亲应该时刻准备着反击种族主义和性别歧视。

达夫诗歌中却很少有这种类型的"黑人超女"母亲形象。情况恰恰相反，她诗歌中的母亲往往敏感、脆弱，有血有肉。现实生活中达夫体验到的身为母亲的"脆弱"和无助与得墨忒尔-珀耳塞福涅神话中那位失魂落魄地在大地上游荡的母亲形象十分契合，这也是达夫选择挪用这则神话的原因所在。《母爱》中失去了女儿的母亲开始了茫茫人海中失魂落魄的寻找：

> 失去撕裂了她，她自我放逐——
> 衣冠不整地在周围游荡，
> 乳房在破衣烂衫下晃荡，
> 凝固的睫毛膏让她的目光黑黢黢。再这样下去，
> 真丢人，妇人们窃窃私语。
> 对她们来说，带着满头像小猪一样的
> 塑料发卷去市场几乎是令人愉快的，
> 但是不梳头发？——不值得信任。
>
> 男人们看得更仔细，被那样的漠然
> 吸引着。冬天来得很早，
> 她却依旧在河边小路来来去去
> 直到有位目光深邃的人把她彻底摧垮。
> 富兰克林夫人，那位强势的女人，对大家鄙夷地说：
> 活该，老东西。

（10）

---

① Angela R. Gillem, "Triple Jeopardy in the Lives of Biracial Black/White Women," in *Lectures on the Psychology of Women*, Fourth Edition, eds. Joan C. Chrisler, Carla Golden, Patricia D. Rozee, New York: McGraw-Hill, 271.

从心理体验而言，"紧接着失去会有一段悲悼期"①。失去女儿的巨大痛苦摧毁了这位母亲的神经，也让她失去了尊严和生活下去的勇气和力量。事实上，得墨忒尔化身的黑人母亲对女儿的眷恋之情是镌刻着深刻的历史原因的。"美国非裔母亲的故事与众不同"，因为黑人母亲对孩子的那份渴望拥有的欲望来自历史的负荷。② 失去女儿是所有经历过奴隶制、为奴隶的母亲永远的痛。奴隶制使得黑人母亲失去了对孩子的保护的能力，"毁掉了"黑人女性作为"母亲的力量"③。因此，对于黑人母亲而言，没有情感寄托是比死亡更加可怕的事情。

　　不过，达夫并没有刻意强化这种黑人母亲与众不同的故事，而是把黑人母亲的情感放置在更为普遍的人类情感的框架之中。这一点是通过揭示"失女"恐惧背后的中年女性危机意识实现的。这种中年女性的焦虑和危机其实也恰恰是达夫试图在诗歌中传递的信息之一。在诗歌《没用了》（"Used"）（60）中，那种中年女性特有的危机和焦虑感以非常幽默的方式呈现出来：

> 此阴谋就是让我们更瘦。三码
> 是所有人的渴望，在灵活的膝盖上鼓胀的裙子
> 是每位如孩子一样的男人的前青春期梦想。
> 白板（Tabula rasa）。没有一块板子如此之干净。
>
> 当最后一个孩子短暂的内在之光摆脱了我们，
> 我们得到了在悲伤中凹陷下去的肚脐眼。
> 我们的肌肉说我们没有利用价值了。

---

① William Watkin, *Theories of Loss in Modern Literature*, Edinburgh：Edinburgh University Press, 2004, 2.

② Gloria Thomas Pillow, *Mother Love in Shades of Black：The Material Psyche in the Novels of African American Women*, Jefferson & London：McFarland & Company, Inc., Publishers, 2010, 4.

③ Stephanie Li, *Something Akin to Freedom：The Choice of Bondage in Narratives by African American Women*, Albany：State University of New York Press, 2010, 30.

你有没有试过丝绸床单？我用过，

在产后恐惧症的驱使下

在梅西百货营业员许诺更多积分的诱惑下。

我们控制不了，一直往地下

滑落，早晨醒来被子也

滑到了地上。受够了——

保持头脑冷静不容易。

这段带有鲜明自传性特征的诗歌以幽默的笔触揭示了中年女性心理危机的特点。在最后一个孩子也脱离了母亲的庇护之后，在皮肤上的皱纹和身体机能的退化每分每秒都传递着衰老、没用的信息之后，女人在心理上开始产生莫名的焦虑以及由此带来的草率的、莫名其妙的行为。

那么，失去了孩子的黑人母亲是否会就此走向毁灭呢？达夫给我们的答案显然是否定的。恰恰相反，失去了女儿的黑人母亲实现了作为母亲和作为女人的精神的升华和成长。那么，这种成长的动力源于何处呢？答案要从这部诗集独特的多声叙事中寻找。《母爱》中除了母女，还有一个女性的叙述群体，奥妙就深藏于此。与古希腊戏剧中的合唱团的功能相似，这个女性群体"对事件提供支持和评论"①。在长诗《悲伤：出谋划策》（15~16）中，这个黑人女性群体的声音得到了生动体现：

我告诉她：适可而止吧。

节哀顺变，找个爱你的人吧，

帮帮其他不幸的孩子。

要么让贤

要么让花园万物勃发

---

① Tracey L. Walters, *African American Literature and the Classicist Tradition：Black Women Writers from Wheatley to Morrison*, 157.

这的确是个悲剧，是件让人蒙羞的事情，
但你还得过你自己的生活。同时，
难道除了胆战心惊地等待，
我们就束手无策了吗。
她随之振作了一点。
我想起了那些模糊了的照片，
用牛奶盒子做相框，每周都换新的。

诗中的斜体部分对应的是得墨忒尔-珀耳塞福涅神话中的相关情节，而其他部分则对应着现代版黑人母女的故事。当然，最耐人寻味的还是这首诗中不同寻常的叙事声音。从长诗开篇的叙事人称中不难判断，这个声音是一个女性对另一个女性，或者一群女性在讲述得墨忒尔的故事，而复数第一人称"我们"更是强化了这个叙事主体的特点：黑人女性群体的"集体叙述"。接下来的叙述验证了这一点：

烟灰从地狱升腾而起
笼罩着甘蓝和谷物的绿色叶子，
灰蒙蒙一片

这令人难过。我打赌她除了最后一句
其他的一句都没有听进去。就像
贪婪地啃着厨房里的骨头的狗
顾不上考虑骨头会不会卡住它的食道，窒息而死。

没有目的

我说我们得帮她渡过难关。
我说她不能再一个人
待在那个四面透风的破房子里了。

日复一日听着那

吱吱扭扭的开门声

这个集体叙述声音颇耐人寻味。首先，这个声音带有鲜明的黑人性。这些女性人物的表达带有鲜明的黑人方言的特征，比如，双重否定和黑人特有的用语等。① 其次，这个现代社会的非裔妇女的合唱是一种女人特有的"絮絮叨叨的声音"，体现了"集体的智慧"，从平平常常的建议，到歇斯底里的焦虑，再到内心的责任和关爱，体现了平凡却可贵的姐妹情谊。② 再次，与古希腊戏剧中的合唱团的功能相似，这个女性群体为事件提供支持和评论，从而使得黑人女性群体的声音带有一种权威性和伦理性。这个黑人女性的群体声音对失魂落魄的得墨忒尔不仅进行了抚慰，而且提出了批评，指出了她的病症所在：自我的迷失。"但你还得过你自己的生活"其实就是对这位母亲的委婉批评。言外之意是，在女儿失踪前很久，母亲就不再为自己而活了。像很多母亲一样，她在扮演母亲的角色时，失去了自我。这个黑人女性的群体声音也为她开出一剂良方：找个爱人去爱，再去帮帮其他的孩子。尽管自己的女儿失踪了，但是她可以把自己的母爱分给其他的孩子，用女权主义者派翠西亚·考林斯的话说就是，成为一名"她-母亲"（other mother）："通过分担母亲的责任而帮助亲缘母亲的妇女。"③ 在达夫看来，成为一名把爱分享给他人的"她-母亲"是中年女性拯救自我、实现成长的关键。

那么，达夫在讲述得墨忒尔的故事时插入这段黑人女性集体叙述声音的用意何在呢？诗歌结尾处，一位不知名却显然颇有领袖才能的黑人妇女，有条不紊地给黑人姐妹分派任务，以帮助得墨忒尔走出失去女儿的孤寂和伤痛：

Jeffries 姐妹，你可以明天早晨来

---

① Therese Steffen, *Crossing Colors*, 133.

② Pat Righelato, *Understanding Rita Dove*, 151.

③ Patricia Hill Collins, *Black Feminist Thought: Knowledge, Consciousness, and the Politics of Empowerment*, New York: Routledge, 2000, 47.

拜访，带来一只你的广口瓶，装点
甜食，番茄或者柿子椒。

　　　　没有柔软的面颊，也没有用来酿酒
　　　　的熟透的葡萄

Earl 小姐稍后能带她去看电影——
复杂的情节会分散一下她的注意力，
穿越曼哈顿的汽车追逐战，
嘹亮的圆号开始，抒情的管弦乐结束

　　　　植物那最后一缕脆弱的卷须断开了
　　　　（尽管根依旧紧紧牵绊着她）

你那微弱的阳光穿透了
云层。这样的天气是不是有点疯狂？
好像冬天就要来了。

　　　　最后大地被海洋吞没
　　　　最终心静如水

诗歌最后两行以一种浪漫主义的笔触描写了得墨忒尔终于走出了失去女儿后如麻的心绪，内心最终恢复了平静。显然，黑人姐妹之间的情谊是让悲痛欲绝的得墨忒尔走出绝境的关键所在。可见，让中年女性获得成长的关键就是姐妹情谊。"姐妹情谊"是第二次女权运动早期提出的一个口号，是为女权运动的政治策略和理论建设服务的。可能当时没有人会预料到，这一理念会首先在非裔黑人女作家的作品中得到充分而完美的体现。托尼·莫里森、艾丽斯·沃克等具有代表性的黑人女作家都曾经深情地讲述过"姐妹情谊"的故事。前者的《秀拉》，后者的《紫色》都是这一主题的经典之作。非裔女诗人玛雅·安吉罗更是不厌其烦地对"姐妹情谊"

进行过多次阐释。2000 年，在与《精髓》杂志的一次访谈中，她对女性读者提出了这样的建议：

> 应该交两性的朋友。但是应该特别关注你的女性朋友。你的恋人某一天也许会消失，那么在你身边安慰你、告诉你该何时出手还击的只有你的女性朋友。我提醒女人，为了今后在你的生命中有个人爱你，足够在乎你到会跟你说，"姐妹，我来告诉你，现在你可能对此很生气，但你真得弄弄你的头发了"，［为了有这样一个人］真的要做点什么，好好发展姐妹情谊。①

安吉罗对姐妹情谊的理解有着典型的非裔黑人女性的特点，她把黑人妇女之间的情谊与非裔的民族性融合了起来："它在非洲形成，在奴隶制中加固。"从这个角度来看，黑人女性之间的"姐妹情谊"其实是非裔的"黑人性"的一个方面，是黑人民族之根的一个体现。这种情谊对于非裔女性的生存和成长发挥着十分重要的作用，对此安吉罗这样写道："什么时候我会停下，看到战争正对着我发动？／我们看到我们的男人在监狱，在吸毒。／战争正对着我们发动。／最后的一击将是当我们女人彼此分离之际。"② 从这个角度来看，达夫其实一直在以自己的方式努力勾连黑人女性的文学和文化传统。

三　走出"母亲的花园"

通过以上论述我们发现达夫挪用了得墨忒尔－珀耳塞福涅希腊神话框架，巧妙地融入了自传性因素，在原有的神话时间和神话维度之上建构了一个现实时间和现实维度，从而为这个古老的故事注入了新的活力和新的文化内涵。然而，除了神话维度和现实维度，贯穿于这部诗集的还有另一个不容忽视的维度，那就是达夫的美学维度。或者更为确切地说，这是作

---

① Maya Angelou, "If I Knew Then," *Essence*, May 2000, www.findartcles.com/p/article/mi-m264/is-1-31/ai-61891747.

② Maya Angelou, *The Complete Collected Poems of Maya Angelou*, New York: Ransom House, 1994, 186.

为黑人女诗人的达夫为自己的诗歌设定的文学传统体系。事实上，在
"后黑人艺术运动"时期开始文学创作的达夫对于定义自己的文学谱系颇
为纠结。文学谱系的确定对于作家来说意义不言而喻，是保证作家进入经
典行列并权威化自己的文学书写的必经之路。母亲形象也就成为女性作家
的文学之母的喻指，就如 H. D. 所言："母亲是缪斯女神，是创造者，对
我而言更是如此，因为我的母亲的名字是海伦。"① 对于黑人女作家而言，
这一意义就更不同寻常。这也是艾丽斯·沃克在《寻找母亲的花园》中
试图解决的中心问题。那么，达夫以"母爱"作为主题，是否也有此方
面的考量呢？答案是肯定的。正如莱斯蕾·威勒所言，达夫的这部诗集的
"典故的网络"使得达夫的"文学之母""清晰可见"②。然而，尽管威勒
罗列出 H. D. 、里奇、布鲁克斯等女性诗人前辈对达夫在诗歌创作上的影
响，视野却始终只局限于诗人个体的影响。事实上，与其说达夫在这部诗
集中试图寻找的是"文学之母"，不如说寻找的是"母亲的花园"。换言
之，达夫试图寻求的是不同的女性文化体系对她诗歌创作的影响。另外，
还有一点不容忽视，达夫的"母亲的花园"显然并非一座。她以希腊神
话框架和黑人母女关系主题嫁接本身就说明在她的文学创作中，这个
"母亲的花园"一直是两座：西方文学母性谱系和非裔美国女性文学
谱系。

那么，达夫对这两座"母亲的花园"是何态度呢？是否如沃克那般，
对黑人女性文学和艺术传统深情寻找并全盘接受呢？答案显然是否定的。
事实上，当她创作《母爱》时，她自己已然化身成为那个要走自己的路、
要成为独立的女人的"叛逆女儿"珀耳塞福涅。③ 从前面的论述中可以看
出，达夫改写了得墨忒尔-珀耳塞福涅神话，同时也在母女关系问题上偏
离了黑人女作家的书写传统。那么，其中原因何在呢？答案还要在达夫的
这部诗集中寻找。诗集题为"母爱"，但对这个标题更确切的解读似乎却
是："母亲"和"爱"，而并非"母亲的爱"。原因不仅在于诗集的内容

---

① H. D., *End to Torment*: *A Memoir of Ezra Pound*, New York: New Directions Publishing
Corporation, 1979, 41.

② Lesley Wheeler, *Poetics of Enclosure*: *American Women Poets from Dickinson to Dove*, 151.

③ Ibid.

是关于母亲和爱情的，更在于达夫对"母爱"十分复杂的态度：母爱并不总是推动成长的力量，有时可能成为女儿成长道路上的羁绊。如果把这一思维拓展到女性文学谱系，这部诗集的意义就更为重大。在这一点上，威勒的见解倒是无可争议："这部诗集参与到关于一个文学影响的问题多多却经久不衰的比喻：孕育，也令人窒息的亲缘关系。"①

"母爱"的这种悖论的力量在诗集的签名诗《母爱》（17）中得到了清晰再现：

> 谁能忘却妈妈的抚育？
>
> 把婴孩的我摇曳在怀里，从不顾及眨眼之间
> 我就会抓住她，把她推得跌坐在地上。
>
> 所有女人都知道疗伤的必要性：
> 责任越来越大，我们
> 每一次都搞得筋疲力尽，
> 露出乳头，或者在被单里吮吸，
> 温热的母乳，在床边牙牙学语，
> 直到他们能自己穿衣，自己起床，
> 整装待发寻找爱情或者荣誉——那些单面镜子
> 女孩子照着镜子好像她们的羽翼尚未丰满的英雄们
> 穿镜而过，让战场烽烟骤起。
>
>
> 因此当这种女人开始要敦促
> 她的女儿的花束时，
> （一个给世界的每一个角落，
> 另一个让丝丝清风吹散一切！）
> 只给她男孩子抚养
> （一点肉，吵吵闹闹，平平常常），
> 我把忧伤的人奢华的嫁妆放在一边

---

① Lesley Wheeler, *Poetics of Enclosure: American Women Poets from Dickinson to Dove*, 151.

寻找更细腻的同情的慰藉：

我决定拯救他。每天晚上

我把他放在余火未尽的木炭上，

慢慢封住他的体液，这样他

可能被治愈，刀枪不入。哦，我知道

这看起来很残酷：在壁炉边一个嘟嘟囔囔的老太婆

弯腰翻弄着在烧叉上考得吱吱作响的婴孩

像弗吉尼亚火腿一样完美。可怜的人类——

如此嘶叫，让我记忆深刻。

首先这首诗歌的形式就很耐人寻味。前文提到，《母爱》是一部以十四行诗的形式写成的诗集。然而，《母爱》这首诗却是由两个十四行诗组成，共二十八行。与此相对应，诗歌的内容也因母爱方式和母亲形象的不同形成对比强烈的两个部分：深切的母爱和残酷的母爱；慈母和巫婆。这首诗歌中得墨忒尔极端的、对立的形象并非达夫创造的。这一形象和这一情节原型来自《荷马赞美诗》（*Homeric Hymn to Demeter*）。在《荷马赞美诗》版本的得墨忒尔-珀耳塞福涅神话中有这样一个细节：在寻找女儿的过程中，得墨忒尔来到古希腊的厄硫息斯（Eleusis），并把自己化装成一个老妇人，名为道索（Doso）。在厄硫息斯，得墨忒尔被一群年轻女人收留，作为保姆照顾她们的弟弟得摩丰（Demophoon）。得墨忒尔的母爱逐渐转移到这个孩子身上，开始把他当成自己的儿子，来填补失去女儿的心理空白。得墨忒尔害怕再次失去这个孩子，决定要让他永生。她的办法就是偷偷把孩子放在火上烤，于是母爱就以令人恐怖的一幕出现了：孩子如同弗吉尼亚火腿一样，被烤得吱吱作响。显然，达夫的《母爱》的后半部分就取材于此。事实上，达夫在创作上极少呈现二元对立状态，《母爱》可以说是一个特例。可见，达夫对母爱的理解的确是矛盾的、悖论的。这种态度就决定了达夫对母系文学传统采取了扬弃的态度和策略。本章以下部分将考察达夫对于她寻求的这两座"母亲的花园"既继承又颠覆的思维和策略。

尽管得墨忒尔-珀耳塞福涅神话是地地道道的希腊神话，却是"迄今

为止黑人女作家运用最多的流行神话之一"①。黑人女作家左拉·尼尔·
赫斯顿、格温朵琳·布鲁克斯、托尼·莫里森、艾丽斯·沃克等都曾以该
神话为框架进行过诗歌或小说创作。对于黑人女作家而言，这则神话的意
义在于"以女性为中心的神话"体现出的抗争精神关乎"权力政治"：边
缘化的群体如何在社会系统之内获得一种声音，女性如何在一种被男性作
为客体的社会之中定义自我，从而拥有更为积极的身份。② 这就不难理解
黑人女作家对这则神话情有独钟的原因。以上提到的各位黑人女作家不仅
吸收了这则神话体现出来的女性抗争精神，更在情节建构、人物命运处理
等诸多方面挪用了这则神话。莫里森的《最蓝的眼睛》中皮克拉被强暴
的情节就借用了珀耳塞福涅作为"男性性暴力的牺牲品"的形象和命
运。③ 不仅如此，小说以春夏秋冬为基本框架的策略也暗示了神话中得墨
忒尔作为农神操控着"自然循环"的含义。④ 这样看来，对于《最蓝的
眼睛》来说，这则神话的意义既体现为主题也体现为结构。尽管更多地
在象征意义上呈现了这一神话，《他们的眼睛望着上帝》和《紫色》在人
物关系、女性命运等核心问题上还是清晰地体现了这一神话的抗争精神。
相比之下，布鲁克斯则在更为切实的意义上挪用了这则神话。她的长诗
《安妮亚特》（The Anniad）和《在麦加》（In the Mecca）都是这一挪用的
杰作。在《安妮亚特》开篇，黑人女孩安妮就以珀耳塞福涅的形象出现，
天真烂漫、纯洁无邪，然而却由于不慎的性行为而坠入深渊，从此万劫不
复。与《安妮亚特》聚焦于神话框架中的女儿珀耳塞福涅不同，《在麦
加》则完整地借用了得墨忒尔"寻找女儿"⑤ 的框架。名为塞利的黑人

① Tracey L. Walters, *African American Literature and the Classicist Tradition*: *Black Women Writers from Wheatley to Morrison*, 19.

② Elizabeth T. Hayes, "'Like Seeing You Buried': Images of Persephone in *The Blues Eye*, *Their Eyes Were Watching God*, and *The Color Purple*," *Images of Persephone*: *Feminist Reading in Western Literature*, Gainesville: UP of Florida, 170.

③ Margot Louis, *Persephone Rises*, 1860-1927: *Mythography, Gender, and the Creation of a New Spirituality*, 47.

④ Elizabeth T. Hayes, "'Like Seeing You Buried': Images of Persephone in *The Blues Eye*, *Their Eyes Were Watching God*, and *The Color Purple*," *Images of Persephone*: *Feminist Reading in Western Literature*, Gainesville: UP of Florida, 174.

⑤ 参见王卓《一双"观察的眼睛"在述说——论布鲁克斯长诗〈在麦加〉中的多元凝视》，《国外文学》2012 年第 3 期，第 93~101 页。

母亲在破败的麦加公寓到处寻找自己失踪的女儿派皮塔，最终却发现女儿被一个牙买加男人强暴后杀害。

尽管以上几位黑人女作家创作时代不同，创作风格也不尽相同，但在借用得墨忒尔-珀耳塞福涅神话的书写策略和为该神话赋予的文化含义方面却惊人的相似。其一，黑人女孩往往以男性性暴力牺牲者的形象出现。其二，寻女和寻母是双向互动的情节设定。其三，黑人男性以施暴者的负面形象出现。其四，黑人女孩的成长是在种族化世界中完成的，而成长的结果出现两种极端性，走向成长或者走向毁灭。

对比达夫对这则神话的改写，我们不难发现达夫恰恰是在以上四个至关重要的身份情节上偏离了她的黑人文学之母们。首先，达夫诗集中的黑人女孩珀耳塞福涅不但不是男性性暴力牺牲者，反而以一种超然和主动的姿态在两性关系上牢牢占据了主动地位。不仅如此，性意识和性活动成为达夫笔下的珀耳塞福涅成长和成熟的起点。其次，与黑人女作家往往建构一个寻女和寻母双向互动的情节框架不同，达夫设计了母亲对女儿的单向寻找。不仅如此，达夫诗集中母亲寻女甚至带有"追逐"的意味。最后，黑人女作家作品中的黑人男性往往要么暗弱，要么暴力，原因在于他们自己也是种族歧视的牺牲品。达夫诗集中的黑人男性却表现出了与黑人女性精神上的平等。诗集中的哈德斯尽管着墨不多，却绝不负面。前文提到的"珀耳塞福涅在冥府"第二首描写两人邂逅的诗歌中，珀耳塞福涅对哈德斯一见钟情，而二人邂逅时幽默的对白足见二人精神上的平等。

此外，达夫对这则神话一个最不容忽视的偏离是对黑人女孩成长环境的设定。达夫与她的黑人文学之母们最大的区别在于她的珀耳塞福涅的成长基本是"去种族"的。"去种族"并非意味着黑人女性生活的社会环境不再有种族歧视，而是黑人女性摆脱了黑与白对立的种族模式，走向了多元的世界主义的思维范式。前文提到的诗集第三部分"珀耳塞福涅在冥府"在神话框架中是珀耳塞福涅的冥府生活，对应的却是现实世界中黑人女孩到巴黎的花花世界中的体验。不仅如此，在诗集的第五部分，成长中的黑人女孩开始了一次环游世界的旅行。在《自然的旅行指南》（"Nature's itinerary"）（46）一诗中，成长中的黑人女孩进行了一次南美旅行：

伊莲娜说是海拔

让我晚熟了；

尽管这次，海拔一点也不起作用了。

我不该担心（我马上就有条不紊了）

——不过，唉，我带着三十条卫生护垫

从科恩一路到墨西哥，准备着

拉美国际诗歌节上快乐的化装游行

不仅仅是精神上血流喷涌，

我不让

自己的身体那么漫不经心。

吃药当然就万无一失了

但那样一来，提前准备了，喝杯啤酒——

男人麻醉我们的惯用伎俩，

为了让我们搞不清东西南北。

在《出走》（49）中，成长中的少女开始了灵魂的世界之旅，而她也意识到，走出灵魂和肉体的狭小空间，世界之门才能在面前敞开：

就在希望破灭之际，又出现一丝转机。

像做梦一样，打开一条通路，

这条路上没有人，也没有猫；这就是你的路

你就要离开。转机出现，

"暂时的"——一个令人烦躁的词。

你已经关上身后的窗

你眼圈潮红了，每天黎明的阳光都是一样的。

这片天空是灰暗的；

对着出租车的门等待着。行李箱，

世界上最令人伤心的物件。

啊，世界的门敞开了。

现在穿透挡风玻璃天空出现一抹红色，

恰如当年的你

当你母亲告诉你此生女人为何物。

当然，达夫笔下的黑人少女珀耳塞福涅的成长是"去种族"的，却不是"去文化"的。情况恰恰相反，文化差异既是黑人少女珀耳塞福涅成长中的困惑，也是她成长的动力之源。黑人少女珀耳塞福涅对自我的定义很能说明问题：

我是那个来了又走了的女孩；

我是那个被踢来踢去的难题。

（62）

那么，这个难题到底是被谁"踢来踢去"呢？从这部诗集中我们不难得到明确答案：不同文化。具体说来，就是欧洲文化、美国文化和非洲文化。在巴黎，黑人女孩是一个"局外人"，她知道"我不属于这里"；而在外人的眼中，"她不属于这里"（31）。她永远都是欧洲人眼中的他者。正如她自己所言：

"游客喜欢我们。"——

她脸红了——"当然，尽管巴黎人不无羡慕，但更多的是

感到很好玩……"

（40）

巴黎人之所以"喜欢"这些肤色不同的女孩，原因恰恰在于这些女孩代表了一种异域风情和文化，或者说，是这些女孩身上的"他者"性吸引了巴黎人。在西西里阿格里真托的庙宇参观时，黑人女孩再次遭遇了令人尴尬的情形：看门人看到眼前的黑人很是惊讶，以至于"他的触摸在我的臂弯里颤抖"，而我也发出了这样的疑问："他难道没看见前面有一个美国黑人？"（69）

这位肉体和灵魂在世界各地漫游的黑人女孩的形象在美国非裔女作家的作品中是不多见的。在多元文化的碰撞中成长的黑人女孩形象就更少见。这是在"后黑人艺术运动"时期创作的达夫的特权，也是她本人的欧洲经历和跨国婚姻赋予她的得天独厚的条件。在这个黑人女孩珀耳塞福涅身上，达夫构想了一个世界主义女主人公的成长历程。另外，从达夫作为黑人女作家的创作立场而言，她显然通过这位拼命逃离母亲的黑人女孩珀耳塞福涅确立了自己对黑人女作家文学谱系的态度。在这一点上，达夫倒是与白人女作家的立场颇为相似。关于黑人女作家与白人女作家对待文学的母系谱系的不同态度，马瑞安娜·赫什（Marianne Hirsch）的概括很有见地："与很多当代白人女作家通过与她们的母亲分离或者对抗来定义她们的艺术身份不同"，黑人女作家一直坚定地"重新追溯她们的精神的和文学的母系谱系"①。黑人女学者玛丽·海伦·华盛顿把黑人女性与母性的这种认同描绘成为"黑人女作家作为女性世代联系的一部分的自我意识和她决心书写之间的联系"。"这种母系联系不仅仅是精神的"，也包括"女儿们"重新发现"切实的文学之母"②。艾丽斯·沃克对左拉·尼尔·赫斯顿的重新发现，普林斯顿黑人女教授克劳迪亚·泰德（Claudia Tate）致力于重新激活19世纪末20世纪初的黑人女作家保琳·霍普金斯（Pauline Hopkins）③的文学地位，弗吉尼亚大学黑人女教授迪波拉·麦克多威尔（Deborah McDowell）对哈莱姆文艺复兴时期的黑人女作家奈拉·拉森（Nella Larsen）小说的重新评价都是黑人女作家试图寻求切实的文学之母的努力和尝试。这样看来，达夫以黑人少女珀耳塞福涅与母亲决绝的分离来表达身为文学女儿的自己与黑人女性文学传统的疏离是需要极大的勇气的。寻找"母亲的花园"固然意义重大，然而走出"母亲的

---

① Marianne Hirsch, "Maternal Narratives," In *Reading Black*, *Reading Feminist*, ed. Henry Louis Gates, Jr., New York: Meridian, 1990, 416.

② Mary Helen Washington, "I Sign My Mother's Name: Alcie Walker, Dorothy West, Paule Marshall," *Mothering the Mind*, eds. Ruth Perry and Martine Watson Brownly, New York: Holmes and Meier, 1984, 161.

③ Pauline Elizabeth Hopkins (1859-1930)，19世纪末20世纪初著名美国非裔小说家、记者、剧作家、历史学家、编辑。她被视为以浪漫主义小说揭示社会和种族问题的黑人先驱作家。

花园"却能够看到更为广阔的草地和风景，拥有更为丰富的文学谱系和营养，而走出"母亲的花园"的举动也因此成为达夫跨文化、跨种族书写的动力之源。

第四节　父亲·反对父亲·杀死父亲？　杀死黑人之父与黑人女性的艺术成长

与借助古希腊神话书写母爱的策略相反，达夫走向自传性素材，以近乎自白体的方式书写了父亲和父爱。这着实令人费解，然而细细品读这些诗歌又颇耐人寻味。达夫创作了大量关于父亲和父爱的诗歌，散落于不同的诗集之中。比较有代表性的有《街角的黄房子》中的《青春组诗Ⅲ》《博物馆》中的第三部分"我父亲的望远镜"、《与罗莎·帕克斯在公交车上》中的《反对自恋自怨》（"Against Self-Pity"）等。这些诗歌均是从女儿的视角书写父亲，带有明显的自传性，关注的焦点就是父爱和父女关系。此外，达夫还在自己的作品中塑造了一系列各具特色的父亲形象。比如诗集《托马斯和比尤拉》中的托马斯，《穆拉提克奏鸣曲》中天才黑人小提琴家乔治·布林格托瓦的父亲，诗剧《农庄苍茫夜》中黑白混血儿奥古斯都的黑人父亲，小说《穿越象牙门》中那个深藏秘密而有故事的父亲，等等。那么，达夫的父亲和父爱书写有何特点，与母亲和母爱书写有何异同，其间又蕴含了作为艺术家成长的达夫何种美学追求呢？

一　"望远镜"中的父亲

从心理学角度来看，父亲与母亲在女儿成长中扮演着同样重要却完全不同的角色。父亲之于女儿最大的意义在于作为一个生理和社会角色的他者性，从而为女儿的成长提供一种他者关系的视角。对此，心理学家琳达·李奥纳德（Linda Leonard）的解读很有见地：

> 在女儿的成长中，她的情感和精神的成长深受她与父亲关系的影响。他是她的生活中的第一个男性，从而成为她与自己男子气质侧面以及最终与男人联系的方式的主要形塑者。因为他是"他者"，即与

她自己和母亲不同，他也形塑了她的差异性，她的独特性和个人性。他与她的女人性的联系方式将对她成长为女人产生影响。他的责任之一就是引领女儿走出母亲的保护领域和家园，走入外面的世界，帮助她应对世界和种种冲突。他对工作和成功的态度将影响女儿的态度。如果他自信而成功，就会传递给女儿。但是如果他恐惧而失败，她也会采取这种恐惧的态度。①

可见，父亲在女儿成长中的角色意义不可忽视。然而值得注意的是，长期以来，人们对于父亲在女儿成长中扮演的负面角色的关注远远多于对于其正面角色的关注。文学作品更是如此。黑人女作家作品中的黑人父亲形象则更为不堪。他们在黑人女性的成长中扮演的角色通常是极为负面的，他们带给女儿的往往是"愤怒"和"泪水"②。概括起来不外乎以下两种黑人父亲类型：缺场型父亲和毁灭型父亲。在很多黑人女作家的作品中，父亲在女儿成长中是缺席的。黑人女孩往往是在由母亲、祖母构成的女性群体的关怀中成长起来的。玛雅·安吉罗的自传性作品《我知道笼中的鸟儿为何歌唱》就是如此。由于父母的离异，只有3岁的安吉罗与哥哥贝里被送到了阿肯色州的斯旦姆坡斯，与祖母安尼·亨得森一起生活，从此父亲的身影消失在她的成长之路上。布鲁克斯的长诗《在麦加》中黑人女孩派皮塔的生活中也只有含辛茹苦的母亲塞利相伴，父亲不见踪影。毁灭型父亲是黑人女作家作品中最为典型的父亲形象。他们以自己的方式毁灭了女儿，扼杀了她们的花季和成长。莫里森的《最蓝的眼睛》、沃克的《紫色》等都是这类典型文本。

达夫诗歌中的父亲形象和父女关系却明显偏离了以上任何一种类型，甚至很难在黑人女性作家作品中找到相似的父女关系类型。事实上，达夫诗歌中的父亲是作为女儿成长中的楷模出现的。达夫的"正面的父亲"形象几乎贡献了女儿成长中可以遵循的一切榜样的模式和力量：意识、准

---

① Linda Leonard, *Wounded Woman*: *Healing the Father-Daughter Relationship*, Swallow Press/Ohio University Press, 1990, 11.

② Ibid. 119-144.

则、勇气、主见、自我评价和方向。① 这个正面的父亲形象与达夫本人的父亲基本是吻合的。据达夫在多次访谈中的深情讲述，父亲是对她的成长影响最大的亲人，也是她人生某个阶段的楷模和榜样。她的父亲是当时为数不多的接受过大学教育的美国黑人。由于种族歧视，他怀揣大学文凭却只找到了开电梯的工作。随着民权运动的发展，达夫父亲的生活和境遇经历了切实的转变：从电梯工变成了供职于大企业的化学家，而他的家庭也逐渐跻身黑人中产阶级。父亲是她成长的榜样，也是黑人成功的榜样。在与罗伯特·麦克唐威尔的访谈中，当麦克唐威尔说，从诗歌《反对自恋自怨》（"Against Self-Pity"）中读出了达夫父亲的影响——一种自我激励、奋发向上、不自卑自怜的意识时，作为回答，达夫谈到了父亲对她的影响：

> 是的，的确如此。这是一种家庭的，但也是种族的（racial），抱歉，是族裔的（ethnic）。有一股这样的暗流影响一代又一代：不要展现你正在想什么，不要暴露弱点。比别人好150%，即便当别人认为你只做了85%，而你知道你做了150%，也不要生气，因为你知道你自己做得有多么好。别和他们一般见识。②

父亲以自己的成功和言行为达夫树立了一个美国黑人成功人士的形象。不仅如此，热爱欧洲文化和西方文学的父亲还为儿时的达夫开启了通往西方文学之门。达夫曾在多次访谈中提到，自己年幼时之所以会接触大量西方名著，就是源于父亲那间藏书丰富的书房。细读达夫对父亲的书写，我们不难发现父亲形象是由女儿记忆中的生活瞬间和微妙感受共同组成的，带有鲜明的自传性。这一点在关于父亲最集中的诗集《博物馆》第三部分"父亲的望远镜"中体现得最为明显。达夫本人在一次访谈中说："整个第三部分都是关于我的父亲的。"③ 关于这部分诗歌的自传性，研究者也

---

① Linda Leonard, *Wounded Woman*: *Healing the Father-Daughter Relationship*, Swallow Press/Ohio University Press, 1990, 17.

② Robert McDowell, "Language Is Not Enough," in Earl G. Ingersoll, ed. *Conversation with Rita Dove*, 191.

③ Stan Sanvel Rubin and Judith Kitchen, "Riding That Current as Far as It'll Take You," in Earl G. Ingersoll, ed. *Conversations with Rita Dove*, 8.

基本达成了共识。比如，派特·瑞什拉托就指出，《博物馆》里有不少关于父亲和"父女关系历史"的诗歌。①

　　这一部分诗歌是由父女共同度过的一个个平凡却温馨的生活瞬间组成的，并用感觉、味觉和视觉永远地定格下来，成为记忆中永远不会淡化，更不会消失的触觉、味道和画面。比如，《在祖父家里的周日夜晚》（108）一诗描写了全家三代人周日聚餐后，父亲和孩子之间的游戏：

> 他喜欢开玩笑而他的所有玩笑都很实用。
> 弯曲的拇指在两肋间抖动，他假装
> 喝醉晕倒在地。我们鱼贯而过
> 他抓住我们，父亲的右边
> 就在他洁白衬衫悬崖
> 真正的鲜果布衣。
> 我们一声尖叫
> 他咯咯笑
> 活着的
> 幽灵。

假装喝醉倒地，然后出其不意地抓住孩子，最后父子父女笑作一团的场景让我们见证了一个童心未泯、幽默开朗的父亲。这种父亲的恶作剧在《蜈蚣》（SP，109）中也有体现：

> 随着风暴去光顾下一座城市
> 我们带着手电筒去到地下室
>
> 套叠的椅子油漆脱落
> 松节油影子在空中腿脚僵直

---

①　Pat Righelato, "Rita Dove and the Art of History," *Callaloo* 31.3（2008）: 763.

爸爸说保险盒旁边有只蜈蚣
我尖叫一声放开了他毛茸茸的手臂

这种父女之间的温馨不仅有被父亲突然抓住后的既惊又喜的感觉，父亲毛茸茸的手臂的感觉，还有甜蜜的味道。比如《葡萄冰冻果露》（*SP*，105）的独特味道：

那天？纪念日。
烧烤过后
爸爸拿着他的名著出现了——
飞旋的雪花，凝滞的灯光。
我们兴高采烈。食谱
是一个秘密，他勉强挤出
一丝微笑，他的帽子卷起来
系着围裙像只鸭子。
清晨我们骑马
奔驰而过碧草青青的山坡
用掉落的乳牙命名每一块石头。
后来，每一块葡萄冰冻凝露
都是一个奇迹，
像甜点上的盐会让它更甜。

大家意见一致——太美好了！
这就是我们想象中薰衣草的
味道。有糖尿病的祖母
从门廊张望
一束断然拒绝的
火炬。

我们认为在我们脚下

　　　　没有人安眠，

　　　　我们认为

　　　　这是个笑话，

　　　　我一直试图记住这种味道，

　　　　但是它并不存在。

　　　　现在我明白

　　　　你为何忧心忡忡，

　　　　父亲。

除了独特的父亲的味道，达夫的诗歌还有很多富有画面感的父亲生活的片
段。在《我父亲的望远镜》（*SP*，110）中，父亲用巧手修理桌椅的场景
仿佛就在昨天：

　　　　世界上

　　　　最古老的笑话，

　　　　三条腿的椅子。

　　　　锯末飞扬，

　　　　绕着他的靴子

　　　　旋转

　　　　停留在

　　　　他裤子的

　　　　卷边里。锯子

　　　　像一只鹦鹉一样

　　　　紧张地哆嗦。

　　　　椅子

　　　　退缩了。多年橱柜

　　　　和茶几的经历，又做过

雪中的草坪上
胶合板圣诞老人
和七个小矮人，

他知道，
他一无是处了，
橡木的。

下一个圣诞节
他给自己
和儿子

买一个望远镜。

锯末如雪花般飞舞，电锯如鹦鹉般"紧张地哆嗦"是儿童特有的想象形成的视觉画面，而白色的雪花、绿色的草坪、红色的圣诞老人、五颜六色的小矮人共同构成了伴随着讲述人成长的父亲创造的一个又一个童年的乐趣和奇迹。

　　然而，这个由触觉、味觉和视觉三个维度勾画的父亲却并不是父亲的全部。交杂其间的还有女儿对父亲的感觉。如果说触觉、味觉和视觉是可见的、有形的，那么感觉就是无形的、看不见摸不着却真真切切地存在着的。与前三个维度勾画的开朗、幽默、亲切的父亲不同，感觉塑造的是一个沉默、神秘、满腹心思的父亲。比如，《在草坪散步的父亲》（SP，115）一诗就描写了女儿感觉中父亲的形象：

五个光环照着你穿过
黑暗。你很孤独，大家
都看得出——你身体的大部分
都在颤抖，在厚厚的

黑色的根的中心。就在草坪那里
在邻里房子的环绕中
二十一年

过去了，美国丽人
列队马路旁是你自我想象的影子，

你徘徊，等待着
被发现。我
对像你一样的躯体
能说些什么呢？

留恋着自己的
环境的柳树，颤动了；不是暴力的
亢奋也不是一支玫瑰

发出了为你放弃她那著名的芬芳
的徒劳的承诺，不是，

甚至不是蓝松鸡
在飞翔中失落的

光艳的羽毛
暂时垂落，蔚蓝的弯月，
挂在你房子温暖的房檐——
什么也不能改变

这拙劣的模仿，这位
巫师歪戴头巾

从晦暗的心脏延伸而出。

谁又能看懂你，除了在

夜晚，除了带着一双慧眼？

要是你活生生地能让我抚摸一下该有多好啊！

这首诗是这组关于父亲的诗歌中的最后一首。达夫仿佛有意与试图简单定义她诗中父亲的读者开了一个玩笑，又或者是对那些草率的读者的警告。尽管有五束光，却无法穿透父亲的心扉，最终留给我们的只是一个孤独的父亲的身影。达夫曾经说，写父亲很难，但这些关于父亲的诗歌却是最令人满意的作品，因为它们帮助她自己更好地理解了父亲，感觉离父亲稍微近了一些。① 事实上，达夫诗歌中父亲给女儿的感觉正是达夫的父亲留给她的感觉。达夫之所以把这部分命名为"我父亲的望远镜"就是希望自己能够拥有一个这样的心灵的望远镜，以便更好地理解父亲。在同一次访谈中，当谈到《我父亲的望远镜》这首诗歌时，达夫说："我的父亲是那种我不容易理解的人。有时候他好像来自一个非常遥远的星球。接近他也是标题的部分含义。"②

二　"反对父亲"

那么，达夫书写父亲的目的是否仅限于此呢？事情恐怕没有那么简单。自传性书写和自传性阅读一直是达夫反对的文学书写和阅读策略。达夫对研究者和读者对自己的诗歌进行自传性阅读颇感无奈。在多次访谈中，她都一再声明，自己的诗歌是艺术创作，不是回忆录。例如，在与罗伯特·麦克唐威尔的访谈中，达夫就说，对于她来说，把自传融入诗歌或

---

① Stan Sanvel Rubin and Judith Kitchen, "Riding That Current as Far as It'll Take You," Earl G. Ingersoll, ed. *Conversations with Rita Dove*, 8.

② Ibid.

小说远比想象更困难。① 在与厄尔·英格索尔的访谈中，达夫谈到了她所认为的自传性因素的意义："我知道在很多诗歌中很多段落是个人的，但是我也知道——或者希望——在这些诗歌中有一个层面对所有人都有意义。"② 在同一次访谈中，达夫又强调说："如果人们想要以那种方式阅读，就让他们去自传性阅读好了。我要说的是，有时候我不知道哪些细节取材于我的生活，哪些又是来自我的姐妹或者朋友的生活。事实很快就界限模糊了，因为如果我要完整地、生动地想象一个时刻，并把它传递给读者，那么即便我没有经历过，那个时刻——深刻地想象的时刻——变成了我的经历。"③

　　其实人们之所以会以自传性定位并阅读达夫关于母女关系和父女关系的诗歌，实在是因为家庭关系本来就是生活隐私，而诗人对此的书写只能基于自己的生活原型。另外，从诗人书写家庭关系的初衷而言，不到情愫如鲠在喉不得不一吐为快，是不会轻易触动这个隐私领地的。美国自白派诗歌之所以成为自白派，一个主要原因就在于罗伯特·洛威尔（Robert Lowell）、西尔维娅·普拉斯（Sylvia Plath）等诗人重点书写的就是充满不可言说的秘密的家庭关系。④ 洛威尔的代表诗作《生活研究》、普拉斯的诗集《爱丽儿》等都是这一主题的代表。美国当代诗人、学者弗兰克·比达特（Frank Bidart）在书写家庭关系时，干脆就用"自白的"（confessional）来命名自己的诗歌。

　　那么，达夫反复强调反对对自己的诗歌进行自传性阅读，说明她对自传性素材的运用并不只是为了呈现自己的私生活。她感兴趣的是要弄明白过去以何种方式影响了现在，她的生活和经历以何种方式和力量形塑了现在的自己。反映在她的诗歌中就是她从不刻意堆积生活的细枝末节，而是以各种方式呈现一个黑人女孩成长的戏剧化的过程。达夫对诗歌中自传性

---

① Robert McDowell, "Language Is Not Enough," in *Conversation with Rita Dove*, 174-179.

② Earl G. Ingersoll, "Not the Shouted Slogan but the Whisper for Help," in Earl G. Ingersoll, *Conversations with Rita Dove*, 2003, 182.

③ Ibid. 185.

④ 参见王卓《后现代主义视野中的美国当代诗歌》，山东文艺出版社，2005，第36~68页。

因素的理解与"后自白诗歌先驱之一"①、诗人斯坦利·库涅茨（Stanley Jasspon Kunitz）的观点一脉相承。库涅茨认为，诗歌首要是"一种转化和超验的艺术"②。达夫对此的表述是，对于我这样的作家，是不是自传的问题是毫无意义的。如果反过来说，这个段落是自传性的，那么我已经保持了足够的距离以便我能够找到技术性的方式，以便把那个时刻作为一种经历传递给其他人——这和试图把一个精彩的梦境讲述给别人是一样的问题。③ 可见，两位诗人强调的都是诗歌作为一门艺术能够把个人的生活细节转化为具有普遍意义的美学行为，能够赋予平凡的生活以传奇性和普遍性，从而超越真实的生活。正如美国犹太诗人阿曼德·什威尔纳（Armand Schwerner）所质问的那样："为何把虚构的经历只留给散文作家？"④ 换言之，谁说诗歌不能合理融入、消化虚构成分，从而拥有如小说一样的虚构性。其实达夫在很多诗歌中正是遵循了一种"小说的模式"（novelistic model）。⑤ 那么达夫是如何把关于父亲的点滴记忆转化为一个关于父亲的传奇，并赋予了这位父亲和父女关系普遍的意义呢？

在书写母女关系时，达夫借助得墨忒尔-珀耳塞福涅神话框架，并不时融入自白声音和自传细节，从而在神话时间维度和当下时间维度的交叉交错中完成了母女关系书写。在书写父女关系时，达夫反其道而行之，借助童年的自传性框架，并不时融入成年后的顿悟性思考，从而在历史时间维度和当下时间维度的交叉交错中完成了对父亲和父女关系的书写。两者看起来似乎不同，其精神实质却非常相似。那就是通过对自白声音和自传因素的干扰和撕裂，拉开与自传性因素的距离，从而达到超越个人生活的目的，并最终把平凡的个人生活转化为全人

---

① Jay Parini, et al., ed. *The Columbia History of American Poetry*, Beijing: Foreign Language Teaching and Research Press, 2005, 653.

② Richard Jackson, ed. *Acts of Mind: Conversations with Contemporary Poets*, Tuscaloosa, Alabama: The University of Alabama Press, 1983, 116.

③ Earl G. Ingersoll, "Not the Shouted Slogan but the Whisper for Help," in Earl G. Ingersoll, *Conversations with Rita Dove*, 2003, 185.

④ Armand Schwerner, "Tablets Journal/ Divagations," *The Tablets*, Orono, ME: Natl. Poetry Foundation, 1999, 128.

⑤ Brian McHale, *The Obligation Toward the Difficult Whole: Postmodernist Long Poems*, Tuscaloosa and London: The University of Alabama Press, 2004, 3.

类的传奇。

　　细读父亲组诗我们不难发现，这些诗歌的叙事模式遵循的基本是自传性细节和顿悟性思考的组合和融合的逻辑。前文品读过的《在祖父家里的周日夜晚》《蜈蚣》《我父亲的望远镜》《葡萄冰冻果露》等都是在这种时间逻辑的交织中不断推进情节和情感的。这也成为达夫的父亲组诗遵循的基本的内在逻辑。与这两个推动诗歌进程的内在逻辑相对应，诗歌采用了讲述人的童年叙事和成年叙事两种叙事方式，呈现的是现实和虚幻两种生活和心理世界。在《青春组诗Ⅲ》（SP，44）中，这种双重时间、双重声音、双重世界得到了完美体现：

> 父亲一走，我和母亲处理
> 一排排灰蒙蒙的番茄。
> 光线照到的地方闪着橘色的光，
> 而照不到的地方却腐烂变质了，我也和它们一样
> 成长到了橘色和更加柔软的年龄，身体膨胀
> 撑着浆洗的纱裙。
>
> 午夜的纹理让我想起
> 星罗棋布的瑞士的形状。在我的房间
> 我用那件曾经在盛大舞会上穿过的衣服
> 包裹瘢痕累累的膝盖；
> 我用玫瑰花水洗礼我的耳垂。
> 沿着窗棂，口红残根
> 在钢制口红管中闪亮。
>
> 看着窗外黏土墙
> 和鸡粪，我梦想着一切怎么发生：
> 他将与我在蓝色的杉树旁相遇，
> 他的心里有一丛康乃馨，说着，
> "女士，我是为你而来；

我在梦里爱上了你。"

他的抚摸会让伤口消失得无影无踪。

这首诗歌写于达夫的父亲去世之后，从时间逻辑上说是对父亲的思念和追忆。于是一个自白的声音交代了当下生活的细节："我""成长到了橘色和更加柔软的年龄"，正在准备盛装出席舞会。此时"我"那膨胀的身体渴望着异性的抚摸，柔软的心灵憧憬着浪漫的爱情。然而，细细品读这首诗歌，我们不难发现，一双成年后的女性的眼睛冷静地审视着成长中的自己，并不时对成长中那个冲动的女孩品头论足。比如，女孩成长中的身体与成长中的番茄的类比就不是懵懂中的女孩能够体味到的，而是成年后的女人对那个时期特殊的身体状态和心理状态的感悟。除了在过去和现在两个时间框架下形成的两个不同的声音，诗歌还在现实和梦境中形成了两个不同的场景，而值得注意的是，父亲就出现在梦境之中。当女儿享受情人的爱抚时，却在恍惚之间，"越过他的肩头，我看到父亲朝我们走来"：

他的眼泪盛满了一只碗，

血悬挂在松树浸染的天空。

（*SP*，44）

这个梦境产生的超现实场景仿佛是对弗洛伊德精神分析的诠释。其实弗洛伊德和超现实主义之间紧密的联系并非达夫的新发现。早在 1924 年，法国作家安德烈·布雷东（Andr´e Breton）就在《超现实主义宣言》（"The Surrealist Manifesto"）中指出弗洛伊德和超现实主义思潮之间的联系了。达夫的这个梦境中的父亲其实正是基于女儿对作为生命中第一个男性的生理和心理的复杂情感。在这个超现实主义的场景中，成长中的女儿讲述人感受到的是一种来自父亲的无形压力和压迫。然而，仅从弗洛伊德的恋父情结所产生的性心理障碍来解读这个超现实场景却无疑简单化了达夫，也恐怕曲解了达夫。

　　一个值得注意的现象是，在超现实场景中出现的父亲形象与前文提到的诗歌中现实场景中出现的父亲形象迥异，而父女关系在两种场景中也有着巨大的差异。在现实主义场景中出现的父亲形象是风趣、幽默、慈爱的，而在超现实场景中出现的父亲却是变形的，面目可憎、举止怪异，具有威胁性；与此相对应的父女关系也很是不同，在前一种场景中的父女关系和谐、温馨、平等，而在后一种场景中父女关系却诡异、冷酷，女儿处于被压迫状态。这一点在前文提到的《青春组诗Ⅲ》中可见一斑。在其他诗歌中也有所体现。比如在《玫瑰》（*SP*，106）一诗中，在女儿眼中，父亲如一只巨兽，凶残冷酷：

现在到了你该学点什么的时候了。
出门途中
他停下来，他的端正的下巴
余怒未消，一只眼睛，肩膀裹在
撕裂的蓝色衣服里，修剪树枝的大剪刀
两餐之间
猛犸般的巨爪休息片刻。

我奋力向上攀登，
吓坏了，在下面的
车道上，砾石
碎成粉末
他站在那里全然无助
因为他拆解了上千只
粉红的眼睑
却发现甲壳虫在根部
筑巢，病入
膏肓。

在这个现实和超现实交错的文本空间中，父亲不但以猛兽般的行为让女儿心生畏惧，以至于"吓坏了"，拼命逃离，还以颇具父亲权威的语言对女儿发号施令："现在到了你该学点什么的时候了"。

现实世界中和谐的父女关系与超现实世界中女儿心理上产生的种种压迫感形成了鲜明的对比。那么，哪一个才是达夫试图呈献给我们的父亲，哪一种又是达夫试图塑造的父女关系呢？这两个不同的世界呈现的父女关系对于女性的成长又具有怎样不同的意义呢？

从"文学之父"隐喻的角度来看，两个不同世界呈现的不同父女关系正是达夫一再警告读者和研究者，不要一味以自传方式解读她的诗歌的原因所在。现实世界中呈现的父女关系带有鲜明的自传性，而超现实世界中的父女关系却带有更大的普遍性。达夫深知，她的父亲以及她个人的成长经历在黑人家庭和黑人女性中并不具有普遍意义。尽管"父女伤痕"没有发生在达夫的个人生活层面，却不可避免地发生在她和其他黑人女性的文化生活层面，以至于美国女心理学家琳达·李奥纳德说，"父女伤痕"是"我们的文化的一种状态"①。可以说，"普遍的父权制""以一种跨越历史的方式使所有女性屈从"②。此外，女性也不仅具有性别的身份维度，还要考虑其他诸多因素，比如种族、文化、阶级等。换言之，"女性也是历史、政治、社会、文化的产物和制造者"③，与整个社会大环境息息相关。从这一角度来看，达夫对父亲和父女关系的书写就带有更为深层的意义。从这个层面来审视这个超现实世界中的父亲，就走出了自传性维度，带有历史性、政治性和文化性，而这个父亲就是琳达·李奥纳德所说的"文化之父"④（cultural father）。这个"文化之父"是与我们的父权制相关的"集体之父"（collective father），正是这个父亲操控着女儿，"不允许她根据自己的本质创造性地成长"⑤。在这个父亲制依旧以各种方式存在的社会中，这个文化父亲"能够宣称他们的高高在上的权利"⑥。

---

① Linda Leonard, *Wounded Woman: Healing the Father-Daughter Relationship*, Swallow Press/Ohio University Press, 1990, 10.
② M. Jacqui Alexander & Chandra Talpade Mohanty, "Introduction: Genealogies, Legacies, Movements," *Feminist Genealogies, Colonial Legacies, Democratic Future*. ed. M. Jacqui Alexander and Chandra Talpade Mohanty, New York: Routledge, 1997, xiii-xlii, xix.
③ 邱珍琬：《女性主义治疗理论与实务运用》，台北：五南图书出版股份有限公司，2006，第26页。
④ Linda Leonard, *Wounded Woman: Healing the Father-Daughter Relationship*, Swallow Press/Ohio University Press, 1990, 17.
⑤ Ibid. 11.
⑥ Lisa Ruddick, *Reading Stein: Body, Text, Gnosis*, Ithaca: Cornell UP, 1990, 202.

面对这位"文化之父"，达夫也表现出了与自传性情境中全然不同的面貌，从温柔可人的女儿变成了"全副武装的希腊女神亚马逊"①（Armored Amazon），并明确地提出了"反对父亲"的口号。在诗歌《反对-父亲》中，这位全副武装的"女儿-女神"以一种平等的姿态向父亲发起了挑战。诗歌的开篇两句十分耐人寻味：

与你给我们讲的故事
相反

显然，女儿反对的并非生理意义上的父亲，而是文化意义上的父亲，或者说是父亲所传承的文化以及其所代表的传统。前文所引诗歌中的"故事"就是传承了几千年的父权制。这样来看，在《青春组诗Ⅲ》中，女儿在与情人拥抱时却在梦境中看到面目狰狞的父亲也绝不只是弗洛伊德所阐释的父女之间的阳具情结，而是女儿把父亲作为拥有评判她性关系的道德权威的人物了。父亲之所以具有这样的道德权威，根源就在于父权文化。

面对这个"文化之父"，女儿要承担的也是一种文化使命。正如琳达·李奥纳德所言，在我们的时代和文化中，我们见证了反对"父亲们"的女性行动——一种反对男性集体权威地位的行动。② 达夫的这首诗歌《反对-父亲》正是这种女性集体行动的一个代表。那么，这位全副武装的女儿又是如何反对父亲的呢？这首小诗也给出了明确的答案。使那位如神明般试图指点迷津、掌控一切的父亲"去神性"，还原成平凡的人是这次反对行动的第一步。这一步在女儿的现实成长中也有其对应性：在女儿的成长中，反对一个不负责任、不能全身心投入的父亲，是一个"必要阶段"③。在诗歌中，达夫历数了父亲的种种失职：让"空调不能制冷"，"房子/年久失修"，"地窖的地板/有了裂缝"，等等。这位失职的父亲显

① Linda Leonard, *Wounded Woman*: *Healing the Father-Daughter Relationship*, Swallow Press/Ohio University Press, 1990, 18.
② Ibid. 63.
③ Ibid. 64.

然对家宅疏于管理，对家庭失去了控制。这些罪证足以让一位父亲自惭形秽。就在这位被肢解的父亲最脆弱之际，女儿大胆地宣称：

> 星星
> 对孩子诉说。
> 过去
>
> 是沉默……
> 就在
>
> 你和我之间
> 女人和男人之间，
>
> 外面的空间
> 不可思议地
>
> 亲近。

（*SP*，112）

跨骑式诗行紧迫地推动着女儿对父亲情感的变化，而人物关系更是随之发生了颠覆性变化：父女之间的关系转化成男人和女人之间的关系，控制与被控制的关系也因此转化为平等又对立的关系。在对抗这位"文化之父"的过程中，女儿却不可思议地与父亲的自我求得了认同，换言之，"反对父亲"让女儿变得强大起来。这一行为不仅丰富和强大了女儿的内心，而且拓展了女儿的外部生活空间，于是曾经遥远的星空、模糊的外面的空间变得亲近，变得触手可及。这是内心变得成熟而强大的女儿走向成熟至关重要的一步。一个值得注意的现象是，在《反对-父亲》以及前文提到的《在草坪散步的父亲》中，作为讲述人的女儿选择了对着父亲直接诉说，因此用了第二人称"你"。在诗歌极简的语境中，第二人称呼语往往承载着诗人不同寻常的情感诉求，是诗人尝试"用意志力驱动、创造某种事物的状态，……去理解世间万物潜在的回应力量"①。事实上，在诗歌的语境中第二人称呼语不仅涉及两个人，还涉及一对关系：一方面涉及一位通过呈现他者而在场的讲述人，另一方面涉及尽管可能不情愿，却不得不在讲述人的话语权利中存在的受话人。从这个角度来说，第二人称呼语具有挑战"我"和"你"的"自主权"的功能，因为"它确定了一种毁灭的威胁一直清晰可见的互相依存的情况"②。达夫所运用的第二人称呼语策略与英语诗歌中最有名的两首关于父亲的诗歌极为相似。一首是西尔维娅·普拉斯的《老爹》（"Daddy"），另一首是狄兰·托马斯（Dylan Thomas）的名诗《不要温和地走进那个良宵》（"Do Not Go Gentle into That Good Night"）。在前一首诗中，女儿对着逝去的父亲诉说，爱恨交织：

> 你不能，你不能
> 再也不能，黑漆漆的鞋子
> 我像一只脚在里面
> 憋了三十年，苍白又可怜
> 几乎不敢喘气甚至咳嗽一声

在后一首诗歌中，儿子对着父亲吁求，带着一种挑衅：

> 您啊，我的父亲，在那悲哀的高处，
> 现在用您的热泪诅咒我，祝福我吧，我求您
> 不要温和地走进那个良宵。
> 怒斥，怒斥光明的消逝。

以父亲为倾诉对象，直接对着父亲诉说，更为直接地唤起了父女或父子之间情感的对抗和交流。第二人称呼语与诗中的"我"暗示了一种控制的

---

① Jonathan Culler, *The Pursuit of Signs*, Ithaca: Cornell UP, 1981, 139.

② Ann Keniston, *Overheard Voices: Address and Subjectivity in Postmodern American Poetry*, New York and London: Routledge, 2006, 30.

力量以及由此引起的对抗情愫，当然这种情愫也往往由于呼语所产生的亲近的效果被隐藏在"欲望的修辞"之下。① 这种直接性在读者的情感体验中所产生的效果是惊人的。一个最直接的结果是读者会在呼语产生的强烈的情感力量中对诗中父亲的身份以及女儿书写诗歌的立场满腹疑虑。读者和研究者对普拉斯的《老爹》之所以兴趣不衰，一个主要原因就在于此。长期以来，评论界对此形成了完全相左的观点：自传性和虚构性；女儿讲述人作为牺牲品和抗争者。有一点是可以肯定的，那就是呼语唤起了人们对诗中人物关系的深层思考，从而引领读者走出了自传性阅读的樊篱。同时，第二人称呼语与"我"之间也确立了一种难以调和、难以化解的矛盾关系。第二人称呼语本身更是不断地阻止这样的矛盾得以解决。

从温馨的生物学上的父女关系到对抗的文化意义上的父女关系，达夫的父女关系诗歌触及的是黑人女孩个人成长和黑人女孩集体成长与父权文化之间的对立关系。然而，作为诗人的达夫永远有一个艺术成长的心结积蓄心头。如她在母女关系中寻求的黑人女性艺术成长之路一样，达夫在父女关系的书写中也在不断探寻黑人女性的艺术成长。那么，达夫又在父女关系中阐释了怎样的黑人女性的艺术成长之路呢？

三　杀死黑人艺术之父

走出黑人"母亲的花园"的达夫是否会转而寻找一个黑人的"父亲的花园"呢？与前者的矛盾心理不同，这个答案似乎简单得多：不，绝不。

事实上，"文学弑父"的情结是很多女作家共同的噩梦，也是她们共同的事业。② 美国文坛赫赫有名的女作家斯泰因（Gertrude Stein）就在其作品中表现出了强烈的"文学弑父"情结。比如斯泰因的中篇《梅兰克莎》（"Melanctha"）就被视为与她的"知识之父"（intellectual father）

---

① Ann Keniston, *Overheard Voices: Address and Subjectivity in Postmodern American Poetry*, New York and London: Routledge, 2006, 29.

② Adrianne Kalfopoulou, *A Discussion of the Ideology of the American Dream in the Culture's Female Discourses: the Untidy House*, Lewiston, Queenston, Lampeter: The Edwin Mellen Press, 2000, 12.

威廉·詹姆斯（William James）思想的一次"激烈对话"①，也是一次大
胆的弑父行为。在"后黑人艺术运动"时期走上诗坛的达夫更是不得不
面对来自强大的黑人艺术运动之父们巨大的身影，表现出了对她和"黑
人艺术运动"之间关系的"特殊的焦虑"②。个中原因恐怕并不能简单地
归结于"黑人艺术运动"的"男权主义伦理"③，在很大程度上，这种焦
虑更是政治和美学选择的外化。因此，达夫首先要解决的就是她诗歌创作
的立场问题。具言之，就是面对强大的"黑人艺术运动"之父们，作为
"女儿"的达夫如何书写自己的文学谱系。从这个意义上来看，达夫的父
亲诗歌和父女关系诗歌显然具有另外一层含义，这些诗歌也成为美国当代
诗坛不可多得的"观念的诗歌"。与普拉斯直呼"爸爸，我早该杀了你/
你却死在我有机会下手之前"不同，达夫在自己的诗歌中从来没有直言
自己要杀死父亲，却早已在诗歌实践中悄然地付诸行动了。

　　初涉诗坛的达夫曾经坦言，担心自己的诗歌创作会被扼杀在萌芽状
态。那么，达夫是在何种情形下踏上诗坛，以至于会担心自己有被扼杀的
危险呢？对此，诗评大家海伦·文德勒一语道破："达夫进入了一种融入
主义和分离主义均发出强有力声音的文学场景。"④ 换言之，达夫进入诗
坛时，黑人分离主义和融入主义还处于对峙状态。身为诗坛新人的达夫不
得不做出自己的抉择。对此，阿诺德·拉姆帕赛德的定位非常准确。他说
20 世纪六七十年代对于丽塔·达夫来说至关重要，她的诗歌也表现出对
这段时间的强烈意识，原因在于这段时间对于她而言是她自己的美学发展
的一个"极端分离"（radical departure）的点："在很多方面，她的诗歌
恰好是那些在最近几年被逐渐认为是黑人诗歌精髓的对立面。"⑤ 那么，
当时的黑人诗歌精髓又是什么呢？

---

① Adrianne Kalfopoulou, *A Discussion of the Ideology of the American Dream in the Culture's Female Discourses: the Untidy House*, Lewiston, Queenston, Lampeter: The Edwin Mellen Press, 2000, 56.

② N. S. Boone, "Resignation to History: The Black Arts Movement and Rita Dove's Political Consciousness," *Obsidian III Literature in the African Diaspora* 5.1 (Spring/Summer 2004): 66.

③ Harper, Brian Phillip, "Nationalism and Social Division in Black Arts Poetry of the 1960s," *African American Literary Theory: A Reader*. ed. Winston Napier, New York: New York UP, 2000, 472.

④ Helen Vendler, "Rita Dove. America's Poet Laureate," 29.

⑤ Arnold Rampersad, "The Poems of Rita Dove," *Callaloo* 9 (Winter, 1986): 53.

　　"黑人艺术运动"的领军人物之一阿米里·巴拉卡在 1965 年的诗歌《黑人艺术》（"Black Art"）中大声呼喊"我们想要杀人的诗歌"①，这一呼喊后来成为"黑人艺术运动"的诗学宣言，而作为一种文学艺术形式，诗歌也成为黑人政治宣传和进行战斗的武器。正如美国当代诗人唐纳德·霍尔（Donald Hall）评价"黑人艺术运动"中的黑人诗歌时说："黑人诗歌不是客体主义的、超现实主义的，也不是可以用其他任何标签概括的。它是写现实的诗歌……写性格的诗歌，描写勇气、斗争和温柔之类的品质。我猜想，我们这一世纪最后的 1/3 最好的美国诗歌大部分将由美国黑人诗人来写。"② 在这一点上，霍尔是颇有预见性的。在"黑人艺术运动"中确实涌现出一大批杰出的黑人诗人。③ 在艺术运动之后，黑人诗歌更是获得了长足的发展，更年轻的一代诗人也取得了辉煌的艺术成就。"黑人艺术运动"中的黑人诗人成为这场新的黑人"文化民族主义"的中坚力量。④ 他们宣称忠诚于四项责任："投入抗争""领导权""传播真理""向人们诠释他们的处境"⑤。秉承此种社会责任，"黑人艺术运动"中的黑人诗人也理所当然地成为"创造者，和破坏者-纵火者，/投弹者和斩首者"⑥。

　　这种充满火药味的"黑人艺术运动"时期的诗歌与达夫的审美格格不入。原因有二：其一，阶级属性不同；其二，生活经历不同。达夫出生于黑人中产阶级家庭，从未经历过黑人贫民窟生活，更没有那份与生俱来的愤怒感。达夫在欧洲生活多年的经历也让她的身份意识和文学创作观念走出了黑与白的二元对立模式。可以说，摆脱"黑人艺术运动"的美学主张以及这场运动中的黑人文学之父是作为诗人的达夫实现艺术成长的关

---

① Dudley Randall, ed. , *The Black Poets*, 223.

② 董衡巽等编《美国文学简史》（下册），人民文学出版社，1986，第 491 页。

③ 包括 Amiri Baraka, Don L. Lee, Etheridge Knight, Sonia Sanchez, Carolyn Rodgers, Norman Jordan, Nikki Giovanni, Charles L. Anderson, S. E. Anderson, Jayne Cortez, June Meyer, Andre Lorde, Sterling Plumpp, Mae Jackson, Julia Fields, Marvin X, Alicia L. Johnson, Jon Eckels, Charles K. Moreland, Jr. , Rockie D. Tayor, Xavier Nicholas, Doc Long, Larry Neal 等颇有成就的黑人诗人。

④ Cheryl Clarke, "*After Mecca*"：*Women Poets and the Black Arts Movement*, 14.

⑤ Ibid.

⑥ Amiri Baraka/LeRoi Jones, "We are Our Feeling," *Transbluesency*：*The Selected Poems of Amiri Baraka/LeRoi Jones* (1961-1995), 6.

键。达夫研究专家马琳·派瑞拉就认为，"把达夫放置在'黑人艺术运动'的对立面是理解她与美国非裔诗歌传统重要又必要的一步"①。

达夫试图走出"黑人艺术运动"巨大阴影的努力在她早年写就的颇具挑衅姿态的诗歌《在梦中与唐·李不期而遇》（"Upon Meeting Don L. Lee，in a Dream"）（SP，12）中得到了充分体现。该诗的主人公唐·李就是大名鼎鼎的哈基·马德胡布提（Haki Madhubuti），他和勒罗伊·琼斯②（LeRoi Jones）一起被视为美国"黑人艺术运动"的领袖。该诗创作于达夫的大学时代，收录在达夫公开出版的第一部诗集《街角的黄房子》中。这首诗"通过一连串的超现实的意象"对唐·李，这位"黑人艺术运动"中叱咤风云的人物投去了"嘲讽的""甚至让人无地自容的一瞥"③。这位黑人艺术的领袖曾经被那些"身着长裙的女人"像神一样崇拜着：

> 他朝我走来，眼睑上睫毛全无
> 总是在昏黄的暗影中移动。
> 从他的嘴我知道他从来没有和
> 高瘦的白人男孩在洗手间做过爱……
>
> 在树丛中，黑色的树，
> 身着长裙的女人站在那里，张望。她们开始
> 吟唱，脚打着机械的节奏
> 当她们伸展她们戴着珠串的手臂；

然而，当唐·李与年轻的讲述人不期而遇时，却遭遇了致命一击。唐·李试图说服讲述人接受他"黑人美学的仪式"④，不料想年轻的讲述人却对

---

① Malin Pereira, *Rita Dove's Cosmopolitanism*, 9.

② 即阿米里·巴拉卡。

③ Ekaterini Georgoudaki, "Rita Dove: Crossing Boundaries," *Callaloo* 14.2（1991）：420.

④ Walters, Tracey L. *African American Literature and the Classicist Tradition: Black Women Writers from Wheatley to Morrison*, New York: Palgrave Macmillan, 2007, 136.

他不屑一顾：

> 时光像蠕虫一样溜走。
> "七年前……"他开始说；但是
> 我打断了他："那些日子一去不复返了——
> 现在还剩下什么？"他开始哭号；他的眼珠
>
> 喷出火焰。我能看见鱼子酱
> 像大号铅弹塞在他的牙齿之间。
> 他的头发在烧毁的乱电线丛中脱落。

曾经叱咤风云、引领潮流的唐·李被岁月遗忘、被后辈嘲讽，而年轻的讲述人则闲适、自信，带着点幸灾乐祸的快感：

> 我咯咯笑着躺下，像在我身边蜷曲的草儿
> 他只能站在那儿，拳头紧握，呜咽着
> 咸涩的泪水，而歌手们飘然而去，
> 棕色的纸翅膀摩挲沙沙响。

　　那么，达夫为何以这位前辈为靶子，指名道姓地揶揄、嘲弄呢？达夫曾经在很多场合强调她与唐·李是朋友。达夫在一次访谈中说，她只是把"他作为这场运动最典型的代表之一"加以抨击的[1]，所以她真正指向的是"黑人艺术运动"本身。评论家阿诺德·拉姆帕赛德曾经迟疑地指出，这首诗歌可能表明了达夫对"黑人艺术运动"的一点"敌视"[2]。希腊学者艾克泰瑞尼·乔高戴凯认为，达夫暗示了"唐·李所代表的意识形态的腐败"[3]。马琳·派瑞拉则更为直接，干脆说这首诗歌"大胆地宣布了

[1]　Charles Henry Rowell, "Interview with Rita Dove," *Callaloo* 31. 3（2008）：717.
[2]　Qtd. Malin Pereira, "Going Up Is a Place of Great Loneliness," 158.
[3]　Ekaterini Georgoudaki, "Rita Dove: Crossing Boundaries," *Callaloo* 14. 2（1991）：420.

她［达夫］摆脱了'黑人艺术运动'的掌控"①，并"杀死了黑人文学之父"②。在 2008 年与查理斯·罗威尔的访谈中，罗威尔更是在第一个问题中就直截了当地请达夫以这首诗歌为例，谈一下她对"黑人艺术运动"和黑人美学的看法。达夫说，当她开始创作的时候，她逐渐意识到"'黑人艺术运动'的诗歌安居其间的毁灭的世界不是我的"；因此作为作家，她不得不面临一种选择：或者是"拒绝我的世界，适应一种不同的世界，就像别人希望我那样创作"，"或者真实地面对自己"③。这首诗歌就是作为新生代的达夫真实地面对自己的结果。

　　从这个角度来审视达夫关于父亲和父女关系的诗歌，则呈现另一层含义。从反对父亲到杀死父亲，达夫完成了作为在"后黑人艺术运动"时期开始文学创作的非裔女诗人的艺术成长，从而成功走出了黑人"父亲的花园"，以一种跨越文化和种族的开放心态，建构一个更为广泛的诗学谱系，为成为一个具有世界主义思想的黑人女作家奠定了基础。

小结：　达夫的女性成长观与女性成长书写策略

　　在种族、性别、阶级、美学成长维度的共同建构中，"后黑人艺术运动"时期的非裔女性，尤其是非裔女性知识分子的成长呈现的是多元的自我。这也是为何达夫与那些希望她更为政治化、表现出与"黑人艺术运动"关系更密切的黑人批评声音颇为疏离的原因所在。④ 这个多维度的自我不仅有别于达夫的前辈作家，而且与她的同时代作家也有很大的不同。这一多维度自我成长的呈现意义也是多方面的。

　　其一，挑战了黑人女性群体刻板形象，呈现的是个性化、时代化的黑人女性个性成长。对于美国主流社会和文化对黑人女性长期的刻板形象生

---

① Malin Pereira, *Rita Dove's Cosmopolitanism*, 52.

② Malin Pereira, "Going Up Is a Place of Great Loneliness," *Conversations with Rita Dove*. ed. Earl G. Ingersoll, Jackson：University Press of Mississippi, 2003, 159.

③ Charles Henry Rowell, "Interview with Rita Dove," *Callaloo* 31. 3 (2008)：716.

④ N. S. Boone, "Resignation to History：The Black Arts Movement and Rita Dove's Political Consciousness," *Obsidian Ⅲ Literature in the African Diaspora* 5. 1 (Spring/Summer 2004)：69.

产，达夫深恶痛绝。她曾在很多场合表达了这种愤怒。达夫在一次访谈中说："对于我而言，这个国家人民最大的危险之一是一种以群体来思考的倾向，而不是歌颂每一个个体的独特性。"① 在另一次访谈中，达夫说："对女人和非裔美国人的文学描写一直是平面的，从［二十世纪］六十年代开始他们就被先入为主地描写成愤怒者。这种人物群像使得读者陷入某种类型化的境地。我想要抵制那种情况。"② 正是基于这一点，达夫的女性成长书写试图呈现的是富有时代特征、个性鲜明、心智灵透的黑人女性个体："在我的诗歌以及我的短篇小说中，我努力创造以个体呈现的角色，不仅作为黑人或者女人，或者别的什么，而是作为有她自己特殊问题的黑人女人，或者是挣扎在一个特殊困境中的白人流浪汉，作为有其个人生活的人，而他们的历史使得他们以不同的方式回应这个世界。"③ 此种创作理想和书写策略在"后黑人艺术运动"时期的美国非裔女作家中是非常具有代表性的，也得到了很多后辈诗人的呼应。美国非裔女诗人、耶鲁大学教授伊丽莎白·亚历山大也有类似的表述：理论化身份政治的重要一步就是挑战"单一的"（monolithic）"我们"是谁的观念。④ 在《今日新闻》（"Today's News"）中，亚历山大更为形象地诠释了这一观念："我不想写一首讲述'黑人性/是什么'的诗歌，因为我们比任何人都清楚/我们不是一个也不是十个甚至也不是成千上万个人/不是一首诗歌，我们可以永远计数我们自己/在数字上却从来达不成一致。"⑤ 达夫的女性书写和种族书写正是把这一不确定的、复数的黑人性的定义诗性化的过程。

其二，达夫作品呈现的多维度、多元化成长挑战了黑人艺术家一直津津乐道的"双重意识"，以及由此呈现的双重文化和双重族裔的文化身

---

① Mohamed B. Taleb-Khyar, "Gifts to Be Earned," Earl G. Ingersoll, ed. *Conversations with Rita Dove*, Jackson: University Press of Mississippi, 2003, 83.

② Steven Ratiner, "A Chorus of Voices," Earl G. Ingersoll, ed. *Conversations with Rita Dove*, 116.

③ Mohamed B. Taleb-Khyar, "Gifts to Be Earned," Earl G. Ingersoll, ed. *Conversations with Rita Dove*, Jackson: University Press of Mississippi, 2003, 83.

④ Elizabeth Alexander, "Introduction," *Power and Possibility*, 3.

⑤ Elizabeth Alexander, *The Venus Hottentot*, Charlottesville: U of Virginia P, 1990, 54.

份。在杜波伊斯的"双重意识"的"阴影下"① 成长起来的达夫们以多元化、国际化的成长方式证明了双重意识的时代局限性。这种局限性具体表现为两个层面。首先，集中体现为黑人自我审视视角的他者性。罗伯特·古丁-威廉斯（Robert Gooding-Williams）曾经指出，"双重意识是从他者，或者白人世界的角度审视［黑人］自我"②。达夫以她的诗歌创作验证了这一视角的局限性。其次，尽管"双重意识作为非裔美国人差异性的符号"③，对于强化美国黑人独特的身份意识起到过积极作用，但是从达夫的诗歌成长主题所呈现的成长模式可以看出，对于当代非裔美国作家，尤其是非裔美国女性作家来说，双重意识对于表达非裔美国人的差异性已经远远不够了。

其三，达夫的自我形塑的身份也挑战了 20 世纪六七十年代的"黑人艺术运动"的"黑人本质主义"，因为"尽管达夫知道一种往往被认为赋予了黑人身份和文化核心的'策略的本质主义'认同在确保非裔美国人在一个种族歧视的社会中生存下来功不可没，她还是清楚地认识到那种认知的局限性"④。这一点赋予了达夫作为美国非裔诗人在美国文学史上独特的地位。具体而言，她起着承上启下的作用。她以自己的诗歌实践证明了走出"黑人艺术运动"的黑人作家将大有可为。

其四，美国非裔女性的创作一直遵循着"抗争"和"爱"两个对立的文学传统，并随着政治气候左右摆动。从 18 世纪的菲莉斯·惠特莉（Phillis Wheatley）到 19 世纪的弗朗西斯·哈珀（Frances E. W. Harper）再到哈莱姆文艺复兴时期的杰西·福赛特和奈拉·拉森，直至在"黑人艺术运动"中成长起来的托尼·莫里森、玛雅·安吉罗、艾丽斯·沃克、安德勒·罗德无不受制于这一左右摆动的时针。⑤ 然而，这根左右摆动的时针在丽塔·达夫的创作中得到了修正。非裔美国作家不厌其烦地书写

---

① See Robert Gooding-Williams, *In the Shadow of Du Bois: Afro-Modern Political Thought in America*, Cambridge: Harvard University Press, 2009.

② Ibid. 80.

③ Bernard W. Bell, *Bearing Witness to African American Literature: Validating and Valorizing Its Authority, Authenticity, and Agency*, Detroit: Wayne State University Press, 2012, 25-63.

④ Malin Pereira, *Rita Dove's Cosmopolitanism*, 1.

⑤ 参见王卓《多元文化视野中的美国族裔诗歌研究》，2015，第 617~639 页。

"爱"，或者呈现非裔美国家庭"可怕的片段"都不是达夫的追求。这一点在她的成长诗歌中最为鲜明地体现出来。她尝试了一条"通过教育"艺术地成长之路。[①] 这一点也使得达夫在非裔美国女作家中独树一帜，并极具开创性。

---

① Therese Steffen, *Crossing Color*, 121.

第二章

从家园到世界： 达夫的空间书写

达夫作品的成长主题全面地诠释了美国黑人女性，尤其是黑人女性知识分子的性别身份、文化身份和文学谱系等问题。她的成长主题书写见证了黑人女性从被凝视的欲望客体走向自我主体建构并最终走向艺术的成长和成熟的过程，从而完美体现了身份具有建构性的特点。同样具有身份建构功能的还有她诗歌中的家园空间。一个值得注意的现象是，达夫作品中经历了成长的黑人女性往往选择离开家园，走向更为广阔的外部世界，而很多人和达夫本人一样，远走异国他乡，并在多年之后对家园深情凝望。从某种程度上说，从家园到世界同样是对黑人女性成长的勾画，只不过这次的坐标不再是黑人女性的身体和心理，而是物质的和精神的空间。

在达夫的作品中，有相当数量的精彩诗歌以家园空间为主题，并形成了一个家园空间主题诗歌群。她本人也在多种场合表达了对家园空间的痴迷。即使是从最狭义的层面来考察达夫的诗歌，也不难发现女诗人对空间意象的偏爱。地点和空间的理念似乎一直暗藏在诗人心灵深处的某个角落，并贯穿于她的作品和创作之中。达夫文集《诗人的世界》（*The Poet's World*）（1995）中收录了她在桂冠诗人任期内发表的两篇长篇演讲。一篇是《走出去：世界中的诗人》（"Stepping Out：The Poet in the World"），另一篇是《一捧内力：诗人心中的世界》（"A Handful of Inwardness：The World in the Poet"）。这两次演讲的标题都以空间意象和空间位移为基点，不过侧重点各不相同。第一篇又分为两个部分：第一部分"房子和院子"（House and Yard），凸显的是家宅空间意象；第二部分"跨越门槛的脚趾"（A Toe over the Threshold）强调的是边界的跨越和超越。对于作为樊篱的

"边界"，达夫与很多美国族裔作家一样，是颇为反感的。她曾经在访谈中十分肯定地说："我真的不相信什么边界。"① 这种不留任何回旋余地的表白和达夫通常的表述方式颇为不同，足见她对边界束缚的芥蒂以及打破樊篱、超越边界的决心。如果说达夫演讲的第一部分建构的是物质空间的话，那么第二部分"一捧内力：诗人心中的世界"关注的显然是心理空间，而其中的纽带就是"跨越门槛"。"一捧内力"明白无误地告诉我们，达夫认为最重要的还是黑人心理空间的完整和建构。正如派特·瑞什拉托在《解读丽塔·达夫》中所言，达夫是一直避免被归类的作家。她朝着一扇门打开心扉，寻找一个出入的"通道"，而这个通道通向两个方向：一个方向是她熟悉的邻里街坊、家庭、故乡；另一个通道则超越了这个范围，通向广阔的世界，通往柏林、巴西、以色列、南非，而她也成为一个"世界诗人"，树立起一个走南闯北的"世界主义"的形象。② 其实，达夫诗歌的通道是立体的，除了派特·瑞什拉托提到的双向通道，还有一个纵深通道，一直通向诗人的内心世界。

达夫对拆解边界一直情有独钟。"正是跨界为美国非裔女性提供了拆解种族、性别和阶级差异的地点"③，从而"开始构建身份的新符号"④。达夫的空间诗学本身就是一个没有边界，并处于不断运动之中，疆界不断拆解、拓展的疆域。如果要勾画一个达夫诗学的坐标的话，那应该是动态的、双向的和立体的。换言之，家园和世界是双向互动的两个物质坐标轴，而内心世界则是不断钻掘到精神深处的隐形的动态的点。这个动态的点又与家园与世界两个显性坐标不断交叉汇聚，从而形成了达夫诗歌和诗学完整的空间维度。以空间为主题的诗歌是诗歌叙事发生之地，而在这个框架之中的空间则是在"真实"和"喻指"双重意义上进行的。

达夫对空间的痴迷既有个人因素，也有社会因素。之于达夫个人，早年到欧洲留学的经历使她深刻认识了空间维度的多样性，以及空间改变所

---

① Patrica Kirkpatrick, "The Interview with Rita Dove," *Hungry Mind Review*, 1995 (35): 36–37, 56–57.

② Pat Righelato, *Understanding Rita Dove*, 1.

③ Lynette D. Myles, *Beyond Borders: Female Subjectivity in African American Women's Narratives of Enslavement*, New York: Palgrave Macmillan, 2009, 5.

④ Bhabha, *The Location of Culture*, London: Routledge, 1994, 1.

带来的人的生活、思想、思维方式的巨大变化。这次欧洲留学经历还成就了她与德国作家弗瑞德·魏巴恩（Fred Viebahn）的姻缘。可以说，空间与她的个人成长和个人生活以及艺术创作具有无法割裂的因果和逻辑关系。往来于美国和欧洲之间的达夫在情感认同上与她的前辈黑人作家有着很大不同。与玛雅·安吉罗等试图回归非洲寻找种族之根和艺术创作灵感，并尝试非洲书写不同，达夫对欧洲文化和美国文化的认同似乎来得更为自然。

达夫还在这两次演讲中对自己诗歌的空间性进行了富于哲理的总结，那就是一种"占有的空间的诗性意识"①（poetic consciousness of occupied space）。对此达夫曾经有过明确的诠释：

> 除了一本，我所有的诗集的名称都与明确的空间物质有关：《街角的黄房子》对具体充满朦胧的渴望；《博物馆》是为对过去重要成就进行思考而特别准备的空间；虽然《托马斯和比尤拉》不是一个地点，但这两个名字建构起一个条件——这两位主人公被视作一个单位，这个书名似乎在说，这个单位不可避免地嵌入一个明确的也是有限的空间，阿克伦……我的诗剧《农庄苍茫夜》最终把我们放置在天边，因为要想看到地球的脸预示着与我们的世界的一段距离、一种疏离。②

当然，达夫诗集和诗歌名字中蕴含的空间更准确地说只是地点，而在这些特指的地点的变换、流动，以及诗人情感与地点的融合中，具体的地点被不断地抽象，从而承载了更多的历史和文化的内涵，也曲折地建构起女诗人的诗学理念。

达夫以家宅空间为中心意象或者主题的诗歌往往神奇地在诗歌有限的空间中容纳下了她对空间诉求的全部情感和理念。本书第一章在探究达夫的成长主题时，曾以达夫第一部诗集《街角的黄房子》中的第一首诗

---

① Rita Dove, *The Poet's World*, Washington, D. C.: Library of Congress, 1995, 15.
② Ibid. 15-16.

《此生》为例，全面阐释了达夫成长诗歌的特点；而本章将以《街角的黄房子》中的最后一首诗《Ö》（64）为例，对达夫诗歌中的家宅空间意象、空间诗学、空间建构策略进行初步分析：

嘴唇摆成 O 型，发出 a 音。
发出的就是岛屿。

一个瑞典词改变了整个街区。
当我抬眼看去，街角的黄房子
变成了搁浅在鲜花丛中的帆船。风儿

萦绕着它。一丛树叶高高卷起
都可能是帆船奏响的号角
当它航行在雾蒙蒙的浅滩边缘。

让事情顺利进展并不需要更多。
家人们重新团聚
拒绝对现实让步，
而现实伸长自己的玻璃脑袋探进大海
（后院的微风，三五成群的红雀）

如果，某个夜晚，街角的房子
启程穿过沼泽，
我和我的邻居们
都不会惊讶。有时候

一个词如此恰切
任何解释都嫌多余。
你从一件事开始，
以另一件结束，而一切都

不复相同，未来也从此与众不同。

作为诗集《街角的黄房子》的最后一首诗，《Ö》承担了点题的重任：
"当我抬眼看去，街角的黄房子/变成了搁浅在鲜花丛中的帆船。"这首诗
歌对于达夫和她的诗歌创作意义非同小可。这首诗歌通常被视为达夫的第
一首"诗艺"（ars poetica）诗歌，是达夫对自己的诗学理念的第一次诗
性表达。① 那么，达夫诗学的核心思想是什么，又是如何在这短短的一首
小诗中表达出来的呢？

　　第一，这首小诗的起点是语言，而终点则是空间："嘴唇摆成 O 型，
发出 a 音。/发出的就是岛屿。/一个瑞典词改变了整个街区。"这种思维
集中体现了达夫诗学的一个方面，即语言与空间之间富有哲性的联系。尤
其是诗歌最后一个小节，更是点出了语言承载的空间转化的神奇力量：能
够让一切从此与众不同的能力。在这个转化的过程中，语言扮演着魔术师
的角色，因为陌生的语言具有使平凡的事物和生活"陌生化"的神奇魔
力。这首诗歌精彩地回答了达夫的那个关于语言的著名问题："语言，这
个法宝，在哪里能驾驭这个世界？"② 达夫之所以对语言有如此强的驾驭
能力，与她赋予语言的画面感有密切联系。对此，莱斯蕾·威勒曾经总结
说："达夫认为，只有语言能引入一个新的，疏离的视觉模式。"③ 其实这
一点在达夫的成长诗歌中已经得到了充分体现。在她的家园主题诗歌中，
语言与视觉之间互渗、互拥的胶着关系得到了进一步体现。从语言中获得
解放，从而获得了无穷力量的讲述人把 Ö 作为一种诗歌的模式来接受和
拥抱，从而"开拓了消融大陆的新领地，推动了整个社区"④。对达夫而
言，这首诗歌具有不同的意义。她在一次访谈中说，这首诗歌标志着一种

---

①　Malin Pereira, *Rita Dove's Cosmopolitanism*, Urbana and Chicago: University of Illinois Press, 2003, 71.

②　Rita Dove, *The Other Side of the House*, reprinted in Grace of Notes, Section Ⅲ.

③　Lesley Wheeler, *Poetics of Enclosure: American Women Poets from Dickinson to Dove*, 2002, 147.

④　Therese Steffen, *Crossing Color: Transcultural Space and Place in Rita Dove's Poetry, Fiction and Drama*, Oxford: University Press, 2001, 83.

"学徒期的结束"，原因就在于"语言已经成为她得心应手的工具和陶土"①。

第二，这首小诗的空间形态具有鲜明的文化融合的动态性，是身份意象的具象化。代表着诗人的家园意象的"街角的黄房子"变成了"搁浅在鲜花丛中的帆船"，寓意深刻，成为达夫"文化混血儿"②的形象载体。"黄色"从种族意义上而言，带有与白人世界媾和的含义。③从社区边界和种族关系来说，街角的黄房子模糊地坐落于"中间地带"④。正如马琳·派瑞拉所言，这一转化表明，"社区之根具有转化的能力"，经过古老的帆船的承载，驶进历史航程，而通过驶向历史的源头，达夫"把这首诗歌放置在文化融合的起点"⑤。

第三，这首诗歌中房子被赋予的充满矛盾的空间文化含义预示着达夫对家宅空间与其他黑人女性诗人有着迥然不同的情结。对达夫而言，房子既是女性的避难所，也是束缚她们的牢狱，是一种"女性制度"⑥。街角的黄房子变成了"搁浅在鲜花丛中的帆船"，因为在引入了局外人的批评视角之后，当黑人女性讲述人了解到一个全然不同的外面的世界之后，房子便不再是能够心安理得坚守的空间了。正如艾德里安娜·卡夫坡罗所言，在一个后现代世界中，家宅空间不再象征一个把女性禁锢于其间的"居家意识形态"，而是成为一个"开放的、暴露的舞台"，在这个舞台之上"心理和社会结构都分崩离析了"⑦。

---

① William Walsh, "Isn't Reality Magic?: An Interview with Rita Dove," *Kenyon Review* 11. 3 (Summer, 1994): 150.

② Malin Pereira, Rita Dove's Cosmopolitanism, Urbana and Chicago: University of Illinois Press, 2003, 71.

③ Linda Gregerson, "The Yellow House on the Corner and Museum," *Poetry* 145. I, 1984, 46.

④ Therese Steffen, Crossing Color: Transcultural Space and Place in Rita Dove's Poetry, Fiction, and Drama, Oxford: University Press, 2001, 29.

⑤ Malin Pereira, Rita Dove's Cosmopolitanism, Urbana and Chicago: University of Illinois Press, 2003, 72.

⑥ Lesley Wheeler, Poetics of Enclosure: American Women Poets from Dickinson to Dove, 2002, 147.

⑦ Adrianne Kalfopoulou1, A Discussion of the Ideology of the American Dream in the Culture's Female Discourses: The Untidy House, Lewiston, Queenston and Lampeter: The Edwin Mellen Press, 2000, 29.

第四，这首诗歌中把"房子"比喻成"帆船"的隐喻意象具有历史厚重感，成为达夫时空连续体（chronotope）① 的具象化代表。帆船是一种西班牙的古战船，在 15 世纪和 16 世纪是西班牙殖民者远航征服的象征，从这个角度来说，帆船就是欧洲殖民北美洲的历史遗迹，所以这里达夫的房子就不仅有现代感，更有历史感。从这一意义上说，这首诗歌的确发挥了一种时空体功能。一方面，这首诗歌物质化了空间中的时间，具象化了表征，并让身体参与到整首诗歌之中；另一方面，这首诗歌也物质化了时间中的空间，空间意象成功地跨越了历史的疆界。时间和空间的跨越性、不稳定性从诗歌中房子和家庭两个中心意象体现出来：象征着空间的房子通常是稳固的，现在却开始移动甚至漂浮起来；而象征着时间的家庭，通常也是稳固的，现在却是：

> 家人们重新团聚
> 拒绝对现实让步，
> 而现实伸长自己的玻璃脑袋探进大海

这一特点也正是泰瑞斯·斯蒂芬所认为的这首诗歌是"在主要语言的范围内少数群体建构"空间和时间的一个例证之原因所在。②

从对这首小诗的分析中可以看出，对于达夫而言，家宅空间不仅是物质的，更是精神的和艺术的，是物质、精神、艺术三位一体的最好体现。达夫诗歌中的各种空间元素不仅有效地建构了主题，而且以隐喻的方式承担了建构达夫身份观、诗学观和语言观的功能。事实上，空间意象、空间主题以及空间诗学建构是美国非裔女诗人十分偏爱的文学实践。③ 之所以如此，是因为身处边缘的她们心中的梦想和困惑就是"我们会把宇宙的/

---

① K. Clark and M. Hoquist, *Mikhail Bakhtin*, Cambridge, M. A.: Harvard University Press, 1984, 280.

② Therese Steffen, *Crossing Color: Transcultural Space and Place in Rita Dove's Poetry, Fiction, and Drama*, Oxford: University Press, 2001, 84.

③ Houston A. Baker, Jr., *Workings of the Spirit: The Poetics of Afro-American Women's Writing*, Chicago: The U of Chicago P, 1991, 22-35.

空间溶解到我们的味道之中吗?"① 家宅空间是一个性别化的物质空间，而这个看似琐碎的家宅空间却具有非同一般的丰富的情感承载量和文化含义。美国女诗人、评论家莱斯蕾·威勒认为，达夫诗歌中的封闭空间具有一种"生产性的力量"②。这一认知的确道出了达夫诗歌中的空间主题所具有的厚重的文化承载的神奇力量。那么，达夫诗歌的封闭空间生产出了怎样的诗歌，这种神奇的力量又源自何处呢？达夫诗歌的空间主题与空间书写与前辈非裔女作家有着怎样的传承、发展和偏离呢？本章带着这些问题走入达夫诗歌中无处不在的空间意象和空间主题之中，在空间的漫步中寻找答案。

第一节　"在老家"：达夫诗歌中的家宅空间

的确如达夫本人所言，她的诗歌中有大量以空间意象或空间主题为焦点的诗歌。比较有代表性的有第一部诗集《街角的黄房子》中的《看风景》（"Sightseeing"）、《归来》、《突尼斯杂志的注释》（"Notes from a Tunisian Journal"）、《撒哈拉公交车之旅》（"The Sahara Bus Trip"）等；《装饰音》中的《密西西比》（"Mississippi"）、《臭氧层》（"Ozone"）、《巴黎的岛国女人》（"The Island Women of Paris"）等；《母爱》中的《流亡》（"Exit"）、《她的岛屿》（"Her Island"）等；《美国狐步》中的《旅程》（"The passage"）、《诺贝·西斯尔的小号》（"Noble Sissle's Horn"）、《詹姆斯·瑞斯中尉欧洲归来》（"The Return of Lieutenant James Reese Europe"），等等。一个值得注意的现象是家宅空间在这些空间主题诗歌中居于绝对的主导地位，并形成了一个独立的诗歌群和"集中的家园意象"。③ 可以说，达夫表现出了"对家园持久不变的兴趣"④。达夫诗歌研究专家泰瑞斯·斯蒂芬在其专著《跨越肤色》中指出，达夫的

---

① Rita Dove, *Grace Notes*, New York, N.Y.: W.W. Norton & Company, 1991, 28.

② Lesley Wheeler, *Poetics of Enclosure: American Women Poets from Dickinson to Dove*, 2002, 157.

③ Elizabeth Alexander, *Power and Possibility*, 54.

④ Lesley Wheeler, *Poetics of Enclosure: American Women Poets from Dickinson to Dove*, Knoxville: The University of Tennessee Press, 2002, 145.

"创造房间"（roommaking）和"占领房间"（roomtaking）在"现在、过去和未来都发挥着作用"①。那么，达夫是如何"创造"并"占领"了房间的呢？她的用意又何在呢？本章第一节将带着这些问题走进达夫的空间主题诗歌，而达夫诗歌中丰富的家宅意象也因此成为达夫空间主题研究的起点。

一　"让我们回到停泊在月光中的/房子的阴影里"：家宅和家庭故事

家宅意象是法国当代批评家和哲学家加斯东·巴什拉（Gaston Bachelard）著名的"空间的诗学"建构的基础和中心意象。巧合抑或有意为之，达夫对巴什拉和他的《空间的诗学》一直推崇有加。在她的演讲"走出去——世界的诗人"中，第一句就引用了巴什拉的名言："……永远失去的房子会一直活在我们心间。"达夫还说，自从她学生时代偶然看到这部书之后，这句名言就一直活在她的心里。这句存活在她心里的名言经过多年的消化、理解和组建，转化为一种"占有的空间的诗学意识"，并被她成功地运用于她的诗歌创作实践。

那么，达夫的家宅空间是如何以具象的方式呈现出来的呢？对此，美国非裔女诗人、耶鲁大学教授伊丽莎白·亚历山大给出了明确的答案：达夫诗歌是由"集中的家园意象"构成的。此言不虚。达夫的诗歌从来都是具体的、形象的、生动的，抽象的理念永远根植于具象的形象之中。然而，遗憾的是，伊丽莎白·亚历山大并没有对这些家园意象进行深入探究，她的结论更多的是基于一种阅读体验和直觉。另一位达夫研究专家泰瑞斯·斯蒂芬在《跨越肤色》中对达夫诗歌家宅空间的研究推进了一步，对达夫诗歌中的空间意象进行了划分，以"物质空间"、"边界"和"运动"来区分达夫诗歌中的空间意象②，然而在划分之后，泰瑞斯·斯蒂芬

---

① Therese Steffen, *Crossing Color*, 93.
② 泰瑞斯·斯蒂芬对达夫诗歌的空间划分是：以家宅以及家宅中的地窖、楼梯、厨房、窗户等为代表的"物质空间"，这个空间代表着一种封闭和限制；以分界线、门槛等为代表的边界；以旅程、观光、游记、飞行、河流为代表的运动空间。详见 Therese Steffen, *Crossing Color*, 35。

却心急地进入了一个"更为广阔的语境"①，即进入了对达夫诗歌宏观空间建构的解读。此研究尽管在宏观上颇有新意地解读了达夫的文化空间的意义，却偏离了达夫的诗歌文本，从而使得空间意象与达夫诗歌本身的关联性被大大削弱，这不能不说是一种遗憾。事实上，达夫诗歌中的家宅空间意象是以具体地点以及这些地点承载的家庭关系和情感呈现出来的。

　　首先，达夫"对房间中的地点情有独钟"②。在"走出去——世界的诗人"中，达夫如数家珍地带领我们参观了她心中的那个家宅：后门、门廊、后院、厨房、起居室、客厅等。然而，达夫接下来对这些地点的诠释却更为耐人寻味。她对这些地点所蕴含的历史、文化和情感元素娓娓道来。她说，作为美国非裔作家，不从种族歧视的观念角度思考一下这些家宅地点是行不通的。从历史角度来看，后门是给孩子和仆人设计的，二等公民都要用后门，在赖特（Richard Wright）的《土生子》（*Native Son*）中，比格从前门按响门铃那一刻就注定了死路一条。按照种族歧视设定的秩序，黑人合适的位置通常是后门。③ 厨房是补给营养和亲密的族群享有的空间，是族群和家族的传说和故事被反复讲述的空间，是族群文化和历史被传承的空间，"拒绝它的影响也会否定人的心理构成的一个重要方面"，因为那意味着"人们不仅会切断自己的根还会疏离自己的声音"。厨房对于美国非裔女性的文化传承尤其重要，因此"完全回避厨房的女人或者族裔艺术家也否定了这个精神家宅的积极的灵魂——它的私密和亲密，它的务实的感恩和相互的接受"④。

　　从达夫以上的论述中可以发现，以空间概念简单划分达夫诗歌中的空间是没有意义的，原因在于达夫感兴趣的不是空间本身，而是空间中的人、空间中的人际关系以及空间中的情感因素。正如莱斯蕾·威勒所言，达夫对于"房子和它们体现的关系"非常"痴迷"。⑤ 这就是说，达夫感

---

① Therese Steffen, *Crossing Color*, 36.
② Elizabeth Alexander, "The Yellow House on the Corner and Beyond: Rita Dove on the Edge of Domesticity," in *Power and Possibility*, 57.
③ Rita Dove, *The Poet's World*, Washington, D. C.: Library of Congress, 1995, 30–31.
④ Ibid. 31–32.
⑤ Lesley Wheeler, *Poetics Of Enclosure: American Women Poets From Dickinson To Dove*, 2002, 151.

兴趣的并不是物质的空间，而是这个空间承载的情感因素和文化元素。事实上，"空间从来就不是空洞的，它往往蕴含着某种意义"①。正如美国著名建筑师罗伯特·文图瑞（Robert Venturi）所言："建筑物既有主要情节也有次要情节。"② 存在主义哲学家海德格尔（Martin Heidegger）认为，房子只有在人类安居之后才会成为特定的空间，才会承载家园的含义，而家园也才可以被描绘成为个人安居的空间。令达夫念念不忘的巴什拉和他的《空间的诗学》也体现了相似的空间观。巴什拉在《空间的诗学》中以区分内在和外在空间的个人经历来描绘空间。而且，巴什拉为空间增加了另一个维度，他称之为"私密空间"，这个空间不仅是内在和外在空间之间过渡的桥梁，还与想象或者记忆的领域以及文学空间建构相连。③ 家宅空间正是这个"私密空间"的代表。这个具有过渡性，并具有丰富文化内涵和外延的空间与达夫试图在诗歌中创造一个既能容纳个人情感体验，又能承载族群历史文化重量，同时又能象征性地彰显她诗学理念的初衷十分吻合。

　　达夫对空间主体关注点的不同从她引用的另一部著作中也可见一斑。在诗集《装饰音》中，达夫引用了美国当代作家、普利策奖得主崔西·凯德（Tracy Kidder）的著作《房子》（House）中的一段话，作为诗歌《厨房水槽下魔怪的祈祷》（"Genie's Prayer under the Kitchen Sink"）的题铭：

　　　　建造房屋被认为是一种英勇行为

　　　　能让时间停止、让腐朽停滞

　　　　让始于亚当堕落

　　　　天定的毁灭趋势得以终止。

---

① Henri Lefebvre, *The Production of Space*, Oxford & Cambridge：Blackwell Publishers Inc.，1991, 154.

② Robert Venturi, "Architect. A work of architecture has a subplot as well as a plot," Qtd. David Bruce Brownlee, *Out of the Ordinary：Robert Venturi，Denise Scott Brown and Associates-Architecture*, Urbanism, Design. Yale University Press；1st Edition edition（June 1, 2001），17.

③ 〔法〕加斯东·巴什拉：《空间的诗学》，张逸婧译，上海译文出版社，2009，第199~253页。

达夫之所以对这本书情有独钟，原因就在于这本书不仅是关于建造房子的，更是关于和房子相关的"人们的故事"①。"读完这本书，没有人会再觉得一部楼梯的设计或者一扇窗户的安装是理所当然的事情。"② 达夫的诗歌就完美体现了这一点。她的家宅空间是各种真切的生命、真实的故事、真挚的情感充溢的空间，是一个由各色人等的不同"故事"构成的空间。

　　家宅空间是家庭成员之间各种复杂的情愫堆积的空间。这些看不见理还乱的情感由于家宅空间的封闭性而变得异乎寻常的压抑。前文提到的《厨房水槽下魔怪的祈祷》（*GN*，60~61）就是这样一首诗歌。这首小诗通过儿子的视角，讲述了母子之间平凡却令人心碎的故事。诗歌从看似琐碎的厨房中的熏肉、热水、水槽开始，却在母子复杂的情愫中变得沉重而伤感。讲述人自称吉尼（Genie），是个先天腿部残疾的小伙子。就因为他的先天残疾，而成为母亲"最不待见的儿子"。只有当母亲的水槽堵塞，热水横流时，才会想到拨打这个儿子的电话，而儿子之所以会跛着腿来给母亲修水槽，却不是因为听话，或者爱他的母亲，而只是因为他"天生手巧"，"擅长这个"。③ 水槽下面的空间成为吉尼的安全之地，也成为他悲伤、喜悦自然流露的空间，更成为他回顾自己的生活、憧憬未来的空间：

> 当我忙完这里
> 我要建造一条有屋顶的通道，
> 在人工草皮上面种着真正漂亮的柳树。

家宅空间中上演的不仅有母子暗战，也自然有母子亲情。在诗歌《鸟夫人》（*SP*，5）中，同样跛腿而行的儿子却成为母亲无限的挂念：

> 当男孩子们回到家，一切都如他离开时

---

①　Christopher Lehmann-Haupt, "Praise for House," *New York Times*.

②　Toronto Globe and Mail, "Praise for House," *New York Times*.

③　Rita Dove, *Grace Notes*, 60.

一样——他的围裙，后面的楼梯，

太阳在法国落下帷幕

而鸟儿从田野里惊飞，

密密匝匝呼呼作响——

衰老的母亲在庭院中为儿子放哨，守护着儿子的安全：

她黎明起床，为鲁迪放哨，

他拄着拐杖回家，

瘦弱的腿平衡着他的人生原子。

以上两首诗歌均以家宅为空间背景，以母子关系为情感推进的动力，呈现了同样跛脚的儿子与家宅的两种不同关系：一个躲在令人窒息的家宅，积蓄力量建造一个逃离家宅的通道；一个在战场上经历了生死考验之后，回归家园，开始了新的生活。逃离和归家的矛盾和紧张就是达夫对家宅空间的基本态度，也是她以家宅意象为基点创作的诗歌所展示的家庭故事的情感基调。

　　家宅空间中发生的最经典的故事是在长诗《在老家》中呈现的。这首诗歌出现在达夫《诗选》"前言"中，而在达夫的很多自选诗歌或者诗歌朗诵中，这首诗歌都是她的最爱之一。2008 年 Callaloo 出版达夫特刊时，达夫又把这首诗歌收录进去。这也是该特刊收录的唯一一首她的早期诗歌，其他收录的诗歌均为新作《穆拉提克奏鸣曲》中的诗作。可见这首诗歌对达夫意义之重大。《在老家》这首长诗带有明显的自传性，回忆的是离家多年的讲述人回到老家参加妹妹的婚礼的经历。在《诗选》的"前言"中，达夫说，在她的人生旅程中，她不时回首童年。每当她通过"记忆的空中之桥"在旅途行进，她发现总有某种"联系""等待着被发现""等待着被讲述"。这首诗歌就是达夫在人生旅途回首而望的情感，是关于"老街坊"的记忆，是"它的物质的地貌，以及精神和美学的地形"①。尽管离家多

①　Rita Dove, *Selected Poems*, New York: Vintage Books, 1993, xii.

年，但长诗的讲述人却似乎没有游子归家的激动，相反语气冷静，态度超然。她带着"体面的已婚女人"的优越感，带着一双局外人的眼睛扫描了自己的父亲母亲、兄弟姐妹、街坊邻里，当然还有那座带着她成长印记的房子。显然，达夫是以一个局外人的身份审视自己的老家的，带着一丝疑虑，仿佛一切都在梦境之中，带有一种超现实的味道。回老家是一种再平常不过的经历，然而这样的归家却成为达夫陌生化自己的家宅的起点。在长大成人的讲述人的眼中，父母早已不是自己童年记忆中那般成熟稳重，如上帝般正确，而是"古怪""古板"，一切都仿佛不再真切。面对小女儿的出嫁，母亲对婚礼的细节紧张到神经过敏的程度：

> 我妈妈有一泡沫的
> 忧虑：万一婚纱上的
> 花饰太小怎么办，
> 万一蜡烛
> 不小心点着了
> 神父的衣袍怎么办？

作为一家之主的父亲尽管看似超然，却心情复杂：

> 爸爸更倾向于
> 矜持的荣耀。他侍弄
> 他的玫瑰——喷洒杀菌剂，
> 培植上强化土。每个夏天
> 他在街里街坊
> 大炫色彩，
> 年复一年生产着越发可爱的
> 变异品种：比如，
> 这些淤紫色的衬裙，
> 或者茶一饮而尽，
> 边上是喝醉的红色污痕。

尽管讲述人返回家园的目的是在妹妹的婚礼上担任首席女傧相的重任，但是她却仿佛游离于这场婚礼，这次家庭盛会，这个热闹、繁忙的氛围之外。与忙乱的母亲和故作镇定的父亲不同，讲述人无从插手，也无心插手：

> 我在房间里，假装
> 读着今天的报纸
> 就像 20 年前
> 我被要求的那样：
> 先读标题，
> 重要新闻（A-14 版连载），
> 然后是社论
> 和当地要闻。即便是那时候
> 我也从来没有读完过，
> 发稿地址勾住了我的眼睛——圣地亚哥，
> 巴黎，达卡——像未来一样
> 不真实的名字
> 现在也是如此。

尽管感慨"又团聚了又团聚了现在终于团聚了"，但是讲述人却如同当年对报纸上刊登的那些遥远的国家和城市着迷一样，现在对这些离家万里的地方一样神往。可见，女儿的确是那个"来来去去的人"①。显然这种体验就是达夫本人从女孩到女人的体验，可见，这首诗歌是基于鲜明的自传性情节和情感的张力的。达夫本人曾经明确指出："它是一首自传诗歌，其间我探索了在我童年、我的家庭生活中的很多冲动。在一定程度上，那些成就了现在的我。题铭很重要。"达夫特意强调的题铭是什么呢？该诗题铭是美国著名犹太女诗人里奇的早期名诗《分镜头剧本》（"Shooting Script"）中的两句诗行：

---

① Rita Dove, *Mother Love*, 62.

把你自己连根拔起；

在自己老家享用最后一餐。

里奇的这首由一系列"切中要害的警句"①构成的诗歌恰切地表达了达夫对老家的感受。老家是美好的，这里有自己熟悉的一草一木，有熟悉的家的味道，有温馨的童年回忆，有挚爱的亲人和朋友。然而，这些能够触动心灵最柔软的东西也往往会成为羁绊自己脚步的无形的绳索。正如阿多诺所言："住所一词，就其本意来说，现在已经失去了一切可能性。我们借以成长的传统住所已变得越来越难以容忍：因为它的每一丝舒适感都是通过对知识的背叛得来的；而它的每一点安全感也都是对家族利益俯首听命的产物。家已经一去不复返了。"② 距离感是产生批判性视野的前提，也是讲述人一直试图远离喧嚣热闹的家宅和亲人的原因所在。在这首诗歌中，归家的享受和离家的冲动交织胶着，赋予了这首看似直白的诗歌一种十分复杂的情愫。这样来看，《在老家》借用里奇诗句作为题铭，的确寓意深刻："最后一餐"，"老家"，"用你自己的根""把你自己连根拔起"等字眼都表明从一开始一股无形的力量就在推动着讲述人重新启程。对此，阿诺德·拉姆帕赛德有过非常有见地的阐释："我相信，对某位如此执着地要成为一个世界公民的人来说，她也许通过回到她的老家而悖论地获得了最大的力量。"他还补充说，"我非常小心地不说她的'家'，更不要说她'生活中的家'或者她真正的家'。那些语汇，让骗子们搞得粗俗不堪，对像达夫一样的诗人，是负担；对于她而言，房子不一定就是家园。到最后，她却可能是那位为我们所有人重新定义'家'的含义的诗人。达夫本人可能也会从这种活跃的重新定义中对于她以自己的方式成为艺术家受益颇多"③。那么，作为女人、作为黑人、作为诗人的达夫又是如何为我们重新定义一个"家"的呢？她首先让家宅空间给我们讲述了关于女人，尤其是黑人女性的故事。

---

① Cheri Colbi Langdel, *Adrienne Rich: the Moment of Change*, 113.

② Theodore Adorno, *Minina Moralia: Reflections on a Damaged Life*, trans. E. F. Jephcott, London: NLB, 1974, 38-39.

③ Arnold Rampersad, "The Poems of Rita Dove," *Callaloo* 9 (Winter, 1986): 52-60.

二　"她想要一个可以思考的小房间"：家宅和女人故事

在充满故事的达夫的家宅空间意象中，有三个最为典型：房子、门廊和后院。此三个空间意象在达夫的诗歌中以各种形式出现，却无一例外地讲述着女人们的故事。这三个家宅意象不但具体、深刻，表现方式也很有特点。或者说既具有美国文化的思维特点，也有欧洲文化的思维特点和非裔美国文化的痕迹。此外，还有一点值得注意，达夫的房子往往是有性别的，是一个女人生活、做梦的地方。就如诗歌《毕肖普街的房子》（"The House on Bishop Street"）（*SP*，187）中所呈现的那样，这个房子是一个女人的"想法""慢慢生长"的地方：

> 谈不上前院，
> 只是一个有货真价实的悬臂梁的门廊
> 那里她放着金丝雀笼子。
> 房子终年漆黑
> 尽管也有瞬间的阳光和水。
> （不再有煤气灶吱吱作响，
>
> 它们闪光让安娜·瑞提什的接生婆的眼镜
> 黯然失色
> 她念念有词想着婴孩
> 婴孩就来了。）春天
> 带来了一阵樱桃香气，那种
> 你用糖和丁香炖上几个小时才能出现的香气
> 来自隔壁犹太一家人的庭院。
> 尤曼思凯拒绝说话
> 因此她从不在运河街市场
> 给他买菜。格楚德，
> 最小的孩子，头发最金黄纯正，
> 早晨溜过来要熏肉和砂砾。

夏日的洪水和霉菌

在冰箱哼哼作响，她往门廊走的路上
有一幅船的图片，陌生人在街上喊
女士，你的鸟儿
在岸上能唱歌！如果她探出身体就能瞥见
最浅的淡紫色——不止一个想法——
正从最后的房子后面慢慢生长。

房子是达夫家宅空间中出现最频繁的地点。对于美国非裔女家而言，这个特点似乎很自然。美国非裔女作家往往"运用地点作为女性新生的转化之地"①。房子不但是达夫钟情的选择，也是很多非裔美国女作家的选择，原因在于这里是传统意义上黑人女性家庭生活中的主要活动场所。这里是她们为丈夫和孩子烤面包的地方，也是她们和其他女人小聚的地方。家宅在美国非裔女作家左拉·尼尔·赫斯顿的《黑人表达的特点》中，是"到处塞满马海毛织品的起居室"，是放着"仿红木床"的卧室，是装饰着蕾丝的墙围，是尽管粗俗却"代表着对美的渴望"的"房间"②。家宅是非裔女诗人伊丽莎白·亚历山大具象化的"黑人内部"，是"向我们揭示我们是谁"的温馨之地③，是一个充满母性光辉的空间，是一个"性别化"的内在空间。④ 家宅是格温朵琳·布鲁克斯长诗《在麦加》中那尽管破败不堪，却是黑人女性劳累一天后急于返回的"麦加公寓"。家宅是沃克的"母亲的花园"，也是《现在是你敞开心扉之际》中被女主人凯特粉刷成蓝色的梦幻家园。⑤

---

① Lynette D. Myles, *Beyond Borders: Female Subjectivity in African American Women's Narratives of Enslavement*, New York: Palgrave Macmillan, 2009, 2.

② Zora Neale Hurston, "Characteristics of Negro Expression," in *The Norton Anthology of African American Literature*, eds. Henry Louis Gates Jr. and Nellie Y. McKay, New York: W. W. Norton, 1997, 1022.

③ Elizabeth Alexander, Black Interior, 4.

④ 王卓：《从内部书写自我的完整维度——论伊丽莎白·亚历山大诗歌文化空间建构策略》，《当代外国文学》2010 年第 3 期，第 127 页。

⑤ Alice Walker, *Now Is the Time to Open Your Heart*, New York: Random House, 2004, 206.

非裔美国女性作家之所以对家宅情有独钟是因为"家已经成为反抗之所"①，对"空间的占有和运用是一种政治行为"②。关于这一点，黑人女权主义者贝尔·胡克斯的论述最为到位："纵观我们的历史，非裔美国人已经认识到家园所具有的颠覆性价值，我们由此进入了一个无须直接遭遇白人种族主义者侵犯的私人空间。"③ 在《黑色美学：陌生与对抗》一文中，胡克斯讲述了她成长于其间的房屋的故事：

> 这是一个屋子的故事。许多人在这个屋子里住过。我的祖母巴巴以此作为她生活的空间，她认定我们的生活方式是由各种实物以及我们看待、摆布这些实物的方式所决定的，她确定地说我们是空间的产物。④

同为非裔美国女性作家，达夫与胡克斯对家宅空间的认知最大的相同点是家宅是关于生活于其间的人的故事。这是非裔女作家最擅长的生活和创作技巧。"日常生活的政治学"是非裔美国女作家情有独钟的共同选择。无论是莫里森、沃克的小说还是伊丽莎白·亚历山大、新任美国桂冠诗人娜塔莎·特雷塞韦的诗歌，几乎都是由非裔女性在"家"这个狭小的空间里的琐碎的生活缝缀而成，一如黑人女性擅长缝缀的充满民族特色的百纳被。

然而，与其他非裔女作家充分享受家宅这个近乎封闭的空间不同，达夫对这个空间的态度和情感是矛盾的、复杂的。一方面，这个黑人的女儿国的确是一个让黑人女性安居其间的家园，是一个温暖的私密空间；另一方面，这个近乎封闭的空间又是束缚黑人女性的有形的或无形的樊篱，是黑人女性无法挣脱的宿命。

达夫对家宅空间的这种态度决定了她讲述的这个空间中的女人的故事与众不同。这一点甚至连达夫本人在一开始都未曾意识到。在达夫那篇充满

---

① bell hooks, *Yearning: Race, Gender, and Cultural Politics*, 47.
② Pratibha Parmar, "Black Feminism: The Politics of Articulation," 101.
③ bell hooks, *Yearning: Race, Gender, and Cultural Politics*, 47.
④ Ibid. 103.

女性智慧和属于女性私密空间的散文《吉尔建的房子》（"The House That Jill Built"）中，达夫回忆了在一种作家的焦虑中重读自己诗歌的意外发现：

> 为什么在我的诗歌中有那么多女人站在房间里或者房子的门槛处？为什么她们如此渴望？为什么她们什么也没做？我只不过生活在头脑中吗？在诗歌《在庭院里借助字典阅读荷尔德林》中，为什么在她顿悟的时刻，我也灵魂出窍？①

伊丽莎白·亚历山大也发现了这一点："年轻女人们总是以某种方式离开她们的家，她们的物质空间，或者是比喻意义上的或者是真正意义上的，又是让她们的家离开她们。"② 达夫重读自己的作品的意外发现和亚历山大作为研究者的学术发现至少透露了以下三点信息：其一，她的诗歌中的女性禁锢在房间之中，却向往着外面的世界；其二，她的诗歌中的空间特点是开放性的，而原因就在于在内部和外部之间有一个过渡性空间：门槛或门廊；其三，她的诗歌中的空间既是物质的，也是喻指的，是由生活和顿悟构成的双重空间。

达夫诗歌家宅空间中的女性人物常常以幽怨的姿态出现。比如，在《托马斯和比尤拉》中，被困顿在家宅空间中的比尤拉无时无刻不在梦想着自己的生活从她的厨房开始发生改变：

> 她想要听到
> 斟满红酒的声音。
> 她想要品尝到
> 改变。她想要
> 在厨房骄傲地
> 巡视直到它
> 如稻草般闪亮，她想要

---

① Rita Dove, The House that Jill Built, in Patricia Bell-Scott, ed. *Life Notes*: *Personal Writings by Contemporary Black Women*, New York: W. W. Norton & Company, Inc., 1994, 162.

② Elizabeth Alexander, *Power and Possibility*, 60.

取代传统。火腿敲打着

陶罐，没有别的

就是骨头，每个上边都

连着一串

肉。

房子像夏天的动物园

臭气熏天，

而楼上

她的男人却呼呼大睡。

睡袍垂到

她的手臂

和卷了边的赞美诗集，

她停下来，想起

她的妈妈在一场事故中

消失在布鲁斯中，

而那些甘蓝，

野生的麦穗，

正在歌唱。

（195）

被困顿在厨房中的比尤拉在回忆和憧憬中内心焦灼不堪。一连串的"她想要"强化的正是比尤拉的不甘和焦灼。比尤拉部分的最后一首诗歌是《东方芭蕾舞女演员》（"The Oriental Ballerina"），而这个女演员的演出居然是在一间破败的卧室之中。"在比尤拉的想象之中，芭蕾舞女演员是异域的，来自别处，来自'世界的另一面'。"[1] 这种身在厨房或者卧室

---

① Elizabeth Alexander, *Power and Possibility*, 54.

等家宅空间中却心有所想的女性形象比比皆是。比如，在前文提到的达夫名诗《鸟夫人》中，那位母亲听着"面条在炉灶上咕嘟作响，/风铃在蒸汽中叮当作响"，"她的脸/在客厅的镜子上，肿胀起来，一颗心。/让一切都疯狂！"

这个躲在令人厌恶的厨房中遐想的黑人女性与黑人女作家的传统书写中在家宅空间享受火热的生活的黑人女性截然不同。沃克和贝尔·胡克斯等人对黑人女性家宅生活的描写凸显的就是女性在家宅这个安全之地悠闲自在的生活。比如，胡克斯对祖母巴巴家庭生活的描写：

> 她擅长缝被子，她教我如何欣赏色彩。在她的房间里我学习观察实物，学习如何在空间中悠闲自在。在挤满各种家什杂物的房间里，我学习认识自我。她给我一面镜子，教我仔细端详。她为我调制五颜六色的酒，这就是日常生活的美。[1]

达夫的女性家宅生活状态不但与她的前辈非裔女性作家不同，与她的后辈作家也不一样。比如与对达夫崇拜有加的耶鲁大学教授伊丽莎白·亚历山大就很不一样。在亚历山大的《知识》（"Knowledge"）一诗中，一个非裔女孩以骄傲的口吻讲述了自己一天忙碌却幸福的生活细节："并不是我们以前一无所知。/毕竟，有色女孩一定要知道许多事情/为了生存下来。/我不仅/能缝扣子和褶边，我还能/从头开始做衣服和裤子。/我能挤牛奶，打奶油，喂/鸡仔儿，/清理它们的鸡笼，拧它们的脖子，拔鸡毛/烹饪它们。/我砍柴，生活，烧水/洗衣洗被褥，拧干/它们。/我能读《圣经》。晚上/在火炉前，无休止的工作和新英格兰的严寒/让我的家人疲惫了，/他们闭上了眼睛。我喜欢的是/歌声之歌。/当我开始读，'一开始'/他们大都很喜欢。"[2] 然而，达夫诗歌中困顿在房间里的女孩和女人们却不停地向外张望，渴望着外面的世界的精彩。在空间形态上，达夫

---

① bell hooks, *Yearning: Race, Gender, and Cultural Politics*, 103.
② Elizabeth Alexander, "Miss Cradall's School for Young Ladies & Little Misses of Color," 2. 该诗歌译文参见王卓《从内部书写自我的完整维度——论伊丽莎白·亚历山大诗歌文化空间建构策略》，第 128 页。

诗歌中就相应地多了一个过渡性空间意象：门廊。对于门槛和门廊等过渡性空间，达夫的理解是它们"意味着一个地点，其存在就是为了被穿越；它是一个通道，转瞬即逝的空间"①。例如，在《装饰音》中的《奇思妙想和科幻小说》（"Fantasy and Science Fiction"）（15）一诗中，充满梦想的女孩正从父母房间的前门向外张望，看着街对面的一座房子：

有时候合上书站起来，
你可以走到后面的门廊
投入海洋——尽管
这不是那种
你会讲给妈妈听的故事。

正如诗歌标题所暗示的那样，诗人的"奇思妙想"在她和她的外部世界之间架起了一座绵延的桥梁，可以穿越无垠的海洋，进入外面广袤的世界。

达夫之所以选择"门廊"作为过渡性空间是基于这一空间形态所具有的独特的美国文化特征。从建筑学的角度来定义的话，门廊就是通向建筑物的带顶的通道，从墙体延伸出来。作为空间形态，门廊最大的特点是室内和室外的过渡空间，正如 L. H. 古利克（L. H. Gulick）所言，门廊是一个让"你的肺在室外，而身体在室内"的空间。② 换言之，它既是房子的有机组成部分，也具有相对独立性。从建筑文化的角度来看，门廊是最具美国特色的建筑，而"宽大的门廊的使用一直延续到 19 世纪末 20 世纪初，几乎成为一种普遍的且相当鲜明的美国家庭建筑特色"③。此言不虚。门廊根植于多种文化建筑形态，但它一旦扎根美国，就成为这个国家独一无二的一系列文化和历史因素的反映。美国的门廊之所以不同，就在于门廊不仅有遮风挡雨和储物的功能，它还是一个"半公开的生活区"：

---

① Rita Dove, *The Poet's World*, 1995, 16.

② L. H. Gulick, "How I Slept Outdoors," *Country Life in America* 16 (May, 1909): 91.

③ Qtd. Kevin Ireton, "The American House: Where Did We Go Wrong," *Fine Homebuilding*, December 2010/January 2011, 73.

门廊是"家居生活的前沿"，提供了"与自然亲近的""完全的享受"，是享受"玫瑰色清晨"的理想之地。① 可见，门廊的这一建构格局已经成为美国人富有诗意的空间想象之地。

正是这个富有美国特色的家宅空间形态赋予了达夫诗歌一个过渡性空间，成为她的女人们从封闭的室内空间走向外面的世界的通道。达夫诗歌中的门廊完整地体现了其既在家宅"里面"也在家宅"外面"的特点，同时也富有象征性地实现了独特的文学功能，用伊丽莎白·亚历山大的话说就是，"它们编码了非裔美国神话联系的整个领域"②。在《青春组诗I》中，"露重风潮的夜晚在祖母的门廊/我们跪在沙沙作响的草叶上窃窃私语"；在《葡萄冰冻果露》中，"有糖尿病的祖母/从门廊张望/一束断然拒绝的/火炬"。考虑到这首诗歌呈现的美国核心家庭中祖母位置的微妙，我们不难发现祖母站在"门廊"这个位置，其实是一种美国家庭文化特征的体现。这一处于"内"和"外"之间的过渡性空间表明祖母与儿子一家独特的亲缘关系：她既是这个大家庭的一员，她也是这个核心家庭的局外人。从当时的具体情境来看，祖母由于身患糖尿病而无法加入孩子们品尝甜点的欢乐氛围中，更在某种程度上造成了她把自己作为局外人的心理体验。"门廊"（porch）与"火炬"（torch）之间的押韵更是提醒读者，门廊是一个"不稳定"的动力之源，能够点燃祖母的怒火，使其熊熊燃烧。可以说，这个空间形态诠释出了独特的美国家庭关系。

与门廊相连的家宅外部空间就是庭院。从门廊走出的女人们在走向世界之前在庭院中久久徘徊。对于这一空间，达夫本人的表述非常有见地："我意识到我相当多的诗歌发生在后院……我的后院作为对立的地点出现。所有心理风景要求的元素——安慰和失去、窒息和冒险——在封闭和开放的抗争中交织在一起。"③ 在多次访谈中，达夫也提到这一点。例如，

---

① Mabel Criswell Wymond, "My Outdoor Living and Sleeping Room," *Country Life in America* 16 (May, 1909): 93.

② Elizabeth Alexander, "The Yellow House on the Corner and Beyond: Rita Dove on the Edge of Domesticity," in *Power and Possibility*, 56.

③ Rita Dove, *The Poet's World*, Washington, D. C.: Library of Congress, 1995, 19-21.

在 1985 年的一次访谈中，达夫说：《街角的黄房子》中的大量诗歌，至少对我来说，发生在我的后院。"① 从空间形态来看，后院是房子的边界。海德格尔说，边界不是事情停止的地方，而是如希腊人所认识到的那样，边界是事情开始其存在之地。② 在达夫的诗歌中，作为边界的庭院就是黑人女性自我意识形成、自我存在认知之地。达夫做的是为黑人女性主体性寻找新的地点。在达夫的诗歌中，后院是黑人女性精神补给的供养之地，是离家和归家的情感汇聚之地，是一个新的自我开始其存在的地方。可以说，达夫的后院是最知性的空间。

与处于房屋和外部世界之间的过渡空间的门廊不同，庭院在物质形态上是外部空间，在情感形态上却是家宅的一个有机组成部分。处于蓝天白云、疏朗星空之下的庭院既有外部空间的清新空气和自由自在，也有家园赋予人的归属感和安全感。与困顿在厨房中操持家务的女人不同，达夫诗歌中身处庭院的女人们往往进行的是十分丰富而高雅的精神活动。比如，在《托马斯和比尤拉》中的《神奇》（"Magic"）（176）一诗中，比尤拉在庭院中读着星期天报纸上记述的高耸云端的埃菲尔铁塔时，就梦想着"她有朝一日能到巴黎去"。在《在庭院里借助字典读荷尔德林》（88）中，少女讲述人在庭院中边查字典边读荷尔德林的诗歌：

> 这个夜晚，天空拒绝
> 安眠。太阳蜷缩在
> 树叶后面，而树木
> 早已躲开了。
> 浮现出来的含义

在庭院中的"我"在阅读的快感中身心都得到升华：

---

① Gretchen Johnsen and Richard Peabody, "A Cage of Sound," in *Conversations with Rita Dove*, 30.

② Jeff Malpas, *Heidegger's Topology*, Massachusetts Institute of Technology, 2006, 254.

> 对我来说磕磕绊绊，
> 而我去迎接它，
> 灵魂出窍
> 一个字又一个字，直到我
>
> 与一切融为一体：
> 我潜入
> 世界的芳香，
> 一个潜水人
> 永远记得住空气。

尽管身处庭院之中，阅读荷尔德林的诗歌却让"我"心游万仞、思接千载、视通万里。可见达夫的庭院是女人思考"家"到底意味着什么的理想之地，更是女人思考自我与世界的关系的梦幻之地。在《房子的另一面》（"The Other Side of the House"）（GN，37）一诗中，"我走出厨房/循着堆积的木柴/走进西南方开阔的视野中——/绿色的神秘之地，/灰尘密布像雨衣"。而"我的女儿愠怒地画着/她关于家的想法"。就在这片开阔的视野中，在女儿关于"家"的奇思妙想之中，"我"学会了思考，更明白了什么是思想：

> 在某个地方
> 我学会走出思想
> 而不是以汽车碰撞上火车的方式
> 跳跃闪回。
>
> 流沙倾泻如此之快，连影子都没有留下。

庭院不仅是滋养女性情操和心智的地方，还是她们离家和归家情感释放和缓解之地。《装饰音》中的最后一首诗歌《后院，清晨6点》（"Backyard，6 A. M."）（43）就体现了这种情绪的集结和释放：

在蜜蜂的轻轻推搡之下，清晨照亮了一切细节：
鼠尾草紫色的喇叭
垂落到世界的地板。我回家了，
时差和洗衣房，
空间随着每一步牢牢被钉住⋯⋯

我祈祷一切安好，飞机没有
从空中坠落。有没有预警
那回事呢？我发誓

我听到机翼，和三脚架
在被遗忘的神龛中加速运转，
放松
每一个忧伤的心结，
每一个纠结的坚持。

可见，房子的不同空间被赋予的是完全不同的情感，讲述的也是关于女人的不同的故事。这些差异清晰地表明，达夫对家宅空间的情愫是复杂而矛盾的，这一点与胡克斯等人对家宅一往情深的执着有着很大的不同：一方面，达夫留恋这个私密的黑人女性占据主导地位的空间，因为家宅是"一个解除武装的地带"①，是黑人女性能够逃离种族歧视的避难所；另一方面，达夫也认为家宅是黑人女性身心的牢狱。正如美国南方评论家玛瑞塔·文策尔（Marita Wenzel）所言："一个私人的房屋可能既是避难所也是监狱，既是安全的港湾也是孤独的幽禁之地。"② 因此，一种拆解家宅空间的渴望一直如一股暗流涌动在达夫诗歌的深层结构之中。这一点与其

①　Malin Pereira, "Interview with Rita Dove: Going Up Is a Place of Great Loneliness," 172.

②　Marita Wenzel, "House, Cellars and Caves in Selected Novels from Latin America and South Africa," *Literary Landscapes: From Modernism to Postcolonialism*, eds. Attie de Lange, Gail Fincham, Jeremy Hawthorn and Jakob Lothe, New York: Palgrave Macmillan, 2008, 143-160.

他黑人女性作家形成了极大的反差，却与西方女权主义女作家的创作理念有着一脉相承的精神气质。在《阁楼上的疯女人》一书中，桑德拉·吉尔伯特和苏珊·古芭指出，每一个女人"自己都是一个洞穴"，而这个洞穴既代表了"没有任何逃离的可能的樊篱"，也是一个"女性权力的地点"①。达夫的家宅空间正是在这一喻指的意义上充当了黑人女性自我构建的空间，并以达夫特有的复杂性赋予了这一空间身份建构的多元性。

三　"隐喻家宅"和隐喻自我

前文提到，达夫诗歌中的家宅空间一方面是物质的，另一方面是修辞的。用达夫本人的话说就是"隐喻家宅"②。关于家宅的隐喻性，在《诗人的世界》一文中，达夫有过比较完备的阐释："关于房子我有说不完的话，因为我们已经使得它们以一种或另一种形式在我们美国人的心里具象化了，甚至达到了我们试图以是否允许侵入特定的敏感区为标准判断性骚扰的程度；如果我们的家园是我们的城堡，那么我们的身体就如同城堡的地面一样被小心地维护着，而我们锁闭自己的情感去保护自己那已经成为城堡守护者的心灵。"③ 从达夫的这段论述中我们可以得出以下信息：首先，达夫把房子这一物质空间上升到了美国文化的层面，具有更为丰富的文化内涵；其次，房子的物质性与身体的隐喻性是共生的；最后，"隐喻家宅"对自我建构具有决定性意义。达夫不仅是这样说的，她也是这样付诸自己的诗歌创作实践的。达夫的诗集《装饰音》第二部分引用了两则题铭，这两则题铭很能说明问题。一则是加拿大诗人、小说家戴维得·麦克范登（David McFadden）的"传说中的禁果就是自我"；另一则是法国女权主义理论家埃莱娜·西苏的"当我还生活在里面时，安居其间是最自然的欢乐；一切都是花园，而我没有迷失于走进去的路"。这两则题铭共同阐释了达夫对空间、对自我隐喻性的理解："自我是一个秘密花

---

① Sandra Gilbert, Susan Guba, *The Madwoman in the Attic*: *The Women Writer and the Nineteenth-Century Literary Imagination*, New Haven: Yale Univ. Press, 1979, 94–95.

② Rita Dove, *The Poet's World*, Washington: Library of Congress, 1995, 40.

③ Ibid. 41.

园"，好像深入内心就是"发现一个伊甸园的源头"①。可以说，达夫诗歌中的空间元素其实是通往自我塑造的一条必经之路，也是我们解读达夫自我塑造、族群塑造和诗学观塑形的制胜法宝。

在前文提到的《青春组诗Ⅱ》（SP，43）中，青春期少女的萌动、恐惧和无助就是在一个不断变形的房间里呈现出来的：

尽管已是深夜，我还坐在浴室，等待。
汗珠如芒刺般刺痛我的膝盖，还未发育的胸部很是敏感。
软百叶窗把月亮切割成碎片；瓷砖上暗淡的斑块闪闪烁烁。

就在这时他们来了，三个全副武装的男人
眼睛大得像餐盘，眼毛像叉子般尖利。
他们带进来一股甘草的味道。一个坐在洗脸盆上，

一个坐在浴缸边上；还有一个靠着门站着。
"你还感受不到？"他们低语。
我不知道说点什么，又一次无语。他们窃笑，

用手拍着他们漂亮的身体。
"那好吧，可能下一次就好了。"他们起身，
像月光下一池墨汁闪烁不定。

接着就消失了。我伸手抓着他们留下的
破碎的洞，在黑暗的边缘。
夜晚像一个绒球停留在我的舌尖。

从空间形态来说，浴室是最私密也是最封闭的空间。在这一空间上演的也往往是最私密的故事，呈现的也是最为真实的自我。而这恐怕也是达夫为

① Pat Righelato, *Understanding Rita Dove*, University of South Carolina Press, 2006, 115.

这个青春的"自我"选择了在这一空间成长的原因。不过这首诗有一点值得注意，与其他两首青春组诗的现实主义写法不同，这首诗颇具超现实的味道。之所以如此，主要在于其中的空间形态的转化和变形。在灯光和月光的交织下，在敏感、多情、脆弱的青春期心理的强化下，浴室这个原本再平常不过的封闭空间变成了处在"黑暗的边缘"的"破碎的洞"。显然，这里的"破碎的洞"是视觉变形的结果，更是心理变形的结果，隐喻地暗示了成长中的自我扭曲的心理状态。变形的空间形态俨然成为黑人女性心理状态的最真实写照。

　　浴室只是达夫诗歌中众多的隐喻性封闭空间中的一个。类似的空间隐喻还有很多，比如电梯、鸟笼等。这些封闭空间不仅是女性成长的樊篱，还被达夫赋予了深刻的社会意义，与族群的命运和历史息息相关。空间不仅是自我主体性的，还承载着丰富的社会文化含义。空间与权力运作相关。空间生产出弥漫于各个空间形态之中的权力运作关系和社会关系，并承载着更为复杂的意识形态内容。反过来，空间又在意识形态的作用下成为现实生活中人们生存格局形塑的维度。一直以来，达夫研究者普遍认为，达夫诗歌对于种族问题采取了回避或者漠视的态度。然而实际情况是，达夫的确很少直接书写种族问题，但是种族问题却以一种潜在的元素贯穿于创作的始终。从空间角度来看，封闭的空间往往就是种族化的空间。比如诗歌《电梯工》（"Elevator Man"），这首诗歌是基于达夫父亲的经历写成，从某种程度上说，是自传性元素的转化。大学毕业之后，学化学专业的父亲无法找到学以致用的工作，只好去当了一名电梯工。然而，他却是那种"把痛苦转化成音乐的人"①：

　　　　不是牢笼而是风琴
　　　　如果他想到它，他就精神崩溃
　　　　是的，如果他想到它
　　　　哲思性地，
　　　　他就成了封闭系统中

---

① Theresa Steffen, *Crossing Color*, 2001, 49.

污浊气体的气泡

他蜷着腿呼呼大睡
直到他的老板从研究管理中心
过道进来
他的白人同班同学
他帮他通过了有机化学考试

一年前他们给他调整了工作
从流水线到公司总部
他的"友善"得到回报

让电梯每层都停
热情地送他们上上下下
他痛苦到恶心的程度
直到他们出现，摩肩接踵
他们的后颈
不再有罪恶感，却莫名其妙
总口渴。

他想到自己的秘密，
不在风琴音管里，却
在风琴手轻轻的呼吸中。

对达夫父亲忍受的种族歧视来说，这首诗歌被认为是一个可歌可泣的
"纪念碑"①，因为诗歌中的"电梯工"没有那种"内化的自我憎恨"。他
之所以能够逃避这种"自我憎恨"的情结与他以自己的方式成功地逃离
了这个封闭的隐喻空间有着极大关系。隐忍的个性和对音乐的热爱让他超

---

① Theresa Steffen, *Crossing Color*, 2001, 49.

越了自己生活中以及象征中的封闭空间。在电梯这个"移动的牢笼"中，他把自己想象成为这个封闭系统中"污浊气体的气泡"，游移于这个系统之中，却没有被这个系统束缚，随时有逃离的可能。他把自己的痛苦像风琴一样演奏，把污浊空气变成美妙音乐。他把电梯电钮想象成风琴的琴键，而电梯每一次停顿、上升或者下降都是风琴的一次鸣响。可见，这位电梯工命运的转折就在于他合理地处理了他和电梯这个封闭的空间的关系，让自我在有限的空间中得以释放。自我与空间的这一关系不仅隐喻性地表达了黑人自我建构的方式，更隐喻性地表达了种族身份的建构方式：那就是在有限的社会空间中的有限反抗。这一方式与马丁·路德·金的"非暴力抵抗"一脉相承，与玛雅·安吉罗的"微妙抵抗"① 精神相契。

　　空间的种族隐喻性在达夫的另一首著名诗歌《金丝雀》（"Canary"）（GN，64）中得到了更为充分的展示。这首诗歌是以黑人女歌手比莉·哈乐黛（Billie Holiday）为原型创作的。哈乐黛虽然贵为爵士乐天后，但她的个人命运和生活却曲折坎坷，令人伤感。达夫之所以把该诗歌命名为《金丝雀》，体现的正是"在笼中歌唱的鸟儿的观念"：

> 比莉·哈乐黛的燃烧的声音
> 如光一样阴影重重，
> 一支忧伤的烛台映射着一架闪亮的钢琴，
> 栀子花是她那毁容的脸下的签名。
>
> （你正在做饭，低音鼓，
> 神奇的汤勺，神奇的针。
> 如果你迫不得已就整天
> 带着你的镜子和你歌声的手铐。）
>
> 事实是，被围困的女人的打造
> 被用来打磨爱情，为神话服务。

① 参见王卓《投射在文本中的成长丽影——美国女性成长小说研究》，第174页。

　　　　如果你不能获得自由，就保持神秘。

"金丝雀"是达夫非常喜爱的动物意象之一。在《托马斯和比尤拉》中，比尤拉部分名为"风华正茂的金丝雀"（Canary in Bloom），寓意就是笼中之鸟。达夫曾经在访谈中对金丝雀进行过这样的阐释："金丝雀当然是有着优美歌喉的鸟儿；它也是音乐家用来描绘女歌手的词语。金丝雀也是一种矿工带着下到矿井之下以测试有毒瓦斯泄漏的鸟类，如果鸟儿死了他们就知道矿井对人不安全了。"① 显然，比莉·哈乐黛就是那只有着优美歌喉的鸟儿，却也是那只终将被人类毁灭的鸟儿。正如派特·瑞什拉托所言，在《金丝雀》中，比莉·哈乐黛的燃烧的声音是被毁灭的境遇中的一个装饰音②，是对困顿在种族歧视、性别歧视之笼中的黑人女性的一个绝好注释。瑞什拉托的解读有其合理性，却过于悲观了。达夫在这首诗歌中表现的固然有对比莉·哈乐黛"阴影重重"的命运的唏嘘和感慨，却也充满着对这个已经成为传奇的黑人女性的敬仰和自豪。更为重要的是，达夫再次以她的方式阐释了对自由和命运之间的关系的理解："如果你不能获得自由，就保持神秘。""自由"和"神秘"似乎并不搭界，却在比莉·哈乐黛身上体现出了一种辩证关系。在充满种族歧视和性别歧视的社会氛围之中，无法享有自由的黑人女性也可以凭借自身的才华和魅力获得一定程度的成功，从而部分地实现自身的价值。可以说，"如果你不能获得自由，就保持神秘"在一定意义上，也是黑人女性的"微妙抵抗"策略。

第二节　"如果我知道在哪里下船我就回家"：
达夫诗歌的旅行空间

　　前文提到，达夫诗歌中的女人们总是尝试以各种方式逃离家园，于是

---

① Grace Cavalieri, "Brushed by an Angel's Wings," 1995, 147.

② Pat Righelato, "Rita Dove and the Art of History," *Callaloo* 31.3 (2008): 760-775.

我们在达夫诗歌中看到了走在路上的各色女人们。可见，对于非裔女性而言，家宅不再是"文明的挪亚方舟"，更不是理想的避难所。① 正如莱斯蕾·威勒所言，"达夫把家园和旅行之间的紧张放置在她作品的中心"②。罗伯特·麦克唐威尔也指出，达夫有一个"宏大等式"（grand equation）：等式的一端是她的诗歌的"神话创造成分"，另一端是诗歌的"历史的、公共的"部分，前者关注的往往是个人的、心理的文化因素，后者关注的则是种族的、政治的因素，而架设在两个等式之间的"过渡的桥梁"就是她的"游记诗歌"③。艾克泰瑞尼·乔高戴凯也指出，"旅行主题""贯穿于"达夫诗歌始终。④ 游记诗歌使得她的诗歌中充满了"国际化人物和场景"⑤，从而为诠释她的世界主义的理想奠定了基础。

一　"故事的多个侧面"：达夫的游记诗歌和"世界主义视角"

总览达夫诗歌，我们不难发现，旅行在达夫的多部诗集中都处于"中心"地位。⑥ 达夫的几乎所有诗集中都有一部分或者几部分是游记诗。《街角的黄房子》的第五部分几乎全是游记诗歌；《博物馆》的第二部分、第四部分的部分诗歌，《装饰音》的第二部分，《与罗莎·帕克斯在公交车上》的第四部分等均收录了大量游记诗。那么，达夫的游记诗有哪些特点呢？达夫又为何对游记诗如此情有独钟呢？

家宅和漫游看似冰火两极，是对待经历的两种截然不同的态度。家园寻求的是已知的、居家的、私密的空间；而漫游寻求的是冒险的、未知的、开放的世界。达夫的诗歌也的确表达了这两种不同经历之间的张力。然而，她的不同寻常之处在于，在她的诗歌中，这两种极端的经历和情感却是辩证的：她在家园中看到了封闭和窒息以及渴望逃离的欲望，却在游历中感受到了归家的渴望以及处处是家的奇妙体验。换言之，她一直试图

①　Amy Kaplan, "Manifest Domesticity," *American Literature* 70 (1998)：590.

②　Lesley Wheeler, *Poetics of Enclosure*：*American Women Poets from Dickinson to Dove*, Knoxville：The University of Tennessee Press, 2002, 138.

③　Robert McDowell, "The Assembling Vision of Rita Dove," *Callaloo* 9. I (Winter, 1986)：61-70.

④　Ekaterini Georgoudaki, "Crossing Boundaries," *Callaloo*. 14. 2 (Spring, 1991)：430.

⑤　Ibid. 430.

⑥　Pat Righelato, *Understanding Rita Dove*, University of South Carolina Press, 2006, 6.

寻找的是在两者之间的一种平衡感。这种平衡的结果就是她对家园和世界的一种十分辩证的认识："如果我知道在哪里下船我就回家。"不知道在哪里下船并非不知何处是家，恰恰相反，达夫在漫游的经历中深切地感受到处处为家的可能性，发现了处处为家的理想状态。这正是一位世界主义者的理想的生存状态，更是一位有着世界主义理想的作家理想的文学创作状态和思维状态。

对达夫而言，旅行不只是空间的改变，更是人生经历的改变。可以说，她的人生最大的一次变化来源于她的生活空间的改变，那就是她作为富布莱特国际学生到德国的留学生活。这次留学生涯带给了她与德国作家的跨国婚姻，更带给她由文化差异产生的深切的心理体验，从而从根本上改变了达夫的文化认知和写作策略。旅行是达夫生活的一部分，她通过"游记诗在空间中游走"①。因此，游记诗歌首先是达夫的一种"一种社会经历"②。在一次访谈中，达夫畅谈了欧洲之旅带给她的冲击：

> 当我在 1974 年第一次到欧洲时，我还没有想要创作这本书[《博物馆》]，当时只是踌躇地想要看看在美国我的小世界中我有多么盲目。我从来没有想到外面还有那样一个世界。看到还可以用其他方式审视事情的时候，的确非常震惊。当我 1980 年到 1981 年之间回国生活一段时间时，我看事情有了不同的视角，对事情在世界上发生的方式和它们的重要性有了不同的认识。③

这次欧洲之旅在某种程度上成为达夫生活的转折点，甚至可以说，在一定程度上成就了桂冠诗人达夫，也成就了一个世界主义者达夫和一个公共知识分子达夫。之所以如此，一个很大的原因就是空间的改变带来了她文化身份的改变，从而使她的观察视角发生了改变。达夫本人深知这一点。在多次访谈中，达夫都主动谈及这一点。她从美国到德国的图宾根

①　Therese Steffen, *Crossing Color*, 28.

②　凌津奇：《"离散"三议：历史与前瞻》，《外国文学评论》2007 年第 1 期，第 111 页。

③　Stan Sanvel Rubin and Earl G. Ingersoll, "A Conversation with Rita Dove," *Black American, Literature Forum* 20.3（Fall, 1986）：233.

（Tubingen）求学，因为她想要"看欧洲"①。这次欧洲经历又赋予了达夫看待美国的"不同视角"。

达夫的游记诗歌贯穿于她创作的始终。然而，她的游记诗歌与游山玩水的观光诗歌有着天壤之别。对此，达夫本人的阐释非常富有说服力。关于旅行以及游记诗歌，达夫在多次访谈中都表达了自己"去旅行"的观点。其中比较有代表性的是她在 1991 年的一次访谈中的表述："旅行，我指的是严肃的旅行，当你试图理解一个地方，而不只是浮光掠影，拍拍照片，严肃的旅行能强化一个作家需要看到故事的多个侧面的意识。"② 这番话传递的一个重要信息是达夫旅行的目的与普通旅行者截然不同，她关注的是景观背后的故事，是多维度的叙述和呈现，这和达夫历史书写中试图挖掘的是历史的"下面"的初衷是一致的。用泰瑞斯·斯蒂芬的话说就是，她的游记诗"挑战的正是只为休闲和娱乐而参观游览的观念"③。比如在《装饰音》第二部分中，一系列游记诗似乎勾画出一张世界导游图，从密西西比到奥本（Auburn）、阿拉巴马，再到耶路撒冷，又返回曼哈顿。然而，这些游记诗却透过一双局外人的慧眼捕捉到了二战后欧洲、中东等地的异域风景和异域文化，以及这些异域景观背后的历史变迁，从而充当着"终止的生活和这一部分结束的诗性的悲伤纪念"④。达夫用自己"移动的身体和头脑"成功地"对抗并拓展了历史和地理的封闭空间"⑤，书写了一部融自然风光、人文景观、历史掌故、风土人情为一体的厚重长卷。

达夫反复强调她通过游记诗歌要实现的是看到"故事的多个侧面"，这是非常耐人寻味的。她的这一表述至少传递了三个主要信息：首先，达夫之所以要反复强调自己的游记诗歌是严肃意义上的旅行，而非一般意义上的走马观花，和游记类写作作为文类的局限性和人们对它的刻板印象有

---

① Gretchen Johnsen and Richard Peabody, "A Cage of Sound," in *Conversations with Rita Dove*, 15-37.

② Mohamed B. Taleb-Khyar, "Gifts to Be Earned," 77.

③ Therese Steffen, *Crossing Color*, 64.

④ Houston A. Baker, "Rita Dove's *Grace Notes*," *Black Ameircan Literature Forum* 24.3 (1990)：576.

⑤ Therese Steffen, *Crossing Color*, 28.

关。作为文类，旅行写作往往缺乏严肃意义上的文学性，似乎更具通俗文化特征。卡尔·汤普森（Carl Thompson）曾经说："旅行写作目前是一种方兴未艾，特别流行的文类。"① 的确如此。游记作品在 20 世纪 80 年代随着交通工具的日益便捷、互联网络的兴起而成为人人可为的写作方式。正如有人评论说：我们处于一种伟大的，有点意想不到的旅行写作的飞速发展期。乘坐飞机的作者们正以 25 年前想象不到的轻松探索着地球的遥远的角落。出版商们蜂拥跳上这辆"彩车"，于是整个主题大爆发了。② 这种定位注定让任何一个严肃意义上的作家心生疑虑。基于此，达夫的游记类诗歌往往表现出鲜明的"去游记"特点。最突出的表现就是，与现代游记书写往往表达的是作者"走马观花的印象"③ 不同，达夫的游记诗是深刻反思性的，聚焦的是跨文化的碰撞。基于此，她的游记诗歌往往"不带风景"。《装饰音》中的《遗传探险》（"Genetic Expedition"）（42）就是这样一首"不带风景"，"只带思想"的旅行诗歌：

每天晚上我都看到自己的乳房
日渐松垮，黑色的乳头
仿佛热水壶上沉重的塞子；
越来越像锥形的水果
垂挂在《国家地理》杂志上土著人胸前
我父亲禁止我读这样的杂志。

每天早上我把咖啡滴落在我的罩衣上
大口嚼着一片德国面包，
薄薄一层人造奶油，小红萝卜，
岁月蔓延过我黑色的内心，
生育后却愈发美艳，部分的自我

① Carl Thompson, *Travel Writing*, New York: Routledge, 2011, 1.
② Jim Miller, "Literature's New Nomads," *Publisher's Weekly* 114.7 (14 August, 1989): 50-51.
③ Tzvetan Todorov, "The Journey and Its Narratives," in *The Morals of History*, trans. Alyson Waters, Minneapolis: University of Minnesota Press, 1995, 70.

　　我发誓尝尽

人间一切。我的孩子
臀长得像她的父亲，他的头发像
磨坊主的女儿，金发梳理得一丝不苟。
尽管她的唇像我，当我们穿过停车场时
家庭主妇们还是瞪大眼睛瞧着我们
因为那怪异的组合。

你不可能漂亮，她说。你五大三粗的。
她那像船头一样鼓鼓的，
孩童的小肚子已经不见了。
她一脸认真地审视着我，眼神犀利，
直穿内心
我被吸进去，陡然钻进

那暗淡的苍穹深处。

这首诗歌从空间意义上说，是关于诗人讲述人旅居德国时的生活，显然带有鲜明的自传性。然而，这首诗歌却没有聚焦异国山川河流，也没有他乡的风土人情，却传递出异常丰富的信息：其一，"《国家地理》""土著人""德国面包"等与文化地理相关的字眼把读者带入了一个多元文化共生的地理空间；其二，"乳房""乳头""头发""嘴唇""臀""肚子"等身体符号构成了这个地理空间中的主体；其三，"我""我的父亲""我的女儿""她的父亲"构成了完整的家庭人物关系和社会关系；其四，"黑色""金色""组合"传递的是混血性和杂糅性。从以上四点足以看出，达夫的旅行诗歌丰富的文化内涵和深刻的思想性，与通常意义上的旅行写作有着本质的不同。

　　然而"不带风景"的旅行诗歌如何能够打动读者，又能传递出何种审美意义呢？达夫自然有她的法宝，那就是她独特的审视风景的视角。从前文已经品读的诗歌中可以看出，她的旅行诗歌是"不带风景"的，却是"带文化的"。换言之，她看到了风景的"下面"和"背面"。这种独特的观察视角和有关传统游记类作品的另一个刻板形象有关。那就是这类作品鲜明的"殖民视角"①（colonial vision）。作为一种文类，游记"尤其鼓励一种保守的政治观念"，"并扩展到其全球政治视野"②。更让达夫忌惮的是，传统的游记类创作往往是白人的、男性的专利。这就是所谓的游记与"欧洲帝国主义的同谋性"③。正如霍兰德（Patrick Holland）和哈根（Graham Huggan）所言，作为帝国主义文本的游记写作往往是从白人、男性、欧洲-美国人、中产阶级的主导文化的视角来书写的。④ 作为黑人女性，达夫对这种文类承载的特定的文化含义非常敏感，而她的旅行诗歌在很大程度上就是对这种"殖民视野"的一种抵抗和挑战。确切地说，她以"世界主义者视野"（cosmopolitan vision）有效对抗了"殖民视野"。"世界主义者视野"是英国贝尔法斯特皇后大学黛比·李斯勒（Debbie Lisle）教授在《当代旅游写作的全球政治》一书中提出并定义的概念。李斯勒指出，全球化"民主化"了游记写作的主体，让黑人、亚裔等边缘群体也加入其间。⑤ 很多少数族裔旅行作家有意识地把自己从这种帝国文化视野中疏离出来，转而呼求一种全球化语境中的复杂的可能性。在这种意义上，他们通过教会读者如何欣赏文化差异并认识到人类的普遍价值而引领了当今文化潮流。世界主义视野并不意味着"同一化"（homogenisatino），而是鼓励、歌颂和确保文化的差异性。⑥ 与他们的殖民前辈不同，这些作家以一种积极的方式形塑与他者的碰撞。殖民视野和世界主义视野之间的紧张正是达夫游记诗歌的魅力所在。

此外，尽管身为黑人作家，达夫的游记诗所秉持的世界主义者的文化

① Debbie Lisle, *The Global Politics of Contemporary Travel Writing*, Cambridge, New York: Cambridge University Press, 2006, 3.

② Debbie Lisle, "Preface," in *The Global Politics of Contemporary Travel Writing*, Cambridge, New York: Cambridge University Press, 2006, xi.

③ Carl Thompson, *Travel Writing*, New York: Routledge, 2011, 6.

④ Holland and Huggan, eds. *Tourists with Typewriters*, University of Michigan, 2000, xiii.

⑤ Debbie Lisle, *The Global Politics of Contemporary Travel Writing*, Cambridge, New York: Cambridge University Press, 2006, 24.

⑥ Ibid. 4.

立场与她的黑人前辈作家秉持的黑人民族主义文化立场也全然不同。当谈到自己游历世界的经历时，达夫说，在自己的诗歌中，她想要展示的是在其他地方还有"多面人群"（multi-faceted）居住在这个世界上。① 作为作家，达夫认为自己拥有整个世界。在与查理斯·亨利·罗威尔的访谈中，达夫说，从《街角的黄房子》开始，她就坚持认为整个世界属于自己，因此"那所黄色的房子可能在世界的任何角落"，而整个世界都在那里等待着她去发现，而后，又等待着作为作家的她去安居其间。②

达夫的此种从"世界主义者视野"、以"世界主义文化身份"书写的"带文化"的旅行诗歌和她的经历和身份意识有着不可分割的关系。作为来自西方世界的黑人旅行者，达夫在不同地理环境中的身份定位是截然相反的。在欧洲，达夫要经受的是被类型化为某种特殊的、神秘的他者的遭遇；而在东方、在非洲，她却因自己的美国人身份成为西方世界的代表。对此，盖瑞·杨格（Gary Younge）说："在某种意义上身份是关于标签、标签的集合，以及你如何运用它们。"③ 达夫的黑人身份是她颠覆游记传统的根源所在：她作为黑人的身份自主地打破了传统的旅行作家的主体位置。达夫的世界主义者文化身份意识就是在漫游的经历中形成的。具体到达夫的旅行诗歌，她尝试看到故事的多个侧面是从诗人对以巴黎为代表的欧洲和以撒哈拉为代表的第三世界的游历和审视、体验和思考来实现的。更值得注意的是，达夫对第三世界的审视与白人作家的视角有着迥异的观察点和体验点，从而有效地对抗了殖民视角；而她对欧洲的审视又与她的前辈作家，如理查德·赖特、詹姆斯·鲍德温（James Baldwin）等全然不同，从而阐释了一种与她的黑人前辈作家迥异的黑人文化身份。此两种偏离使达夫诠释了自己既不同于白人作家也不同于黑人作家前辈的种族观、文化观和身份观。

二 "撒哈拉公交车之旅"："去殖民视野"的书写策略

事实上，作为文类而言，游记写作从荷马的《奥德赛》到约翰·班

---

① Charles Henry Rowell, "Interview with Rita Dove," *Callaloo* 31. 3（2008）：718.

② Ibid. 718.

③ Tim Younges, "Interview with Gary Younge," *Studies in Trvel Writing*, No. 6, 2002, 106.

扬（John Bunyan）的《天路历程》，从乔叟的《坎特伯雷》到笛福（Daniel Defoe）的《鲁滨逊漂流记》，就已经确定了基本特点：游历中的男性主人公以第一人称讲述自己的故事，以自我为中心，关注的是经验主义的细节，以他者定位异域族群和文化，表现的是掌控一切的征服世界的欲望。因此，白人作家的游记作品往往是殖民传统的隐喻的延续。这种游记作品复制了一种主导的西方文明，而在这种文明之中游记作家记录其他国家、民族和文化。从这一意义上说，游记作家通过对欠发达地区的分类和评论来确立自己的"特权地位"。乔尼·夏普（Joanne P. Sharp）曾经说，"西方旅行者总是采用一种殖民主义书写方式"，这种方式运用的是"旅行者的文化和道德价值的优越性"，从而导致在一种"色情的凝视"中控制了被审视的对象，并使他们成为客体和他者。[①] 对此，达夫有着深刻的理解。她的旅行诗歌在某种程度上就是对这种西方殖民主义书写呈现方式的揭露和颠覆。比如她的诗歌《突尼斯杂志的注释》（"Notes from a Tunisian Journal"）（GN，54）就是对西方殖民者对殖民他者客体化生产的揭示：

> 一个穿着宽松裤子的男孩的肉豆蔻棍子
> 煤驴上的小咖啡壶，舌尖上的一片薄荷。

> 骆驼站在那里展现它们全部的朦胧美——
> 晚上它们像浅色手风琴一样折叠起来。

> 所有的树篱和着黄色鸟儿在歌唱！
> 一个男孩手里拿着柠檬跑过。

> 食物的香味，呼吸都顺畅。
> 星星碎裂了，撒在桉树地里的盐巴。

---

① Joanne P. Sharp, "Writing over the Map of Provence: The Touristic Therapy of a Year in Provence," in James Duncan and Derek Gregory, eds., *Writes of Passage: Reading Travel Writing*, London and New York: Routledge, 1999, 203.

诗歌标题耐人寻味。首先，"突尼斯"明确指示出地理坐标。这个面临地中海的北非国家是世界上少数几个集海滩、沙漠、森林和古文明为一体的国家之一，也是世界闻名的旅游胜地。其次，"杂志"，尤其是"地理杂志"是流行文化对旅游胜地进行宣传的主要阵地，诗歌标题中出现"杂志"一词表明这首诗歌所再现的并非讲述人的第一体验，而是再现之再现，体验之体验。最后，"注释"一词带有阐释和补充说明之意，表明的是诗人本人的立场。在流行文化的视觉再现中，突尼斯成为异域文化的想象之地：肉豆蔻、薄荷等是典型的地中海物产，而骆驼、桉树等又是非洲特有的物种。在这些静态的物种之间，一个活动的身影牵引着读者的视线：一个穿着宽松裤子、手拿柠檬的男孩子欢快地跑动。这幅视觉效果强烈的动静相宜的画卷又被鸟儿歌唱的声音和食物的香味滋润得更为生动。然而，标题中的"注释"一词却让我们清醒地认识到达夫本人对这幅画面的态度：这是一个由她写就的"文化文本研究"案例。① 换言之，她并非这幅画卷的欣赏者，而是评论者和阐释者。浪漫化的语言和极具神话特征的想象力外化了这幅画卷产生的根源。会"像浅色手风琴一样折叠起来"的骆驼的朦胧，破碎之后撒向大地、变成桉树地里的盐巴的星星都不时提醒读者，这幅画卷是被一个极具想象力的头脑和一双陌生的眼睛生产出来的，是被作为陌生的"他者"加以异域化呈现的。

作为黑人女性，达夫的漫游经历使她对身处不同文化中的"他者性"有着深刻的理解。面对不同的文化遭遇，人的主客体状态通常有两种观念。一种是法国作家、哲学家莫里斯·布朗肖（Maurice Blanchot）提出的"共同的陌生性"（the common strangeness）。这就意味着主体和客体的形成是相互的，也是相对的，不同文化遭遇就是"自我-陌生化"（self-strangeness）形成的时刻。所以布朗肖认为，这种"共同的陌生性"要求我们不能代表别人说，而只能向着别人说，我们不能代表他人述说，而只能认识并回应他们不可代表的他者性、他们的陌生性和他们"无限的距

---

① 　H. Bhabha, "Difference, Discrimination and the Discourse of Colonialism," in F. Baker et al. *The Politics of Theory*, Colchester: University of Essex, 1983, 190-205.

离"①。布朗肖认为，这种回应就是诗歌的任务。② 另一种观念同样是法国人提出来的，那就是法国著名犹太哲学家伊曼纽尔·列维纳斯（Emmanuel Levinas）提出的"成为他者"③。这种理念基于自我和他者、家园和异地、相同和差异之间的辩证联系，认为不同文化之间可以相互理解和代言。细读达夫的游记诗歌，我们发现她在面对不同文化时，在处理自我和他者之间的关系时做了另外一种选择：她的游记诗游走在集体性描述和对话、共性和差异、为着他人述说和向着他人述说之间。这种方式可以说是"第三种选择"（third alternative）④。身为黑人女性，达夫本人也是西方人眼中的他者，这就使得她与被观察的对象之间有着天生的共性和感受。基于此，达夫认为自己在某种程度上拥有代表这些他者述说的特权。这就是所谓的"第三种选择"。这种身份特征是既在"内部"又在"外部"，既是"内人"又是"外人"，既有亲切感又有疏离感的独特文化视角。⑤ 从文学叙事的声音来说，在诗歌中，这位漫游的诗人讲述人拥有着既为他人述说也向他人述说的权利。

在这些游记诗歌中，讲述人是带着一双观察的眼睛从各个层面审视与自己的家园全然不同的世界的。这一点达夫和里尔克有相似之处。里尔克曾经说："我正学习看。我不知道为何如此，但是每一件事更深入地渗透到我心里，并且不再止于到目前为止它一直终止的地方……我正学着观察。"⑥ 显然，里尔克所强调的让每一件事渗透心底凸显的是"观察"目的、方式和效果的与众不同。前文提到，达夫也曾经在多个场合强调过自己的旅行不是走马观花、浮光掠影，而是要看到景致的"下面"。这种观

---

① Maurice Blanchot, *Friendship*, trans. Elizabeth Rottenberg, Stanford, CA: Stanford University Press, 1997, 291.

② Maurice Blanchot, *Infinite Conversation*, trans. Susan Hanson, Minneapolis: University of Minnesota Press, 1993, 48.

③ Emmanuel Levinas, "Prayer without Demand," trans. Sarah Richmond, In *The Levinas Reader*, ed. Sean Hand, Oxford: Blackwell, 1989, 232.

④ Jacob Edmond, *A Common Strangeness: Contemporary Poetry, Cross-cultural Encounter, Comparative Literature*, New York: Fordham University Press, 2012, 10.

⑤ 王卓：《都市漫游叙事视角下的美国犹太诗性书写》，《英美文学研究论丛》2009 年第 2 期，第 194~216 页。

⑥ Rainer Maria Rilke, *The Notebooks of the Malte Laurids Brigge*. trans. M. D. Herter Norton, New York: Norton, 1992, 14-15.

察不是"走马观花的印象"①，而是既以局内人的心灵体验，又以局外人的客观分析对一个又一个既陌生又熟悉的旅游地点的思考。她的很多诗歌都描写了在这种双重视角和双重身份的引领之下，巨大的文化差异带来的复杂的心理反应。

达夫旅行诗歌中的很多地点都是人们定位的异域文化和边缘地带，比如撒哈拉、耶路撒冷、大马士革、突尼斯、南美洲的文化遗迹等。诗歌《撒哈拉公交车之旅》（*SP*，55）就是以诗人的撒哈拉之旅为基础创作的游记诗歌。这首长诗按照时间顺序，由"出发""发现橘子""盐海""发现沙海玫瑰""乃弗塔旅馆"五个部分组成，记录了她在撒哈拉旅游完整的一天。然而细读这首诗歌我们不难发现，在表层的旅游框架下却是讲述人对文化差异、殖民历史等深层次问题的思考。达夫笔下的撒哈拉之旅很是与众不同。这里没有一望无际的沙海和浪漫传奇，更没有海市蜃楼，而是一幅颇具现实主义笔触的人类生活素描：

> 没有屋顶的房子，粉笔盒子，
> 在他们的空气镜子里捕捉到天空。
> 深深呼吸。松脆的
> 树上挂着酸橘子。
> 在不太自然的光线中弓着腰身，你等待着
> 司机开启这次巴士旅行。
> 灰尘遍布孩子们脓水直流的眼睛
> 他们追逐着我们，挥着手。
> 他们多么小！他们变得越来越小。

这是一幅贫穷、肮脏的画面。这种场景很少出现在游记类作品中，而更多地出现在人类学家的田野报告里。饱蘸同情呈现的现实主义生活场景也还不是达夫旅行诗歌的终点，恰恰相反，这只是她思考人类生存困境和文化差异的起点。在第二部分"发现橘子"中，讲述人通过阿拉伯人和西方

---

① Tzvetan Todorov, *The Journey and Its Narratives*, 70.

游客对橘子的不同态度思考了文化的差异：

> 夜晚它们不易觉察地微微颤抖
> 直到叶子沙沙作响；它们多孔的橘皮
> 散发着微弱的热气。
> 只有阿拉伯人知道橘子的心：
> 它把自己撕裂给我们慰藉。
> 我们花了 200 米利姆买了一袋橘子
> 甜得我们连做梦都满口留香。

橘子对于西方游客而言只是满足味觉的美食，而对于阿拉伯人来说，橘子则是有血有肉的生灵。然而，这种文化差异也还只是达夫对殖民历史空间意义的思考。在"盐海"一节中，这种殖民征服和殖民历史得到了戏剧性的呈现：

> 如果，在大西洋的尽头，
> 哥伦布只发现汪洋一片，
> 这位英国旅行者本应该在那里
> 用广角望远镜捕捉到虚无。
> 这里，风儿从无处吹来又吹向无处
> 越过盐碱平原
> 进入光影幻境。一只臭虫，
> 黑白相间，身上腌渍斑斑，
> 在橘皮中爬行，像塑料花
> 熊熊燃烧。你不能住在这里，
> 他说。这不奇怪，
> 闭上你的嘴。

该节中的第一个词"如果"与其他部分用逗号隔开，目的在于强化这一表达的反历史性。换言之，达夫需要唤起人们对于殖民历史的一种想象。

如果历史以另一种方式发展，那么这些国家和地区人们的命运将会有所不同。如果哥伦布当初没有发现新大陆，那么当今的这些英国旅行者的旅行目的地可能就不是撒哈拉，而是还处在荒蛮状态的美洲了吧。历史的风从远古吹来，又不知会吹向何处，时空在这里交错交织，勾绘出一幅深具文化内涵的画面。历史要对今天的世界空间布局，以及对不同地区的人类生存状态负责。换言之，殖民历史造就了殖民空间，而裹挟在历史进程中的人们都要对殖民空间和文化差异负责。在诗歌结尾处出现的在"橘皮"中爬行的"黑白相间"的"臭虫"显然带有象征意义。黄色的橘皮象征的就是漫漫黄沙，而黑白相间的臭虫则象征着来自世界各地的白人和黑人。在这片尽管落后，却是一群顽强的生命安居之所的黄沙之地，白人和黑人都只不过是匆匆过客，正如诗歌中的那个面目模糊的"他"所言，"你不能住在这里"，因为你不属于这里。可见，"好的旅行诗歌不是简单地提供关于陌生之地的信息。陌生的感觉和诗人之间的碰撞应该产生提醒我们可能已经忘却的事情的诗歌"①。

　　从《突尼斯杂志的注释》对殖民视角本质的揭示以及《撒哈拉公交车之旅》对殖民视角的解构中，我们不难看出，达夫在自己的游记诗中一直有意识地尝试把自己从帝国文化视野中疏离出来，转而吁求一种全球化语境中的复杂的可能性。黛比·李斯勒把这种与"殖民视野"形成强烈反差的视角称为"世界主义者视野"。两种视野的交织碰撞使得游记写作成为"身份政治表达的另一个文化场地"②。这样的文本为边缘化群体创造了一个宝贵的空间以表达他们在一个更为广泛的文化和政治社群中对认知的诉求。从这一意义上说，游记就是一道文化的风景。黛比·李斯勒在定义这一视野时脑海中的作家并不包括达夫，但是显然达夫却是最符合这一写作视野的诗人。世界主义者的视野不仅赋予了达夫与殖民视野对抗的力量，而且使她成功逃离了美国作家常常不由自主地陷入其间的"美

---

① Henry Taylor, *Compulsory Figures*：*Essays on Recent American Poets*, Baton Rouge and London：Louisiana State University Press, 1992, 191.

② Debbie Lisle, *The Global Politics of Contemporary Travel Writing*, Cambridge, New York：Cambridge University Press, 2006, 70.

国例外论范式"（*American exceptionalism*）①，演绎了真正意义上的普遍
价值。

　　达夫在旅行诗歌中采用的"世界主义者视野"不仅真实地保留了文
化差异，而且通过建构"一个想象的或者理论化的空间"而建构了"一
个民主的公共阵地"②。这一视野使得达夫以一个世界主义知识分子的民
主批判的视角，发现了西方旅行者的寄生性，并对此进行了不动声色的批
判。来到异域文化环境中的西方旅行者如同一群寄生虫，不但因为当地物
产便宜而大肆进行物质消费，而且以自己偏执的方式消费当地的文化，因
此带有明显的"寄生性"③。更为严重的是，这些西方旅行者不仅偏执地
消费当地文化，而且疯狂地生产着当地文化的刻板印象。《撒哈拉公交车
之旅》的最后一部分"乃弗塔旅馆"中有一个细节耐人寻味：

　　　　英国人支起了三脚架
　　　　正在拍摄绿叶婆娑的棕榈树。
　　　　光线的把戏。

这位准备拍照的英国人聚焦的是绿叶婆娑的"棕榈树"。在光影的作用
下，在现代科技的帮助下，一幅关于撒哈拉沙漠的异域化生产的图片又将
诞生。这不由得使我们想起前文提到过的《突尼斯杂志的注释》，也在瞬
间明白了杂志上照片产生的文化背景和具体情境。这种照片就是"走马
观花、拍拍照片"的旅行方式的产物，对此达夫是颇有微词的。她要做
的是"努力理解一个地方"④，而这正是她一直致力于探索的"观光的新
方式"：通过对异域文化和族群的深刻洞悉，而把这些元素"输入"观光

①　Amy Kaplan and Donald Pease, eds. "Left Alone with America," *Cultures of the U. S. Imperialism*, Durham: Duke UP, 1993, 11.

②　Tania Friedel, *Racial Discourse and Cosmopolitanism in Twentieth-Century African American Writing*, New York: Routledge, 2008, 2.

③　Pat Righelato, *Understanding Rita Dove*, University of South Carolina Press, 2006, 29.

④　Mohamed B. Taleb-Khyar, "An Interview with Maryse Conde and Rita Dove," *Callaloo* 14. 2 (1991): 351.

者"自己的世界"①。可见，旅行和游记写作对于达夫的意义绝不仅是文学创作，更是她作为一名世界主义者汲取营养的方式，因此也是一种生活经历和生活方式。

三 "巴黎"——"不真实的名字"：黑人民族主义者文化身份的修正

深知自己不属于那片非洲沙海的达夫在欧洲又是否能够找到归属感呢？面对撒哈拉，达夫是西方旅行者，而面对巴黎，作为黑人的达夫却又成为西方世界中不折不扣的他者。然而，与理查德·赖特等试图从种族差异的角度解读自己的他者身份的前辈黑人作家不同，达夫更多的是从文化的角度解读自己的他者性问题。之所以如此，是因为达夫认识到，所谓他者性从本质上说是文化差异性的外化。这种理解和认识正是达夫和她的白人丈夫在彼此暴露于对方的文化之中并有过相似的经历的感悟。对自己在欧洲的经历，达夫在早期的访谈中有过深刻的感悟：

> 作为到欧洲去的人，我受到了另类的对待，因为我是美国人。因为我是黑人。不过他们对待我的方式与这里人们因为我是黑人而对待我的方式更加不同。事实上，我是美国黑人，因此我成了所有美国黑人的代表。有时候我感觉自己就像一个幽灵，我的意思是，人们会问我问题，但是我有一种感觉，他们看到的不是我，而是一个躯壳。因此有一种我在那里却又不在那里的感觉，这个你懂的。那么，因为你在那里你有时候能看得更清楚些。我想，一定是那样的情形启发了《博物馆》的精灵。②

作为黑人，达夫似乎习惯于美国主流文化的他者定位。不过，欧洲之旅让她发现了他者性的一种极端定义方式，那就是刻板化的呈现方式。在欧洲

---

① Lesley Wheeler, Poetics of Enclosure：American Women Poets from Dickinson to Dove, Knoxville：The University of Tennessee Press, 2002, 145.

② Stan Sanvel Rubin and Earl G. Ingersoll, "A Conversation with Rita Dove," *Black American*, *Literature Forum* 20. 3（Fall, 1986）：233.

人眼中的黑人并没有个体差别，只有以肤色来定义的类型化、模式化差异。这一发现已经足以引起她的深思了，然而，令她震惊的还在后面。当她发现自己的白人丈夫也有相似的经历时，她对他者性的认识更是发生了质的变化。当她和丈夫弗瑞德·魏巴恩从欧洲回到美国南方，他们遭遇到同样的"仇恨的怒目而视"，并转化为美国南方人仇恨的集体行动：

> 有一次，因一场大雪取消了课程，弗瑞德和我驱车从塔斯基吉回家。在奥伯恩大学附近，在一所插着一面联邦大旗的兄弟会房子前，我们不得不放慢车速，为了让一群群打雪仗的兄弟会的孩子们过去；当他们看到我们的时候，他们堵住了街道，开始往我们的车上投掷雪球，并大喊大叫，我太害怕了都没有真正听清楚他们喊什么，而弗瑞德后来也不愿意给我复述。"让开，你们这些混球！"弗瑞德低声嘟囔着，踩下油门；当他们意识到他会毫不迟疑地压过去的时候，兄弟会的男孩子们让开了路，我们呼啸而过，被雪球和叫喊一路追逐。①

身为白人的弗瑞德在美国南方的遭遇从一个侧面说明，种族歧视并不是白人对黑人的单向暴力，而是白人和黑人之间的双向恶性循环。从这一角度来看，种族歧视和种族憎恨更多地源于种族之间的文化差异。暴露于两种全然不同的文化之中，却几乎相似的经历使达夫认识到文化空间的变化对于定义人的身份具有非同寻常的意义。而美国非裔作家肩负的使命绝不应该仅仅是强化种族自豪感和黑人民族主义。这种认知使达夫开始以新的方式理解空间的变化以及空间对于定义人的文化身份的重要意义。在两种不同文化语境中均未曾获得归属感使达夫在游记诗歌中常常采用一种漫游的视角。

达夫的此种文化身份定位与同样有着欧洲旅行经历的美国非裔作家有着很大不同。理查德·赖特、詹姆斯·鲍德温、左拉·尼尔·赫斯顿等都写作过此类作品。比如赖特的《颜色幕布：关于万隆会议的报告》（*The Color Curtain：A Report on the Banding Conference*）、《异教徒西班牙》

---

① Rita Dove, *Poet's World*, 93.

（*Pagan Spain*）等都是以作家的欧洲经历和世界游历为题材的游记类作品。曾几何时，"从哈莱姆到巴黎"成为美国黑人知识分子自我寻求的必经之路。① 然而，达夫的欧洲之行以及以欧洲之行为素材的游记诗歌在文化身份定位、观察视角等方面与她的黑人前辈作家有着极大的不同。

正如赖特的名著《局外人》的标题所阐释的那样，以赖特为代表的黑人作家是欧洲的局外人，是自我定义的他者，其政治立场还是黑人民族主义立场。此种文化立场和政治立场决定了赖特等人对流亡欧洲的经历的描写常常是负面的、悲壮的。当然，考虑到时代特征，赖特等被迫流亡到欧洲的黑人作家对欧洲的书写是有着积极的时代意义的。事实上，黑人作家对欧洲文化的评价本身就是一种颠覆性行为。因为通常而言，往往是西方人类学家或者如康拉德、劳伦斯一样的白人作家审视和评价亚洲文化或者非洲文化。这也是赖特宣称，"我正颠覆角色"的原因。② 赖特的游记不仅是对欧洲文化的描述，更是一种深刻的对"西方文化的批评"③。在赖特的作品中，他的美国黑人文化身份与以欧洲为代表的西方文化空间是对立的。当此种对立的文化空间共存于一个心理空间之时，赖特将不得不面对"对自己隐喻的存活的焦虑"④。赖特最大的焦虑是作为流散状态的非裔美国人无法获得稳定的身份意识。正如赖特所言："真正困扰他的是他的无身份，而这否定了他把自己与他人联系起来的能力。"⑤ 这样看来，赖特既是美国文化也是非裔文化的局外人，他其实并没有走出文化差异所带来的权力魔咒。比如，作为在西方世界中的文化他者，他却试图把"西方文化强加给非西方社会"⑥。可见，在赖特等黑人民族主义者的世界中，尽管存在着民族和世界双重坐标轴，但是这两个坐标却难以相容，呈

① Michel Fabre, *From Harlem to Paris: Black American Writers in France*, 1840-1980, Urbana and Chicago: University of Illinois Press, 1991.

② Francis E. McMahon, S. J., "Spain Through Secularist Spectacles, America," rpt., Reilly, John M., ed. *Richard Wright: Critical Reception*, New York: Franklin, 1978, 300.

③ Yoshinobu Hakutani, *Cross-Cultural Visions in African American Modernism—From Spatial Narrative to Jazz Haiku*, Columbus: The Ohio State University Press, 2006, 139.

④ Russell Carl Brignano, *Richard Wright: An Introduction to the Man and His Works*, Pittsburgh: U of Pittsburgh P, 1970, 103.

⑤ Richard Wright, *Later Works*, New York: Library of America, 1991, 525.

⑥ Jeffrey J. Folks, "'Last Call to the West': Richard Wright's 'The Color Curtain'," *South Atlantic Review* 59. 4 (Nov., 1994): 85.

现尖锐的对立性。

与赖特等黑人作家作为欧洲局外人的自我定位不同，达夫的自我身份定位是漫游者，一个既在外部又在内部既是外人又是内人的身份。与赖特试图成为"一个没有文化的人"不同①，达夫试图创造一个新的文化空间。这种文化身份定位源于达夫的世界主义者的政治和文化视野。此种文化身份定位既源于她的疏离感，又源于她对欧洲文化的好奇和亲切感。世界主义的文化身份定位又使达夫对于欧洲流散经历的描写呈现一种难得的复杂性。正是基于此种复杂的文化身份，达夫创作了大量以欧洲求学经历和旅游经历为素材的诗歌。比较有代表性的有《观光》（"Sightseeing"）、《归来》等。达夫从来不讳言自己在欧洲体验到的疏离感。当被问到流散经历如何影响了她的创作时，达夫说，"当我在欧洲时我真的有一种疏离感"②。在德国，她感到自己就像一个怪物被指指点点。达夫说，她自己的政治意识就是在欧洲的陌生环境中萌生和发展的。③然而，这种疏离感却成为达夫诗歌创作的一个重要思想和体验的源泉。正如派特·瑞什拉托所言，"作为作家，她求助于自己的疏离感"④。在达夫看来，这种疏离感产生的原因在于文化差异，而此种文化差异正是唤起一种新奇的感受和体验的关键。

基于此种文化漫游者身份，在这种既好奇又疏离的心理机制下，达夫以欧洲游历为素材创作的游记诗歌描写的是一种游散的状态。达夫早年在欧洲的生活经历一直是她诗歌创作的冲动，她也一直试图寻找一种最恰切的表述方式让这段经历落在笔端。游记诗自然是描写流散状态最适合的方式之一。作为一种特定的文类，游记有一种形式的"陌生化能力"（defamiliarizing capacities）⑤，从而有效地充当了一种"文化自我认知的有

---

① Ochshorn, Kathleen, "The Community of Native Son," *Mississippi Quarterly* 42 (1989): 387–392.

② Mohamed B. Taleb-Khyar, "Gifts to Be Earned," in Earl G. Ingersoll, ed. *Conversations with Rita Dove*, Jackson: University Press of Mississippi, 2003, 75.

③ Ibid. 77.

④ Pat Righelato, *Understanding Rita Dove*, University of South Carolina Press, 2006.

⑤ Holland and Huggan, *Tourists with Typewriters: Critical Reflections on Contemporary Travel Writing*, 1998, viii.

用工具"①。达夫的游记诗歌在很大程度上是她的流散观的文学实践的体现。戴安娜·克鲁兹（Diana V. Cruz）认为，从文化意义上说，达夫并非"流亡者"，达夫成为桂冠诗人之后，成为白宫的常客、大学的知名教授，一直受到主流文化的青睐。② 对此，达夫本人倒似乎并不认同。她说所有人都在某种程度上处于流散状态。她的独幕剧《西伯利亚村庄》（*The Siberian Village*）就是人类的流散状态的文化隐喻：一方面探索的是种族、阶级和语言之间的复杂关系，另一方面探索的是自由和流亡的复杂关系。对于流散，达夫的观点也很与众不同："我认为，这个国家最重要的解放性的启示之一就是意识到我们所有人都处于流散状态——不仅是黑人或者移民，而且是我们每一个人。这个民族就是建立在流散观基础之上的。在这个国家，人们想说：'我们是美国人。这就是我们站立的地方。我融入这里。'然而这个地面并不真的很稳固。一旦你意识到它是稳固的，你就不会害怕了。"③ 达夫之所以对流散状态情有独钟，原因在于流散是把漂泊作为基本生存条件的理念，同时又强化了一种流散主体与母国和移居国之间在心理上的距离感。达夫对流散的理解非常到位，尤其是对黑人流散状态的理解恰好是对"流散"（diaspora）一词含义嬗变的最好阐释。从专门用于描写犹太人流散生存状态的专有名词拓展成为内涵丰富的社会文化研究中的关键词，用以描述世界主义者等"异类认同"（alien identity）、弹性认同（flexible identity）等社会群体，"流散"一词经历了一个漫长的演变过程。事实上，"diaspora"这一原本专用于犹太人族群范畴的概念之所以超越了犹太族群，具有一种世界性特征，正是源于 20 世纪五六十年代的美国黑人民权运动，在某种程度上说，"是非洲裔美国人民权运动的派生物"④。

---

① Holland and Huggan, *Tourists with Typewriters: Critical Reflections on Contemporary Travel Writing*, 1998, viii.

② Diana V. Cruz, "Refuting Exile: Rita Dove Reading Melvin B. Tolson," *Callaloo* 31.3 (2008): 789.

③ Therese Steffen, *Crossing Color*, 171.

④ 李明欢：《Diaspora：定义、分化、聚合与重构》，《世界民族》2010 年第 5 期，第2 页。

从流散的类型来看，达夫的流散观和经历带有"文化流散"① 特征，是流散概念当代转型的一个生动例证。传统意义上的移民主观意志上带有趋向安定、走向融入的特点，而流散，尤其是文化流散者却始终处于主动的运动之中，他们永远在路上寻找下一个家园、下一种归属。这一点在达夫的诗歌中体现得非常明显。这种永远在路上的归属感即便对于在密西西比河上被贩运、不知命运如何家在何方的黑人奴隶也不例外。达夫颇有影响力的诗歌《密西西比》（*GN*，23）就充分体现了这一点：

> 在天地之初，黑色的
> 风萧水拍过后，一艘汽船
> 驶过。接着更浓重的
> 丁香花香味，
> 百里香香味；细发轻垂
> 到手腕，汗流浃背。
> 我们在河流中
> 倒下，肉欲横流
> 幻影破灭。
> 我们站在新世界的
> 码头，站在地图前：
> 温柔地抓住一缕微风
> 精灵呼啸而去……

这首诗歌采用了第一人称集体叙事视角，这个声音来自那些即将被贩卖、成为奴隶的黑人。被迫来到陌生的"新世界"的黑人尽管前途未卜、生存状况恶劣，但是他们眼中的新世界依然美丽、新鲜，他们把这个新世界转化为一种"史前的"心理"时间和空间"维度，并尝试用自己的身体

---

① 这一说法是 Robin Cohen 在《全球流散导论》（*Global Disaporas：An Introduction*）（Oxon：Routledge，2008）一书中的提法，他把流散族群分成受难型、劳工型、帝国型、商贸型和文化型五种。

和生命重新绘制一张这个新世界的地图。① 第一人称集体叙事的声音使黑人奴隶成为这场密西西比河航程的主体。达夫以丰富的想象力构想了这幅密西西比贩奴航程画卷，用意颇深。密西西比河对非裔作家而言意义重大。兰斯顿·休斯就认为，密西西比河是非洲人和非裔美国后代生息繁衍的河流之一。② 达夫的用意也在于此。由深沉的天空和河流所构成的空间维度，直接指向人类之初的时间框架"在天地之初"，而这一时间和空间框架表明，被贩卖的奴隶正试图在心理上构建一个新的世界和一种新的生活。然而，同样是对这条孕育着黑人生命的河流，达夫与赖特等黑人前辈作家的态度有着很大的不同。对于赖特等作家，"密西西比河发挥着一个种族记忆风景的坩埚的作用"③，因此在他们的心理世界，世界分裂成为两个，一个是白色的，另一个是黑色的，两者的心理距离相差十万八千里。达夫却摒弃了"种族记忆"，让时间和空间记忆占据主导地位，从而使黑人的生命追溯到全人类的原初状态，以一种带有宗教殉难的悲壮感诠释了这次密西西比河上的贩奴之旅，从而在精神上建立了一个黑人和白人平等的生命和历史平台。

从前文的阐释中我们不难看出，达夫特有的流散观赋予了游记类作品一种"完全的历史复杂性"④，从而使她的游记诗歌的文化和历史承载量不可估量。达夫的游记诗歌体现的正是现代流散的多维含义。达夫的欧洲之旅在某种程度上是为了保存自我的完整性而与美国社会保持距离的一个回避的方式。达夫从来未曾试图移民到欧洲，而是和丈夫生活在美国，欧洲对于她而言只是一个旅行之地。她从来未曾试图把欧洲作为自己的家园。这一点和移民到欧洲，并让法国成为转变和移居地图的终点的赖特也有很大的不同。尽管由于时代不同，达夫不必再面对赖特不得不流亡海外

---

① Thadious M. Davis, *Southscapes*: *Geographies of Race*, *Region*, *& Literature*, Chapel Hill: University of North Carolina Press, 2011, 112.

② Langston Hughes, "The Negro Speaks of Rivers," *Collected Poems of Langston Hughes*, ed. Arnold Rampersad, 23.

③ Thadious M. Davis, *Southscapes*: *Geographies of Race*, *Region*, *& Literature*, Chapel Hill: University of North Carolina Press, 2011, 113.

④ Peter Hulme and Tim Youngs, "Introduction," Peter Hulme and Tim Youngs, eds. *The Cambridge Companion to Travel Writing*, The Cambridge University Press, 2002, 1.

的无奈，但是她只把欧洲作为短期居住和旅行之地的做法还是有着有意或无意的深刻原因的。用达夫自己的话说就是，她渴望感受那种永远在路上的感觉。从这个角度而言，达夫对待欧洲的态度显然轻松很多，也超然很多。

达夫的这种超然的心态使她对欧洲经历的书写带有一种客观性、多元性和协商性。这也是马琳·派瑞拉能够感受到达夫的诗歌展示出一种"融入布鲁斯的游牧主体性"的原因所在。[①] 这种主体性从空间视角来看就表现在她对老家和家的动态和辩证的态度。尽管达夫的游记诗歌是基于她的个人游历经历，但是她创作的初衷却并非描写"个人"经历，恰恰相反，达夫试图通过漫游经历呈现一种社会生活状态。因此，达夫的游记诗歌中有相当一部分并非以第一人称记录个人的旅行经历，而是以第三人称呈现一个流散群体的状态。具言之，达夫的部分游记诗歌呈现了去个人化倾向，勾描的是一群"游子"。这个群体有如下特点：首先，他们有着一致的族群身份：美国黑人；其次，他们有着共同的漫游经历；最后，他们的漫游空间是欧洲。他们跨越了边界，穿越了"象牙之门"，成为欧洲社会的边缘人物，却通过这种边缘性获得了存在的意义和文化价值，并成就了一个跨文化的空间。用泰瑞斯·斯蒂芬的话说就是，达夫创造了一系列错置的人物，并展示了这些"门槛人物的非同寻常的力量"[②]。这些人物是来自"不同文化语境中的""移民，流亡者，参观者"，他们不但通过达夫抒情的空间化在艺术中得到了一个家，而且为这个家注入了不同的文化背景，从而以史无前例的方式在边缘地带占据了一个家的位置，并因此实现了自我的存在。

这些漫游在欧洲的"游子"中最具有达夫特点的人物就是一系列有名或者无名的"门槛人物"。《莎士比亚说》中的黑人布鲁斯歌手查皮恩·杰克·杜普里（Champion Jack Dupree）、《在慕尼黑德国作家研讨会》（"At the German Writers Conference in Munich"）中的无名黑人作家、叙事诗集《穆拉提克奏鸣曲》中的黑人小提琴家等都是这种"门槛人物"

---

① Malin Pereira, *Rita Dove's Cosmopolitanism*, Urbana and Chicago：University of Illinois Press, 2003，5.

② Therese Steffen, *Crossing Color*, 87.

的代表。这些"门槛人物"的最大特点是他们的"参与-观察者"（participant-observers）① 的文化身份。这种既是参与者，也是观察者的双重身份赋予了他们自身和他们存在的空间的一种独特的跨文化性，而正是这种特质使他们的声音、生活方式和生存状态成为质疑黑人民族主义"一言堂"的最好代表。正如美国宾夕法尼亚大学著名黑人女学者赛迪欧斯·戴维斯（Thadious M. Davis）所指出的那样，在 21 世纪头十年，由于我们对起始于 20 世纪 90 年代的多元文化的更为宽泛的理解以及由此而生的希望避免让不断竞争的微观文化崩溃为一种文化的宏观叙事，"民族主义专断论"（absolutism of nationalism）开始不断受到质疑。②达夫正是利用这些"门槛人物"的多重叙事和多元文化视角挑战了黑人"民族主义专断论"。

《莎士比亚说》（*SP*，89~91）的叙事很耐人寻味。第三人称和第一人称交织在一起，讲述和自白相互问诘，两种不同的视角和两种不同的文化碰撞交织，火花四溅。值得注意的是，达夫为黑人布鲁斯歌手查皮恩·杰克·杜普里确定的身份就是旅居欧洲的游子：

> 那天下午来自大学的
> 两名学生
> 带着他参观了市貌。
> 慕尼黑行为不端，
> 打得他
> 一屁股坐在冰面上
> 他的鞋子
> 都湿透了。他的导游
> 指着一座蓝色屋顶的房子
> 上面的钟。

---

① Eve E. Dunbar, *Black Regions of the Imagination*：*African American Writers between the Nation and the World*, Philadelphia：Temple University Press, 2013.

② Thadious M. Davis, *Southscapes*：*Geographies of Race*，*Region*，& *Literature*, Chapel Hill：University of North Carolina Press, 2011, 233–234.

　　今天晚上

　　他唱的每一首歌

　　都出自莎士比亚

　　和他的岳母之手。

不明身份的讲述人尽管面目模糊，但对这位黑人歌手的态度却极为明确：一个与欧洲文化格格不入的"他者"：

　　　　和他认识的每一个女人

　　有染，所有的人

　　丑陋不堪——皮包骨的腿，叉开着

　　在唇的后面等待着

　　把他吸入。

这个极具夸张讽刺意味的描写把查皮恩·杰克·杜普里从"人"变成了"兽"。显然，这个第三者讲述人代表着欧洲主流文化的声音，那么这个被作为他者的布鲁斯歌手又是如何面对咄咄逼人的凝视目光和揶揄之声的呢？他最为有力的武器就是他的布鲁斯。不过这位黑人歌手并没有把他的布鲁斯生硬地带到欧洲，而是"调整了他的素材以适应环境"，"以便使他目前的音符有了莎士比亚的认可"①。不过，尽管查皮恩·杰克·杜普里努力尝试协商欧洲文化，但是他显然并没有内化黑人的他者刻板形象，而是通过有效保留布鲁斯精神颠覆了黑人的刻板形象。英国大文豪莎士比亚的爱情絮语在查皮恩·杰克·杜普里的布鲁斯转译中成为极具黑人方言特征和戏谑精神的杂糅性表述：

　　慢慢下去

　　低声清唱莎士比亚说

　　当男人喝多时

---

　　① Pat Righelato, *Understanding Rita Dove*, 41.

> 要小心
> 他吻的是什么，

与这个看似滑稽的莎士比亚布鲁斯相伴的还有歌手心中来自家园和母亲的深层记忆：

> 可怜的我，只是呻吟着
> 因此没有人听到；
>
> 我的家在路易斯安那，
> 我的声音不对劲，
> 我崩溃了，憋不住
> 尿了；
> 我妈妈告诉我
> 有这样的日子。

从以上的分析中我们可以看出，查皮恩·杰克·杜普里用最具有黑人文化特征的布鲁斯挑战又协商着欧洲文化。通过此种有效协商，达夫把欧洲的和美国的"文化的方方面面并置起来"①，从而形成文化意义上的反差和对照。从这一意义上来说，这些"门槛人物"是游走在美国文化、非裔文化和欧洲文化中间地带的精灵。他们在这个灰色的地带不断地开疆拓土，拆解边界、模糊界限，从而为黑人、为黑人文化创造了一个生存、发展的空间。

此外，达夫诗歌中的欧洲也是一个性别化的空间：一个黑人女性群体和她们的故事在这个远离家园的空间不断上演。这些走在路上并享受着这种生活方式的黑人女性颇具"过客女人"（Transient Women）② 的精神实质。《巴黎的岛国女人》（*GN*，65）中那群以异域化风情在巴黎大街小

---

① Pat Righelato, *Understanding Rita Dove*, University of South Carolina Press, 2006, 8.

② Lynette D. Myle, *Female Subjectivity in African American Women's Narratives of Enslavement*: *Beyond Borders*, Palgrave Macmillan, 2009.

巷招摇过市的黑人女性；《计算》（"And Counting"）（*GN*，53）中那个坐在意大利餐馆里在账单上创作的黑人女诗人；《归来》（*SP*，26）中那位三年前前往欧洲求学并学成归来的黑人女性等都是这种"过客女人"的代表。这些黑人女性的生存模式是在一个霸权主义的社会中从无意识的客体到有意识的力量的运动。这种运动模式是流动的，不断"进进出出"，"前前后后"，或者"在中间地带"，并在这一过程中达到一种自我认知和自我身份的深化。没有这样的动态的空间建构，黑人女性无论如何走不出"让她难以逃离的"刻板形象。①

　　可见，达夫在欧洲这个空间中会聚了一个"过客女人"群体，那么其用意何在呢？首先，"过客女人"独特的异国生活方式和姿态体现的是处于流散状态的黑人女性的自我认知方式。黑人女权主义者苏珊·威利斯（Susan Willis）说，不能将黑人女性小说的旅行仅仅视为便于勾连情节事件而运用的结构技巧，而应该联系过去，整体性地理解穿越时空的概念，把它与历史的呈现以及个人的意识发展联系在一起。这样，在某个地理空间中的旅行就有了深刻而广泛的意义，它就是一个女人走向自我认知的过程。达夫诗歌探索的中心主题就是黑人女性身份的"现代意识"以及空间和时间对于自我认知的意义。② 其次，"过客女人"对家园的独特认知体现了后现代历史语境中黑人女性与家园空间的独特关系。"过客女人"不会勾画一个特定的地点或空间作为家，但这并不意味着一个"过客女人"没有家，或者她不在意家。在这种情形下，家园呈现不同的含义。对于"过客女人"而言，家是临时的概念，主要是用于疗伤、修复和转化。家园不是永久的，意味着"过客女人"一定会不停地进行她的旅程，从而实现一种心理的、精神的和政治的家园建构。最后，这个女性化的欧洲空间似乎是对以赖特为代表的旅居欧洲的黑人民族主义男性斗士的回应和补充。其实很多美国非裔女作家都有旅居欧洲的经历。比如创作了优秀戏剧《黑人女孩在巴黎》（*Black Girl in Paris*，2000）的非裔女作家扬·布拉德（Shay Youngblood）就是一个例子。赛迪欧斯·戴维斯曾经说，

① Deborah Gray White, *Jezebel and Mammy*: *The Mythology of Female Slavery. Ar'n't I a Woman*? *Female Slaves in the Plantation South*, New York: Norton, 1985, 28.

② Pat Righelato, *Understanding Rita Dove*, University of South Carolina Press, 2006, 7.

扬·布拉德的流散移居表明当代非裔美国作家与赖特的必然联系。她认为，这些黑人女作家的欧洲经历"不仅仅关涉民族主义和世界主义之间的权衡"，还"引发了与空间和性别相关的问题"。[①] 达夫构建的这个女性化的欧洲空间在一定意义上也是对通过占据欧洲而试图走向国际的黑人男性作家的一种补充和修正。

第三节　"博物馆"：　达夫诗歌中的时间与空间

对于不相信边界也试图超越时间坐标的达夫而言，没有一个地方比博物馆更能全面地体现并实现她时空交错、兼收并蓄、文化杂糅的文学和文化理想的了。这正是达夫把自己的第二部诗集命名为《博物馆》的原因所在。不仅如此，达夫还在若干年后写了短诗《在博物馆》（*GN*，52），足见达夫对这个特殊的空间形态的热衷。那么，作为空间形态，博物馆有哪些特殊性，又和达夫的诗学理想有着怎样的关联呢？我们不妨从她的短诗《在博物馆》说起：

> 一个男孩，
> 最多 16 岁。
>
> 被战鼓和青春的旗帜
> 神奇的引力
> 丰饶的石头包围
> 包围，
>
> 撤退。
>
> 掷铁饼者

---

① Thadious M. Davis, *Southscapes*: *Geographies of Race*, *Region*, *& Literature*, Chapel Hill: University of North Carolina Press, 2011, 167.

（复制品）

瞪着他

当他穿过走廊

进入

14 世纪。

我隔着蓝色的马当娜斯展厅

不远不近跟着他。

短短一首小诗的文化容量不小。首先，这首小诗呈现了博物馆这个空间的多维性：艺术品与人、古代与现代、自然与艺术、空间和时间、本土文化和异域文化、情感与理性交织交错，难以剥离和分割。其次，这首小诗形象地道出了博物馆这个空间的动态性和对话性。参观博物馆是一个艺术能量与人类情感对话和交锋的过程。最后，这首小诗呈现了博物馆作为文化空间的杂糅性。欧洲文化、美国文化、土著文化等杂糅在一起，共同构成了博物馆神奇的文化杂糅性。可以说，对于达夫而言，博物馆既是一个具有文本特质的空间，也是一个具有空间特质的文本，而达夫的高明之处就在于她在自己的诗集中从宏观和微观两个层面成功地实现了空间文本和文本空间的对接、互构和互动。"博物馆"这一空间意象作为一个漂浮的能指，成为统领整部诗集的灵魂和线索。更难能可贵的是，"博物馆"还以喻指的方式成为达夫文化空间和诗学建构的方式，而整部诗集的表征方式也以博物馆的收藏、教育、保存文化的功能为基础，从而建构了一座文本的博物馆。《博物馆》这部诗集的结构和内容遴选体现的就是一座杂糅的博物馆的文化特质，诗集的叙事方式也体现了现代化博物馆的文化品性。可以说，"博物馆"既是达夫诗歌创作的隐喻，也是她这部名为《博物馆》的诗集架构的隐喻。事实上，这部诗集的创作过程就是对博物馆的布展过程的仿拟。诗集作为博物馆的隐喻提供了一种通过把整部诗集的诗歌纳入一个特定的文化空间的方式，拓展了诗歌的文化内涵。可以说，诗集作为博物馆的隐喻把西方系列诗传统与文化空间和博物馆的社会政治功能成功嫁接了起来。

那么，作为诗人的达夫在这座文本的博物馆中扮演着怎样的角色呢？

达夫的自我角色定位从《在博物馆》这首小诗也可见端倪。诗歌中的讲述人对博物馆的展品了如指掌，对展品真伪了然于心，与参观者保持着既亲近又疏离的距离，这个角色身上闪动的是博物馆馆长的影子。对于达夫在这部诗集中的自我定位的馆长的角色，研究者基本达成了共识。事实上，达夫不仅对作为空间的博物馆充满了好奇，她对于主宰着这个空间文化品性和样貌的博物馆馆长也神往已久。这一点从她对美国非裔诗人托尔森的史诗巨作《哈莱姆画廊，第一部：馆长》（*Harlem Gallery*，*Book I*：*The Curator*）中那位有着"非洲爱尔兰犹太裔"血统、对在美国作为黑人和作为艺术家的困境苦苦思考的黑人馆长鞭辟入里的分析就可见一斑。达夫在多篇论文①以及为托尔森诗集写的"序言"中都表现出了对这位黑人馆长的深刻的理解和惺惺相惜的同情。可以说，在某种程度上，达夫在诗集《博物馆》中的自我定位就带有《哈莱姆画廊》中馆长的影子。不同的是，作为女性诗人，达夫不可避免地赋予她的博物馆清晰的性别特征。用马里兰大学教授伊丽莎白·伯格曼·罗伊斯兹克斯的话说就是，达夫在她的文本博物馆中扮演着"一个带着世界主义遗产的黑人女权主义馆长"的角色。②"博物馆馆长是依赖自己的眼睛、品位和经历判断要收藏什么、要展出什么的最后的仲裁者。"③ 在这部诗集中，达夫就充分行使了"仲裁者"的权力，用自己独特的审美视角、跨文化生活和创作经历建构了一个跨文化、跨种族的世界主义的博物馆。在这座文本博物馆中，达夫通过运用馆长的权力对布展的展品进行选择、排列和讲解，从而建构了一座杂糅的文本博物馆。

---

① 包括 Rita Dove，"Rita Dove on Melvin B. Tolson," in Elise Paschen and Rebekah Presson Mosby, eds. *Poetry Speaks*, Naperville, I. L.：Sourcebooks, 2001, 139-140；"Telling It Like It I-S IS：Narrative Techniques in Melvin Tolson's Harlem Gallery," *New England Review/Bread Loaf Quarterly 8*（Fall, 1985）：109-117。

② Elizabeth Bergmann Loizeaux, *Twentieth-Century Poetry and the Visual Arts*, 2008, 186.

③ Steven D. Lavine and Ivan Karp, "Introduction：Museums and Multiculturalism," in Ivan Karp and Steven D. Lavine, eds. *Exhibiting Cultures*：*The Poetics and Politics of Museum Display*, 1991, 4.

一　"博物馆"/《博物馆》：空间的文本和文本的空间

"博物馆是意义创造的场所。"① 正是在这个能够创造出意义的空间中，达夫找到了她的文学对应物。这一空间理念与普林斯顿比较文学教授约瑟夫·弗兰克（Joseph Frank）的"空间形式观"一脉相承。弗兰克在《空间形式观》（*The Idea of Spatial Form*）一书中曾经指出，文学的空间形式就是"与造型艺术里出现的发展相对应的……文学对应物"②。在这部专著中，弗兰克特意指出，空间意象不仅局限于小说，事实上，诗歌中的空间意象比小说更为普遍。③ 达夫的诗集可以说是对弗兰克这一诗歌空间意象观的最好印证。对于这个独特的空间形态，达夫本人也曾经在访谈中多次谈及。比如，在与汝宾（Stan R. Rubin）和基钦（Judith Kitchen）的访谈中，达夫就指出，博物馆是"时间的地点"④。达夫的这个说法看似简单，却精准地概括了博物馆这个空间形态的特征：时间和空间在这个形态中既相互分割，也相互联系，更相互转化。在这一特定形态之中，空间外化成为时间意象，而时间则被压缩在空间形态之中，从而达到了时空一体化的效果。或者说，博物馆是被时间化的空间，也是被空间化的时间，是一个巴赫金的"时空体"，更是尤里·洛特曼的"符号圈"。

之所以说博物馆是一个"时空体"，是因为在博物馆中时间的标志被展现在空间之中，而空间则通过时间来理解和衡量。不过，巴赫金是以城堡为喻来阐释自己的时空体的，城堡之喻只能说明空间和时间的关系问题，而对于特定的空间复杂的文化组合、历史演进等问题却没有能够触及。所以，尽管"时空体"形象地说明了博物馆融时间与空间于一体的特征，但莫斯科-塔尔图符号学派先驱、20世纪苏联著名文艺理论家、文化符号学家尤里·洛特曼的"符号圈"似乎更贴近博物馆独特的空间文

---

① Rhiannon Mason, "Museums, Galleries and Heritage: Sites of Meaning-making and Communication," in Gerard Corsane, *Heritage, Museums And Galleries: An Introductory Reader*, New York: Routledge, 2005, 221-237.

② Joseph Frank, *The Idea of Spatial Form*, 31-66.

③ Ibid. 31.

④ Rubin and Kitchen, "A Conversation with Rita Dove," *Black American Literature Forum* 20 (1986): 232.

化承载量。值得注意的是，洛特曼在阐释自己的"符号圈"时借用的就是博物馆的隐喻。洛特曼把他的"符号圈"比喻成博物馆大厅："在这个大厅里陈列着各个时代的展品、有用已知的和未知的语言所写的题词、有由专家们撰写的展品说明、有观看展品的路线图和参观者所应该遵循的行为规范。"① 洛特曼在处理空间和时间的关系时，把空间放在首位，以空间来把握时间。他把"符号圈"比喻成博物馆大厅，并强调说，"符号圈"里所有元素都不是静止的，而是处于动态之中，并经常改变着相互的关系。事实上，洛特曼的"符号圈"就是一个达夫一直苦苦追寻的空间与时间交错交织的文化空间。

从某种程度上说，达夫的"博物馆"所定义的虚构的、梦境的、历史化的文化空间也是一个福柯的"异托邦"。对空间有着异乎寻常的"迷恋"的福柯，把权力和知识纳入了空间领域，并形成了"权力、知识和关系的三元辩证法"。福柯的"异托邦"与时间的片段有着特别的联系。福柯认为，"在现代世界，存在着许多专门的地点来记录空间与时间的交叉"，"存在着时间在无限积累的异托邦"，比如博物馆和图书馆。值得注意的是，"福柯模式与构想对黑人知识分子很有吸引力，主要是因为它们针对的就是黑人的后现代困境"②。贝尔·胡克斯、康内尔·维斯特（Cornel West）等黑人作家都在很大程度上受到过福柯的影响，看来达夫也不例外。尽管她没有如前两位一样对福柯进行过专门论述，但她的诗歌所呈现的时间和空间范式却似乎是对福柯的"异托邦"的诗性诠释。探究其原因，就是福柯所认为的，这样的空间具有"记录空间和时间交叉"的魅力，同时也为作家提供了想象的空间。

洛特曼、福柯和达夫等人不约而同地借用博物馆喻指时空交错、文化元素流动互涉的文化空间与博物馆作为空间形态特有的文化品性有关。博物馆的特点就是在一个地方布置各种不同的自然和人造的物件，换言之，

---

① 康澄：《洛特曼的文化时空观》，《俄罗斯文艺》2006 年第 4 期，第 43 页。
② Cornel West, "The Dilemma of the Black Intellectual," *Breaking Bread*, hooks and West, Boston: South End Press, 1991, 142.

能够"在一个房间或空间的微观宇宙中展示世界的丰富"①。作为一个特殊的时空连续体和"符号圈"，博物馆极具开放性和包容性。作为空间形态，博物馆传承着远古的信息，镌刻着人类特有的文化遗迹，在时空的流逝中发展变化，并通过布展不断重塑记忆而生产新的意义。空间关系对于建构人类身份、人类文化，认知世界具有十分重要的意义。从洛特曼的"符号圈"的角度审视博物馆不难发现，这一空间形态是一个"彼此间存在连续性关系的各个客体（点）的集合"②。因此，赋予这一空间形态中的物件某种内在连续性是作为馆长的达夫首先要面对的问题。普林斯顿大学教授、诗人、评论家苏珊·斯图亚特（Susan Steward）也指出，收藏中的物件一旦脱离了当时的环境就失去了意义，因此"应该根据某种原则重新组织这些物件"，"'取代'隐藏在其后面的个体叙事'"③。斯图亚特这段表述看似简单，却道出了两个与博物馆收藏相关的重要特点：其一，博物馆收藏中个体和整体的关系问题；其二，博物馆收藏本身具有叙事性特点。

博物馆的这些文化品性正是令包括达夫在内的很多作家着迷的地方。博物馆从来就不是一种静止的、凝固的物质空间，而是一种充满动态和异质性文化力量的时空交错的文化空间。正如美国文化学者盖伊·达文波特（Guy Davenport）所言，博物馆是现代人能够拥有历史的唯一的物质的过去。④ 乔伊斯（James Joyce）就是在博物馆开始创作他的《芬尼根苏醒》的。⑤ 其实，博物馆不仅是作家创作的地方，也是他们灵感的来源或者创作的意象、主题。不仅达夫如此，很多英美诗人都对博物馆这个独特的空间情有独钟。叶芝、庞德（Ezra Pound）、玛丽安·摩尔、斯泰因、托尔森等诗人都曾经以博物馆或者艺术馆为主题或者背景进行过诗歌创作。例

---

① Susan A. Crane, "Curious Cabinets and Imaginary Museums," in *Museums and Memory*, ed. Susan A. Crane, Stanford, Calif.: Stanford University Press, 2000, 67.

② 赵晓彬：《洛特曼与巴赫金》，《外国文学评论》2003年第1期，第17页。

③ Susan Steward, *On Longing: Narratives of the Miniature, the Gigantic, the Souvenir, the Collection*, Baltimore, M. A.: Johns Hopkins University Press, 1984, 152, 153.

④ Guy Davenport, *The Geography of the Imagination: Forty Essays*, San Francisco: North Point Press, 1981, 24.

⑤ 转引自 James A. Boon, *Verging on Extra-Vagance: Anthropology, History, Religion, Literature, Arts*, Princeton University Press, 1999, 124。

如，庞德在《诗章》（*Canto*）第八十章中写道：

> And also near the museum they served it mit Schlag
>> And in those days（pre 1914）
>> The loss of that café
>>> Meant the end of a B. M. era
>>>> （British Museum era）

> 而在博物馆附近配有搅奶油
>> 在那些日子里（1914 年以前）
>> 那家咖啡屋的关闭
>>> 意味着 B. M. 时代
>>>> （大英博物馆时代）的结束①

诗中提到的大英博物馆（British Museum）不仅是庞德诗歌中的重要主题之一，也是他的诗歌庞杂、宏大、包罗万象的精神气质的源泉。庞德在大英博物馆度过的时光使他意识到博物馆是他"激活历史和文化的使命"的"关键"②。可见，对于如庞德一样的诗人而言，诗集本身就应该承担一个艺术博物馆的使命。事实上，"诗集作为艺术博物馆"（volume-as-art-museum）的传统可以追溯到古希腊，而在现代派诗人庞德、威廉斯，后现代诗人罗伯特·洛威尔的诗歌中得以传承。庞德的《诗章》、威廉斯的《来自勃鲁盖尔的图画》（*Pictures from Brueghel and Other Poems*）、洛威尔的《历史》（*History*）都是这一传承谱系中的代表作品。这些诗集与博物馆这一意象之间最大的内在联系在于诗集的结构。这些诗集的整体框架是在博物馆的空间类比中架构的，换言之，博物馆的比喻指引着诗集中系列诗歌的安排和分类。

　　"诗集作为博物馆"把系列诗歌传统与文化空间、现代艺术博物馆的

---

① 〔美〕伊兹拉·庞德：《庞德诗选：比萨诗章》，黄运特译，漓江出版社，1998，第 155 页。

② Catherine E. Paul, *Poetry in the Museums of Modernism*, Ann Arbor: The University of Michigan Press, 2002, 69.

社会和政治功能嫁接在一起。这也是从 20 世纪 90 年代开始的空间文化研究最得意的发现。美国学者菲利普·E. 韦格纳（Phillip E. Wegner）、英国学者迈克·克朗（Mike Crang）等不约而同地赋予了空间文化定位，将空间看作被赋予了深刻文化意义的"文本"①。凯瑟琳·保罗（Catherine Paul）在她的专著《现代主义博物馆中的诗歌》（*Poetry in the Museums of Modernism*）中指出，现代派诗人对 19 世纪末 20 世纪初"博物馆时代"的扩张积极回应，并通过探索博物馆的"收集、鉴赏、展览、参观"功能喻指"诗歌创作和诗集收录"②。诗歌要邀请读者进入不同寻常的语言、文本和文化的空间，与博物馆的空间含义十分相像，这就使读者有可能致力于获得与普通语言不同的感官甚至是物质的体验。达夫正是在这一意义上将"博物馆"这一物质空间转化成文化含义丰富、多维的文本空间。

很多学者敏锐地注意到了达夫诗歌所具有的在作为空间的博物馆和作为文本的博物馆之间自由游走的神奇能量，以及《博物馆》这部诗集本身就是一座"博物馆"。换言之，作为文本的诗集和诗歌被达夫赋予了博物馆的文化特质，从而使文本成为一座文本博物馆。朱迪斯·基钦（Judith Kitchen）曾经指出，这部诗集作为整体触及的似乎是回首过往，探究历史的或者艺术的某些东西的相同的侧面，因此"它［诗集］变成了一座博物馆"③。派特·瑞什拉托也在专著《理解丽塔·达夫》中指出，达夫把她的"诗歌作为博物馆"④。应该说，诗歌作为博物馆这一理念是达夫有意识的选择。达夫在一次访谈中说，她常常为了给诗集取一个合适的名字而苦恼，然而奇怪的是，《博物馆》这部诗集却是先有了名字。⑤ 可见，博物馆这个空间意象和空间形态的确是引领整部诗集的线索，也因此成为整部诗集的灵魂。

那么，达夫是如何把博物馆这一空间形态转化为一个文本的博物馆的

---

① Philip E. Wegner, *Spatial Criticism*: *Critical Geography*, *Space*, *Place and Textuality*, Edinburg: Edinburg UP, 2002, 182.

② Catherine Paul, *Poetry in the Museums of Modernism*, 2002, 4.

③ Stan Sanvel Rubin and Judith Kitchen, "Riding That Current as Far as It'll Take You," in Conversation with Rita Dove, 5.

④ Pat Righelato, *Understanding Rita Dove*, 37–39.

⑤ Malin Pereira, "Going Up Is a Place of Great Loneliness," *Conversation with Rita Dove*, 166.

呢？这一文本的博物馆又有哪些特点和文化功能呢？达夫的诗歌博物馆又和庞德等白人诗人之间有着怎样的区别和联系呢？达夫是如何模仿真实的博物馆空间形态并在其作品中重塑一个文本空间维度的呢？这些问题将在《博物馆》这部诗集的宏观和微观解读两个层面得到答案。

前文提到，洛特曼把作为文化空间的博物馆称为"符号圈"，而这个"符号圈"是"彼此间存在连续性关系的各个客体（点）的集合"。达夫的《博物馆》就是这样一个客体（点）的集合。从诗集的宏观结构来看，《博物馆》共分为四个部分。诗集第一部分"青山有话要说"（"The Hill Has Something to Say"），是一组关于艺术、工艺品和经典纪念碑的诗歌，主要是关于欧洲的历史和文化，在某种程度上，如同对希腊和中世纪意大利文化遗产的反思以及对现实的观照和对比。这一部分的标题以及该部分收录的诗歌的标题仿佛考古学家在对欧洲遗产如数家珍般娓娓道来。紧挨着辉煌的欧洲文化遗产展区，达夫布置了三个与欧洲文化形成鲜明对比的展区：第二部分"在香蒲中"（"In the Bulrush"），包括前文提到的《翼人奥古斯塔和黑色的鸽子瑞莎》《莎士比亚说》《在慕尼黑德国作家研讨会》等诗歌。这些诗歌的共同特点是西方文化和非洲文化、白人历史和黑人历史的并置，是通过对"艺术权力"的探究而对"文化分离主义"生产、再生产的质疑。第三部分"我父亲的望远镜"（"My Father's Telescope"）在前文有所论及，是一组以父亲为主题，对童年生活细节的回忆，颇有普拉斯的自白体诗歌的神韵。第四部分"核时代入门"（"Primer for the Nuclear Age"），则从感性的童年回忆陡然转向更大的、更全球化的历史模式，探究了包括奴隶制在内的各种形式的不平等以及历史上被侮辱、被误解的人们。从诗集四个部分的标题就可以看出，达夫的《博物馆》的四个部分就如同博物馆中的四个展区，展示的文化遗产有古代欧洲、以色列、非洲、中国，也有现代美国，以及达夫本人的中西部非裔美国中产阶级家庭的过去生活史以及达夫的个人生活物件。展品的摆放和排列规则是时空交错、物类交错、文化交错，仿佛使人置身于一个错位的空间和错时的时间之中。

从达夫对博物馆中物件的界定以及这部诗集的宏观结构不难看出，达夫的"博物馆"最鲜明的特点就是"去中心性"。"去中心性"又具体表现为以下三个特点：其一，这个博物馆中的展品类型多样，兼收并蓄；其二，这个博物馆是"错时"的和"错置"的；其三，这个博物馆是"普遍性"与"特殊性"相结合的。简言之，这个博物馆具有鲜明的杂糅性。这是一个带有鲜明个人品位的博物馆，从本质上说，应该属于一座近年来风光无限的"私人博物馆"，即哥伦比亚大学教授、艺术史学者苏珊·沃格尔（Susan Vogel）所倡导的那种风格个人的、有独立见解的、非正式的博物馆。有过多年博物馆工作经历，先后当过博物馆馆长、董事的苏珊·沃格尔指出，要想建构理想的"私人博物馆"首先要对博物馆中的展品进行"大幅度的重新语境化"①。达夫也深知，文本空间的构成绝不能简单地等同于真实世界的空间，也不能完全独立于时间因素之外，而是一种抽象的组成，依文本和人们的阅读体验而存在。像艺术博物馆中的展品一样，《博物馆》中的诗歌也被安排和布展以鼓励读者以更加具有文化期待的心理进行阅读和体验。正是基于此种重新语境化的考量，达夫的《博物馆》在经过精心选择、重新排列、重新诠释之后，呈现了鲜明的"去中心性"。

达夫的文本博物馆的"去中心性"首先体现在展品类型的多样性。这座文本的博物馆神奇地收进了从"石头中的鱼"到"阿尔戈斯的蚂蚁"，从"古希腊酒坛"和特洛伊战争中的长老"内斯特的澡盆"到"中世纪的六弦琴"，从古代中国的怨妇"窦绾"到罗马天主教圣徒"西耶纳的圣·凯瑟琳"，从薄伽丘的女神"菲亚美达"到德国画家克里斯汀·夏德的"黑色鸽子罗莎"，从"我父亲的望远镜"到"核时代入门"，从莎士比亚戏剧到东欧的田园诗，从"左撇子大提琴手"到为了一个"美丽的词语"杀人无数的独裁者，这些看似毫不搭界的物件却似乎很自然地并置在一起，并不让人感觉突兀。个中的原因引人深思。这座文本的博物馆用马里兰大学教授伊丽莎白·伯格曼·罗伊斯兹克斯的话说就是，这是一座"兼收并蓄的博物馆"："部分艺术博物馆，部分人类学博

---

① Susan Vogel, "Always True to the Object, in Our Fashion," in Ivan Karp and Steven D. Lavine, eds. *Exhibiting Cultures: The Poetics and Politics of Museum Display*, Washington, D. C.: Smithsonian, 1991, 193.

物馆，部分自然历史博物馆，部分历史博物馆。"①

　　达夫的文本博物馆的"去中心性"还表现为时空交错性和空间错置性。能够实现时空交错的空间不多，博物馆就是其中之一。作为一个时空连续体，博物馆能够在空间中物质化时间，从而获得时间深度和空间广度。达夫对时间的空间化处理十分到位，主要体现在历史变焦和地理变焦两个层面。从中世纪到现代的历史变焦使达夫能够让历史人物摆脱线性时间的束缚，在时空机器中自由穿梭；而从欧洲到中东再到美国的地理变焦则使达夫能够让不同地域、不同文化的人群会聚到博物馆这个特定的空间形态之中。通过把不同时代的人物和时间并置在博物馆的空间中，达夫成功地空间化了时间，并实现了错时和错置的交融。在诗集中，这种错时和错置的交融体现在历史变焦和地理变焦的不断变化和交媾中。不仅如此，"达夫诗歌中的很多人物都是错置的，或者分属于不同的世界"②。比如，生活在 18 世纪的黑人科学家、作家本杰明·班纳克（Banneker）、18 世纪末 19 世纪初的黑人废奴运动领袖大卫·沃克（David Walker）、生活在 20 世纪中叶多米尼加共和国的独裁者拉斐尔·特鲁希略（Rafael Trujillo）等人物都是在错置的空间中游荡的灵魂。从博物馆的空间布展的专业角度来看，通过把人类艺术精品并置在一起加以展示，不同文化背景的物件能平等呈现；从文化象征的意义延展开来，则体现出布展者、博物馆以及重新创造这一文化空间的社会去中心的决心。

　　达夫的博物馆是"普遍性"与"特殊性"相结合的空间。在这个文本空间中既有公共的事件和人物，也有个人的生活体验和经历，正如达夫将"我父亲的望远镜"和"核时代入门"并置在一起一样。博物馆布展的并置技巧使得达夫在这座文本博物馆中从容地纳入了多种个人和公共元素。如果说《街角的黄房子》是由深情款款、耐人寻味的私人的生活细节构成的，那么《博物馆》则毫无疑问地进入了一个更加"公共的空间"。或者更确切地说，是一个私人和公共空间元素的杂合。这一变化则反映出作为诗人的达夫从自我关注到公共关注的清晰变化，这一变化也是

---

① Elizabeth Bergmann Loizeaux, *Twentieth-Century Poetry and the Visual Arts*, 168.

② Therese Steffen, *Crossing Color：Transcultural Space and Place in Rita Dove's Poetry, Fiction, and Drama*, Oxford：University Press, 2001, 90.

一个公共知识分子必经的成长之路。

那么，为何这些看似毫不相干的物件摆放在一起却显得和谐而生动呢？这种错位和错时是否也有章可循呢？事实上，尽管看似毫不相干，这些物件却有着某种内在的共性。这就涉及达夫对她的文本博物馆物件的遴选原则和摆放方式的独特思考。

她遴选自己的博物馆中的物件的首要原则就是物件的文化品性。正如她自己曾经明确说过的，《博物馆》中涉及的某些艺术品，并非普通的艺术品，不是通常意义上人们会在博物馆中看到的艺术品，而是具有某些独特的文化品性的物件。这里的艺术品并非只有物品，也包括人物、事件和记忆，对此达夫有过专门的解释：

> 那就是我所说的艺术品，它们反映了这个时刻，不管它是一个人，比如本杰明·班纳克，不管它是一块化石，像在"碗里，一条鱼，一块石头"，也不管它是"内斯特的澡盆"又或者是关于我父亲和我的童年的记忆。①

达夫可能并没有意识到，她对博物馆展品的界定和构想非常符合现代博物馆的文化品性。正如欧洲博物馆文化研究专家安东尼·杰克逊（Anthony Jackson）和简尼·凯德（Jenny Kidd）所言，近年来，"参观博物馆和遗迹"变得不仅是关于"物件"，更是关于"经历"的事情。② 采用这种博物馆展品遴选方式和布展方式目的是让参观者在被复活的历史中经历、体验，并感同身受。可见，达夫博物馆中林林总总的艺术品的共性在于它们都是在历史的流转之中变得凝练和典型的时刻、人物和事件，而正是通过有意识地寻找带有这一共性的艺术品，所有事情才被有机地组合在一起，作为诗集的《博物馆》也就拥有了统一的风格和灵魂。达夫在1989年与苏珊·斯瓦特吾特（Susan Swartwout）的访谈中说，当她回过头来看《博

---

① Susan Swartwout, *Language Is More Clay Than Stone*, *in Conversation with Rita Dove*, 53.

② Anthony Jackson Jenny Kidd, "Introduction," Anthony Jackson Jenny Kidd, eds., *Performing Heritage*: *Research*, *Practice and Innovation in Museum Theatre and Live Interpretation*, Manchester and New York: Manchester University Press, 1.

物馆》这部诗集时，她发现这部诗集的结构甚至比叙事诗集《托马斯和
比尤拉》的结构更为完整。其中的原因正在于此。达夫遴选博物馆中物
件的第二个原则就是物件的边缘性。达夫的博物馆收藏的是被时间遗忘，
或者被记忆、环境和历史固化的东西。在一次访谈中，达夫明确阐释了她
的这一遴选标准：

> 　　有些东西是理想的博物馆物件——比如，石头中的鱼，我们观察
> 到的化石；不过也有一些人，被固化或者美化，然后被放置在神坛
> 上，精神的神坛之上——比如关于薄伽丘理想化的爱菲亚美达，她成
> 了一个被膜拜的客体。①

从达夫的这段论述中可以看出，尽管达夫是从时间的角度来阐释其博物馆
中的展品的定位，但是她时间观的形成却与她个人生活中空间的改变有着
极大的关系。达夫说，当她开始创作这部诗集时，她已经到了欧洲，这赋
予了她回望美国并与自己的经历保持距离的机会，而正是这种距离感使这
部诗集产生了强烈的"错位感"。从以上达夫的阐释中可以看出，作为独
特的空间形态，博物馆所承载的集时间和空间为一体的内涵正是触动达夫
某种深层次情感的原因所在。这种兼收并蓄使得她的博物馆"去中心化"
了，从而开启了一扇门，使被排除在主流博物馆之外的艺术品和叙事自由
进入。这些文化背景不同、时代不同、文化品性不同、类别不同、地域不
同的物件的并置对参观者所产生的震撼是强烈的，挑战的是人们对传统博
物馆布展方式的认知。正如达夫本人在一次访谈中所言："我试图阻止人
们认为他们知道接下来会出现什么。"②

　　《博物馆》中欧洲与非洲文化遗产、历史与现代、个人与公共遗产的
并置是有着达夫独特的考量的。首先，美国非裔文化遗产与欧洲遗产的并
置是为非洲文化遗产在世界文化遗产中重新吁求一个本应属于它的位置。

---

① Stan Sanvel Rubin and Judith Kitchen, *Conversation with Rita Dove*, 6.

② Stan Sanvel Rubin and Judith Kitchen, "Riding That Current as far as It'll Take You" (1985),
in Earl Ingersoll, ed. *Conversations with Rita Dove*, Jackson: University of Mississippi Press,
2003, 8.

其次，非洲、亚洲、拉美等地域的文化展品也以平等的姿态出现，从而使得曾经在政治、经济和文化力量的作用下不平等的族群或群体会聚在一起，并因此形塑了一个关键时刻的空间，即玛丽·路易斯·普拉特（Mary Louise Pratt）所言的"接触地带"①。身为黑人，达夫没有把她的博物馆建成一个"有色人的博物馆"（the colored museum）②，这一点着实难能可贵。这可能是走出黑人民族主义、走向世界主义的达夫们留给世界的最为宝贵的遗产。

从宏观上看，《博物馆》这部诗集是一座文化和文本的博物馆；从微观上看，这部诗集中的诗歌也具有博物馆的文化品性。在《理解丽塔·达夫》中，派特·瑞什拉托就在对诗歌进行详细文本解读的基础上，提出了达夫的"诗歌作为博物馆"的观点。

> "石头中的鱼"的模棱两可，从流动到固定，从自然到文化，在结构上作为诗集第一部分的核心也具有重要意义，是对蕴含在博物馆观念中的矛盾的一种探索。如果一座博物馆是一座知识的宝库，过去的陵墓，其原本的意义就是缪斯的宝座，一个创作的源泉。相似地，一首诗歌（其原本含义就是一个"创造的事物"）就是一个完整的艺术品，是创作过程的"僵死"的化石遗迹。③

派特·瑞什拉托提到的《石头中的鱼》（69）是《博物馆》中的第一首诗歌，也是达夫本人反复提及的这部诗集中最具代表性的诗歌。之所以说这首诗歌最具代表性，主要原因是这首诗歌几乎是达夫对博物馆中陈列物件的直接阐释，这也是达夫曾经说，这首诗歌是一首"元诗歌"的原因：

石头中的鱼

---

① Mary Louise Pratt, *Arts of the Contact Zone*, *Profession*, 1991, 33-40.
② 关于"有色人的博物馆"，参见 Ivy G. Wilson, *Specters of Democracy: Blackness and the Aesthetics of Politics in the Antebellum U. S.* 中第七章 The Colored Museum: William "Ethiop" Wilson and the Afric-American Picture Gallery, Oxford University Press, 2011, 145-168。
③ Pat Righelato, *Understanding Rita Dove*, 35.

想要重回
大海。

它厌倦了
被分析，那些微不足道的
预见性的真理。
它厌倦了在露天
等待，
它的轮廓被一束白色灯光
盖上印证。

在海洋中沉寂
不停涌动

多么没有必要！
它耐心地漂游
直到那一时刻来到
铸造出它的
骨骸重新发育。

石头中的鱼知道
失败就是给生者
的眷顾。

它知道蚂蚁为何
安排恶棍的
葬礼，耀目的
完美的琥珀。
它知道科学家为何
在窃喜中

轻拍蕨类植物

撩人的盲文。

这首诗歌全面体现了达夫对博物馆中的物件本质的深刻理解。在河流中游弋的鱼儿一旦成为化石就成为博物馆中的理想物件，这一变化表明日常生活中的一切都可以被从其原有的环境中提取出来，并被固化为博物馆中的物件。然而，这还只是这首诗歌最表层的含义。达夫以非同寻常的想象力解冻了这条被封存在化石之中、孤独等待了上亿年的化石鱼。达夫就像一位执着的考古学家，不但发掘出了这条化石鱼，而且用生动的语言还原了它在远古时代的生命和思想。达夫对诗歌作为历史记忆的理解与美国女诗人艾伦·辛西（Ellen Hinsey）十分相似。辛西在谈到她的诗集《记忆之城》（*Cities of Memory*）时说："诗歌是考古的，每一首诗歌都包含很多层次，就像特洛伊的多个层次。它们中有无限的'城市'，随着人们穿越这些层次得以发现。"[1] 不过辛西并没有说明要如何"穿越这些层次"。在这一点上，达夫显然走得更远。她不但发掘出了这条鱼，而且仿佛钻掘到鱼儿的思维深处。尽管这首诗歌是以第三人称讲述的，但是却仿佛是鱼儿的自白，因此具有非同寻常的震撼力。它不仅让读者感受到了一个活生生的生命，更让读者感受到了一种鲜活的思想。显然，达夫的空间叙事策略起到了至关重要的作用。具体说来，这首小诗借用了空间挪移和时间闪回，把这条鱼的前世今生勾连在一起：从封闭的石头到无垠的大海，从远古的静止到当下的游弋，从僵化的生命到灵动的思想，叙事和语言激活了鱼儿被凝冻的瞬间，并把其从沉默的静止状态中解放出来。从某种意义上说，达夫独特的博物馆空间叙事是整部诗集的灵魂所在。

二　"传奇不能/述说"：达夫的叙事空间和空间叙事

达夫的博物馆不仅是一个空间文本，还是一个独特的叙事文本。博物

---

[1]　Ellen Hinsey, "First Letter to the Author," *Notes on Cities of Memory*, August 17, 2003.

馆中的文化遗产并不只是物件，更是一个"揭示叙事的多元性的过程"①。事实上，博物馆的陈列一直就被视为一种针对大众进行科学知识普及和借助科学技术实现关于民族、种族和现代性认知的权威性叙事。② 伊丽莎白·伯格曼·罗伊斯兹克斯也认为，从 20 世纪之初博物馆的主要功能从收藏转化到对公众的教育之后，"通过一系列物件讲述一种彼此相关的叙事已经成为展览的主要模式"③。因此，从叙事功能来看，博物馆具有讲述、阐释、教育的多种功能。

　　然而，一个悖论是，博物馆中的物件往往要么处于"失声"状态，要么处于被误读和曲解的状态。对此，达夫有着深刻的认识。对于处于失声状态的物件，达夫说，"它是说不出话的物件"，"不能再向我们述说了……我们不得不仔细检视它们留下的东西，然后塑形它"④。这也是达夫把诗集的第一部分命名为"青山有话要说"的原因。然而，一个不得不承认的事实是，"它没有说"⑤。所以，真正能够述说的不是青山，而是身为诗人的达夫。对于被曲解的物件和人，达夫更是理解深刻。在《内斯特的澡盆》一诗中，达夫开篇就说："一如既往，传奇总是被/误解。"⑥ 这些表述都清楚地表明，达夫对于这些失声的或者被曲解的物件、事件和人物充满着好奇、敬意和一种通过赋予他们声音而赋予他们生命的冲动。

　　那么，达夫又是如何通过她的布展让她的博物馆中的物件发声的呢？秘密武器只有一个：叙事。具言之，达夫试图在博物馆这个特定的文本空间中，通过建构新的讲述方式而复原历史。这并非达夫的异想天开，因为

---

①　Helen Rees Leahy, "Watching Me, Watching You: Performance and Performativity in the Museum," Anthony Jackson Jenny Kidd, eds., *Performing Heritage: Research, Practice and Innovation in Museum Theatre and Live Interpretation*, Manchester and New York: Manchester University Press, 26-38.

②　Sharon Macdonald, ed., *The Politics of Display: Museum, Science, Culture*, London and New York: Routledge, 1998, 19.

③　Elizabeth Bergmann Loizeaux, *Twentieth-Century Poetry and the Visual Arts*, 第六章 Ekphrasis in the Book: Rita Dove's African American Museum, 163。

④　Rubin and Kitchen, "Riding That Current," 7.

⑤　Rita Dove, *Selected Poems*, 72.

⑥　Ibid.

博物馆和叙事着实拥有一个共同的功能：再现。前文已经论述过博物馆的一个基本功能是再现，而赫尔曼（David Herman）在《叙事的基本要件》中提出，构成叙事的四个基本要件之首就是：叙事是一种再现模式。[①] 可见，作为文本空间的叙事和作为实体空间的布展有着异曲同工的作用。当然，博物馆这个空间形态中的叙事有着与众不同的特点。这个空间叙事不是单向的，而是写作和阅读的双向过程，换言之，这是一个作者和读者共同参与其间的过程。在这个空间形态中，作者是为每一个物件书写说明的馆员，而读者则是从一个展品到另一个展品的参观者。读者的阅读就如同参观博物馆的参观者不时翻阅展品说明一样，通过这些展品说明认知展品，并在文字和实物之间建立起联系，也因此建构起叙事和阅读的关系。

在博物馆参观者和文本阅读者不断试图建构起叙事和阅读之间的关系的过程中，有一个人身兼双职，起着至关重要的作用。这个人就是诗人讲述者。从前文的论述可以看出，达夫这座兼收并蓄、去中心的博物馆中的藏品在经过达夫的精心遴选之后，成为她的文本博物馆中的展品。然而，这些展品却还是以孤立的状态存在，比如化石中的鱼、多米尼加的独裁者、废奴运动领袖等被从历史语境中剥离之后，成为达夫叙事中的一个个孤立的元素。就像只有通过布展，博物馆中的物件才能被固定化并因此获得意义一样，达夫的文本博物馆中的一个又一个叙事的元素只有通过达夫的叙事才能获得意义和存在的理由。换言之，达夫对这些物件进行了一次全新的文化排列组合，或者说是一种"编程的叙事"，从而引领博物馆的参观者和文本的读者进入她早已设定的参观路线和阅读轨迹。

在这座文本的博物馆中，讲述人达夫自我赋予的使命就是充任博物馆馆长。博物馆馆长不仅肩负着遴选、布展的职责，还有以各种方式讲解、介绍甚至表演这些展品的责任。达夫对这一点有着深刻的认识。在对托尔森的《哈莱姆画廊》的研究中，达夫不仅对那位有着多元文化身份的画廊的馆长有着深刻的理解，而且对于他的职责也有着明确的定位："通过故事讲述真相。"[②] 然而，达夫不会不知道，故事哪里有绝对的真相呢？

---

① David Herman, *Basic Elements of Narrative*, Malden: Wiley-Blackwell, 2009.

② Rita dove, "An Introduction to Harlem Gallery and Other Poems of Melvin B. Tolson," ed. Raymond Nelson, Charlottesville: U of Virginia P, 1999, XXII.

一切都取决于讲述者的叙述。

　　达夫的第一个讲述策略就是"聆听物件讲述的故事"①。让物件述说的一个意义就在于把已经从历史语境中被剥离的物件还原和复位。就叙事策略而言，这是一种形式的幽灵叙事。当然，赋予这个幽灵以声音的是活着的生者，或者更确切地说，是诗人本人。因此，阅读达夫诗歌中的幽灵叙事，往往能够同时听到生者和死者之间的对话。从这一意义上说，达夫的博物馆也是一座"墓园"，生者与死者之间的对话是生者赋予死者以声音的空间。关于这一点达夫本人曾经解释说，当她创作《博物馆》时，她正在阅读汉斯·马格努斯·恩岑斯贝格尔（Hans Magnus Enzensberger）的《陵墓：出自进步历史的三十七首叙事诗》（*Mausoleum*：37 *Ballads from the he History of Progress*），因此她的"墓园"对话可能与此有关。这种幽灵叙事和"墓园"对话在《博物馆》中的两首形成鲜明互文性的诗歌《薄伽丘：瘟疫年月》（"Boccaccio：The Plague Years"）（82）和《菲亚美达打破了她的平静》（"Fimmetta Breaks Her Peace"）（83）中得以清晰阐释。在《菲亚美达打破了她的平静》中，菲亚美达就是以第一人称叙事讲述了一个关于欧洲瘟疫、关于自己、关于薄伽丘、关于美和性的故事。这是一个典型的幽灵叙事：这首诗歌想象了菲亚美达对死亡的恐惧，以及她对成为薄伽丘固化的审美对象和性幻想对象的无奈和愤怒。自从被薄伽丘固化为美的象征，成为他的缪斯，成为被抽空生命本质的符号之后，菲亚美达就沦为西方艺术生产的符号，如同一张羊皮纸一样被一代又一代西方艺术家复写。比如，菲亚美达是 19 世纪英国诗人、前拉斐尔派诗人但丁·加百利·罗塞蒂（Dante Gabriel Rossetti）的油画和十四行诗歌的书写对象。对于这样一个空洞的生命和丰富的文化艺术符号，达夫做的就是恢复那个曾经失落的女性生命，并让沉默的女人发出声音：

　　　　我观察了他们，妈妈，我知道
　　　　符号。第一天，僵硬。

---

① Elizabeth Bergmann Loizeaux, *Twentieth-Century Poetry and the Visual Arts*, 第六章 Ekphrasis in the Book：Rita Dove's African American Museum, 179。

像酒鬼一样蹒跚而行，他们
用最柔弱的身体部位
在房间左冲右撞急转弯
却感受不到疼痛。
睡不着觉，他们在房间
被子下瑟瑟发抖，
恐惧撕咬了一条通往头脑的银色通道。

第二天是发烧，闪亮的
河流堵塞了，眼睛又红又肿。
没有人在哭泣了；
就剩等待，因为它们一定会出现——
在腋下，在腹股沟——
硬的，黑色的包块。
然后，至少，有定数了，
一种奇怪的如释重负；
十字架来到门口。

几个有头有脸的市民
把财产集中在身边
在封闭的帷幔后面
大吃大喝饮酒作乐。
已经离开了世界，所以
当世界又找上他们
他们吃惊不小。
还有几个人挨个酒馆寻欢，
高兴怎样就怎样……
想想他希望我漂亮！
当他的新鲜空气
我的乳房就是两坨

味道鲜美的希望。站在那别动，他说。

让我，再仰慕你一次。

都被传染了，妈妈——贪婪，

自怨自怜和恐惧！

我们应该安静地坐在房间里，

我想我们能躲过去。

在达夫的诗性想象中，菲亚美达和美与艺术无关，却以一双敏锐的观察的眼睛、一颗充满仁爱的心灵和一种坚定的意志打动并征服了读者。第一人称叙事让菲亚美达穿越了时空走进了我们每一个人的生命之中。而"我观察""我知道""我想"等主体意识明确的表述更让我们感受到菲亚美达那带着温度的强大生命。从博物馆的空间叙事的角度来看，"当死者讲话时，他们的世界流淌回博物馆的空间"①。的确如此。当我们阅读菲亚美达用青春和生命讲述的关于灾难、人性、男人和女人的故事时，那个幽灵般的声音却复原了一个鲜活的生命和灵魂。

在菲亚美达的叙述中，不时出现一个男性第三人称"他"。尽管叙事的声音没有提到这个"他"的名字，但是联系上一首诗歌《薄伽丘：瘟疫年月》，读者会毫不迟疑地道出这个"他"就是薄伽丘。菲亚美达毫不客气地揭示出薄伽丘对她以美和艺术的名义进行的客体化生产：对薄伽丘来说，她的乳房就是"两坨味道鲜美的希望"，他爱的不是她这个人，而是被他那艺术化的头脑抽取的抽象的美。菲亚美达用那双观察的眼睛看透了薄伽丘的灵魂，而读者也从《薄伽丘：瘟疫年月》中薄伽丘的视角印证了这一说法：

从光亮中翻滚出来

他让脸颊凑近

一排排捆扎在一起的皮革：

---

① Elizabeth Bergmann Loizeaux, *Twentieth-Century Poetry and the Visual Arts*, 172.

　　冰冷的水。菲亚美达！

　　他以各种各样的方式

　　描写过她；每一次

　　她都被证实不够忠诚。要是

　　他能把这座城市打碎分成两座

　　那么月光将倾泻而下

　　把蠕动的街道清洗干净！或者

　　干脆从这里出去，就为了

　　再次陷入爱情……

两首诗歌形成了鲜明的互文性。曾经蔓延欧洲的瘟疫为两首诗歌提供了共同的背景，而薄伽丘和菲亚美达则从不同的视角审视了这个生命随时会陨落的乱世。同时，两人也以自己的视角审视了对方。在菲亚美达的眼中，薄伽丘代表着男性的贪欲，在生命随时会凋零的乱世之中，他迷恋的依旧是女性的肉体和美貌。《薄伽丘：瘟疫年月》验证了这一点，并从薄伽丘的视角把菲亚美达变成了被凝视的客体，成为不忠、肉欲的象征。与菲亚美达的第一人称幽灵叙事不同，《薄伽丘：瘟疫年月》是第三人称叙事，是一个冷静的声音在讲述并品评着薄伽丘和菲亚美达以及他们之间的关系。显然，这个声音就是诗人讲述人的声音，她在这个文本的"墓园"之中，跨越了时空，与这对历史上情愫复杂的恋人进行了一场对话。这个诗人讲述人的声音尽管看似平和，却透着清晰的道德判断。她对薄伽丘以爱情的名义对菲亚美达灵魂的占有无法原谅，更对薄伽丘以艺术的名义对菲亚美达的客体化、性欲化的女性刻板形象的生产进行了批判。

　　在一首诗歌内部，这种对话性也能够完美地体现出来。比如在第二节中提到的《莎士比亚说》（89~91）中，英国大文豪莎士比亚和黑人歌手查皮恩·杰克·杜普里二人声音的交错出现。再比如，《博物馆》的压卷诗，也是达夫最令人称道的诗歌之一《荷兰芹》（"Parsley"）（133~135），被虐杀的奴隶们的第一人称集体叙事、多米尼加独裁者的内心独白和诗人讲述人的克制却态度鲜明的第三人称讲述共同造就了这首极富戏剧张力的诗歌。诗歌第一部分是因为无法正确发出"R"音而即将被处死的黑人奴隶的集体叙述：

> 一只鹦鹉正在宫殿里
> 模仿着春天，它的羽毛如荷兰芹般翠绿。
> 从沼泽地里甘蔗似乎一直
>
> 缠着我们，我们砍倒了它。EL 将军
> 找一个词；在那里他就是
> 整个世界。像鹦鹉模仿春天一样，
>
> 当大雨倾盆而下，我们躺下尖叫
> 我们都变绿了。我们发不出 R 音——
> 从沼泽里出来，甘蔗出现了
>
> 接着出现了我们私下里称为 Katalina 的山峰。
> 孩子们用牙齿咬着箭头，
> 一只鹦鹉正模仿着春天。
>
> EL 将军发现了他的词：*Perejil*。
> 谁能说出来，谁就活命。他大笑着，牙齿在沼泽中
> 闪亮着。甘蔗出现在
>
> 我们的梦里，风吹甘蔗沙沙响。
> 我们躺下。因为每一滴鲜血
> 就有一只鹦鹉模仿春天。
> 在沼泽里甘蔗出现了。

接下来第三人称讲述者将这位杀人恶魔复杂的内心情感讲述得令人动容：
自己那位"发出的卷舌音像一位皇后"的母亲的去世让他忧伤而愤怒：

将军看到甘蔗田，

被风雨拍打。

他看到母亲的微笑，牙齿紧咬着

箭头。他听到

海地人唱着歌却发不出 R 音

一边挥舞着巨大的弯刀：

Katalina，他们唱道，*Katalina*

上帝知道他母亲不是个蠢女人；

她发出的卷舌音像一位皇后。甚至连

鹦鹉都能发出卷舌音！在空荡荡的房间里

明艳的羽毛隆起

如绿色植物以假乱真，当最后一块淡淡的点心

消失在黑色的舌头下面。

此时，这位独裁者的内心独白更是道出他实际十分脆弱的神经："我的母亲，我的爱死了。"失去了爱和爱的能力的独裁者走向了无情的杀戮：

他要

下命令，在这个时刻，处死很多人

就为了一个，美丽的词语。

无论是幽灵叙事还是对话叙事，其共同特点是打破了线性时间叙事模式。之所以能够做到这一点，和达夫把这些叙事挪移到博物馆这一空间形态中直接相关。达夫把她的空间叙事搬进博物馆这个空间形态可谓煞费苦心。博物馆是时空交错之地，因此她的叙事可以自然脱离线性的时间轨迹，在过去、现在和未来之间自由穿梭。这种时间观念具有现代空间叙事的特点，同时符合非洲传统的时间观。正如著名学者、美国诗学研究专家尤什奴布·哈库泰尼（Yoshinobu Hakutani）所言："西方人难以理解的一个非洲观念就是非洲时间观——时间不是序列的、线性的，

而是循环的。"① 可见，作为叙事空间的博物馆的确是既能体现达夫的后现代空间叙事观，也能体现非洲文化特点的理想的文本空间。

达夫的博物馆空间叙事的另一个特点是，言说者是以各种形态和方式被历史边缘化的人物和物件。对非裔美国作家而言，叙事本身就是与主流话语争夺权力空间。正如莫里森所言，美国叙事是一个把美国非裔人作为他者不断边缘化的过程。② 这样看来，达夫有意识地选择那些被边缘化的人物和物件则是一个让边缘群体发声，并从边缘向中心挺进的过程。

达夫在这个博物馆空间中赋予那些沉默、边缘化、刻板化的人物以声音。达夫曾经说，她要让"他者"、"缔造者"和"撼动者"都发出声音，尽管这些人物可能以一种并不见成效的方式影响着历史进程。③ 这些边缘性人物主要是历史上曾经像流星一样划过夜空的女性和黑人。在《博物馆》中，达夫从女性的视角重新想象，建构了一个又一个历史的瞬间，记录下圣·凯瑟琳、菲亚美达、窦绾等人的生活，并以生活细节赋予了她们真实的生命。达夫的用意很明确，"传奇"是可以"述说的"。这一点在颇有传奇性的黑人科学家、历书编撰者本杰明·班纳克的身上也得到了清晰的体现。这也是达夫以饱蘸情感的笔触创作了《班纳克》（"Banneker"）的原因。这位黑人科学家有着非凡的发明才能，却因为种族歧视而不断被质疑，并最终在贫病交加中孤独而离奇地死去。在他离去两百余年后，人们在他没有任何标志的坟墓旁竖起一块纪念碑，对这位传奇人物表示敬意：

> 除了躺在梨树下，
> 裹在大披风里，
> 思考那些神圣的躯体
> 他还做了什么？

---

① Yoshinobu Hakutani, *Cross-Cultural Visions in African American Modernism—From Spatial Narrative to Jazz Haiku*, Columbus: The Ohio State University Press, 2006, 140-141.

② Toni Morrison, "Playing in the Dark," *Whiteness and the Literary Imagination*, 1992.

③ Mohamed B. Talet-Khyar, "Gifts to be Earned," in Ingersoll, ed., *Conversations with Rita Dove*, 85.

脆弱，巴尔的摩的好人们

低语，震惊之余

也充满恐惧。毕竟据说

他喜欢烈性酒。

还有他为何夜晚总是

待在星空下

为何他终身未婚？

不过谁又会要他呢！既不是

黑人也不是白人，

既不幸运也不疯狂，

当他在脑海里书写

另一封给杰斐逊总统的热情洋溢的信

气势恢宏的鸟儿在歌唱——他想象着

回信，态度礼貌言辞华美。

那些去过费城的人

讲过图书馆前

本杰明·富兰克林雕像

就像他的身材和长相。

妻子？不，谢谢你。

黎明时分他挤牛奶，

然而进屋

放上锅子煮上

他再睡个回笼觉。

他小时候做的闹钟

还在走着。邻居

用热面包和棉被

把他唤醒。

夜晚来临他扛起

　　　他的来复枪——长着白胡子的

　　　身影在暗黑的合众国的胸膛

　　　大步前行——

　　　射向星星，恰巧一颗星星

　　　熄灭了。是他杀的吗？

　　　我向你保证，我亲爱的先生！

　　　向被春天晕染的香甜的

　　　田野垂下眼帘，他能够看到

　　　政府的苍穹覆盖的城市

　　　从沼泽拔地而起

　　　在盘旋的光线中延展……

这位曾经给杰斐逊总统写过信、曾经以自己的方式试图改变黑人命运的传奇人物却在历史的变迁中被遗忘和误解，成为一个无法理解，也无从诠释的谜，连他是如何死亡的，是自杀、病死还是他杀都无从知晓。在巴尔的摩的"好人们"的眼里，他"脆弱""疯狂"，甚至不太正常。达夫没有试图美化这个传奇人物，而是让出于各种目的的评说交杂在一个文本空间之中，从而在她的博物馆中留下了一个真切、复杂的身影。

三　"世界的每时每刻都在那里"：达夫的文化空间和空间文化

　　从以上的论述中可以看出，达夫的博物馆文本空间的建构和空间叙事是以"文化对话"为策略实现的多元文化呈现。作为空间形态，博物馆本身就是一个"文化对话"之地。列斐伏尔（Henri Lefebvre）说："空间从来就不是空洞的，它往往蕴涵着某种意义。"① 博物馆的收藏不仅是为了呈现历史上的艺术精品，而且是"把知识转化为权力的精确的机制"②。

---

①　Henri Lefebvre, *The Production of Space*, Oxford UK & Cambridge USA: Blackwell Publishers Inc, 1991, 154.

②　Paula Findlen, *Possessing Nature: Museums, Collecting, and Scientific Culture in Early Modern Italy*, 23.

有不少研究者关注了博物馆中的文化再现问题，比如西方博物馆中民族志样本问题①、博物馆和其呈现的族群之间关系的变化问题②、博物馆作为呈现不同文化空间的可能性和局限性问题③、博物馆作为保存历史的媒介问题④以及博物馆在建构和再现文化中的意义等⑤。可见，博物馆的确是一个文化承载量极其丰富的空间和时间连续体。达夫之所以对这一时空连续体情有独钟也正是基于其这种文化丰富性。正如派特·瑞什拉托指出的那样，《博物馆》挖掘的是"文化起源"⑥。然而，以诗歌文本分析见长的瑞什拉托却没有进一步思考达夫在《博物馆》中挖掘的是怎样的文化起源。这一空白点恰恰成为本节思考的出发点和立足点。

詹姆逊（Fredric Jameson）说，我们的文化成了一种"日益受到空间和空间逻辑支配"的文化。⑦博物馆这个空间也不例外。博物馆将文化承载物变成了艺术客体，并成为文化汇集之地，也是追溯文化起源的理想场所，因为博物馆的展品都是有着"文化目的的物件"⑧，而作为布展者的达夫有权在不会谋面的各个物件之间和各种文化之间斡旋。每一个博物馆展览，不论其表面主题是什么，都不可避免地汲取布展者的文化臆想和资源。根据布展者的文化背景、所处时代和地点的不同，这种文化臆想也会有很大差异。正是这样的差异使博物馆本身成为一个政治和文化形态的竞技场。从这一意义上说，博物馆就是一个特定的文化空间。在这一文化空间之中，布展者可以把展品系统地安置成为一段历史、一种世界观、一种

---

① 详见 James Clifford, "On Collecting Art and Culture," in *The Predicament of Culture: Twentieth-Century Ethnography, Literature, and Art,* Cambridge: Harvard University Press, 1988。

② 详见 Ivan Karp, Christine Mullen Kreamer, Steven D. Lavine, eds. *Museums and Communities: The Politics of Public Culture,* Washington, D. C. : Smithsonian Institution Press, 1992。

③ Ivan Karp, Christine Mullen Kreamer, Steven D. Lavine, eds. *Museums and Communities: The Politics of Public Culture,* Washington, D. C. : Smithsonian Institution Press, 1992.

④ Robert Lumley, *The Museum Time-Machine: Putting Culture on Display,* London: Routledge, 1988.

⑤ George Stocking, *Objects and Others: Essays on Museums and Material Culture,* History of Anthropology, Milwaukee: University of Wisconsin Press, 1986.

⑥ Pat Righelato, *Understanding Rita Dove,* 35.

⑦ 〔美〕弗雷德里克·詹姆逊：《后现代主义：或晚期资本主义的文化逻辑》，吴美真译，时报文化出版企业股份有限公司，1998，第21页。

⑧ Michael Baxandall, "Exhibiting Intention: Some Preconditions of the Visual Display of Culturally Purposeful Objects," Ivan Karp and Steven D. Lavine, eds. *Exhibiting Cultures: The Poetics and Politics of Museum Display,* 1991, 33-41.

风格或者一部传记的一部分，从而把物件转化为一个系列的一部分。正如大英博物馆就是帝国文化的空间建构一样，达夫的博物馆建构的也是她眼中的世界和文化。对此，达夫本人曾经说，《博物馆》中的诗歌关涉的是"你如何保留文化，并传承给下一代"[1]。博物馆当然是文本留存的理想之地，甚至是现代社会历史和文化保留的唯一场所。事实上，参观者也并非带着空空如也的头脑进入博物馆，恰恰相反，他们会通过先前的经验和文化习得的信念、价值和观念性经验来解读博物馆。可见，布展者和参观者的文化知识结构合理地塑造了博物馆的文化品性。

　　那么，身为美国非裔作家，达夫要通过《博物馆》挖掘的是不是非裔文化起源呢？这一问题的答案似乎是肯定的。原因有二：其一，达夫的种族身份应该使她对非裔文化之源的探究产生兴趣；其二，这部诗集也的确涉及诸多非裔文化遗产、物件和人物。比如前文解读过的《班纳克》《翼人奥古斯塔和黑色的鸽子瑞莎》《水手在非洲》等都是关于黑人种族、身份、文化的探索的。这也是伊丽莎白·伯格曼·罗伊斯兹克斯认为达夫建构的是一个"美国非裔博物馆"的原因所在。[2] 然而，遗憾的是，伊丽莎白·伯格曼·罗伊斯兹克斯的结论并不准确。情况可能恰恰相反，达夫的文本博物馆修正的正是非洲中心主义（Afrocentric）观念引导下的美国非裔博物馆。"诗集-作为-博物馆"为达夫提供了一种以抒情诗的形式来探讨非裔美国文化遗产问题的手段。达夫在《博物馆》中的自我定位是一位有力量的黑人女性观察者/博物馆馆长，她正在改写一种由非洲中心主义观念操控的"非裔美国文化方案"。之所以如此，与美国20世纪中叶之后出现的族裔博物馆热不无关系。从1950年到1980年的三十年间，非裔美国博物馆如雨后春笋般涌现。据统计，在此期间有超过90家非裔博物馆在美国和加拿大建立。显然，这股非裔博物馆热潮

---

[1]　Helen Vendler, "An Interview with Rita Dove," in Henry Louis Gates, Jr. ed. *Reading Black, Reading Feminist: A Critical Anthology*, New York, NY: Meridian, 1990, 485.

[2]　Elizabeth Bergmann Loizeaux, *Twentieth-Century Poetry and the Visual Arts*, 第六章 Ekphrasis in the Book: Rita Dove's African American Museum, 163-191。

是在民权运动和黑人权力运动对黑人文化权力的主张的推动下产生的。①
非裔美国博物馆是一个"非裔美国人和非洲的过去能被热议并向更广泛
的公众传播的另一种版本"②。许多博物馆是由参与过民权运动的黑人艺
术家建立的，其目的是进行"文化宣传"。19世纪，非洲对黑人艺术家
来说是一种极其矛盾的意象，而经过"黑人艺术运动"和民权运动，非
洲文化和非洲意象逐渐成为非裔美国文化鲜明特征的源泉。比如，非洲
艺术民族博物馆寻求的是对非洲传统多元性和复杂性的探索；美国非裔
艺术家国家中心、明尼阿波利斯美国非裔历史和艺术博物馆等则致力于
收集、保存非洲艺术品和传承非洲艺术文化。到1978年，更是成立了非
裔美国博物馆联合会。美国非裔博物馆之所以如此受到青睐，一个重要
原因就在于黑人民族主义者认为，博物馆"能成为赋予黑人族群力量的
工具"③。

然而，历来对黑人民族主义保持审慎态度的达夫在这一点上再次偏离
了她的黑人文学之父们。在一个"非洲中心主义已经成为主流意识形态"
的时代，达夫所构建的世界主义博物馆代表了一种"修正的声音"，从而
与黑人民族主义和分离主义都保持了审慎的距离。达夫不认同非洲中心主
义，因为非洲中心主义"试图给黑人中产阶级提供一种感觉并成为真正
的黑人的基石"，但是它打的还是"种族本质主义"的牌。④ 从前文的论
述中不难看出，化身为博物馆馆长的达夫在遴选、布置和讲述自己的博物
馆中的物件时秉承的是多元性、去中心的原则，建构的是一个跨文化的、
杂糅的博物馆。可以说，达夫创作《博物馆》的目的就是"打造一种国

① Fath Davis Ruffins, "Mythos, memory, and history: African American Preservation Efforts, 1820- 1990," in Ivan Karp, Christine Mullen Kreamer and Steven D. Lavine (eds.), *Museums and Communities: The Politics of Public Culture*, Washington, D. C.: Smithsonian, 1992, 557.

② Ibid. 567.

③ Fath Davis Ruffins, "Mythos, memory, and history: African American preservation efforts, 1820-1990," in Ivan Karp, Christine Mullen Kreamer and Steven D. Lavine, *Museums and Communities*, 565.

④ Charles Pete Banner-Haley, *From DuBois to Obama: African American Intellectuals in the Public Forum*, Carbondale and Edwardsville, Southern Illinois University Press, 95.

际文化"①。诗集《博物馆》成为达夫大力拓展世界主义思想的方式，既包括中西部非裔美国文化，也包括非洲、加勒比、欧洲大城市的文化，并使这些文化发生了关键联系。

　　然而，文化遗产本身就是一个抗争的场域：在文化和族群内部，以及文化之间呈现的可能是相互矛盾和对立的力量和品性。因此，跨文化布展也会呈现强烈的对比性。当欧洲文化和非洲文化并置时，非洲文化往往由于其原始性而表现为一种劣势文化。这种对比往往会直接强化博物馆这一文化空间对非洲文化和黑人的刻板化呈现。可以说，作为族群的官方文化记忆保存之地，美国的博物馆对包括黑人族群在内的少数族裔的展示是刻板形象生产的助推器。这种刻板形象生产在很多美国作家的笔下得到过生动再现。比如，在苏珊·桑塔格的小说《在美国》中，借助女主人公的眼睛，我们看到了白种人对印第安人的"异化"和"丑化"。在费城百年博览会展厅中，印第安勇士的蜡相被塑造成有着"残忍的小黑眼睛、粗糙蓬乱的头发、像动物一样的大嘴"的形象；② 再比如左拉·尼尔·赫斯顿以一位人类学家的视角审视了黑人刻板形象在博物馆的展览："一个坐在树墩上，拨弄着班卓琴，又唱又跳；另一个非人非鬼，在农舍前咕噜着不平等。"③ 事实上，这个博物馆对所有少数族裔都在进行刻板形象的生产：犹太人都是夏洛克；黑人则都是拖着疲惫的双腿、贼溜溜地转着眼珠、上蹿下跳的小丑。赫斯顿因此发出了这样的疑问：为什么"关于黑人保险官员、普通从业者、办事员等人物的现实故事"一直没有被发表，并嘲讽地说，"那些普通的、奋斗的、非病态的黑人在美国是最能保守秘密的"④。

　　达夫显然意识到了在博物馆空间中的文化对比所带来的问题，因此她对非洲文化和黑人形象的呈现采用了与众不同的视角。她选择性地聚焦于

① Elizabeth Bergmann Loizeaux, *Twentieth-Century Poetry and the Visual Arts*, Cambridge：Cambridge University Press, 2008, 7.

② 〔美〕苏珊·桑塔格：《在美国》，廖七一、李小均译，译林出版社，2003，第151页。

③ 转引自 Ross Posnock, *Color and Culture：Black Writers and the Making of the Modern Intellectual*, Cambridge, M. A.：Harvard University Press, 1998, 3。

④ 转引自 Robert E. Hemenway, *Zora Neale Hurston：A Literary Biography*, Board of Trustees of the University of Illinois, 1980, 327。

黑人知识分子、布鲁斯音乐等知识和艺术层面的历史。无论是黑人科学家班纳克，还是身为化学家的黑人父亲，或者是去欧洲参加学术会议的黑人女性知识分子，都是如此。在《荷兰芹》中，她甚至从语言层面分析了连种族屠戮的原因。达夫的选择尽管看似有些极端，却不得不说是一种不得已的选择。这其实是达夫试图使黑人生活和其艺术品的合法性能在公共的、民族的、国际的视野中"被制度化"，并"被纳入民族生活的脚本之中"的努力。① 从这一层面来看，达夫实践的是黑人"知识分子行动主义"（intellectual activism）传统，而达夫的博物馆就是理查德·赖特倡导的却由于时代和个人局限而未能建构的"知识空间"②。

第四节　"一个移动的 x-标记-点"： 达夫的空间意象与诗学空间

对于法国当代文学评论家、科学哲学家巴什拉的"空间的诗学"的痴迷使达夫不仅创作了大量以空间为主题的诗歌，而且有意无意地从现象学和象征意义的角度，对空间诗学进行了全新的阐释，并在她的诗歌和诗歌创作中完美地体现出来。"幽灵之城""一个移动的 x-标记-点""几何""漫游"等带有鲜明空间意象和空间形态的诗句成为达夫建构自己独特的"空间的诗学"的制胜法宝。

一　"幽灵之城"和"移动的 x-标记-点"

文学的空间之喻久已有之。詹姆斯就曾经把小说称为"小说之屋"（house of fiction）。关于诗歌的房屋之喻也并非达夫首创。19 世纪，狄金森就在诗歌中阐释了"诗歌之屋"（house of poetry）：

---

① Elizabeth Bergmann Loizeaux, "Ekphrasis in the Book: Rita Dove's African American Museum," in *Twentieth-Century Poetry and the Visual Arts*, New Yor: Cambridge University Press, 2008, 171.

② Richard Wright, "Blueprint for Negro Writing," Rpt. In *Richard Wright Reader*, ed. Ellen Wright and Michel Fabre, New York: Harper and Row, 1978, 45.

> 我安居在可能之中——
> 比散文更美的房屋——
> 多了无数的窗户——
> 更多了无数扇门
>
> 雪杉做成的房间——
> 坚不可摧的眼睛——
> 永恒的屋顶
> 苍穹倾斜搭建而成。
>
> 最美的来访者
> 安居于此
> 我的小手伸展开来
> 聚集起天堂①

　　评论家罗伯特·魏斯布赫（Robert Weisbuch）曾明确指出，这首诗歌中的"可能"指的就是"诗歌"，"可能性是艾米丽·狄金森对诗歌进行定义的同义词"。② 狄金森的"诗歌之屋"之喻的伟大之处在于两点。首先她用天才诗人的想象赋予了诗歌一种具有容纳性的空间感。换言之，她用诗性想象构建了一种带有空间特点的诗歌和诗学。其次，她的诗歌和诗学"超越"了封闭的房屋本身，指向了外部空间。这一点从她的"诗歌之屋"充满了通向外部世界的"窗"和"门"就可见一斑。通过这些中间地方和过渡地点，她的"诗歌之屋"与雪杉和苍穹连为一体，与广袤的外部世界实现了能量交换。③ 可见，这一"诗歌之屋"是动态的、开放的和外视的。

　　狄金森的"诗歌之屋"很容易让我们想起达夫在诗歌《诗艺》（"Ars

---

① Emily Dickinson, *The Complete Poems of Emily Dickinson*, Thomas H. Johnson, ed. # 657.

② Robert Weisbuch, *Emily Dickinson's Poetry*, Chicago：U of Chicago P，1975, 1.

③ Uta Gosmann, *Poetic Memory*：*The Forgotten Self in Plath，Howe，Hinsey，and Gluck*, Madison：Farleigh Dickinson University Press，2012, 133.

Poetica"）（*GN*，48）中一个十分神似的表达：

> 我想要的诗歌短小精悍，
> 一座幽灵之城
> 坐落在更大的意愿地图之上。
> 于是你可以把我勾画成一只苍鹰：
> 一个移动的 x-标记-点。

两首诗歌在空间理念上惊人的相似。这也不奇怪，狄金森一直是达夫颇为仰慕的前辈诗人。两位女诗人跨越了时空和种族，在诗学空间上驻留在一个相似的平台之上。两位女诗人的共同之处可以概括为以下三点：其一，空间成为诗学和诗歌的载体；其二，想象是建构"诗歌之屋"的动力之源；其三，空间是物质的，更是精神的和艺术的，是一种"占有空间的语言"①。从狄金森到达夫，美国诗歌，尤其是美国女性诗歌形成了一个十分明确的空间诗学传统。达夫敏锐地注意到了这一点。在《诗人的世界》中，达夫对这一女性空间诗学传统进行了梳理：

> 每一首诗歌都有自己声音的房屋，有自己的地理的余韵。我们能分析诗人对家宅空间的喜好，从语言学的角度讲就是：在安妮·塞克斯顿的最后一首诗歌中，她如何在她的地窖中挣扎，与海洋深处（另一种地窖）的渴望讨价还价，却被弗洛伊德式的罪恶和老鼠啃咬着她的灵魂夺取生命……或者想一想西尔维娅·普拉斯的极端的垂直状态……我宁愿想象普拉斯身处曼哈顿的电梯之中，而不是停留在楼梯上，伴随着她的是令人胆战心惊的胃里的翻江倒海。还有西奥多·罗特克的暖房，露西尔·克利夫顿的厨房，理查德·雨果的西部路边小酒馆，伊丽莎白·毕肖普神秘莫测的童年房屋，或者，她成年后的卧室，在巴西的电闪雷鸣般的风暴中舒服安全的内心世界。②

---

① Lesley Wheeler, *The Poetics of Enclosure: American Women Poets from Dickson to Dove*, Knoxville: The University of Tennessee Press, 2002, 1.
② Rita Dove, *The Poet's World*, Washington, D.C.: Library of Congress, 1995, 18.

不过，尽管达夫与狄金森在诗歌的房屋之喻方面相似，但两人与"诗歌之屋"的位置关系却全然不同。狄金森是安居在"诗歌之屋"之中，透过开启的窗和门与外部世界神交；而达夫为自己确定了一个十分独特的位置关系："然后你可以把我勾画成一只鹰：／一个移动的 x-标记-点。"对于诗歌中提到的"移动的 x-标记-点"，达夫本人在访谈中曾多次提到。例如，在与马琳·派瑞拉的访谈中，达夫说："我的确认为我的艺术气质是一个移动的 x-标记-点，不停地运动。我现在努力不去想文学的文化历史。那对于我成为艺术家没有帮助。我倒是宁可在它的中间，完全混杂着。"① "x"本身就是一个含义多元的标记符号，也是一个随着历史的变迁含义不断发生变化的符号。从文字含义来说，它指不明身份的人和不可知的神秘事物；从美国历史，尤其是美国黑人历史来看，x 常常被不会写字的人用来代替签名，特别是不会书写的奴隶用来代替签字；从符号的喻指意义来说，x 常常用以指代无名者和被忘记的人；从社会意义的符号系统来看，x 是十字路口的标志。可见，达夫选择 x 作为自己身份的符号是用心良苦的。这个含义多元的符号具有极强的容纳性，包容了时间与空间的变化、诗人与诗歌的关系、静态与动态的辩证法、情感世界与客观世界、主体与客体等多维度的诗学建构。她把自己的诗歌比喻成一个幽灵之城，含义、发现、身份的踪迹在此若隐若现，而诗人则化身为一个如幽灵般的鹰，在不断的飞翔中俯瞰欲望的地图，寻觅诗性的启示的时刻，并投射自己的标记。由此，达夫的诗学理想清晰可见，即她要构建的是一个动态的、协商的诗歌世界。这种诗歌身份的中心是一种移动的、游牧的、流散的执着：事物、情感状态、创作过程、个人的和集体的叙述都不能被固定。与渴望寻求一个物质的和精神的永久的居住地的前辈美国黑人诗人不同，达夫的诗学寻求的不是一个永久的家园，而是一个随时准备用想象的力量接纳任何在动态的诗歌创作中发现的小小的"幽灵之城"。达夫的这种跨界的思维模式与美国黑人评论家、学者休斯顿·贝克（Houston A. Baker, Jr.）可谓不谋而合。贝克不仅认为 x 是"作为一种力量的功

---

① Malin Pereira, "Going Up Is a Place of Great Loneliness," in *Conversation with Rita Dove*, ed. Earl G. Ingersoll, Jackson: University of Press of Mississippi, 2003, 162.

能"跨越疆界的符号，而且认为"行踪不定"才是"非传统的传递者"：
"它们的线条是流动的、游牧的、转化的"，"它们的适合的标志是在连接
处的跨界符号"①。贝克还呼吁美国非裔作家"在这个无地之地"
（placeless-place）、"无点之点"（spotless-spot）"去捕捉流动的经历多样
的语调和含义"②。

事实上，这种由跨越地域、跨越文化而造成的"无家"之感是缠绕
着几乎所有族裔美国作家的梦魇，犹太诗人雷兹尼科夫甚至用生活在
"地理的谬误"中来定义处于流散状态的人的心理。③所谓"地理的谬
误"表明的是族裔诗人"不仅不在自己的家园中，而且还在自身之外"，
他们"生活在那种人们被排斥在某种程度上像从自身中被排斥的那种排
斥中"④。然而对于达夫来说，尤其是对于她的诗歌写作策略而言，这
"地理的谬误"和"排斥"并不意味着"处于中心之外"，更不意味着
"边缘"；情况可能恰恰相反，在她的世界中"中心"无处不在，而"疆
界"却无处可寻。

自认为在"后后现代主义年代"（post-postmodern age）创作的达夫，
以一种有"包容感"的，力图"超越""黑人文化民族主义的急迫"，跨
越了黑人性和非黑人性的二元对立和种族协商，并创造性地进入一种表达
她的"世界主义者身份"的跨界的书写。对于达夫的这种独特的身份，
泰瑞斯·斯蒂芬也特别给予了关注：

　　达夫显然抗拒在一个种族、阶级和性别的咒语下被定型。她不是
自然诗人、不是地域主义作家、不是女权主义者，既不是某个特别群
体的代言人也不是所有人的代理人。在身体、思维和幻想的空间中，
她个人的立场作为诗人、历史学家、地理学家、天文学家、考古学

---

① Houston A. Baker, Jr., *Blues, Ideology, and Afro-American Literature: A Vernacular Theory*, Chicago: University of Chicago Press, 1984, 202–203.

② Ibid. 202.

③ Charles Reznikoff, *The Complete Poems of Charles Reznikoff.* ed. Seamus Cooney, Santa Rosa: Black Sparrow Press, 1996, 46.

④ 〔法〕莫里斯·布朗肖：《文学空间》，顾嘉琛译，商务印书馆，2003，第63页。

家、社会学家、心理学家、神话学家、神话创造者、旅行者言说和
表达。①

达夫复杂介于"是"与"不是"之间的文化身份决定了她的诗歌创作策
略的独特性，并注定将开启一次跨界书写的旅程。那么，我们如何定义这
个跨越文化界限的文化空间？跨越边界又如何成为一种诗学理念并成为一
种诗学策略，从而成为影响达夫诗歌创作的决定性因素的呢？在何种程度
上跨界的空间理念与达夫本人所处的后殖民主义创作语境发生了协商关系
呢？达夫的诗学理念又在何种程度上形塑着美国当代诗歌，尤其是族裔诗
歌的走向呢？本章将思考以上问题并在一定层面上尝试给出答案。

　　作为一名"训练有素"的诗人，达夫的诗歌写作策略是有意识的和
有选择性的。达夫对这个诗学空间有着自己独到的理解。在与达夫研究专
家马琳·派瑞拉的访谈中，派瑞拉问了一个非常具有学术价值的问题并与
达夫展开了一段对其诗学理念的研究和理解极具价值的对话：

> 派瑞拉：如果我们追溯到杜波伊斯和他开启的"20 世纪的问题
> 　　　　是肤色界限的问题"并把这个问题作为一个弧来建构
> 　　　　它的话，我认为你的一些作品是一个有趣的与 21 世纪
> 　　　　的接续，因为你对界限不感兴趣。可能你更多地把它变
> 　　　　成了一个点-点-点，或者模糊界限。
> 达夫：一个解除了武装的区域。我让它具有渗透性。然而这个问
> 　　　题依旧是个问题，一个灰色的区域。
> 派瑞拉：我认为人们普遍不知道如何应付灰色区域。
> 达夫：是的，非常不幸的是，他们不知道。杜波伊斯的精彩言论
> 　　　（因为它的表达是那么美好）依旧有道理。尽管它不再是
> 　　　一个界限，但是它是别的什么。我认为他也在表达这样
> 　　　一个观念，那就是人们正在他们中间设定一个界限。事实是
> 　　　我们依旧以界限思考人们之间、族群之间和性别之间的界

---

① Therese Steffen, *Crossing Color*, 20.

限。有时候这是那么令人沮丧。

派瑞拉：20 世纪的界限打破了吗？

达夫：我认为人们只有走进他们自己的内心深处并且他们身上不
再有隔阂，界限才会被打破。……我认为承认每个生命的
不确定性也会使得你不再恐惧任何神秘和不可知的事情，
并把这些转化为他者。什么是这个他者？我们的内心深处
都有他者。①

从这段访谈中，我们可以清晰地看出达夫所代表的"黑人艺术运动"之
后，美国黑人诗歌尝试的转向。以达夫为代表的非裔诗人敏锐地感受到美
国社会政治文化氛围的发展和变化。与此相适应，美国非裔诗歌开始走出
强烈的黑人性的种族视野，走入一个达夫所言的解除了武装的"灰色区
域"，一个融合了黑色和白色的朦胧的诗学空间。

二 "幽灵之城"和"大罐之喻"

从历时的维度来考察，"幽灵之城"所带来的空间感和文化喻指性具
有鲜明的非裔美国作家的空间意象传统，尤其是对从埃里森的"大罐之
喻"开始的关于当代非裔美国文学创作理念和文化定位的传承和发扬。
20 世纪 60 年代，黑人小说家拉尔夫·埃里森在与评论家欧文·豪的文学
论战中，写下了著名文论《这个世界和这个大罐》，并提出对后世非裔美
国作家影响深远的"大罐之喻"。这个带有鲜明空间感的"大罐之喻"所
带来的文化"混血儿"的身份定位以及开放而流动的种族意识对于在
"后黑人艺术运动"时期进行创作的非裔诗人的意义非同寻常。达夫以空
间意象重写"黑人艺术运动"诗歌谱系的策略与埃里森是不谋而合的。
然而，时代的不同还是使得达夫有别于埃里森。达夫的"幽灵之城"和
"幽灵之鹰"与埃里森的"世界"与"大罐"的模式也有着本质的区别。
在达夫的世界中，没有一个盛装黑人经历和自我的"大罐"，因为无论这

---

① Malin Pereira, "Going Up Is a Place of Great Loneliness," in *Conversations with Rita Dove*, ed. Earl G. Ingersoll, Jackson: University Press of Mississippi, 2003, 172-173.

个"大罐"是透明的还是不透明的，都将意味着两个世界的分离。对于有着跨国婚姻经历和跨界书写理想的达夫来说，无形的界限也是不能够接受的。达夫认为只有打破"大罐"才会还原世界本来的样子，也才是黑人文学获得新生的前提和条件。

达夫曾经豪迈地表示，她要"闯出一条新路"，要为她们这一代黑人女诗人勾画出书写的边界，并确立自己的书写空间。可以说，达夫通过为某些特定的地点"镌刻"上特定的含义，成功地勾画出一个想象的诗学空间。这个空间首先从达夫早期的诗歌代表作《几何》（"Geometry"）（*SP*，17）中清晰地构架起来：

> 我证明了一条定理而房子扩张开来：
> 窗子猛地打开悬停在天花板附近
> 天花板带着一声叹息漂浮而去。
>
> 随着墙体清理了每一件东西
> 只把透明，康乃馨的味道
> 留给了它们。我走到晴空下
>
> 空中窗户装上铰链成为蝴蝶，
> 阳光闪烁在它们交错之处。
> 它们正向某个真切却未被证明的点走去。

这首诗以"几何"为题，全诗共三个诗节，每个诗节三行，在形式上具有几何对称性。这是一首利用精致的诗歌技巧构建起来的诗歌，诗歌中看似对立的各种因素都在诗人的诗学建构下达到一种平衡，被评论家海瑞顿（Walt Harrington）称为"完美、明晰、纯粹的抒情诗"[1]。然而，这首诗歌最独特之处还在于它给人的强烈的视觉感和空间感。讲述人证明了一个

---

[1] Walt Harrington, "The Shape of Her Dreaming-Rita Dove Writes a Poem," *The Washington Post Magazine* 1995（May），17.

定理，然后信步来到户外。这样一个看似平常的生活情境和个人经历如何通过视觉和言语的意象表达出来呢？诗歌中的中心意象是"房子"，显然这是一个喻指性的物体。"房子比喻性地描绘了头脑"，或者是"头脑的膨胀扩张把房子崩裂开来"①，窗子悄然打开，一切都开始处于运动之中："我""走"到"晴空下"，墙体"清理"一切，窗户更是在动态中幻化成为"蝴蝶"。运动带来空间位置的移动，而讲述人则在这场从里到外、从地到天的空间大转移中完成了思想从有限到无限的神奇转变。诗歌开始时，讲述人为自己证明了一个定理而沾沾自喜，而诗歌结尾处讲述人却发出了"未被证明"的感慨，并彻底消除了自己的一切具体的、感官的或是嗅觉的残渣余孽，如爱默生一样经历了薄如"眼球"一样透明的、超验的升华，思绪如蜕变后的蝴蝶翩翩飞出。乘着心智女神的翅膀，纯粹的头脑向真理无限靠近，却永远无法穷尽无垠的诗学空间。在这个空间中，"除了神奇的诗歌和心智过程，没有其他可以得到证实"②。

达夫在《几何》中建构的诗学空间颇有海德格尔的风范。这位存在主义哲学大师把"建筑"等同于"诗歌"与"存在"："诗是真正让我们安居的东西。"对于我们通过什么达于安居之处，海德格尔指出是"建筑"，因此"让我们安居的诗的创造，就是一种建筑"③。这种"建筑"则是容纳了诗歌的空间，在一定界限之内，诗歌是自由的。"界限是事物开始呈现自己的"边界，"空间"在本质上是让束缚得以进入的地带。这也正是达夫在她的作品中诠释文化空间的策略和理念。达夫的这一空间诗学建构策略在非裔女诗人中是颇有代表性的。正如贝克所指出的，从空间类比和喻指入手是非裔美国女性诗人偏爱的文学实践。④ 比较而言，达夫可能比其他女诗人走得更远一些，她的梦想和困惑是："我们会把宇宙的/空间溶解到我们的味道之中吗？"⑤

"扩张"的"房子"、"打开"的"窗户"、"漂浮"的"天花板"所

---

① Therese Steffen, *Crossing Color*, 24.

② Therese Steffen, *Crossing Color*, 25.

③ 〔法〕海德格尔：《人，诗意地安居》，郜元宝译，张汝伦校，广西师范大学出版社，2000，第71页。

④ Houston A. Baker, *Workings of Spirit: The Poetics of Afro-American Women's Writing*, 22—35.

⑤ Rita Dove, *Grace Notes*, New York, N.Y.: W. W. Norton & Company, 1991, 28.

构成的神奇的、动态的"几何"空间成为达夫诗歌想象驰骋的开放的诗学空间，它与博尔赫斯（Jorge Luis Borges）的"阿莱夫"有着异曲同工之效，更具令索雅（Edward W. Soja）魂牵梦绕的"第三空间"的精神实质。这是一个既不同于物理空间也不同于精神空间，但又兼容两者，进而超越两者的空间。索雅"第三空间"理论的提出"从根本上打破空间知识旧的樊篱"，使空间具有"彻底开放性"①。从诗学理念的角度来看，达夫的"几何"空间具有的正是这种可以任诗歌想象之翅无限飞翔的动力场域，其间的几何的线条或具体，或抽象；或隐性，或显性；或有度，或有方向，却无一例外地可以自由拆解、自由移动，并在空间的大转移中完成形状和性质的转变。在后现代的空间理论的框架中，空间作为一个场域，与文学的各个层面——"地域、文化、权力、政治、主体、身体、性别、身份、记忆、公共性、环境、心理、感知等"都"形成纷繁的互动关系"②。因此，达夫的几何空间所蕴含的从封闭的空间到跨界旅行（border-crossing）、从单一的空间到衔接空间（liminal space）、从单纯的文学空间到多元的文化空间等理念对处于文化的边缘并一直致力于寻求在文化空间中有所突破的少数族裔作家，特别是对于"后黑人艺术运动"时期的黑人女性作家来说，具有不同寻常的意义。

三　"移动的 x-标记-点"和漫游空间

达夫为自己确定的位置——"一个移动的 x-标记-点"颇耐人寻味。这个独特的诗人身份强化的是一种漫游的状态和思维方式，并以这种无所不在的运动方式为自己的诗学和文化身份建构了一个漫游空间。如果说达夫的"几何"空间是在抽象的意义上对其诗学的诠释，那么她的"漫游空间"就是对其诗歌后现代以及后殖民空间性的一种强化和运用。对于非裔美国黑人来说，空间包含着对于失去的家园的文化地域化的重新选择。达夫在她颇有影响的诗歌《巴黎的岛屿女人》（"The Island Woman of Paris"）（GN, 65）中，描写了加勒比安提瓜女人漫游在巴黎街头的情景：

---

① 陆扬：《空间理论和文学空间》，《外国文学研究》2004 年第 4 期，第 34 页。
② 戚涛：《"空间·政治·文学"学术研讨会综述》，《外国文学》2007 年第 1 期，第 101 页。

掠过一块又一块边石，像赛舟会

从纳夫桥到奎德拉瑞坡地铁

在与交通的冷静的协商中，

每个人都是她自己的国家。

被移植到这个城市

通过一种称作"帝国"的好意的侥幸。

岛国女人们被悬在空中划了过去

用一根直通到天际的绳索。

谁能忽略它们装饰性的意义，

头巾像鹦鹉一样桀骜不驯地飘着，

或者用精巧的珠串雕刻成如烟的笼子

插在她们清晰的眉端？

岛国女人在巴黎游荡

好像她们刚刚完成了发明

她们的目的地。

最好

不要直视岛国女人的眼睛——

除非你的确觉得不必要。

没有比这些来自西印度群岛的女人更能够体现后殖民空间特点的人物形象
了。确切地说，她们本身体现的是在后殖民的语境中文化空间的特殊含
义。"后殖民"囊括了所有被从殖民的时刻到现在的"帝国主义进程所影
响的文化"①，而后殖民文学的一个主要特点就是其对"地点和错位的关
注"，以及由此而产生的"对自我和地点之间关系的特殊情愫"②。这也
正是达夫诗学和身份建构关注的焦点。巴黎曾经是西方文明的中心，而岛

---

① Bill Ashcroft, Gareth Griffiths, and Helen Tiffin, *The Empire Writes Back*: *Theory and Practice in Post-Colonial Literatures*, 2.

② Ibid. 8-9.

国女人却是"被边缘化"的文化和地域的代表。斯图亚特·霍尔（Stuart Hall）曾经指出，在后殖民语境中，"被殖民文化将悲剧性地被他者化"①。然而，达夫这里呈现的却是一个在"西方都会"与被殖民"他者"在空间上的鲜活的互动关系：被"帝国"的"好意"带到这个陌生城市的岛国女人，并没有把自己当作"他者"。她不仅在与都市的冷静的协商中保持着自己的独立，而且保持着自己种族文化的特质：她们独特的"头巾"和"珠串"不但凸显着她们的异域风情，也装点着这个西方现代文明中心，使它也不可避免地带上了些许异域特质。她们怡然地游荡在立交桥和地铁站这些由现代化的符号组建的文化空间之中，如她们的"头巾"一样桀骜不驯地、骄傲地为这个文化空间打上了她们自己的烙印。在达夫的诗歌世界中，"西方都会"与被殖民"他者"之间并不是二元对立的关系，也不是主流与非主流的关系，更不是中心与边缘的关系，而是一种复杂的都市漫游者与都市的关系。可以说，达夫的《巴黎的岛屿女人》为都市漫游空间又增添了一个鲜活的元素。

　　加勒比地区的殖民化过程一直是一个令后殖民理论家着迷的研究领域，因为"这一地区诞生于殖民主义，其历史独特性在于它既没有一个前殖民时的故乡，也没有一个后殖民时的故乡"②。因此，加勒比文化身份本身带有鲜明的杂糅性，用司图亚特·霍尔的话说，就是"加勒比性"（caribbeaness）中带有断裂性和不连贯性，并存在着非洲性、欧洲性和美洲性三种印记。其中，非洲性表明了沉默者无从言说的状态，欧洲性代表着殖民话语的占有性和强权性，而美洲性则是多种文化形态遭遇的交界点。③巴黎在达夫的诗歌中是现代城市的代名词，而游荡在这个城市空间中的加勒比岛国女人则是所有少数族裔外来者的化身和游魂。从都市漫游理论的视角来看，漫游在巴黎街头的安提瓜女人们折射了更加丰富的内涵。都市漫游者与城市的关系映射的是"城市空间的政治意义的竞逐"与美国少数

---

① Stuart Hall, "Cultural Identity and Disapora," 393.

② 舒奇志：《殖民地文化的成长之旅——牙买加·金凯德自传体小说〈安妮·章〉主题评析》，《四川外语学院学报》2005 年第 4 期，第 62 页。

③ Stuart Hall, "Cultural Identity and Disapora," 390-400.

族裔的文化身份认同的动态关系。① 随着去除中心主体的分裂和都市空间性多重论述的不断衍生，都市空间可以产生不同的竞逐意义。这种政治意义的竞逐在多元族裔、离散社群迁居的后现代都市，尤其具有特殊意义。这种特殊意义就在于，"多元族裔的历史，借由文化记忆的现在和再书写，往往成为迁居族裔争取、对抗既成的空间分布、重新自我定位和确认位置性的基础"②。通过文本中的空间生产，少数族裔作家在延续文化传统或与之决裂的两个极端的坐标之间创造了一个暧昧的"第三空间"，从而重新绘制出少数族裔族群能参与主流社会且置身其中的杂糅的城市的新"地图"。

达夫所打造的"漫游"空间的终极目标正是所有美国少数族裔作家的理想，那就是家园情愫的归属。达夫毕生致力于构建"文化"空间的目的即在于此。达夫诗集《装饰音》中的第一个结语引用了托尼·莫里森的一段话，表达了对家的不灭的渴望："所有的水都有完美的记忆，总是永远设法返回它的发源之地"③；而诗集中最后一个题铭则援引了希腊诗人卡瓦菲斯（Cavafy/Cavafis）的诗句："不要指望他方之事。既然你已经在这里耗尽了生命，在这个小小的角落，那么你就已经在这个世界上每一个地方毁灭了它。"④ 这段题铭是永远无法返回家园的流散人群的共同遗憾。弗洛伊德曾经说："文化空间很有可能是唯一配得上家这个奇妙的名字的空间，在那里艺术家和读者们，作为创造和再创造的主体，相安无事地保持着'他们各自的家的主人'的［身份］。"⑤ 对于认为"我一直是陌生的土地上的一个陌生人"（I have been a stranger in a strange land）的达夫来说⑥，家园恐怕是比诗学和身份更加难以找到稳定的归宿的概念了，而这种困顿也正是达夫厚描加勒比岛国女人的都市漫游姿态的直接原因。可以说，达夫的家园就是"一份引人注目的世界主义的演

---

① 苏榕：《重绘城市：论〈猴行者：其伪书〉的族裔空间》，《欧美研究》1992年第2期，第346页。

② 苏榕：《重绘城市：论〈猴行者：其伪书〉的族裔空间》，第348页。

③ Rita Dove, *Grace Notes*, New York, N. Y.：W. W. Norton & Company, 1991, 5.

④ Ibid. 57.

⑤ 转引自 Therese Steffen, *Crossing Color*, 23。

⑥ Rita Dove, *American Smooth：Poems*, New York, N. Y.：W. W. Norton & Company, 2004, 17.

员表"①。

达夫所建构的空间诗学继承并发展了非裔美国诗人的诗学建构策略和诗学理想，同时也赋予了这一诗学理念以时代特征。这样的诗学空间所建构的是一个多维而动态的黑人文化身份，从而实现了达夫不同寻常的世界主义者的诗歌理想，使她的诗歌成为"有生命的东西"并具有既能抵抗种族暴力，又能抵抗非裔中心主义狭隘种族观的双重力量。

小结： 达夫的空间观与空间诗学建构策略

从家园到世界勾勒的不仅是达夫作品的空间主题嬗变的轨迹，也是黑人，尤其是黑人女性自我建构方式改变的轨迹，更是她的诗学观念转变的轨迹。达夫的空间主题作品按照空间关注点的不同分为家园空间诗歌群、漫游空间诗歌群、时空一体的博物馆诗歌群和空间诗学诗歌群。这四个诗歌群分别从不同的侧面反映了达夫的家园观、世界观、时空观和诗学观。

其一，达夫的家园空间诗歌群以其丰富的家宅意象，赋予了家宅各个空间维度以独特的文化含义。厨房、门廊、后院等看似平常的家宅空间在达夫的诗性呈现中都与黑人，尤其是黑人女性的生命息息相关，更与黑人家庭的命运形成了富有历史维度的关联。以厨房为代表的封闭家宅空间，以门廊为代表的半封闭、过渡性空间，以后院为代表的开放空间也因此承载着黑人和黑人家庭厚重的情感重量。通过文本细读可以发现，达夫对不同家宅空间的理解和诠释与她的前辈黑人女作家有着极大的差别。被很多黑人女作家认为是分享姐妹情谊、讲述家族故事、积蓄个人力量的厨房空间，却是达夫诗歌中的女性焦虑地等待时机逃离之地。门廊这个美国家宅建筑中最独具特色的过渡性空间在达夫之前的女作家作品中极少提及。然而，这个空间却让达夫发现了一个黑人女性走出家园之前，整理行囊，深情告别的地点。后院在达夫的诗歌中，不再是黑人女性种植小番茄、马铃薯的菜园，也不是黑人女性培育番红花的花园，而是她们阅读和思考的地

---

① Guy Reynolds，*Apostles of Modernity*：*American Writers in the Age of Development*，Lincoln and London：University of Nebraska Press，2008，221.

点，是她们的神思和灵感与自然交流，与日月相互凝视、相互倾听的地点。达夫的家宅空间对前辈女作家的偏离体现的正是在"后黑人艺术运动"时期创作的黑人女性知识分子对家园的不同理解。另外，由此我们也不难看出，对于黑人女性而言，家园也并非稳固的后方，而是一个禁锢了她们生命活力之地，可以说，在达夫的诗歌中，家园终于在黑人女作家的作品中体现了一种难得的辩证性。

其二，达夫的漫游空间诗歌群与家园空间诗歌群是相辅相成的。急于离开家宅的黑人女性终于义无反顾地踏上了旅行之路，也开启了达夫的旅行诗歌的书写。这些诗歌群中的主人公不仅在物质空间上游走于欧洲、美洲、非洲、亚洲，在心理空间上也精骛八极、心游万仞。达夫的游记诗歌群与通常意义上的游记诗有着本质的区别。她关注的焦点不是风景，而是风景背后的故事。因此，可以说，她的游记诗歌是"不带风景"却"带文化"的诗歌。这种达夫式的游记诗以一种世界主义者的视角，探究了不同地区、不同族群之间的文化差异以及由此带来的误解、对立和敌视。她的游记诗歌是以"世界主义视野"对抗"殖民视野"的书写范例。

其三，时空一体的博物馆诗歌群主要集中于达夫的诗集《博物馆》。这部诗集从整体构思到宏观结构，再到微观层面的一首一首的诗歌，都集中体现了博物馆这个特定空间的时空一体性和文化呈现的品性。通过"博物馆"这一文化隐喻，达夫把一个时空一体的特定空间转变成为一个文本空间、一个叙事空间和一个文化空间。在这部诗集中，达夫化身为一位博物馆馆长，不但亲自遴选、布置、讲解她的展品，而且确立了明确的遴选和布展原则。这个原则就是"去中心性"。秉承这一原则，不同地域、不同时代、不同背景、不同文化的物件、人物和故事巧妙地并置、对比、观照，从而把博物馆转化为一个世界主义的文化展厅。

其四，空间诗学诗歌群集中表达了作为诗人和诗歌评论家的达夫的空间诗歌观。达夫秉承了狄金森的"诗歌之屋"的空间诗学想象，结合巴什拉的"空间的诗学"理念，提出了两个至关重要的空间诗学观念："幽灵之城"和"一个移动的 x-标记-点"。这两个概念分别确立了达夫的空间诗学观念和诗人的观察点问题。"幽灵之城"意味着达夫将把诗学想象、语言等与诗歌创作直接相关的问题统统纳入一个空间想象之中，而"一个移动的 x-标记-点"则意味着诗人将以一种动态的、外在的观察者和创作者身份与诗歌发生联系。这一空间位置关系在黑人作家中可谓独树一帜，尤其与埃里森提出的"大罐之喻"形成了强烈对比。

家园空间诗歌群、漫游空间诗歌群、时空一体的博物馆诗歌群和空间诗学诗歌群既相互对立又相互补位，共同指向了黑人，尤其是黑人女性的身份问题。女权主义作家玛丽·戴利（Mary Daly）指出，女性的解放过程包含创造一个新的生存空间。① 达夫以丰富的、多层次的空间主题和空间意象，不仅创造了一个黑人女性的生存空间，而且解决了黑人诗人的生存空间问题，可谓一箭双雕。

---

① Mary Daly, *Beyond Got the Father: Toward a Philosophy of Women's Liberation*, 168-169.

第三章

从家族史到世界史： 达夫的历史书写

　　达夫享有历史诗人的美誉。① 评论家派翠西亚·华莱士、N.S. 布恩（N.S. Boone）等都认为，达夫对历史魂牵梦绕②，"对美国历史和更宽泛的历史"的关注多于对"个人历史"的关注，而她的文学知识与"她对历史的理解"是不可分的。③ 评论家布瑞泽尔（Jana Evans Braziel）更是表示，"历史和记忆是达夫全部作品的核心"，其他诗歌主题无不与此两个令达夫魂牵梦绕的主题有着千丝万缕的联系。④ 著名评论家派特·瑞什拉托也指出："在当代美国诗人中，丽塔·达夫的历史表达从形式到主题范围都是最多样化的。"⑤ 可见，达夫诗歌中的历史元素已经成为达夫研究者公认的达夫诗歌的标志之一。从出版于 1980 年的第一部诗集《街角的黄房子》到 2021 年的《启示录清单》，达夫在 40 年的诗歌创作中以诗人的热情、女人的细腻和学者的智慧对从哲学到数学、从政治到经济、从人生到人性、从音乐到绘画等多个文化层面给予了独特的关注，其诗歌涵盖面之广在美国当代非裔黑人诗人中是绝无仅有的，然而，一条清晰的线索却贯穿始终，那就是她的历史情结。她的诗歌简直可以称为历史人物跨

---

① Arnold Rampersad, "The Poems of Rita Dove," 54.

② Patricia Wallace, "Divided Loyalties: Literal and Literary in the Poetry of Lorna Dee Cervantes, Cathy Song and Rita Dove," *MELUS* 18.3 (Autumn, 1993): 12; N.S. Boone, "Resignation to History: The Black Arts Movement and Rita Dove's Political Consciousness," *Obsidian III Literature in the African Diaspora* 5.1 (Spring/Summer, 2004): 72.

③ Patricia Wallace, "Divided Loyalties: Literal and Literary in the Poetry of Lorna Dee Cervantes, Cathy Song and Rita Dove," *MELUS* 18.3 (Autumn, 1993): 12.

④ Catherine Cucinella, ed. *Contemporary American Women Poets: an A-to-Z Guide*, 107.

⑤ Pat Righelato, "Rita Dove and the Art of History," 60.

越时空的文本舞台。

达夫诗歌中的历史人物是多国度的，既有异域国度的人物，如中国历史上西汉中山靖王刘胜和他的妻子窦绾（Tou Wan）、中世纪意大利诗人薄伽丘和多米尼加的独裁者拉斐尔·特鲁希略等，也有美国本土具有传奇色彩的历史人物，如美国黑人废奴运动领袖大卫·沃克，黑人民权运动女英雄罗莎·帕克斯（Rosa Parks）等。值得注意的是，达夫的诗歌中的历史人物以作家和艺术家为最多。比如，"黑人艺术运动"中的风云人物，作家唐·李、德国诗人荷尔德林、墨西哥女画家弗里达·卡罗（Frida Kahlo）、美国艺术家伊万·奥布尔赖特（Ivan Albright）等。尤其值得注意的是，在艺术家的群体中，音乐家占了非常重要的比重。例如，画家克里斯汀·夏德，他的绘画作品"翼人奥古斯塔和黑色的鸽子瑞莎"（"Agosta the Winged Man and Rasha the Black Dove"）成为达夫诗歌的标题，音乐家罗伯特·舒曼、黑人布鲁斯女歌手比莉·哈乐黛等也以各自的方式走进了达夫的世界。叙事诗集《穆拉提克奏鸣曲》再次聚焦于音乐家、黑人小提琴家乔治·布林格托瓦，又为这长长一串音乐家的名字增添了别具特色的一个。

事实上，历史书写一直是美国族裔作家偏爱的题材和主题，族裔女作家更是如此。在非裔女作家、犹太女作家、印第安女作家、墨西哥女作家、华裔女作家的作品中，历史都是最重要的主题、背景和内容。其中，黑人女作家最具代表性。正如苏珊·威利斯所言："历史赋予了黑人女作家创作的话题和内容。人们阅读托尼·莫里森、艾丽斯·沃克或者葆拉·马歇尔的小说都会遭遇历史，感受历史的影响，经历历史带来的改变。"[①] 美国黑人女诗人、耶鲁大学教授伊丽莎白·亚历山大甚至说，黑人女性是"历史的动物"[②]。黑人女作家的历史情结与她们在美国历史上惨痛的遭遇不无关系。美国非裔女性是美国官方历史上的隐身者，更是被美国官方历史扭曲的对象。正如狄波拉·怀特（Deborah Gray White）所言，美国黑人女性被赋予的"神话"远远超过了"历史"[③]。此外，美国黑人女性对历

---

① Susan Willis, *Specifying: Black Women Writing the American Experience*, 3.

② Luo lianggong, "Interview with Elizabeth Alexander," 4.

③ Deborah Gray White, *Ar'n't I a Woman? Female Slaves in the Plantation South*, 3.

史的独特情怀与历史对身份的建构意义不无关系。"历史应该能给人一种身份意识，一种他们曾经是谁、他们是谁、他们已经走了多远的感觉。"[1]正是历史独特的身份建构意义使得一直苦苦追寻文化身份意义的黑人女作家们如获至宝。

达夫强烈的历史情结就与以上提到的原因密切相关。不过，有着独特文化身份意识和国际化经历的达夫的历史观也与众不同，并以十分独特的方式表述出来。达夫在她的诗作、文论和访谈中不厌其烦地阐释过她的历史观。其中，最具有概括性和代表性的当数1985年与汝宾和基钦访谈中的阐释。在这次访谈中，达夫表达了自己感兴趣的不是历史，而是历史的"下面"的观点："我发现历史事件的吸引人之处在于向下看——不是看我们通常能看到的或者我们常说起的历史事件，而是不能以一种干巴巴的历史意义讲述的东西。"[2]

达夫对历史的"下面"的阐释与新历史主义者海登·怀特的历史观如出一辙。在《作为文学虚构的历史本文》中，海登·怀特就多次采用了历史的"另一面"、历史的"下面"等字眼。[3] 可以说，达夫的历史观颇有新历史主义的精髓，至少体现在如下四点。其一，对微小叙事的偏爱。达夫明确表示，她钻掘到历史的"下面"，"不是讲述宏大的历史事件"，"而是讲述没人记得"、被历史尘封的逸事。[4] 这一点和新历史主义者的历史叙事观惊人一致。新历史主义者往往"表现出对历史记载中的零散插曲、逸闻轶事、偶然事件、异于寻常的外来事物、卑微甚或简直是不可思议的情形等许多方面的特别的兴趣"[5]。达夫选择的历史事件往往就是"由于记忆，或是机缘，抑或历史而冷冻起来的任何东西"，是诸如浴室的洗澡盆、父亲的望远镜等物件，是逃跑的奴隶独特的心路历程，是尽管身为奴隶，却也拥有阳光下的欢乐心情的凡人心态。其二，对历史与

---

①　Deborah Gray White, *Ar'n't I a Woman? Female Slaves in the Plantation South*, 3.

②　Stan R. Rubin and Judith Kitchen, *Conversations with Rita Dove*, 4.

③　〔美〕海登·怀特：《作为文学虚构的历史本文》，载张京媛主编《新历史主义与文学批评》，北京大学出版社，1997第162页。

④　Stan R. Rubin and Judith Kitchen, *Conversations with Rita Dove*, 6.

⑤　〔美〕海登·怀特：《评新历史主义》，载张京媛主编《新历史主义与文学批评》，第106页。

现实关系的关注。达夫钻掘到历史的"下面"，试图发掘并讲述的是，尽管尘封已久、被官方历史遗忘，却"对于塑形我们关于我们自己和我们居住于此的世界的观念同样重要的事件"①。可见，达夫的历史观具有在历史和现实之间回旋、游走的动态性和在场性，拥有过去和现在两个不同观测点。正如英国历史学家普拉姆（J. H. Plumb）所言，"过去"的主要作用之一是为"现在"取得合法性。② 其三，历史的协商精神。在新历史主义文学批评的视野中，文学成为历史现实与意识形态发生交会之地，在"文本间性"的基础上，通过协商、交换和流通等带有对话色彩的方式，向历史的边缘地带投去深情的一瞥。对此，达夫的认识很深刻。她说，历史是我们感知它的方式，因此"所有的历史都是熟悉和陌生之间的协商"③。其四，历史具有多元性和建构性。既然历史是多种元素综合作用的结果，是人们以自己的方式记录、协商、修正的过程，那么历史就是多元的，同时也具有再讲述性和可建构性。这就意味着，历史可以成为承载黑人女性文化身份意识、政治诉求和性别诉求等意识形态的文化领地。正如克劳迪娅·泰特（Claudia Tate）所言，黑人女性作家的作品都"象征性地嵌入了""文化含义、价值、期待以及那个时代非裔美国人的仪式"④。这一点在达夫的诗歌中得到了艺术化的阐释。比如在诗集《美国狐步》中的组诗《十二陪审员》（82）中，达夫借第十陪审员之口辩证地阐述了历史的多元性和建构性：

悲剧

围绕

一个中心。

历史

涉及诸多中心

---

① Stan R. Rubin and Judith Kitchen, *Conversations with Rita Dove*, 6.

② J. H. Plumb, *The Death of the Past*, New York: Palgrave Macmillan, 1971, 31.

③ Rita Dove, *On the Bus with Rosa Parks*, n. p.

④ Claudia Tate, *Domestic Allegories of Political Desire: The Black Heroine's Text at the Turn of the Century*, New York: Oxford University Press, 1992, 5.

一个

推翻

另一个。

　　具体到诗歌创作，达夫的理想是谱写一部又一部"岁月狂想曲"①。达夫小心翼翼地剥开美国官方历史厚厚的胼胝，钻掘到历史的"下面"和"背面"，以黑人女性独特的历史视角书写了与美国非裔，尤其是与美国非裔女性的生活、经历、身份息息相关的历史瞬间，并把这些瞬间以各种方式缝缀在一起，唱响了一部又一部"岁月狂想曲"。自《街角的黄房子》，达夫就开始了对"历史下面"的不断挖掘和对历史事件独特的呈现，从而在诗歌中呈现一部部"非官方历史"②。可以说，她谱写"岁月狂想曲"的理想正是来源于她独特的历史观并得益于她独特的历史书写策略。很多评论家注意到达夫诗歌中的历史元素，并尝试对其进行研究。然而，绝大多数的研究仍停留在对其诗歌历史元素的梳理和评述层面，对达夫历史观和历史书写策略的研究似未能触及精髓。

　　那么，达夫是如何感知历史，并拨开官方历史的层层包裹，锥穿到历史的"下面"的呢？很多以历史为题材进行创作的作家都曾经感受到巨大的挑战性。正如黑山派诗歌领军人物查理斯·奥尔森（Charles Olson）在《玛雅信件》（*Mayan Letters*）中感叹的那样："麻烦是，既当诗人也做历史学家，是非常困难的。"③ 达夫是否也有此困惑呢？下文我们以达夫的一首小诗《历史》为例，加以分析说明：

历史（他故事）（HISTORY）

某位聪明的家伙说，一切都是

一个比喻，他的女人点点头，心领神会。

为何他认为这是一个重大

---

① Rita Dove, *On the Bus with Rosa Parks*, 33.

② Malin Pereira, "Going Up Is a Place of Great Loneliness," 152.

③ Charles Olson, *Selected Writings*, New York: New Directions Publishing, 1997, 130.

发现？为何历史

只发生在外面？

她眼见着一个胚胎从里面

在她鼓起的腹部卷起弧度

她知道她最好

想那是膝盖，而不是肿瘤也不是掘土的小鼹鼠，唯恐

爬出来一个怪物。每一个渴望都标志着

灵魂：把一碟白色冰激凌泼洒在庙宇之上，

梦寐以求，却眨眼烟消云散，

或者少不更事，白费心思。每一个愿望

都会找到它的象征，女人想。①

　　这首短诗 1995 年发表于《密西西比评论》，后收录于诗集《母爱》中。② 可惜的是，尽管这首小诗曾经被收录在《沃兹沃思诗选》（The Wadsworth Anthology of Poetry）等选集之中，却鲜有评论家关注并进行深入探究。其实，这首看似短浅的小诗，却几乎全面地体现了达夫复杂而深刻的历史观以及独特的历史书写策略。首先，小诗的标题很有意思："HISTORY"。所有的字母都大写，这种陌生化的表达方式唤起的是读者对这一表达本身所蕴含的特定文化含义的关注："HIS" 和 "STORY" 以及对大写历史和小写历史的思考。正如前文提到的那样，对于大写历史和小写历史，达夫的观点非常明确。她感兴趣的不是宏大历史，而是那些被官方历史有意或无意地忽略、掩藏、封存或者谬现的历史细节。其次，这首诗歌的内容颇耐人寻味。达夫在此不无幽默地调侃了宏大历史观，并彻底颠覆了历史的一元思维。历史不再是发生在"外面"的重大事件，而是在女性的子宫中孕育出来的小小胚胎。这恐怕只有女性，特别是有过独特历史经历和遭遇的黑人女性才会有的历史想象和历史感受。对此，苏珊·威利斯的观点很能说明问题。作为母亲，劳动力的再生产者——黑人

---

① Rita Dove, "History," *Mississippi Review* 23.3 (Spring, 1995): 50.

② 收录到《母爱》中时，该诗的标题的拼写由大写改成了正常书写，尽管改变不大，却丧失了一种重要的文化含义。因此，本书引用了该诗最初发表时的版本。

女性一直对历史的改变和进程非常敏感。在对孩子未来的期望中，黑人女性学会了关注历史转折的时刻，而很多人为了改变社会而斗争；在作为生产者的角色中，黑人女性认知到现在；在与再生产的经济联系中，她们构想并为未来而奋斗。作为工人，她们供养她们的家庭；作为母亲，她们承载着从祖母那里继承来的口头历史。出于这些原因，"当代黑人女作家把历史既理解成时期也理解成过程"①。历史作为过程正是达夫剖析历史并重构历史的基点。最后，达夫恢复了女性在历史中扮演的角色的重要性，在某种程度上，女性的角色在历史进程中甚至是决定性的。正如诗歌结尾处的"女人想"所强化的那样，历史在某种程度上，正是在女人的想象中萌生、展开并塑形的。这也是达夫自我赋予的历史书写的使命。

这首小诗除了形象又不无幽默地阐释了达夫的历史观，还引发了我们对另一个与达夫的历史书写相关问题的思考，那就是，达夫是如何感知历史的"下面"，锥穿到历史的"下面"，并书写历史的"下面"的呢？换言之，达夫的历史书写策略有着怎样的特点呢？尽管这首小诗由于容量的限制未能全面地呈现达夫的历史书写策略，却体现了达夫历史书写策略的精髓：对话性。这首小诗展开的方式就是对话性的：两个声音，一男一女交替出现，互相应和。达夫让历史在男人和女人的对话中前行，可谓煞费苦心。在这种对话式模式中，男人与女人两个声音、两种观念讲述了历史，也争论了历史，更在这种对话和争论中诠释了历史。达夫在这首小诗中发展的"表达相互对立的声音、交互轮唱的模式"将在宏观和微观两个层面贯穿于她历史书写的始终。②

基于以上的分析可以看出，达夫诗歌的历史书写策略基本延续了宏大历史和微小历史之间的对话性思维，并以不同的对话方式展现出来。从这首小诗的分析推而广之，可以观察到如下特点。

首先，历史事实与虚幻语境之间的对话。逃离宏大历史叙事需要借用艺术家的想象。伊丽莎白·亚历山大说："历史学家哀叹于缺乏历史记载，艺术家却能基于丰富的信息进行想象，这种想象虽然不能用实证的方

---

① Susan Willis, *Specifying: Black Women Writing the American Experience*, The University of Wisconsin Press, 1987, 7.

② Pat Richelato, *Understanding Rita Dove*, 34.

法去检验，却能使我们想象那未曾被重视的过去，这可能是我们必须选择的一条路。"① 综观达夫的整体诗歌创作，我们不难发现达夫将史料巧妙地镶嵌进诗歌的叙事当中，使这些史料成为叙事肌理的有机线条，从而使历史与虚构杂糅在一起，并构成了历史事实与虚幻语境两个世界。达夫的诗歌一直试图在"事实和想象之间权衡"②。在谈到她如何根据史实创作了《博物馆》中最有分量的诗歌《荷兰芹》时，达夫特别提到她是如何处理历史史实与想象的关系的："但是我接着意识到我陷进事实太深了——我想诗歌不是关于生平的真实，而是一种情感的真实——我却如此深地陷入了事实之中，以至于我都不允许自己想象他如何面对这个世界。接着我意识到我要写的这首诗歌是一首关于一个人如何既是邪恶的又是创造性的诗歌。记住那种邪恶不令人厌倦，也不愚蠢，却可能既有创造性又充满智慧。"③ 具体到这首诗歌，达夫对事实和想象进行了区分：拉斐尔·特鲁希略屠杀了两万海地黑人，海地黑人在甘蔗园劳作，如果不发卷舌音，西班牙语 R 就变成了 L，这些都是事实；然而，特鲁希略利用这一词语的发音为自己找到了屠戮海地人的借口，他的思维过程等都是达夫本人的想象。在获普利策奖的诗集《托马斯和比尤拉》中，达夫原本是以外祖父母为蓝本，却发现自己给予外祖父母的关注随着创作的进程变得"越来越少"，因为随着创作的推进，她开始"追求一种不同的真理"。换言之，达夫开始寻求她的外祖父母生存和存在的"本质"，而不是他们生存的"事实"。同时，外祖父母的生活和经历赋予了达夫审视美国历史上那段黑人移民史的契机。总而言之，个人的家族史给了诗人进入历史的通道。④ 达夫的另一部以历史人物为中心的诗集《与罗莎·帕克斯在公交车上》也具有典型的达夫历史操演的特点。也就是在这部诗集中，达夫表达了她要创作的是一部"岁月狂想曲"，而不仅是关于罗莎个人生平的理想。正如泰瑞斯·斯蒂芬在谈到这部诗集时所言："那么历史主要涉及的

---

① Elizabeth Alexander, *The Black Interior*, Saint Paul, Minnesota: Graywolf Press, 2004, x.

② Stan Sanvel Rubin and Judith Kitchen, "Riding That Current as Far as It'll Take You," *Conversations with Rita Dove*, 3.

③ 1998 年 3 月 10 日，达夫应邀参加 Lyndon B. Johnson Distinguished Lectures 演讲，该段话根据此次演讲的讲稿整理。

④ 参见 Steven Schneider, "Writing for Those Moments of Discovery," 65-66。

就不是时间的大事记，而是已知和未知的领域的辩证关系。"① 可以说，在达夫的新作《穆拉提克奏鸣曲》中，以上提到的三部诗集的历史书写策略则更是实现了融会贯通，成为全面体现达夫历史书写策略精髓的集大成之作。

其次，个人历史与公共历史的对话。事实上，达夫对"历史和个人"的关系表现出了持续的兴趣。美国非裔女诗人一个自我赋予的使命就是书写"作为个体的声音和活着的集体精神的历史"②。达夫的个人历史和公共历史的对话是双向进行的。一方面，达夫把家族史放置在美国历史语境之中。另一方面，达夫又设法把所有的历史都变成了美国家庭的家族史。此种双向进行的对话性正是达夫对熟悉和陌生之间的协商。此双向进行的个人历史与公共历史的对话实现了诗歌自传性和公共性的完美融合。这一融合又反过来把达夫安置在两个不同的诗学体系之中。这可能是连达夫本人都未曾预料到的结果。一方面，达夫诗歌所具有的自传性特征使她被纳入后现代诗歌重要流派自白体③，并因此进入了西方诗歌体系之中，与华莱士·史蒂文斯、玛丽安·摩尔、罗伯特·洛威尔、兰斯顿·休斯以及她的同时代诗人约翰·阿什贝利等声名并驾。另一方面，这种自传性与历史性的结合也同样具有鲜明的美国非裔诗歌特点，更是美国非裔女诗人珍爱的诗歌创作模式。同为黑人女诗人的伊丽莎白·亚历山大曾经说："因此，如果你把家人讲述的故事汇集在一起，然后如果你用关于地点和他们的特定时期相关的资料加以修饰，那将是一个我们相互理解的非常丰富的方式。"④ 达夫诗歌在史实与想象、个人与公共的对话中体现了非同寻常的美学和文化张力，赋予了她的诗歌独特的历史视角、主题和叙事特征。很多研究者认为，达夫对黑人主题不感兴趣。其实情况恰恰相反，达夫独特的历史书写策略使她以一种全然不同的方式书写了一部黑人的历史。在这一点上，派特·瑞什拉托的理解是很到位的。他说，达夫把"非裔美

---

① Therese Steffen, *Crossing Color*, 154-155.

② Alexander, Elizabeth, *The Black Interior*, ix.

③ 达夫曾被作为后自白诗人加以研究。参见 Earl G. Ingersoll, Judith Kitchen, Stan Sanvel Rubin, eds. *The Post-Confessionals*: *Conversations With American Poets of the Eighties*, Fairleigh Dickinson University Press, 1989。

④ Luo Lianggong, "Interview with Elizabeth Alexander," 4.

国历史带到了美国诗歌的主流之中"①。在《托马斯和比尤拉》中，达夫
以自己的祖父母为蓝本，同时以广阔的美国黑人移民史为背景，将黑人家
族的变迁和成长与黑人族群的命运，甚至美国的历史命运有机结合在一
起，书写了一部美国黑人家族史。在诗集《街角的黄房子》《与罗莎·帕
克斯在公交车上》《装饰音》《美国狐步》中，达夫从宏观和微观两个层
面以独特的黑人视角和黑人叙事，书写了黑人的奴隶史、黑人民权运动、
黑人士兵在第一次世界大战中的经历等影响了美国非裔族群命运的重要历
史事件，从而书写了一部美国非裔的种族史。在 2009 年的叙事诗《穆拉
提克奏鸣曲》中，达夫以丰富的想象力以及同样丰富的史料，书写了 19
世纪生活在欧洲的黑人小提琴家乔治·奥古斯塔斯·博尔格林·布林格托
瓦的生活和命运，并在此基础上建构了一部黑人的世界史。达夫书写黑人
历史的目的也与很多黑人作家有着完全不同的初衷。达夫更为关注的是美
国历史的完整性，而并非黑人历史的单一性。那么，达夫究竟如何实现了
对黑人家族史、黑人种族史、黑人世界史的建构，并完美诠释了自己的历
史的"下面"的历史观呢？本章将分三个部分对此三个问题进行深入
探究。

第一节　曼陀铃与金丝雀的唱和：　美国黑人的家族史

诗集《托马斯和比尤拉》对达夫而言，似乎更具特殊意义。尽管主
题和风格不尽相同，但是达夫前两部诗集《街角的黄房子》和《博物馆》
对于她的意义却有相似之处：它们均只不过充当了《托马斯和比尤拉》
的"序曲"②。原因主要有两个。其一，《托马斯和比尤拉》为达夫赢得
了 1987 年的普利策奖。尽管达夫的作品和她本人都获奖无数，但无疑
《托马斯和比尤拉》获得普利策奖对她的意义最为重大。这次获奖使她成
为继著名非裔女诗人格温朵琳·布鲁克斯自 1950 年获得该奖项之后，第
二位获此殊荣的美国非裔诗人，为她通向桂冠诗人之路开启了一扇大门。

---

① Pat Righelato, *Understanding Rita Dove*, University of South Carolina Press, 2006, 4.

② Therese Steffen, *Crossing Color：Transcultural Space and Place in Rita Dove's Poetry, Fiction, and Drama*, Oxford：Oxford University Press, 2001.

其二，这部作品基本确立了达夫诗歌创作的理念和风格。这也是达夫本人对这部作品情有独钟的根本原因。在一次访谈中，达夫说，"我认为它〔《托马斯和比尤拉》〕是对我的其他作品的偏离——甚至，我回家了"①。达夫的言外之意是，从这部作品开始，她才终于找到了让她舒服的表达方式、让她自由驰骋的诗学空间、让她的心灵得以安居的诗歌家园。那么，这种"回家"的感觉到底如何？又是什么让她产生了这种回家的感觉呢？这些疑问将是本节探寻的起点。

对于这部作品，评论家一直好评如潮。评论家派特·瑞什拉托对这部诗集的评价是"大胆的历史扫描与对个人身份的贴身聚焦的结合"。他还认为这是一部"有相当的历史想象，有力的文化内省，精确的判断的距离"，既保持了敏感又不多愁善感的作品。尤其重要的是，这部作品关注了"在个人的时刻显现的美国梦的改变的风景"②。美国诗评大家海伦·文德勒认为这部诗集"代表着达夫对抒情诗人与黑人性历史关系的再思考"，而她那备受争议的"黑人性不一定成为一个人的中心主题，但同样也不必被省略掉"的"重要发现"就是建立在对这部诗集解读的基础之上的。③ 泰瑞斯·斯蒂芬同样认为这部作品标志着达夫诗歌创作的新阶段，并指出达夫"不但虚构了她的过去，而且打造了她自己的历史"④。可见，达夫的历史书写事实上成为这部诗集研究的一个中心视角。然而，诸多研究者似乎把关注点都集中于这部诗集的丰富的历史主题，却忽略了达夫呈现如此丰富的历史主题的书写策略。

事实上，这部诗集的历史主题表现出了一种难得的复杂性，就如派翠西亚·华莱士曾经说的那样，达夫对历史的"魂牵梦绕""以其最执着的

---

① Steven Schneider, "Writing for Those Moments of Discovery," in Earl G. Ingersoll, *Conversations with Rita Dove*, 68.

② Pat Righelato, *Understanding Rita Dove*, University of South Carolina Press, 2006, 69.

③ Helen Vendler, "Blackness and Beyond Blackness," *Times Literary Supplement*, Feb. 18 (1994)：13.

④ Therese Steffen, "Movements of a Marriage; or, Looking Awry U.S. History: Rita Dove's Thomas and Beylah," in *Families*, ed. Werner Senn, *Swiss Papers in English Language and Literature*, Tubingen: Gunter Narr Verlag, 1996, 181.

复杂性"出现在《托马斯和比尤拉》之中。① 那么，这种复杂性究竟体现在哪里呢？华莱士并没有深入探究。其实，这种复杂性正是源于整部诗集中贯穿始终的对话性，以及由此形成的在历史和现实、史实和虚构之间自由游走的艺术张力。对此，凯文·斯泰因（Kevin Stein）的诠释很有说服力：达夫自由地既从公共历史又从家庭历史中汲取营养，在事实的面料磨损之处以诗性创作的完整布料加以补缀。② 对于《托马斯和比尤拉》的获奖，达夫本人深感意外，因为她认为，这部诗集是关于美国黑人的，特别是关于"两个普通人"生活经历的，而"在他们的一生中没有出现过任何的辉煌"③。事实上，这部诗集的魅力也正在于此，甚至达夫诗歌创作的奥秘也在于此。正如《芝加哥论坛》（Chicago Tribune）所指出的那样："达夫作品的魅力所在就是她描画了干着工作、干着家务、喝着啤酒、听着音乐、吃着滴着热酱汁的猫鱼的真实人物。"④ 的确如此。然而，阅读这部作品却能够感受到一种阅读史诗的力量。琐碎的内容为何会成就一部有史诗般震撼力的诗集呢？奥秘就在于达夫为这部诗集设定的独特的形式和采用的历史书写策略。

这部诗集中的诗歌在很大程度上有着十分紧密的联系，并有机地形成了一个整体，恰如史诗的结构。达夫本人曾经说，这部诗集从"一首诗开始"，然后"一首接一首地扩大"，直至成为一本"书"，换言之，这些诗歌是"紧密地编织在一起的系列"，"许多诗歌都依赖前面的［诗歌］"⑤。达夫在多个场合强调过这部诗集"讲述的是一个故事的两个方面，应该作为一个系列来阅读"，并把这一表达以斜体的方式放在了诗集标题下面的显著位置。这是对创作构想、创作初衷和创作体验进行总结的颇耐人寻味的话。这里的"一个故事"指的显然是诗集中的以达夫外祖

---

① Patricia Wallace, "Divided Loyalties: Literal and Literary in the Poetry of Lorna Dee Cervantes, Cathy Song and Rita Dove," *MELUS* 18.3（Fall, 1993）: 12.

② Kevin Stein, "Lives in Motion: Multiple Perspectives in Rita Dove's Poetry," *Mississippi Review* 23.3（Spring, 1995）: 64-65.

③ Steven Schneider, "Writing for Those Moments of Discovery," in Earl G. Ingersoll, *Coversations with Rita Dove*, 64-65.

④ 转引自 Rita Dove, *Selected Poems*, n. p。

⑤ Steven Schneider, "Writing for Those Moments of Discovery," in Earl G. Ingersoll, *Coversations with Rita Dove*, 62.

父母为原型的黑人夫妻的故事，而"两个方面"则是一个值得探讨的问题。在最直接的层面上，"两个方面"指的是夫妻二人各自的世界和生活；从个人与社会之间的关系来看，"两个方面"又指的是达夫特别关注的大写历史与小写历史的关系，具言之，《托马斯和比尤拉》既是关于这对美国黑人夫妇如何自我形塑的故事，也是关于美国黑人的大迁移如何形塑了美国的故事；从艺术创作的角度来看，"两个方面"仿佛又在暗指达夫在这部诗集中将抒情诗与叙事诗相结合以创作黑人史诗的诗学理想。简言之，这部诗集是以达夫独特的探究历史的"下面"的历史观为基础的内在的多重对话。对于这一策略，本·霍华德（Ben Howard）的表述最为形象。他说，在《托马斯和比尤拉》中，"达夫创造了一种实验形式——由叙事和独白组成的系列折合式双连画（sequential diptych）"，并以此形式"作为一种重构她的家庭史的工具"[①]。下文就让我们翻开这本图文并茂的"系列折合式双连画"，品读达夫为我们绘制了一幅怎样的美国黑人家族史。

一 曼陀铃与金丝雀的对唱

《托马斯和比尤拉》最大的特点在于聚焦被美国主流社会及其官方历史忽略的美国普通黑人的生活和情感。这部诗集是以达夫的外祖父母托马斯和乔治亚娜的生活经历为蓝本写成的，所不同的是外祖母的名字在诗集中被改成了比尤拉，记录了他们从相遇、相恋到结婚生子再到生命的最后时刻的完整的生活和生命历程。诗集的封面是达夫家族中的姑姑和姑父摄于1952年的照片。照片上的两个人站在他们自己的汽车和房子前面，是典型的黑人中产阶级的生存状态的写照，而1952年恰恰是达夫出生的年份。家庭照片强调了诗集的个人维度。这一点从达夫的几次访谈中也可以得到清晰的印证。在与格蕾斯·卡威丽瑞的访谈中，她说：

> 《托马斯和比尤拉》是基于我外祖父母的生活，这部书分成两个
> 部分：第一部分叫作"曼陀铃"，基本上勾画了托马斯的生活，即我

---

① Ben Howard, "A Review of Mother Love," *Poetry* 167.6 (Mar., 1996): 349.

外祖父的生活。第二部分叫作"风华正茂的金丝雀"，追踪的是我的外祖母的生活。因此，既有片段的时刻，也是互补的，而在他们的生活中也有在另一半的生活中不对等的部分。我想无论两个人多么亲近，都有完全陌生的属于个人的独立时刻。①

从这段谈话中，我们可以清楚地了解达夫创作这部诗集的初衷和构想，诗集的两部分本身就是这对黑人夫妇一生中既相互独立又相互联系、既互补又对抗的二元世界的呈现，是这对夫妻跨越了历史和空间的对话。

那么，这对夫妻如何以既相互独立又相互依存的声音，唱出了一曲黑人夫妇的心灵之歌呢？

按照诗集后附录——"家庭编年史"来划分，托马斯和比尤拉的生活可以分为三个相对完整的部分：婚前各自独立的生活，尤其是托马斯作为从南方到北方黑人移民大军一员的经历，时间从 1900 年托马斯出生到 1921 年托马斯到达阿克伦城；两人相恋，以及结婚生子的婚姻生活，时间大致从 1922 年到 1963 年；托马斯去世后，比尤拉的六年寡居生活，时间是从 1963 年到 1969 年。达夫的高明之处在于，她并没有按照时间顺序写一部流水账般的家族史，而是让家族中的两位核心人物——托马斯和比尤拉进行了一场跨越时间和空间的心灵碰撞的对话，即曼陀铃和金丝雀的对话。

诗集对婚前生活的描写主要聚焦于托马斯身上，讲述的是托马斯与曼陀铃琴的渊源。青年时代的托马斯是黑人移民大军中的一员，在漫游中追寻着自己的"美国梦"。托马斯离开南方，准备去做船员谋生。与他同行的有他的好友莱姆（Lem），以及既能汇聚忧伤又能抵御忧伤的护身符——"曼陀铃"。对于美国南方人，尤其是南方黑人来说，"曼陀铃"是一种很有象征意义的乐器，是"南方便携式版本"（portable version of the South），是黑人男性移民的"文化符号"。诗集的开篇三首诗《事件》（"Event"）（140~141）、《痛苦变奏曲》（"Variation on Pain"）（143）、《跳着摇摆舞》（"Jiving"）（144）讲述的就是托马斯与自己的好友莱姆

---

① Grace Cavalieri, "Brushed by an Angel's Wings," 138.

从得克萨斯出发一路北上的旅程和一路踌躇满志的心态：

> 自从他们离开了得克萨斯边界
> 没有什么值得夸耀
> 除了相貌堂堂和一把曼陀铃，
>
> 两个黑人斜倚在
> 渡船的栏杆上
> 不可分离：莱姆奏着乐
>
> 和着托马斯洪亮的歌声。
> ……

然而，一场悲剧即将上演。莱姆在托马斯的鼓动下涉水到"树木丛生的小岛"去摘栗子，却不幸溺水身亡。这一事件成为托马斯一生挥之不去的罪恶感和愧疚感之源，也成为困扰他一生的噩梦：

> 看到绿色的树冠摇摆
> 当小岛滑向
>
> 下面，坍塌了
> 在稠密的水流中。
> 在他的脚下
>
> 散发着臭气的破布漩涡
> 曼陀铃的半个壳。
> 轮子拍打水流的地方
>
> 轻轻炙烤。

托马斯看到栗子树的"绿色的树冠"向水中坍塌下去，莱姆年轻的生命在他的眼前瞬间消失，只留下"散发着臭气的破布漩涡"和"曼陀铃的半个壳"。在激流翻卷的瞬间，托马斯和莱姆已经是生死两重天。这首诗名为"事件"，事实也的确如此。对于托马斯而言，"这场悲剧事件，发生在他的旅程的开端，将折磨托马斯的余生"①。这个旅程中的瞬间成为影响他一生的"事件"。托马斯可能没有想到，这一"事件"不仅成为他挥之不去的噩梦，而且将影响他的婚姻生活和一个女人的一生。

在接下来的《痛苦变奏曲》中，失去挚友的托马斯孤独地拨动曼陀铃，哀婉地唱出莱姆和他自己的命运：

> 两根琴弦，一声痛彻心扉的哭喊，
> 有那么多方式模仿
> 他耳中的回响声。
>
> 他躺在床铺上，曼陀铃
> 抱在怀里。两根琴弦
> 奏出一个音符和无限
> 忧伤；磕磕绊绊的声音
> 在长满老茧的手指下
> 嗡嗡作响。

曼陀铃的"两根琴弦"将成为贯穿始终的暗喻。自从莱姆死去，曼陀铃的两根琴弦再也奏不出琴瑟和鸣的"一个音符"了，剩下的只有"无限的忧伤"。"曼陀铃的颤音""如他头脑中的一根钢针"，永远"搅动着空气"，也搅动着托马斯年轻的心：

> 两根油滑的琴弦

---

① Robert McDowell, "This Life," *Callaloo*, No. 26 (Winter, 1986): 67.

穿过两个扎了耳洞的耳垂：

于是过去被忘却。

然而，托马斯用一生证明，过去难以被忘却，更难以求得谅解。莱姆的死如同在托马斯的人生中打了一个死结，把两个年轻人永远系在一起：从这一时刻开始，从心理的角度来看，托马斯就与莱姆再也不可能分离了，托马斯就此挣扎在"痛苦的债务"之中。①

莱姆的悲剧在托马斯的一生中一直有一种"强烈的存在感"②，并在托马斯的生活中以内化和外化的双重方式不断得到强化。一方面，莱姆的悲剧在他内心深处幻化成为一种"犯罪感"，而这使托马斯的人生态度变得"被动"和悲观。当托马斯与比尤拉买新车的时候，他感觉到莱姆就在身边，聆听着他讲话；在梦中他梦到莱姆"赤身裸体全身肿胀/在后院的树下"。另一方面，这种内在的关系又在托马斯的一生中外化为一种情感和身份的错置。这种由罪恶感导致的情感的错置使托马斯在夫妻关系中因被动而缺乏热情，这种生活态度和方式使得他在自己妻子的眼中注定不会成为一个好丈夫，这又成为夫妻两人从未真正和谐的原因所在。同时，这种瞬间就失去了挚友的痛苦经历使托马斯在社会生活中如履薄冰，并转化为他努力为自己创造一种"切切实实的身份"的苦苦追求，以至于他的生活成为了为了自我定义而进行的"永久的挣扎"③。这种挣扎一直到托马斯生命的最后一刻才得以部分释怀。在托马斯部分的最后一首诗《轮子上的托马斯》（"Thomas at the Wheel"）（172）中，达夫把弥留之际的托马斯又一次带进了那条令他无法释怀的河流："那么，这次，他不得不游过这条河流。"由于心脏病发作，他的"胸腔充满了积水"，正如莱姆被河水吞没时的状态。他被死亡之河吞没的时候，他也更加清晰地想起莱姆之死和"在水中的书写"。这是死亡之书，也是生命之书。在生命的最后时刻，托马斯事实上已经化身为莱姆，冥冥之中，青年时代失去的挚友

---

① Pat Righelato, *Understanding Rita Dove*, 75.

② Kevin Stein, "Lives in Motion: Multiple Perspectives in Rita Dove's Poetry," *Mississippi Review* 23.3 （Spring, 1995）: 68.

③ Robert McDowell, "The Assembling Vision of Rita Dove," 62.

在生命的长河之中已经被托马斯无数次地赋予了生命和呼吸，两人早已融为一体了。

与永远处于挣扎着定义自我的托马斯不同，比尤拉的人生几乎是"命中注定的"①。遇到托马斯之前，比尤拉是父亲的"珍珠""宝贝"：

> 当爸爸醉酒归家时
> 叫她珍珠，步履蹒跚好像
> 风只吹他一个人。冬天临近，他的皮肤暗黑，
> 姜根上的七叶草，寒气把黄色
> 逼了出来。妈妈说，
> 他身上有切罗基族人血统。妈妈从未改变：
> 当狗儿蜷曲在壁炉下面
> 后门砰地关上，妈妈藏起
> 洗好的衣服。希巴在雪地里或者三叶草里
> 不停地狂吠，一条被宠坏的暴脾气的母狗。
>
> 她是爸爸的心肝宝贝，
> 尽管她是黑人女孩。曾经有一次，
> 冬天，她梦游时
> 一路走下楼梯
> 在镜子前停下，
> 一个目光恐惧的野兽
> 惊叫声把全家吵醒。

尽管是黑人女孩，比尤拉的人生却是在父母的呵护下带着点娇宠开始的。不过，作为黑人女孩，为数不多的选择使得她的冒险只能发生在梦游之中。这是一个在奇思妙想中度过童年的女孩：

---

① Robert McDowell, "This Life," *Callaloo*, No. 26 （Winter, 1986）: 68.

　　她用泡菜汤浇灌苹果树；

　　苹果每年都会变得

　　越来越酸。像所有

　　无用又有魅力的艺术一样，

　　像在空中翱翔，

　　她满脑子

　　幻想。

这个女孩梦想着"她有朝一日会去巴黎"。然而，长大成人的比尤拉不得不面对现实：结婚生子是她无法逃避的命运。这种不可逆转的外在的命运使得她转向内心进行寻找和思索，因此她"发展了一种内在的、私人的生活"①。换言之，比尤拉是在梦境，或者说是在白日梦中享受着高贵精神生活的黑人女性。

　　从以上对比分析中可以看出，托马斯和比尤拉生活经历不同、追求不同、个性不同，然而命运却让这两个截然不同的人走到了一起。那么，两条本该平行的轨道一旦相交之后，又会产生怎样不同寻常的人生呢？

　　托马斯与比尤拉真正的二重唱是从《求婚》（"Courtship"）（146~147）开始的。这一时刻标志着托马斯即将进入婚姻的围城，开始承担一个丈夫的责任。此刻的托马斯内心是极其复杂的：

　　我会让她生活得很好——

　　他正在做什么，

　　倾囊而出换取一首歌？

　　他的心煽动着关闭

　　又慢慢打开。

一句承诺"我会让她生活得很好"让托马斯赢得了比尤拉的芳心，也赢

得了未来岳父的信任，然而，托马斯将为这句承诺付出应有的代价：他的自由和他的曼陀铃琴声。对此，托马斯是有一定心理准备的，诗句"他的心煽动着关闭/又慢慢打开"描述的正是这个即将步入婚姻殿堂的小伙子复杂的内心体验：他关闭了那条通往自由的漫游之路，关闭了以曼陀铃为伴的孤独和自由；同时也开启了那扇需要情感交流、需要稳定的家庭生活的心灵的大门。

两个生命旅程和情感经历相去甚远的男女，尽管相爱，却常常误读和误解对方，甚至托马斯求婚的举动在比尤拉的眼中都出现了误读：

> 把依旧带着他脖颈体温
> 的黄色丝巾
> 包在她的肩头。（他赚了不少钱；
> 他能买得起新的。）
> 一只蠓虫飞进
> 他的眼睛里
> 她以为他哭了。
>
> 接着客厅装饰
> 像一艘船，托马斯
> 用手转着自己的帽子
> 琢磨着我怎样才能到这里。

托马斯赠送头巾、虫子迷眼而落泪等出于本能的举动，在比尤拉的眼中却成为温情、动情以及富有的标志；把客厅装修得像一艘船在比尤拉的眼中是浪漫的婚姻生活的开始，其实却是托马斯那依稀残留的水手之梦的体现。可见，两人之间的距离遥远得"令人不寒而栗"[1]，一条无法逾越的天堑实际上已横在两人之间。

———————————

[1] Kevin Stein, "Lives in Motion: Multiple Perspectives in Rita Dove's Poetry," *Mississippi Review* 23. 3（Spring, 1995）: 70.

　　这种夫妻之间的对话不但以诗内对话的形式体现出来，在诗歌与诗歌之间，尤其是托马斯和比尤拉两部分诗歌之间也得到充分体现。与托马斯部分的求婚诗相呼应，比尤拉部分也有一首求婚诗，题目略有不同：《求婚，苦苦相求》（177）：

> 黄色的丝巾缠绕在他手指间
> 好像正在慢慢融化。
> 托马斯挤眉弄眼。
>
> 安静，琴弦拨动。美丽的女孩。
>
> 雪茄盒音乐！
> 她更喜欢自动钢琴
> 和天蓝色长颈瓶里的味道。
>
> 不是那条丝巾，像黄油一样黄。
> 不是他的手，像硬币般冰冷。

与托马斯对前途未卜的婚姻生活有着一种悲壮的希冀不同，比尤拉对这场婚姻和她的结婚对象十分理性，甚至有点漠然。她知道对于黑人女孩而言，结婚生子将是自己的人生不多的选择之一，甚至可以说是没有选择的选择。所以，她对婚姻不寄予希望，却也并不反对。此外，托马斯显然并不是比尤拉心中的白马王子。喜欢钢琴的比尤拉和对曼陀铃一往情深的托马斯生活在两个全然不同的情感世界之中。这也注定了这场婚姻的平淡和无奈。

　　婚后的托马斯和比尤拉在各自所能接受的范围内努力维系着这段婚姻，在历史的洪流之中，如小小蝼蚁般艰难地经营着家庭，同时也经历着他们各自的成长。在《罪恶变奏曲》（"Variation on Guilt"）中，托马斯正在无助地等待着第一个孩子的出生：

可怜的
没有什么不同，他想，
在忍受痛苦和
等待发生在他人身上的
痛苦之间

门悄然打开——不，
他不能逃走！
是个女孩，从那种傻笑，那种江湖郎中的趾高气扬中！
他能够分辨

但他没有感觉。
由于情绪激动而虚弱，
托马斯把玩着香烟，
含泪吐出苦涩的烟蒂。

即将身为人父的托马斯似乎依旧是生活的"旁观者"，面对临产的妻子和即将出生的女儿不知所措。托马斯和比尤拉的婚姻生活看似平淡无奇、波澜不惊，正如诗歌《风平浪静》（"Nothing Down"）（151～153）的标题所呈现的那样。然而，事实果真如此吗？琐碎的日子并不意味着风平浪静，就像波澜不惊的海面之下却常常波涛汹涌。《风平浪静》这首诗的标题和其形式及内容形成了强烈的反差。这首小诗其实就是一场小型的夫妻对话，达夫刻意以斜体标识出托马斯的内心活动，从诗歌形式上强化了人物之间的对话性。在内容上，这首不长的小诗更是极具戏剧性，不仅呈现了夫妻二人的日常生活、各自的内心活动，而且让莱姆的身影不停地闪入二人的世界之中，加剧了婚姻生活的复杂性。比尤拉试图猜测丈夫在想什么："她在闪闪烁烁的围墙边漫步/设法猜测着他的想法。"（151）夫妻二人之间的交流看似一地鸡毛：

他们都说了些什么！

　　南瓜和孩子，

　　在她那下沉的小屋里

　　絮絮叨叨

然而，夫妻二人却有着丰富的内心活动。托马斯的思绪又回到了和莱姆在一起自由自在的单身汉的生活：

　　莱姆在一棵树上微笑点头

　　托马斯告诉他

　　他年长几岁。

　　"我们一起逃走吧，"

　　莱姆这么说。

莱姆的呼唤其实就是托马斯内心的声音，是他的心理的真实写照。逃离这种琐碎的生活、逃离这场缺乏激情的婚姻是身在围城中的托马斯不时冒出来的充满罪恶感的念头。身在婚姻围城之中的托马斯思绪早已飞到了荒野之中，那里鲜花盛开、蝶舞风扬：

　　那朵花

　　随风摇摆，蓝色的火焰

　　在他的头上。

　　他踉跄着走进树林

　　发现这个沉默的

　　宽恕。

　　……

　　空气被撕裂成

　　无望的碎片。

　　只有这朵鲜花

　　在他头上盘桓

听不到叫喊。
那就是花瓣为何
变得如此决绝的原因。

与托马斯常常回忆过去不同，比尤拉生活在对未来的憧憬之中，思绪漂浮
在大海之上，并在那里遭遇了自己的白马王子：

一位天蓝色的船商！
她停下了，感受到他的凝望。
……

可以说，比尤拉对爱的憧憬伴随着她乏味的一生。然而，她和托马斯却在
平淡中相伴走过了一生。究其原因，自然和他们各自对婚姻的责任感相
关，但更为重要的是，夫妻二人在相互的羁绊和扶持中实现了成熟和成
长。诗集在一个又一个片段中几乎完整地见证了托马斯和比尤拉的成长和
成熟的过程。

在《闪电布鲁斯》（"Lightnin' Blues"）、《缩影》（"Compendium"）、
《面对无名火的定义》（"Definition in the Face of Unnamed Fury"）等诗歌
中，我们见证了托马斯身心的妥协和成长。在《闪电布鲁斯》（157）中，
托马斯在星期五夜晚的布鲁斯歌手、捕鱼者和周末携全家出游的丈夫等多重
角色之间不断转换，并已经能够应付自如，如听着布鲁斯歌曲驾车带全家出
行勾勒了一个好丈夫、好父亲的形象。在《缩影》（158）中，达夫用细腻的
笔触勾勒了一个为了家庭而放弃自我的男人：

他放弃了令人兴奋的好酒和
他的狗牙马甲。

他成为甜蜜的男高音
在福音唱诗班中。

金丝雀，他的妻子的爱的
篡夺者。

女孩　女孩
女孩　女孩。

会客厅，装饰着横幅，
一只臭虫在一个钉子上。

金丝雀献媚着它的肖像。
床上的女孩子们香气扑鼻。

此时的托马斯已经是一个居家男人，四个女儿的父亲，一个为了争夺妻子的爱而吃醋的男人。曼陀铃成为墙上的装饰品，青年时代的奇装异服也已经成为遥远的记忆。不过，托马斯这个似乎已经熄灭了心中火焰的居家男人也会偶尔抱怨婚姻生活使他失去了太多：

那只蜻蜓，膨胀的，用别针别在
墙上，它的薄翼已经破损
（黄色的丝绸，事实上，是褪色的溪流）——
是什么？一个钟摆
指针上带着时间，一个冰冻的
泪滴，一个冬天的瓜
生长着白色的、甜甜的果肉？

来——问问金丝雀。
问问那种被太阳晒得发白的精致
在它的树枝做成的房子里
它会回答鹈鹕的话。
你还能指望什么？

"多长时间了……"

太久了。每一个音符都滑落在

吹毛求疵的指责中，指肚

与疼痛为伴，浅沟

挖槽像一个逃跑的奴隶

有着一颗煎熬的心。那以后的日子

把疤疹掩藏起来不让孩子看见。

用一根线挂着。总有一天，

他威胁说，我就要

放手。

(159)

已经破损的曼陀铃不但不再能给托马斯带来任何慰藉，反而成为托马斯发泄满腔怨气的工具，因为每当看到这个如蜻蜓标本一样挂在墙上的曼陀铃，关于自由和青春的记忆就会在托马斯的脑海中浮现，并折磨着他脆弱的神经。从这首诗中我们看到了托马斯的双面性，一方面他已经成为一个居家好男人，另一方面那个带着曼陀铃漫游的浪漫的年轻人从来也没有真的死去。

　　然而，尽管有诸多抱怨，托马斯对家从来没有真正放手，恰恰相反，岁月的流逝、生活的诸多不如意，让他越来越意识到没有一个地方比家更为重要：

　　　那么多

绝望。

托马斯，回家了。

(161)

托马斯生命真正的转折开始于《得子变奏曲》（"Variation on Gaining a Son"）。在这首诗中，托马斯失去挚友的痛苦、家庭的拖累、没有儿子的遗憾等复杂的失落感或多或少地得到了补偿。这一切均缘起于女儿于 1945 年的婚礼。在这一刻，托马斯突然发现在女婿的身上找到了自己的情感寄托，而女婿也成为他生命中曾经失去的莱姆和未曾得到的儿子的双重补偿：

> 他看着新郎咽下唾液。
> 第一次托马斯感到想要
> 叫他儿子。

（162）

从某种程度上来说，女婿是被围困在女儿国中的托马斯的一个战友，一个由于性别而形成的同盟，是让他走出孤独的一丝希望。然而，意义恐怕还远不止于此。派特·瑞什拉托就曾经指出："在这个组诗中，也是从这个点开始，就像任何个人生命循环一样，托马斯，在承认新的一代长大成人之后，进入了他自己生命的另一面，他的意识开始接受记忆，过去成为它最重要的活跃的特征。"[1] 在《一卷缺失》（"One Volume Missing"）中，托马斯已经能够承受回忆的重量，他不但可以面对失去莱姆的痛苦，也开始回忆童年时代的点点滴滴。正像那缺失的百科全书一样，生活的磨砺使托马斯意识到人生总是有缺憾的，生命总是以这种或者那种方式让人感到失去的痛苦。

在对生命的回忆中，托马斯的生命也接近尾声，组诗最后部分在托马斯对往昔的追忆中落下帷幕。在《符咒》（"Charm"）中，托马斯回忆了他生命中令他噩梦连连和吉星高照的时刻。由于莱姆的意外溺水，托马斯的生命成为被诅咒的符号，而这种心理暗示使他常常噩梦连连。在这首诗中，托马斯就被一对幽灵般的双胞胎兄弟的噩梦困扰。这对兄弟"赤裸着""膨胀着"，而莱姆又似乎与梦中的这对冤魂合为一体，悄声地告诉托马斯："我没有死去。/我只不过把生命给了你。"（164）被噩梦困扰的托马斯需要的是心灵的慰藉，接下来的《福音歌》（"Gospel"）（165）在某种程度上说就是托马斯寻求心灵抚慰的举动：

---

[1]　Pat Richelato, *Understanding Rita Dove*, 85.

低低摆动让我

能够步入内部——

一艘哼唱的船

大而全

……

没有这么慷慨的声音

会消失：

骑着快乐直到

它像一个鸡蛋破碎

让忧伤

沸腾低语

对于被噩梦困扰一生的托马斯来说，教堂福音歌的演唱所发出的回声如同一艘哼唱的船，让一个即将落水的人看到了生的希望，这是一艘生命之舟。这一意义是不同寻常的，这艘哼唱的船仿佛拯救了西方世界的挪亚方舟，又似《莫比·迪克》中那口拯救了伊什梅尔的棺材，具有承载生命的伟大力量。所不同的是，达夫的这艘生命之舟来源于语言、音乐和宗教的综合力量，这一结合体现的正是在"后后现代主义"的语境中创作的达夫对诗歌本质透彻的理解。婚姻和家庭是托马斯既爱又恨的围城，然而，在托马斯惨淡的人生中，家庭也成为托马斯最后的堡垒，是他唯一的安慰，更是"他的美德的物质表现"[1]。尽管狭小，家庭却是托马斯实现人生价值的舞台，也是他人生成就感的集中体现。生命走到尽头的托马斯越来越感受到家庭和妻子对他的意义所在。在托马斯部分的最后一首诗《轮子上的托马斯》（172）中，达夫把托马斯又一次带进了那条令他无法释怀的河流："那么，这就是他游过的河流。"他的生命之歌也成为"在水上的创作"。特别值得注意的是，在托马斯生命之河的尽头，妻子比尤拉终于取代了莱姆，走进了托马斯的梦境和弥留之际的幻觉之中：

① Robert McDowell, "This Life," *Callaloo*, No. 26 (Winter, 1986): 68.

> 托马斯想象
>
> 当他的妻子醒来思念他时，
>
> 砰地把窗子打开。他听到救护车的鸣叫
>
> 当钥匙转动时魂飞魄散，时钟滴答。

这是作为妻子的比尤拉第一次也是最后一次走入托马斯的梦境。从莱姆到妻子比尤拉的转换一方面强化了对托马斯一生产生重要影响的两个人，另一方面以比尤拉结束托马斯部分又彰显了黑人家庭历史和夫妻对唱的主题。

前文提到，与托马斯被生活裹挟前行、在生活的课堂中实现的外在成长不同，比尤拉的成长更为内在。这和比尤拉更多地被禁锢在家庭的狭小空间中有关，更和她极其丰富的内心体验关系密切。在某种程度上，托马斯和比尤拉的成长形成了互补性：男性/女性、外在/内在、物质/精神。前文提到，由于生活经历不同、个性不同，托马斯和比尤拉是两颗在不同轨道上运转的星。然而，命运却让这两颗不同轨道的星碰撞到一起。托马斯不是比尤拉的梦中情人，在比尤拉的心中，托马斯只是一个令她尴尬的粗人。即便在结婚典礼上，比尤拉也没有能够接受托马斯：

> 在教堂的石头台阶上
>
> 镇定自如，
>
> 她设法忘掉
>
> 前厅中那个大块头，
>
> 笨拙地穿着蓝色咔叽布衣服，
>
> 他的手指担心着
>
> 他口袋里的幸运珠。　　　　　　　　　　　　　　　　（SP，178）

两人对相同的事情也有着全然不同的体验和感受。比如前文提到两人对"求婚"这一人生重要事件的不同感受："托马斯神魂颠倒的思绪状态与比尤拉的苛求挑剔形成了滑稽的对比。"[1] 从这个意义上说，这部诗集独

---

[1]　Pat Richelato, *Understanding Rita Dove*, 93.

特的结构还真是"故事重述"（twice-told stories）：在"曼陀铃"部分有
23 首诗，从托马斯的视角讲述；在"风华正茂的金丝雀"部分，有 21 首
诗，从比尤拉的视角讲述。这个重述的故事取决于人物的"反应"而不
是"行动"①。

　　与托马斯在婚后生活最初阶段中的无助和旁观态度不同，婚后的比尤
拉很快就进入了一个妻子应该承担的角色：照料家庭、生育孩子。也许从
来没有对婚姻生活寄予过厚望，比尤拉反而没有太多失望。她把家庭照顾
得井井有条，对邻居友善，对陌生人也能伸出援手。在诗歌《打扫》
（"Dusting"）（179~180）中，比尤拉在辛勤地、一丝不苟地打扫房间：

> 每天都是荒野一片——
> 没有一丝遮拦。比尤拉
> 在一堆小玩意中耐心打扫，
> 发威的阳光浴室，
> 谷浪翻滚
> 她灰色的围裙
> 把黑色树木带进生活。
>
> 在她的手下面
> 卷起盖住的光线
> 更加黑暗。
> 他叫什么名字，那个
> 在有卖枪摊位的集市上的傻小子？
> 他的吻和装着一条闪亮的鱼的
> 干净的碗，泛着涟漪的
> 伤口！

---

① Jennifer Walters, "Nikki Giovanni and Rita Dove: Poets Redefining," *The Journal of Negro History* 85.3（Summer, 2000）: 215.

表面看起来，比尤拉的婚后生活与普通黑人女性无异：系着灰色的围裙整理、打扫、料理家务，过着按部就班的家庭生活。然而，细读之后，却能够感觉到字里行间蕴含着一种焦灼、激情和渴望，并与那些琐碎的家庭生活细节形成了强烈的对比和反差。正如被冰困在碗中的鱼一样，比尤拉也有一种被困顿在婚姻牢笼中的绝望，冲过去化开冰块，让鱼儿自由游弋其实正是比尤拉内心的渴望：

> 不是米歇尔——
> 是更好的东西。每一粒尘埃
> 深深缓一口气
> 风华正茂的金丝雀。
> 闪回不定的记忆：家
> 从舞会归来，前门
> 洞开，客厅
> 白雪皑皑，她拿着碗
> 冲到火炉边，看着
> 冰块融化
> 它自由遨翔。

然而，值得注意的是，尽管比尤拉化开了冰块，使鱼儿能够自由游弋，她却并没有把它放到江河之中，所以尽管自由，鱼儿游弋的空间却始终是那个不大的碗。这其实正是比尤拉对自己生活的规划，在有限的空间中享受小小的自由和欢乐。在婚姻的框架之中，黑人女性所能够享受的欢乐更多地来源于精神，而不是物质。这也是比尤拉之所以会发展一种内在的自由生活的原因所在。在"打扫"中，这一特点体现得已经非常清晰。在打扫凌乱的房间、做着琐碎的家务的过程中，比尤拉内在的精神世界在对记忆和想象的诉求中不断升华：

> 风华正茂的金丝雀。
> 闪回不定的记忆

……

那是很多年前了

父亲放弃了她

连同她的名字，很多年前

她的名字一开始的意思是

承诺，后来的意思是

宁静的沙漠。

早在阴影和太阳

达成共谋之前，树木。

莫里斯。

（179～180）

比尤拉在整理、打扫房间的同时，也在整理、打扫自己的记忆和心绪，并在这个过程中合成自己生存的勇气和智慧。在这一过程中，她丰富的情感和想象力起了关键作用。在凌乱的狭小房间中，比尤拉却能够让荒野、阳光、谷浪、白雪、沙漠和法文名字"莫里斯"找到存留的空间，让童年的记忆和未来的期许焕发勃勃生气，而她自己也在单调的生活中找到了活下去的理由和力量。这种转化的力量是无穷的。这也是有些评论者把这首诗定义为"转化诗歌"① 的原因：从当前的禁锢到过去的自由、从房间的幽闭到发威的阳光，一切都在转化之中。这种物质和精神之间的转化将贯穿她的一生。

《打扫》一诗在比尤拉部分意义重大，因为从这一时刻开始，"比尤拉的故事寻求的是冥思的形式和状态"②。比尤拉对美、秩序和意义的追求都内化为一种"内在的追求"③，并贯穿她的一生。在《经历风雨》（"Weathering Out"）（183）中，她有着七个月的身孕，却依旧做着白日

---

① Pat Richelato, *Understanding Rita Dove*, 94.

② Robert McDowell, "Assembling Vision of Rita Dove," in *Conversant Essay*：*Contemporary Poets on Poetry*, ed. James McCorkle. Detroit：Wayne State University Press, 1990, 301.

③ John Shoptaw, "Review," *Black American Literature Forum* 21.3, Poetry Issue（Autumn, 1987）：338.

梦。她很高兴托马斯要出去找工作，这样她就能让思绪任意飞扬：

> 她最喜欢早晨——托马斯出去
> 找工作，她的咖啡充盈着牛奶，
> 外面秋天的树木落叶缤纷。
> 在过去的七个月里她看不到自己的脚
>
> 于是她从一个房间游荡到另一个房间，拖鞋踢踢踏踏，
> 好奇地游弋在各个角落。当她
>
> 倚靠在门框上打哈欠时，她整个人灵魂出窍。

这种享受孤独的小情调在比尤拉成为人母之后也并未消失。前文分析过诗歌《晨星》（"Daystar"），她趁孩子们午睡时，斜倚在庭院中，半梦半醒之中仿佛来到一个神奇的地方。在《凡尔赛的大宫殿》（"The Great Palace of Versailles"）（190）中，为了减轻托马斯的家庭负担，比尤拉开始在一家服装店上班，却常常去图书馆，在王公贵族的爱情中暂时忘却自己的生活暂时迷失自我：

> 比尤拉在图书馆读过
> 法国宫廷女人如何
> 把她们的扇子插在袖管里
> 走在花园呼吸新鲜空气。
> 在百合花间徘徊，害羞地提起层层纱裙，
> 她们像丢手帕一样精致地丢下
> 分泌物。

生活在幻想中的比尤拉对自己的生活和自己的丈夫有一万个不满意的理由。在服装店里熨烫衣服的比尤拉在幻想着法国女人的精致生活的同时，也不由得感叹自己生活的不如意：

> 比尤拉记得
> 甚至连秋天都能靠近长靠椅
> 盘腿而坐，长叹一声
> 我需要一个能保护我的男人
> 一边把她的香烟吸到烟蒂根儿上。

（191）

在这场婚姻中，"比尤拉一方的缺失不是一种无法复原的失去，而是一种无法兑现的承诺"①。就像诗歌《康复》（"Recovery"）（196）中所透露的那样，"多年前他答应带她去趟芝加哥"，然而，这些只是托马斯迟迟不能兑现或者永远无法兑现的承诺。这一切都是比尤拉对托马斯在求婚时做出的承诺的质疑和嘲讽。托马斯的承诺换来了比尤拉父亲的信任，却成为比尤拉一生质疑的原点。

　　然而，"比尤拉逐渐成长的内在生活使她能够重构自我和她的生存环境，能够去转化并因此抵御那将毁掉她的外在生活的艰苦条件"②。也正是这种逐渐内化的生活让她能始终聚集勇气，与托马斯在磕磕绊绊中走完了一生。岁月的流逝让她逐渐接受了托马斯，在《伴侣》（"Company"）（200）中，比尤拉已经把托马斯看作自己生命中不可或缺的伴侣：

> 没有人能再帮他了。
> 隔壁红色脚踏车座位上的
> 小家伙不能，
> 他用自己的曼陀铃驱赶
>
> 让他心烦意乱的金丝雀也不能。
> 没有树能在月光下让他醒来，
> 没有一个干燥的春天的早晨

---

① John Shoptaw, "Review," *Black American Literature Forum* 21.3, Poetry Issue（Autumn, 1987）：338–339.

② Ekaterini Georgoudaki, "Rita Dove：Crossing Boundaries," 428.

当鱼儿孤独地找伴儿。

她站在那对他说：放弃吧。
她厌倦了救护车的鸣叫，
他的脸饱经风霜。如果这是密码，

她告诉他：听着：我们不错，
尽管我们从来没相信过这一点。
现在他甚至碰不到她的脚了。

尽管夫妻二人从来没有能够真正心意相通，但是共同走过的风风雨雨却也在托马斯生命之光即将熄灭之时让二人意识到彼此已经注定不可分离。

在比尤拉部分，没有直接触及托马斯去世的细节。按照达夫在诗集后的大事年表中的交代，托马斯去世于 1963 年，而比尤拉是在五年之后去世的。那么，寡居的比尤拉又有着怎样的心态和生活呢？诗集最后一首诗《东方芭蕾舞女演员》（201～202）做了最好的诠释。比尤拉并没有因为年华的老去而收回想象的翅膀。在这首诗歌中，她的思绪飞到古老的东方、飞到了神秘的中国：

在中国
他们做什么都是大头朝下：
这个芭蕾舞女演员不是腾空而起
而是钻了一条隧道直通美国

然而，在上演了一场头脑的芭蕾之后，比尤拉却平静地告诉我们："没有中国。"这个并非事实的表述暗示的似乎是比尤拉在生命的最后时刻终于放弃了一切想象，回归现实的旅程。

比尤拉的形象与以往刻板化的黑人女性形象有着很大的不同，甚至在一定程度上是一种颠覆。比尤拉敏感、脆弱、情感丰富、耽于幻想，充满了浪漫的激情。她的一生虽然安静地享受着家庭生活，却无时无刻不在憧憬着外面的世界，她拥有"高贵的女性气质"，这与黑人女性，尤其是已婚的黑人女性要么被刻板化为失去了女性气质的母亲，要么被刻板化为肉欲象征的妓女形象形成了极大反差。这正是以达夫为代表的黑人女性知识分子作家一直的精神追求。黑人女性知识分子传统由来已久。早在1896年，弗雷德里克·道格拉斯的女儿罗塞塔·道格拉斯·斯普拉格（Rosetta Douglass Sprague）在一次演讲中就曾经指出，黑人女性对于白人所宣扬的"有色人种女性""天生低下""缺少高贵的女性气质"的"虚假印象"早已厌倦了。① 在某种程度上，达夫塑造的比尤拉女性形象就是对这种刻板的黑人女性形象的一次彻底颠覆，是对黑人中产阶级女性和知识女性形象塑造的一次尝试。

这场夫妻对唱随着两个生命的消逝戛然而止，然而这对黑人夫妇所展现的黑人的家族历史却以独特的内涵呈现在我们面前。那么，这对黑人夫妇的家族史有何与众不同之处，而达夫书写一个黑人的家族史的用意何在呢？

首先值得注意的是这对黑人夫妇的形象，尤其是比尤拉的形象颇耐人寻味，而他们的故事也与类型化、固化的黑人夫妇之间的故事有着很大的不同。达夫并没有刻意凸显托马斯和比尤拉的种族身份，恰恰相反，这对夫妻之间的情感和问题是带有普遍性的，是任何种族的夫妻都有可能经历和面对的。更值得注意的是，尽管托马斯和比尤拉性格不同、追求不同，但是他们却有一个共同的梦想，那就是对美国梦的追求，即追求经济上的富有、生活上的独立和自我价值的实现。派特·瑞什拉托曾言："这个家庭经过大萧条岁月的旅程，每一个方面都充满奇迹，是美国梦的一个模式。"② 托马斯的美国梦是以外在的形式体现出来，而比尤拉的美国梦则更多地以内在的形式体现出来。可以说，这部诗集梦幻般的品性是独特的启示性细节和美国梦的版本的巧妙融合的体现。诗集对这对夫妻之间看似琐碎的生活细节以及平淡的家庭生活的书写对于黑人夫妻关系的书写是突破性的。或者说，是对黑人家庭和夫妻关系的暴力书写的一种大胆偏离，

① H. F. Kletzing and William F. Crogman, *Progress of a Race*, New York: Negro University Press, 1969, 193.

② Pat Righelato, "Rita Dove and the Art of History," *Callaloo* 31. 3 (2008): 766.

是"拒绝使托马斯和比尤拉刻板化"的尝试。[1]

由于美国非裔女性具有的"为奴隶的母亲"的特殊历史遭遇，美国黑人女性作家的作品对于黑人女性与男性之间关系的描写常常是暴力性的呈现。换言之，是把黑人女性作为白人男性和黑人男性的共同牺牲品来书写和建构的。美国黑人女诗人对性暴力的再现的初衷与其说是要还原并声讨，毋宁说是要在性暴力再现的过程中揭示黑人女性刻板印象生产的荒谬并以此颠覆黑人女性刻板印象从而重构黑人女性新形象。这种性暴力再现不仅体现在白人男性和黑人女性之间，还体现在黑人男性和黑人女性之间，特别是黑人家庭内部。自 20 世纪后半期，越来越多的美国黑人女作家开始关注黑人女性刻板形象生产的黑人男性心理空间问题。她们意识到，黑人女性的悲剧不仅来源于白人男性，也来源于她们的族群兄弟——黑人男性。正如历史学家约翰·富兰克林（John Hope Franklin）和阿尔弗瑞德·莫斯（Alfred A. Moss）所指出的那样，当代美国黑人女作家承担起了"言说女人长久压抑的关于她们在男性同胞的手中遭受的麻木、忽视和侮辱的情感的特殊使命"[2]。布鲁克斯、罗德（Audre Lorde）、乔丹（June Jordan）、露西尔·克利夫顿（Lucille Clifton）、莫里森、沃克等都以小说、演讲、诗歌等方式对此进行了深切的关注。托尼·莫里森的《最蓝的眼睛》、罗德的《赞米》（*Zami*）、沃克的《紫色》等小说都触及了这一主题。诗歌更是她们共同选择的最有效的方式。在她们的诗歌中，黑人男性成为黑人女性不安全心理的主要来源，而这种心理不仅产生于陌生的黑人男性之中，还产生于她们熟悉的男人，甚至是她们的亲人：叔叔、母亲的情人甚至是自己的父亲之中。例如，在布鲁克斯的《库拉之花》（"The Coora Flower"）中，黑人女孩缇赛尔·玛丽（Tinsel Marie）的不安感来源于她母亲的情人："那么一个男人将在家里。/我一定要小心自己。/我一定不敢睡觉。"[3] 在诗歌《西格瑞姆叔叔》（"Uncle

---

[1]　Bonnie Costello, "Scars and wings: Rita Dove's *Grace Notes*," *Callaloo* 14.2 (Spring, 1991): 434.

[2]　John Hope Franklin and Alfred A. Moss, *From Slavery to Freedom: A History of Negro Americans*, New York: Knopf, 1988, 427.

[3]　Gwendolyn Brooks, *Children Coming Home*, Chicago: The David CO., 1991, 1.

Seagram"）中，只有五岁的讲述人被醉酒后的叔叔强暴："有一次，当我走进浴室时，/我叔叔注意到了，进来，锁上门，/把他的长长的白舌头放在我的耳边，/低语'我们是最好的朋友，家人，我们知道要保守秘密。'我叔叔太喜欢我了。我担心了。/我不再喜欢我的叔叔了。"① "马里兰州的桂冠诗人"露西尔·克利夫顿更是让这种暴力呈现达到了极点："当我发现没有安全/在我父亲的家里/我知道没有一个地方是安全的。"②在父亲屡屡把女儿作为性侵犯对象、在丈夫把妻子作为泄欲工具和施暴对象的黑人社群中，黑人女性的性欲化的刻板形象可以说达到了极致。同时，具有高度政治敏感性的黑人女诗人也意识到，她们的政治之父——黑人民权运动和艺术运动的领袖们在生产种族解放的动力的同时，也生产了一些副产品，那就是对他们的种族姐妹刻板形象的再生产。从某种程度上说，性暴力再现成为强化黑人女性性欲刻板形象和黑人男性暴力形象的帮凶，对于树立全新的黑人形象不但无益，而且蕴藏着深层次的潜在伤害。达夫敏锐地意识到了这一点。在她的诗歌世界中，黑人女性是温婉浪漫的，而黑人男性也不乏温情、幽默甚至有些脆弱。这种书写方式在某种程度上恰恰是对黑人暴力和性欲的刻板形象的颠覆，是对黑人人性的修复。达夫想要传递的一个重要信息是，以托马斯和比尤拉为代表的美国黑人被美国的种族状况"形塑"（formed），却没有"变形"（deformed）③。

　　此外，托马斯和比尤拉之间尽管平淡却相濡以沫的家庭生活，以及他们对于家庭责任的坚持、对亲人的守护也深具颠覆性意义。因此，达夫书写黑人家庭历史的意义是不言而喻的。事实上，作为奴隶制的直接牺牲品，对于美国黑人来说，家庭曾经是一个十分陌生的概念。正如泰瑞斯·斯蒂芬曾经指出的那样，从非裔美国历史和文学视角来看，"家庭"依旧是一个根植于奴隶制噩梦的"沉重的社会观念"④，因为奴隶制剥夺了黑人身份的一切符号，比如出生日期、名字、家庭结构、法律权利等。黑人

---

① Gwendolyn Brooks, *Children Coming Home*, Chicago：The David CO. , 1991, 7.

② Lucille Clifton, Quilting：Poems 1987-1990, Brockport, NY：BOA, 1991, 55.

③ Angela M. Salas, *Flashback Through the Heart*：*The Poetry of Yusef Komunyakaa*, Selinsgove, Penn. ：Susquehanna University Press, 2004, 39.

④ Therese Steffen, *Crossing Color*, 95.

作家，尤其是黑人女性作家对美国黑人家庭关系的描写构成了其作品中一种独特的现象。托尼·莫里森、艾丽斯·沃克、玛雅·安吉罗、牙买加·琴凯德等人的作品中均大量描写美国黑人家庭。然而，几乎无一例外，她们笔下的黑人家庭世界充斥着家庭暴力、性侵犯、乱伦等极端异化的成分，因此从本质上说，她们描写的是婚姻和家庭纽带的断裂，而内心深处充满了对重构美国黑人家庭的渴望。与以上提到的女作家不同，达夫的家庭观念具有超越黑人家庭刻板形象的意识，是对黑人家庭断裂的纽带修复的一次尝试，是对一种"更为温馨的家庭关系"的建构。①

二 美国两代黑人之间的对话

达夫在《托马斯和比尤拉》开篇强调的一个故事的两个方面从夫妻对唱中完美地体现了出来。然而，这个关于美国家庭的故事显然不仅包括夫妻关系，还涉及父母与孩子，或者说是两代人之间的关系。这一点从达夫不断强调这些诗歌要按照时间顺序来读的表述得到佐证和强化。从微观和宏观层面来看，后辈与前辈的对话性以不同的方式呈现出来。从微观层面来看，诗集中的不少诗歌就是以两代人之间的生活和对话架构起来的，甚至是以前辈讲述故事的方式彰显出来的；从宏观层面来看，带有鲜明自传性的细节把诗人讲述人定位于家族的后代，而这个贯穿始终的诗人讲述人更是以后辈的视角和语气在观察、回忆、讲述、评说，并不时与诗中的前辈隔空对话。不仅如此，这位诗人讲述人在家族自传性素材的基础之上，填充进了诗性想象，并在自传性和虚构性之间自由游走，从而形成了自传和虚构之间的对话。本节将从微观和宏观层面对这场跨越了时空的两代人的对话进行分析阐释。

微观层面的两代人对话最为集中地体现在托马斯部分中的《烤负鼠》（"Roast Opossum"）一诗中。在这首诗中，儿孙满堂的托马斯给孙子和孙女交替讲述了两个故事：给孙子麦尔考姆讲的是狩猎负鼠的故事；给孙女讲的是黑人流浪艺人吉姆和马的故事。这首诗歌以斜体显示的托马斯讲

---

① 转引自 Erica L. Ball, *To Live an Antislavery Life: Personal Politics and the Antebellum Black Middle Class*, Athens and London: The University of Georgia Press, 2012, 67。

述的关于负鼠的故事和讲述人以第三人称叙述的托马斯和孙辈之间的交流
又形成了一个小规模的对话。托马斯讲述的负鼠的故事事实上是在向他的
下一代传授一种求生的技巧：

> ……当负鼠在地上时，
> 你要十分小心；
> 它会四脚朝天装死
> 直到你放弃离开，那就是
> 你们所说的狡猾。
>
> （168）

在同一首诗中，与托马斯讲述的负鼠故事平行发展的是关于黑人流浪艺人
吉姆的故事：

> 流浪的吉姆，能在后背上
> 平衡一杯水
> 在村子的广场上骑马小跑
> 不会洒下一滴。他
> 让 Wartrace 出现在地图上并被埋葬
> 在一块石头下，像一个人。
>
> （167）

与负鼠的故事相比，听故事的孩子们显然对吉姆的故事更感兴趣。当托马
斯讲负鼠的故事时，孩子们无法安静下来，而吉姆的故事却吸引了孩子们
的注意力，尤其是他的孙子麦尔考姆似乎对这个黑人流浪的故事更情有独
钟。事实上，吉姆的身上闪动着青年时代的托马斯和莱姆的影子，也是托
马斯心中黑人男子应该具有的品质的化身：智慧、幽默、自由、懂一点炫
耀的小把戏和生活的小技巧。

托马斯给下一代讲述的两个故事极具黑人口头传说的特点。这两个故
事一个是托马斯的童年经历，另一个是他童年时代听到的趣闻，某种程度

上说都是"怀旧的逸事"①。一个是人与动物之间的较量，另一个是人的谋生智慧，却都体现着黑人极强的生存能力、适应能力和旺盛的生命力。事实上，这两个故事之间也具有某种内在关联性：负鼠和吉姆都是以智慧和幽默技巧求得生存的高手。这其实就是黑人在美国求得生存和繁衍的经验的总结，也是托马斯一生生活经验的写照。达夫创作这首诗歌的目的也是在于通过挖掘她所熟悉的人的生活中最平常的片段中的"故事的底层"来探究这些时刻如何"塑形了我们关于我们自己的观念"②。这首描绘托马斯生命最后时刻的"柔情"的诗歌具有鲜明的"仪式感"和"象征性"：上一代通过把"历史和神话、事实和虚幻"以可信的方式传递给下一代，"哺育"后代的成长。③ 在这里，托马斯充当了一个"口头历史学家"④：一方面，讲述故事成为老年的托马斯让自己的灵魂之痛得以宣泄的方式；另一方面，讲述故事也成为黑人的家族历史、黑人的生存智慧得以延续的方式。

让长辈讲述家族故事从而传递黑人的智慧和黑人家庭血脉相传的精神是达夫常用的写作策略。在诗歌中如此，在小说中也不例外。在达夫的小说《穿越象牙门》中，凯瑞姑妈向自己的侄女弗吉尼亚讲述了与弟弟——弗吉尼亚的父亲的那段乱伦往事。从弗吉尼亚成长的视角来看达夫作品中长达30余页的乱伦情节具有解释"家庭渊源"的"叙事效果"⑤。这对于正处于成长迷茫期的弗吉尼亚而言是弥足珍贵的。从以上的论述中可以看出，《穿越象牙门》中的乱伦情节脱离了黑白对立的"种族逻辑"，回归了人性本身。同时，这段被家族深埋的往事以一种传奇的方式由长辈讲述给晚辈，承载了黑人家族和历史传承的深刻意义。

通过以上的分析我们可以得出这样的结论，两代人之间的对话和传承关乎美国黑人的身份塑形问题，不仅关乎我是谁，而且关乎我为何成为现

---

①　Pat Richelato, *Understanding Rita Dove*, 87.

②　Rubin and Kitchen, "Underside of the Story," in Earl G. Ingersoll, ed. *Conversations with Rita Dove*, Jackson: University Press of Mississippi, 2003, 6.

③　Robert McDowell, "This Life," *Callaloo*, No. 26（Winter, 1986）: 68.

④　Pat Richelato, *Understanding Rita Dove*, 87.

⑤　Malin Pereira, *Rita Dove's Cosmopolitanism*, Urbana and Chicago: University of Illinois Press, 2003, 44.

在的我。对这一身份问题的探索在宏观层面得到更为充分的阐释。从诗集整体叙事来看，那个仿佛一直置身家庭外部、以一种超然的方式叙述这个家庭故事的讲述人才是把握这种身份探索的关键人物。考虑到这部诗集的自传性特征，显然这个讲述人就是诗人达夫。从这个角度来看，这部诗集事实上是达夫与自己的家族，与家族所代表的黑人历史、文化和生活的一次对话。达夫自我定义的后代讲述人身份，赋予她某种独特的讲述视角和心态。时间赋予了她书写的距离感，而这种距离感赋予了她一双冷静观察的慧眼和一种超然的态度。正是这种观察者、见证者和思考者的讲述身份使得她书写的家族史注定带有明确的目的和鲜明的态度。那么，达夫以晚辈讲述人的身份讲述一段家族史的目的何在呢？难道她只是想要回溯自己家族的历史，向自己的祖父母致敬吗？答案显然是否定的。事实上，达夫以诗人特有的想象，在祖父母的生活经历中注入了大量虚构成分，从而赋予这部诗集中呈现的黑人夫妇的成长历程以典型性和普遍性。因此，从某种意义上说，达夫以后代讲述人身份讲述的前辈的故事是美国两代黑人之间的对话，是两个不同时代的对话。

　　自传和想象之间巨大的张力成为这部诗集成功的关键，也成为后代讲述人与先辈的故事实现对话的基础。在与汝宾和英格索尔的访谈中，达夫明确表示，这部诗集是基于祖父母真实生活的虚构："我祖母曾给我讲过一个我祖父年轻时的故事，他乘船到俄亥俄的阿克伦，我的家乡。但那就是我了解的全部。这个故事让我如此着迷，以至于我尝试着写一个关于它的故事。"①达夫的这段话交代了两个事实：其一，这部诗集最初的素材的确来源于"家庭口头历史"；其二，达夫以自己的想象填充了素材的空白，"杜撰了事实"②。对于这部诗集中历史和虚构之间的关系，达夫在多个场合都进行了阐释："我开始写关于我的祖父的故事"，"但是，因为我用尽了真实的事实，为了能够写下去，我为人物——托马斯，虚构了些

① Stan Sanvel Rubin and Earl G. Ingersoll, "A Conversation with Rita Dove," *Black American*, *Literature Forum* 20. 3 (Fall, 1986): 235-236.

② Kevin Stein, "Lives in Motion: Multiple Perspectives in Rita Dove's Poetry," *Mississippi Review* 23. 3 (Spring, 1995): 66.

事情"①。

从某种意义上说，达夫所运用的家族自传性素材与她张弛有度的想象力之间的对话才是这部诗集具有艺术张力的根源。正是在自传与想象的对话中，达夫在诗歌中注入了她本人的美学和伦理选择。这也正是评论家泰瑞斯·斯蒂芬认为"达夫对她的祖辈生活的改写代表了一种历史重现的美学和种族/伦理行为"② 的原因所在。那么，达夫究竟如何在自传和想象的张力中历史地重现了美国黑人家庭的美学、种族和伦理抉择呢？

首先，《托马斯和比尤拉》以叙事和抒情的对话性表现了达夫创造一部黑人家庭史诗的美学原则。对此，达夫在访谈中也曾经详细谈起：

> 我想我要写组诗，一组6首或者7首。在那个时刻我的确想要它们［诗歌］有叙事性；我想一定有一种方式可以回归叙事，可以赋予诗歌宏大、外加时间的跨度。抒情诗没有那种时间的跨度。抒情诗的时间不连贯。不过，大量的叙事诗在更为松散的转折性时刻容易出现停滞趋向。我看到很多长篇叙事诗的确是由短小的诗歌串联在一起形成的。因此，我试图要做的事情之一就是像项链上的珠子一样把时间串联起来。换言之，我用一首接一首的抒情诗重构了时间的跨度。我都想要。我既想要叙事诗，也想要抒情诗，因此我尝试一箭双雕。③

达夫这个野心勃勃的"一箭双雕"从本质上说就是要书写一部有态度的黑人家族史，而叙事和抒情则是实现这一理想的两种手段。叙事诗是对家族历史的讲述和记录，以自传性素材为主；抒情诗则是后代讲述人对家族史的审视、评价和判断，主要基于主观的情感和价值标准。

在诗集的第二部分中，比尤拉部分的开篇诗《星期天绿地》（"Sunday Greens"）（195）就是一首典型的融叙事与抒情于一体的诗歌：

---

① Rubin and Ingersoll, "A Conversation with Rita Dove," *Black American Literature Forum* 20 (Fall, 1986)：236.

② Therese Steffen, "Moments of a Marriage, or Looking Awry at U. S. History：Rita Dove's Thomas and Beulah," *Families*, ed. Werner Senn, Tubingen：Gunter Narr Verlag, 1997, 179-196.

③ Steven Schneider, "Writing for Those Moments of Discovery," in *Conversation with Rita Dove*, 67.

她想要听到

红酒倾倒的声音。

她想要品尝

改变。她想要

驰骋厨房的骄傲

直到它闪亮似

稻草，她想要

屈就替代

传统。勺子碰

锅沿，空空如此

只剩骨头，每块骨头

都连着一圈手镯似的肉。

房子臭气熏天

像夏天的动物园，

而楼上

她的男人酣然大睡。

睡袍垂在

她的臂弯

和摇篮赞美诗，

她停下来，想起

她的母亲一不小心

迷失在布鲁斯里，

那些甘蓝

枝繁叶茂，

正在歌唱。

这首诗歌的讲述人见证并讲述了比尤拉婚后一地鸡毛的琐碎生活：在臭气熏天的房间里，听着男人的呼噜声，看着厨房里匮乏的食物，却向往着红酒、布鲁斯音乐、摇曳的舞蹈。这个讲述的声音以寥寥数语就勾画了比尤拉的现实生活处境和浪漫的个性之间的矛盾。不过，更值得注意的是，这个讲述人的声音不仅在叙述，还不时加入自己的情感。在讲述了比尤拉想要听到倾倒红酒的声音之后，讲述人马上加入了自己的评价：她想听到的其实是生活的改变。在诗歌最后一节，当描述了比尤拉的动作："停下来"后，讲述人适时地加入了自己对比尤拉此刻思绪的判断：她想到的是自己的母亲对布鲁斯的迷恋和对摇曳的舞蹈的渴望。即便是同一个词语，也可以从叙事和抒情两个角度来阐释，比如在下面一节中：

> Ham knocks
> In the pot, nothing
> But bones, each
> With its bracelet
> Of flesh.

> 火腿在盆里
> 咕嘟嘟作响，只剩
> 骨头，一圈手镯似的
> 肉围着每根骨头。

熟悉玄学派诗歌的读者可能对这节诗歌有似曾相识之感。这节诗歌就是对玄学派诗歌代表诗人约翰·多恩（John Donne）的名诗《圣骨》（"The Relic"）中的诗行"一圈手镯似的金色头发围着骨头"（"a bracelet of bright hair about the bone"）的改写。多恩这句诗被视为他"诗歌的象征"①。这也是艾略特在《玄学派诗人》（"The Metaphysical Poets"）中

---

① Phillips D. Carleton, John Donne, "Bracelet of Bright Hair about the Bone," *Modern Language Notes* 56. 5 （May, 1941）: 366-368.

大书特写的诗行。对比达夫对这一诗行的改写，我们不难发现其中的妙处。有研究者认为达夫的这一创作是一种"文学怀旧和改写的行为"①。这一结论自有道理。达夫一直强调自己深受西方文学的影响，对英国诗歌情有独钟。因此，这一改写行为既可能是无意识也可能是有意识的文学影响的结果。然而，在这一特定语境之中如果只看到这一点显然是不够的。事实上，这一改写蕴含的意义十分丰富。其一，"一圈手镯似的肉"的表述很符合追求浪漫、富有想象力的比尤拉的表达方式。其二，达夫让"手镯"的意象回归最原始的意义：厨房盆里的火腿、骨头是对在大萧条时期生活在俄亥俄州如比尤拉一样的黑人生活境遇的真实描写。匮乏的物质条件与比尤拉强烈的渴望形成了鲜明的对照。其三，也是最重要的一点，从以上的诠释中可以看出，"手镯"一词承载着叙事和抒情的双重含义。从叙事的角度来说，这一表述展示的是大萧条时期黑人困窘的生活状态；从抒情的角度来说，这一表述既是比尤拉丰富的想象力和情感的表达，也是诗人讲述人对比尤拉心理状态的判断。这种叙事和抒情相结合的方式赋予了这部诗集厚重的历史感，具有一种史诗般的气势。

　　这部诗集游走在自传和想象中的张力也为达夫践行"种族/伦理行为"观念提供了足够的空间。托马斯和比尤拉之间没有强烈的爱情为基础，也没有共同的情趣做保证，却相敬如宾地共度了一生，这种婚姻状态对于黑人家庭来说意义非同寻常。前文已经提及，黑人作家的作品中对黑人家庭的塑造往往都是破碎的，这已经形成了对黑人家庭的某种刻板形象生产。达夫笔下的这个黑人家庭显然偏离了人们对黑人家庭的刻板印象。可以说，达夫以一种不同的方式把黑人家族历史变成了"重新诠释和重新建构的对象"②。经过达夫的诠释和重构，美国黑人家庭显现出一种带有普遍性的婚姻关系特征。在曼陀铃和金丝雀的对话中，这对夫妇走完了平淡又充满艰辛的一生，在对彼此的质疑和对话中实现了物质和精神的双重成长，并用他们的生活经历和体验为美国新一代黑人家庭留下了宝贵的

---

① Patricia Wallace, "Divided Loyalties: Literal and Literary in the Poetry of Lorna Dee Cervantes, Cathy Song and Rita Dove," *MELUS* 18.3 (Poetry and Poetics) (Autumn, 1993): 14.

② Therese Steffen, "Moments of a Marriage, or Looking Awry at U.S. History: Rita Dove's Thomas and Beulah," *Families*, ed. Werner Senn, Tubingen: Gunter Narr Verlag, 1997, 192.

遗产。之所以说这对黑人夫妇的故事具有这样的意义就在于他们诠释了20世纪中期美国黑人中产阶级家庭的形成和发展。在美国，黑人中产阶级群体一直没有得到足够的重视，或者说某种程度上种族差异掩盖了阶级差异。托马斯和比尤拉之所以具有代表性和典型性与达夫融自传性素材和想象于一体有很大的关系。这是托马斯和比尤拉的故事，也可以是任何人的故事。这样看来，托马斯和比尤拉的故事是黑人中产阶级的一次"自我形塑"①。事实上，黑人中产阶级并非二战的产物，在南北战争之前就有一小部分自由黑人生活在北方，并接受了教育，拥有一技之长，成为教师、牧师、律师、编辑等既受人尊重又有丰厚经济收入的人群。然而，这部分黑人的生活由于缺乏典型性一直没有得到充分展现。这正是达夫塑造了这样一对黑人中产阶级夫妇一生的用意所在。

此外，达夫以诗人讲述人的身份讲述了这个建构在自传性叙事和想象性抒情两种模式之上的家族史还有一个不容忽视的目的。追溯自己的家族史最根本的目的还是认识自己。这既是达夫诗歌书写的追求，也是非裔美国诗人书写的追求，更是所有艺术家进行艺术创作一个或明或暗的追求。正如威廉姆斯所言："艺术家一直勾描的只有一件东西：自我画像。"《托马斯和比尤拉》在某种程度上勾画的正是达夫的自我画像。只不过这幅画像是一幅抽象画，阐释的是如达夫一样出身于美国非裔中产阶级家庭的黑人的身份起源、自我定位和文化品位。

达夫之所以能够以具有普遍意义的人性为基础书写黑人家庭和黑人的自我根源还是在于她作为黑人艺术家难能可贵的价值观。可以说，肤色影响了作为诗人的达夫的洞察力，却没有束缚它。反映到这部诗集之中就是，托马斯和比尤拉生活的诸多不如意可能与种族身份有关，但是种族身份绝不是唯一的原因。或者说，他们的种族身份不应该对他们的生活负全部责任。以托马斯为例，从诗集中描绘的托马斯的一生我们可以看出，他不幸福的原因与其他肤色的男人无异：失去志同道合的朋友；由于体质太差不适合打仗被部队拒之门外；在工作中不敌强悍的女人而备感失落；与

---

① Erica L. Ball, *To Live an Antislavery Life*: *Personal Politics and the Antebellum Black Middle Class*, Athens and London: The University of Georgia Press, 2012, 10-36.

妻子没有共同语言，得不到妻子的理解和尊重；没有儿子的遗憾；等等。海伦·文德勒甚至对托马斯不幸福的原因进行了统计，并找出了其中的"DNA"：其一，战争；其二，不服从；其三，男人的火；其四，女人。① 文德勒统计出来的"DNA"尽管不够全面，却传达了托马斯的命运是社会、历史和性格共同作用的结果。达夫如此书写黑人命运的原因是非常明确的，那就是以历史的复杂性对抗黑白种族对立的二元性。可以说，《托马斯和比尤拉》代表着达夫对抒情诗人与黑人性的历史之间关系的重新思考。正是从这部诗集开始，达夫发现"黑人性不必是一个中心主题，但也同样不必被省略"②。以此为起点，达夫秉持的世界主义的种族观更为清晰地呈现了出来。

三　黑人家族史与美国史的对话

《托马斯和比尤拉》的对话性既体现在夫妻二人之间的唱和有间，也体现为后代和先辈跨越时空的对话性，更体现在这对夫妻的个人生活与美国宏大历史之间的对话性。有研究者甚至认为，在这部诗集中，夫妻之间的对话是"隐性的、控制的、审慎的"，但是他们的生活与"更大的历史现实"之间的对话却是显性的、张扬的。③ 为了强化其对话性的历史背景，达夫特意在诗集后附上了一个既包括家庭大事，也包括公共事件的大事年表，如托马斯和比尤拉结婚、生子、去世等个人生活大事，以及华盛顿黑人人权游行等历史事件。这一大事年表的意义不言而喻。"在美学意义上，它发挥着重要的作用，弥合着诗歌的省略形式带来的无法言说的鸿沟。"④ 在历史的意义上，达夫附加大事年表还有另一个目的："这是一个很不同寻常的大事年表，因此你能够看到在夫妻两人成长的同时，美国中西部社会中正发生着什么。"⑤ 这也是尽管该诗集聚焦于黑人家庭琐碎的生活经历和黑人夫妻之间的小情感，却具有一种恢宏的历史感和厚重感的

---

① Helen Vendler, "Rita Dove: Identity Markers," *Callaloo* 17. 2 （Spring, 1994）: 392.

② Ibid. 393.

③ Kevin Stein, "Lives in Motion: Multiple Perspectives in Rita Dove's Poetry," *Mississippi Review* 23. 3 （Spring, 1995）: 65.

④ Ibid.

⑤ Rubin and Kitchen, "A Conversation with Rita Dove," 236.

原因所在，也正是这一特质使得这部自传性诗集传递出了更大的意义。这部诗集最大的特点在于把一对黑人夫妇的成长史和一个普通黑人家庭经历的喜怒哀乐放到了一个特定的历史背景之下，从而使这个小写的历史具有了非同寻常的意义。这个特定的历史背景就是"转化了美国"① 的黑人从南方到北方的大迁移。

托马斯和比尤拉从南方到北方的生活与美国历史大事件息息相关。细读《托马斯和比尤拉》，我们不难发现，尽管达夫为我们呈现的是这对夫妻一生中的生活和情感片段，却是基本按照线性时间来安排的，而且对照诗集后面的大事年表，我们很容易将托马斯和比尤拉的生活以美国历史为背景进行勾描。托马斯的生活按线性时间排列如下：船上生活（1919）—到达阿克伦（1921）—与比尤拉结婚（1924）—第一个孩子出生（1926）—在固特异飞机工厂工作（1942）—生病中风（1960）—辞世（1963）；比尤拉的生活轨迹如下：她与托马斯交往（1923）—结婚（1924）—怀孕（1931）—当制帽女工（1950）—家庭重聚（1964）—辞世（1969）。对照大事年表和 20 世纪美国历史，我们不难发现托马斯和比尤拉的个人生活是以美国南方黑人向北方工业城市的大迁移、经济大萧条、第二次世界大战、民权运动、肯尼迪总统被暗杀、黑人权力运动等20 世纪重大历史事件为背景的。达夫把两位主人公的经历与美国历史上的重要事件交织在一起，其目的就是要表明普通人生活的"真正意义"在于以个人的、琐碎的、微小的方式推动历史的进程。②

这部诗集从托马斯和莱姆加入北上的黑人移民大军开始写起，用意深刻。首先，达夫暗示我们，这场发生在 20 世纪伊始的黑人大移民将改变很多美国黑人的命运；其次，利用托马斯在这次北上过程中痛失挚友的惨痛经历，达夫诠释了个人命运与历史事件之间不可割裂的内在联系；最后，带着曼陀铃歌唱的托马斯不仅唱出一曲夫妻对唱，而且将唱出一曲个人与历史之间的对唱。达夫在大事年表中还强调，比尤拉家族 1906 年迁居阿克伦，而托马斯于 1921 年迁居阿克伦。可见，与托马斯和比尤拉生

---

① James N. Gregory, *The Southern Diaspora*, Chapel Hill：The University of North Carolina Press, 2005.

② Ekaterini Georgoudaki, "Rita Dove：Crossing Boundaries," 422.

活的起点相对应的恰恰是美国历史上规模最大、影响深远的黑人移民大潮的开端期。他们北上后定居的阿克伦则是这次移民大潮最大的定居地之一。此外，达夫在诗集后附的托马斯和比尤拉家族大事开始于 1900 年，结束于 1969 年，而"从 20 世纪伊始到 20 世纪 70 年代"，正是"美国和世界史上的一个特定时期，从 20 世纪 70 年代开始，从南方来的移民大潮就趋缓了"①。可见，达夫在这部自传性诗集中刻意凸显的正是这段黑人北上移民大潮的历史时间经纬。换言之，托马斯和比尤拉的成长史被嵌入"美国历史上唯一一次最大规模的黑人大迁移"的宏大背景之中，从而使个人与历史之间的互动关系成为达夫探究的深层次问题。②

那么，达夫为何对这段历史情有独钟呢？这场大规模南方种植园黑人移民到北方工业城市的历史事件对于黑人的社会生活、文化身份以及美国的政治和经济形势都有着深远的影响。然而，这段历史却一直处于被忽视和被误读的状态。可以说，这次大规模的南方流散史一直是历史地理解 20 世纪美国各种社会现象的"缺失的一环"③。对此，达夫有着十分深刻的认识：

> 直到最近，历史学家才开始有深度地、完整地探索那个时代以及"大迁移"，就像他们现在对它的称呼，不仅影响了南方社群和北方社群，而且还有一系列其他的事情。人们对奴隶制造成了黑人家庭被连根拔起这一问题已经进行诸多研究和探讨，而"大迁移"是又一次拔根和错置。这是这个国家的黑人第一次扎根并错置。不管令人多么窒息，这是这个国家的黑人第一次有机会去追逐"美国梦"……这是我们国家的一次主要的人口移动，然而却基本没有被记载。④

① James N. Gregory, *The Southern Diaspora*, Chapel Hill：The University of North Carolina Press，2005，12.

② Donna Murch, "The Campus and the Street：Race, Migration, and the Origins of the Black Panther Party in Oakland, California," in Manning Marable and Elizabeth Kai Hinton, eds. *The New Black History：Revising the Second Reconstruction*, Palgrave Macmillan, 2011, 53.

③ James N. Gregory, *The Southern Diaspora*, Chapel Hill：The University of North Carolina Press，2005，6.

④ Steven Schneider, "Writing for Those Moments of Discovery," in Earl G. Ingersoll, *Conversations with Rita Dove*, 67.

达夫所言不虚。长期以来，美国作家和学者研究美国非裔族群问题都主要聚焦于奴隶制、奴隶解放、南方重建、南方种族隔离等社会和历史现象。直到 20 世纪 90 年代，这次美国历史上最大规模的黑人移民潮才逐渐进入研究者的视野。这次移民潮在一定意义上改变了美国黑人族群的生活和文化，产生了黑人工人阶级、城市中产阶级，当然也产生了黑人城市贫民。相比较而言，研究者对美国城市黑人的关注一直集中于贫民窟，却极少关注黑人城市中产阶级。从这一角度来说，达夫的《托马斯和比尤拉》聚焦于城市黑人中产阶级，的确有填补空白的意义。发生黑人移民大潮当然是为了追求自由和机会的平等，然而其社会意义却远远超越了黑人族群当时的追求和想象。正是这次黑人移民潮促成了"黑人社会阶级的形成"，并在一定程度上"形塑了'新黑人'意识"①。

　　达夫除了在诗集后附上了一份大事年表以强化这部诗集的历史感和时间维度，在诗歌中，这种时间维度和历史框架也无处不在，并贯穿于这对黑人夫妇琐碎的个人生活的始终。托马斯部分的开篇就告诉我们，托马斯与莱姆是从得克萨斯出发一路北上的。这一迁徙之路充满希望，却也极为艰苦、凶险。有很多人在这一迁徙之中失去了生命，如莱姆。然而，北方工业化城市巨大的劳动力需求以及南方永远拒绝给予黑人的权利、自由和尊严的残酷现实促使如托马斯和莱姆一样的年轻黑人前仆后继地踏上这场前途未卜的旅程。失去了挚友的托马斯孤独地继续北上的旅程：

　　　　向北进发，草帽
　　　　扣在他的脑后，

　　　　浓密的卷发油光
　　　　闪亮，他一路不停

　　　　直到被黑夜吞噬

---

①　Darlene Clark Hine, "Black Migration to the Urban Midwest: The Gender Dimension, 1915–1945," 131.

直到河流的光亮

退却，不知为何
进入另一个人的生活。他落脚

在阿克伦城，俄亥俄州
那是 1921 年，

在一个肮脏的人工湖
岸边。

（*SP*，144）

诗歌中出现的时间和地点，如"1921 年""向北进发""阿克伦城""俄亥俄州"不仅与诗集后的大事年表相对应，更直接对应着美国历史上的这次黑人"大迁徙"具有代表性的时间和地点。托马斯乘船北上的举动使他成为从 1915 年至 1960 年间的"大迁移"中 500 万南方黑人的一分子。

对于这次黑人"大迁徙"的历史动因，不同领域的学者从不同角度进行了诠释。地理学家认为干旱等自然现象是这次大迁徙的主要原因，这一单一的思维模式被历史学家戏称为"水利思维"①；经济学家认定这次移民大潮起因于南方劳动力市场的需求；社会学家强化的是种族歧视的因素，因为美国南方依旧存在的严重的种族歧视与北方相对宽松、民主的氛围形成了鲜明的对比。在这诸多不同角度的诠释中，经济原因一直占据着主导地位。对此，有两种外力说颇有影响力：一种是南方日益恶化的社会经济和政治条件驱使南方黑人向北方迁移；另一种是战时对劳动力的需

---

① James N. Gregory, *The Southern Diaspora*, Chapel Hill: The University of North Carolina Press, 2005, 19.

求、北方相对宽松的民权状况等吸引着南方黑人的迁移。① 此两种外力说自然是建立在大量史料研究的基础之上的，其科学性毋庸置疑。然而，此两种外力说均忽略了黑人在这次历史进程中的主动性和选择性。换言之，此两种外力说是把黑人放在历史的被动服从者的位置上进行考察的。达夫以托马斯和比尤拉这对黑人夫妇复杂的心路历程表明，这场南方黑人大规模的北迁有着更为多元而复杂的原因。南方流散不只是因为北方经济的引力，"经济错置和机会"也绝不是南方黑人北迁的唯一动因。② 与渴望获得经济上的富有的白人移民不同，黑人的渴望常常不同。更为重要的是，美国南方黑人北上是有着强烈的内在动力的。换言之，他们并非历史的被选者，而是历史的选择者。达夫给我们呈现的这对黑人夫妇的经历尽管是个人的，却是多元的、多维的和动态的。这一过程并不只是黑人在外力推动下的被动迁移，而是一种自我选择、自我发展、自我转化、自我成长的过程。或者说，达夫对托马斯和比尤拉这对黑人夫妇移民生活的描述呈现的恰是美国非裔的自我转化过程。换言之，达夫所勾描的这对黑人夫妇的迁移生活探索的是黑人内在的成长和渴望。南方黑人踌躇满志地向北方进发，追寻自己的美国之梦和人生之梦，这从前文提到的《事件》《跳着摇摆舞》等诗歌中均可以清晰洞见。从整部诗集中托马斯的心路历程可以发现，无论是失去挚友的锥心之痛，还是无法得到妻子理解的苦闷，抑或工作中的诸多不如意，他都从来没有对自己当初北上的行为有任何质疑。在托马斯部分，达夫以托尔森的《哈莱姆画廊》（"Harlem Gallery"）的诗句："黑孩子，哦黑孩子，／这个港湾值得一游吗？"为题铭，而托马斯则用自己的一生给出了肯定的答案。

　　《托马斯和比尤拉》除了探索了黑人大迁徙的历史动因，还以现实主义的笔触对其他黑人作家构建的城市"贫民窟模式"（ghetto model）进行了颠覆。对于黑人城市生活，历史学家和文学家的关注和呈现经历了两个不

---

① See Joe W. Trotter, "African American in the City: The Industrial Era, 1900 - 1950," in Kenneth W. Goings, Raymond A. Mohl eds. *The New African American Urban History*, Thousand Oaks: SAGE Publications, 1996, 309.

② James N. Gregory, *The Southern Diaspora*, Chapel Hill: The University of North Carolina Press, 2005, 23.

同阶段。第一阶段是忽略期。乔·特路特（Joe W. Trotter）在《城市中的美国非裔：工业时代，1900–1950》一书中指出："尽管在第二次世界大战期间和之后，黑人移民到美国城市出现了戏剧性回潮，历史学家却很少关注 20 世纪 50 年代的黑人城市生活。在现代民权运动影响下，他们才把关注点转移到黑人种族隔离法的起源、奴隶制和早期解放岁月。当他们的确转向对黑人城市生活的研究时，他们常常更倾向于研究内战前的黑人城市生活，而不是 20 世纪的黑人生活。"① 第二阶段是"贫民窟模式"生产期。黑人城市史完整地出现最早是在 20 世纪六七十年代，然而第一代黑人城市历史学家和黑人作家却几乎只聚焦于黑人城市贫民窟的生活。②

与前辈学者和作家对城市贫民窟的书写不同，达夫在这部诗集中书写的是城市黑人中产阶级的生活。托马斯和比尤拉也经历了生活的贫困和窘迫，却最终部分地实现了自己的美国梦，跻身美国中产阶级的行列，在北方城市生活中享受到了经济的富足和做人的尊严。我们从诗歌的字里行间可以时时感受到这种经济的富足。在《求婚》中，我们知道托马斯"挣得不少"，"可以再买一个"；在《风平浪静》中，这对年轻夫妇用分期付款的方式买了一辆新车，并驾车带着全家去田纳西旅行；在《满意煤炭公司》（"The Satisfaction Coal Company"）中，托马斯安享退休后的宁静生活，和不愁吃喝的其他老人一样，要面对的是"如何打发每一天"。

达夫对城市黑人中产阶级成长历程的描绘显然颠覆了城市"贫民窟模式"，这一书写策略既是达夫中产阶级背景的真实反映，也是对黑人中产阶级群体从历史的角度进行的建构和分析。达夫的这一建构模式无疑在提醒读者，"隔都化"（ghettoization）当然是美国中心城市的主要特征，但并非唯一特征。"贫民窟模式"在一定程度上忽略了黑人城市人群的阶级构成，使得黑人城市人群在整体化、单一化的文化建构中，成为刻板形

---

① Joe W. Trotter, "African American in the City: The Industrial Era, 1900–1950," in Kenneth W. Goings, Raymond A. Mohl eds. *The New African American Urban History*, 307.

② 前者包括 Gilbert Osofsky, *Harlem: The Making of a Ghetto*, 1890–1930; Allan Spear, *Black Chicago: The Making of a Negro Ghetto*, 1890–1920; David Katzman, *Before the Ghetto: Black Detroit in the Nineteen Century*; Kenneth L. Kusmer, *A Ghetto Yakes ShapeL Black Cleveland*, 1870–1930; Thomas Phipott, *The Slum and the Ghetto* 等研究成果。后者包括布鲁克斯的《安妮·艾伦》《在麦加》，以及赖特的《土生子》等文学作品。

象生产的重灾区。达夫对托马斯和比尤拉这对随着南方黑人移民大潮来到北方城市谋生的黑人夫妇的生活轨迹的勾描富有预见性地关注了黑人移民群体的动态性、黑人阶级构成的复杂性，以及黑人城市文化的多样性。从这一意义上说，《托马斯和比尤拉》可以说是一部美国城市黑人中产阶级群体的形成史和发展史。

由托马斯和比尤拉书写的这部中产阶级发展史与城市"贫民窟模式"不同，与跻身上流社会的精英人群也有着很大的差别。与为了出人头地而要么充满英雄豪情、要么不择手段的上流社会阶层不同，黑人中产阶级的心态更为平和，奋斗的方式也更为中庸，生活也相应显得更平淡无奇。托马斯和比尤拉在北方城市为我们讲述的不是一个"乐园的故事"，也不是为我们呈现"南方的远大前程"①。与西进运动中的移民英雄不同，达夫构造的移民故事中没有英雄，或者说没有通常意义上的英雄。托马斯和比尤拉都是普通人，他们在琐碎的生活中品尝失望和失败，也收获着小小的喜悦。

托马斯部分的第四首诗《草帽》（"Straw Hat"）（145）就描写了年轻的新移民在北方艰苦的劳作和艰难的生活经历。这首诗的诗行明显比第三首长，音韵也显得拖沓，给人一种沉重、停滞的感觉。在第三首诗中，还在路上拨动曼陀铃漫游的青年已经被北方工业化生产的三班倒制度束缚，那种在路上的自由所带来的精神上的自由已经消失得荡然无存：

> 在城市，在一棵橡树的锯齿形的叶子下面
> 眺望着轨道，他坐到
> 黎明前的最后一分钟，很幸运
> 睡的是第三班倒。几年前
> 他一文不名，躺在
> 各种各样的青草之上，在星空下，
> 与月亮四目相对。

---

① Nicholas Lemann, *The Promised Land: The Great Black Migration and How It Changed America*, New York: Alfred A. Knopf, 1991.

......

对他来说，工作有点让人不开心

而下班后的音乐

像一个女人

深入他的心底

又扩散开去。当他歌唱

他闭上眼睛。

他从来也不知道她什么时候来到

但当她离开时，他总是

轻轻拍打他的草帽。

音乐和女人是托马斯单调的工作中的调剂品，然而音乐并不能给他心灵的慰藉，却只能把他内心深处的孤独和痛苦"扩散开去"。在孤独中，女人也许是让他年轻而孤独的心平复下来的唯一动力，然而他清楚地知道，这种慰藉也是暂时的，女人们会随时从他的身边离去。

在《齐柏林工厂》（"The Zeppelin Factory"）（154~155）中，托马斯成为大萧条时期在工厂流水线上劳作的工人，他的个性也在标准的流水线作业中被慢慢磨损、耗尽：

齐柏林工厂

招工，挺好——

但是，站在鲸鱼肚子般的

笼子里，电焊

火花四溅

噪音轰鸣，

托马斯真想坐下

大哭一场。

那年春天第三大

轮船被编排成城里

最大的笑话，今天它

下水首航。

风一吹

"阿克伦"号航行

就完全失控了。

三人一排——

一个吊着

安全带，一个

抓住不放第三个人，

肌肉紧张，情绪

失控，从六百英尺高处

张牙舞爪

跌落在地上。

托马斯晚上

在空地上：

　　　我还在这儿，完好无损

　　　胆小如鼠。

在足球赛中，

托马斯用帽子

遮住心脏，看着

新年的小型飞艇在头上飞过：

　　　我知道大男孩

　　　你在那里。

托马斯和比尤拉的个人生活随着美国社会历史的变迁而发生了变化。在《1932年在高架桥下》（"Under the Viaduct, 1932"）中，已经拖家带口的托马斯失去了工作，"他避开空空如也的厂房"（156）。失去工作的托马斯在煤炭公司扫地，也因此有机会把煤带回家做饭取暖。在《飞机》（"Aircraft"）（160）和《北极光》（"Aurora Borealis"）（161）中，参与二战的美国使得托马斯的个人生活显得更微不足道。由于身体不够强健不能入伍，托马斯只能和一群妇女一样在兵工厂工作，负责组装飞机。远离战场的美国人仍然无时无刻不感受到战争的残酷和紧张，而他们的生活也在战争的拖累中变得"无助"和"绝望"："因为这是 1943 年/他们厌倦了"（161）。由于处于大萧条的历史背景之下，托马斯个人的生活困境也因此呈现出社会性、历史性和普遍性。身为从南方移民而来的黑人，托马斯面临的是经济和种族的"双重灾难"①（two-fold catastrophe）。不过，有一点值得注意。尽管托马斯的人生并没有因为从南到北的迁移而摆脱困顿，达夫也并没有因此让托马斯陷入怀旧的情结不能自拔。这一点在诸多同类题材的作品中显得非常独特。在很多作品中，处于大迁移潮中的非裔美国人一旦发现他们梦想中的"城市避难所"并非理想的天堂，回望南方、怀念南方故园就似乎成为唯一的出路。这样的作品不可避免地充溢着一种怀旧、颓废、心理扭曲的情愫。用格瑞芬（Garah Jasmine Griffin）的话说就是，这些南方移民往往陷入"陌生人的土地"和"祖先的土地"之间，无比纠结。② 然而，达夫显然从这种二元对立的模式和情结中找到了一条中间的道路，一种"流散的亲近感"③（diasporic intimacy）。

与托马斯的生活深受历史和现实影响不同，比尤拉的生活与美国历史风起云涌的变化保持了一定的距离，在一定意义上，比尤拉更多地生活在自己的世界中。然而，这一现象本身就值得从历史的角度深思。从南方到北方的移民经历带给女性的是同样的憧憬，然而由于性别差异，黑人女性面临的问题要远远多于男性。作家玛丽·海伦·华盛顿讲述了她的女性亲戚从南方移居到北方之后面临的困境："20 世纪 20 年代，我的母亲和五个姨妈从印第安纳波利斯移居到俄亥俄的克利夫兰，尽管她们都很有才

---

①   Jon Woodson, *Anthems*, *Sonnets*, *and Chants*: *Recovering the African American Poetry of the 1930s*, Columbus: The Ohio State University Press, 2011, 16.

②   Garah Jasmine Griffin, "*Who Set You Flowin'*?": *The African-American Migration Narrative*, New York: Oxford University Press, 1995, 8.

③   Svetlana Boym, *The Future of Nostalgia*, New York: Basic Books, 2001, 254.

华，但她们仍然发现除了厨房的门，其他的门对她们一律是关闭的。"①
黑人女性即便工作，也只能找到佣人、服务员之类的工作，在经济萧条
时，她们也总是最先被解雇的群体。正如历史学家艾伦·斯皮尔（Allan
H. Spear）所言："黑人女性在寻求理想位置时特别局限。"② 可以说，这
次黑人的大迁移是"相当性别化的"③。这样来看，比尤拉的"内在的生
活"恰恰是历史因素综合作用的结果。

　　值得注意的是，达夫不仅关注了这次大迁徙中的美国黑人如何在历史
和现实的影响下生活，而且关注了美国黑人如何影响甚至形塑了美国历史
和文化。换言之，达夫关注的是个人和历史之间的互动关系。与用史料说
话的历史学家不同，作为诗人的达夫讲述的是移民的故事，为我们解答的
是这些"移居的美国人"如何成为美国"民族性格中伟大的谜语"④。这
些在移民大潮中迁居北方的黑人"成为在他们的世纪徐徐拉开改变大幕
的使者"⑤。黑人移民不仅是历史大潮中被动的游泳者，而且是历史的创
造者、形塑者和改造者。黑人移民不仅形塑了自己，也形塑了族群，更形
塑了美国。黑人移民把黑人文化带到了美国北方，并成为形塑美国文化的
力量之一。在《跳着摇摆舞》（144）中，在俄亥俄安顿下来的托马斯"一
直跳着摇摆舞"，"金色的耳环/在右耳摇荡/左耳/戴着一个玻璃耳钉，闪
亮的蓝色"。正是如托马斯一样的南方黑人把布鲁斯音乐从南方种植园带
到了美国的都市之中，从而对美国 20 世纪文化产生了深远的影响。从这
一意义上说，托马斯的历史是"他的故事"，也是美国的"文化故事"。

　　值得注意的是，《托马斯和比尤拉》并不是达夫关注美国非裔家族史
的唯一产物。诗集《与罗莎·帕克斯在公交车上》的第一部分"浮雕"
（"Cameos"）中的十首诗歌勾画的就是一部美国非裔家庭从 1925 年至

---

①　Mary Helen Washington, *Invented Lives: Narratives of Black Women, 1860-1960*, New York: Anchor, 1987, xxii.

②　Allan H. Spear, *Black Chicago: The Making of a Negro Ghetto, 1890-1920*, Chicago: University of Chicago Press, 1967, 34.

③　Joe W. Trotter, "Black Migration in Historical Perspective," in Joe W. Trotter, Jr., ed., *The Great Migration in Historical Perspective: New Dimensions of Race, Class, & Gender*, 1-21.

④　George W. Pierson, *The Moving American*, 1973, 3.

⑤　James N. Gregory, *The Southern Diaspora*, 41.

1940 年的简史，聚焦了黑人女孩"珍珠"一家在大萧条时期的遭遇和黑人家族顽强的生命力。可见，达夫对美国非裔家族史与美国历史之间的互动性关系的关注是持续的。

第二节　密西西比的布鲁斯：黑人的奴隶史

尽管达夫的作品很少直接触及种族歧视和种族隔离，也很少旗帜鲜明地对黑人遭受的种族歧视进行血泪控诉，但是身为黑人作家，达夫从来不拒绝书写种族主题。2012 年 3 月 27 日，就在达夫获得奥巴马总统亲自颁发的"国家人文奖章"的第二天，她接受了全国有色人种协进会（NAACP）主席、社会活动家朱利安·邦德（Julian Bond）的专访。在该访谈中，达夫说，种族意识是她的"DNA"，是她作品的一部分，然而，种族永远是与其他因素联系在一起的，从来不是孤立的。她还特别强调，她不认为自己超越了种族，只不过成为非裔美国人有成千上万种方式，她的方式与众不同而已。① 达夫的这段访谈阐释了两个非常重要的问题，其一，达夫重视对黑人种族的书写；其二，达夫的种族书写有着自己独特的方式。达夫不仅是这样说的，也是这样做的。达夫的作品多次触及黑人种族问题。比如诗剧《农庄苍茫夜》聚焦的就是南方种植园中黑人奴隶的命运与抗争、白人与黑人的种族关系以及黑人身份定义问题等；她的小说《穿越象牙门》深入探索了黑人女性成长和黑人女性身份的复杂性问题。不过，对黑人种族问题探索最多也最有深度的，还是她的诗歌作品。达夫的诗歌作品不仅关注种族问题，而且聚焦黑人种族史中的某些重大历史时刻，可以毫不夸张地说，她的诗歌呈现的是一部微缩的黑人民族史：从奴隶制时期、到黑人解放运动时期、黑人民权运动时期、再到后殖民时期的黑人生存状态，勾勒了一部完整的黑人民族史。重大黑人历史事件和重要黑人历史人物都在达夫的诗歌中找到了合适的位置。此外，达夫还关注了黑人在美国重大历史事件中的不同寻常的经历。如诗集《美国狐步》中

---

① Julian Bond, "Interviewed with Rita Dove, Explorations in Black Leadership Series," Mar. 27, 2012, http：//www.youtube.com/watch? feature＝endscreen&v＝enkpWOV50M8&NR＝1.

的组诗《这里不受欢迎》（"Not Welcome Here"）就以一组日记的形式，以非裔美国士兵的视角书写了第一次世界大战中在欧洲奋战的非裔美国士兵。

　　然而，尽管达夫如此密集地书写了黑人民族和黑人历史，却一直给人一种不够"黑"的感觉，并因此受到不少评论家的诟病。那么，个中原因何在呢？对此，查理斯·亨利·罗威尔的理解很有见地，可以说是为达夫一辩最有代表性的声音：

　　　　没有人能说你抛弃了黑人族群，因为你在那本书［《街角的黄房子》］里就运用非裔美国人被奴役的材料创作了诗歌。使你的作品不同于大多数运用相同题材的作品的是你的方法。面对被奴役的美国人的可怕的故事，以及过去和现在白人从未间断的对黑人的诋毁、去人性化和贬低，你在诗歌中从来没有大喊大叫过。①

查理斯·亨利·罗威尔的见解是独到而公允的。达夫从来未曾抛弃黑人族群，也从来未曾拒绝书写黑人族群，在她的诗歌作品中，以黑人的生活、经历、情感为题材的还是占据了主体地位的。达夫的与众不同之处在于她处理黑人题材的方式。她走出了"黑人艺术运动"倡导的黑人民族主义观念，采用了带有普遍性的视角和价值标准，并把黑人问题首先作为人类的共同问题来审视。换言之，她以一个世界主义者的眼光首先看到的是黑人作为人的普遍性，以及他们的七情六欲和喜怒哀乐的复杂性。这种视角在某种程度上是对黑人人性的还原，是一种去黑人刻板化形象的有效手段。

　　那么，达夫的种族书写的方式有何不同呢？答案还在达夫的"看到历史的下面"的历史书写策略中。具体到达夫的历史诗歌，该策略最为明显地体现在她对奴隶制历史和黑人解放运动史这两个美国非裔历史上最为重要的历史阶段的书写。

---

① Charles Henry Rowell, "Interview with Rita Dove," Part 2, *Callaloo* 31.3 (2008): 721.

历史是由胜利者书写的，因此"没有一份档案文件是中立的"①。这一点在美国奴隶制历史的书写中体现得最为明显。美国黑人的奴隶制历史是由统治着他们的白人书写的。事实上，黑人奴隶制的历史书写是空白的，即便有零星记载，也是扭曲的，是通过社会学和想象的文本被曲解的。这一点很好理解。"官方档案往往是由政府资助而构建的资料仓库，是收集和创造该政府及其各个种族历史的场地。此种档案中的史料往往将黑人和他们的社会身份捆绑在一起，而这一社会身份常常是由主流阶层以合法的名义控制的。"② 这种状况使黑人作家不得不面临一个尴尬的问题："写作行为需要不断重新投入被鬼魅般萦绕的过去之中"③，然而当他们不得不返回"过去"时，他们发现那段黑人奴隶制血泪史在美国历史上要么空白一片、要么遮遮掩掩、要么被歪曲篡改。这一现状使得黑人奴隶史扑朔迷离，"即便在今天，奴隶史的很多重要方面仍深藏于神话和传奇之中"④。"美国黑奴极少能按照自己的意愿进入公共记录。相反，他们常常进入财产记录：贩卖的对象、财产分割的对象，以及当他们参与犯罪案件时出现在极端案件中。"⑤ 可以想见，在一个把奴隶制视为教化"劣等"种族的慈善学校的社会和体制下，奴隶制和奴隶史又如何能够得以真实呈现呢？

黑人作家无一例外地在这个既扭曲又空白的历史地带徘徊。然而，官方历史的缺失和扭曲在一定程度上也成就并成全了黑人作家的想象力。正如黑人女诗人、耶鲁大学教授伊丽莎白·亚历山大所言："历史学家哀叹于历史记录中的休止符；艺术家却能发挥深沉而宏大的想象力。尽管没有

---

① Linda M. Morra and Jessica Schagerl, "Introduction: No Archive Is Neutral," in Linda M. Morra and Jessica Schagerl, eds. *Basements and Attics*, *Closets and Cyberspace*: *Explorations in Canadian Women's Archives*, Wilfrid Laurier University Press, 2012: 1–22.

② Wendy W. Walters, *Archive of the Black Atlantic*: *Reading Between Literature and History*, New York, London: Routledge, 2013, 13.

③ Ralph Ellison, *Shadow and Act*, New York: New American Library, 1964, xviii.

④ John Hope Franklin, Loren Schweninger, "Preface," *Runaway Slaves*: *Rebels on the Plantation*, xv.

⑤ Annette Gordon-Reed, "Foreword," in *A Slave in the White House*, Elizabeth Dowling Taylor, Annette Gordon-Reed, xv.

经验的证明，却为我们提供了想象并回溯未被珍藏的过去的唯一路径。"①
黑人诗人罗伯特·海登在 1971 年的一次访谈中，坦言自己作为黑人诗人
对黑人历史的理解："我一直对非裔美国历史很感兴趣，当我还是一个年
轻诗人时，我就想为理解过去到底是什么样子做出贡献。"② 不过仅凭借
想象书写历史是远远不够的，因此达夫另辟蹊径，选择了一条历史探秘和
诗性想象相结合的历史书写策略。从这一角度来看，达夫想要呈现给我们
的既不是"到底发生了什么"，也不是"据说发生了什么"，而是"可能
发生了什么"。此种历史书写策略对于这段不仅封尘已久，而且被扭曲的
黑人奴隶史是最合适不过的了。

　　综观达夫的奴隶史书写，我们不难发现，她写作的内容都是在历史上
有据可查的事件、人物和背景。如《荷兰芹》中的独裁者、《从马里兰运
送奴隶到密西西比》和《非洲水手》中呈现的贩奴旅程、《绑架》中刚刚
获得自由又被绑架并被卖作奴隶的所罗门·诺斯拉普（Solomon
Northrup）、废奴运动领袖大卫·沃克、《贝琳达的申诉》（"Belinda's
Petition"）中的贝琳达，等等。细读这些诗歌我们惊喜地发现，达夫在
一次又一次探寻历史档案的同时，也一次又一次发挥诗人丰富的想象力，
修正并重写了在官方档案中支离破碎的片段，从而在"到底发生了什么"
和"可能发生了什么"之间建构了一种历史和诗学的对话。这种对话在
某种程度上说就是大写历史和小写历史之间的对话。这也是对历史最本真
的含义的呈现。正如米歇尔-拉尔夫·特罗伊拉特（Michel-Rolph
Trouillot）所定义的那样："历史的含义既指事实也指那些事实的叙事，
既是'发生的事情'，也是'据说已经发生的事情'。"③ 莫里森更是从创
作经验的角度对历史和文学、历史学家和艺术家之间的区别进行了总结：
艺术家和历史学家审视档案文献的方式不同，历史学家聚焦于数字和数
据，而艺术家则自由想象了人们真实的日常生活。④

---

①　Elizabeth Alexander, "Preface," in The Black Interior, x.

②　Robert Hayden, "Robert Hayden. The Poet and His Art: A Conversation," in How I Writer/1,
　　New York: Harcourt Brace Jovanovich, Inc., 1972, 169.

③　Michel-Rolph Trouillot, "Silencing the Past: Power and the Production of History," Boston:
　　Beacon P, 1995, 2.

④　Toni Morrison, "Behind the Making of the Black Book," Black World 23 (1974): 88.

　　达夫就是以这样的视角审视了黑人奴隶制历史。同样是诗性想象与历史档案的对话，由于叙事视角和声音的不同，达夫的奴隶史书写还呈现出十分丰富的层次感和多元性。第一种叙事声音是黑人奴隶的第一人称叙事，挪用了奴隶叙事的范式；第二种声音是第一人称集体叙事；第三种声音是第一人称奴隶叙事和第三人称官方文献的并置和对比；第四种声音是讲述人的第三人称叙事。尽管达夫书写奴隶史的诗歌数量并不多，却基于历史档案以诗性想象复原了若干个极具戏剧性的历史瞬间，而这些瞬间串联在一起则完整地呈现了美国（美洲）奴隶史：从贩奴船穿越大西洋开始，到奴隶们的劳作和生活、奴隶买卖、奴隶逃亡一直到奴隶解放。在这部美国（美洲）奴隶史中，既包括奴隶主，也包括奴隶，既包括普通奴隶，也包括奴隶解放运动的领袖；既包括奴隶们的日常生活，也包括平凡生活中不平凡的瞬间。达夫的这部多元化、多视角、多层次，时间跨度长达几百年的美国（美洲）奴隶史，既是英雄史，也是人民史，是在大写历史和小写历史、个人历史和集体历史、历史和反历史的对话中实现的。通过对黑人奴隶史的多层次、多角度呈现，达夫建构了一组黑人历史诗歌，而这组诗歌有可能改变人们记住这段复杂而多元的美国过去的方式。

　　达夫的奴隶史书写最值得关注的是独特的视角和对这段历史的态度，以及由此形成的独特的书写身份。她是参与者，也是观察者，同时还是评论者。正是得益于这些多元的身份定位，她才成功地还原了那段被曲解、被删除的历史，使其带有诗性的想象，并且更加鲜活生动。这正体现了美国非裔诗人对诗歌所应承担的使命的深刻认识和期望。正如伊丽莎白·亚历山大所言：“诗歌独特的潜能就是定位并激活想象中的东西。艺术使我们知道那些利用其他方式无从发现的东西——我们为了睿智地生活所必须知道的事情之一。”①

一　“肯塔基，1833 年”：有生命的黑人奴隶史

　　试图看到历史的“下面”的达夫深知，历史是由一个又一个鲜活的

①　Elizabeth Alexander, "The Negro Digs Up Her Past： 'Amistad'," *The South Atlantic Quarterly* 104. 3 （2005）：465.

生命构成的。一部黑人奴隶史绝不是一串冰冷的文字，更不是毫无生气的数字和数据的堆积，而是由无数黑人奴隶日复一日的辛苦劳作和平淡生活构成的。因此，达夫首先要做的是"改写书面记录，修正官方版本中的历史细节，并插入那些被遗漏的生命"①。达夫深知，黑人奴隶史是由黑人个体的声音和集体生存的精神共同构成的。因此，她不仅恢复了黑人奴隶史中的个体声音，而且还原了一种可能的奴隶集体精神，而二者共同构成了那段历史、塑造了黑人奴隶文化。正是通过这种方式，达夫实现了自己诗歌书写的政治性。之所以这样说，是因为政治的原初含义就是"城邦的"（of the polis），强调的就是群体、集体之意。从这一层面而言，达夫的奴隶文化书写其实就是政治书写。正如亚历山大所言，"如果政治被复原到其原初含义"，那么"文化和政治就不是二选一的命题"②。只有理解了这一点才能理解达夫与众不同的政治书写策略，也才能让一直认为达夫刻意远离政治的研究者和读者放下偏见。

为了呈现由个体生命和集体精神共同建构的历史，达夫的诗歌选择了奴隶个人叙事和集体叙事的双重声音。例子比比皆是，如《贝琳达的申诉》中的黑人女奴贝琳达讲述了自己从 12 岁即为奴隶的被奴役人生，《家奴》中的无名女家奴在啜泣中等待天明的悲苦，《从马里兰运送奴隶到密西西比》中那位面对同伴的逃跑内心充满矛盾的黑人女奴，《某人的血》中伫立在码头、等待被贩卖的命运未知的女奴。与这些黑人奴隶的内心独白相生相伴的是黑人奴隶的集体声音和群像。如《肯塔基，1833年》等诗歌就运用了第一人称集体叙事，呈现黑人奴隶的集体生活和集体精神。更值得注意的是，达夫的叙事声音带有独特的"我+我"的特点。达夫采用的这种以"我"为基点又略有变化、各具特色的叙事声音的用意耐人寻味。

黑人作家，尤其是女性作家表达黑人主体性的方式往往是多元的。泰瑞·弗朗西斯（Terri Francis）曾经指出，黑人女作家表达的多元性主要

① Judith Raiskin, "The Art of History: An Interview with Michelle Cliff," *The Kenyon Review* 15 (1993): 71.

② Elizabeth Alexander, "Preface," *The Black Interior*, x.

体现为三种方式：互文性、属间文本策略以及集体第一人称。① 这三种方式被达夫巧妙地运用在对黑人奴隶史的书写中，从而成功地探索了主体性作为历史意识的形成问题。在"历史是建构的"的观念得到公认的今天，叙事在建构历史中的力量得到了彰显。正如苏珊·福瑞德曼（Susan Stanford Friedman）所言，对于已经发生的事情的叙述强化了讲述者的角色，同时强化了叙事的本质是一种"筛选、组织、排序、解读和传奇化"的"认知方式"②。

　　从"我"到"我+我"再到"我们"的第一人称变异叙事所讲述的个人记忆和集体记忆强化的是美国黑人对黑人历史的"文化记忆"，是美国黑人对共同创伤的集体回应。对于创伤的集体回应既有向心倾向也有离心倾向。它把人们从群体空间中心拉出去，同时又把他们拉回来。③ "我"的叙述是还原那些曾经鲜活的生命的最好方式，也是诉求自我主体性的最好方式。"我"的声音对于为曾经为奴隶的黑人发声就更为难能可贵。之所以如此，是因为在寥寥可数的白人的记录中，黑人"生命的复杂性"很难得到呈现："绝大多数情况下，情感、思想、被奴役的人的渴望被掩藏在奴隶体系的毯子下面。"④ 达夫要揭示的正是被这张罪恶的"毯子"压抑的鲜活的生命——他们生活的瞬间和丰富的情感。与奴隶叙事表现的惨烈的被奴役生活和典型的奴隶生活瞬间不同，达夫选定了若干个非典型人物，以呈现他们的生活。她首先选择了被认为拥有"特权"的"家奴"。⑤ 在《家奴》（"The House Slave"）（29）一诗中，身为家奴的无名讲述人以第一人称讲述了奴隶们生活中一个特定的时间：晨起。

---

① Terri Francis, "I and I: Elizabeth Alexander's Collective First-Person Voice, the Witness and the Lure of Amnesia," *Gender Forum* 22（2008），http：//www. genderforum. org/index. php? id = 171.

② Susan Stanford Friedman, "Making History: Reflections on Feminism, Narrative, and Desire," In *Feminism Beside Itself*. Diane Elam and Robyn Wiegman, eds. New York and London: Routledge, 1995, 12-13.

③ Kai Erikson, "Notes on Trauma and Community Trauma," in *Trauma: Explorations in Memory*, ed. Cathy Caruth, Baltimore: Johns Hipkins UP, 1995, 183-199.

④ Annette Gordon-Reed, "Foreword," *A Slave in the White House*, Elizabeth Dowling Taylor, Annette Gordon-Reed, xv.

⑤ Ibid. xvii.

第一声号角刚从带着露水的草叶上拂过
奴隶板房里就一阵窸窸窣窣的忙乱——
孩子们被绑到围裙里，抓起

玉米面包和水葫芦，拿起一块咸肉当早餐。
我看着他们被驱赶着走进朦胧的黎明
而他们的女主人却睡得像根象牙牙签。

玛莎梦到性交，朗姆酒和奴隶懦夫。
我无法再次入睡。第二声号角响起，
皮鞭鞭打着落在后面的人的背——

有时候是我姐姐的声音，没错，就在这嘈杂里。
"哦！我祈祷，"她哭喊着。"哦！祈祷！"那些天
我躺在自己的小房子里，在刚刚发烧时不住地颤抖，

随着田野展开白茫茫一片，
他们像茂密花间的蜜蜂一样蜂拥而出，
我啜泣。还没到天亮。

"家奴"与到田野中劳作的奴隶因分工不同造就了他们不同的生活方式。
这一点在清晨起床时就清楚地表现出来。随着起床号响起，到田野劳作的
奴隶不得不拖着疲惫的身体起床，连孩子也不例外。在朦胧的黎明中，奴
隶们被驱赶着走向田野，动作稍慢的奴隶则被鞭打体罚。由于自己的女主
人还在酣睡，家奴可以晚起一会儿，然而她却难以再次入睡，因为在那皮
鞭声中，她分明听到了自己姐姐的哭喊声，于是她只能静静躺在那里无声
地抽泣。达夫的这首诗歌最独到之处在于讲述人的身份：家奴。既在
"家"，又为"奴"的身份使得她成为奴隶主和奴隶生活的双重观察者。
这种非典型黑人奴隶的特殊身份反而赋予了她观察、讲述黑人奴隶群体最
典型生活的视野。这样，通过赋予黑人奴隶具有讲述自己和他人生活的视

野，第一人称叙事拥有一种集体叙事的力量。

　　"我"的声音具有的集体性力量还体现在达夫诗歌与其他黑人作家文本的互文性上。比如，在《某人的血》（"Someone's Blood"）（35）中，身为黑人女儿的"我"对母亲的原谅似乎是对莫里森的《宠儿》的一种回应：

> 早晨六点我站在码头，
> 思绪万千：这里独立了，密苏里。
> 我要生活在这里。船继续向新奥尔良行驶。
> 生命如斯，这里就是终点。
>
> 我沉默了，尽管她拍着我
> 因为赋予我生命而请求我的原谅。
> 当太阳光把水波搅成上千把钢针
> 针尖上沾着某人手指上的血，
>
> 船轻轻从码头起航。
> 我一直看着直到她的脸无法从
> 浮动在破碎的阳光中的影子分辨。
> 我站在那里。我对她无能为力。我只有原谅。

为奴隶的母亲因为赋予了女儿生命却无法赋予她自由而请求女儿的原谅。这一情境仿佛是《宠儿》的翻版，而水波荡漾的河水也仿佛在提醒着我们那个转世的"宠儿"的前世今生。不过，达夫的这首诗歌并非对莫里森《宠儿》的简单再现，而是在诸多细节上发生了偏离。首先，与那个以幽灵形式出现的宠儿不同，这位伫立在河边的女讲述人是一个活生生的、带有历史观的人。这一身份的变化也使作品的风格从魔幻现实主义变成了现实主义。其次，与宠儿怀着对母亲的满腔愤怒不同，达夫诗中的女讲述人原谅了自己为奴隶的母亲。最后，达夫让她的女讲述人最终获得了自由，而不是被扼杀在襁褓之中。这种文本的互文性是另一种形式的"我+我"，是穿越了历史的呼唤与应答。

当然，达夫更为直接地用"我们"的视角来讲述一个 1833 年肯塔基黑人星期天生活的场景。《肯塔基，1833 年》（40）是达夫为数不多的散文体诗歌之一。全诗分为三个部分，讲述了 1833 年某个星期天肯塔基某个种植园奴隶生活的场景。在第一部分，一个以"我们"自称的讲述人交代了时间、地点、人物和氛围：

> 今天是星期天，一个嬉戏的日子。我们在树林里放风。男孩子们摔跤打闹，头顶头像一群小绵羊围成一圈；拍手声、叫喊声响成一片。女人们，棕色皮肤光滑晶亮，围着班卓琴手，或者呆坐在阳光下，腿盘在围裙下。天气难以捉摸——那天还阴沉沉乌云密布，今天就阳光明媚，金色的阳光像金黄的玉米面覆盖了我们的手臂。上帝的尘埃，老妇人艾克说。她是唯一能给我们读《圣经》的人，不过后来马萨不让读了。星期天，某些东西飘浮在空气中；哈利路亚，钓鱼铜线，不过我们叫不出名字来，然后就消失了。

这个第一人称复数声音全景式地讲述了奴隶们享受阳光和清风的休闲时光。在其他作品关于奴隶制的描写当中，此种场景极少出现，更不是奴隶史会呈现的场景。然而，这个极富生活气息的"嬉戏的日子"以最生动的方式还原了鲜活的奴隶生活和一个有血有肉的奴隶群体。值得注意的是，达夫呈现的这个生活化的奴隶休闲生活场景并非来自臆想。事实上，关于诗歌中的很多细节是可以找到历史凭证的。首先，弥漫于诗歌中的黑人奴隶的乐观情绪有据可循。黑人奴隶乐观的生活态度和对宗教的虔诚赋予了他们生活下去的勇气和力量。这一点已经得到了历史学家的证实。正如芝加哥大学教授、历史学家托马斯·霍尔特（Thomas C. Holt）所言，关于这段历史，研究者"一致认为尽管［奴隶］体制严酷，奴隶们却能够超越他们的主人的完全掌控创建起社群。他们塑造了符合他们需要的体制和文化精神，这帮助他们在严酷的奴隶体制下存活下来，并将反抗的遗产留给了他们的后代子孙"[1]。历史学家

---

[1] Thomas C. Holt, *African-American History*, Washington, D.C.: American Historical Association, 1997, 6.

们已经证明"奴隶制从来没有形成一个完整的心理威胁体系以至于它不能阻止奴隶们创造独立的思考形式"①。这首诗歌呈现的黑人奴隶活跃的思维、充满热情的生活态度在一定程度上反映了黑人奴隶健康的心理状态，从而解释了他们在严苛的奴隶制度下得以生存、繁衍的原因。其次，这首诗歌中反复暗示的黑人宗教信仰也是支撑黑人奴隶生存下去的力量，对于形塑奴隶文化也具有重要意义。有研究者认为，"基督教在［奴隶］歌曲和［奴隶］叙事中清晰可辨"，因此很多评论强调奴隶的精神顺从和持有的来世思想。② 然而，他们忽视了宗教在奴隶生活和奴隶叙事中扮演的另一个角色："革命情绪、逃跑计划、英勇抗争常常以宗教意象来表达，而这成为奴隶群体对抗绝望和道德堕落的武器。"③ 对于黑人奴隶而言，基督教是最容易获得也是最富有启迪性的表达自由、正义、公平和渴望的信仰。在被记录下来的奴隶生活中，皈依基督教往往是奴隶获得新生或发生转化的中心事件。这一点在奴隶叙事中可以找到佐证："我生来为奴，度过了很多艰难岁月。若非我的上帝，我不知道我到底会如何。由于他的仁慈，我得以升华。我的灵魂开始歌唱，我被告知是上帝选民，而我将和上帝一样永生。"④ 达夫在这一场景中也解释了美国黑人为何认为自己是"选民中的选民"的原因。

显然，达夫真正感兴趣的并不是那些奴隶史上惊天动地的瞬间和那些为了理想失去生命的英雄，而是那些普普通通的日子和平平常常的黑人奴隶。惊天伟业和英雄豪杰当然是书写一部英雄史的绝好史料，但是堆砌成历史的普通的日子和顽强生存下来的平凡的人才是黑人奴隶史的基本要素。从这一意义上来说，达夫书写的黑人奴隶史有两点意义：其一，这一奴隶史是能够赋予美国非裔身份感的历史；其二，这一历史是

---

① Lawrence W. Levine, "Slave Songs and Slave Consciousness," in *American Negro Slavery*, eds. Allen Weinstein and Frank Otto Gatell, New York: Oxford UP, 1973.

② Melvin Dixon, "Swinging Swords: The Literary Legacy of Slavery," in Justin A. Joyce and Dwight A. McBride, eds. *A Melvin Dixon Critical Reader*, Jackson: University Press of Mississippi, 2006, 73.

③ Ibid. 74.

④ Albert J. Raboteau, "Introduction," in Clifton H. Johnson, ed. *God Struck Me Dead: Voices of Ex-Slaves*, Nashville: Social Institute, Fisk University, 1945, vii.

观照未来的历史。这两点恰恰是美国黑人作家，尤其是黑人女作家特别看重的历史书写的目的。对此，狄波拉·怀特（Deborah Gray White）有过相似的阐释："历史应该给人一种身份意识，一种他们曾经是谁、他们如今是谁、他们如何走到今天的身份。它应该成为通向未来的跳板。"[1] "奴隶制已经成为美国当代政治的一部分"[2]，因为对于黑人和白人来说，那段黑暗的岁月在某种程度上形塑了他们各自的政治和文化身份，并在一定程度上形塑了美国的政治生活。从这一意义上说，达夫对黑人奴隶制的书写就不仅是对历史的回顾，更是对历史与现实的关系、对历史如何影响当下的思考。

二　"绑架"：有故事的黑人奴隶史

达夫是一个会讲故事的诗人。这一点在前面两章的分析中可见一斑。奴隶史这个大片留白的时空地带为达夫的想象留下了足够的空间，更为她讲述关于奴隶和奴隶史的故事留下了余地。达夫所要做的就是在"不见文献记载的历史的内部"[3] 开拓一个生动的故事空间。即便是有记录的历史文献，其干瘪的文本肌理也绝不能满足达夫的需求。她感兴趣的还是历史的"下面"到底发生了什么，于是她讲述了历史的"下面"的"故事"。具体到达夫书写奴隶史的诗歌，她主要聚焦了奴隶史上三个焦点时刻和三个标志性事件：贩卖奴隶、奴隶逃亡和奴隶解放。然而，无论是对哪一个事件的书写，达夫都选择了全然不同的关注点和观察视角。

奴隶逃跑事件和逃奴是美国官方文献记录黑人奴隶最多的点。原因有二：一方面在于这是黑人野蛮、不温驯的例证；另一方面也是白人对自己财产损失的必要记录。对于奴隶逃跑，美国官方记录和黑人作家的态度是全然不同的。对此，达夫的诗歌《从马里兰运送奴隶到密西西比》中黑人奴隶的第一人称讲述与官方历史的并置就生动地呈现了这种反差和区

[1] Deborah Gray White, *Ar'n't I a Woman?*: *Female Slaves in the Plantation South*, New York: W. W. Norton & Company; 1985, 3.

[2] Ira Berlin, "American Slavery in History and Memory and the Search for Social Justice," *The Journal of American History* 90. 4 (Mar. , 2004): 1254.

[3] Robert Penn Warren, "The Uses of History in Fiction," *Southern Literary Journal* 1. 2 (Spring, 1969): 61.

别。正如这首诗引言所交代的那样，该诗是以 1839 年 8 月 22 日发生在贩奴途中的真实事件为基础写就的："1839 年 8 月 22 日，一车奴隶砸碎了他们的锁链，杀死了两个白人。如果不是一个黑人妇女帮助黑人马车夫爬上马背跑去报告的话，他们就逃脱了。"这段文字极其简洁地交代了这一事件的来龙去脉，并突出了这一事件匪夷所思之处：黑人妇女和黑人马车夫出卖了逃跑的奴隶。同为黑人，面对自己的同胞兄弟冒着生命危险为了自由试图逃跑的行为，他们却给白人奴隶主报信，这一举动到底出于何种心理呢？这首诗就紧紧围绕这一谜团，以这次奴隶逃跑之所以没有成功的关键人物——一个黑人妇女的口气还原了她的所看、所思、所想：

> 我不知道我是否帮他上了马
> 因为我想知道他是我们的救世主
> 抑或不是。留下来等死，在路的
> 中间，尘土飞扬，在尸体周围
> 像一顶蚊帐
> 在寂静的夜晚闪闪发光。
> 他颧骨上的皮肤
> 裂开了口子像烤熟的红薯——
> 故意地，眼皮裂开了——
> 他的眼睛是我的眼睛，在一个更黄的脸上的。
> 死亡还是拯救——一个能容纳另一个
> 我不是畜生。我有感情。
> 他可能是我的一个儿子。

从女人的自白中我们知道，这个让奴隶们的逃跑计划流产并命丧黄泉的女人原来藏着一颗大爱之心。她动了恻隐之心竟然是看到这个陌生的将死的马车夫，她突然感到"他可能是我的一个儿子"。这种匪夷所思的特殊心态颇耐人寻味。达夫不仅在诗性的想象中还原了那段被尘封的历史记忆，更重要的是，她用这段看似离奇的事件阐释了对自由的独特理解。以奴隶制来审视自由的含义恐怕是最恰切不过了，"自由"和"为奴隶"作为两种极端的生存状态也往往以极端的对立方式呈现出来。正如哈佛大学教授奥兰·多派特森（Orlando Patterson）所言，"自由产生于为奴隶的经历"①。然而，达夫诗歌所描述的奴隶面对自由做出的选择却表明自由绝不是抽象的意识形态，也并非空洞的口号和理念，而是承载着奴隶情感和特定的心理情愫的动态经历。自由不是一种"确定的生存状态"，"从奴隶制到自由没有绝对的转化"②。事实上，在黑人奴隶解放史上，有不少黑人女性出于各种原因放弃了获得自由的机会。在这首诗歌中，讲述者是导致这场奴隶逃跑事件失败的关键人物，那么她是不是历史的罪人呢？她又是一个怎样的女人呢？她出于何种目的决定救助这个要向奴隶主报信的黑人马车夫呢？在这个历史的关键时刻，这位没有在历史上留下名字的黑人妇女奇妙地成为选择的主体。达夫之所以让她成为讲述人，就是给予这位被看作历史罪人的黑人妇女一次发声的机会，而她给我们的理由是令人震撼的：她是真正理解自由内涵的人！她利用自己这次难得的"选择的自由"道出了人类自由的目标。当面对"死亡"还是"拯救"的选择时，这位黑人妇女毫不犹豫地选择了后者，原因在于她是一个有"情感"、有爱的人。当然，对于奴隶而言，爱可能是危险的。正如她的爱心拯救却直接导致了奴隶逃跑事件的流产。达夫对爱与奴隶之间的关系的此种理解与莫里森不谋而合。在《宠儿》中，保罗·D的一番话非常具有代表性："女人、孩子、兄弟——在佐治亚的阿尔弗雷德，一个大爱将把你一劈两半。"爱会把为奴隶的母亲撕成碎片，然而爱却是自由的真谛："他完全明白她的意思：到一个你想爱什么就爱什么的地方去——欲望无须得到批准——总而言之，那就是自由。"③

与上一节中黑人妇女的讲述声音相呼应，接下来的诗行是对这一事件的官方报道：

---

①　Orlando Patterson，"Preface，" *Freedom：Freedom in the making of Western Culture*，London：I. B. Tauris & Co Ltd，xiii.

②　Stephanie Li，*Something Akin to Freedom：The Choice of Bondage in Narratives by African American Women*，Albany：State University of New York Press，2010，4.

③　Toni Morrison，*Beloved*，New York：Knopf，1987，162.

> 黑奴高丹，死里逃生，骑马
>
> 跑进种植园，此时他的追踪者也进入视野
>
> 左邻右舍召集起来，开始了搜查。
>
> 一些奴隶已经逃进树林但
>
> 被追踪到，结束了这场十分令人震惊的骚乱和谋杀。

第三节的讲述者又发生了变化，诗人讲述人以想象的方式还原了奴隶杀死两个白人的情景：

> 在离朴茨茅斯南八英里处，最后一副手铐
>
> 从皮肤上打掉。车夫看见的
>
> 最后的东西是树，不大可能的球花甘蓝，
>
> 他被人从背后用棍子打倒。60 名黑奴
>
> 从车上鱼贯而下，浑身臭味，几乎麻木，自由了。

可见，这首诗歌的三个小节有三种不同的叙事声音。第一小节是身为当事人的黑人女性的自白，第二小节是当时的官方报道，第三小节则是诗人以一定的距离感在描写和叙述。这三种声音分别代表了想象的历史、官方历史和边缘历史，从而形成了一个丰富的历史场域，三种声音互相质疑、互相补充，呈现的是一个诗人以协商的策略书写的独特的历史。从这首诗歌的叙事声音的转换中我们不难看出，作为诗人，达夫不满足于仅成为历史的被动消费者，相反，她用自己的诗性想象把自己变成了历史的生产者。作为生产者，达夫赋予失语的黑人奴隶以自己的声音，并挑战和颠覆了官方历史对奴隶历史的书写。

　　达夫用想象书写的这段历史颇耐人寻味，代表了对奴隶逃亡完全不同的诠释。从中不难看出，达夫对那些没有逃亡却坚强地活下来的奴隶似乎更充满敬意。事实上，与发动起义、设法逃跑的奴隶相比，选择留下来、接受生活现状的奴隶才是绝大多数。他们没有被艰苦的生活压垮顽强活下来的精神也同样值得历史记住并歌颂。美国内战后出版的多种黑人奴隶自己讲述的故事强化了这一点。对此，威廉·安德鲁斯（William L.

Andrews）在其主编的《奴隶制后的奴隶叙事》（*Slave Narratives After Slavery*）的"序言"中阐述得非常清楚："尽管承认需要罕见的道德勇气才能策划一次成功的奴隶逃亡，但是战后的叙述者坚持认为，那些从来不曾冒此危险的奴隶也同样可以宣称他们自己的尊严和英勇。"① 这种尊严和英勇是黑人奴隶在非常严酷的环境和体制下形成的独特的生存技巧。对此，曾经身为奴隶的亨利·布鲁斯（Henry Clay Bruce）的解读切中要害："有成千上万高尚的、乐观的奴隶和他们的主人一样自尊自爱，他们勤勉、可靠、忠诚……这些奴隶了解自己的无助状态。"然而，"他们没有屈从于低贱的奴性，而是高高昂起他们的头，接着做在这样的处境下能做的最好的事情，而这样的生活态度和行为方式才能赢得主人的信任，此种信任只能来自忠诚的服务和诚实的生活"②。这些品质不仅是他们在奴隶制下保全性命的手段，更是他们在获得解放后走向新生、从边缘走向中心的关键。这才是达夫看重此种品质的原因所在。事实上，亨利·布鲁斯本人就实践了这样的人生之路：从弗吉尼亚种植园的黑奴到成为获得自由的黑人作家。很多为奴隶的黑人女性也实践了这样的人生之路。比如，《风景背后》（*Behind the Scenes*）的作者伊丽莎白·凯克丽（Elizabeth Keckley）就曾经说，奴隶制是她人生的炼狱，是获得"道德力量"的极端经历。③ 这位相信自己的一生就是"一部传奇"的黑人女性在获得解放后靠着个人的努力成为为林肯夫人设计和制作衣服的裁缝，不仅做到了生活独立，而且赢得了社会的尊重和认可。

对于贩卖奴隶，特别是那条臭名昭著的大西洋航线的贩奴航程，达夫也有自己独特的理解和解读方式，并以出人意料的方式呈现了贩奴的荒谬和罪恶。奴隶贩卖一直是很多黑人诗人书写的对象之一。罗伯特·海登（Robert Hayden）的《中间航道》（"Middle Passage"）、伊丽莎白·亚历山大的《阿米斯塔德号》（"Amistad"）等都是这一题材的代表诗作，影

---

① William L. Andrews, ed. "Introduction," *Slave Narratives After Slavery*, Oxford: University Press, 2011, xi.

② Henry Clay Bruce, *The New Man. Twenty-nine Years a Slave. Twenty-nine Years a Free Man*, York, Pa.: P. Anstadt, 1895, 38-39.

③ Elizabeth Keckley, "Preface," *Behind the Scenes*, New York: G. W. Carleton & Co., Publishers, 1868, xii.

响深远。在大西洋上的贩奴船上发生过许多惊心动魄的故事。如"阿米斯塔德"号上发生过奴隶起义、"宗格"（Zong）号上发生过谋杀事件。①不断上演罪恶和反抗事件的大西洋怒涛滚滚，仿佛是罪恶之源；然而达夫眼中的大西洋却是一个"策略发生的可能性地域，其间，海洋秩序都被聚拢在一个共同的却极富流动性的空间中"②。在这样的视角下，大西洋上发生的贩奴贸易就处于一种戏剧性的张力中，呈现出其内在的罪恶和荒谬。

　　以上提到的以奴隶贩卖为题材的诗歌无一例外地以现实主义笔触描写了奴隶的抗争，焦点是黑人奴隶。然而，达夫以此为题材的诗歌却另辟蹊径，不仅聚焦于奴隶贩子，而且以一种超现实主义笔触揭示了奴隶贸易的荒谬性。《水手在非洲》（"The Sailor in Africa"）就是这一题材的代表作。这首长诗标题下方一行斜体文字值得注意："一种维也纳纸牌游戏，大约1910年。"这行斜体字传递了两个信息：其一，以下这段诗歌的内容是在"维也纳纸牌游戏"规则下进行的；其二，内容本身也是一场角逐和游戏。诗歌开篇交代了游戏双方的特定身份和他们的共同目的：

> 两名白人船长
> 两名摩尔人船长。舵手协助
> 他们的长官，而水手们，
> 每位长官八个人，穿着
> 同样褴褛的衣衫。
> 还有四艘船，
> 和一副百搭牌
> （光芒四射）
> 幸运能转化成
> 一艘纵帆船或者

---

① 参阅王卓、宋婉宜《亚历山大组诗〈阿米斯特德号〉与美国非裔文化记忆》，《英语研究——文字与文化研究》2020年第12辑，第50~62页。

② William Boelhower, "The Rise of the New Atlantic Studies Matrix," *American Literary History* 20.1-2（Spring-Summer, 2008）: 93.

一个漂亮女人。

从诗歌的下节我们可以认定两名白人船长分别是英国人和法国人；两名摩尔人船长分别来自意大利和西班牙。他们踌躇满志地带着水手们出航了：

> 船长、舵手、水手
> 从地球的四个角落
> 出发。他们分享
> 同一个太阳、月亮和一份
> 财宝。目的地就是
> 非洲。人们必须要
> 保持长官和下属之间的
> 比例
> 同时分得
> 一杯羹。有几张牌
> 要么代表
> 大炮，要么代表炮弹
> 这样游戏就更有意思。
> 加上一副骰子，因为
> 如果没有运气那还有什么意思呢？

几位船长来自四面八方，却有一个共同的目的：到非洲去。为了驱散旅程中的枯燥和无聊，他们开始打纸牌，而游戏的奖品则是黑奴：

> 比如意大利摩尔人
> 在阳光中远航
> 到摩洛哥
> 那么就得到五个黑色筹码。

于是，在贩奴这场本身就是利益追逐的游戏中又生产了另一种利益追逐的游戏，而两个看似毫无关系的游戏却有着共同的奖品：黑人奴隶。接下来，诗歌在两场游戏中交错展开，诗人的想象也开始在现实游戏和虚幻游戏之间游走，而两种游戏产生了一种新奇的反讽效果：四个无法无天、被金钱和利益驱使的船长与规格严苛的纸牌游戏之间的"紧张"①。

诗歌在现实游戏和虚幻游戏之间的不断游走产生了极具戏剧性的效果和结果：

> 现在意大利船
> 安全驶出
> 苏黎世海峡，
> 但一张牌显示"大风"
> 它搁浅在
> 马达加斯加西海岸，
> 居然没有受损，真是奇迹。

贩卖奴隶的航程似乎成为纸牌游戏中的一个环节，而航程也似乎开始按照纸牌游戏的规则进行。接下来，戏剧性的一幕发生了：

> 船长在海滩入睡，梦到金子。
> 醒来时他发现
> 船和水手都不见了，
> 太阳狞笑着，宝藏
> 安全地藏在甲板下面。
> ——他会，
>
> 　　　像西班牙的摩尔人一样
> 被卖掉吗，成为商人的商品，还是
> 野猪会首先发现他？

---

① Pat Righelato, "Rita Dove and the Art of History," *Callaloo* 31. 3 （2008）：764.

来自意大利的摩尔人船长被自己的水手抛在马达加斯加西海岸，他的命运
会如何呢？达夫似乎有意留下了这个悬念，转而描写了英国船长：

> 德拉洛克先生
> 已经在圣多明各登陆，
> 不费吹灰之力得到朗姆酒和
> 唤作佩多罗的奴隶。双眸闪亮
> 举止得体！他一定能成为
> 出色的贴身男仆。
>
> 重新回到大西洋上漂流，
> 这个英国人和他的舵手
> 一起玩掷铁圈。
> 他的眼睛由于瞪着太阳看
> 红肿发炎。
> 一个孤注一掷的人，
> 他会选择美丽的女人
> 为她献身。

英国船长在圣多明各登陆，收获颇丰，不仅得到了朗姆酒，而且得到了一
个叫作"佩多罗的奴隶"，然而他没有想到的事情是：

> 而佩多罗——
> 原来就是那位来自塞维利亚的
> 船长，他挣脱了铁镣，
> 毒死了吹毛求疵的
> 德拉洛克！现在
> 白色的锚在摩尔人的胸口
> 起起伏伏，太阳
> 照着他哗变的水手兄弟，

  这些人开拓了好望角

  正向着几内亚海岸挺进。

现实游戏和纸牌游戏合力上演了一出贩奴历史上最富有戏剧性的旅程。这次旅程看似荒诞，实则蕴含着十分深刻的身份政治学。意大利摩尔人的身份从船长到奴隶再到船长的转化颠覆了身份的稳定性，并揭示了黑人奴隶身份生产的荒谬性。意大利摩尔人之所以会从船长转化为奴隶出于两个原因：肤色和地理位置。一个原因是稳定的，另一个原因是变化的。稳定的肤色和变化的地理位置共同造成了他从自由的船长到奴隶的转化。他的身份从奴隶重新回归船长则是通过起义，这也是颇耐人寻味的一次身份转化，而且这样的身份转化是有历史依据的。前文提到的罗伯特·海登和伊丽莎白·亚历山大等黑人诗人以贩卖奴隶为素材创作的诗歌聚焦的是同一个历史事件，即著名的"阿米斯塔德"号事件。1839 年，"阿米斯塔德"号贩奴船上的奴隶发动了起义。黑人奴隶不堪忍受西班牙贩奴者的虐待，杀死了船长和他的厨师，其间两名黑人失去了生命。黑人奴隶们没有杀死西班牙船主和其他水手，以为水手们会帮助他们把船开回到非洲。然而，西班牙水手们却欺骗了黑人，他们白天向东航行，晚上却向西航行，并最终到达了美国。经过草草审判，黑人们被以谋杀罪的罪名关进监狱。此后，多种政治力量参与其间。在美国废奴主义者的支持下，这些黑人上诉到最高法院，并最终赢得了自由，返回了他们的非洲故园。"围绕着阿米斯塔德号起义和后续的许多故事是 19 世纪政治身份领域发人深省的论争以及 20 世纪关于政治意识形成的文本。"[1] 这场起义以及后续的审判甚至对于今天的美国依旧富有政治意义。之所以说这次起义影响了美国人的政治生活，一个主要原因就在于摩尔人船长身份富有戏剧性的转化诠释了种族和文化身份的不稳定性，而这次横跨大西洋的贩奴之旅也转化为一场种族身份被创造、被占据、被转化以及被摧毁的社会历史过程。这一过程重新定义了种族身份的含义，并最终定义了美国社会的种族本身。

---

① Michael Omi and Howard Winant, *Racial Formation in the United States: From the 1960s to the 1990s*, New York: Routledge, 1994, 55.

"废除奴隶制毫无疑问是有史以来最伟大的人道主义成就。"① 在黑人奴隶史上，奴隶解放是黑人奴隶走向新生的重要时段，也是最重要的历史事件。然而，达夫却把视线放在了获得解放的奴隶又会面对怎样的生活，也就是黑人的"后解放时代"上。从理论上讲，奴隶制和自由是对立的两极，但是否意味着从法律上获得自由的奴隶就成为自由人呢？达夫的《绑架》（"The Abduction"）（31）一诗以美国黑人奴隶史上的一个真实事件为素材，对这一问题继续进行了独特的思考：

> 铃铛、大炮、黑色绉纱装点的房子，
> 都是给伟大的哈里森的！华盛顿公民
> 阻塞了街道——我也挤在里面，来自萨拉托加温泉的
> 所罗门·诺斯拉普，我口袋里装着自由文书，腋下夹着
> 小提琴，我的新朋友布朗和汉密尔顿在我的身边。

> 我为什么要怀疑他们？工资不错。
> 当布朗的高帽子在帐篷门口收集硬币时，
> 汉密尔顿在钢丝绳上跳着吉格舞，
> 猪群在看台下看不见的地方哼哼唧唧，我拉着小提琴。

> 我记得每次人们的欢呼都把窗子震得轰响。
> 还记得红酒，像粉色的湖，轻轻荡漾。
> 我被举起来——天旋地转。

> 我漂浮在不能喝的水上。尽管枕头
> 是石头，我睡得还是很安稳。

> 我醒来发现自己孤身一人，陪伴我的是黑暗和锁链。

---

① Howard Temperley, "Introduction," *After Slavery: Emancipation and Its Discontents*, ed. Howard Temperley, London: Frank Cass Publishers, 2000, 1.

诗中提到的所罗门·诺斯拉普本是一名自由黑人。然而，已经获得自由的所罗门却在 1841 年在华盛顿被人绑架卖作奴隶，12 年后才被人从路易斯安那州的一个棉花种植园里救出。被营救出来的所罗门·诺斯拉普把自己的这段故事讲出来，这就是著名的《十二载为奴》（*Twelve Years a Slave*：*Narrative of Solomon Northup*）一书。所罗门·诺斯拉普的自述长达 300 余页，而达夫却在短短的十五行诗中把事件的来龙去脉交代得清清楚楚。《绑架》中所罗门·诺斯拉普的自述形象地阐释了莫里森在《宠儿》中借塞丝之口所表达的对自由和解放的独特认识："解放你自己是一回事；宣称对解放的自我的拥有权是另一回事。"[1]

《水手在非洲》与《绑架》在某种程度上是基于同一种思维模式，那就是对黑人的奴隶身份以及对自由和被奴役之间动态关系的思考。《水手在非洲》中的摩尔船长和《绑架》中的所罗门·诺斯拉普从自由人到奴隶再到自由人的过程不仅揭示了人生来平等的真理，彰显了达夫对黑人平等权利最本质的理解，而且颠覆了种族主义从生理、心理和文化等层面建构的黑人低下论。当然，两首诗歌也有很大的不同。相比之下，摩尔船长的身份转化更为耐人寻味。从奴隶贩子到奴隶再到奴隶贩子的颠覆性变化揭示了以肤色为标准判定人之高下、贵贱的荒谬。

三 "奴隶的实践理性批判"：有态度的黑人奴隶史

历史是为英雄书写的，也是为普通人书写的。达夫的诗歌就充分体现了这一点。达夫书写的黑人奴隶首先是普通人，他们在这种独特的体制下设法过正常生活。他们的生活也有亲情、欢乐和其他美好瞬间。这些普通人也有生命之光灿烂耀眼的英勇瞬间；黑人奴隶中的领袖人物也有普通、脆弱的一面。可以说，达夫通过"英雄化"普通奴隶和"去英雄化"黑人领袖赋予黑人奴隶史一种态度，从而书写了一部有态度的黑人奴隶史。

达夫的这部有态度的奴隶史首先在《奴隶的实践理性批判》（"The Slave's Critique of Practical Reason"）（38）一诗中充分体现出来。诗歌的名字听起来既熟悉又陌生。该名字不由得使人想起康德的名著《实践理

---

① Toni Morrison, *Beloved*, 95.

性批判》（*Critique of Practical Reason*）。这部哲学史上的名著是康德"三大批判"之一。① 在这部哲学著作中，康德提出了著名的"（绝对）范畴律令"，并思考了自由概念。达夫戏仿康德名著的用意也正在于此。《奴隶的实践理性批判》把奴隶放在了主体地位，或者说让奴隶取代了哲学家康德来思考自由问题：

没有找到一个理由
逃跑——
至少不是一个
能救我的性命的理由。
因此我把沉思
编织到平纹布料里。
我不停地编织绒线
直到底纹凸显成白色
而我是苍穹中
唯一的黑点。

这首诗歌与前文提到的达夫对于逃奴的态度是一致的。诗歌中的"我"身为奴隶，却在严肃地思考关于自由的问题。"我"首先否定了通过逃跑的方式获得自由，因为"我"认为这种方式并不能真正拯救自我，更不能从根本上拯救"我"的种族。值得注意的是，"我"的"沉思"不是如康德般在书桌旁完成的，而是在劳作中完成的。"我"的沉思随着织布机的穿梭，被编织进布料的纹理之中，也参与到了白人的生活之中。"我"的思考与康德的确有异曲同工之妙。康德曾经仰望星空，发出了这样的感慨："世界上只有两样东西是值得我们深深景仰的，一个是我们头顶的灿烂星空，另一个是我们内心的崇高道德法则。"诗中的"我"的哲学思考似乎更胜一筹，不仅与苍穹融为一体，而且化身为"猫头鹰/破碎

---

① 它们分别是《纯粹理性批判》（1781）、《实践理性批判》（1788）和《判断力批判》（1790）。

的精灵"，于是诗歌中出现了一双游刃天地之间的敏锐的眼睛：

> 就我能看到的，
> 天空比
> 冷酷的大地
> 温暖炙热。
> 我之所以知道
> 因为我到过那里，
> 一粒石粉微尘
> 盘旋在无垠的蔚蓝天空，
> 丢下朵朵白云，
> 没有理由
> 降价出售。

"我"的思绪享受到了无限的自由，无拘无束，大气磅礴，"我"不仅是驻足地上仰望星空的康德，"我"更像化身薄如蝉翼的眼球的爱默生，化身一粒微尘，融于天地之间。于是，"我"成为一切的主宰。这种自由以及对自由的理解是康德在《实践理性批判》中未曾进入的境界。从奴隶制的角度来看，康德对自由的理解是很具有讽刺意味的："自由不是想做什么，就做什么；自由是教你不想做什么，就可以不做什么。"这种对自由的理解让奴隶情何以堪。不过，与康德一样，身为奴隶的"我"也在思考同样的伦理学问题：我们应该怎样做？康德告诉我们说：我们要尽我们的义务。但什么叫"尽义务"呢？为了回答这一问题，康德提出了著名的"（绝对）范畴律令"："要这样做，永远使得你的意志的准则能够同时成为制定普遍法律的原则。"事实上，这也是"我"的答案。为了能够让自己的意志的准则同时成为法律的原则，"我"拒绝成为逃奴，因为利用这种方式不会带来真正的自由。

　　通过法律途径，让自由合法化在《贝琳达的申诉》（28）一诗中得到了更为充分的表达。这首诗歌标题下面的时间和地点分别是："波士顿，1782年2月。"精确的时间和地点都在提醒读者，这是一个历史上的真实事件。据史料记载，贝琳达出生在非洲，被拐卖到美洲成为奴隶。1783年，年逾七旬的贝琳达向马萨诸塞州立法委员会申诉，请求获得自由。她的申诉发表在 1783 年 5 月 2 日的《马萨诸塞州太阳报》（*Massachusetts Sun*）上。《贝琳达的申诉》以第一人称讲述，让女奴贝琳达自己发出了自由的呼喊：

> 这个新生国家
> 尊敬的参议院
> 和众议院：我叫贝琳达，非洲人
> 12 岁开始就做奴隶。
> 我不会占用您太多时间，
> 就是要请求把我卑贱的生命
> 放在这个国家之父手中。
> 你们的同胞刚刚打碎
> 殖民枷锁。我希望
> 你们也可以如此施恩于我们，
> 目前我的处境我能引以为豪的
> 只有两手空空，干干净净。
>
> 至于指控我无知愚昧：
> 我出生于里奥德威尔塔
> 河畔。我的整个童年
> 无期无盼，如果那也是无知的话。
> 唯一的旅行者是每晚从山那边回来的
> 死神。我又怎么会
> 想到有着月亮般面庞的人，
> 会一直奴役我 12 年？

这首诗的背景是美国独立战争。美国独立带来的民主氛围鼓舞着黑人也去寻求他们的自由。1781 年，马萨诸塞州法院诠释了州宪法，废除了奴隶制。贝琳达在她的诉状中把独立革命赞誉为解缚了"独裁的捆绑"，并因此为个人独立树立了榜样。她的讲述有一种与她童年的无知形成鲜明对比的优雅和尊严。达夫之所以对贝琳达产生兴趣有两个很重要的原因。第一个原因是她是北方的奴隶。很多人认为奴隶制是南方特有的现象，而事实是北美各个州都有长达 150 年的奴隶制历史。人们对北方的奴隶贸易和奴隶制度似乎患了"社会健忘症"，更是仿佛忘记了马萨诸塞州是第一个使奴隶制合法化的州。这个连姓氏都不为人知道的黑人女奴以自己的方式让人们记住美国北方也曾经是奴隶贸易和奴隶制度猖獗的罪恶之地。达夫对贝琳达产生兴趣的第二个原因在于她寻求解放的方式。"向马萨诸塞州立法委员会申诉的决定是在一个特殊的非裔美国人抗争的背景下出现的。"①在美国独立战争期间，尽管有些黑人奴隶以暴力的方式争取自由，但大多数人还是试图把他们的渴望和苦难转化为一种白人法官和立法者能够接受的法律语言。据史料记载，从 1765 年到 1783 年间，奴隶至少向马萨诸塞州法院提请了 18 起诉讼。

诗中的黑人女奴贝琳达尽管语气谦卑，却态度鲜明。她对奴隶制的态度分为两个方面。其一，奴隶制是罪恶的，而这一罪恶的根源并非来源于自己，更不是所谓的黑人的无知；其二，作为这个新兴国家的一员，黑人有理由要求享有和其他人一样的权利。贝琳达谦卑的语言背后是藏而不露的力量和勇气。像贝琳达一样平凡、贫穷、卑微的黑人在追求自由之路上坚定行进，并让自己和自己的声音永远留在了历史记录中，成为平凡的英雄。

与前文提到的无名的"我"，和尽管有名却不知自己姓氏的卑微女奴不同，达夫的诗歌中也有黑人奴隶解放史上的英雄人物的身影。然而，与"英雄化"无名氏和普通人不同，达夫对这些英雄进行了"去英雄化"处理。达夫的诗歌涉及废奴运动领袖人物，然而她对领袖人物的塑造却采用了一种"去领袖气质"的策略。这一策略在《大卫·沃克》（30）等诗中完美地体现了出来。《大卫·沃克》一诗是文献式的，却常常有一种令

① Roy E. Finkenbine, "Belinda's Petition: Reparations for Slavery in Revolutionary Massachusetts," *The William and Mary Quarterly* 64. 1（Jan., 2007）: 99.

人意想不到的穿透力。众所周知，大卫·沃克是一位激进的废奴主义者。诗歌将沃克撰写的政治小册子中的言论与对这些言论激烈的回应并置在一起，从而把这些言论还原到沃克的世界以及更大的历史背景之下：

自由旅行，他还不知道他有多么

幸运：*他们把我们像响尾蛇一样*

*剥皮抽筋。*在布兰托街上的家里，他明白了

服装店门上符号的意思。整天站柜台——

白帽子、带着啤酒污渍的棒球衫。指南针，

像音叉般滴答，颤抖着，指向北方。

夜晚，吊扇像脉冲般吱吱呀呀。

啊，上帝啊！我酒足饭饱！！我几乎拿不动我的笔了！！！

在瞬间的忠诚驱动下，宣传册子塞到

裤袋里。宣传册藏到出海船员的上衣衬里中

运输。盐渍斑驳的外套稀里糊涂地卖给

卡罗来纳人，宣传册大量发出，到处有人宣读：

有色人种，我们也是有血有肉的人。

愤慨。怀疑。在州立法机构喧嚣。

我们是自开天辟地以来

最不幸、最受凌辱、最低贱的人群。

镶金带银的金丝雀在演讲大厅里傻笑，

把他的黑手握在她们的手套里。

中途而废无功而返。

每天早晨，街角的男人肩背

一串靴子。他说，"我很幸福。"

"我最幸福的事情就是

擦很多靴子和鞋子。"

又一版本。第三版。

废奴主义杂志真是震撼。

人性、善良、上帝的恐惧

没有一样保护邪恶。一个月——

他的人（就是这些?）被发现脸朝下

躺在布兰托街门口，

他的身形比朋友们记忆中瘦弱。

达夫采用斜体标示出沃克的言论，从而形成了诗人与主人公、个人生活与政治抱负等之间的间接对话。在公众的视野中，沃克是一位不屈的战士，他毫无遮掩的废奴言论甚至让废奴同道都感到"震惊"。然而，在达夫诗歌中呈现的沃克却是多面的，是有血有肉的人。他也要靠旧衣买卖维持生计，而他突然死去时留给人们的背影更是让人深思："他的身形比朋友们记忆中瘦弱"。显然，这句话寓意深刻。这位叱咤风云的废奴运动领袖的人生有着不为人知的另一面：生活潦倒，心理脆弱，也曾有过动摇和迟疑。

事实上，达夫对黑人奴隶的"英雄化"和对黑人领袖的"去英雄化"书写看似相左，实则异曲同工。她试图颠覆的就是"美国黑人政治的一个中心虚构"："在某位具有领袖气质的领导人的指导下才能最大限度地获得自由。"① 无论是学者还是历史学家对于领袖人物的偏爱显然胜过对于那些普通黑人，这就是被艾瑞克·爱德华（Erica R. Edwards）称为对领袖塑造的叙事建构的"暴力"②。无论是把复杂多元的黑人为自由的抗争简单归结为自上而下的伟大人物的领导的"历史暴力"，还是以反民主的权威形式表现社会变化的"社会暴力"；抑或在一种性别化的政治价值秩序中建构黑人男性政治主体性的"认知暴力"，都在一定程度上抹杀了普通黑人对历史的贡献。达夫试图告诉我们的是，是普通黑人奴隶再创造了他们的社会现实，并因此创造了黑人历史。达夫以自己

---

① Erica R. Edwards, "Introduction," *Charisma and the Fictions of Black Leadership*, Minneapolis and London: University of Minnesota Press, 2012, ix-xxiii, xv.

② Ibid. xv.

对黑人历史的独到理解，诠释了"文学是美国非裔政治的对抗故事和不同版本的仓储室"的政治功能①，从而以自己的方式发挥了非裔诗歌的政治价值。

达夫书写的黑人奴隶史既不同于美国官方历史记录，也不同于黑人历史学家和黑人作家试图书写一部以黑人为主体、以黑人奴隶抗争为精神诉求的黑人奴隶血泪史。她所呈现的黑人奴隶史要复杂得多。在这部以史实和想象的双重力量书写的奴隶史中既有黑人奴隶充满情趣的休闲生活，也有内心的苦痛挣扎；既有为自由而抗争的行为，也有以爱的名义的妥协。她的黑人奴隶史是由一群鲜活的生命构成的人性史、生命史。可以说，达夫的历史书写从根本上体现了文学的本真价值："从某种意义上说，文学是民族的日记，讲述它的过去、现在和未来的故事。"②

第三节　"你坐在哪里哪里就是成就你的地方"：美国黑人解放史

黑人民权运动是黑人解放历史上最重要的一个环节。尽管黑人民权运动贯穿于美国族裔发展史的始终，但这一历史阶段显然是通过"对奴隶制和种族隔离制度的长期风起云涌的斗争而获得了深刻的种族内涵的"③。因此，黑人民权运动历史成为达夫黑人种族史书写的一个重要组成部分就是非常自然的事情。那么，达夫是如何书写这一重要的历史阶段的呢？综观她以黑人民权运动为题材的诗歌我们发现，达夫的慧眼聚焦于一个女人、一个时刻和一个事件。这个女人就是罗莎·帕克斯，这个时刻就是罗莎在公交车上拒绝把座位让给白人的时刻，而这个事件就是著名的蒙哥马利市公共汽车抵制运动。正是这个女人、这个时刻、这个事件构成了达夫

① Erica R. Edwards, "Introduction," *Charisma and the Fictions of Black Leadership*, Minneapolis and London: University of Minnesota Press, 2012, ix-xxiii, xviii.

② Gregory Jusdanis, *Belated Modernity and Aesthetic Culture: Inventing National Literature: Inventing National Literature*, Minneapolis, MN: University of Minnesota Press, 1991, 47.

③ Taylor Branch, *The King Years: Historic Moments in the Civil Rights Movement*, New York: Simon & Schuster, 2013, 6.

诗集《与罗莎·帕克斯在公交车上》的主体部分，并赋予了这部诗集统一的精神气质。① 这部诗集中的《往后坐，放松点》（"Sit Back, Relax"）（75）、《处境无法忍耐》（"The situation is intolerable"）（76）、《自由之旅》（"Freedom Ride"）（77）、《法律》（"The Enactment"）（81~82）、《罗莎》（"Rosa"）（83）、《伊丽莎白二世。穿越大西洋。第三天。》（"QE2. Transatlantic Crossing. Third Day."）（84）、《从池塘，门廊看过去：下午六点，早春》（"The Pond, Porch-View：Six P. M., Early Spring"）（88）等都直接或间接地书写了罗莎·帕克斯和与她相关的事件。

那么，达夫为何要聚焦于这三点呢？她聚焦于这三点可以说抓住了这场运动的核心所在。罗莎·帕克斯被称为"民权运动之母"，罗莎拒绝让座的时刻成为黑人民权运动的伟大起点，而这次公交车事件则成为黑人民权运动史上最值得纪念的事件。然而，除了这三个"一"，达夫聚焦于罗莎·帕克斯还有更为深层的考量。对于已经成为"公共神话"② 的罗莎·帕克斯，"我们如何讲述"她的"故事"以及与她相关的"蒙哥马利市公共汽车抵制运动"已经成为公共话语建构、历史书写等领域都颇为关注的问题。③ 罗莎·帕克斯的故事已经成为传奇，然而就是因为她的故事成为传奇，在政治、种族、性别话语的反复建构下，罗莎的形象也逐渐被刻板化。当她被刻板化为一个符号、一种象征和一个传奇之后，作为女人、作为黑人的罗莎以怎样的方式和这场改变了美国黑人政治命运的运动发生着联系就逐渐沉入历史的"下面"，而这却恰恰成为对"历史的下面"情有独钟的达夫最为理想的写作素材。

事实上，出生于 20 世纪初、2005 年才故去的罗莎在历史上的背影还没有走远，然而当我们以认真的态度审视她的背影时，却不得不承认她的背影已经模糊不清了。在《女性在 20 世纪美国的角色》（*Women's Roles in*

---

① 王卓、陈寅初：《论丽塔·达夫的美国黑人民权运动书写》，《外国语文研究》2019 第 5 期，第 10~22 页。

② Jeanne Theoharis, *The Rebellious Life of Mrs. Rosa Parks*, Boston：Beacon Press, Introduction：National Honor/ Public Mythology, 2013, vii-xvi, vii.

③ Herbert Kohl, *She Would Not be Moved：How We Tell the Story of Rosa Parks and the Montgomery Bus Boycott*, New York：The New Press, 2005.

Twentieth-Century America）中，罗莎和她拒绝让座的行为已经被凝缩为 20 世纪美国女性大事年表 1955 年后面短短的文字："罗莎·帕克斯拒绝遵从阿拉巴马蒙哥马利市法律要求非裔美国人要给白人乘客让座的规定。她的拒绝激发了蒙哥马利市公共汽车抵制运动。"① 这几行冰冷的文字显然不足以告诉我们一个真实的罗莎、一个有血有肉的罗莎。历史的谜团已经开始逐渐笼罩这位黑人民权运动之母。比如，罗莎·帕克斯是一个怎样的人？她为何要冒着触犯法律的危险拒绝给白人让座？当时的情境如何？达夫的这部诗集以独特的视角对以上问题进行了思考，并给出了答案。在这部诗集的最后一部分"与罗莎·帕克斯在公交车上"，达夫引用了西曼·萨玛（Simon Schama）的一句话："所有历史都是熟悉和陌生之间的协商。"这段话精确地体现了达夫书写这段历史的策略，那就是以她独特的方式协商这段历史。

一　罗莎"累了"还是罗莎"准备好了"？

那么，就这段和罗莎有关的历史而言，有哪些细节是人们熟悉的呢？长期以来，人们对于罗莎拒绝让座的动因颇为好奇，而对于这一动因的理解也成为定位罗莎这一行为到底是有意为之的英雄行为还是一种朴素的本能的关键所在。达夫在这部诗集中首先思考的就是罗莎是"累了"还是罗莎"准备好了"的问题。

史学家对这一问题似乎早有定论。那就是罗莎当时拒绝让座，是因为她感觉太累了。"疲惫不堪的罗莎·帕克斯""存在于民族文化象征的层面"②。人们已经熟知的故事往往是这样讲述的：罗莎·帕克斯是一名 20 世纪 50 年代生活在蒙哥马利的穷裁缝。当时该地区还实行种族隔离政策，因此在公交车上黑人和白人的座位是隔离开的。一天，疲惫不堪的罗莎下班回家，在公交车上坐在了前排的座位上。当车上人越来越多，开始有白人乘客站着时，司机要求罗莎给白人让座。当时的罗莎又累又气，拒绝让座，

①　Martha May, *Women's Roles in Twentieth-Century America*, Westport, Connecticut: Greenwood Press, 2009, xxv.

②　Herbert Kohl, *She Would Not Be Moved: How We Tell the Story of Rosa Parks and the Montgomery Bus Boycott*, New York and London: The New Press, 2005, 7.

于是司机叫来警察，逮捕了罗莎。这个看似偶然的事件成为一场伟大的政治运动的起点，罗莎本人也成为发起了这场"大"运动的"小"人物。

这就是达夫儿时从大人的口中听到的关于罗莎的故事①，也是很多人脑海中根深蒂固的罗莎的故事。然而，历史学家却越来越深刻地认识到，这种讲述是一个"更好的故事"，却是一种"错误理解"②。对罗莎有过深入研究的赫伯特·科尔（Herbert Kohl）曾经在学生中做过调查，结果足以表明人们对罗莎的刻板印象有多么根深蒂固。学生们一致认为罗莎·帕克斯"是"，而且"应该是"一个贫穷、身心俱疲的单亲母亲。当科尔问学生是从哪里得来关于罗莎的形象的，学生的回答更是令人惊讶：他们感觉罗莎就应该是这样的人③，因为只有被生活折磨得筋疲力尽的人才会心中充满愤怒和仇恨，也才会有这样大胆的举动。可以说，人们对罗莎的形象已经形成了"刻板印象"。对于这样的讲述，儿时的达夫做了一个有趣的类比：只是坐在那里什么也不做却能够引发一场意义重大的运动，就像她从小听到的童话故事那样。这就表明达夫并不相信这就是故事的真相，也不认为这就是故事的全部。成为诗人的达夫再次尝试挖掘历史的"下面"，探索罗莎·帕克斯的故事背后的真相。从某种程度来说，这也是圆了达夫儿时的梦想。那么，什么才是罗莎·帕克斯故事的真相呢？达夫又是如何在诗歌中呈现罗莎故事的全部及其真相呢？

前文提到的对罗莎故事的讲述表面看似乎没有问题，并且由于罗莎本人对当时的回忆更得到了充分印证："我真的不知道我为什么不动窝。根本没有什么打算。我就是买东西回来太累了。我的脚很疼。"④ 然而，这个普遍流行的故事对罗莎的呈现以及由此对她在黑人民权运动中的角色定位却存在问题。首先，对罗莎的个人身份的定位严重偏离事实；其次，对罗莎行为动机的解读有失偏颇。对此，达夫有着深刻的理解。在《罗莎》

---

① Rita Dove, "Rosa Parks: the Torchbearer," *Time*, 6/14/1999, Vol. 153, Issue 23.

② David Hackett Fischer, *Liberty and Freedom: A Visual History of America's Founding Ideas*, New York: Oxford University Press, 2005, 599.

③ Herbert Kohl, *She Would Not Be Moved: How We Tell the Story of Rosa Parks and the Montgomery Bus Boycott*, New York and London: The New Press, 2005, 4-5.

④ Rosa L. Parks Paper, *Walter Reuther Archives of Labor and Urban Affairs*, Wayne State University, Box 1, folder 1.

（83）一诗中，这个黑人女性呈现出一种优雅的复杂性：

> 她怎么坐在那里，
> 生不逢时，是非颠倒之地
> 马上就要不对劲了。
>
> 那个简洁的名字
> 带着坐到椅子上
> 休息一下的梦想。她的敏感的外套。
>
> 无为胜有为，无声胜有声：
> 她的凝视的清冽的火焰
> 被闪光灯雕琢。
>
> 当他们弯腰捡回她的钱包时
> 她怎么站起。
> 彬彬有礼。

这首诗短小精悍，却传递出了令人惊讶的信息，更以诗人的想象复原了罗莎那留在历史上的永恒瞬间。这首小诗开篇准确地定位了这场历史事件的性质：在那个是非颠倒的历史时间，在公交车那个黑白泾渭分明的空间，罗莎"坐下"这个看似平常的动作将注定引起轩然大波。这就意味着，罗莎虽然并非刻意要做出什么惊天动地之举，她的行为却是历史的必然。诗歌第二小节还原了当时的罗莎拖着疲惫身躯坐下的心态：坐下休息一下是她一个朴素的梦。然而，当风波骤起，罗莎却展现出她的另一面：沉着、果敢、高贵、不可侵犯：面对白人司机和乘客们的咄咄逼人，罗莎的眼睛喷射出的是冷静的火焰，这就是"无为胜有为，无声胜有声"的效果，一种"沉静的力量"①。当宣布被逮捕时，罗莎不但没有惊慌失措，

---

① Rita Dove, "Rosa Parks: The Torchbearer," *Time*, Vol. 153, Issue 23, 6/14/1999.

反而如英雄般款款起身，她的"彬彬有礼"传递的是一种心理的优势和与生俱来的尊严。面对这一意外事件，罗莎出奇地镇定，似乎她一直在等待这一时刻的到来。这样看来，"累了"的罗莎也是"准备好了"的罗莎。这一点达夫在写给《时代》（Time）杂志纪念罗莎的文章中有更为深刻的表达："罗莎是在残酷的强权面前维持人类尊严的象征。"① 达夫对罗莎的这一定位是非常精准的，也受到广泛认可。2000 年出版的企鹅版《罗莎·帕克斯》传记扉页就引用了达夫的这首诗歌，足见这首小诗的影响力。此外，从达夫的这首小诗中我们还能解读出罗莎的行为之所以具有历史必然性还有另外一个原因，那就是她似乎无意与某一个带有种族主义倾向的"个人"缠斗不清，这也是她面对命令她让座的司机、请她下车的警察并无怨气和愤怒，依旧能够保持冷静、自尊甚至优雅的原因所在。罗莎显然没有把这次让座事件归结为个人恩怨，她深知她要面对的是"宪法的种族主义"②（institutional racism），这是一种弥漫于法律、文化、社会生活之中，无形却无处不在的种族主义。这种以法律和社会习俗固化下来的种族主义潜移默化地渗透到白人的灵魂深处，并在不经意间外化为言语和行为。达夫对这一点的理解与埃里森不谋而合。《看不见的人》中的无名主人公对此就深有体会，那种在目光交错的瞬间对方流露出来的发自内心的歧视曾经让他沮丧而无措。相比之下，罗莎的冷静和优雅就更显得难能可贵。

所以说，丝毫没有惊慌失措、款款起身的罗莎早已为这一时刻做好了准备："她的旅程早在 12 年前就开始了"，"当她第一次参加 NAACP 的集会时，她的勇气就开始积聚了。"③ 达夫显然了解引发这次著名事件的罗莎的经历。在《法律》一诗中，"12 年"作为罗莎反抗行为的起点得到了艺术化的处理：

---

① Rita Dove, "Rosa Parks: The Torchbearer," *Time*, Vol. 153, Issue 23, 6/14/1999.

② Stokely Carmichael and Charles V. Hamilton, *Black Power: The Politics of Liberation in America*, New York: Random House, 1967, 44-56.

③ Craig Kielburger and Marc Kielburger, *Me to We: Find Meaning in a Material World*, Mississauga, Ontario: John Wiley & Sons Canada, Ltd., 2004, 247.

而当时刻到来时

她会知道。

保持礼貌，尽管她的肩膀正

疼着，公交车司机

就是 12 年前

把她赶下车的人。

达夫对罗莎的此种地位的定位既符合罗莎的真实社会身份，也符合英雄史观。她的诗歌中的罗莎形象与近十年来历史学家对罗莎的探索得出的新结论不谋而合。对于罗莎·帕克斯是否只是一个无知的黑人妇女，由于疲惫而拒绝让座，目前历史学家已经开始有了新的认识。乔伊斯·汉森在罗莎·帕克斯传记中公允而辩证地重新定位了罗莎的行为：尽管可以肯定罗莎在那一天并没有打算挑战隔离制度，她也并非一个疲惫不堪的老女人，碰巧成了英雄。把罗莎仅仅定位为疲惫不堪的穷裁缝，忽略她作为黑人社群领导者的身份就是"把一场有组织的为自由的抗争变成了一种个人的发泄行为"[1]。从罗莎本人的自传我们可以发现，早在公交车事件之前，罗莎就已经是当地一位有经验的民权运动活动家，是全国有色人种协进会蒙哥马利分部的秘书。[2] 所以，"罗莎并不只是游荡进历史"[3]，她进入历史的原因既是个人的，也是政治的；既有偶然因素，也有必然性。

那么，罗莎为何在不同场合反复强调自己"累了"呢？事实上，罗莎之所以强调自己"累了"，是和当时的历史语境不能脱离的。当拒绝让座和被捕事件发生后，出现了一系列黑人群体抵抗行动。这就使得有人对罗莎的行为是否出于自愿和自发产生了疑问。有研究者认为：她拒绝让座是精心策划实施的。[4] 针对这种"预谋论"，罗莎和马丁·路德·金（Martin Luther King, Jr.）都充满警惕地进行了反驳。金反复强调，罗莎

[1]　Joyce A. Hanson, "Introduction," *Rosa Parks：A Biography*, xi.

[2]　Rosa Parks and Jim Haskins, *Rosa Parks：My Story*, New York：Dial Books, 1992, 55–89.

[3]　Joyce A. Hanson, "Introduction," *Rosa Parks：A Biography*, xi.

[4]　Danelle Moon, *Daily Life of Women During the Civil Rights Era*, Santa Barbara, California：Green Wood, 2011, 137.

的事件是"突然出现的因素，不是抗议的起因……起因深埋在相似的不平等事件的记录里"①。罗莎也再次阐释了自己"累了"的原因："这不是事先安排好的。当司机要求我起来，而我不想服从他的命令于是就发生了。工作一整天之后我真的是太累了。"② 然而，当人们满足于反复引用罗莎的这番解释，理直气壮地得出了罗莎"累了"的结论时，他们却忽略了罗莎讲过的另外一段话："人们总是说我没有让座是因为我累了，但那不是真的。我不是身体疲惫，或者说那天我并不比其他工作一天后更累……不是的，唯一让我身心俱疲的是我厌倦了屈服。"③ 罗莎这段话似乎与她自己所说的"我累了"自相矛盾。然而，这段话传递的却是最为真实的信息：罗莎的确是疲惫了，但并不只是身体的疲惫，更多的是心理和精神上的疲惫。"厌倦了屈服"正是对心理疲惫的最好阐释，而这种心理的疲惫累积到爆发的时刻，就是罗莎准备好的时刻。因此，从"罗莎累了"到"罗莎准备好了"，反映了这一时刻的历史必然性。从历史的层面来考察达夫对以罗莎为代表的历史人物的定位，我们发现达夫的确不枉诗人中的历史学家这一美誉。

二　"她是活着的历史"

罗莎·帕克斯之所以自然而然地成为马丁·路德·金身边的"小"人物，并在经过不断的刻板形象生产后成为"疲惫"的罗莎，与罗莎作为黑人女性的性别身份不无关系。这也是达夫对作为历史人物和政治人物的罗莎感兴趣的另一个原因。达夫对黑人女性群体对历史贡献的理解是颇为独到的。她曾经以自己喜爱的歌剧对历史进行了这样的类比："历史常常被描绘成一出宏大歌剧中的系列咏叹调，都是男中音的阴谋诡计和男高音的英雄主义。然而，一些最波澜壮阔的事件却是由偶然事件触发的……人们禁不住会想如果抵制运动第一个夜晚机会没有出现的话——如果罗

①　Martin Luther King, *Stride Toward Freedom*, New York: Harper and Row, 1958.

②　Qtd. David Hackett Fischer, *Liberty and Freedom: A Visual History of America's Founding Ideas*, New York: Oxford University Press, 2005, 601.

③　Pat Rediger, ed., *Great African Americans in Civil Rights*, Crabtree Publishing Company, 1995, 38.

莎·帕克斯从一开始就选择了坐在后排，或者她根本就错过了公交车的话，那么马丁·路德·金会在民权运动中扮演何种角色呢？"① 的确如此，金正是在这次运动中涌现出来的杰出领袖并开始了他波澜壮阔的政治生涯的。

从某种程度上说，罗莎成就了金和他的非暴力不抵抗运动。金对美国民权运动的巨大贡献使他成为历史大书特写的人物，而那位曾经点燃这场熊熊烈火的黑人女性却被尘封在岁月的年轮中，变得越来越面目模糊、越来越陌生。然而，这种陌生感却成为达夫诗歌创作的灵感之源，是实现她在熟悉与陌生的历史之间、大写与小写的历史之间协商的最生动的题材。通过书写这个一直笼罩在马丁·路德·金的身影之下的历史人物，达夫"寻求确立罗莎·帕克斯作为现代民权运动之母的角色，［地位上］次于，但事实上［时间上］先于马丁·路德·金"②。

前文提到，在黑人政治运动中，一直存在着"领袖暴力"的倾向。其中的一种暴力倾向就是"在政治价值的性别等级中建构黑人政治主体和运动"，从而把"至高无上的权利赋予正统的男性特质"③。可以说，这是一种典型的领袖气质的"性别暴力"，而不幸的是，这种"领袖暴力已经形塑了当代美国非裔叙事"④。前文提到的对罗莎·帕克斯去领袖气质的叙事，和后文将要提到的对其他有着同样英勇行为的黑人女性的排斥，都是这种性别化的领袖暴力的结果。达夫在这部诗集中要做的就是揭示这种领袖暴力中包含的明显的性别歧视，并复原黑人女性在黑人民权运动中的领袖地位。

那么，黑人女性在这场似乎由强势的男性领导者一统天下的民权运动中到底占据着怎样的位置呢？这个位置在历史中似乎很难寻找，因为"民权时代（20世纪50~80年代）的社会运动的历史大多聚焦于男性领

---

① Rita Dove, "Rosa Parks: The Torchbearer," *Time*, Vol. 153, Issue 23, 6/14/1999.

② Therese Steffen, *Crossing Color*, 155.

③ Erica R. Edwards, "Introductino," *Charisma and the Fictions of Black Leadership*, Minneapolis and London: University of Minnesota Press, 2012, xv.

④ Ibid.

导权"①。"正如历史学家所指出的那样，民权运动时代自由抗争的意识形态在组织和非正式集体内部产生了性别等级，这不仅影响了黑人社会运动在当时如何起作用，而且自然化、扩大化了那些领导权的性别化意识形态。"② 金、马尔克姆·X（Malcolm X）等男性黑人领袖不仅在美国家喻户晓，而且在世界范围内享有盛誉。然而，对于女性领导者人们却知之甚少。尽管女性扮演着重要角色，民权运动和社会运动领导权还是由男性公共人物控制着。比如，在 NAACP 中，男性扮演着决策者、发言人的角色，而女性的角色定位却是"辅助性的非官方领导者"，而且男性领导者普遍存在边缘化女性的倾向，在很多情况下把她们贬低为秘书的角色或者教育项目的工作人员。③ 罗莎·帕克斯就是一个典型的例子。她在 NAACP 中，就是任职秘书，长期从事辅助性工作。尽管由于公交车事件，人们能够回忆起罗莎在抵制运动中起到了某种作用，但是关于罗莎和其他黑人女性还是缺乏准确定位，原因就在于"性别刻板印象在社会运动阶层中起着重要作用"④。那么，到底如何定位罗莎以及如罗莎一样的黑人女性在这场关乎黑人历史命运的运动中的位置呢？

　　达夫在给《时代》杂志撰写的《罗莎·帕克斯：手持火炬的引路人》一文中，对罗莎和金同时出现的一个场景的描述很能说明问题：金声如洪钟般地对着上百万民众演讲，而当他激情澎湃的演讲结束后，罗莎从金的身边站起身来，以便大家能够看到她，然而她却没有说话。对此，达夫的评论是：没有必要说话。她的沉默就是言说，因为她告诉民众，我和你们在一起，而这就足够了。⑤ 可以说，达夫所描绘的这个场景在黑人民权运动中非常具有代表性，很好地定位了黑人男性领袖和女性领导者之间的关系，以及各自的位置。学者贝琳达·罗波奈特（Belinda Robnett）对黑人

①　Danelle Moon, *Daily Life of Women During the Civil Rights Era*, Santa Barbara, California：Green Wood, 2011, 128.

②　Erica R. Edwards, *Charisma and the Fictions of Black Leadership*, Minneapolis and London：University of Minnesota Press, 2012, 128.

③　Danelle Moon, *Daily Life of Women During the Civil Rights Era*, Santa Barbara, California：Green Wood, 2011, 134.

④　Ibid.

⑤　Rita Dove, "Rosa Parks：The Torchbearer," *Time*, Vol. 153, Issue 23, 6/14/1999.

女性领导者的定位有一个很形象的说法，叫作"桥梁领导者"（bridge leaders）。值得注意的是，罗波奈特在提出黑人女性这一领导地位和领导模式时，正是以罗莎·帕克斯为依据的。所谓"桥梁领导者"就是由于性别身份而形成的"领导权的草根阶层"，这个阶层在正式组织和跟随者之间起到了至关重要的"桥梁"的作用。① 可以说，她们是"自下而上"的领导者。这个黑人女性的自我定位具有两个特点。其一，尽管处于领导阶层的边缘和底层，她们所起的作用却是至关重要的。在男性领导者和民众之间上传下达往往是革命成功的关键所在。其二，黑人女性似乎并不急于打破与男性领导者之间的平衡，并安于自己的"桥梁领导者"身份。这说明这个身份和位置其实是黑人女性自主的选择。这样看来，黑人女性不是黑人男性领袖们的牺牲者，也不是他们的棋子，恰恰相反，她们是"抵抗的天才"，因为她们以自己的方式成为黑人领袖和普通民众之间沟通的媒介。

罗莎在这场运动中自动选择了"桥梁领袖"的位置，站在黑人男性同胞身边，以自己自信的微笑和优雅的沉默出色地完成了任务。这是历史赋予罗莎的使命，也是罗莎本人的历史选择。这一点正是达夫对她钦佩不已的原因所在。达夫在诗歌中反复强调罗莎的微笑和沉默。在《在华盛顿华纳剧院大厅》（"In the Lobby of the Warner Theatre, Washington, D.C."）（86~87）一诗中，晚年的罗莎尽管出行已经不便，但是她的优雅和微笑却依然如故，而这两样秘密武器传递的力量依旧令人动容：

> 她是真正的灵感，她是活着的历史。
> 观众在一串闪烁不定的光点中鱼贯而下。
> 她等待着。她知道如何服从，
> 就像人们预想的那样冷静沉思地坐在那里。
> 她学会了在人群中穿行
> 带着一丝我们不忍见到的微笑，

---

① Belinda Robnett, "African-American Women in the Civil Rights Movement, 1954-65: Gender, Leadership, and Micromobilization," *American Journal of Sociology* 101.6 (1996): 1667.

那微笑缝缀了冷静。

向地面舒展，在反射的火光中

闪亮的青铜，我们迫不及待探出头去

一睹风采，但见

那微笑真的是发自内心——

没有半点做作。她很好奇；

我们的方式让她遭了罪（蜂拥而入，低声呢喃，

喋喋不休，导演低眉弯腰

迎接媒体的闪光灯）知道有人

试图触摸她，然后侍者

把我们轻轻推开。她点点头，

举起一只手好像要安慰我们

然后慢慢放在腿上。

搁在那里。安慰的想法

抚慰了我们；她举手致意

已经成为她的标志性动作，

就像她坐在那里为我们创造的历史，

等待那个接纳她的时刻。

罗莎的沉默在此种语境下有两点意义：其一，这种带着尊严的沉默是民权运动所需要的一种带有象征意义的形象；其二，这种带有理解的沉默是当时黑人女性自我认定的政治斗争角色。可以说，罗莎的沉默是"一种完美的沉默"①。正如布鲁克斯诗中所言："没有说出的话更有力量。"② 可见，罗莎在这场运动中选择了和金不同的角色，却同样起到了至关重要的作用。在这场改变了美国黑人族群命运的斗争中，罗莎和金各自选择了最适合自己的位置，并以最合适的方式完美合作。

事实上，罗莎的选择是黑人女性秉持的一个伟大传统。美国 19 世纪

① Alba Ambert, *A Perfect Silence*, Houston：Arte Público P，1995.

② Maria Mootry and Gary Smith, Eds. *A Life Distilled*：*Gwendolyn Brooks*, *Her Poetry and Fiction*, Urbana：U of Illinois P，1987，36.

最重要的黑人社会活动家弗朗西斯·哈珀（Frances E. W. Harper）就曾经在性别和种族之间做出了一个与罗莎十分相似的抉择。在美国平等权利联合会 1867 年的大会上，选举权应该先给黑人（男性）还是妇女（白人）的问题成为争论的焦点。以道格拉斯为代表的一方决定以牺牲黑人女性为代价而求得黑人男性的选举权。他认为使黑人男性拥有选举权不但意味着向着平等的方向迈进一大步，而且关乎"生存或死亡"①，因为"黑人男性需要选举权保护他的生命和财产，以确保他受到尊重和接受教育"②。黑人男性的选举权被上升事关到政治权利和生存需要的高度。不过，支持妇女获取选举权的一方也同样以"共和自由的名义"把妇女投票者描绘成为可以"拯救国家"的积极的政治和道德力量。③ 除了渲染女性的精神拯救力量，更有一些代表把应优先赋予女性选举权的原因归结为黑人男性品德低下、生性暴力。一些人认为优先赋予贫穷、没有教养的黑人男性而不是中产阶级白人女性选举权是对后者的"贬低或是侮辱"④。僵持的局面促使双方都想到要争取一位有威望的黑人女性的支持，而他们选择的都是哈珀。哈珀毫不犹豫地选择支持黑人男性获得选举权。哈珀带着一种悲壮的豪情说："只要种族中的男性可以得到他们所需要的"，她不会让"黑人妇女成为绊脚石"。这就意味着在她的女性身份和黑人身份的选择中，她放弃了前者，拥抱了后者。借用当时一位记者的话就是，当哈珀遇到种族问题时，她"放弃性别这个次要问题"⑤。哈珀的选择是历史性的。这一原则建构了黑人女权主义最本质的思维模式：种族的优先权。从这一传统来看，罗莎在民权运动中的自我身份定位正是遵循着黑人女性的富于牺牲的伟大传统。

---

① Frederick Douglass, "Proceedings of the American Equal Rights Association Convention in Cooper Institute," New York, May 14, 1868, In *Frederick Douglass on Women's Rights*, ed. Philip S. Foner. Westport, Conn.：Greenwood, 1976, 84.

② Frederick Douglass, "Proceedings of the American Equal Rights Association Convention in Cooper Institute, " New York, May 14, 1868, 84.

③ Qtd. in Sue David, *The Political Thought of Elizabeth Cady Stanton：Women's Rights and the American Political Traditions*, 133.

④ Nell Irvin Painter, "Voices of Suffrage：Sojourner Truth, Frances Watkins Harper and the Struggle for Woman Suffrage," 50.

⑤ Frances Smith Foster, "Frances Ellen Watkins Harper," 533.

三 "罗莎" 还是 "罗莎们"？

值得注意的是，在《与罗莎·帕克斯在公交车上》这部诗集中，达夫不仅书写了罗莎·帕克斯，还特别写了两首诗歌分别献给克劳戴特·科尔文（Claudette Colvin）和玛丽·史密斯（Mary Smith），因为她们在同一年更早的时候做出了与罗莎·帕克斯相同的举动。这两首诗歌分别是《克劳戴特·科尔文去上班》①（"Claudette Colvin Goes to Work"）（79）和《法律》（"The Enactment"）（81~82）。克劳戴特·科尔文是第一位由于抵制公交车种族隔离被逮捕的黑人妇女，比罗莎·帕克斯早了 9 个月，当时科尔文只有 15 岁。稍后，18 岁的玛丽·史密斯由于同样的原因被逮捕，比罗莎·帕克斯早了大约 40 天。那么，为什么克劳戴特·科尔文和玛丽·史密斯没有如罗莎一样成为点燃抵制运动火焰的人物呢？情况恰恰相反，这两位黑人女性一生都被遮蔽于罗莎·帕克斯的光环之下，成为黑人民权运动的一个 "注脚"②。那么，个中原因何在呢？

克劳戴特·科尔文的律师、民权运动活动家福瑞德·格雷（Fred Gray）曾经说："我认为，克劳戴特·科尔文比任何其他和这场运动有关的人都更有勇气。"③ 此言不虚。克劳戴特·科尔文不仅是第一位拒绝把座位让给白人的黑人，而且在一年之后对公交车种族隔离制度提起上诉，成为著名的 "布劳德诉盖尔案"（Browder v. Gayle）的四位原告之一。然而，克劳戴特·科尔文的贡献却曾经一度被历史 "遗忘"，"她获得历史地位之门似乎永远关闭了"④。然而，她的被遗忘却恰恰是历史的选择，也正是她的贡献所在。克劳戴特·科尔文被逮捕之后，黑人运动的领导者认为她不适合代表黑人群体成为抵制运动的代表人物。他们给出的原因似

---

① 达夫本人很看重这首诗歌，在她编辑的企鹅版《20 世纪美国诗歌选集》（*The Penguin anthology of twentieth-century American poetry*）中她收录了自己的这首诗歌。

② Brooks Barnes, "From Footnote to Fame in Civil Rights History," November 25, 2009, http://www.nytimes.com/2009/11/26/books/26colvin.html?_r=0.

③ 转引自 Phillip Hoose, *Claudette Colvin: Twice Toward Justice*, New York: Melanie Kroupa Books, 2009, 101。

④ Phillip Hoose, *Claudette Colvin: Twice Toward Justice*, New York: Melanie Kroupa Books, 2009, 102.

乎很不可思议：除了她还未成年、看起来不如已经步入中年的罗莎更为有说服力之外，还因为罗莎肤色较浅、身材苗条，更容易让白人接受，也更为体面。[1]　换言之，罗莎是黑人和白人都能接受的"标准形象"[2]，因此更适合成为这次运动的代表。另一个黑人女孩玛丽·史密斯没有能够成为这场运动的代表的原因看似不同，实则是基于同一种思维模式。当时 18 岁的玛丽已经怀有身孕，而这场运动的领导者认为未婚妈妈不适合作为黑人族群权力运动的代表。相比之下，体面、知性、肤色较浅、有更为丰富的生活和斗争经验的罗莎是更为合适的人选。达夫对此的理解非常到位：

> 别用未成年人，特别是
> 别用那些底层的穷黑人，
> 不管她父母做什么
> 维持生计。别用任何
> 没心没肺的人
> 管不住自己的嘴。
>
> 将会是一个女人，
> 一个顶天立地的女人：
> 最好性格腼腆，最好结婚生子。

$$(81\sim82)$$

三个"别用"强调的就是黑人权力运动领导人对将要代表族群形象出现在公众面前的候选人提出的三个基本条件：年龄适中、社会身份中性和个人品性较好。这三个排除性条件就把克劳戴特·科尔文和玛丽·史密斯决绝地排除在外了。第二节中的理想条件是额外要求：女性、母亲、性格内敛、有定力，罗莎恰恰符合以上所有条件。

　　克劳戴特和罗莎的不同从达夫的诗歌中能够清晰地表现出来。与

---

① Margot Adler, "Before Rosa Parks, There was Claudette Colvin," March 15, 2009.

② Randolph Hohle, "Introduction," *Black Citizenship and Authenticity in the Civil Rights Movement*, New York: Rouledge, 2013, 1.

《罗莎》一诗具有的冷静的语气、优雅的气质不同，《克劳戴特·科尔文去上班》一诗语气激昂、愤怒：

> 家仆深更半夜沿着莱克星顿打扫铺面
> 当阴云在大地的灾难中扑面而来
> 占据了他们的位置。闪烁的华彩
> 随处可见——灯光从每个
> 狭小的住所倾泻而出，昏黄
> 的颜色宣布着有人在家？
> 还是我身心疲惫，给我来杯啤酒吧。

与罗莎沉静地坐在公交车上心静如水不同，克劳戴特·科尔文心潮澎湃。如果说罗莎是一位知识女性，那么稚气未消的克劳戴特就是一个布鲁斯"疯狂"少女，一路唱着忧伤、愤怒的歌谣：

> 然后我知道是开始我工作的时候了。
> 沿着街道，出租车发动，朝着城中
> 驶去；霓虹灯闪烁不定变成狂喜
> 男人凑在一起点起香烟发出一阵
> 狂言豪语："你好，妈妈"很快就变质成了
> "你的妈妈"当然没有回答——好像
> 他们能进行的最大伤害就是侮辱你在
> 这里的理由，为了能活命安生，你
> 在一群白人中走下车。
> 那么丑陋、那么肥硕、那么无语、那么油腻——
> 我们要怎样做上帝才能爱我们？
> 妈妈是女仆；我的爸爸像个顽童在刈草坪，
> 而我是公交车上的疯狂女孩，那个
> 在课堂上写下了要当总统的女孩。

这段嬉笑怒骂和远大理想交叠在一起的话是正处于青春期的克劳戴特心态的真实写照。相比之下，冷静、知性的罗莎显然更适合完成历史赋予黑人的伟大使命。然而，细品这首诗歌，我们不难发现，达夫似乎在这首诗歌中倾注了更为深厚的感情。诗歌中黑人女孩的自白勾勒出了一个尽管不美却十分生动的形象：敢爱敢恨，洒脱不羁，生命力顽强。显然，在达夫的心中，克劳戴特同样是一个值得大书特写的女英雄。

克劳戴特的伟大之处正是在于她在充分理解了这一使命的特定要求之后表现出来的伟大的牺牲精神。她在一次访谈中回望那段历史，说出了这段令人动容的肺腑之言：

> 如今当我回望过去，我认为罗莎·帕克斯是当时代表那场运动的合适人选。她是一个好人，一个有力量的人，比我更容易被更多人接受。但是我也做出了一个个人宣言，那个宣言是她没有做出的，可能也不会做出的。我的宣言是为正义的第一次洪亮呐喊。[1]

这里有对历史事件的透彻理解，有对历史使命的奉献精神，有对族群和个人关系的辩证审视，也有对自己的正确认识。正是有了如克劳戴特一样既平凡又伟大的黑人女性，黑人族群的命运才在历史的各个关键拐点朝着正确的方向前行。

通过书写被黑人民权运动历史有意忽略并隐藏的两位黑人女性，达夫对罗莎的行为进行了另一种阐释。罗莎之所以"准备好了"是因为她并不是孤军奋战。正如历史学家们所阐释的那样："那样的公众胜利通常不仅是个人英勇奋斗的成就，而且是集体的坚持和不为人知的很多人艰苦卓绝斗争取得的成就。"[2] 这个黑人女性的群像说明罗莎·帕克斯不是一个孤独的英雄。达夫对此的理解与公共领域以及普通人对罗莎行为的看法有

---

[1] Phillip Hoose, *Claudette Colvin: Twice Toward Justice*, New York: Melanie Kroupa Books, 2009, 104.

[2] Craig Kielburger and Marc Kielburger, *Me to We: Find Meaning in a Material World*, Mississauga, Ontario: John Wiley & Sons Canada, Ltd., 2004, 247.

极大的不同。美国人历来崇尚个人主义英雄。在很多关于罗莎的画像中，罗莎都被描绘成一个孤独的身影，裹着长大衣、眼睛藏在眼镜后面，一个人坐在公交车上，仿佛孤岛上的一个幽魂。这就是人们心目中的罗莎的形象。曼荷莲女子学院（Mount Holyoke College）在授予罗莎荣誉学位时这样评价她："当你引领人们前行时，你根本无从知道是否有人愿意跟随。"① 实际上，答案是肯定的。罗莎并不是孤独的前行者，恰恰相反，众多黑人兄弟姐妹在民权之路上与她同行。

第四节　穆拉提克奏鸣曲： 黑人的世界史

进入新千年之后，达夫佳作不断。② 2009 年出版的叙事诗集《穆拉提克奏鸣曲》一经问世便好评如潮，并为达夫赢得了 2010 年的赫斯顿/赖特遗产奖。《穆拉提克奏鸣曲》是达夫的第 3 部叙事诗集③，被评论界赞为取得了"里程碑般的成就"④。

这部叙事诗集聚焦于 18 世纪末至 19 世纪中叶生活在欧洲的混血黑人小提琴演奏家乔治·奥古斯塔斯·博尔格林·布林格托瓦的生活和命运。这个音乐天才的母亲是波兰德裔，父亲是非裔加勒比人，曾在匈牙利公主埃斯特哈齐（Esterházy）的城堡中服务，而大音乐家约瑟夫·海顿恰好在此做音乐指导。小布林格托瓦的小提琴天赋引起了海顿的注意，并把他收归门下，而他高超的小提琴演奏技巧也激起了大名鼎鼎的作曲家贝多芬的创作激情。《穆拉提克奏鸣曲》就是贝多芬献给布林格托瓦的乐曲，而布林格托瓦就是该奏鸣曲标题中的穆拉托人（mulatto），即黑白混血儿。两位音乐家还于 1803 年合作公演了这首奏鸣曲，贝多芬亲自为布林格托瓦

---

① 转引自 David Hackett Fischer, *Liberty and Freedom：A Visual History of America's Founding Ideas*, 599。

② 主要包括诗集《美国狐步》（2004）和《穆拉提克奏鸣曲》（2009）等。另外，达夫主编的两部诗集 *The Best American Poetry*（2000），*The Penguin Anthology of Twentieth Century American Poetry*（2011）均引起了较大反响。

③ 其他两部分别为《托马斯和比尤拉》和《与罗莎·帕克斯在公交车上》。

④ Charles Henry Rowell, "Interview with Rita Dove：Part 2," *Callaloo* 31.3（Summer, 2008）：725.

进行钢琴伴奏。然而，据说是冲冠一怒为红颜，贝多芬在盛怒之下把布林格托瓦的名字从奏鸣曲中一笔勾销，并把这首乐曲转而献给了法国小提琴家鲁道夫·克鲁采（Rudolphe Kreutzer）。1805 年该乐曲发表时，名字已经变成了《克鲁采奏鸣曲》（*Kreutzer Sonata*）。时至今日，这首乐曲已经成为一首经典小提琴奏鸣曲。

　　这部诗集对于达夫的创作生涯而言具有十分特别的意义，因为它是达夫几种挥之不去的"情结"的集大成之作。首先，这部诗集延续了达夫的"混血情结"，即对黑白混血儿命运的关注；① 其次，这部诗集再次满足了达夫的"音乐情结"；② 最后，这部诗集更加全面地体现了达夫的"世界主义"情结。③ 然而，《穆拉提克奏鸣曲》最特别的意义还在于它是达夫"历史情结"的一个完满归宿。事实上，达夫的多元情结是有着某种内在联系的：无论是对混血性的关注，还是对音乐的热衷，抑或对"世界主义"的情有独钟，回答的都是美国黑人的文化身份问题，而达夫对其中的纽带以及文化身份内涵的揭示采用的就是历史书写策略。该诗集独特的选题和采用的独具匠心的历史书写策略更是帮助达夫完成了对黑人"世界主义"身份的起源问题的探寻，而这一探寻是在"后黑人艺术运动"时期创作的达夫自我赋予的崇高使命。就这一意义而言，这部诗集不仅是达夫诗歌创作的一个突破，更是她对其全部创作理念的梳理和溯源。如果说达夫以往的作品建构的是一个处于空中楼阁中的黑人的"世界主义"文化身份，那么这部诗集则为这个"空中楼阁"的建立打下了坚实的地基。

---

① 达夫对混血儿命运以及混血性的文化内涵最集中的阐释是诗剧《农庄苍茫夜》。参见拙文《阅读·误读·伦理阅读"俄狄浦斯情结"——解读达夫诗剧〈农庄苍茫夜〉》，载《外国文学研究》2009 年第 4 期，第 73~85 页。

② 达夫的音乐情结体现在多首诗歌之中，其中最集中的体现是诗集《美国狐步》。参见拙文《论丽塔·达夫诗歌的文化空间建构》，载《解放军外国语学院学报》2010 年第 3 期，第 99~104 页。

③ 达夫的"世界主义"情结是评论家马琳·派瑞拉对达夫诗歌进行研究的结论，是对以达夫为代表的当代美国非裔诗人文化身份的概括。参见 Malin Pereira, *Rita Dove's Cosmopolitanism*, Urbana and Chicago：University of Illinois Press, 2003；拙文《阅读·误读·伦理阅读"俄狄浦斯情结"——解读达夫诗剧〈农庄苍茫夜〉》也有相关论述。

一   "穆拉提克奏鸣曲"和黑人的欧洲生活

作为一名学者型诗人，达夫本人对历史书写的阐释是颇具权威性的。在《穆拉提克奏鸣曲》的扉页上，达夫写下了一段意味深长的话：

> 尽管这部诗集是一部文学作品，却是真实的人物和事件，某些场景的巧合都是有意为之。名字都没有变，那些脱不了干系的人可考可查。然而，在这些场景中发生的事件全然不同——偶然发生的情节、怪异的行为、哲学的冥思，或者是作者通过想象进行的充满张力的虚构，或者是作者有意将真理和虚幻融合于诗歌的坩埚之中。①

这段文字为我们呈现了一个悖论：尽管这部诗集以真实的历史人物为中心，但并非人物传记，而是虚构的文学作品；尽管这是一部虚构的文学作品，却是基于历史事实，甚至连时间、场景、人物都可查可考。这段看似矛盾的文字体现的正是达夫对历史话语与文学话语、真实与虚构之间关系的深刻思考，《穆拉提克奏鸣曲》则以诗体的形式展现了文学对历史的置换和干涉。那么，达夫是如何实现这样一种包含了悖论的历史书写的呢？用达夫自己的话说就是要看到"历史下面"② 和"故事下面"③。

从达夫的多处阐释中可以看出，"历史"与"故事"是同义词，并无本质区别。④ 达夫构建的历史与故事的等式拆除了历史话语与文学话语之间的壁垒，与海登·怀特持有的历史叙事与虚构叙事大同小异的观点不谋而合。罗兰·巴特（Roland Barthes）也指出，文学是"历史被赋予了人

---

① 参见 Rita Dove, *Sonata Mulattica*, New York：W. W. Norton & Company, Inc., 2009。引文由笔者自译。以下出自该诗集的引文只标注页码，不再一一说明。

② Stan Sanvel Rubin & Judith Kitchen, "Riding That Current as Far as It'll Take You," in Earl G. Ingersoll, ed., *Conversations with Rita Dove*, Jackson：University Press of Mississippi, 2003, 4.

③ Stan Sanvel Rubin & Judith Kitchen, "Riding That Current as Far as It'll Take You," 5.

④ 详见 Stan Sanvel Rubin & Judith Kitchen, "Riding That Current as Far as It'll Take You"；Steven Schneider, "Writing for Those Moments of Discovery," in Earl G. Ingersoll, ed., *Conversations with Rita Dove*, Jackson：University Press of Mississippi, 2003, 62-73 等访谈。达夫在阐释自己的历史观时时常交替使用历史和故事。

物和时态的故事"①，二者之间具有共建的互文性。《穆拉提克奏鸣曲》正是这样一个历史和故事共建的文本。这一特点从诗集独特的结构、形式和风格中可以清晰地体现出来。作为诗集而言，《穆拉提克奏鸣曲》的结构十分标新立异。诗集主体部分由五部分诗歌和一幕短剧组成。五部分诗歌如同交响乐中的五个"乐章"，每一乐章由若干首诗歌组成，围绕一个共同主题展开，分别交代了布林格托瓦的早年生活，他依靠赞助人生活的酸甜苦辣，贝多芬以及其他与布林格托瓦的命运有密切联系的人物，布林格托瓦与贝多芬发生矛盾后的生活，以及他的音乐事业逐渐暗淡的结局。该诗集最与众不同之处在于出现在第三、四乐章之间的一幕短剧"大众剧院：普通人的短剧——淘气的乔治，或摩尔人在维也纳"。这幕诗体短剧再现的是贝多芬和布林格托瓦因一位酒吧女招待起纷争的场景，采用的是 19 世纪维也纳戏剧的形式，集讽刺与幽默于一体，嬉笑怒骂中充满伤感。短剧所呈现的戏剧冲突、场景、人物性格等并无历史依据，完全是达夫想象的产物。显然，短剧的插入是匠心独具的，强化的是人生如戏、戏如人生的真实与虚幻的矛盾统一，而这也正是历史与文学共生共建的观点的外化。此外，还有一点值得注意。除上述主体部分，诗集还包括前言和后记。前言中的两首诗在抒情和叙事的交替中既交代了布林格托瓦的身世、音乐天分和令人唏嘘的人生，也暗示了诗人创作的初衷；而后记中的七首诗则一一交代了与这首奏鸣曲相关的人物的余生。前言和后记通常是作者的声音，《穆拉提克奏鸣曲》也不例外。达夫声音的介入仿佛一股无形的力量把历史玩弄于股掌之中，从而再次强化了历史人物和历史事件被叙述、被重写的特点。

达夫构建的历史与故事的等式对该诗集整体风格的影响更是不容忽视。整部诗集如一个庞杂的文本体系，容纳了大量日记、信件、新闻报道、戏剧独白以及作者时隐时现的唏嘘和感悟。历史事件与虚构细节、历史人物与虚构场景、历史背景与虚构情感在《穆拉提克奏鸣曲》颇具容量的文本空间中交错、交织、碰撞，形成了一个杂糅的文本场域。读这部诗集，的确有一种佐伊勒斯（Zoilus）抱怨荷马史诗《伊利亚特》之感：

---

① Roland Barthes, *The Grain of the Voice*, trans. Linda Coverdale, London: Jonathan Cape, 1985, 176.

"我越把它当历史，我越发现诗的影子；而我越拿它当诗，却又越发现历史事实。"① 事实上，这正是达夫的历史书写的理想。在谈到《穆拉提克奏鸣曲》的创作时，达夫说，"我知道我不想把它写成一种历史的游记"，"我想要写出关于这个人的一种感觉，因此我要调动对这个跨越社会阶层的天才的想象"，只有如此才能谱写一部"岁月狂想曲"②。在前言中的第二首诗中，达夫在首句就明言，"这是一个光与影的故事"（21），这个故事被装进了"漂流瓶"中，随波逐流，"太渺小了没有人发现它"，"直到里面的纸条/最终破碎，无法辨认"，"因此它是一个失落的故事"，"但是我们将想象它"（21）。达夫之所以在诗集开篇不断强调她是在讲故事，原因就在于她深知只有叙事能够轻易地跨越虚构与历史之间的疆界。达夫想要呈现给我们的是进入虚构世界之后的历史和进入历史世界之后的虚构，而她则在两个世界之间的"断点"分布区往来穿梭，自由挥洒自己的想象。历史对于游走于"断点"分布区的达夫而言不再是一种客观存在，而是幻化成一种"历史叙述"，成为以"文本"的形式存在的历史。

　　达夫的历史书写玄机不仅在于构建了历史与故事的等式，更在于她感兴趣的是历史和故事的"下面"。事实上，达夫一直在自己的诗作、文论和访谈中不厌其烦地阐释关于历史"下面"的观念："我发现历史事件的吸引人之处在于向下看——不是看我们通常能看到的或者我们常说起的历史事件，而是寻找不能以一种干巴巴的历史意义讲述的东西。"③ 显然，达夫对历史的"下面"的阐释激荡着新历史主义的回声。在《作为文学虚构的历史本文》中，海登·怀特就多次运用了历史的"另一面"、历史的"下面"等字眼。④ 新历史主义者最感兴趣的是被官方历史和宏大历史叙事有意或无意忽略的人和事。比如，历史记载中的逸闻轶事、偶发事件和边缘人物等。⑤ 达夫的志趣也在

①　Qtd. in Ernest Bernbaum, "The Views of the Great Critics on the Historical Novel," in *PMLA* 41.2 (1926): 438.

②　Rita Dove, *On the Bus with Rosa Parks*, New York, London: W. W. Norton & Company, 1999, 33.

③　Stan Sanvel Rubin & Judith Kitchen, "Riding That Current as Far as It'll Take You," 4.

④　〔美〕参见海登·怀特《作为文学虚构的历史本文》，载张京媛主编《新历史主义与文学批评》，第162页。

⑤　参见〔美〕海登·怀特《评新历史主义》，载张京媛主编《新历史主义与文学批评》，第106页。

于此。《穆拉提克奏鸣曲》正是达夫不断钻掘到历史"下面"写作的产物。为了探寻这位音乐混血儿背后的故事，达夫一头钻进故纸堆中，开始从只言片语中寻找他的蛛丝马迹。从被历史封存的零零散散的档案文献中追寻这位名不见经传的混血小提琴家生活轨迹的过程是十分艰难的，因为相关文献少得可怜。达夫曾经说，"〔这个过程〕就像勾勒流星的坐标轨迹"，"哦，他去那里了；他出现在这儿了"。达夫要做的就是以想象勾画他生命的轨迹，否则的话，"他的生活就像一块白板"①。

在达夫对历史"踪迹"的编码中，历史背景和历史事件成为她可以调用的素材，而达夫的调用方式很有特点。对待历史背景，达夫的处理方式是简约化；对待历史事件，达夫的方式是选择性。简约化历史背景的方式与米兰·昆德拉不谋而合。昆德拉曾经说："我对待历史的态度，就像是一位美工用几件情节上必不可少的物件来布置一个抽象的舞台。"② 在《穆拉提克奏鸣曲》中，18 世纪和 19 世纪的欧洲宫廷和社会生活就是这样一个抽象的舞台。值得注意的是，诗集中对宫廷场景和生活的描述基本上是透过布林格托瓦的眼睛展开的。例如，小布林格托瓦对温莎城堡的描写："那么辉煌的大厅！它们后面的神秘的走廊/串联起来人们来来往往/像可爱的老鼠穿墙而过。"（39）这些被人物心理过滤的场景充其量是一种心理图示，而且是一个作为他者的黑人混血儿对欧洲文化的异化的心理图示。

达夫选择历史事件采用的方式是典型的新历史主义的方式。达夫选择的历史事件往往是"由于记忆，或是机缘，抑或历史而被冷冻起来的任何东西"③。综观达夫的诗歌创作，特别是《穆拉提克奏鸣曲》，我们不难发现达夫往往选择性地将史料巧妙地镶嵌进诗歌的叙述当中，使这些史料成为叙事肌理的有机线条，从而使历史与虚构杂糅在一起，并构成了历史事实与虚幻语境两个话语体系。比如，对于布林格托瓦的音乐才华，我们是通过不同的渠道和不同方式获悉的。首先是派佩恩狄克夫人的日记。整部诗集共有五则派佩恩狄克夫人的日记，其中第一则就集中谈到她对布林

---

① Felicia R. Lee, "Poet's Muse: A Footnote to Beethoven", in *New York Times*, 2 Apr. 2009, www. nytimes. com/2009/04/03/books/03dove. html.

② 〔法〕米兰·昆德拉：《小说的艺术》，董强译，上海译文出版社，2004，第 46 页。

③ Stan Sanvel Rubin and Judith Kitchen, "Riding That Current as Far as It'll Take You," 6.

格托瓦的印象："儿子也就是十一二岁，/皮肤好像用最黑的青铜浇铸而成；他穿着时尚，拥有一种令人羡慕的内敛，演奏小提琴协奏曲/娴熟精湛/连比他年长的知名演奏家都望尘莫及。"（41）其次是当地新闻媒体的报道。如，当地报纸《巴斯晨邮报》1789 年 12 月 8 日关于布林格托瓦音乐会盛况的报道（49）。最后是与布林格托瓦同时代的音乐大家对他的认可。例如，贝多芬初次听到布林格托瓦的演奏，他被震惊了："尽管浸透在墨汁中，这个雅各/灵光闪现/抓住了闪烁的信使/赢得了战斗：完全掌控了/他的乐器，他灵巧跳跃在琴弦/像一只来自异国的猴子。/啊，永恒有了一张新锻造的，/人脸。我是多么爱我那帅气，/傲慢的新朋友！——这个神秘的陌生人/他让我又找到了自己。"（111）此外，达夫想象出来的音乐会观众的评论也加入了这个众声喧哗的话语体系之中：观众甲、观众乙、观众丙、英国大使和小孩们共同见证了贝多芬和布林格托瓦合奏的盛况："奇妙的开始——小提琴独奏，/让人想到巴赫，但更狂野，一种祈祷——/钢琴简直像恋人的回应，/悬崖上的鸟儿与知心伴侣的唱和。"（116）

　　与对布林格托瓦的琴技言之凿凿、众口一词不同，这些声音对布林格托瓦和他的父亲——这对来自异域的黑皮肤的陌生人的人格和人性，却闪烁其词、矛盾重重。从派佩恩狄克夫人的日记中，我们了解到布林格托瓦的父亲在宫廷白人的眼中是一个可怜的小丑：他滔滔不绝的讨好的言谈让贵族夫人"尴尬"，让贵族男士为"违背社会阶层"而"震惊"和"担心"。即便在看似客观的派佩恩狄克夫人的眼中，老布林格托瓦也是一个油嘴滑舌的小人：他开口向派佩恩狄克夫人借钱，而派佩恩狄克夫人也像打发乞丐一样给他几个小钱，并"决定把这事和这钱都忘了"（76）。可见，在达夫的精心选择和重新编码之下，在诗性想象中人类情感的火花照亮了光秃秃、冷冰冰的史实。换言之，达夫从尘封的"历史下面"摘取了一些"事实"，又在这众声喧哗的文本之中"构想了一个宇宙"，"使它安居其间"①。

---

① Kevin Stein, "Lives in Motion: Multiple Perspectives in Rita Dove's Poetry," *Mississippi Review* 23. 3（Spring, 1995）: 52.

二 "夺爱之战"与黑人族群的"反历史"

显然，达夫感兴趣的并非布林格托瓦的生平，她在这里讲述的是另一个故事，探讨的是历史的另一种可能性。这一点从诗集的"前言"部分就可清晰地洞见。"前言"中的第一首诗《布林格托瓦其人其事》（"The Bridgetower"）几乎完全以虚拟条件句写成：

> 如果从头开始。如果
> 他年纪大些，如果他不是
> 肤色黝黑，棕色的眼睛闪烁
> 在那张英俊的脸上；
> 如果他不那么才华横溢，不是那么年轻
> 天才没有时间成长；
> 如果他没长大，暗淡的老年
> 一事无成。
> ……
> 哦，如果路德维希长得好看些，
> 或者体面些，或者是真正的贵族，
> 而不是普普通通的
> 荷兰农夫；如果他的耳朵
> 不是已经开始尖叫鸣响；
> 如果他没有饮铅杯中的酒，
> 如果他没有找到真爱。那么
> 这个故事可能就会这样讲述：
> ……

（19）

如果布林格托瓦是另外一个样子，如果贝多芬是另外一种品性，如果两人未曾有过交集，那么布林格托瓦的命运可能就会有所不同。显然，达夫通过一连串虚拟条件句试图说明的是，"我们一定要知道世界实际上是如何变化的，而且必须知道如果没有这个施事，其情形就会是另外一个样子"，这就是所谓的"反事实"（counterfactuals）的状态。① 所谓"反事实"叙述是在回顾叙述语境中能够表达否定性事实的另一种方式。换言之，"反事实"只是就并非如此的情况而言的，但是它们往往让人觉得，如果换一种方式，未发生的事情仍然可能在某个时刻发生，本来可能成为故事世界里的现实的一部分。② 可见，"反事实"叙述仿拟的是叙述者对对象的一种心理态度。从由时态、体式和情态三维变量构成的叙事模式的角度来看，《穆拉提克奏鸣曲》的开篇诗是典型的"反事实"叙述，表明的是达夫对历史人物和历史事件的"反历史"思考。这种"反事实"叙述是建立在达夫对人性和历史本质的深刻认识的基础之上的。

人性一直是令达夫痴迷的想象空间，尤其是历史人物那由于遥远而无从考证的人性秘密更是达夫发挥诗性想象的领域。无论是达夫名诗《荷兰芹》中的独裁者，还是获得普利策奖的诗集《托马斯和比尤拉》中的黑人夫妇，内心深处的焦灼和欲望往往成为左右历史事件的决定性因素。这一点与当代哲学家、"反历史主义"的倡导者卡尔·波普尔（Karl Raimond Popper）的观点不谋而合。波普尔认为，自然界的变化之所以有规律可循并可以预言，是因为自然界的演变过程与人类无关，其中没有变数项；而人类历史的进程之所以没有规律，并且不可预言，是因为其中有了变数项，而这个变数项就是人性。③ 人性的变化本身就作用于并影响着历史发展的进程。

在《穆拉提克奏鸣曲》中，人性的"变数项"再次为达夫想象力发挥作用提供了巨大的空间。对此，非洲经典网站的创办者威廉姆·J. 杰维克（William J. Zwick）这样评价道：丽塔·达夫在"人性化"这个故

---

① 转引自卢波米尔·道勒齐尔《虚构叙事与历史叙事：迎接后现代主义的挑战》，载〔美〕戴卫·赫尔曼主编《新叙事学》，马海良译，北京大学出版社，2002，第195页。
② 乌里·玛戈琳：《过去之事，现在之事，将来之事：时态、体式、情态和文学叙事的性质》，载〔美〕戴卫·赫尔曼主编《新叙事学》，马海良译，第94页。
③ 〔英〕卡尔·波普尔：《历史主义的贫困》，何林等译，社会科学文献出版社，1987，第138页。

事方面做得"很出色"①。在达夫的想象中，布林格托瓦是一个油嘴滑舌、只会打情骂俏的花花公子。他自恃才高、天性风流的轻浮性格以及内心孤独而又渴望交流成为达夫构想的布林格托瓦与贝多芬之间"夺爱之战"的基点，而这也成为布林格托瓦命运的转折点。在酒吧里，布林格托瓦先是轻浮地调戏了一个酒吧女招待："黑人男子的吻是危险的性行为/要小心应对"（135），接着他又强吻了这个女孩，而这个女孩却恰巧是激发了贝多芬创作《月光奏鸣曲》的女神：

> 她是女神，是女皇，
> 但凡有一点机会的话
> 她本应该远离这粗俗之地。
> 那淡淡的金色头发，绿色的双眸！——
> 对德国人的忠贞不渝的浪漫爱情
> 真是无价之宝。
> 在我的《月光奏鸣曲》中
> 我歌咏过她——
> 不过她的芳名不同，谁在乎呢？
> 一旦穿越了上帝之门
> 真诚的爱情成为永恒，
> 幻化为缥缈仙气！

（137~138）

可见，这个女孩在贝多芬的心中已经升华为艺术和崇高的代名词。贝多芬不容许自己对这位女神有丝毫亵渎和非分之想，又岂能容忍布林格托瓦的轻浮之举？于是，盛怒之下，他把已经写好的奏鸣曲的献词页撕成了碎片，因为他要让布林格托瓦"尝尝高昂代价"。对音乐即为全部的布林格托瓦而言，还有什么比失去乐曲、失去贝多芬这样一位大作曲家的支持的

---

① Qtd. in Felicia R. Lee, "Poet's Muse: A Footnote to Beethoven," *New York Times*, 2 Apr. 2009, www.nytimes.com/2009/04/03/books/03dove.html.

代价更为惨痛呢？这一偶然事件不仅使布林格托瓦蒸蒸日上的音乐生涯戛然而止，而且使音乐史上著名的奏鸣曲易名改姓了。

　　然而，达夫的"反事实"叙事虚构和创造的不仅是布林格托瓦个人的历史，还有整个黑人族群的历史。达夫在一次访谈中这样诠释这部诗集：

> 　　……这里讲述的不仅是他的生命的故事，还有关于声名的本质，记忆和公共记忆的本质。
> 　　……在这个混合物之中，我们倾倒进了这个混血男孩的故事。这也是一个关于青春的故事。青春是异常迷人的。种族也是。①

显然，达夫的"反事实"叙事试图构建的不仅是布林格托瓦的个人命运的可能性，而且关乎黑人族群历史的可能性，建构的是一种黑人族群的"反事实"的历史。在任何特定的历史时刻，都有真实的替代项，因为历史情境中有诸多不稳定因素和偶然因素。卢波米尔·道勒齐尔甚至指出，对未实际化的可能性的考虑，还会让人看到即使在整个国家乃至一个大陆处于命运攸关之时，偶然因素也可能起到决定性的作用。② 这就意味着只有将"反事实"结果考虑进来，某些历史情境的不稳定性才会真正显现出来。如果前文提到的"夺爱之战"没有发生，如果这首即将传世的奏鸣曲没有更名，那么，达夫认为，不仅布林格托瓦的个人命运会被改写，而且整个黑人族群的命运也将全然不同：

> 谁知道接下来会发生什么？
> 他们可能会结成好友，
> 　就是几个狂野而疯狂的家伙
> 像摇滚明星一样在城里游荡，

---

① Qtd. in Lee, Felicia R. "Poet's Muse: A Footnote to Beethoven," 2 Apr. 2009, in *New York Times*, www.nytimes.com/2009/04/03/books/03dove.html.

② 卢波米尔·道勒齐尔：《虚构叙事与历史叙事：迎接后现代主义的挑战》，载〔美〕戴卫·赫尔曼主编《新叙事学》，马海良译，第195页。

去酒吧喝几杯啤酒，放声大笑……

而不是为了一个女孩反目成仇

没人记得，没人知道。

那么这个肤色闪亮的爸爸的儿子

本来能将他那十五分钟的声誉

直接载入史册——那里

熠熠生辉的

就不是瑞金娜·卡特（Regina Carter），也不是阿闰·德渥金
（Aaron Dworkin）或者波伊德·廷斯利（Boyd Tinsley）①，

我们就能发现

许许多多的黑人孩子在他们的小提琴上

吱吱扭扭拉着音节以至于有一天

他们也能拉出那个不可能：

A 大调第 9 小提琴奏鸣曲 "克罗采尔"（作品第 47 号）

也称为布林格托瓦。

(20)

前文所引诗歌构建的 "反事实" 的历史永远不会成为现实，达夫本人当
然深知这一点。那么，达夫反写历史的用意何在呢？

三　黑人 "世界主义者" 身份探源

海登·怀特曾言，对历史的审视与其说是因为需要确认某些事情的确
发生过，不如说是某一群体、社会或者文化希望确定某些事情对于其了解
自己当前的任务和未来的前景可能有着怎样的意义。② 可见，历史的意义
永远在于现实。尽管达夫 "拒绝对过去的历史和今天的历史之间的联系
喋喋不休"③，但不可否认的是，"达夫诗歌创作中的过去和当下的种族历

---

① 此三人均是 20 世纪中后期涌现出的杰出美国黑人小提琴演奏家。

② Hayden White, "Historical Pluralism," *Critical Inquiry* 12.3 (1986)：487.

③ Arnold Rampersad, "The Poems of Rita Dove," 55.

史的联系"是持续的，只不过是以"隐性的和审慎的"方式表达出来。①
在达夫的诗集《街角的黄房子》、《博物馆》和《托马斯和比尤拉》中，
历史均表现为激烈碰撞的事件，并因此震动了美国黑人当下生活的稳固的
地面。英国传记作家安德鲁·罗伯兹指出，"反事实的"、"虚构的"或者
"假设分析"的历史能够"使伟大的民族对现实保持清醒的认识"②。此
言一语道破了达夫反写历史的现实意义。

达夫在诗集《博物馆》的题记中写道："献给使我们成为可能的无名
氏。"③ 这一表述言明了她创作诗歌的目的之一就是为当代美国黑人的身
份和所处的困境寻找历史的渊源。达夫作品最重要的元素都关涉她对于形
塑当代美国黑人身份的思考和书写。作为在"后黑人艺术运动"时期写
作的美国非裔诗人，达夫与她的前辈诗人，如兰斯顿·休斯和阿米里·巴
拉卡等在黑人文化身份的定位以及书写策略上均有着本质的不同，简言
之，就是黑人民族主义者与黑人世界主义者的不同。对于达夫的"世界
主义"的文化身份，研究者是能够达成共识的。这一点前文已经提及。
但是，该方面的研究却在两个关键问题上存在空白：一是达夫定位黑人世
界主义身份的历史语境；二是达夫如何对这一文化身份进行追根溯源。此
两点就是下文将关注的问题。

达夫的黑人世界主义文化身份定位并非毫无根据，而是美国黑人文化
身份诉求在美国当代文化融合和全球化大环境中的必然发展阶段。美国黑
人在为自由奋斗的过程中，政治主张呈现"反抗"和"调和"的二元对
立，并演变为"分离主义"和"融入主义"之间的拉锯战。20 世纪 50
年代美国黑人民权运动时期，美国黑人的政治-文化诉求更是分裂为以马
丁·路德·金为代表的"同化派"和以马尔克姆·X 为代表的"拒斥
派"；在文学创作上也表现为以理查德·赖特为代表的"抗议文学"与以
拉尔夫·埃里森为代表的"融合文学"之争。达夫开始创作的时代还处

① Kevin Stein, "Lives in Motion: Multiple Perspectives in Rita Dove's Poetry," *Mississippi Review* 23.3 (Spring, 1995): 69.
② 周富强：《论新历史主义视角下的〈反美阴谋〉》，《当代外国文学》2007 年第 2 期，第 156 页。
③ Rita Dove, *On the Bus with Rosa Parks*, W. W. Norton & Company, 1999, 65.

于"黑人艺术运动"的余温之中，美国非裔文学依旧表现出"融合主义"与"分离主义"之间的紧张。美国著名评论家海伦·文德勒就曾经说："达夫走入了一个融合和分离主义都发出有力声音的文学场景。"① 在这一场景下开始文学创作的达夫面临着重大抉择。对于分离主义，达夫明确表示自己有种陌生感。她认为，尽管强调黑人独立性和民族性的分离主义思想在确保非裔美国人在一个有种族歧视的社会中生存下来功不可没，却有其历史局限性。② 达夫与融合主义也未能取得共鸣。或者说，中产阶级的出身、国际化的学习经历、跨国婚姻以及对西方经典的熟谙使得达夫对"融合"有了更为深刻的理解。她探寻和建构的黑人族群的身份不是黑白的融合，而是跨越种族、阶级和文化边界的世界主义。她在一次访谈中明确表示，她本人既是非裔美国人中的一分子，也是一个"世界公民"③。在诗歌创作上，达夫更是以一种有"包容感"的，力图超越"黑人文化民族主义的急迫"④，跨越了黑人性和非黑人性的二元对立，创造性地进入一种表达她的世界主义者身份的跨界书写。达夫的诗剧《农庄苍茫夜》、小说《穿越象牙门》、诗集《博物馆》等均触及对黑人世界主义文化身份的探寻。然而，在这些作品中，黑人世界主义文化身份的定位尚存三点不足：其一，极少涉及黑人的欧洲经历和生活；其二，达夫创造的文化混血儿形象更多地停留在比喻和概念意义上；其三，黑人的世界主义文化身份的历史渊源不明。《穆拉提克奏鸣曲》在某种程度上正是达夫对此三点不足的弥补和填充。

　　"世界主义"是一个正不断引起文化研究和人类学研究关注的理念。这一理念至少可以追溯到公元前 4 世纪的犬儒学派，在启蒙时代与 19 世纪中后期得到了充分发展，到 20 世纪 70 年代之后随着全球正义理论的萌生得以复兴。尽管古典世界主义、近代世界主义和当代世界主义的理念有

---

① Helen Vendler, "Rita Dove: America's Poet Laureate," *Ideas: Newsletter of the National Humanities Center* 2.1 (1993): 29.

② Malin Pereira, *Rita Dove's Cosmopolitanism*, Urbana and Chicago: University of Illinois Press, 2003, 1.

③ Camille T. Dungy, "Interview with Rita Dove," *Callaloo* 28.4 (2005): 1036.

④ Arnold Rampersad, "The Poems of Rita Dove," *Callaloo* 26 (Winter, 1986): 53.

一定差别，但强调人的平等性的核心理念却贯穿始终。① 世界主义理念对于达夫最大的吸引力在于它既是"前种族的"，也是"后种族的"。严格来说，到了19世纪初，随着动植物分类学和社会进化论的创立，种族主义才获得了自己的理论基石。法国思想家皮埃尔-安德烈·塔吉耶夫（Pierre-Andre Taguieff）在《种族主义源流》一书中明确指出，种族主义是建立在"人种之间不平等的伪科学"基础之上的、"源自欧洲的现代现象"②。对种族主义源头的这一界定恰恰解释了达夫为何对18世纪生活在欧洲的黑人小提琴家布林格托瓦情有独钟的原因。具言之，原因有二。其一，那个种族主义还没有被发明出来，而世界主义正在勃兴的18世纪的欧洲为达夫重新定义黑人的文化身份提供了难得的时间和空间。换言之，这个时期的欧洲是一个黑人能够在没有种族主义先入为主的观念下生存的环境。其二，达夫对当代美国黑人族群文化身份的定位与世界主义者的文化身份定位不谋而合。达夫认为，黑人的文化身份不仅起源于非洲，也不仅锻造于美洲，而且是世界性的，其中理应包括黑人的欧洲渊源。达夫秉持的黑人历史起源的世界性观点与她的黑人前辈有着天壤之别。例如，詹姆斯·鲍德温就曾经在《土生子札记》中表达了自己对欧洲文明和欧洲历史的疏离感：

> 追溯自己的过去，不是在欧洲而是在非洲，我才找到了自己。这就意味着我是带着一种特殊的心态，微妙而深沉，去接触莎士比亚、巴赫、伦勃朗，接触巴黎的石头、沙特尔（Chartres）的教堂、帝国大厦。这些全都不属于我，他们并不包含我的历史。③

鲍德温与欧洲传统的疏离感在黑人作家中是颇具代表性的。然而，这种感受在达夫的作品中却不见踪迹，取而代之的是一种对西方传统的好奇和选择性认同。达夫在《穆拉提克奏鸣曲》中所构想的布林格托瓦作为小提

---

① Thomas Pogge, "Cosmopolitanism and Sovereignty," *Ethics* 103. 1（1992）：48-49.

② 〔法〕皮埃尔-安德烈·塔吉耶夫：《种族主义源流》，高凌瀚译，生活·读书·新知三联书店，2005，第19页。

③ James Baldwin, *Notes of a Native Son*, New York：Library of America, 1998, 6-7.

琴演奏家在欧洲宫廷与贝多芬、海顿等欧洲音乐家之间发生的爱恨情仇仿佛是对以鲍德温为代表的黑人作家排斥黑人的欧洲文化认同的回应和纠正。当布林格托瓦在剑桥拿到音乐学位，并以音乐家的身份在欧洲谋生的时候，穿越大西洋的奴隶贸易正如火如荼地进行着。尽管他的作品流传下来的很少，但他却与同时代的很多重要音乐家有着千丝万缕的联系，包括小提琴演奏家维奥蒂（Giovanni Viotti）、作曲家塞缪尔·卫斯理（Samuel Wesley）等。尽管布林格托瓦没能在音乐经典中占据一个显赫的位置，但是他的故事仍被收录在世界音乐史中。[1] 同时，在关于非洲经典音乐的网站上，也能够找到布林格托瓦的信息。[2] 布林格托瓦的经历表明，黑人的历史在欧洲并非空白，而达夫所构想的黑人小提琴家与贝多芬等音乐家的交集更是直接回应了鲍德温所说的："他们所唱的颂歌是贝多芬的、巴赫的。回到几个世纪前，他们沉浸在自己的光荣里面，而我却在非洲看着征服者的到来。"[3] 从这一意义上说，这部诗集回答的就是黑人的"世界主义"身份的历史起源问题，是对黑人自我身份和族群认知的一次拓展。

对黑人"世界主义"身份的寻求事实上是美国当代黑人作家的共同诉求。2011 年获得美国国家图书奖提名的非裔诗人尤瑟夫·考曼亚库（Yusef Komunyakaa）就试图从西方经典中寻找黑人的身影和黑人的成就。[4] 这样看来达夫并不孤独。事实上，美国非裔作家从来没有停止吁求黑人的欧洲文化遗产的尝试。达夫十分敬仰的非裔诗人前辈麦尔维·托尔森[5]就曾经明确表明自己的多元文化遗产观："我，作为一名黑人诗人，

---

[1] 例如，《新格罗夫音乐与音乐家大辞典》(*The New Grove Dictionary of Music and Musicians*)（2001）中就有关于布林格托瓦的故事。

[2] 例如 AfriClassical. com；africlassical. blogspot. com；等等。

[3] James Baldwin, *Notes of a Native Son*, New York：Library of America, 1998, 165.

[4] 考曼亚库曾经说："当黎明女神之子的形象，那位为特洛伊人而战又在特洛伊被杀的肤色暗黑的埃塞俄比亚门农王子在我的想象中成型"，"我意识到经典往往比当今的诗人和作家更具包容性，也更忠实于历史"。详见 Angela M Salas, *Flashback Through the Heart：The Poetry of Yusef Komunyakaa*, Selinsgove, Penn.：Susquehanna University Press, 2004, 131。

[5] 对于麦尔维·托尔森，达夫一直赞誉有加，对于托尔森的代表作《哈莱姆画廊》，达夫公开承认其在非裔美国文学中的经典地位。参阅 Rita Dove, "Rita Dove on Melvin B. Tolson," in Elise Paschen and Rebekah Presson Mosby, eds., *Poetry Speaks*, Naperville, IL：Sourcebooks, 2001, 139-140；"Telling *It Like It* I-S *IS*：Narrative techniques in Melvin Tolson's *Harlem Gallery*," *New England Review/Bread Loaf Quarterly* 8（Fall, 1985）：109-117。

吸收了伟大的白人世界的伟大思想，并在我的人民的熔炉的方言中阐释它们。我的根在非洲、欧洲和美国。"① 他的史诗般的作品《哈莱姆画廊》描述的正是非裔美国人的多元文化经历，并别具匠心地塑造了画廊老板这一形象：一位拥有"非裔爱尔兰犹太"（Afroirishjewish）血统的"文化混血儿"。从以上的论述中可以得出这样的结论：达夫对欧洲文化遗产的诉求以及对黑人世界主义者的身份定位是对麦尔维·托尔森的继承和发展，而布林格托瓦则是"文化混血儿"存在的又一个鲜活的例证。

在《穆拉提克奏鸣曲》中，达夫探寻了被以各种方式，尤其是被美妙的音乐奴役的人们的终极命运：

> ……这是一个关于音乐的
> 故事，发生在那些创作音乐，
> 又被音乐奴役的人身上……是的，
> 各种各样的奴役纷至沓来，
> 尽管我们的主人公的肤色
> 在他的成长和其后的
> 辉煌中起到的作用
> 不像想象中巨大。
> 真的吗？或者，我们说
> 种族划分还没有被发明出来；
> 你活着，你死去，一生就在
> 二者之间周而复始。

（21）

这段诗文中最富有深意之处就是"种族划分还没有被发明出来"的表述。这句诗行一方面言明了达夫对生活在 18 世纪的布林格托瓦大书特写的用意；另一方面暗示达夫对布林格托瓦悲剧命运的诠释是"去种族"的。那么，布林格托瓦的悲剧是不是历史偶然性和他的悲剧性格使然呢？答案

---

① Rita Dove, "Rita Dove on Melvin B. Tolson," 140.

并不是单一的。达夫从来未曾下过简单而武断的结论。偏爱小历史和历史的"下面"的达夫在寻求历史起源和终结的同时，往往又毫不留情地质疑并颠覆一切。既然历史可以叙述和重写，那么达夫以诗性想象填充的正是历史的不确定性和历史的不可信性。在《穆拉提克奏鸣曲》中，作者的身影不时闪现，从当下回望历史，并不断质疑历史事实，甚至连她已经建构的历史也不放过。例如，在最后一首诗中，一连串问句使读者不由得对已经阅读的故事疑窦丛生。对于布林格托瓦，诗人说："我甚至不知道我是否真的喜欢你。/我不知道你的演奏是否真的精彩绝伦/还是就是因为是你，纯属奇迹/黑暗摇曳着趋近触手可及，/棕榈树和黑人还有那金光闪闪的老虎/一路辗转跑进金色的油海。啊/贝多芬大师，渺小的伟人，告诉我：/影子如何发出光芒？"（209）达夫的这种自揭虚构、自我指涉的做法再次强化了历史"被建构"的特征，从而使这部叙事诗集颇具"历史编纂元小说"的气质。①

　　然而，在一片自我质疑的声音之中，却有一个声音十分肯定，那就是布林格托瓦的悲剧命运与文化差异相关。所以，尽管达夫对布林格托瓦悲剧命运的诠释是"去种族"，却不是"去文化"的。在这一点上，阿兰·布鲁姆（Allan Bloom）对于莎翁名剧《奥赛罗》中那位黑皮肤的摩尔人奥赛罗的世界公民身份的解读对于我们理解《穆拉提克奏鸣曲》就具有相当的启示意义：

　　　　尽管当时并不存在现代意义上的种族偏见，也没有像美国那样特殊的政治历史，但是在国家、种族和宗教之间存在着或许更为生动的差别。这个世界更大，更缺少一致性，不同民族之间在信仰、品味和欲望方面仍然存在着根本的差异。各个国家的接触比较少，对于自己国家之外的人抱有强烈的蛮夷感——这种感觉由于偶尔见到某种类型

---

① "历史编纂元小说"（historiographic metafiction）是加拿大文艺理论家琳达·哈琴提出的概念，指的是那些既具有强烈自我反射性，又悖论式地主张融合历史事件和历史人物的小说。参见 Linda Hutcheon, *A Poetics of Postmodernism*：*History*，*Theory*，*Fiction*，New York and London：Routledge，1988，5。作为一部叙事诗集，《穆拉提克奏鸣曲》在历史书写策略上与哈琴界定的"历史编纂元小说"具有十分相似的精神气质。

的外国人而始终存在着。①

在某种程度上，维也纳的布林格托瓦与威尼斯的奥赛罗经历了相似的荣耀、痛楚和孤独，而他们的悲剧命运也由于欧洲文化与异域文化之间的巨大差异成为必然。正如让·徐雷-卡纳尔所言，欧洲种族中心论更多地表现为白人群体的自我欣赏，仇视其他群体，抑或倾向于贬低其他群体的文化形态。② 布林格托瓦因音乐天分而得到文明人惊诧的目光和赞许之后，他最终返回到他们所预料和期待的蛮夷状态。布林格托瓦是一个世界性的陌生人。事实上，布林格托瓦父子对于这一点认识得非常清楚。从父亲的自白中就可清晰地洞见这一点："我是黑暗的内陆，/那个神秘的，失落的他者"（72），"既然在他们的眼中我没有文明，我就自由地借来奇怪的装饰：奥斯曼苏丹那缝制的头巾，/法语词组，恺撒的斗篷/在层层叠叠华丽的非洲长袍外/轻舞飞扬。/以这样的方式/我利用他们的欲望做我的生意"（73）。他很清楚，对于欧洲宫廷贵族而言，他和自己的儿子"只不过是一个幻象"，是"他们的罪恶的黝黑的臆想"（73）。这样看来，布林格托瓦与贝多芬的分道扬镳以及他在欧洲的陨落就是历史的必然。

达夫在《穆拉提克奏鸣曲》中要实现的不是再现历史，她关注的是"谁的"历史能够幸存的问题。历史从来都是由胜利者来书写的，这正是长期处于被奴役地位的美国黑人真实历史缺失的原因所在，而这恰恰为达夫的诗性想象提供了广阔的空间。达夫以想象的力量，钻掘到历史的"下面"，书写了一部黑人欧洲生活经历的传奇史；又通过小写历史和反写历史，构建了一部黑人世界主义身份的起源史。更为可贵的是，达夫以生活在前种族主义时代欧洲的黑人的多舛命运为样本，提供了一种以文化差异为基础的全新的思考和诠释黑人身份和黑人历史的可能性。可以说，达夫在这部诗集中成功地充当了历史的多元视角、多元编码和永恒变化的诠释者，从而使美国黑人的文化身份呈现一种历史性、多维性和动态性。

---

① 〔美〕阿兰·布鲁姆：《巨人与侏儒——布鲁姆文集》，张辉等译，华夏出版社，2007，第166~167页。

② 〔法〕让·徐雷-卡纳尔：《黑非洲：地理·文化·历史》，何钦译，世界知识出版社，1960，第148~149页。

小结：　达夫的历史观与历史诗学建构策略

作为诗人中的历史学家，达夫对历史主题的呈现是全方位的、多层次的。从黑人的家族史到黑人的世界史，达夫的历史主题诗歌几乎囊括了黑人社会历史生活的各个层面。同时，达夫也在对历史的反复书写中，形成了独特的历史观和历史诗学建构策略。达夫的历史主题诗歌按照所关注侧重点和历史时期的不同，大致分为四大诗歌群，即黑人家族史诗歌群、黑人奴隶史诗歌群、黑人解放史诗歌群和黑人世界史诗歌群。此四大诗歌群分别从不同的侧面反映了达夫对黑人的族群身份、黑人的文化身份、黑人的政治身份和黑人的历史身份的书写。

其一，达夫的黑人家族史诗歌群以达夫的祖父母在黑人移民大潮中的经历为素材，以多重叙事声音构筑了三重对话：黑人夫妻的对话、两代人之间的对话和黑人家族史和美国历史之间的对话。这三个层面的对话不仅按照时间顺序呈现了一个中产阶级黑人家庭的形成和发展，更在与历史大事件的观照中，阐释了个人与社会、个人历史与民族历史之间休戚与共的联系。此外，这三个层次的对话性充分体现了达夫游走于小写历史和大写历史之间的高超叙事技巧，并借助自传和虚构、叙事和抒情、史料和想象之间存在的内在张力实现了达夫钻掘到"历史的下面"的历史观。

其二，达夫的黑人奴隶史诗歌群以独特的视角审视了那段尽管遥远，却以最惨烈的方式影响了黑人族群命运的历史。黑人奴隶史是美国非裔族群历史上留白最多的历史时段，也是被扭曲的历史时段，而这些遗憾却恰恰成为达夫发挥诗性想象的最好空间。达夫再次发挥了多重叙事声音的魔力，让黑人奴隶的自白声音以"我"、"我+我"和"我们"的多重方式书写了一段"有生命""有态度""有故事"的黑人奴隶史。达夫对黑人奴隶史的书写既回应了那些认为她不够"黑"的批评，也解释了产生这样的误解的原因所在。她以一种全然不同的态度理解并诠释了自由和奴役之间、平凡和英勇之间的关系，并以一种辩证而动态的观念解读了黑人奴隶身份的荒谬性以及黑人刻板形象生产机制的荒谬性。

其三，达夫的黑人解放史诗歌群主要聚焦于一个女人、一个时刻和一个事件："黑人民权运动之母"罗莎·帕克斯拒绝在公交车上把座位让给白人，并由此点燃了黑人民权运动的熊熊烈火。这组诗歌围绕着罗莎和这场对黑人政治生活产生了深远影响的运动，再次钻掘到了"历史的下面"，发掘出关于罗莎拒绝让座的动机、罗莎在这场运动中若隐若现的位置、罗莎背后的"男人们"和"女人们"等鲜为人知的历史事实。达夫以历史学家和诗人特有的双重品质，巧妙地融史实和想象为一体，深入思考了黑人民权运动的历史动因、性别在这场运动中的影响因素等与该运动息息相关的问题。

其四，达夫的黑人世界史诗歌群集中体现在诗集《穆拉提克奏鸣曲》中。这部叙事诗集以生活在 19 世纪的黑人小提琴家布林格托瓦的经历为基础，关注了黑人的世界经历和世界主义者的文化身份。达夫在有限的历史记载中注入了诗人丰富的想象，生动地再现了这位黑人小提琴家与贝多芬之间的爱恨情仇，在反历史的审视中，诠释了他悲剧命运的必然性。这部诗集集中体现了达夫的世界主义观，是达夫为黑人建构的一部世界主义者身份的起源史。

达夫的黑人家族史诗歌群、黑人奴隶史诗歌群、黑人解放史诗歌群和黑人世界史诗歌群关注视角不同，关注的黑人群体不同，关注的历史时段也不同，却在历史的建构策略上呈现了惊人的一致性。主要体现为以下三点：小写历史和大写历史之间的协商；多重叙事声音的对话；叙事和抒情之间的互补，而此三个策略共同满足了达夫对"历史的下面"的探索的需求。

第四章

从多元文化到世界文化：达夫的
文化观与经典重构

近年来，越来越多的研究者开始关注达夫独特的文化观和她的经典重构文学行动。作为 20 世纪 50 年代出生的黑人女性作家，达夫见证了美国黑人解放运动的风起云涌，也经历了美国各个历史时期出现的对文学创作产生了巨大影响的民族主义、多元文化主义和世界主义的滥觞。同时，她也亲身经历了在不同的文化倾向影响下，美国文学流派的更迭和文学思潮的论辩。达夫的可贵之处就是在于她始终保持了作为作家和公共知识分子的清醒头脑，在历史和当下、族群和世界、个人和公众、真实与虚构之间自由往返，创造了一个又一个生动的文学现场。借用达夫本人的话说就是，"世界呼唤着，我回应着"① （The world called, and I answered）。同时她也在美国日益加剧的种族问题、社会问题的变局中，深刻反思了美国非裔与非洲、美国与世界的关系、黑人历史与当下的关系，同时也以各种方式表达了对奥巴马当选时黑人所期待的"后种族美国"的深深失望。这也是包括莫里森、伊什梅尔·里德（Ishmael Reed）等在内的当代黑人作家的共同焦虑。②

达夫的世界主义身份建构不仅体现在她的黑人世界主义身份书写，还体现在她与世界经典文学对话的策略。她的小说《穿越象牙门》、诗剧

---

① 出自达夫诗歌 "Testimonial"。参见 Rita Dove, *On the Bus With Rosa Parks*, W. W. Norton and Company Inc., 1999, 35。

② 王卓：《〈上帝帮助孩子〉中的肤色隐喻与美国后种族时代神话》，《当代外国文学》2020 年第 3 期，第 105~116 页。

《农庄苍茫夜》以及她选编的《20世纪美国诗歌选集》都深切地体现了她与世界文学经典的协商、对话以及对其的挪用和改写意识。小说《穿越象牙门》是与她的黑人姐妹、著名黑人女作家托尼·莫里森的处女作《最蓝的眼睛》的互文书写。两部同样带有鲜明黑人女性成长小说特点的作品在多个情节框架中具有明显的互文性，而达夫对莫里森的改写则代表着不同时代黑人女性对种族身份、性别身份认知的巨大差别。诗剧《农庄苍茫夜》是与西方经典戏剧作品《俄狄浦斯王》的互文书写。《农庄苍茫夜》借用了俄狄浦斯王的情节框架，弑父娶母的悲剧情节成为推动达夫诗剧的动力所在。达夫把这部诗剧的时代和场景移植到了一个美国人十分敏感的历史空间和地理空间——南北战争前南卡罗来纳州的种植园，而主人公也从体现着"人文主义精神"的古希腊神话英雄变成了美国南方种植园中还在为生存和自由而挣扎彷徨的黑人奴隶。同时，《农庄苍茫夜》1994年、1996年两个不同版本中主人公不同的命运结局也反映了达夫处于变化中的文化身份认同。达夫2011年接受企鹅出版社的邀请，选编了《20世纪美国诗歌选集》，而这部诗选引起了学界的轩然大波。问题的焦点在于以海伦·文德勒为代表的美国批评家认为，达夫选编了太多充满火药味的黑人诗歌，而这一点引发了达夫支持者和反对者之间一场规模浩大的论战。这一论战从本质上说既是一场种族之间的对立，也是一场文化之间的对立，同时也是一场不同文化语境中经典之间的对立。

第一节　一场"黑人内部"① 的女人私房话

1993年对于美国非裔文学，尤其是非裔女性文学而言是一个值得纪念的年份。这一年美国非裔女作家托尼·莫里森获得了诺贝尔文学奖，而比她年轻21岁的美国非裔女诗人丽塔·达夫成为美国的桂冠诗人。前者是迄今为止唯一获得诺贝尔文学奖的黑人女作家，后者是第一位摘得桂冠

---

① "黑人内部"是耶鲁大学教授伊丽莎白·亚历山大提出的颇具后现代特征和时代精神的种族身份建构的文化空间。详情参见拙文《从内部书写自我的完整维度——论伊丽莎白·亚历山大诗歌文化空间建构策略》，《当代外国文学》2010年第3期，第122~132页。

的黑人女诗人。也许是冥冥之中的机缘巧合吧，两位年龄悬殊的黑人女作家颇有渊源。二人均出生于俄亥俄州，因此她们不但"分享相似的生平历史"①，而且共同拥有了美国中西部地区独特的自然和人文景观，并转化为各自作品中特色独具的背景和氛围。当然，两位女作家施展才华的领域不同：莫里森的才华主要体现在小说创作中，而达夫的领域主要在诗歌创作。然而，值得注意的是，这位美国的桂冠诗人却写出了一部被认为具有"鲜明托尼·莫里森风格"的小说——《穿越象牙门》②。或者更确切地说，《穿越象牙门》是一部与莫里森的处女作《最蓝的眼睛》形成了鲜明互文性的后文本。③ 对于两位女作家和两部作品之间的渊源，达夫本人的表述自然是最具权威性的。在一次访谈中，当被问及《穿越象牙门》的"序幕"中关于洋娃娃的情节是不是呼应莫里森的《最蓝的眼睛》时，达夫坦言莫里森以及《最蓝的眼睛》对她的影响巨大：

> 我真的读过《最蓝的眼睛》，而那本书之所以深深打动我有几个原因。当我读大学时，我在图书馆的一堆书里面偶然发现了它。我不知道作者是谁，我甚至不知道作者是黑人。我只是看了看书名，拿起了书，就读了起来。我想，啊，上帝啊，她讲的是我的生活。这是我第一次读到讲述中西部黑人生活的书。当时我感到很孤立，因为我遇到了很多情形，人们要么认为我来自哈莱姆，要么认为我来自南方。你想知道，我要不要自找麻烦去解释，或者我能从我自己开始，写下这段历史？这个人就正在做这件事。因此我突然感觉不是孤立无援的。④

可见，《最蓝的眼睛》对达夫的影响不仅是对她个人的成长，也关涉她的

---

① Tracey L. Walters, *African American Literature and the Classicist Tradition: Black Women Writers from Wheatley to Morrison*, New York: Palgrave Macmillan, 2007, 171.

② Philip A. Greasley, ed. *Dictionary of Midwestern Literatur*, Bloomington: Indiana University Press, 2001, 152.

③ 王卓：《跨学科视域下的英美小说叙事策略与身份政治研究》，外语教学与研究出版社，2019，第141~152页。

④ Malin Pereira, "Interview with Rita Dove: Going Up Is a Place of Great Loneliness," in Earl G. Ingersoll, *Conversations with Rita Dove*, Jackson: University Press of Mississippi, 2003, 160-161.

文学创作。这就不奇怪《穿越象牙门》在风格、情节、人物等诸多方面与《最蓝的眼睛》形成了巧妙的互文关系。

　　鉴于国内读者和研究者对达夫的这部小说尚不熟悉，在此有必要首先交代一下该小说的主要情节。《穿越象牙门》的情节并不复杂。小说以第三人称叙事，讲述了女主人公弗吉尼亚·金的成长历程。这位出生于俄亥俄州的黑人女孩热爱音乐，从小学习大提琴，并从威斯康星大学获得了戏剧表演学位。然而，毕业后她却发现很难找到适合黑人女性饰演的角色。为了寻找一份属于自己的事业，她做过颇多的尝试。后来她加入了名为"木偶和人民"的木偶表演剧团。不过好景不长，由于经营困难，剧团解散了。她作为住校艺术家返回自己的故乡，在阿克伦（Akron）的小学教孩子们表演木偶，并被孩子们亲切地称为"木偶夫人"。重回故乡，触景生情，记忆的闸门悄然开启。在弗吉尼亚的记忆闪回中，我们看到了她大学时代的恋人克雷顿，一位才华横溢的大提琴手，却是一名同性恋者；她的父母艾米和贝利为了挽救婚姻，突然决定举家迁居凤凰城，致使年幼的弗吉尼亚从此远离故乡；多年后，她才得知举家突然迁居的原因是父亲与姑妈之间的乱伦关系。与弗吉尼亚的回忆交织在一起的是她在困顿中不断成长和成熟的当下生活：弗吉尼亚与学生和学生家长之间围绕着制作木偶和木偶表演等发生的有趣故事，以及她与一位单身学生家长之间的恋情。最终，弗吉尼亚决定到外百老汇追寻自己的表演梦。

　　同样是关于黑人女性的成长，同样以美国中西部地区黑人生活为背景，同样的当下和过去闪回交织的叙述声音，同样诗一般的语言，《穿越象牙门》仿佛处处回响着莫里森的声音，闪动着莫里森的身影。然而，细读小说文本，我们却发现《穿越象牙门》在至关重要的"身份情节"（Identity Plot）[①] 上

---

① 耶鲁大学教授 Amy Hungerford 在《1945 年之后的美国小说》的授课中，创造性地提出了"身份情节"（Identity Plot）的概念。Amy Hungerford 总结了身份情节小说的几大要素：（1）身份情节小说的叙事围绕着如何定义并理解人物的身份问题；（2）人物应当是一个更大的社会环境中的少数群体中的一员；（3）该人物与他/她身处其中的少数族裔群体也格格不入，而且该人物为保持自己与主流社会和少数群体的差异而抗争；（4）在人物寻求个人身份的过程中，即使真实性和出身看似缺场，也一直处于危机之中；（5）身份情节有喜剧和悲剧版本；等等。Amy Hungerford 在讲解"身份情节"时，就曾以《最蓝的眼睛》为例证。参见耶鲁大学外国教程的美国文学系列之《女勇士》课堂讲解，http://wenku.baidu.com/view/37689108763231126edb11a3.html。

偏离并修正了《最蓝的眼睛》。那么，《穿越象牙门》以何种方式偏离了《最蓝的眼睛》，而这个中的原因何在呢？本节带着这些问题，走进了两个文本之中，并在互文阅读的基础上尝试寻找答案。

一　洋娃娃桥段

在《穿越象牙门》的十六章主体部分之前，有一个长达十页的"序幕"，而该部分的内容颇耐人寻味。在女主人公弗吉尼亚 9 岁生日时，她得到了两个娃娃作为生日礼物：一个是外婆送的黑人娃娃，另一个是凯瑞姑妈送的白人娃娃。白人娃娃制作精巧：长长的红色头发，还配有粉色的小发卡和一个小梳子。相比之下，黑人娃娃有粗制滥造之嫌：她的眼睛不能闭上，更要命的是，她居然没有头发，只是在头部画上了几缕黑线，充作头发，而且整个娃娃看起来粗笨得像一只"被翻过来的螃蟹"①。更让弗吉尼亚反感的是，外婆和母亲异口同声地说，这个黑人娃娃长得很像她。弗吉尼亚的反应令母亲和其他人始料不及：她把黑人娃娃扔出了窗外。

对于弗吉尼亚扔黑人娃娃的举动，母亲的解读颇具代表性：她"耻于"做黑人（7）。更让母亲不能忍受的是，她"显然更加喜爱肥嘟嘟的红头发而不是她自己的肤色的［娃娃］"（7）。那么，到底如何来理解这个"洋娃娃桥段"呢？达夫曾经谈到，这是一个自传性情节，这一举动不但令他人费解，连达夫本人都曾经困惑不已。多年之后，达夫对此进行了反思："洋娃娃的故事是一座桥"，"因为在小说中这是一个自传性的时刻……这是在我的生命中，我一直感觉惭愧的时刻，为我把洋娃娃扔出窗外而感到惭愧。我为什么要那样做？这不是为我为什么把一个娃娃扔出窗外找理由，而是找到这向我们表明社会在一个小孩子身上施加了什么期望和判断？对我而言，［这是］一个自白。它是对托尼·莫里森的回答，但是它更像一声'阿门'，如同说，'我知道人们来自哪里；这对我们很多人都发生过'"②。

---

① Rita Dove, *Through the Ivory Gate*, New York: Vintage Books, 1992, 7, 以下出自该小说的引文只标注页码，不再一一说明。译文由笔者自译。

② Malin Pereira, *Rita Dove's Cosmopolitanism*, Urbana and Chicago: University of Illinois Press, 2003, 161.

达夫这里提到的对托尼·莫里森的回答，指的就是《最蓝的眼睛》中关于洋娃娃的情节。在《最蓝的眼睛》中，洋娃娃也是中心意象之一，而围绕着洋娃娃发生的故事也是该书最重要的情节之一。尽管在小说中只有讲述人克劳迪娅有过真正的洋娃娃，但是女主人公皮克拉却一直生活在白人洋娃娃那金发碧眼的梦魇之中。皮克拉与克劳迪娅对待金发碧眼的洋娃娃形象态度迥异：皮克拉不但疯狂地接受了金发碧眼的白人洋娃娃形象，而且做梦都想自己也能拥有这样的形象。可以说金发碧眼成为皮克拉"摆脱生存困境，向往幸福人生的理想象征，成为她灰暗生命中的最后一丝曙光"①。克劳迪娅却走向了另一个极端。每逢圣诞节，克劳迪娅都会收到一个金发碧眼的洋娃娃作为礼物。克劳迪娅对这个礼物并不领情，因为这并非她希望得到的礼物：

> 洋娃娃按理说是应该带给我巨大快乐的，但是结果却恰恰相反。我把洋娃娃带上床时，它硬邦邦的四肢顶着我的皮肤，让我很不舒服——长在肉乎乎的小手上的锥形的指尖怪抓人的。……我只有一个愿望：把它拆开。……我没有办法爱它。②

克劳迪娅抱着价格不菲的洋娃娃，没有丝毫的快乐感，相反心里激荡着一种要"肢解"它的欲望，她要看一看到底是什么秘密使得人们认为她比黑人美丽。显然，皮克拉和克劳迪娅对待白人洋娃娃的不同态度是有着深刻的文化象征意义的。具言之，她们的不同态度代表了黑人女性对白人主流文化审美观的不同认识：皮克拉代表了种族主义的内在化，一种"白化的黑人自我"③；而克劳迪娅则代表着对白人文化的"抗拒态度"④。评论界一致认为皮克拉和克劳迪娅一个毁灭、一个成长的不同命运即源于她们对白人主流文化的不同态度。这也正是莫里森创作这部小说的初衷。在

---

① 王晋平：《心狱中的藩篱——〈最蓝的眼睛〉中的象征意义》，《外国文学研究》2000年第3期，第104页。

② Toni Morrison, *The Bluest Eye*, New York: Washington Square Press, 1970, 20.

③ 王守仁、吴新云：《性别·种族·文化》，北京大学出版社，2004，第35页。

④ 王守仁、吴新云：《性别·种族·文化》，北京大学出版社，2004，第45页。

1994 年再版的《最蓝的眼睛》的"跋"中，莫里森提到她写作这部小说的初衷是"与毁灭性的观念的内化做斗争"，从而打击种族自卑神经的痛处，其目的是向人们展示在这个人人都不同程度受害的世界上如何完整地生存。①

　　然而，在种族主义泛滥的社会氛围中，黑人，尤其是黑人女性真的能够完整地生存吗？《最蓝的眼睛》中的克劳迪娅是否真的实现了完整生存呢？答案显然是否定的。事实上，就人物成长的层面而言，克劳迪娅实现的只是肉体的成长。这个中的原因还要从克劳迪娅对白人洋娃娃抗拒心理的本质来分析。尽管克劳迪娅与皮克拉对白人娃娃的态度表面上看起来有着天壤之别，然而本质上却是相同的。无论是皮克拉对金发碧眼的痴迷和渴望，还是克劳迪娅对白人洋娃娃的厌恶和憎恨，本质上反映的都是黑人女性文化身份认同的困境。她们对白人洋娃娃形象的不同反应事实上是基于一个共同的心理机制，那就是自我认同的"他者"。正如海伦·文德勒所言："对黑人性无法逃避的社会指控，让尚未成年的孩子无从抵抗，成为内在自我定义的一种强大因素。"② 皮克拉之所以疯狂地接受白人洋娃娃的形象，是出于彻底的"自我否定"；而克劳迪娅拒绝白人洋娃娃，是害怕会因此"自我否定"。皮克拉以疯狂的方式接受了白人洋娃娃形象，"肢解"了"自己"；而克劳迪娅以疯狂的方式抗拒着白人洋娃娃，"肢解"了"对方"。无论哪一种情况，她们的异常举动反映的都是黑人儿童的心理被畸形审美观扭曲的现实，以及由此产生的致命的暴力冲动心理。童年的克劳迪娅抗拒白人审美标准，却并没有因此树立起可以替代的黑人审美价值体系。从小说中成年后的克劳迪娅的叙事声音可以依稀看到一个日渐成熟，却也与主流话语体系越发靠近的黑人女性的身影。这说明克劳迪娅为了实现完整的成长不得不与主流价值标准达成某种妥协。这是黑白对立的种族主义社会中黑人女性成长不得不付出的代价。

　　达夫的确是参透了《最蓝的眼睛》中两位女主人公成长困境的读者。

---

① Toni Morrison, *The Bluest Eye*, New York: A Plum Book, 1994, 210-211.

② Helen Vendler, *Given and the Made*, Cambridge, M. A.: Harvard University Press, 1995, 61.

这也是《穿越象牙门》开篇就以白人娃娃和黑人娃娃直截了当地呈现黑白对立模式的原因所在，但达夫所呈现的却是一种全然不同的黑与白之间的关系。前文提到，《穿越象牙门》中的女主人公弗吉尼亚面对白人娃娃和黑人娃娃的时候，选择了前者，扔掉了后者。这一选择从表面上看与《最蓝的眼睛》中的皮克拉相同，而与克劳迪娅相左。然而，无论是相同还是相左，弗吉尼亚的选择都由于时代的变化和黑人心理机制的变化而与皮克拉和克劳迪娅迥然不同。达夫与莫里森在洋娃娃桥段上采用的不同策略，也是很多学者感兴趣的话题。马琳·派瑞拉在与达夫的访谈中就问到了这个问题："在莫里森的小说中，洋娃娃表征的是对黑人女孩的成长具有极大破坏性的白人审美标准，那么你的小说中的洋娃娃又具有怎样的象征意义呢？"对此，达夫的回答是：

> 是的，我同意她［的观点］。在那样的层面上，我与她观点一致。还有另一个方面，那就是在我的小说中的两个娃娃，白人娃娃有真正的头发，你可以梳理的，而黑人娃娃是画上的卷发，它是黑人娃娃大规模生产的最初尝试，模样不佳。它不漂亮，不是因为它是黑人，而是因为那个制造它的人认为黑人娃娃看起来就是那个样子。它看起来不像人的模样。当我回望过去，回忆那个场景并开始写作时，我意识到那就是当时困扰我的事情。很多年来我感到羞愧，因为我认为我拒绝了那个黑人娃娃。但是并非如此。只不过是因为它不是一个漂亮娃娃。他们造了一个丑陋的小娃娃，一无是处：我不能梳理它的头发。那才是真相！①

这段话是达夫本人对自己当初拒绝黑人洋娃娃的原因思考多年的结论。可见，与其说弗吉尼亚拒绝的是种族，不如说拒绝的是"平庸"②。通过拒绝一个缺少美感的黑人娃娃，她走出了隐喻的殖民的自我，并拉开了自己

---

① Malin Pereira, "Interview with Rita Dove: Going Up Is a Place of Great Loneliness," in Earl G. Ingersoll, *Conversations with Rita Dove*, Jackson: University Press of Mississippi, 2003, 161.

② Therese Steffen, *Crossing Color: Transcultural Space and Place in Rita Dove's Poetry, Fiction and Drama*, Oxford: University Press, 2001, 116.

与以母亲为代表的前辈的距离，也同时拉开了与以莫里森为代表的文学之母的距离。

两位非裔女作家迥异的洋娃娃写作策略反映了她们对黑人女性成长模式不同的诠释方式。在黑人民族文化熏陶下长大的莫里森认为种族身份的确立是非洲裔女性成长的核心问题。莫里森的此种观点在非裔女性成长小说创作中是颇具代表性的。传统非裔女性成长小说提供的女性成长模式的初始阶段，即人物的觉醒期，就是对其族裔身份的质疑和逃避。① 无论是莫里森的《最蓝的眼睛》，还是玛雅·安吉罗的《我知道笼中的鸟儿为何歌唱》，抑或吉恩·瑞斯的《黑暗之旅》（Voyage in the Dark）等经典非裔女性成长小说中的女主人公莫不如是。从这一角度来看，达夫偏离和修正的不仅是莫里森，还有传统非裔女性成长模式和非裔女性成长小说的创作模式，这才是"洋娃娃"桥段改写策略的真正意义所在。

二　乱伦情节

《穿越象牙门》偏离《最蓝的眼睛》的第二个"身份情节"是乱伦情节。之所以说乱伦情节是一种"身份情节"是因为乱伦禁忌是建立在人类对血缘身份的认知基础之上的。事实上，《俄狄浦斯王》等作品从本质上说探寻的就是身份问题。乱伦之于叙事文学创作似乎具有一种神奇的魅力，"世界上绝大多数民族的神话传说中几乎都有关于'乱伦'的叙述"②。一个值得注意的现象是，在黑人女作家的作品中，乱伦主题往往是基于"种族逻辑"（racial logic）③，并以性暴力的方式呈现出来。这一点在黑人艺术运动时期的女作家作品中更为突出，原因就在于黑人艺术运动和女性权力运动赋予了黑人女性作家更多发声的机会，同时也赋予了她们反抗男权暴力和追求自我解放的力量。艾丽斯·沃克的《紫色》、盖

---

① 关于非裔女性成长小说提供的女性成长模式以及四个阶段的划分参阅 Clifford J. Kurkowski, Classifying Maya Angleou's *I Know Why the Caged Bird Sings* as an African-American Female Buildungsroman, http：//home. Mindspring.com；拙著《投射在文本中的成长丽影——美国女性成长小说研究》（中国书籍出版社，2008，第109~110页）也有提及。

② 杨经建：《"乱伦"母题与中外叙事文学》，《外国文学评论》2000 年第 4 期，第 59 页。

③ Walter Benn Michaels, *Our America：Nativism，Modernism，and Pluralism*, Duke University Press, 2002, 1.

里·琼斯（Gayle Jones）的《爱娃的男人》（*Eva's Man*）（1976）、安德洛·罗德的《赞米》以及前文提到的安吉罗的《我知道笼中的鸟儿为何歌唱》等都触及了这一主题。

《最蓝的眼睛》也是黑人艺术运动的历史氛围催生的作品，因此也就不奇怪其乱伦母题也是基于"种族逻辑"的，因为父亲乔利对皮克拉的暴力强奸是乔利在种族暴力的重压之下混乱的情感转嫁给女儿的结果。正如有研究者指出："家族的乱伦强奸是黑人女性遭受到最惨痛的经历，来自黑人男性的性暴力折射了白人对黑人的种族暴力，黑人和女性的身份是她们遭受厄运的原因，使她们成为种族暴力下的另一个层次的受害者。"[①]为了凸显黑人男性的性暴力是种族压迫的结果，莫里森在父亲乔利这个人物身上不惜浓墨重彩。例如，他在白人的手电光照射下，在白人的辱骂中被迫与自己心爱的女儿做爱等场景的描写，均揭示出他人性形成过程中种族暴力的影响。因此，可以说《最蓝的眼睛》中的乱伦情节从本质上说是种族压迫的一种变体。皮克拉就是这种变形的种族压迫的受害者。乱伦行为使皮克拉的自我认知出现了障碍，并最终走向心智的迷失和疯狂。很多黑人女作家都认识到乱伦行为对黑人女性自我认知的致命伤害。在黑人女权主义诗人安德洛·罗德的诗歌《链条》（"Chain"）中，被父亲强暴的黑人女孩面对父亲、母亲以及自己与父亲所生的孩子，自我认知出现了可怕的扭曲，血脉之链断裂了："我是他的女儿还是女朋友/我是你的孩子还是情敌/你希望从他的床上被赶走？/这是你的外孙女妈妈/在我入睡前给我你的祝福。"[②] 可见，比黑人女性的身体受到的伤害和侮辱更为严重的是乱伦带给她们的心智的刺激和迷失。正如塔玛拉·加发-阿格哈（Tamara Jaffar-Agha）所言，乱伦不一定意味着一种暴力地、物质地进入女性的身体，然而，"它一定包括一种对我们心智的暴力侵入——一种不可避免地改变我们并使得我们永无回头之路的进入"[③]。

---

① 蒋天平：《种族和性别权力下的疯子——美国三部小说中女性的疯狂》，《天津外国语大学学报》2011 年第 2 期，第 41 页。

② Audre Lorde, *The Collected Poems of Audre Lorde*, New York：W. W. Norton & Company, Inc., 1997, 246.

③ Tamara Jaffar-Agha, *Demeter and Persephone：Lessons from a Myth*, North Carolina：McFarland & Co, Inc. Publishers, 2002, 145.

　　乱伦主题也出现在达夫的多部作品中，并且跨越了诗歌、诗剧、短篇小说和长篇小说多种文类。① 尤其值得注意的是，小说集《第五个星期日》中的短篇《凯瑞姑妈》中兄妹乱伦的故事几乎又被完整地搬到了长篇小说《穿越象牙门》之中。② 这一现象引起了不少研究者的注意。例如，在与达夫的访谈中，马琳·派瑞拉就围绕着这一话题进行了提问。当派瑞拉如数家珍地罗列出达夫涉及乱伦主题的主要作品时，达夫颇有些意外，因为她本人似乎并没有意识到自己的作品如此多地触及这一主题，以至于她说"我没有办法解释这一现象"③，而派瑞拉也不得不用"它是无意识的"结束了这一话题。④

　　然而，派瑞拉不会不知道，"无意识"在人的心理结构中，虽然"隐而不现"，却是起"决定作用的部分"⑤。因此，达夫作品反复触及乱伦主题的现象不能用"无意识""没有办法解释"来敷衍了事。对于《穿越象牙门》中的乱伦情节更是不能如此粗暴地下结论，原因在于这部关于女主人公弗吉尼亚作为女人和作为艺术家成长的小说中插入一段她的父亲与姑妈乱伦的情节着实是一件令人费解的事情。事实上，很多评论家均对这段乱伦情节表示不解。例如，最早为该书撰写书评的盖比瑞拉·弗瑞曼在《木偶夫人小姐》（"Miss Puppet Lady"）一文中就表达了自己的困惑："我不明白达夫为何似乎想让凯瑞姑妈的故事成为小说本身的关键事件"⑥，因为弗瑞曼认为，这一姐弟乱伦事件只是对凯瑞姑妈本人的一生影响其大，对弗吉尼亚却并未产生重要影响。那么，事实如真如此吗？在这部关于弗吉尼亚的成长小说中插入凯瑞姑妈和父亲之间乱伦情节用意何在呢？在《最蓝的眼睛》中，乱伦是皮克拉的精神走向崩溃、自我身份认知出现混乱的诱因之一，那么，在《穿越象牙门》中，乱伦情节是否

---

① 在诗集《托马斯和比尤拉》、诗剧《农庄苍茫夜》、短篇小说《凯瑞姑妈》、长篇小说《穿越象牙门》中都有不同程度的表现。
② 《第五个星期日》中有两篇故事得以在《穿越象牙门》中再现、改写和扩展。除了《凯瑞姑妈》，还有《二手男人》（Second-Hand Man）。
③ Malin Pereira, "Interview with Rita Dove: Going Up Is a Place of Great Loneliness," in Earl G. Ingersoll, *Conversations with Rita Dove*, Jackson: University Press of Mississippi, 2003, 163.
④ Ibid. 165.
⑤ 陆扬：《精神分析文论》，山东教育出版社，1998，第 16 页。
⑥ Gabrielle Foreman, "Miss Puppet Lady," *The Women's Review of Books*, 1993, 10 (6): 12.

也具有身份认知的意义呢？

　　答案恐怕还要在两个文本的互文对照中寻找。细读文本，《穿越象牙门》中的乱伦情节在角色定位和表现方式上均与《最蓝的眼睛》有所偏离。这场姐弟之间的不伦关系的主导者是姐姐凯瑞。寡居在家的凯瑞被不谙世事、青春帅气的弟弟厄尼吸引，主动发生了性关系。一年后，当她意识到这样做太"疯狂"了，主动停止了这段不伦之恋。然而，角色的互换产生的意义是巨大的。

　　其一，在这段恋情中，凯瑞一直占据着主动的位置：从开始到结束，一切均在她的掌控之中，而弟弟厄尼却一直处于被动状态："我想他从来没有把这个当回事。这令人愉快，一旦结束了，他也就忘了。"（245）尽管凯瑞对于这种关系也十分"困惑"，但有一点她自己是十分肯定的，那就是不要伤害弟弟。于是，在第一次发生关系之后，凯瑞给弟弟写了一张字条，告诉他"他现在是男子汉了"，"应该一直挺直腰杆"（246）。从凯瑞姑妈的这段自白中，我们对这场姐弟之间的不伦之恋有了一个比较清晰的了解。女性不但一直控制着这段关系的发展，而且对男性的成长起着引领作用。这一点从弟弟处理这张字条的做法可以得到印证。厄尼看完字条，不但没有销毁，反而小心翼翼地收藏了起来，而收藏的地点竟然是母亲的照片相框的背面，并带着母亲的照片和这张字条结婚生子。厄尼的做法显然具有象征意义。对他而言，姐姐凯瑞充当的是如母亲一样的引领和教导的作用，是让他成为男人的力量。这段姐弟乱伦体现的男女关系的颠覆性变化的象征意义不言而喻。这也是这段情节对于成长中的弗吉尼亚的意义所在。性在自我建构中发挥着重要作用，因为"身体始终保持着与其主体不可分离的关系"①。女权主义者清醒地认识到性禁忌是男权中心论的核心因素之一，因此女性解放首先就是摒除对女性的性压抑和性禁忌，在性关系上应更主动、积极、大胆。黑人女性更是如此。基于此，黑人女作家往往在创作中将性别意识的觉醒作为女性成长的关键环节，小说人物期望通过对性爱的主动把握来实现自我的成长。在《穿越象牙门》中，这段姐弟乱伦的情节被插

---

① M. M. Ponty, *Phenomenology of Perception*, London：Routledge，2002，232.

入的时机十分耐人寻味。当时弗吉尼亚与一位单身的学生家长开始了一段若即若离的恋情，并发生了关系。然而，这段恋情让弗吉尼亚陷入了两难的境地：是留在家乡享受富足、平凡的家庭生活，还是继续追寻自己虽然渺茫却美好的艺术之梦？面对来自异性火热的追求，弗吉尼亚一度被动地投入这段感情。恰在此时，弗吉尼亚拜访了姑妈。之后，弗吉尼亚斩断了刚刚开始的恋情，决然追寻自己的艺术之梦。从这个角度来看，姑妈在两性关系上的主动和决然正是帮助弗吉尼亚走出两性关系迷茫期的关键。

其二，乱伦固然是令家族羞耻的秘密，"但当凯瑞讲述给她的侄女时，它变成了一个故事，表面上看是姐弟之间的混乱和丧失，但是其比喻的意义是一首短小精致的家庭田园诗"①。这一点从达夫书写这段往事的抒情笔触可以清晰地感受到。这段自白仿佛是一首抒情诗，充满青春的萌动和亲情的温馨。姐弟一同收带着阳光味道的雪白床单，清风拂动，床单轻舞，青春逼人的弟弟和柔美可人的姐姐，一切仿佛梦幻般美好。这与《最蓝的眼睛》中的性暴力乱伦有着本质的不同。尽管如此，姐姐却也深知这种行为的不齿，为了家庭的利益，她小心地收藏起自己的情感，毅然结束了这种不伦关系。因此对于弗吉尼亚而言，聆听来自姑妈心底的声音，了解这段家族历史并不是耻辱的时刻，而是一个人生"顿悟"的时刻，因此这段故事是"一个黑人家庭的故事"，是"世代传承的束缚和自由"②。可以说，从弗吉尼亚成长的视角来看达夫作品中长达30余页的乱伦情节具有解释"家庭渊源"的"叙事效果"③。这对于正处于成长的迷茫期的弗吉尼亚而言是弥足珍贵的。以上的论述可以看出，《穿越象牙门》中的乱伦情节脱离了黑白对立的"种族逻辑"，回归了人性本身。同时，这段被家族深埋的往事以一种传奇的方式，由长辈讲述给晚辈，承载了黑人家族和历史传承的深刻意义。

---

① Malin Pereira, *Rita Dove's Cosmopolitanism*, Urbana and Chicago: University of Illinois Press, 2003, 44.

② Pat Righelato, "Geometry and Music: Rita Dove's 'Fifth Sunday'," *The Yearbook of English Studies* 31 (2001): 68.

③ Ibid. 64.

三　身份情节与身份建构

达夫在"身份情节"上对莫里森的偏离和修正耐人寻味。"身份情节"是小说建构人物身份的重要策略，因此达夫在身份情节上的偏离意味着身份建构和身份定位的偏离。那么，达夫在"身份情节"上对莫里森的偏离和修正到底要定位何种黑人身份呢？通过前两节的论述，我们已经得到了初步答案。洋娃娃桥段的偏离和改写颠覆了黑与白二元对立的文化身份，而乱伦情节则颠覆了黑人男性和黑人女性之间的主从关系，从而隐含了黑人男性气质和黑人女性气质的对立建构。从表层含义来看，达夫在两个"身份情节"上对莫里森的偏离和修正是出于黑人女性族群身份和性别身份的建构理念和策略的不同，勾画的是黑人作家从"黑人民族主义"到"黑人世界主义"[1] 的身份意识的嬗变。从深层含义来看，达夫对莫里森的偏离超越的正是"种族逻辑"。阿尔特·B. 密歇尔斯 20 世纪末呼吁现在到了超越"种族逻辑"的时候了[2]，达夫则以《穿越象牙门》对《最蓝的眼睛》的互文写作告诉我们，非裔美国作家将如何实现这一超越。

这一超越从两部作品的标题意象："蓝眼睛"和"象牙门"的象征意义的不同也可清晰洞见。此两个看似毫无关联的意象实则具有某种内在相似性。莫里森以"蓝眼睛"意象的创设完成了对小说主人公人生悲剧的象征和寓示，其象征意义毋庸赘言。但有一点要强调的是，皮克拉之所以对"蓝眼睛"情有独钟，原因在于一个虚幻的命题：她认为如果她能够拥有一双白人女孩的蓝眼睛，她就能看到一个完全不同的世界，而她也将拥有一个完全不同的人生。与"蓝眼睛"几乎显而易见的象征意义不同，

---

[1]　达夫的"黑人世界主义"文化身份是评论家马琳·派瑞拉对达夫诗歌研究的结论，是对以达夫为代表的当代美国非裔诗人文化身份的概括。参见 Pereira, *Rita Dove's Cosmopolitanism*。拙文《阅读·误读·伦理阅读"俄狄浦斯情结"——解读达夫诗剧〈农庄苍茫夜〉》（《外国文学研究》2009 年第 4 期，第 73~85 页）；《论丽塔·达夫诗歌的文化空间建构》（《解放军外国语学院学报》2010 年第 3 期，第 99~104 页）；《论丽塔·达夫〈穆拉提克奏鸣曲〉的历史书写策略》（《外国文学评论》2012 年第 4 期，第 161~177 页）等也有论及。

[2]　Walter Benn Michaels, *Our America: Nativism, Modernism, and Pluralism*, Duke University Press, 2002, 1–15.

达夫的"象牙门"的典故源于西方经典。这也是评论家艾克泰瑞尼·乔高戴凯指出，达夫是作为"一位宣称世界文明都是她的合法遗产的艺术家的权威"来述说的原因。① 在希腊神话中，梦通过两个门进入：一个是号角之门，另一个是象牙之门。事实上，此两个门的名字是一种文字游戏：在希腊语中，"号角"的发音听起来像"实现"，而"象牙"的发音听起来像"欺骗"。此两种意象后来频繁出现在西方经典之中，其中就包括荷马史诗《奥德赛》和维吉尔的《埃涅阿斯纪》。在《穿越象牙门》中，达夫是通过弗吉尼亚在木偶剧团的同事帕克（Parker）朗诵荷马史诗《奥德赛》中的诗句来点明主题的：幽灵般的梦有两个门：一个诚实号角之门，另一个是象牙门，它代表的是幻象。那么，象牙门所代表的幻象到底是什么呢？象牙的颜色自然使人联想到白人的肤色。这也是评论家马琳·帕瑞拉断言，"象牙"意味着"白人文化"和白人价值的原因。② 以上的论述表明，"象牙门"和"蓝眼睛"事实上承载了十分相似的文化表征，那就是白人文化和白人价值体系。更为重要的是，两位黑人女作家均鲜明地表明了自己对白人文化的观点，那就是它们都是"幻象"。

然而，在如何对待这一"幻象"的问题上，两位女作家分道扬镳了。从某种程度上说，皮克拉的毁灭和弗吉尼亚的成长的根源正是在于对待幻象的不同态度和不同选择。皮克拉屈服于白人的权力之下，使自己内化于白人优越的迷思之中。"在过去的二三百年中，白人为主的美国社会与文化，在某些方面，特别是在殖民地的精英分子当中，美与价值都以'白色'标准为依归；这种肤色所产生的'白色饥渴'，也使得白色或浅色高高在上，而黑色与深色自然低低在下了。"③ 在这种强大的主流认知体系中成长的皮克拉理所当然地认为，"肤色黑就意味着成为牺牲者，所以如果不想成为牺牲者，就不能成为黑人"④。在白人社会所形成的镜子里，皮克拉进入了象征秩序阶段，标志着她的身心的破坏。被父亲强暴、被母

---

① Ekaterini Georgoudaki, "Rita Crossing Boundaries," *Callaloo* 14.2 (1991): 433.

② Pereira, Malin, *Rita Dove's Cosmopolitanism*, Urbana and Chicago: University of Illinois Press, 2003, 44.

③ 〔美〕哈罗德·伊罗生：《群氓之族》，邓伯宸译，广西师范大学出版社，2008，第85页。

④ K. Sumana, *The Novels of Toni Morrison: A Study in Race, Gender and Class*, New Delhi: Prestige Books, 1998, 57.

亲鄙视的巨大打击使得皮克拉在内心营造一个幻象，即拥有一双最蓝的眼睛。她相信这双眼睛能从根本上改变她的命运。她开始"存在于幻象之中，专注于幻象，无法摆脱幻象"，并进入了一种谵妄状态，最终走向疯癫。①

《穿越象牙门》中的弗吉尼亚则走了一条全然相反的路。她通过执着于钟爱的艺术而穿越了幻象之门。换言之，她超越了黑与白形成的种族对立的门槛。穿越了白人文化和价值之门的弗吉尼亚回归了人性的普遍追求，关注的是人性的升华和人生的完善。有研究者指出，达夫在多首诗歌中"证明对美的热爱和艺术想象是共同的人类品质，而并非白人上层阶级独享的特权"②。在她的小说中，这一策略再次得到应用。马琳·帕瑞拉这样解释小说的标题：《穿越象牙门》暗指弗吉尼亚的单程旅途，那没有回头路可走的旅途。这条人生之路不同于以往的黑人女性的道路，因为这是一次穿越传统上被认为白人独享的、接受大学教育的、寻求美和艺术的中产阶级的人生之路。摆脱了"种族逻辑"的弗吉尼亚既走出了皮克拉对蓝眼睛的饥渴，也走出了《最蓝的眼睛》中的讲述人克劳迪娅对"黑即是美"的朦胧的追求，开始以具有"普适性"的价值审视种族问题。

这一偏离表明《穿越象牙门》在美国非裔成长小说的领域内是革命性的，达夫具有逆时代精神创作的勇气。当大家都不厌其烦地书写"爱"，或者是非裔美国家庭"可怕的片段"的时候，《穿越象牙门》却唱响了一曲"通过教育"艺术地成长的颂歌。③ 达夫认为，21世纪的美国黑人并非没有问题，"但是这些问题更多的是基于阶级不平等，它们也同样出现在其他群体"④。跨越二元对立族裔文化身份对于美国非裔艺术家的创作具有的重要意义恐怕没有人比达夫认识得更为深刻。达夫指出，

① M. Foucault, *Madness and Civilization: A History of Insanity in the Age of Reason.* Trans. R. Howard, London: Tavistock Publication, 1967, 89.

② Ekaterini Georgoudaki, "Rita Crossing Boundaries," *Callaloo* 14.2 (1991): 429.

③ Therese Steffen, *Crossing Color: Transcultural Space and Place in Rita Dove's Poetry, Fiction and Drama*, Oxford: University Press, 2001, 121.

④ Charles Johnson, "The End of the Black American Narrative," Gerald Early and Randall Kennedy, *Best African American Essays*, New York: One World Books, 2010, 116.

"在某一时段，为了获得任何形式的尊重强调'他者'是必要的，然而坚持强调差异也要求一个人树立起某种墙或者遵守某种准则——所有这一切都是艺术家的诅咒"①。"达夫的普遍性的美学反映了她对自我的非种族化、非性别化的独特定义。"②尽管达夫通常被划归为黑人作家，她的作品也被视为非裔美国文学传统的一部分，她却"毕生都致力于构建一个独立于种族和性别的个人和艺术身份"③。《穿越象牙门》可以说是达夫建构个人和艺术身份的一次全面文本之旅，是她"修正主义的黑人美学"（revisionist Black aesthetic）的一次具象化实践："在她的作品中，人们发现一种急迫，也许甚至是一种焦虑，以更具包容性的感受力去超越——如果不是真的摒除——黑人文化民族主义。"④ 这种"焦虑"在某种程度上就是布鲁姆所言的"影响的焦虑"，只不过这一焦虑发生在黑人族群内部。从这一层面而言，达夫对莫里森的偏离和修正更像一场"黑人内部"的女人之间的私房话。

尽管达夫不是"种族诗人"⑤，但是作为黑人作家，达夫并不回避种族歧视问题，即便是在《穿越象牙门》中，达夫也触及了"种族偏见主题"⑥。然而，达夫的自我形塑的身份挑战的是 20 世纪六七十年代的黑人艺术运动的"黑人本质主义"，因为"尽管达夫知道一种往往被认为赋予了黑人身份和文化核心的'策略的本质主义'认同在确保非裔美国人在一个种族歧视的社会中生存下来功不可没，她还是清楚地认识到那种认知的局限性"⑦。这正是达夫与莫里森的本质不同。如果说莫里森的《最蓝的眼睛》以黑人民族主义的立场跨越时空与斯托夫人的《汤姆叔叔的小屋》进行了一次种族之间的对话，那么达夫与莫里森的对话则是在

---

① Steffen Therese, "The Darker Face of the Earth: A Conversation with Rita Dove," *Transition* 74 (1998): 108.

② Tracey L. Walters, *African American Literature and the Classicist Tradition: Black Women Writers from Wheatley to Morrison*, New York: Palgrave Macmillan, 2007, 134.

③ Ibid.

④ Arnold Rampersad, "The Poems of Rita Dove," *Callaloo* 9 (1986): 53.

⑤ Houston Baker, "Review of Grace Notes," *Black American Forum* 24.3 (1990): 574.

⑥ Tracey L. Walters, *African American Literature and the Classicist Tradition: Black Women Writers from Wheatley to Morrison*, New York: Palgrave Macmillan, 2007, 119.

⑦ Malin Pereira, *Rita Dove's Cosmopolitanism*, Urbana and Chicago: University of Illinois Press, 2003, 1.

"黑人内部"，并在"去族裔化"的基础上建构了黑人女性独特的文化身份。

第二节　阅读·误读·伦理阅读"俄狄浦斯情结"

丽塔·达夫是迄今为止美国唯一一位黑人女性桂冠诗人，从这个角度来说，她的诗歌作品成为研究热点是再正常不过的事情了。然而，颇有些出乎意料的是，围绕着达夫还有一个比较集中的热点，那就是她的诗剧《农庄苍茫夜》。究其原因，恐怕以下几点是不容忽视的。其一，这个剧本是以韵文的形式出现的，是一部在当代美国文学中不多见的诗剧。因此，这部剧作也可以被视为达夫诗歌创作的集大成之作，是她诗歌创作整体脉络的一个有机组成部分，而并非游离于她的诗歌创作之外。其二，这个剧本完成于 20 世纪 70 年代末期，却被达夫本人束之高阁长达 20 年之久，直到 1994 年才公开出版并于 2 年后经过较大幅度的修改，才被最终搬上舞台。这部诗剧从初稿完成，到最终公演历时 20 多年，而这 20 多年正是达夫作为诗人不断成长并成熟的过程。这个思考、写作、改写、演出的过程为读者深入了解达夫创作思想的嬗变提供了不可多得的素材。其三，这部诗剧触及了一个西方读者十分熟悉却又心存芥蒂的主题——乱伦。这部诗剧的整体框架挪用了古希腊经典悲剧《俄狄浦斯王》，弑父娶母的悲剧情节成为推动达夫诗剧的动力所在。其四，这部诗剧的时代和场景被达夫移植到了一个美国人十分敏感的历史空间和地理空间——南北战争前南卡罗来纳州的种植园，而主人公也从体现着"人文主义精神"的古希腊神话英雄变成了美国南方种植园中还在为生存和自由而挣扎彷徨的黑人奴隶。①

从以上的论述似乎可以得出这样的结论：达夫的诗剧与西方经典悲剧《俄狄浦斯王》形成了一种"互文性"的指涉关系，前者是后者又一个产生"扩散性"影响的范例，是"俄狄浦斯情结"再生产的又一个范式。对于达夫来说，与西方经典之间的"互文性"情结要比人们想象中的黑

---

① 从英雄人文主义精神视角解读俄狄浦斯的评论家主要有 Cedric Whitman 和 Benard Knox，他们的研究专著分别是《索福克勒斯：英雄人文主义研究》（*Sophocles：A Study of Heroic Humanism*，1951）和《英雄的勇气》（*The Heroic Temper*，1964）。

人女作家的创作境况来得自然得多。出身于中产阶级家庭，受过良好教育，并有多年欧洲生活和工作经历的达夫与西方经典的渊源由来已久。在1993 年出版的《诗选》"序言"中，达夫讲述了她作为读者和作者的童年经历，其中特别提到了她从父亲的书架上找到莎士比亚戏剧和其他代表西方文学经典的作品的经历："当然，我不能明白每一个单个的词，但是我太小了还不知道这就意味着太难了；此外，没有人等着要检查我什么，因此，没有任何压力，我一头扎了进去。"① 同时，她还说，作为年轻人，她的生活中没有"活着的"作家的"榜样"，对她来说，"一个'真正的'作家是早已作古的白人男性，通常长着一副配套的白胡子"②。可见，作为黑人女作家的达夫事实上却是在莎士比亚戏剧等西方经典的熏陶下成长起来的，甚至可以说，长着白胡子的西方男作家是她事实上的"文学之父"。

然而，种族和性别的特殊性决定了达夫作品与西方经典本质上的不同。作为非裔美国作家，她别无选择地身处"巨大的种族困境"（great racial dilemma）之中。③ 达夫的诗歌作品含蓄地给出了答案，那就是亨利·路易斯·盖茨（Henry Louis Jr. Gates）所说的"双色的遗产"（two-toned heritage）：一方面，达夫"真实地""在西方传统中改写文本"；另一方面，她又在"黑人方言的基础上"吁求着一种"黑人的不同"④。达夫在这"双色的遗产"之间小心翼翼地游走，并力求达到一种平衡。

以互文性为基础的文学文本之间，后文本是对前文本的一种阅读行为，离开了前文本，当今的文本可能就没有意义了。身处后现代创作语境中的达夫深谙此种文本之间的纠缠和交织的游戏。在《农庄苍茫夜》中，各色文本——从奴隶歌谣和劳动号子，到众人膜拜的尤鲁巴符咒，从"救赎之书"到被岁月尘封的天文和占星术的厚重书卷——以及对它们的阅读和诠释都被达夫精心地编织进了她的诗剧之中，正如查理斯利

---

① Rita Dove, *Selected Poems*, New York: Vintage Books, 1993, xx.

② Ibid. xxi.

③ Harold Cruse, *Rebellion or Revolution*? New York: Morrow, 1969, 49.

④ Henry Louis Jr. Gates, *The Signifying Monkey: A Theory of Afro American Literary Criticism*, New York: Oxford UP, 1988, xxxi-xxiii.

（Theodora Carlisle）所认为的那样，"阅读的主题成为［达夫］诗剧的中心主题"①。作为《俄狄浦斯王》的后文本，达夫在创作这部诗剧时充当了作者和读者、改写者和创作者的多重角色。② 因此，达夫的创作过程也同时是创造性阅读的过程和"文本写作"的过程。③ 然而，黑人和女性的双重边缘身份决定了达夫对西方经典的改写不会是一个简单的续写、引用或者模仿的过程。那么，达夫在创造性阅读的过程中、在互文性文本的生产过程中，是如何以一个黑人女性的视角阅读并阐释古老的"俄狄浦斯情结"，并在《俄狄浦斯王》这个如羊皮纸文献一样的文本上完成了她的改写和拼贴的呢？笔者将从阅读行为的基点出发，检视达夫对《俄狄浦斯王》的阅读、误读和伦理阅读的多维度阅读行为和多层次阐释策略，从而对《农庄苍茫夜》独特的互文性生产过程和丰富的互文建构模式进行深入研究，并带动读者进行一次发挥自己的"能力模式"作用的阅读之旅。④

一　阅读"俄狄浦斯情结"

尽管时间和地点置换到了南北战争前南卡罗来纳州查理斯顿附近的种植园，在《农庄苍茫夜》中，《俄狄浦斯王》的基本情节脉络还是被达夫完整地保留了下来。与前文本中索福克勒斯将头绪繁杂的故事置于忒拜王宫前如出一辙，达夫也把主要的矛盾冲突放在了詹宁斯种植园中。俄狄浦斯身世之谜和他弑父娶母的情节成为推动《俄狄浦斯王》剧情发展的中心线索，而这一模式也是《农庄苍茫夜》情节发展的主要推动力。为了更加清晰地展示两部剧作在情节上的互文性特征，有必要把读者比较陌生的后文本的情节做简要介绍。诗剧以主人公奥古斯塔斯（Augustus）的出生拉开序幕。詹宁斯种植园主路易斯的白人情妇阿麦丽亚生下了与黑人奴隶海克特的私生子——混血儿奥古斯塔斯。尽管路易斯本人以引诱黑人女奴为乐，但他却不能忍受自己的

---

① Theodora Carlisle, "Reading the Scars: Rita Dove's The Darker Face of the Earth," *African-American Review* 34. 1（2000）：138.

② 此观点参见 Theodora Carlisle, "Reading the Scars: Rita Dove's *The Darker Face of the Earth*," *African-American Review* 34. 1（2000）：135−150.

③ 转引自王瑾《互文性》，广西师范大学出版社，2005，第33页。

④ 转引自王瑾《互文性》，第131页。

情人与黑人奴隶的私情，更无法接受他们的私生子。盛怒之下，路易斯对外人谎称孩子生下来就死去了，并试图杀死孩子，幸被医生制止。孩子被医生带出了詹宁斯种植园，后被纽卡斯特船长作为奴隶带在身边。20年后，奥古斯塔斯长大成人，他跟随自己的白人主人游走四方，见多识广，并接受了较好的教育。他被詹宁斯种植园购买，并在不知情的情况下与阿麦丽亚——自己的亲生母亲产生了恋情。在奥古斯塔斯的生命中还有两位重要的女性，一位是黑人女奴菲比，她深深地爱着这个相貌英俊、识文断字的小伙子；另一位是黑人女奴丝赛拉，她如一位预言者一样，警告奥古斯塔斯灾难将至。当奥古斯塔斯参与一场奴隶暴动时，为了防止泄密，他失手杀死了自己的亲生父亲海克特。最后，他误认为路易斯就是抛弃了自己的父亲，并杀死了他。至于奥古斯塔斯和阿麦丽亚的生死和结局，则取决于该剧不同的版本。

显然，达夫的诗剧从情节层面与《俄狄浦斯王》形成了"带有社会性容量"的互文性[1]，忠实地践行了克里斯蒂娃的互文观。众所周知，克里斯蒂娃的符号学理论和"互文性"概念的提出运用了精神分析的方法和原理，可以说，由于弗洛伊德以及后来的拉康的精神分析学，克里斯蒂娃的符号学才得以"超越结构主义的静态理论模式"，也才有了互文性的动态性概念提出的基础。[2] 有趣的是，"俄狄浦斯情结"也是由弗洛伊德首先提出的，并使之成为文学的一个神秘的母题。[3] 弗洛伊德似乎对《俄狄浦斯王》一剧更是情有独钟。具有高深文学造诣的弗洛伊德在《梦的解析》第五章"梦的材料和来源"中，不但对该剧剧情娓娓道来，更是对这一经典悲剧进行了令人瞠目结舌的全新解读。他认为，这部悲剧之所以具有经久的、令人震撼的悲剧性魅力的原因在于俄狄浦斯的命运完全有可能成为每一个观众和读者自己的命运。他还认为，在我们出生之前，弑父娶母的可怕神谕就已经降临在我们身上，换言之，我们所有的人，命中注定要把第一个性冲动指向母亲，而把第一个仇恨的目标指向父亲。《俄狄浦斯王》的震慑力就在于

---

①　R. Barthes, "Theory of the text," *Untying the Text: A Post-structuralist Reader.* ed. R. Young, London: Routledge and Kegan Paul, 1981, 39.

②　王瑾：《互文性》，第41页。

③　"俄狄浦斯情结"一语的提出，最早见于弗洛伊德写于1910年的《对爱情心理学的贡献》一文。1919年在《宗教的起源》、1922年在《精神分析》等文章中，他又对这一概念进行了多角度的阐释。

当我们揭示出俄狄浦斯的罪恶的同时，也看到了内在的自我，更为可怕的是，尽管加倍压抑，弑父娶母的欲望依然潜藏在我们的心灵深处。

与弗洛伊德把《俄狄浦斯王》解读成"本源之作"的理念和操作相仿，达夫的《农庄苍茫夜》也把《俄狄浦斯王》作为一个互文性网络的心理生产的中心和原点。① 那么，达夫煞费苦心地与《俄狄浦斯王》构建起互文性关系的目的何在呢？

作为黑人女性桂冠诗人，达夫的诗歌创作生涯中最尴尬的问题就是她的"黑人性"一直受到评论家和读者的质疑。他们认为她"太白"了，没有遵循传统的种族原型的模式，也很少在抗议主题和鲜明的非裔黑人事务的框架内创作。② 面对这样的指责，达夫不得不对自己以及作品的文化定位给予特别的关注，并力图形成比较系统的文化定位理念，因为这关乎其作品在黑人社群中的接受问题，因此，我们有理由相信，达夫对"俄狄浦斯情结"的创造性阅读的首要目的是确立自己的文化定位。作为"后黑人艺术运动"的作家，达夫是典型的"文化混血儿"（cultural mulatto）。正如特瑞·埃里斯（Trey Ellis）所言，这些美国黑人作家"在多种族融合的文化中接受教育"③。这些文化混血儿在美国的文化事业中发挥着越来越重要的作用，正是他们点燃了"新黑人美学"的火焰。他们不再需要"否认或是压抑"他们的"复杂"，有时甚至以"矛盾"的文化倾向来取悦白人或者是黑人。④ 特瑞·埃里斯对"文化混血儿"的界定仿佛是对达夫文学和文化定位的精确描述。达夫的经历为她提供了一个世界的视角，使她具有成为"世界公民"的先天条件。这些是评论家派

---

① 〔美〕J. 希利斯·米勒：《解读叙事》，申丹译，北京大学出版社，2002，第2页。

② 围绕着达夫的"黑人性"问题，美国文学评论界曾经展开过激烈的讨论。Helen Vendler, Malin Pereira, Peter Erickson, Arnold Rampersad, Ekaterini Georgoudaki 等评论家都参与到讨论之中。详见 Helen Vendler, "Blackness and Beyond Blackness," *Times Literary Supplement*, 18 February （1994）：11 - 13; Therese Steffen, *Crossing Color: Transcultural Space and Place in Rita Dove's Poetry, Fiction, and Drama* （New York: Oxford University Press, 2001）; Malin Pereira, *Rita Dove's Cosmopolitanism* （Urbana: University of Illinois Press, 2003）; Arnold Rampersad, "The Poems of Rita Dove," *Callaloo* 9.1 （Winter, 1986）：52 - 60; Ekaterini Georgoudaki, "Rita Dove: Crossing Boundaries," *Callaloo* 14.2 （Spring, 1991）：419-433。

③ Trey Ellis, "The New Black Aesthetic," *Callaloo* 12.1 （1989）：234.

④ Ibid. 235.

瑞拉得出达夫是"世界主义者"的结论并从她的"世界主义"的视角研究其诗歌的基础。然而，有趣的是，"世界主义"是达夫诗歌创作的动力，也是她的焦虑所在。对达夫来说，在新黑人美学的前沿阵地创作的"世界主义"的非裔美国作家，文化融合成为一种必须要被压制的原初（originary）分歧的时刻，因为在达夫开始文学创作的时代，公开承认自己的文化"杂糅"威胁了黑人民族主义的排他的"黑人性"心魔。

作为一个空泛的、形而上的概念，文化"杂糅"是不太容易找到一个具体的、对等的意象并在文学作品中得到适当的表现的。达夫在她的诗剧中挑战的正是这个文化"杂糅"的概念，她把不可触摸的、无形的文化"杂糅"投射到具象的、生理上的不同种族之间的性行为之上。白人女性阿麦丽亚与黑人奴隶海克特之间的私情以及他们的私生子、混血儿奥古斯塔斯成为达夫投射其文化身份的一个具象化的主体。在混血儿奥古斯塔斯的身上，时时闪过达夫本人的影子。达夫借阿麦丽亚之口，道出了奥古斯塔斯的文化身份和使命："一位诗人／和一位反叛者"（65）。① 达夫在很多场合都暗示了她和主人公奥古斯塔斯之间身份的认同感："在一个不同的世界中，阿麦丽亚（伊俄卡斯忒似的人物）本应该是有独立生计的女人，而奥古斯塔斯（他对应着俄狄浦斯）是一名诗人。"② 奥古斯塔斯是白人与黑人私情的产物，而他本人又与白人有了私情，这一切都从根本上决定了奥古斯塔斯文化身份具有典型的"杂糅性"。

奥古斯塔斯生理的"杂糅性"转化为达夫对文化杂糅的艺术的焦虑。在该剧的第一版中，奥古斯塔斯的生理和文化杂糅性造成了他信仰和忠诚的矛盾，并直接导致了他命丧黄泉。他了解奴隶文化，也熟谙希腊和罗马的神祇；他亲身体尝了奴隶制的罪恶，也受到法国大革命的启示；他热爱黑人文化传统，也欣赏弥尔顿等白人作家。在与白人主人纽卡斯特船长游历的岁月中，他经历并吸收了美国特有的多元文化因素。奥古斯塔斯曾经

---

① 参见 Rita Dove, *The Darker Face of Earth*, Brownsville：Storyline P，1994。尽管 *The Darker Face of Earth* 有 1994 年版和 1996 年版，但本书中该诗剧的引文均出自 1994 年版。引文由笔者自译。以下只标注页码，不再一一说明。

② 转引自 Malin Pereira，"When the pear blossoms／ cast their pale faces on ／ the darker face of the earth，" 198。

不无感慨地说，"没有你学不到的东西／如果你有那样的经历"（65）。除了奥古斯塔斯接受的双重教育，他与詹宁斯种植园的多重关系使他的杂糅的文化处境变得更为复杂。他看重女奴菲比的情谊，却无心发展与她的恋情；他拒绝相信预言者丝赛拉对他发出的危险临近的警告；对他的亲生父亲海克特，他不但没有尽到保护和照顾的义务，反而在不知情的情况下杀死了对方；他参与到谋划奴隶起义的事业当中，却由于他与阿麦丽亚的关系而半途而废。在该剧的第一版中，奥古斯塔斯与阿麦丽亚被当作叛徒处死。奥古斯塔斯作为黑白混血儿所产生的身份认同的矛盾和迷茫正是达夫作为文化"混血儿"与黑人族群的复杂关系以及矛盾的文学创作心理机制。在前面提到的例证中，奥古斯塔斯与黑人之间融合失败的终点恰恰是他与白人之间不断接近的起点。他拒绝与菲比发展恋情，因为他与阿麦丽亚早已暗度陈仓；他不接受丝赛拉的巫毒教预言，因为在曾经的白人主人的熏陶下，他已经接受了西方经验主义的怀疑论；他没有将起义进行到底，因为他与阿麦丽亚的关系令他心猿意马。可以说，奥古斯塔斯的命运正是达夫对定位于"世界性"的黑人作家命运之焦虑的外化。

二　误读"俄狄浦斯情结"

弗洛伊德认为，焦虑产生压抑，达夫的诗剧创作机缘巧合地印证了这一观点。女诗人对在后现代语境中，从"世界主义"的视角写作的文化定位的焦虑集中表现为对前文本《俄狄浦斯王》的反讽性的误读策略。"诗学误读理论"是布鲁姆提出的诗学影响理论，是通过对互文性理论的心理阐释而提出的诗学理论，从本质上讲，是一种视角独特的互文性理论。有趣的是，与克里斯蒂娃如出一辙，布鲁姆的误读理论也是从弗洛伊德的"家族罗曼史"模式出发来阐释诗歌的影响与焦虑感的内在联系的。[①] 前驱文本与后文本之间互动性的关联网络事实上正是在"俄狄浦斯情结"的作用下构建的。布鲁姆认为，"诗的影响——当它涉及两位强者诗人、两位真正的诗人时——总是以对前一位诗人的误读而进行的。这种

---

① 徐文博：《一本薄薄的书震动了所有人的神经》（代译序），载〔美〕哈罗德·布鲁姆《影响的焦虑——一种诗歌理论》，徐文博译，凤凰出版传媒集团、江苏教育出版社，2006，第 4 页。

误读是一种创造性的校正，实际上必然是一种误译。一部成果斐然的'诗的影响'的历史——亦即文艺复兴以来的西方诗歌的主要传统——乃是一部焦虑和自我拯救的历史，是歪曲和误解的历史，是反常和随心所欲的修正的历史，而没有所有这一切，现代诗歌本身是根本不可能生存的"①。布鲁姆把诗人之间的关系作为接近弗洛伊德的"家族罗曼史"的档案加以审视，将诗人之间的关系看作"现代修正派历史中的一个个章节来加以检视"②。更为有趣的是，与弗洛伊德如出一辙，布鲁姆本人对《俄狄浦斯王》也情有独钟。在《影响的焦虑——一种诗歌理论》一书的"绪论"中，布鲁姆阐释了俄狄浦斯这个人物对他写作该书的影响：

　　　　贯穿于本书的是这样一种隐含的痛苦情绪：光辉灿烂的浪漫主义也许正是一场波澜壮阔而虚无缥缈的悲剧。这场悲剧不是普罗米修斯式的悲剧，而是双目失明的俄狄浦斯的一场自我窒息的悲壮事业——俄狄浦斯不知道斯芬克司正是他的缪斯。
　　　　双目失明的俄狄浦斯在走向神谕指明的神性境界。强者诗人们跟随俄狄浦斯的方式则是把他们对前驱的盲目性转化成应用在他们自己作品中的"修正比"……③

可见，布鲁姆的诗学误读理论也与"俄狄浦斯情结"有着令人意想不到的联系。那么，作为在后现代语境中创作的非裔美国女诗人，达夫又是如何在焦虑的驱动下"修正"她的前驱诗人的呢？

　　前文提到，达夫在"世界主义"文化定位下，吁求的是"双色的遗产"，体现在文本创作之中，就是一个"错位的黑色的对等物"（black equivalent of metalepsis）④，一个比喻性的言语替代另一个修辞性的话语过

---

① 〔美〕哈罗德·布鲁姆：《影响的焦虑——一种诗歌理论》，徐文博译，第31页。

② 〔美〕哈罗德·布鲁姆：《影响的焦虑——一种诗歌理论》，徐文博译，第8页。

③ 〔美〕哈罗德·布鲁姆：《影响的焦虑——一种诗歌理论》，徐文博译，第11页。

④ Henry Louis Jr. Gates, *The Signifying Monkey: A Theory of Afro American Literary Criticism*, New York: Oxford UP, 1988, 87.

程，是一个通过对原文本的重新安排对一个"已经公认的比喻"的"修正"①。特殊的话语表述方式使得非裔美国作家成为说此而言彼的"喻指"高手，也是布鲁姆所言的有意"误读"的高手。达夫对《俄狄浦斯王》的阅读心理机制是复杂的，犹如一个斗争激烈的"心理战场"。作为黑人和女人，她对索福克勒斯这样的男性白人作家的心理反应要比布鲁姆所能想象的心理运作机制复杂得多。一方面，有布鲁姆所言的对前驱诗人的超越的焦虑；另一方面，也是更重要的一点，是对她本人作品的文化定位的焦虑。在这"双重焦虑"的作用下，达夫的"修正"策略也比布鲁姆在《影响的焦虑———一种诗歌理论》中所阐释的若干迟来的诗人所运用的策略要微妙，似乎更加"处心积虑"，也似乎更有颠覆性。

在古希腊悲剧中，悲剧事件的因果关系一直是戏剧研究者十分关注的问题。被米勒认为有"俄狄浦斯情结"②的亚里士多德在《诗学》中对悲剧的界定以及对戏剧情节"突转"（peripeteia）和"发现"（anagnorisis）的论述都表明古希腊悲剧探究的根本问题是命运根源的问题。③ 在古希腊悲剧中，通常都有一种强大的、不可思议的力量将人推向失败和毁灭。这种被称为"命运"的不可知力事实上有两种不尽相同的理解。第一种是来源于神的意旨，人的命运被神操纵着，而即使是奥林匹斯山上的神也不得不屈从于这种力量；第二种，也是"命运"最原始的含义，指的是"落到每个人头上的运气和份额"④。第一种"命运"是大写的、神谕的；第二种是小写的，是人生的机缘巧合。俄狄浦斯的命运正是在这两种不同的"命运"的摆布中呈现出不可逆转的悲剧色彩的。特瑞西阿斯带来的是阿波罗的神谕，是"上天之事"；而俄狄浦斯在流浪的途中，巧遇并杀

---

① Henry Louis Jr. Gates, *The Signifying Monkey*: *A Theory of Afro American Literary Criticism*, New York: Oxford UP, 1988, 145.

② 〔美〕J. 希利斯·米勒：《解读叙事》，申丹译，第5页。

③ 亚里士多德给悲剧下了一个定义：对一个完整划一，且具一定长度的行动的模仿。悲剧不以叙述方式而以人物的动作表现摹仿对象；它通过事变引起怜悯与恐惧，来达到这种情感净化的目的。在《诗学》中，亚里士多德对《俄狄浦斯王》推崇有加，把它作为情节"突转"和"发现"的典范之作。关于悲剧的定义以及"突转"和"发现"的含义，参见亚里士多德《诗学》，陈中梅译注（商务印书馆，1999）第75、89页。另参见该书第6、10、16章。

④ H. G. Liddell and Robert Scott, *A Greek-English Lexicon*, Oxford: Clarendon P, 1968, 1141.

死素不相识的父亲拉伊俄斯，恰巧在斯芬克司的谜语使忒拜王国陷入瘟疫的危急时刻到达忒拜则是命运的机缘巧合。最终，俄狄浦斯发现，他的第二种命运是在第一种命运的掌控之下的。

与其他版本的俄狄浦斯的故事相比，"索福克勒斯进一步强化了神谕的作用"①。神谕是《俄狄浦斯王》的中心线索，更是俄狄浦斯悲剧命运的毒咒。作为悲剧英雄，俄狄浦斯的个人命运与公众命运是紧密相连的。正如尼采在《悲剧的诞生》中的哲性思考："在索福克勒斯看来，不幸的俄狄浦斯这个希腊舞台上最悲惨的人物是一位高尚的人……任何法律，任何自然秩序，甚至整个道德世界，都会由于他的行为而毁灭，正是这个行为产生了一个更高的神秘影响区，这些影响力在被摧毁的旧世界的废墟上建立起一个新世界。"② 俄狄浦斯用自己的聪明才智为忒拜国解除了危机，救民众于水火之中；而他个人的罪行也同时为忒拜国的民众带来了灾难。

在达夫的《农庄苍茫夜》中，古希腊悲剧发生的因果关系以及个人与公众的关系发生了根本性的变化，究其原因，达夫对《俄狄浦斯王》中悲剧的因果关系以及个人与公众的关系进行了"偏移式"的阅读。达夫的这种误读正是布鲁姆所定义的"克里纳门"（Clinamen）。这一术语指的是原子的"偏移"，以便宇宙可能起一种变化。一个诗人"偏移"他的前驱，即通过偏移式阅读前驱的诗篇，以引起相对于这首诗的"克里纳门"。这种校正似乎在说：前驱的诗方向端正、不偏不倚地到达了某一点，但到了这一点之后本应"偏移"，且应沿着新诗运行的方向偏移。③达夫把俄狄浦斯的双重悲剧的动力移植到现代的、奴隶制背景下的特定框架之中，并在此基础上对前驱文本实行了"偏移式"的阅读。在诗剧的第一场中，菲比在嬉笑中对整个事件进行了暗示，并哼唱出主人公命运的一个版本："踩在一枚大头钉上，钉子弯了，/那就是故事发展的方式。"（13）这里的"命运"显然是在第二个层面上，是一种机缘巧合。这个善良、乐观、不谙世事的小女奴对命运的岌岌可危并

①　耿幼壮：《书写的神话——西方文化中的文学》，中国人民大学出版社，2006，第83页。

②　〔德〕尼采：《悲剧的诞生》，赵登荣等译，漓江出版社，2000，第58页。

③　〔美〕哈罗德·布鲁姆：《影响的焦虑——一种诗歌理论》，徐文博译，第14页。

没有当回事。接着巫毒教女人丝赛拉预言了奥古斯塔斯的降生将带来
一个可怕的诅咒：

　　我看到

　　厄运来临。厄运

　　骑着高头大马越过山岭来了，

　　马儿打着响鼻，当他们奔腾

　　越过奴隶窝棚和有柱石的楼宇，

　　马儿嘶鸣，当他们奔跑

　　一切都在他们的路上。

　　像一张薄薄的网

　　诅咒降临到大堤上。

（36）

与俄狄浦斯的降生一样，这个混血儿的出现也打破了曾经的和谐并破坏了
旧有的秩序。与《俄狄浦斯王》惊人相似，这个命运的"薄薄的网"将
把剧中的人物一网打尽。然而，从达夫诗剧的剧情发展来看，真正在这个
悲剧中起作用的却是另外一种更为可怕的力量。对于在苦难中挣扎的奴隶
来说，命运似乎打了一个死结："没有出路，只能继续……/除了眼睁睁
看着没有办法。"（61）奴隶们无路可逃的绝望感来自奴隶制而并非神谕。
在两部剧作中，两种不同的命运之间的关系发生了根本的逆转。在《俄
狄浦斯王》中，弑父娶母是俄狄浦斯神定的命运，并将带给他本人悲剧
结局和伊俄卡斯忒的毁灭；而在达夫的诗剧中，杀父和乱伦却只是"奴
隶制的副产品"①。奥古斯塔斯失去了认识到自己弑父娶母罪恶的能力，
因为他被剥夺了认识自己父母和自己身世真相的权利。从这个角度来说，
奴隶制才是降临到美国这块土地上的毒咒。

　　两种命运关系的变化带来了个人与公众关系的变化。在《俄狄浦斯

①　Theodora Carlisle, "Reading the Scars: Rita Dove's The Darker face of the Earth," *African-American Review* 34.1 (2000): 141.

王》中，个人的罪恶带来了公共的灾难；而在《农庄苍茫夜》中，这个因果关系被颠覆了：奴隶制的罪恶成为个人厄运的根源，所有的命运的机缘巧合都是建立在这个巨大的公共的罪恶之上的。更为可怕的是，作为*白人妇女和黑人男子*①的私生子，奥古斯塔斯的身世触动的是美国南方奴隶制社会最敏感的神经。事实上，在奴隶制的社会机制下，白人奴隶主与黑人女奴生下孩子的现象是非常普遍的，也是社会一种心照不宣的秘密。通常的做法是，这些孩子将在种植园中沦为奴隶或是被卖掉。在南北战争前的南方种植园中，这是社会禁忌，却是社会可以接受的做法。与此相反，白人妇女和黑人男子之间的性关系，却是不能被社会接受的。"在南北战争之前的南方，如果哪个已婚女子生出了娃娃，而据判断娃娃的父亲是个黑人的话，这个女子十有八九是会受盘查询问的。即便白人女子只是被怀疑与黑人男子有奸情，并没有怀孕生子，也会成为当地的热门话题。"② 正是在这一心理暗示的作用下，奥古斯塔斯才一直理所当然地认为，自己的父亲是白人，而母亲是黑人；才会在一次又一次接近身世之谜的时刻，走向了真相的反面，错误地认为自己的父亲是种植园主路易斯。这是奥古斯塔斯对自己身世的误读，而这一误读使他离自己的身世真相越来越远，并最终走向毁灭。奥古斯塔斯对身世的误读从他对阿麦丽亚杜撰的关于身世的故事就清晰可见：

> 在一个轻柔的春天的夜晚
>
> 当绽放的梨花
>
> 它们白嫩的脸投射
>
> 到土地的暗黑的脸上，
>
> 马萨从摇椅上起身
>
> 自言自语道，"我想
>
> 我要为自己再弄一个眼睛亮闪闪的黑人小妮。"

---

① 此处斜体为笔者所加，以强调种族和性别特征。在该剧中，白人母亲和黑人父亲这一特殊的亲缘关系成为阻碍奥古斯塔斯认识自己身世之谜的症结所在。

② 〔美〕伊丽莎白·赖斯编《美国性史》，杨德、暴永宁、唐建文、卞集译，东方出版社，2004，第183页。

然后他伸了个懒腰朝着

我妈妈的棚子走去。

（92）

奥古斯塔斯用建立在社会主流思维基础上的想象为自己的混血儿身份构建了一个他本人和他人都能够接受的身世版本。这是剧中人物奥古斯塔斯对自己身世和经历的误读，也是作者达夫对前驱文本中的俄狄浦斯命运的"偏移式"阅读。在达夫的诗剧中，戏剧的焦点从"希腊舞台上最悲惨"的"高尚的人"俄狄浦斯发生了偏移。事实上，在所有的古希腊悲剧中，主人公都是出身高贵、具有个人英雄主义气质的人。但在达夫的诗剧中，这些气质已经从主人公奥古斯塔斯身上消失殆尽了。他在每一个方面几乎都是俄狄浦斯的反面：他出身卑贱；没有勇气追寻自己身世的真相；为了与阿麦丽亚的私情而对崇高的奴隶解放事业心猿意马；等等。可见，在达夫的诗剧中，主人公已经难以完成解民救困的伟大事业。相反，达夫诗剧中发出崇高声音的是奴隶群体。他们既作为种族和阶级的整体，也作为鲜活的、独立的个体而存在。这个群体的存在和群体的声音成为达夫戏剧的核心力量，表明了黑人群体的精神维度远远超越了悲剧英雄本身的个人力量，并将成为黑人种族获得解放的最终希望。

三　伦理阅读"俄狄浦斯情结"

作为《俄狄浦斯王》的读者，达夫的阅读是创造性的、生产性的，是在20世纪70年代的女权主义和后现代书写背景下对这部西方经典的重新阅读。同时，达夫在重读的基础上进行了"重新写作"，从而充当了《俄狄浦斯王》这个经典文本的"解释者"和"实践者"。达夫的重读和重写是在特定状态下的阅读行为，是一种批评性阅读；而《俄狄浦斯王》则在达夫的重读和重写中介入了当下"社会的、机制的、政治的领域中"①。从这个意义上讲，达夫和她的诗剧实践了美国文学评论家米勒在言语行为理论文学观的基础上所阐释的"伦理"阅读的精神。有趣

---

① J. Hillis Miller, *The Ethics of Reading*, New York: Columbia UP, 1987, 5.

的是，与亚里士多德和弗洛伊德惊人的相似，米勒对《俄狄浦斯王》也投去了深情的一瞥，并把其专著《解读叙事》的第一章奉献给了这部经典作品。①

言语行为理论文学观是米勒20世纪80年代中期提出并坚持的重要文学观念，与他五六十年代提出的现象学文学观、70年代提出的解构主义文学观共同构成了米勒文学观体系。米勒认为，"写作是用词语来做事情的，写作者必须或者也许得对该事情负责"②。换言之，文学作为一种话语形式，其功能不是被动地记叙事物，而是用来主动建构事物，因此是一种给事物命名的施为行为。具体到阅读行为，米勒认为，"人类的一切语言言语都既是在言说主体的意向意图的引导下进行的，又是在语言言语本身的运作规则的基础上完成的，既有受意识控制的理性的一面，又有不受意识控制的非理性的一面，是行和言、理性和非理性的集合体，所以一个真正的言语解释者既应关注言语的行的层面，更应关注语言的层面，既应重复它，准确地把握它的本义，更应重构它，开发它的非理性的新异的方面，应将再现和再造结合起来"③。可见，米勒的文学阐释是融重复和重构、记述和施为于一体的新型文学批评方法，米勒本人将其命名为"阅读的伦理学"④。米勒认为在阅读行为中，有伦理学趋向两个方向的时刻：其一是对某种东西的回应，"它承受它，回应它，尊重它"，换言之，"我必须履行责任"；其二是在阅读中指向了行为，具体到文本阅读，就是在某个评论家的评论中介入当下的社会和生活。⑤ 作为新型的阅读的伦理学批评方法，伦理阅读有两个显著的特点：其一，要求解释者完全投入文学文本之中，"尊重"文本，忠实于文本，做文本要求做的事，而不是自己喜欢做的事，以重复文本为起点；其二，要求解释者在重温文本本身的能

① 《解读叙事》的第一章为"亚里士多德的俄狄浦斯情结"，从该章中可以看出米勒的言语行为理论已经初见端倪。参见〔美〕J. 希利斯·米勒《解读叙事》，申丹译，第1~42页。

② J. Hillis Miller, *The Ethics of Reading*, New York：Columbia UP, 1987, 101.

③ 肖锦龙：《试谈希利斯·米勒的言语行为理论文学观》，《外国文学》2007年第2期，第99页。

④ J. Hillis Miller, *The Ethics of Reading*, New York：Columbia UP, 1987, 4.

⑤ Ibid. 4-5.

指和所指内容的同时致力于开发其中的新异（odd）的或者说"非道德"的东西，发现新的事物，以重构和再造文本为目标。①

　　从阅读伦理学的视角考察达夫的写作，我们不难发现达夫的阅读的伦理时刻发生在两个不同的时间，针对的是两个不同的文本：第一个伦理阅读是对《俄狄浦斯王》的阅读；第二个伦理阅读是对她本人1994年版《农庄苍茫夜》的阅读。细读达夫的《农庄苍茫夜》，我们惊喜地发现，达夫的诗剧创作正是她对《俄狄浦斯王》的"行为阅读"的结果。一方面，达夫小心翼翼地追踪着索福克勒斯的文本创作意图，努力发掘"俄狄浦斯情结"的文本本义；另一方面达夫又成功地走出了源文本，打造了一个带有新境界的文本，从而把"记述性"和"施为性"融为一体。"记述性"使达夫诗剧成功地保留了《俄狄浦斯王》的情节框架和"俄狄浦斯情结"的基本内涵，使读者和观众轻而易举地从达夫的诗剧中嗅出前驱文本的味道；"施为性"使达夫的讲述带有一种明确的责任感，是作为黑人女作家对种族和性别身份的责任感。这正如米勒所言："讲述故事本身就是一种讲述者必须为他所讲述的东西负责的伦理行为，就像读者、教师或批评家必须为他们借阅读、讲述和写作为故事所带来的生命负责一样。它们会引发政治的、历史的和社会的后果。"②

　　作为女性作家，达夫对《俄狄浦斯王》的伦理阅读的重构主要体现在对其文本中消失的女性话语的巧妙恢复。《俄狄浦斯王》创作于希腊奴隶制社会的鼎盛时期，父权家长制社会形态已经形成。在这一时期，女性与奴隶一样，不能享受当时的奴隶制民主制度，也不被社会平等地接纳。在《俄狄浦斯王》中，神谕的命运来自阿波罗，是与"父权法则"紧紧联系在一起的，"神的预言非常自然地推动着剧情的发展，而且还在文本中勾勒出一个意识形态范畴上的'父亲'形象"③。在"父权法则"的作用下，"在《俄狄浦斯王》中，体现着古希腊文学神话特点的'神'、

①　肖锦龙：《试谈希利斯·米勒的言语行为理论文学观》，第100页。

②　J. Hillis Miller, *Versions of Pygmalion*, Cambridge：Harvard UP, 1990, vii.

③　顾明生：《被逐的"伊俄卡斯忒"——试论〈俄狄浦斯王〉中女性话语的消亡》，《外语研究》2008年第1期，第105页。

'人'、'妖'三个女性形象最后都归于'沉寂'"①。在达夫的诗剧中，超自然的力量和预言的诠释者不再是代表着父权的阿波罗的使者，而是巫毒教妇女丝赛拉。与此相反，代表着父权制的路易斯却成为暗弱的人物。他只能"仰望苍天"（38），因为那里是希腊神话中的最高神——宙斯的安身之地。然而，老旧的星相图帮不了他的忙，他无法建立与神沟通的渠道，"没有新的硬币闪烁／为路易斯·拉发奇／在满天的星星中"（81）。他对情人失去了权威，她"穿着男人的靴子"到处招摇。达夫不但用"错置"和"替代"颠覆了《俄狄浦斯王》和西方悲剧传统②，而且在自己的文本中成功地恢复了消亡了近 2000 年的女性话语。女性话语的恢复体现的正是达夫在"当下活生生的视野衡量"下对所讲述的内容负责任的"伦理行为"③。

　　细读达夫的文本，我们不难发现占据戏剧中心的并不是男主人公奥古斯塔斯，而是围绕在他身边的三位女性：阿麦丽亚、菲比和丝赛拉。她们形成一个既作为个体，也作为整体的鲜活的女性人物群体，并与男主人公形成了多维交互参照的关系。阿麦丽亚如同奥古斯塔斯的镜中形象。与被白人抚养起来的奥古斯塔斯相反，阿麦丽亚是在黑人堆中长大的白人，从小就与父亲的黑奴一起在田野中"疯跑"（84）。与奥古斯塔斯一样，她也接受了双重的教育和文化，成为夹在白人和黑人之间的文化上的"杂种"。他/她既不属于白人也不属于黑人，也从来没有被任何一个群体全身心地接受过。没有归属感的生活使得阿麦丽亚成为一个个人意志强烈，富有反叛精神，敢说敢干的女人。与阿麦丽亚不同，菲比是奥古斯塔斯的理想的精神伴侣。作为土生土长的詹宁斯种植园的女奴，她情感丰富，对亲人有着深沉的爱；她思想活跃，善于从生活中学习，乐于接受新鲜的事物。从某种程度上说，菲比的身上寄托了达夫本人的全部理想，体现了达夫所认为的黑人女性的全部美德。达夫曾经说，菲比是"这部诗剧的情感中心"，此言不虚。④ 与阿麦丽亚与奥古

---

① 顾明生：《被逐的"伊俄卡斯忒"——试论〈俄狄浦斯王〉中女性话语的消亡》，第 106~107 页。

② Henry Louis Jr. Gates, *The Signifying Monkey*: *A Theory of Afro American Literary Criticism*, New York: Oxford UP, 1988, 145.

③ J. Hillis Miller, *The Ethics of Reading*, New York: Columbia UP, 1987, 112.

④ 转引自 Theodora Carlisle, "Reading the Scars: Rita Dove's The Darker face of the Earth," *African-American Review* 34. 1（2000）: 148。

斯塔斯对黑人社群和黑人解放事业的迟疑和困惑不同，菲比是纯粹而坚定的；与阿麦丽亚和奥古斯塔斯之间不稳定的情感相比，菲比对奥古斯塔斯的情感是忠诚而全情投入的。

　　然而，在这三个女性人物中，最能体现达夫伦理阅读的还是那个神秘的预言女丝赛拉。她是男主人公奥古斯塔斯的天敌。奥古斯塔斯自认为是种植园奴隶的救星，他也的确有勇气、有能力领导奴隶起义，摆脱枷锁。然而丝赛拉的精神力量却使她清楚地认识到奥古斯塔斯的局限性和悲剧性。与《俄狄浦斯王》被视为瘟疫遭到驱逐的斯芬克司不同，达夫笔下的预言女被赋予了代表着非洲信仰和价值体系的多重力量：大地、女性和精神价值。丝赛拉的预言来自大地赋予她的力量，因此当她预言时，她会把大地怀抱中的东西——骨头、树根、树枝、石头等统统放在她的小祭坛上，祈求大地赋予她先知先觉的力量："躯体在世界移动。/头脑扛在躯体上。"（53）丝赛拉知道每个人都生活在大地之脉赋予人的力量之上，只有深深地扎根于此，黑人乃至整个人类才能得到拯救。同时，丝赛拉也代表着母性的力量。当奥古斯塔斯出生时，丝赛拉仿佛感到这个鲜活的小生命正在自己的子宫内踢动，而随之而来的就是预感到灾难的来临。这是只有与婴儿血脉相连的母亲才能具有的超自然的预感。因此，在达夫的诗剧中，真正代表着母性和女性力量的并不是奥古斯塔斯生理上的母亲阿麦丽亚，而是这个看起来愤怒、严厉又丑陋的巫毒教预言女。詹宁斯种植园中的奴隶在艰苦的劳作和生存的挣扎中对自己的非洲之根的认同感越来越麻木，而丝赛拉是唯一致力于建立并加固这个非洲之根的人。丝赛拉利用一切可能的机会呼唤自己和其他黑人的非洲记忆，她让在非洲出生并生活过的海克特为她讲述他还能记得的一切关于非洲的事情。她尝试把非洲尤鲁巴语融入自己的预言仪式之中，目的就是唤起黑人奴隶淡忘的记忆。与奥古斯塔斯的豪言壮语相比，丝赛拉的古老的非洲预言对詹宁斯的黑人更有说服力，在海克特的葬礼之上，丝赛拉已经用民族的遗产确立了自己的权威。黑人们抬着海克特的遗体，唱着记忆深处的古老的非洲灵歌：

　　　　哦，敲打着他是一个小人物，
　　　　他死去了从劳作到劳作，

某些灵魂要了他的命并使他倒下了，

某些灵魂为他祈祷。

主啊，一定要记住我，

主啊，一定要记住我。

我向主哭泣随着岁月的流逝，

主啊，记住我。

（131）

古老的非洲灵歌仿佛把黑人奴隶带回自己曾经的家园和天堂，而为了自由
而战的决心让他们空前地团结起来。奥古斯塔斯的到来打破了这种和谐，
丝赛拉为海克特的死向奥古斯塔斯发出了挑战："你相信你能治愈灵魂/
只不过是让它更为焦灼。"（134）被身份的困境弄得心烦意乱的奥古斯塔
斯已经难以承受任何挑战，这使得丝赛拉对他又怜又恨：

你，奥古斯塔斯·纽卡斯特？

但你知道什么在

未来的种子里面；他们有自己的方式。

（135）

丝赛拉不但用古老的尤鲁巴语唤起了族人的种族意识，而且充满信心地预
言了民族的未来：

Eshu Elewa ogo gbogbo!

Eshu Elewa ogo gbogbo!

现在这些古老的语言在哪里？

被风吹散了。

（135~136）

达夫让曾经失语的经典悲剧作品的女性人物发出了自己的声音，甚至成为
种族的代言人。这是一种在女权主义风起云涌的状态下、在"后黑人文

艺运动"的背景下负责任的伦理阅读和写作态度和方式。丝赛拉的预言本身就是施为性的，这使达夫的文本成功地偏离了《俄狄浦斯王》的原结构，并创造出了一个黑人女性的声音起着主导作用的关于"俄狄浦斯情结"的黑人女权主义的文本。

达夫的伦理阅读的时刻不但发生在《俄狄浦斯王》中，还发生在对《农庄苍茫夜》1994 年版的阅读中。比较 1994 年版和 1996 年版，我们会惊讶于两个版本的翻天覆地的变化。在后来的版本中，奥古斯塔斯作为文化混血儿的负面结果被大大改变了，这种改变主要体现在奥古斯塔斯终于逃离了死亡的命运，作为文化混血儿生存了下来。在 1994 年的版本中，奥古斯塔斯选择与他的白人母亲和恋人求得了共谋，因此被黑人起义者作为"叛徒"处死（140）。而在 1996 年版中，奥古斯塔斯却在阴差阳错之中与白人与黑人都求得了共谋：他首先与阿麦丽亚求得了共谋，并在她自杀时试图阻止她（159）；当黑人起义者冲进来时，他们误以为奥古斯塔斯遵守了命令，亲手杀死了阿麦丽亚，因此奥古斯塔斯被起义者视为英雄和领袖，享受了无限的荣光。在一次访谈中，达夫道出了这个关键性改写的一个直接原因：

> 那个改变的出现是由于我的女儿［爱薇维阿］，她参加了俄勒冈莎士比亚戏剧节所有的环节。她热爱它，而且愿意坐在那里观看所有的彩排，并提出建议。这真是太好了。一天晚上，我还在为结尾苦思冥想。我把菲比加进去了，但我还是不喜欢起义者介入的方式，砰、砰，所有的人都死了。因此，但我正对此一筹莫展时，她下楼了（她本应该上床睡觉），我对她说，"我正对结尾浪费时间呢。"而她说，"你知道，我认为他应该活下来。还有比死亡更糟糕的事情。"这是个 12 岁的［孩子］说的话，她实际上并不知道她正在说什么，但当她说出的时候，我突然意识到，不错，那［活着］更艰难。①

的确，活下来的奥古斯塔斯将不得不面对自己杀死了亲生父亲，并与亲生母亲乱伦的残酷的真相。这样的活可能远比在对真相懵懂之际就死去更具

---

① Malin Pereira, "An Interview with Rita Dove," *Contemporary Literature* 40.2 (1999)：185-186.

有悲剧色彩。然而，仅仅从戏剧创作本身考虑，女儿的建议充其量只是这种改写的直接的、表层的原因。可以想见，无论奥古斯塔斯活着比死亡有多么悲惨，戏剧效果有多么强烈，达夫在 70 年代创作这部诗剧的时候，奥古斯塔斯都是必死无疑。事实上，奥古斯塔斯命运从死到生的巨变恰恰是达夫近 20 年的文化定位思考的结果，也是达夫在美国政治、历史和社会的流变中对自己的作品的伦理阅读的结果。达夫的重写是施为性的、生产性的，是对种族之间融合以及杂糅的文化身份的一种再塑形，并试图在新的历史背景下建构新的白人和黑人均可以遵循的生活范式和法则。这个改写甚至可以被认为是达夫作为“世界主义”艺术家身份最终确立的标志。奥古斯塔斯是曾经作为文化混血儿的形象被塑造出来的，这个人物的身上体现的是达夫作为对非裔美国社群对文化杂糅的排斥的巨大的焦虑。奥古斯塔斯的命运从死亡到生存，甚至被视为英雄的改写表明的正是达夫对文化杂糅身份和世界主义艺术家身份的最终认同。

《农庄苍茫夜》的创作过程体现的是作为黑人女性桂冠诗人的达夫对《俄狄浦斯王》复杂的阅读过程，并辩证地实践了阅读与写作的互动性关系。对于这种互动性，同为黑人女作家之翘楚的托尼·莫里森也颇为关注。在《黑夜中游戏》（*Playing in the Dark*）的“序言”中，莫里森探讨了作家的阅读行为和阅读方式。她认为，对于作家来说，“阅读和写作根本就没有区别”，而阅读作为一种“动态的状态”，要求读者/作家对“无法解释的美”、对“想象的复杂或简单的优雅”、对“唤起想象的世界”时刻保持敏感。① 莫里森认为，阅读是既作为反应，也作为创造的行为；而写作也呈现通常被认为与阅读相伴的接受性特征。读者和作者不是二元对立的，相反阅读和写作合在一起“意味着意识到作家的冒险和安全的观念，波澜不惊地获得或者大汗淋漓地为意义和责-任（respons-ability）而战”②。达夫在《农庄苍茫夜》的创作中，正是把自己放在阅读/写作的对话性的位置之间。一方

① Tony Morrison, *Playing in the Dark*: *Whiteness and the literary Imagination*, Cambridge: Harvard UP, 1992, xi.

② “respons-ability”是莫里森自创的词。“respons”指的是阅读的创作行为（writerly act of reading），而“ability”指的是这样做的道德义务。详见 Tony Morrison, *Playing in the Dark*: *Whiteness and the literary Imagination*, Cambridge: Harvard UP, 1992, xi.

面，她是《俄狄浦斯王》的读者/诠释者；另一方面，她又是《农庄苍茫夜》的作者/创造者。在这个双重的动态的运动中，达夫实现了对前驱文本的阅读/误读/伦理阅读的多重解读，也实现了阅读/误读/伦理阅读的多重写作。此多重阅读和写作的文化容量是令人惊喜的。它不但缓解了达夫对自己文化身份的焦虑，而且为自己的"世界主义"和黑人女权主义诗学视角找到了合理的文化定位并在与《俄狄浦斯王》的互文性审视中把《农庄苍茫夜》悄然纳入了西方文学经典的框架之中。

第三节　种族之战？　文化之战？　经典之战？

　　2011 年 11 月，美国诗坛一场规模空前的论战烽烟骤起。论战起因是丽塔·达夫主编的企鹅版《20 世纪美国诗歌选集》的出版。2011 年 11 月 24 日，哈佛大学教授、美国著名诗评家海伦·文德勒在《纽约书评》(*The New York Review of Books*) 上发表了长文《这些是值得记住的诗歌吗？》("Are These Poems to Remember?")。该文言辞激烈、火药味十足、指名道姓对达夫和她主编的这部诗集进行了批判。达夫也不甘示弱，于 2011 年 12 月 22 日在同一杂志上发文，针对文德勒的批评为自己和诗集进行了辩护和回击，言语柔中带刚、绵里藏针。与此同时，双方的支持者也纷纷上场助阵，以夺人眼球的标题在杂志和网络上发表了大量文章和访谈，从而形成了两大辩论阵营。这一论战从 2011 年岁末开始，持续至今，成为当今美国诗坛和文坛，乃至美国社会文化生活中颇具看点和影响力的文化事件。我国学界对这一事件也给予了一定关注。[①]

　　这场论战之所以在美国文坛乃至世界文坛反响巨大自然与论战双方非凡的影响力不无关系。丽塔·达夫和海伦·文德勒在美国文坛均是举足轻重的人物：前者是美国的桂冠诗人，美国诗人学会常务理事，弗吉

---

① 2012 年初《文艺报》发表了南京大学张子清教授长文《2011 美国诗界大辩论：什么是美国的文学标准》，把此次论战定义为"学术规范与种族歧视相纠缠的复杂问题"，此后多家网站转载了这篇文章；此外，张子清教授与刘海平教授还在博客上对这一话题进行了互动。参见张子清教授 2012 年 1 月 9 日博客，http://blog.sina.com.cn/u/2019074613。

尼亚大学联邦教授，曾经获得过包括普利策诗歌奖在内的众多诗歌奖项，2011 年更是获得"国家人文奖章"，被耶鲁大学教授、诗人伊丽莎白·亚历山大称为"这一领域的大姐大"①；后者是美国著名诗评家，史蒂文斯诗歌研究专家，哈佛大学教授，美国图书评论奖得主，普利策奖和国家图书奖评委，被视为美国诗歌评论界的"大姐大"②。两位论战者的影响力并不囿于诗歌创作和诗歌研究，而且还渗透到美国的社会文化生活之中，各自身边均有一批追随者，在图书市场具有不凡的号召力。这两位美国当代诗坛的"大姐大"的论战自然颇耐人寻味，以至于有些评论把这场论战娱乐化为两个女人之间的战争了。比如美国新闻网站大西洋连线就调侃说，这两个女人"真正捍卫"的是"各自的荣誉"③。一时间，报纸、杂志、网络形成的立体论战平台把这一事件吵得沸沸扬扬。

　　然而，在这热闹异常的表层下暗流涌动，三个频繁出现的关键词不断地提醒我们，这是一场严肃的，关涉美国诗歌，乃至美国文学走向，并最终将超越美学范畴的论战。第一个关键词就是种族。论战双方的族裔身份引人关注。达夫是美国非裔诗人，而文德勒是白人评论家。这就不难理解这场原本是两个人之间的"战争"为何会演变为对两个种族之间关系的思考，成为两个族裔阵营的战争，同时使得族裔文学和主流文学的关系问题成为该场论战的焦点之一。第二个关键词是文化。这场论战的本质牵涉论战双方的文化立场、对美国历史上的文化运动的态度以及族裔文化身份建构等问题。第三个关键词是经典。这次论战涉及多个当代美国文学，尤其是当代美国诗歌现状和未来的焦点，特别是关于美国诗歌的经典、经典化和经典扩容等问题。本节将以此次论战为起点，思考并解读该论战的多维度、深层次的文化内涵。需特别指出的是，笔者通过对这场喧嚣的论战双方观点的爬梳发现，不但达夫和文德勒之间存在着诸多误解，国内外学界对达夫和文德勒以及她们的观点和立场也存在着诸多误读。这

---

① Luo Lianggong, "Interview with Elizabeth Alexander," *Foreign Literature Studies* 5 (2011): 4.

② Peter Monaghan, "Bloodletting Over an Anthology," Dec. 20, 2011. <http://chronicle.com/blogs/pageview/bloodletting-over-an-anthology/29876.>.

③ Alexander Abad-Santos, "Never Provoke a Poet," *The Atlantic Wire*, Fri, Dec. 9, 2011.

些误读从本质上说牵涉的正是美国当代族裔、文化和经典之争的最核心问题。

一　这是一场种族之战吗？

文德勒是这场论战的发动者，却在种族这个敏感问题上成为达夫阵营攻击的标靶而处于被动局面。很多学者认为文德勒的观点有种族主义之嫌，因为"种族话题似乎占据了文德勒论辩的核心"①。诗人玛格丽特·玛丽亚·里瓦斯（Marguerite María Rivas）以《要记住的是不是这位文德勒？》为题，坦言她读到文德勒的批评文章时的第一印象是："脱离时代"、"不准确"和充满"种族歧视"②。诗评家乔纳森·法默（Jonathan Farmer）更是直接以《种族和美国诗歌：达夫对决文德勒》为题，定义了这场论战中的种族之争的特点。即便是对达夫和文德勒各打五十大板的米歇尔·梁（Michael Leong）也批评文德勒在这场论战中表现得像一个"乖张的种族主义者"③。

把这场论战的核心定位为种族之争，并把文德勒定位为种族主义者而口诛笔伐当然不无根据。文德勒在《这些是值得记住的诗歌吗？》中的某些表述的确有种族主义之嫌。例如，文德勒指责达夫的诗选"收录了更多黑人诗人，并赋予他们的诗歌相当可观的篇幅，给某些诗人的篇幅比给那些更为有名的诗人要多得多""达夫煞费苦心地收进去的愤怒的爆发以及艺术上雄心勃勃的冥想"等表述就是例证。④ 从这些言论可以看出，文德勒潜在的含义是指责达夫把那些以激烈的方式反对种族主义的黑人诗人和他们的诗歌收进了这一企鹅版诗选。比如，"黑人艺术运动"的领军人

---

① Chitown KevFollow, "Has Harvard Professor Helen Vendler Lost Her Damn Mind?" Tue Dec 13, 2011, http://www.dailykos.com.

② 转引自张子清《2011 美国诗界大辩论：什么是美国的文学标准》，《文艺报》2012 年 1 月 13 日。

③ 转引自张子清《2011 美国诗界大辩论：什么是美国的文学标准》，《文艺报》2012 年 1 月 13 日。

④ Helen Vendler, "Are These Poems to Remember?" *The New York Review of Books* 24 (Nov., 2011).

物依玛莫·阿米里·巴拉卡（Immamu Amiri Baraka）① 和他的抗议诗歌。②

　　不但参与此论战的诸多学界人士把文德勒的此番言论作为她是种族主义者的证据，达夫本人也在为自己一辩的文章中大打"种族牌"，指责文德勒表现出了"未加掩饰的种族主义"③。此外，达夫在很多场合都针对这一点对文德勒进行了回击。例如，在与《美国最佳诗选》编辑访谈时，达夫言辞激烈地说：

　　　　……是不是只有得到这些守卫在门口审查我们证件而让我们一个个进入的批评家的批准，我们这些美国非裔、美国土著、美国拉丁裔和美国亚裔才会被接受？……

　　　　……不同种族诗人的总数标志着我们不是一个后种族主义社会，甚至那些所谓"聪明"、"敏锐"和"开明"的人自称人文主义者，却常常被他们对阶级、种族和特权的先入为主的观念所扭曲……④

2012 年 3 月，达夫在接受全国有色人种协进会（NAACP）主席、社会活动家朱利安·邦德（Julian Bond）的采访时旧话重提，再次指责"某位著名评论家"对这部诗选的批评有"明显的种族主义倾向"⑤。

　　对白人评论家和黑人作家之间的论战，从种族主义的角度解读似乎是

---

① 即勒罗依·琼斯（LeRoi Jones），因辩论参与者众多，不同文章所用名字会有所不同。

② 企鹅版《20 世纪美国诗歌选集》共收录巴拉卡四首诗歌，分别是：Preface to a Twenty Volume Suicide Note，An Agony. As Now，SOS 和 Black Art. 这四首诗歌均是巴拉卡比较有代表性的抗议诗歌。见 Rita Dove, ed. *The Penguin Anthology of Twentieth-Century American Poetry*, Penguin Books, New York：2011，316-319。

③ Rita Dove, "Defending an Anthology," *The New York Review of Books*, Dec. 22, 2011.

④ Jericho Brown, "Until the Fulcrum Tips：A Conversation with Rita Dove," *The Best American Poetry Blog*, Dec. 12, 2011. http://blog.bestamericanpoetry.com/the_best_american_poetry/2011/12/. 译文转引自张子清《2011 美国诗界大辩论：什么是美国的文学标准》，略有改动。

⑤ Julian Bond, "Interviewed with Rita Dove," Mar. 27, 2012. http://koleksi.com/Rita-Dove-interviewed-by-Julian-Bond-Explorations-in-Black-Leadership-Series（enkpWOV50M8）.

最便捷的方式。事实上，文德勒与达夫关于美国诗歌是否应给予族裔作家更多关注的争论并非美国诗歌史上的个案，即便是进入 21 世纪，此类争论也不绝于耳。2000 年，当美国非裔诗人、学者凯利·尼尔森（Cary Nelson）主编的《现代美国诗歌选集》（*Anthology of Modern American Poetry*）问世时，立即遭到美国诗评大家玛乔瑞·帕洛夫（Marjorie Perloff）的质疑。帕洛夫的评论花了相当多的篇幅质疑某些文本是否配被称为诗歌，某些诗人是否值得被收录在诗集中。帕洛夫特别质疑了哈莱姆文艺复兴时期的黑人女诗人乔治亚·约翰森的诗作《女人的心》（"The Heart of a Woman"）的艺术性。帕洛夫认为，20 世纪早期的诗歌充当了"某些种族、族群和政治团体的样本"，而战后诗歌的遴选"让路给了某种直白的身份政治"；而作为主编，凯利·尼尔森有作为"某种激进政治的拥趸者"之嫌①。帕洛夫与尼尔森之间的龃龉同样引发了美国学界对种族主义的讨伐。例如，美国本土评论家卡特·瑞沃德（Carter Revard）就认为帕洛夫质疑这部诗集的真正原因在于这部诗集突出了少数族裔作家的成就及其对美国文学的贡献。②可见，关于文学与种族关系的口水之战一直如鬼魅般笼罩着美国文学的发展进程，21 世纪的美国文学也未能幸免。

　　然而，就这场论战而言，达夫这张"种族牌"打得有些草率了。斯坦福大学法律学院教授理查德·汤普森·福特（Richard Thompson Ford）2010 年撰写了《什么是种族牌？》一文，对美国社会中动辄大打"种族牌"的做法提出了批评。他指出，1903 年 W. E. B. 杜波伊斯曾经说过，20 世纪的问题是肤色问题。那么，在 21 世纪，这一问题会不会变成每个人都对肤色问题大谈特谈、夸夸其谈呢？③理查德·福特又进一步指出，打种族牌要慎重，因为种族主义的指控是"严重的"。种族牌不是简单的机会主义和欺骗，"它是我们社会关于如何描述和处理社会公平问题的深

---

① Marjorie Perloff, "Janus-Faced Blockbuster: Review of *Anthology of Modern American Poetry*," *Symploke* 8. 1-2 (2000): 207.

② Carter Revard, "Some Notes on Native American Literature," *Studies in American Indian Literature* 15. 1 (Spring, 2003): 11-12.

③ Richard Thompson Ford, "What Is the Race Card?" in Gerald Early, Randall Kennedy, ed. *Best African American Essays* 2010, New York: One World Books, 2010, 233-236.

层意识形态冲突的副产品"①。显然，达夫和她的支持者大打种族牌的做法正是犯了美国当今社会的流行病。对于文德勒和达夫之间的这场论战，一个种族主义的结论显然是简单化了这场本身十分复杂的论战。若要回答这一问题，首先要思考并回答另一个问题：文德勒是种族主义者吗？

如果说文德勒是种族主义者，恐怕连达夫本人都底气不足。公允地说，达夫作为诗人的声誉在很大程度上得益于文德勒妙笔生花的权威评论。从 1986 年到 1996 年的 10 年间，文德勒表现出了对初登文坛、名不见经传的达夫的持续关注，并连续撰写了 10 篇关于达夫和其诗歌的论文、书评和访谈。② 文德勒还在自己编选的两部重要诗集中收录了达夫的诗歌作品。③ 文德勒在评论达夫和她的诗歌时，从来不吝啬溢美之词。她赞誉达夫头脑非凡："敏锐、博学、善察、善思、规范"；正是这样的头脑才能"拒绝幼稚，更善于进行细致入微的剖析，而不是粗枝大叶的勾画"；达夫的思维向来不是随意的，而是"冷静的、审慎的"，"它审视着它的读者，并要求一种对自己的强烈的回应"④。可以说，文德勒是达夫的贵

---

① Richard Thompson Ford, "What Is the Race Card?" 234.

② 这 10 篇文章分别是 Helen Vendler, "In the Zoo of the New," *New York Review of Books* 23 (1986)：47 – 52；Helen Vendler, "Louise Gluck, Stephen Dunn, Brad Leithauser, Rita Dove," *The Music of What Happens*：*Poems*, *Poets*, *Critics*, Cambridge：Harvard University Press, 1988, 437–454；Helen Vendler, "An Interview with Rita Dove," in Henry Louis Gates Jr., ed. *In Reading Black*, *Reading Feminist*, London：Penguin, 1990, 481 – 491；Helen Vendler, "A Dissonant Triad：Henry Cole, Rita Dove, and August Kleinzahler," *Parnassus*：*Poetry in Review* 16.2 （1991）：391 – 404；Helen Vendler, "Rita Dove, America's Poet Laureate," *Ideas from the National Humanities Center* 2.Ⅰ （1993）：27–33；Helen Vendler, "Blackness and Beyond Blackness," *Times Literary Supplement*, Feb.18, 1994, 11 – 13；Helen Vendler, "The Black Dove：Rita Dove, Poet Laureate," in *Soul Says*：*On Recent Poetry*, Cambridge：Harvard University Press, 1995；Helen Vendler, "Rita Dove：Identity Markers," in *The Given and the Made*, London：Faber, 1995；Helen Vendler, "Twenties-Century Demeter," *New Yorker* 15 May （1995）：90–92；Helen Vendler, *Poetry, Poets, Poetics*：*An Introduction*, NY：St. Martin's, 1996. 参见拙文《丽塔·达夫诗歌主题研究》，博士学位论文，华中师范大学，2013。

③ 这两本诗集分别是 *The Harvard Book of Contemporary American Poetry*, Cambridge, Mass.：Belknap Press of Harvard University, 1985；*The Faber Book of Contemporary American Poetry*, London：Faber & Faber, 1990。

④ Helen Vendler, *Soul Says*：*On Recent Poetry*, Cambridge：Harvard University Press, 1995, 156.

人，对于达夫日后成为桂冠诗人功不可没。① 尤其值得注意的是，文德勒是最早关注达夫诗歌中的黑人性问题的评论家之一。她所撰写的长篇论文《黑人性和超越黑人性》（"Blackness and Beyond Blackness"）已经成为达夫研究的经典范例。在该文中，文德勒提出了一个重要观点，那就是对黑人作家而言，"黑人性不一定是作家的中心主题，但同样也不一定要被省略"②。文德勒认为，达夫正是以这种方式处理了黑人性问题，"跨越了她自己的若干界限"③，从而写出了一些"肤色中立的"诗歌。④ 这些评论对尚处于诗歌创作实习期的丽塔·达夫和对她的诗歌研究起到了定位和指导的作用。

　　显然，指责文德勒为种族主义者的确冤枉了这位诗评界的"大姐大"。那么，文德勒和达夫之间的纷争是否就与种族无关呢？答案显然也是否定的。事实上，不仅这次论战与种族有关，文德勒对达夫的研究结论也从未离开过种族问题。前文提到，文德勒对达夫情有独钟的重要原因之一就在于她从作为黑人诗人的达夫的作品中，发现了一种有别于其他黑人作家的文化品性。这种品性被文德勒认为是超种族的。此观点是文德勒对以达夫为代表的美国当代非裔诗人研究的贡献，也是她的局限。对于此种局限性，早有评论家提出质疑。例如，北卡罗来纳大学英语教授马琳·派瑞拉在《丽塔·达夫的世界主义》一书中指出，文德勒认为在黑人作家的心中有某些排他性的黑色区域的观点是一个伪命题，文德勒认为达夫"超越"种族的观点是"言过其实"，因为达夫超越的是"黑人艺术运动的美学"和"黑人文化民族主义"，而不是"黑人性"⑤。莎士比亚研究专家、评

---

① 关于这一点达夫本人是认可的。在 2012 年 3 月与朱利安·邦德的采访中，达夫就明确表示文德勒是"提携"她的贵人。参见 Julian Bond, "Interviewed with Rita Dove," Mar. 27, 2012. 文德勒对达夫曾经的大力扶持在美国评论界也是有口皆碑。笔者在宾夕法尼亚大学访学期间就这一问题与美国黑人文学、南方文学研究专家赛迪欧斯·戴维斯教授进行了讨论。这一观点得到了戴维斯教授的认同。

② Helen Vendler, "Blackness and Beyond Blackness," *New York Times Literary Supplement* 18 (Feb., 1994): 11.

③ Helen Vendler, "Rita Dove, America's Poet Laureate," *Ideas from the National Humanities Center* 2.1 (1993): 31.

④ Helen Vendler, "Blackness and Beyond Blackness," 11.

⑤ Malin Pereira, *Rita Dove's Cosmopolitanism*, Urbana and Chicago: University of Illinois Press, 2003, 8-9.

论家彼得·艾瑞克森（Peter Erickson）也认为，文德勒的观点是"有局限的、偏颇的"，因为她没有对"世界主义的复杂性"给予同样的关注。① 美国圣十字学院英语教授戴安娜·科鲁兹（Diana V. Cruz）也认为，把达夫的种族"超验性"作为她不同凡响的"最终标志"贬低了达夫和她的作品。②

以上批评是中肯的。文德勒的伟大之处在于她敏锐地意识到了在"后黑人艺术运动"时期创作的黑人作家对于种族书写和黑人身份有着与其前辈作家迥然不同的方式，并试图以超越种族的方式来解读和诠释这个黑人新生代作家群体。然而，她对黑人性的理解却并没有走出二元对立的范式。换言之，她之所以把达夫的作品划归主流作品的范畴，是基于一种假设的前提，即她的作品超越了种族。这种假设"只提供了一种有条件的接受"，而"排除的威胁时隐时现"③。然而，尽管文德勒没能彻底走出黑白二元对立的鬼魅之影，并试图圈围出一个超越黑人性的心理空间和文化空间来定位以达夫为代表的"后黑人艺术运动"时期的美国非裔作家，不可否认的是，她一直努力尝试以一种超越种族和阶级差异的方式理解并诠释当代美国非裔作家的作品，并试图在此基础上经典化这些作品。仅就这一点来说，她对于种族关系和文化差异的理解就与传统意义上的种族主义者有着天壤之别。

那么，并非种族主义者的文德勒对达夫的谴责和愤怒又所为何故呢？一直试图走出黑白对立樊篱的文德勒为何会表现出对黑人性理解的偏颇和局限呢？这种局限又源于何处呢？这个问题事实上直接关系着这场论战骤起的根源。论战中的一个细节值得注意。文德勒指责达夫的诗集中"多元文化无所不包、泛滥成灾"。可见文德勒"设想的靶子"是"多元文化主义"④。换言之，文德勒是把达夫和她的诗集作为多元文化主义的样本

---

① Peter Erickson, "Rita Dove's Two Shakespeare Poems," in Marianne Novy, ed. *Transforming Shakespeare: Contemporary Women's Re-visions in Literature and Performance*, New York: St. Martin's Press, 1999, 98.

② Diana V. Cruz, "Refuting Exile: Rita Dove Reading Melvin B. Tolson," *Callaloo* 31.3 (2008): 789.

③ Ibid.

④ Michael Leong, "Some Reflections on *The Penguin Anthology of Twentieth-Century Poetry*," Dec. 23, 2011. http://bigother.com/2011/12/23/some-reflections-on-the-penguin-anthology-of-twentieth-century-poetry-2011/.

加以审视的。那么，达夫是多元文化主义者吗？回答这个问题就如回答"文德勒是种族主义者吗"一样，对于理解这场论战至关重要。

二　这是一场文化之战吗？

文学作品的经典化"隐含着"一种作家和评论家的"美学价值的文化判断"①。因此，可以肯定地说，文德勒和达夫这场论战是一场文化之战。关于这一点，文德勒和达夫论战双方的观点是一致的。然而，正如前文所阐释的那样，达夫把文德勒当作种族主义的靶子有简单粗暴之嫌，文德勒想当然地把达夫当作多元文化主义的靶子也过于草率了。双方的支持者把这场论战定位于种族主义和多元文化主义的论战也显然是出于惯性思维。所以，尽管这的确是一场文化之战，但又已经不是普遍意义上的文化战争了。那么，什么是人们通常所认为的文化战争呢？简言之，就是种族主义和多元文化主义之间的战争。尽管这一表述也有简单粗暴之嫌，却的确能够体现通常意义上的文化战争的本质。

把白人评论家和黑人作家之间的论战归结为种族主义与多元文化主义之间的分歧似乎是最合情合理也最方便的方式。这与美国近30年来一直持续不断的关于多元文化主义的论争的大背景不无关系。美国的多元文化主义与黑人解放运动渊源颇深，可以说是黑人权力运动深化和拓展的结果。黑人权力运动重视黑人文化的价值，肯定其对美国历史的贡献，并促进了多元文化主义在美国社会的兴起，"对美国社会从白人种族主义社会转变为多元文化主义社会做出了重要贡献"②。黑人权力运动的核心思想更是成为美国多元文化主义的主要内容。这就难怪文德勒会理所当然地认为身为美国非裔女诗人的达夫是多元文化主义者。看来唯肤色论真的是美国人心中永远的黑暗之魔。

多元文化运动在美国历史上发挥过十分重要的作用。近30年来，多元文化主义在美国文化和思想界以及政治生活领域掀起了一场政治文

---

① Betina Entzminger, *Contemporary Reconfigurations of American Literary Classics：The Origin and Evolution of American Stories*, New York：Routledge, 2013, 4.
② 谢国荣：《1960年代中后期的美国"黑人权力"运动及其影响》，《世界历史》2010年第1期，第41页。

化大风暴。多元文化主义的倡导者和传统文化观念的坚守者形成了两大阵营，引发了规模空前的"文化战争"①。那么，文德勒和达夫的这场论战是不是 20 世纪末这场文化论战的余音呢？从目前国内外的评论来看，这几乎是众口一词的观点。然而，笔者认为，得出这种结论也有草率之嫌。就如同一直试图通过自己妙笔生花的评论而经典化达夫等族裔作家的文德勒并非顽冥不化的传统文化的坚守者一样，达夫也不是多元文化主义的推崇者。包括文德勒在内的评论家之所以想当然地认为黑人作家达夫是多元文化主义者，而她编选的诗集是多元文化主义的产物在很大程度上有对多元文化主义望文生义之嫌。事实上，"多元文化主义"并不意味着"多元文化的"，而是基于"差异政治"和"认同政治"的政治策略，承载了太多的政治文化因素，而且本身更是充满了不可调和的悖论。② 对于多元文化主义存在的弊端，目前学者们已经达成共识。其中，美国和加拿大学者的研究最有代表性。加拿大学者安顿·L. 阿拉哈（Anto L. Allahar）就曾经指出，多元文化主义策略的核心还是"盎格鲁-撒克逊文化"，"并没有能够实现文化意义上的平等和尊重"③。另一位加拿大学者威尔·金里卡（Will Kymlicka）也秉持了相似的观点，并把多元文化主义可能造成的潜在威胁形象地比喻成"特洛伊木马"④。美国学者詹姆斯·博曼（James Bohman）把多元文化主义定性为"一种多民族国家争夺政治权力的策略"，因此"并不能够解决少数族群与主流族群的深层次冲突"⑤。正是基于此，美国学者戴维德·霍林格（David A. Hollinger）公开呼吁，现在到了"超越多元文化主义"的时候了。⑥

　　如果一定要对号入座，并给文德勒贴卜一个标签的话，多元文化主义

---

① James Hunter Davison, *Culture Wars：The Struggle to Define America*, New York：Basic Books, 1991, 3-66.

② 江玉琴：《论多元文化主义的悖论与超越：以移民流散文化为例》，《深圳大学学报》（人文社会科学版）2011 年第 3 期，第 24~29 页。

③ 〔加〕安顿·L. 阿拉哈：《主流族群与少数族群的权利之辨：论加拿大黑人、社会团体与多元文化主义》，《深圳大学学报》（人文社会科学版）2011 年第 3 期，第 18 页。

④ 江玉琴：《论多元文化主义的悖论与超越：以移民流散文化为例》，第 25 页。

⑤ 〔美〕詹姆斯·博曼：《公共协商：多元主义、复杂性与民主》，黄相怀译，中央编译出版社，2006，第 68 页。

⑥ David A. Hollinger, *Postethnic America：Beyond Multiculturalism*, New York：Basic Books, 2000, 2.

者的标签似乎比种族主义者更适合她。文德勒恰恰在这一点上误读了达夫，也误读了自己。文德勒之所以对达夫的诗歌创作赞赏有加，一个根本原因正是在于她看中了达夫试图超越黑白对立，书写一个"粉色"① 世界的努力。换言之，文德勒看到的是达夫与欧洲文化渊源的密切关系。其实这正是文德勒欧洲中心主义观念的体现。文德勒的问题在于尽管她认为黑人作家可以超越种族，但她并没有走出对黑人身份二元对立的解读。这正是美国的多元文化主义最大的症结所在。从这个角度来看，文德勒和达夫的论战正是多元文化主义弊端的一个佐证。

　　在西方文化、美国文化和非裔文化三重遗产熏染下成长的达夫的种族观和文化观已经远远超越了"多元文化主义"，迈进了"世界主义"的新天地。用哈佛大学教授、达夫研究专家泰瑞斯·斯蒂芬的话说就是，达夫是"超越国家的"（supranational）、"多语性"（polyvocal）诗人。② 在诗歌创作上，达夫更是以一种有"包容感"的，力图超越"黑人文化民族主义的急迫"，跨越了黑人性和非黑人性的二元对立，创造性地进入一种表达她的世界主义者身份的跨界书写中。③ 达夫的信条是"我就是不相信界限"④。不相信边界的达夫对"传统的藩篱"十分"谨慎"，偏爱的是"自愿的关联"⑤。达夫一直执着地反对"被划归为黑人作家，并被分配给某些主题"⑥，她"抗拒所有的标签"⑦。

　　那么，达夫为何一再强调自己是世界主义者呢？世界主义和多元文化主义之间有着怎样的渊源和区别呢？"世界主义"这一理念至少可以追溯到公元前 4 世纪的犬儒学派，在启蒙时代与 19 世纪中后期得到了充分发

---

① 该表述参见达夫诗歌《睡觉前第三次朗读〈厨房之夜狂想曲〉之后》："黑色母亲，奶油孩子。/而我们在粉色中孕育/粉色亦蕴藏于我们的身体之中。"这首小诗收录在达夫诗集《装饰音》中。见 Rita Dove, *Grace Notes*, New York：W. W. Norton & Company, 1991, 41。

② Therese Steffen, *Crossing Color*, New York：Oxford University Press, 2001, 36.

③ 参见拙文《论丽塔·达夫〈穆拉提克奏鸣曲〉的历史书写策略》，第 173 页。

④ Patrica Kirkpatrick, "The Throne of Blues：An Interview with Rita Dove," *Hungry Mind Review* 35（1995）：57.

⑤ David A. Hollinger, *Postethnic America：Beyond Multiculturalism*, New York：Basic Books, 2000, 4.

⑥ Gretchen Johnsen and Richard Peabody, "A Cage of Sound：Interview with Rita Dove," *Gargoyle* 27（1985）：6.

⑦ Therese Steffen, *Crossing Color*, New York：Oxford University Press, 2001, 94.

展，到 20 世纪 70 年代之后随着全球正义理论的萌生得以复兴。尽管古典
世界主义、近代世界主义和当代世界主义的理念有一定差别，但强调人的
普适性和平等性的核心理念却贯穿始终。① 德国学者乌尔里希·贝克
（Ulrich Beck）在《什么是世界主义》一文中指出："世界主义要求一种
新的一体化方式，一种新的认同概念，这种新的方式和概念使一种跨越界
限的共同生活变得可能并得到肯定，使他性和差异不必牺牲在人们假想的
（民族）平等的祭坛前。"② 世界主义对多元文化主义的超越在于其动态
性、无中心和无边界性。世界主义者倡导多元的文化身份，强调动态的和
变化的群体性格，并积极参与到创造新的文化联系的行为之中。世界主义
者更是在不同时间和场合投身于"反对狭隘的知识分子"（anti-provincial
intellectuals）行动之中。③ 达夫对文德勒的回应就是这种行动的一部分。
在与斯蒂文·瑞迪那（Steven Ratiner）的访谈中，达夫对于她的归属和文
化身份的问题阐释得最为清楚。当被问及"非洲中心主义"，或者"欧洲
中心主义"，或者"女权主义"的标签和身份归属问题时，达夫说：

> 我认为非洲中心主义或者欧洲中心主义的语汇没有用。我认为他
> 们是分裂的……从政治角度讲，他们被算计着用来让群体之间你争我
> 夺；从语言的角度来说，他们排挤了开放的思想。我认识的人没有一
> 个整天坐在那里想着他/她是不是非洲中心主义的。生活不以那种方
> 式进行。那种身份标签似乎只对双方的边缘因素有意义——顽固的欧
> 洲中心主义，世界上的哈罗德·布鲁姆们把自己的事业建立在巩固英
> 语这一微不足道的堡垒上；无情的非洲中心主义在自己的学校孤立自
> 己，并把世界的知识一分为二。我不赞成任何以纯洁名义对知识划分
> 壁垒的做法。没有一种方式会使得自己"纯洁"，不论是种族特殊
> 性，还是性别特殊性，抑或等级特殊性。生活最让人着迷之处在于其

① 参见拙文《论丽塔·达夫〈穆拉提克奏鸣曲〉的历史书写策略》，第 173 页。
② 江玉琴：《论多元文化主义的悖论与超越：以移民流散文化为例》，第 25 页。
③ David A. Hollinger, *Postethnic America*: *Beyond Multiculturalism*, New York: Basic Books, 2000, 5.

流动性。某些评论家坚持试图定义我，回答那种问题很复杂……①

可见，达夫的世界主义理念已然深深影响到了她的文学创作、族裔身份塑造、美学倾向等。达夫的世界主义文化身份定位赋予了她用世界公民的声音诠释这个世界的权力，并在杂糅诗学建构、历史书写策略和对西方经典的改写中体现出了不同寻常的艺术魅力。②

以上论述表明，达夫和文德勒的这场论战的确是一场文化战争，但是并非 20 世纪末期的种族主义和多元文化主义之战的余音，而是 21 世纪伊始愈演愈烈的多元文化主义和世界主义之争的一个生动例证。

三　这是一场经典之战吗？

这场论战由经典之争而起，追根溯源到种族和文化，似乎可以告一段落了。然而，既然这两位美国文坛"大姐大"的种族观、文化观均有其独特之处，她们的经典观也自然与众不同。同时，在 21 世纪的今天，经典之争的根源和性质已经悄然发生了变化，因此，对这场经典之战本身进行一次深入思考将是十分必要的。

事实上，经典之战在美国已经上演了几十年。从 20 世纪 80 年代至 90 年代中期，美国学界爆发了一场旷日持久的经典之战，此论战起于威廉姆·贝内特（William Bennett）的文章《恢复遗产》（"To Reclaim a Legacy"）。论争的焦点之一就是美国文学经典是否需要修正、扩充和重写的问题。论战双方是以阿伦·布鲁姆和哈罗德·布鲁姆为代表的经典捍卫派和以安妮特·科洛德尼（Annette Kolodny）、伊丽莎白·米斯（Elizabeth Meese）、简·汤普金斯（Jane Tompkins）、小亨利·路易斯·盖茨（Henry Louis Gates, Jr.）等为代表的修正派。在这场论战中，以多元文化论为基点，

---

① Steven Ratiner, "A Chorus of Voices," in Earl G. Ingersoll, ed. *Conversations with Rita Dove*, Jackson: University Press of Mississippi, 2003, 133.

② 关于达夫诗学建构、西方经典改写策略、历史书写策略与世界主义文化身份之间的关系问题参见拙文《论丽塔·达夫诗歌的文化空间建构》，第 99~104 页；《阅读·误读·伦理阅读"俄狄浦斯情结"——解读达夫诗剧〈农庄苍茫夜〉》，第 73~85 页；《论丽塔·达夫〈穆拉提克奏鸣曲〉的历史书写策略》，第 161~177 页。

"主张重构美国文学经典并重写文学史的意见占了上风"①。事实上，美国文学经典的扩容一直没有停止过，美国文学批评家文森特·里奇（Vincent Leitch）在一次访谈中明确表示自己认为美国文学经典的扩容是一件"好事"，美国的文学经典不仅局限于形式主义批评认定的经典，还应该包括"新出现的其他种族和性别的经典"②。这场经典重构"史无前例地将少数族裔女性作家纳入经典"③，从而在很大程度上推动了美国族裔文学的发展，并直接影响到美国少数族裔的政治和文化地位的提升。所以说尽管经典之争依旧是"文化冲突"的表现，"建构经典"依旧是"建构帝国"④，但是21世纪前十年显然见证了一个更为宽松的文化氛围和文学经典的扩容进程。用《本质》杂志资深编辑、自由撰稿人派翠克·亨利·巴斯（Patrik Henry Bass）的话说就是，"无论老卫士多么想要守住诗歌的门槛，[经典]之门早已打开了"⑤。从这一文化氛围来看，文德勒和达夫的这场论战是一场经典之战，但又是一场已经超越了传统意义的经典之战了。

之所以说这是一场经典之战，原因在于双方的焦点就是哪些诗歌应该被作为值得记住的诗歌加以收录和传承的问题。文德勒指责该诗集收录了多达175位诗人，而在英语诗歌历史上何曾出现过一个世纪，会有如此之多的诗人值得阅读。文德勒还特别指出，达夫对史蒂文斯没有给予足够重视，只选择了早期的5首诗歌，占据了区区6页篇幅，而黑人诗人托尔森却占据了14页之多，并抱怨达夫收录了勒罗依·琼斯这样的"黑人艺术运动"中充满火药味的诗人。总之，文德勒和她的支持者们认为，达夫

① 程锡麟、秦苏珏：《美国文学经典的修正与重读问题》，《当代外国文学》2008年第4期，第62页。
② 郝桂莲、赵丽华、程锡麟：《理论、文学及当今的文学研究——文森特·里奇访谈录》，《当代外国文学》2006年第2期，第151页。
③ Emory Elliott and Graig Svonkin, *New Directions in American Literary Scholarship* 1980–2002, Washington, D.C.: United States Department of State, Bureau of Educational and Cultural Affairs, 2004, 27.
④ Tony Morrison, "Unspeakable Things Unspoken: The Afro-American Presence in American Literature," in Joy James and T. Denean Sharpley-Whiting, eds. *The Black Feminist Reader*, Oxford: Blackwell Publishers Ltd. 2000, 31.
⑤ Patrik Henry Bass, "Helen Vendler, Rita Dove, and the Changing Canon of Poetry," *The Takeaway*, Tue, December 13, 2011.

遴选诗歌的标准不一致，是出于自己的"艺术味蕾"。那么，果真如文德勒所言，达夫是出于自己的审美味蕾来遴选诗歌吗？

　　文德勒们之所以指责达夫出于自己的"艺术味蕾"遴选诗歌，原因还是在于认定达夫是出于多元文化主义的立场对美国文学经典进行了扩容。前文已经澄清，达夫早已超越了狭隘的多元文化主义，迈进了世界主义的文化认知层面。这种认知"强调的是众多群体的动态的和变化的特点，对创造新的文化融合的潜力很敏感"①。从开放的世界主义文化立场出发，达夫又怎会为自己的诗选做画地为牢的事呢？我们就以让文德勒和她的支持者最不能接受的诗人勒罗依·琼斯为例，看看对他的遴选是出于达夫自己的审美味蕾。众多评论之所以理所当然地认为勒罗依·琼斯适合达夫的"艺术味蕾"，就是一个原因：种族。人们想当然地认为，勒罗依·琼斯是黑人诗人中反对种族主义最激烈的一位，那么在同样身为黑人的达夫心目中，"当然就是英雄"②。这对达夫来说，真是一个天大的误会。在达夫心目中，勒罗依·琼斯不是英雄，这是肯定的。事实上，达夫从来没有求得，也从来没有试图求得与"黑人艺术运动"中的领军人物在情感和艺术上的认同。

　　有诗为证。达夫早年写了一首颇具挑衅姿态的诗歌《在梦中与唐·李不期而遇》（"Upon Meeting Don L. Lee, in a Dream"）。该诗中的主人公唐·李和前文提到的勒罗依·琼斯一样，是公认的美国"黑人艺术运动"的领袖。③ 然而这位在"黑人艺术运动"中叱咤风云的人物，在达夫笔下却如小丑般令人不屑一顾：

　　　　时光像蠕虫一样溜走。

---

① David A. Hollinger, *Postethnic America: Beyond Multiculturalism*, New York: Basic Books, 2000, 3-4.
② 张子清：《2011 美国诗界大辩论：什么是美国的文学标准》，《文艺报》2012 年 1 月 13 日。
③ 达夫的企鹅版《20 世纪美国诗歌选集》也同样收录了唐·李的诗歌，共两首，分别为 "But He Was Cool or: He even Stopped for Green Lights", "A Poem to Complement Other Poems"，参见 Rita Dove, ed. *The Penguin Anthology of Twentieth-Century American Poetry*, New York: Penguin Books, 2011, 398-401.

"七年前……"他开始说；但是

我打断了他："那些日子一去不复返了——

现在还剩下什么？"他开始哭号；他的眼珠

喷出火焰。我能看见鱼子酱

像大号铅弹塞在他的牙齿之间。

他的头发在烧毁的电线乱丛中脱落①。

事实上，达夫和唐·李是生活中的朋友，而她之所以把炮火直接对准唐·李，恰恰是因为他在"黑人艺术运动"中的代表意义。多位研究者对此达成共识。评论家拉姆帕赛德认为，这首诗歌表明的是达夫对"黑人艺术运动"的"敌视"。马琳·派瑞拉则认为这首诗歌"大胆地宣布了她［达夫］摆脱了黑人艺术运动的掌控"，并"杀死了黑人文学之父"②。知道了这段渊源，恐怕没有人会再说对勒罗依·琼斯的遴选是出于达夫本人的"艺术味蕾"了。况且，要说达夫的"艺术味蕾"的话，西方经典似乎更符合她的味蕾。她在很多场合公开表示，自己的文学之父就是莎士比亚等白人作家。③ 而她推崇的女作家则是西尔维娅·普拉斯、伊丽莎白·毕肖普等现代派和后现代派白人女性诗人。

那么，达夫为何要遴选勒罗依·琼斯的诗歌呢？或者把这一问题再拓展一下，达夫为何遴选了175位20世纪诗人，其中包括大量美国族裔诗人呢？对这一问题的回答既关涉经典之争带有普遍性的问题，也关涉21世纪文学经典之争呈现的某些独特的品性。

经典之争的普遍性问题就是精英文化和大众文化之间的分歧。这也恰恰是这场论战呈现的经典之争的特点。"文德勒要的是最好的"④；而达夫

---

① 译文转引自拙文《丽塔·达夫诗歌主题研究》，博士学位论文，华中师范大学，2013。
② 参见拙文《丽塔·达夫诗歌主题研究》，博士学位论文，华中师范大学，2013。
③ 参见拙文《阅读·误读·伦理阅读"俄狄浦斯情结"——解读达夫诗剧〈农庄苍茫夜〉》，第74页。
④ Cynthia Haven, " The Bashing of Helen Vendler," Dec.13, 2011, < http: //book haven. stanford. edu/2011/12/the-bashing-of-helen-vendler/>.

认为她的选集应该勾画的是"闪现"在她眼前的"一个世纪完整的诗歌轨迹"①。用达夫自己的话说，就是"对 20 世纪进行一次诗歌的回顾"②。达夫之所以遴选了勒罗依·琼斯、哈基·马德胡布提（Haki Madhubuti）等"黑人艺术运动"时期的诗人，最主要的原因就是因为这场"文化复兴形塑并重塑了非裔美国诗歌"③，这与达夫试图勾画一条完整的美国诗歌的轨迹的初衷是一致的。换言之，达夫感兴趣的是文学的总体性，而文德勒感兴趣的则是个体诗人的作品。其实，达夫和文德勒的这种分歧也并不是个案，从某种程度上说，这个分歧正是弗莱和布鲁姆之间的分歧。这种分歧表现在文集遴选策略和"选集文学叙事的再生产"结果的不同就是产生了"传统文集"（traditional anthology）和"非传统文集"（alternative anthology）之间的区别。④ 前者主要致力于建构一种对已经得到众多经典建构拥趸者支持的"奠基性作者"的勾描，比如路易斯·安特梅尔（Louis Untermeyer）选编的《现代美国诗歌和现代英国诗歌》（*Modern American Poetry & Modern British Poetry*）（1962）；后者则力图通过发现或者包括那些曾受到压制并被排斥在外的诗歌和诗人，而呈现一种更具包容性的文学叙事。⑤ 这种区别从另一层面来看，则是文学经典 I 和文学经典 II 的区别。⑥ 达夫的企鹅版《20 世纪美国诗歌选集》正是这种意义上的非传统文集以及建构文学经典 II 的一种尝试。

---

① Rita Dove, "Introduction: My Twentieth Century of American Poetry," in Rita Dove, ed. *The Penguin Anthology of Twentieth-Century American Poetry*, New York: Penguin Books, 2011, xxix.

② Rita Dove, "On New Anthology, Advice for Young Poets," Jan. 2, 2012. < http: // www. npr. org/2012/01/02/144491211/-rita-dove-on-new-anthology-advice-for-young-poets>.

③ Rita Dove, "Introduction: My Twentieth Century of American Poetry," in Rita Dove, ed. *The Penguin Anthology of Twentieth-Century American Poetry*, New York: Penguin Books, 2011, xxix.

④ Alison J. Van Nyhuis, "The Genevieve Taggard Effect: Producing Poetic Narratives and Literary Misfits," *How* 22. 1 (2003): n. p.

⑤ David Kaloustian, "Selling Out Literature in Institutions of Higher Education; or, a New Canon Lite for the Millennium," *CEA Magazine: A Journal of the College English Association* 13 (2000): 15.

⑥ 李玉平：《此"经典"非彼"经典"——两种文学经典刍议》，《南开学报》（哲学社会科学版）2011 年第 6 期，第 96~102 页。

达夫之所以要建构一种大众化的美国诗歌选集和她曾经作为桂冠诗人的身份不无关系。达夫在《20世纪美国诗歌选集》"导言"最后特别强调，这部诗选是以一名"当代诗人"，而非学者的"分析研究的眼光"来遴选和编撰的。① 在多次访谈中，达夫都谈到了她身为桂冠诗人的责任之一就是促进诗歌的大众化。其实后现代文学经典化的过程首先就是"精英意识的大众化过程"②。达夫作为桂冠诗人的诗歌理念与学院派诗评家文德勒有很大不同。作为桂冠诗人，达夫的目标就是让诗歌走进更多人的生活，因此当被问及这部诗选是为读者还是为学生准备的，达夫很肯定地说，"是为读者"③。

然而，达夫与文德勒的这场论战还有其特殊性。首先，达夫此次对美国诗歌的扩容与她日益清晰的世界主义文化身份定位不无关系。达夫深知，"就如同个人的身份是由自己和别人的叙事构成的，一个文化的身份是由拥抱并内化那种文化的文学经典作品构成的"④。正在蓬勃兴起的世界主义需要新的经典建构来支撑和诠释，因为文学经典往往起着"一种美国起源神话的作用"⑤。由此，不难看出，经典定位其实是一种文化心理认知。达夫通过这部诗选试图传递这样一个信息，文化身份定位在某种程度上会改变文化叙事的轨迹，也自然会改变经典的内涵和外延。这种文化心理认知可能关乎种族，却并非出于种族或者为了种族。

其次，达夫的这次对美国诗歌经典的扩容与她要建构一个富有时代特征的诗选的理想不无关系。她在一次访谈中说，她衡量一首诗歌的标准之一就是这首诗歌是否"捕捉到了20世纪的某种东西"⑥。达夫的诗

---

① Rita Dove, "Introduction: My Twentieth Century of American Poetry," in Rita Dove, ed. *The Penguin Anthology of Twentieth-Century American Poetry*, New York: Penguin Books, 2011, lii.
② 马汉广：《西方文学经典与后现代意识》，《文艺研究》2011年第12期，第61页。
③ Craig Morgan Teicher, "Shaking Up the Canon: PW Talks with Rita Dove," *Publishers Weekly*, Sep. 16, 2011.
④ Betina Entzminger, *Contemporary Reconfigurations of American Literary Classics: The Origin and Evolution of American Stories*, New York: Routledge, 2013, 10.
⑤ Ibid. 11.
⑥ Craig Morgan Teicher, "Shaking Up the Canon: PW Talks with Rita Dove," *Publishers Weekly*, Sep. 16, 2011.

选也许建构不了经典，但是却能够反映真正多元性的美国精神，而这一点其实与布鲁姆等人的理念是一致的。达夫通过这部诗集的编纂是在寻找"一个时代"，在这个时代中多个自我齐声歌唱。这其实正是布鲁姆、文德勒等人推崇的惠特曼、史蒂文斯等美国诗人由衷歌唱的美国精神。与其像布鲁姆一样"焦虑"地哀叹经典会越来越成为小众知识，会像拉丁文一样暗弱消亡，不如像达夫一样以开放的胸襟接受美国诗坛已经"百花齐放"的事实。只有这样，"经典悲歌"才不会那么沉重。①其实，文德勒大可不必如此激烈，成为经典是需要假以时日的复杂过程。要想成为经典，"文学作品的艺术价值""文学作品的可阐释空间""特定时期读者的期待视野""发现人""意识形态和文化权力变动""文学理论和批评的观念"等因素一个都不能少。② 达夫在企鹅版《20世纪美国诗歌选集》中遴选的诗歌是否能够成为经典，恐怕只有时间才能检验。

可以说，归根结底，达夫与文德勒这场两个女人的战争是一场美国特有的多维度的文化之战，是种族主义、多元文化主义和世界主义共存于社会文化和意识形态深层之中，并不断交织和交锋的外化。在种族主义依旧以各种尽管隐蔽却顽固的方式存在的美国，如达夫一样的族裔作家的种族身份恐怕在相当长的时间里，依旧会是最为敏感的文化和政治身份，而如达夫和文德勒之间的论战也依旧会以各种形式不时爆发。和此前在美国文坛出现的多次论战一样，这场论战也没有，恐怕也永远不可能决出高下。究其原因正是在于美国当下独特的多种文化意识形态并存的局面。达夫等族裔作家倡导的世界主义也许并非解决一切的灵丹妙药，世界主义者也因为其"无根性"而备受诟病，但有一点是肯定的，世界主义强调的"对他者文化和价值的共鸣、宽容和尊重"的文化态度是各个不同族群之间最终超越文化和政治差异、分歧和歧视的必经之

---

① 〔美〕哈罗德·布鲁姆：《西方正典》，江宁康译，译林出版社，2011，第13~34页。
② 童庆炳：《文学经典建构诸因素及其关系》，《北京大学学报》（哲学社会科学版）2005年第5期，第71~78页。

路。① 而从某种程度上说，这种"文化世界主义"的态度和策略不仅关涉文学经典的扩容问题，更关涉"在一个文化多元的世界中如何提升全球正义的条件"②。这样看来，这场论战不仅关乎文学本身，更关乎种族平等、文化差异和政治公正等更为深层次的社会问题。当然，这场论战最大的受益者还是美国文化和文学研究者以及美国诗歌的读者。在这场纷争中人们从不同角度审视了美国文化、美国种族和美国经典等问题，并赋予了这些古老的问题以新的诠释和含义。

小结：　达夫的文化观与经典重构

20 世纪 90 年代之后，达夫的作品呈现出了越来越鲜明的世界主义倾向，而她走向世界主义的原因，是她对美国多元文化主义失败的深深失望。20 世纪 90 年代中期，她曾借用马赛克的隐喻来形容美国社会的多元性："每一片都有独特的颜色和形状；每一片对整体都至关重要，而从远处看上去，形成了一件艺术品。"③ 然而美国在 21 世纪前 20 年社会阶层、种族呈现出的深深撕裂状态显然让达夫深感失望。

这种失望在达夫的创作中带来两个明显的转向。其一，对多元文化主义的批判以及对黑人双重意识的批判。达夫与文德勒的论战在某种程度上就是此种批判意识的外化。而达夫对诗剧《农庄苍茫夜》人物命运的改写则生动地勾画出达夫对黑人文化身份认识的改变。丹尼·塞克斯顿（Danny Sexton）、彼得·埃里克森（Peter Erickson）等学者均注意到了这一变化，并对此做出了令人信服的阐释。两位学者均在 21 世纪重新聚焦了达夫诗剧《农庄苍茫夜》的两次改写背后的心理机制问题。《农庄苍茫夜》中的男女主人公阿麦丽亚和奥古斯塔斯在拥有"两种灵

---

① Pnina Werbner, "In Croduction," *Anthropology and the New Cosmopolitanism*: *Rooted, Feminist and Vernacular Perspective*, New York: Berg Publishers, 2009, 2.

② Angela Taraborrelli, *Contemporary Cosmopolitanism*, London and New York: Bloomsbery, 2015, 1.

③ Rita Dove, "Foreword," *Multicultural Voices*: *Literature from the United States*, Glenview IL: Scott Foresman, 1995, xi.

魂、两种思想"的同时却都在被奴役着。① 达夫尤其通过创造阿麦丽亚证明了杜波伊斯的双重意识想象的失败。阿麦丽亚属于西方文学中的典型女性。她极独立、强势，又被强加于女性身上的种种社会规则驱使、奴役。② 当然达夫可以改写她的戏剧结尾，但却无法解决双重意识问题。这一点和杜波伊斯在《黑人的灵魂》（*The Souls of Black Folk*）中遭遇的问题何其相似。这场跨越时空的关于双重意识的对话都"更多地聚焦于问题本身，而不是任何一个解决问题的可能性"，"留下了一个开放的问题"③。

其二，达夫的世界主义转向。这一点在《穆拉提克奏鸣曲》《启示录清单》等 21 世纪近 10 年创作的作品中表现得最为明显。然而这里需要特别指出的是，作为黑人、作为女人，她的世界主义注定是有别于西方传统世界主义的，因此只把达夫的世界主义理解为"超越"种族显然既低估了达夫思想的复杂性，也有削弱强调黑人性的非裔美国作家创作传统之嫌。相反，达夫的创作轨迹引导我们思考"一种占用的空间的诗学意识——关于我们居住的空间，思想的形态和不在场的压力的空间"④。换言之，达夫思考的世界主义并非基于个人主义的世界主义，而是黑人族群的世界主义，带有鲜明的流散思维。这一点不仅在达夫作品中有所体现，事实上在英国黑人作家、美国黑人作家、加勒比黑人作家、非洲作家作品中都有所体现。基于族群的流散命运和边缘文化身份所阐释的世界主义经历和理念与把追求"普遍性的平等"作为权利和价值的终极关怀的西方世界主义有着明显不同。⑤ 族裔身份和性别身份在一定程度上决定了达夫所倡导的世界主义在自我与他者、对话伦理等世界主义核心问题上尤其独特的表征。

---

① W. E. B. Du Bois, *The Souls of Black Folk*, 1903, Oxford：Oxford UP, 2007, 3.

② Danny Sexton, "Lifting the Veil：Revision and Double-Consciousness in Rita Dove's *The Darker Face of the Earth*," *Callaloo* 31. 3 (Summer, 2008)：779.

③ Dickson D. Bruce, Jr. "W. E. B. Du Bois and the Idea of Double Consciousness," *American Literature* 64. 2 (1992)：306.

④ Rita Dove, *The Poet's World*, 15.

⑤ 胡键：《中国崛起的价值基础：从民族主义到新世界主义》，《社会科学研究》2020 年第 1 期，第 37~46 页。

达夫的多元主题与文化身份建构

　　本书通过对达夫的成长书写、空间书写、历史书写和文化书写主题和策略的梳理和解读，对达夫以及以达夫为代表的"后黑人艺术运动"时期的美国非裔诗人的种族观、文化观、美学观进行了较为系统的挖掘和思考。达夫作品的多元主题具有密切的内在关联性，从而使得达夫数量庞大、风格各异的作品具有一种连续性和完整性。达夫作品之所以具有很高的辨识度，一个很重要的原因就是她的作品不但集中体现了她对成长、空间、历史和文化主题的关注，从而形成了四个明显的作品群，而且在这四个作品群之间也存在着诸多内在关联性和连续性，从而把达夫诗歌、小说和戏剧以及她的诗学观和书写策略纳入了一个有机整体。这种整体性延展性地体现为达夫作品的多元主题与身份建构的统一、多元主题与文化杂糅的统一以及多元主题与对话叙事的统一。

一　达夫的多元主题与身份建构的统一

　　达夫的四大作品群主题不同，却在身份建构问题上表现出了高度的一致性，并共同完成了美国黑人的多元身份建构。

　　首先，体现在对黑人，尤其是黑人女性自我身份的多元文化建构。成长主题作品群以最直接的方式从黑人女性的身体成长、精神成长和艺术成长等多个方面回答了"我"是谁的问题，建构的是一个完整的黑人自我；空间主题作品群以隐喻性的方式从黑人与家园、旅程和世界的关系的角度回答了"我"来自哪里，又去向何方的问题，建构的是一个具有空间感的动态的黑人自我；历史主题作品群则从美国黑人历史上具有重大影响的时间和事件中择取了动人的片段，诠释了黑人自我意识嬗变的历史发展轨迹，建构的是一个历时的、发展的黑人自我；而文化主题作品群则在与西方经典作品的互文对话中，思考了黑与白的相对性，勾勒出达夫的黑人文化身份建构策略从多元文化主义向世界主义转向的轨迹。

其次，达夫作品主题具有内在和谐性还体现在对黑人种族的多元文化建构。评论界对达夫有一种根深蒂固的误解，认为她对黑人的种族问题表现出了不应该有的漠然态度。然而，通过对她的四个主题作品群的综合研究发现，她对黑人种族问题表现出了持久的关注。从她的第一部诗集《街角的黄房子》中的"黑鬼之歌"，到2009年的叙事诗集《穆拉提克奏鸣曲》中的黑人小提琴家，达夫诗歌中的人物、事件和情感都来自黑人和黑人族群。评论界之所以会产生这种误解，和达夫对黑人种族身份的文化建构策略有着很大关系。她很少刻意凸显种族对立，更从未对种族歧视等问题进行过血泪控诉。她作品中的黑人和黑人族群所遭遇的困境首先是人类遭遇的共同困境，这些困境和种族差异有关，却又不完全源于种族差异。达夫之所以以此种"去种族"的方式书写"种族问题"与"后黑人艺术运动"时期的黑人艺术家试图走出"黑人艺术运动"时期艺术为政治服务的原则有着很大关系。

最后，达夫作品主题具有内在和谐性还体现在对黑人美学的多元建构。从幼年时期就对西方文学和艺术情有独钟的达夫通过成长书写、空间书写、历史书写和文化书写充分表达了她游走于西方美学和黑人美学之间的独特张力。在成长主题作品群中，她隐喻性地运用了"母女关系"和"父女关系"，为自己的文学书写扬弃地寻找文学谱系。她通过重述"得墨忒尔-珀耳塞福涅神话"表达了自己既不同于西方文学之父，也不同于西方文学之母，更不同于黑人文学之父、母的美学原则，从而走出了"母亲的花园"和父亲的城堡，进入了一片属于达夫的世界主义文学谱系之中。在空间主题作品群中，达夫的世界主义美学原则以"幽灵之城"和"移动的 x-标记-点"得以空间化和形象化；而在历史主题作品群中，达夫的世界主义美学原则则以"历史的下面"得以历史化、具体化。由此，不难看出达夫的作品具有相互倚重、相互诠释的特点。

二　达夫作品的多元主题与文化杂糅的统一

达夫作品的多元主题既是她杂糅的文化身份的体现，也反作用于她杂糅的文化观。作为在"黑人艺术运动"的退潮期登上美国文坛的作家，达夫对"黑人艺术运动"时期倡导的黑人文化中心论有着一种本能的警惕，而她的欧洲求学和生活经历又以最直接的方式让她认识到多元文化对美国黑人作家的非凡影响力。文化杂糅性从她的作品的选题、艺术风格、美学原则等层面清晰地体现出来，具体表现如下。

首先，文化杂糅性直接表现为她的作品内容的文化融合性特点。她的作品不仅聚焦美国的黑人文化，比如布鲁斯音乐、美国黑人方言等，还特别关注黑人在欧洲文化环境中作为他者的独特体验。所以达夫的作品可以说是一个多元文化汇集、碰撞的化学实验室，她感兴趣的是本身充满矛盾、对立的文化交杂在一起后，所起的独特的化学反应。无论是招摇地在巴黎街头闲逛的加勒比岛国女人，还是跳着宫廷舞的美国黑人女性，抑或怀揣梦想来到 19 世纪的维也纳宫廷一展音乐才华的黑人小提琴家，都是文化杂糅的产物。这些来自不同文化背景的元素交杂在达夫诗歌、戏剧、小说的狭小空间之中，却并不混乱，也不唐突，原因就在于达夫以一种文化包容的心态整合了这些元素。这种心态其实代表了达夫对黑人文化身份的创造性理解。在文化日益趋向杂糅的时代，黑人的文化身份既不能再囿于"分离主义"，也不应该是简单的"融入主义"，而应该是一种保留文化差异性，却积极互动、合作的世界主义。正是这种崭新的文化身份使得达夫表现出了难得的从容和宽容。

其次，文化杂糅性间接地表现为她的书写策略所具有的文化融合性特点。为了多角度呈现她的四个作品群，达夫有机地运用了自传与虚构、叙事与抒情、奴隶叙事与神话叙事、空间叙事与历史叙事等多种书写策略。这些策略充分体现出了文化杂糅性的特点。文化杂糅性最为集中地体现在她的诗集《母爱》中。这部诗集不仅借用了古希腊神话"得墨忒尔-珀耳塞福涅神话"框架，更采用了十四行诗的形式。无论是希腊神话还是十四行诗都是经典的西方文学模式和元素，而达夫却在这两种极具代表性的西方文学经典模式中融入了美国当代黑人女性在美国和欧洲的游历生活，从而把这一神话改写成关于黑人"创造和失去身份的叙事"①。其中尤其值得思考的是达夫对十四行诗的挪用和改写。传统的彼得拉克和莎士比亚十四行诗是代表严苛的秩序的西方传统文学模式。达夫正是看中了十四诗本身所蕴含的西方文化含义。她对十四行诗进行了大胆的改写。比如她对十四行诗韵脚的有意破坏，或者在一首诗歌中有意融入二十八行，即一加一模式，从而大胆挑战了十四行诗所代表的文化秩序。达夫对西方经典的挪用的目的是双重的。一方面，她的诗歌挑战了 20 世纪 90 年代以前那种认为对于黑人诗人而言，唯一或者最真实的声音就是街头的或者民间的自由诗的批评期望；另一方面，达夫对十四行诗的改写也肯定了她作为一名黑人女性在经典传统中的地位，展示了她希望延续那种传统而不仅是复制它的理想。

最后，文化杂糅性隐喻地表现为她的文学谱系的文化融合性特点。前文提到，达夫对西方文学不仅熟悉，而且偏爱有加。她自己也曾经在多个场合强调，她的文学之父是莎士比亚、弥尔顿等西方文学大师。然而，作为黑人，达夫也从未刻意疏离自己的族裔文学谱系，托尔森、布鲁克斯、莫里森等也是她十分钟爱的黑人作家。所以，从她的作品中，我们既可以看到西方文学大师的影响，也能听到她与黑人文学前辈们的对话。不过，值得注意的是，无论是对于西方文学谱系，还是对于非裔文学谱系，她都审慎地保持着距离。可能正是因为这种若即若离的状态，达夫对两个文学谱系都保持了清醒的认识，并在自己的文学实践中，不断协商这难得的"双色"文学遗产。这就使得她的诗歌既有西方文学，尤其是西方文学经典的优雅的文风、精致的格律、精准的用典等特点，又有非裔文学的自由、幽默、口语化的特点。而这种杂糅性不但使达夫诗歌具有独特的文化品性，更为"黑人艺术运动"之后的美国黑人作家的文学创作提供了一个可以参考的模式。

三　达夫作品的多元主题与对话叙事的统一

达夫作品的主题和谐性和文化杂糅性是在她作品的多层次的对话中得

① Tracey L. Walters, *African American Literature and the Classicist Tradition*: *Black Women Writers from Wheatley to Morrison*, 133.

以实现的。这种对话性体现在宏观和微观两个层面。从宏观角度来看，她的作品表现为宏大历史和微小历史之间的对话性，具体体现为历史事实与虚幻语境之间的对话，以及个人历史与公共历史之间的对话。尽管她的作品的宏观对话性特点鲜明，但是从更为微观的叙事层面来看，她的作品的对话性特点体现得更为具体、明确，也更有深意。

首先，达夫作品的对话性体现为个人和集体的对话。达夫在多首诗歌中，同时运用了第一人称单数和第一人称复数，以及多个第一人称讲述人同时出现的方式。这种第一人称的变异叙事传递出了丰富的历史文化含义。从"我"到"我+我"再到"我们"的第一人称变异叙事所讲述的个人记忆和集体记忆强化的是美国黑人对黑人历史的"文化记忆"，是美国黑人对共同创伤的集体回应。

其次，达夫作品的对话性表现为自白声音和讲述声音的对话。不同人称的讲述人同时出现在一首诗歌、一个语境之中，是达夫惯用的诗歌叙事模式。第三人称讲述人客观、冷静的声音往往和一个坦白、主观的声音互相质疑甚至互相争吵。两种不同声音往往又由于对同一个事件的观察点的不同而相互补充，从而共同讲述了一个更为完整的故事。

最后，达夫作品的对话性还表现为不同性别之间的对话。两性之间的对话往往是达夫架构一首诗歌，甚至是一部诗集的关键。比如，在诗集《美国狐步》中，男性和女性的声音构成左右交错的诗行，不但模拟了舞蹈中男女舞伴的肢体语言，而且充分表达了两性不同的心理状态。诗集《托马斯和比尤拉》更是以夫妻二人之间的唱和有声，架构了整部诗集互相关联的两个部分。

达夫作品的主题和谐性、文化杂糅性和对话性特点也有着不可分割的内在联系。达夫的文化杂糅观赋予了她的作品主题和谐性，而她的对话策略则全面体现了她的作品的主题丰富性和文化杂糅性，从而构成了带有达夫标签的诗歌群。

达夫作品的以上特点在"后黑人艺术运动"时期的作家中是极具代表性的。在艺术创作上，以达夫为代表的新一代美国黑人作家以一种有包容感的、力图超越黑人文化民族主义的急迫，跨越了黑人性和非黑人性的二元对立，创造性地进入一种表达当代黑人的世界主义者身份的跨界书写。达夫对黑人的文化身份定位、诗学原则和创作实践对包括伊丽莎白·亚历山大、娜塔莎·特雷塞韦等在内的新生代黑人作家产生了深远影响。作为从黑人民族主义美学到世界主义美学嬗变过程中的关键性人物，达夫和她的艺术创作的意义将在时间的流变中得到更为切实的证明，而这一切都有待研究者及时跟进和进一步探索。

参考文献

英文文献

达夫作品

1. Dove, Rita, "Telling It Like It I-S *IS*: Narrative Techniques in Melvin Tolson's *Harlem Gallery*," *New England Review/Bread Loaf Quarterly* 8 (Fall, 1985): 109–117.

2. —. *Fifth Sunday*, Charlottesville: University of Virginia Press, 1990.

3. —. *Grace Notes*, New York: W. W. Norton & Company, 1991.

4. —. *Through the Ivory Gate*, New York: Vintage Books, 1992.

5. —. *Selected Poems*, New York: Vintage Books, 1993.

6. —. "Foreword," In *Multicultural Voices: Literature from the United States*. Glenview IL: Scott Foresman, 1995.

7. . *The Poet's World*, Washington, D. C.: Library of Congress, 1995.

8. —. *Mother Love*, New York: W. W. Norton & Company, 1995.

9. —. *The Darker Face of the Earth*, Brownsville: Story Line P, 1996.

10. —. *On the Bus with Rosa Parks*, New York: W. W. Norton & Company, 1999.

11. —. "Rita Dove on Melvin B. Tolson," *Poetry Speaks*, Elise Paschen and Rebekah Presson Mosby. eds. Naperville, IL: Sourcebooks, 2001, 139–140.

12. —. *American Smooth: Poems*, New York: W. W. Norton & Company, 2004.

13. —. *Sonata Mulattica*, New York: W. W. Norton & Company, 2009.

14. —. ed. , *The Penguin Anthology of Twentieth-Century American Poetry*, Penguin Books, New York: 2011.

15. —. *Collected Poems*: 1974 - 2004, New York: W. W. Norton & Company, 2017.

16. —. *Playlist for the Apocalypse*: *Poems*, New York: W. W. Norton & Company, 2021.

17. —. "The Spring Cricket Observes Valentine's Day," in *Kenyon Review* 43. 2 (Mar/Apr, 2021).

其他英文文献

1. Adorno, Theodore, *Minina Moralia*: *Reflections on a Damaged Life*, trans. E. F. Jephcott. London: New Left Books, 1974.

2. —. *Black Interior*, *Saint Paul*, Minnesota: Graywolf P, 2004.

3. —. *Power and Possibility*, Ann Arbor: The U of Michigan P, 2007.

4. —. *The Venus Hottentot*, Charlottesville: U of Virginia P, 1990.

5. Alexander, M. Jacqui and Chandra Talpade Mohanty, "Introduction: Genealogies, Legacies, Movements," *Feminist Genealogies*, *Colonial Legacies*, *Democratic Future*. ed. M. Jacqui Alexander and Chandra Talpade Mohanty, New York: Routledge, 1997.

6. Ambert, Alba, *A Perfect Silence*, Houston: Arte Público P, 1995.

7. Angelou, Maya, *Phenomenal Woman*: *Four Poems Celebrating Women*, New York: Random House, 1995.

8. —. *The Complete Collected Poems of Maya Angelou*, New York: Ransom House, 1994.

9. Appiah, Kwame Anthony, "African Identities in Nicholson, Linda and Steven Seidan," In *Social Postmodernism*: *Beyond Identity Politics*, Linda J. Nicholson, Steven Seidman, eds. Cambridge UP, 1995.

10. Ashcroft, Bill, Gareth Griffiths, and Helen Tiffin, *The Empire Writes Back*: *Theory and Practice in Post-Colonial Literatures*, New York: Routledge, 1998.

11. Baker, Houston A. , *Blues, Ideology, and Afro-American Literature*: *A*

Vernacular Theory, Chicago: University of Chicago Press, 1984.

12. —. "A Review of Grace Notes," *Black American Literature Forum* 24. 3 (Autumn, 1990).

13. —. *Workings of Spirit: The Poetics of Afro-American Women's Writing*, Chicago: The University of Chicago Press, 1991.

14. —. "Review of Grace Notes," *Black American Forum*, 1990, 24 (3).

15. Baldwin, James, Collected Essays, New York: Library Classics, 1998.

16. Ball, Erica L., *To Live an Antislavery Life: Personal Politics and the Antebellum Black Middle Class*, Athens and London: The University of Georgia Press, 2012.

17. Banner-Haley, Charles Pete, *From DuBois to Obama: African American Intellectuals in the Public Forum*, Carbondale, IL: Southern Illinois University Press, 2010.

18. Baraka, Amiri /LeRoi Jones, *Transbluesency: The Selected Poems of Amiri Baraka/LeRoi Jones* (1961–1995), New York: Marsilio Publishers, 1995.

19. Barth, John, *Chimera*, New York: Random House, 1972.

20. Barthes, R., "Theory of the Text," *Untying the Text: A Post-structuralist Reader*, ed. R. Young. London: Routledge and Kegan Paul, 1981, 31–47.

21. —. *The Grain of the Voice*, trans. Linda Coverdale. London: Jonathan Cape, 1985.

22. Baxandall, Michael, "Exhibiting Intention: Some Preconditions of the Visual Display of Culturally Purposeful Objects," *Exhibiting Cultures: The Poetics and Politics of Museum Display*, eds. Ivan Karp and Steven D. Lavine, eds. Washington, D. C.: Smithsonian Institution Press, 1991, 33–41.

23. Bell, Bernard W., *Bearing Witness to African American Literature: Validating and Valorizing Its Authority, Authenticity, and Agency*, Detroit: Wayne State UP, 2012.

24. Benner, Susan, "A Conversation with Carrie Mae Weems," *Artweek* 23: 15

(7 May, 1992).

25. Berlin, Ira, "American Slavery in History and Memory and the Search for Social Justice," *The Journal of American History* 90. 4 (Mar. , 2004).

26. Bernbaum, Ernest, "The Views of the Great Critics on the Historical Novel," *PMLA* 41. 2 (1926).

27. Bhabha, Homi K. , "Difference, Discrimination and the Discourse of Colonialism," in Francis Barker, et al. *The Politics of Theory*. Colchester: University of Essex, 1983.

28. Bhabha, Homi K, *The Location of Culture*, London: Routledge, 1994.

29. Blanchot, Maurice, *Friendship*, trans. Elizabeth Rottenberg. Stanford, CA: Stanford UP, 1997.

30. —. *Infinite Conversation*, trans. Susan Hanson, Minneapolis: U of Minnesota P, 1993.

31. Boelhower, William, "The Rise of the New Atlantic Studies Matrix," *American Literary History* 20. 1-2 (Spring-Summer, 2008).

32. Boon, James A. , *Verging on Extra-Vagance: Anthropology, History, Religion, Literature, Arts-showbiz*. Princeton: Princeton UP, 1999.

33. Booth, Alison, "Abduction and Other Severe Pleasures: Rita Dove's 'Mother Love'," *Callaloo* 19. 1 (Winter, 1996).

34. Bordo, Susan, *Unbearable Weight: Feminism, Western Culture, and the Body*, Berkeley: U of California P, 1993.

35. Boym, Svetlana, *The Future of Nostalgia*, New York: Basic Books, 2001.

36. Branch, Taylor, *The King Years: Historic Moments in the Civil Rights Movement*, New York: Simon & Schuster, 2013.

37. Brignano, Russell Carl, *Richard Wright: An Introduction to the Man and His Works*, Pittsburgh: U of Pittsburgh P, 1970.

38. Bronfen, Elisabeth, *Over Her Dead Body: Death, Femininity and the Aesthetic*, Manchester: Manchester UP, 1992.

39. Brooks, Peter, *Body Work: Objects of Desire in Modern Narrative*, New York: Harvard UP, 1993.

40. Brown, Caroline A. , *The Black Female Body in American Literature and Art*: *Performing Identity*, New York, London: Routledge, 2012.

41. Brownlee, David Bruce, David G. De Long, and Kathryn B. Hiesinger, *Out of the Ordinary*: *Robert Venturi*, *Denise Scott Brown and Associates-Architecture*: *Urbanism*, *Design*, Philadelphia: Philadelphia Museum of Art, 2001.

42. Bruce, Henry Clay, *The New Man. Twenty-nine Years a Slave. Twenty-nine Years a Free Man*, York, Pa: P. Anstadt and Sons, 1895.

43. Bruce, Dickson D. Jr. , "W. E. B. Du Bois and the Idea of Double Consciousness," *American Literature* 64. 2 (1992).

44. Butler, Judith, *Gender Trouble*: *Feminism and the Subversion of Identity*, New York: Routledge, 1990.

45. Carleton, Phillips D. , "John Donne's 'Bracelet of Bright Hair about the Bone '," *Modern Language Notes* 56. 5 (May, 1941).

46. Carlisle, Theodora, "Reading the Scars: Rita Dove's The Darker Face of the Earth," *African American Review* 34. 1 (Spring, 2000): 135-150.

47. Carmichael, Stokely and Charles V. Hamilton, *Black Power*: *The Politics of Liberation in America*, New York: Random House, 1967.

48. Cheryl Clarke, "*After Mecca*: *Women Poets and the Black Arts Movement*," New Brunswick, and London: Rutgers University Press, 2005.

49. Chodorow, Nancy, *The Reproduction of Mothering*: *Psychoanalysis and the Sociology of Gender*, Berkeley: U of California P, 1978.

50. Clark, K. and Holquist, M. , *Mikhail Bakhtin*, Cambridge, M. A. : Harvard UP, 1984.

51. Clausen, Jan, "Still Inventing History," *The Women's Review of Books* 7. 10/11 (1990).

52. Clifford, James, "On Collecting Art and Culture," in The Predicament of Culture: Twentieth-Century Ethnography, Literature, and Art, Cambridge, M. A. : Harvard UP, 1988.

53. Clifton, Lucille, *Quilting*: *Poems 1987-1990*, Brockport, NY: BOA, 1991.

54. Collins, Patricia, *Black Feminist Thought*: *Knowledge*, *Consciousness*, *and the Politics of Empowerment*, Boston: Unwin Hyman, 1990.

55. Cook, Emily Walker, "But She Won't Set Foot/In His Turtledove Nash: Gender Roles and Gender Symbolism in Rita Dove's 'Thomas and Beulah'," *CLA Journa* l38. 3 (March, 1995).

56. Cook, William W. and James Tatum, *African American Writers and Classical Tradition*, Chicago and London: The U of Chicago P, 2010.

57. Costello, Bonnie, "Scars and Wings: Rita Dove's Grace Notes," *Callaloo* 14. 2 (Spring, 1991).

58. Crane, Susan A., "Curious Cabinets and Imaginary Museums," in *Museums and Memory*, ed. Susan A. Crane. Stanford, Calif.: Stanford UP, 2000.

59. Cruse, Harold, *Rebellion or Revolution?* New York: Morrow, 1969.

60. Cruz, Diana V., "Refuting Exile: Rita Dove Reading Melvin B. Tolson," *Callaloo* 31. 3 (2008).

61. Cucinella, Catherine, ed. *Contemporary American Women Poets*: *An A-to-Z Guide*, Westport, CT: Greenwood Press, 2002.

62. —. *Poetics of the Body*, New York: Plagrave Macmillan, 2010.

63. Culler, Jonathan, *The Pursuit of Signs*, Ithaca: Cornell UP, 1981.

64. Cushman, Stephen, "And the Dove Returned," *Callaloo* 19. 1 (Winter, 1996).

65. Daly, Mary, *Beyond Got the Father*: *Toward a Philosophy of Women's Liberation*, Boston: Beacon Press, 1985.

66. Daniels J. Yolande, "Black Bodies, Black Space: A-Waiting Spectacle," in Lesley Naa Norle Lokko, ed. *White Papers*, *Black Marks*: *Architecture*, *Race*, *Culture*. Minneapolis: U of Minnesota P, 2000.

67. David, Sue, *The Political Thought of Elizabeth Cady Stanton*: *Women's Rights and the American Political Traditions*, New York: New York UP, 2008.

68. Davis, Susan Shibe, *Creative Composing*: *The Verbal Art of Rita Dove*, the

Visual Art of Stephen Davis and the filmic Art of Stanley Brakhage, Dissertation: Arizona State University, 1994.

69. Davis, Thadious M. , *Southscapes: Geographies of Race, Region, & Literature*, Chapel Hill: U of North Carolina P, 2011.

70. Dickinson, Emily, *The Complete Poems of Emily Dickinson*, Thomas H. Johnson, ed. Boston: Little, Brown and Company, 1960.

71. Dixon, Melvin, "Swinging Swords: The Literary Legacy of Slavery," in Justin A. Joyce and Dwight A. McBride, eds. *A Melvin Dixon Critical Reader*. Jackson: UP of Mississippi, 2006.

72. Douglass, Frederick, "Proceedings of the American Equal Rights Association Convention in Cooper Institute, New York, May 14, 1868," In *Frederick Douglass on Women's Rights*, ed. Philip S. Foner. Westport, Conn. : Greenwood, 1976.

73. Drešerová, Jana, Canary Petunias in Bloom: Black Feminism in Poetry of Alice Walker and Rita Dove. Doctoral Dissertation. Masaryk University, 2006.

74. Du Bois, W. E. B. , *The Souls of Black Folk* 1903, Oxford: Oxford UP, 2007.

75. DuCille, Ann, "African-American Writing: Overview," *The Oxford Companion to Women's Writing in the United States.* eds. Cathy N. Davison and Linda Wagner-Martin, New York: Oxford UP, 1995.

76. Dunbar, Eve E. , *Black Regions of the Imagination: African American Writers between the Nation and the World*, Philadelphia: Temple UP, 2013.

77. Dungy, Camille T. , "Interview with Rita Dove," *Callaloo* 28. 4 (2005) .

78. Edmond, Jacob, *A Common Strangeness: Contemporary Poetry, Cross-cultural Encounter, Comparative Literature*, New York: Fordham UP, 2012.

79. Edwards, Erica R. , *Charisma and the Fictions of Black Leadership*, Minneapolis and London: U of Minnesota P, 2012.

80. Elizabeth Alexander, "The Negro Digs Up Her Past: 'Amistad'," *The South Atlantic Quarterly* 104. 3 (2005) .

81. Ellis, Trey, "The New Black Aesthetic," *Callaloo* 12. 1 (1989) .

82. Ellison, Ralph, *Shadow and Act*, New York: New American Library, 1964.

83. Elsner, Jas, "Seeing and Saying: A Psycho-Analytic Account of Ekphrasis," *Helios* 31 (2004).

84. Erickson, Peter, "'Othello's Back': Othello as Mock Tragedy in Rita Dove's *Sonata Mulattica*," *Journal of Narrative Theory* 41. 3 (Fall, 2011).

85. Erikson, Kai, "Notes on Trauma and Community Trauma," in *Trauma: Explorations in Memory*, Cathy Caruth, ed. Baltimore: Johns Hopkins UP, 1995.

86. Fabre, Michel, *From Harlem to Paris: Black American Writers in France*, 1840-1980, Urbana and Chicago: U of Illinois P, 1991.

87. Fausto-Sterling, Anne, "Gender, Race, and Nation: The Comparative Anatomy of 'Hottentot' Women in Europe, 1815-1817," in Kimberly Wallace-Sanders, ed., *Skin Deep*, *Spirit Strong: The Black Female Body in American Culture*, Ann Arbor: U of Michigan P, 2002.

88. Ferguson, Russell, "Various Identities: A Conservation with Renee Green," in *World Tour*. Los Angeles: Museum of Contemporary Art, 1993, E 56.

89. Findlen, Paula, *Possessing Nature: Museums, Collecting, and Scientific Culture in Early Modern Italy*, Berkeley: U of California P, 1994.

90. Finkenbine, Roy E., "Belinda's Petition: Reparations for Slavery in Revolutionary Massachusetts," *The William and Mary Quarterly* 64. 1 (Jan., 2007).

91. Fischer, David Hackett, *Liberty and Freedom: A Visual History of America's Founding Ideas*, New York: Oxford UP, 2005.

92. Fisher, Maisha T., *Black Literate Lives: Historical and Contemporary Perspectives*, New York and London: Routledge, 2009.

93. Folks, Jeffrey J., "Last Call to the West: Richard Wright's 'The Color Curtain'," *South Atlantic Review* 59. 4 (Nov., 1994).

94. Foreman, Gabrielle, Miss Puppet Lady, *The Women's Review of Books* 10. 6

（1993）: 12.

95. Foster, Frances Smith, "Frances Ellen Watkins Harper," *Black Women in America: An Historical Encyclopedia*, Darlene Clark Hine, ed. Brooklyn, New York: Carlson Publishing, 1993.

96. Foucault, M. , *Madness and Civilization: A History of Insanity in the Age of Reason*, trans. R. Howard. London: Tavistock Publication, 1967.

97. Francis, Terri, " I and I: Elizabeth Alexander's Collective First-Person Voice, the Witness and the Lure of Amnesia," *Gender Forum* 22 （2008）, http: //www. genderforum. org/index. php? id = 171.

98. Frank, Joseph, *The Idea of Spatial Form*, New Brunswick: Rutgers UP, 1991.

99. Franklin, John Hope and Alfred, A. , *Moss From Slavery to Freedom: A History of Negro Americans*, New York: Knopf, 1988.

100. Franklin, John Hope and Loren Schweninger, *Runaway Slaves: Rebels on the Plantation*, New York: Oxford UP, 1999.

101. Freud, Sigmund, *The Standard Edition of the Complete Psychological Works of Sigmund Freud*, Vol. 18. ed. and trans. James Strachey et al. London: Hogarth Press, 1955.

102. Friedel, Tania, *Racial Discourse and Cosmopolitanism in Twentieth-Century African American Writing*, New York: Routledge, 2008.

103. Friedman, Susan Stanford, " Making History: Reflections on Feminism, Narrative, and Desire," In *Feminism Beside Itself*, Diane Elam and Robyn Wiegman. eds. New York and London: Routledge, 1995.

104. Gale, Cengage Learning, *A Study Guide for Rita Dove's " Darker Face of the Earth,"* （*Drama for Students*）, Farmington Hills, MI: Gale, 2018.

105. Garber, Marjorie, *Profiling Shakespeare*, New York: Routledge, 2008.

106. Gates, Henry Louis Jr. and Nellie Y. McKay, eds. *The Norton Anthology of African American Literature*, New York: W. W. Norton, 1997.

107. Gates, Henry Louis Jr. , *The Signifying Monkey: A Theory of Afro American Literary Criticism*, New York: Oxford UP, 1988.

108. Geathers, S. Isabel, *Tragedy's Black Eye: Theorizing the Tragic in Contemporary African American Literature*, Philadelphia: U of Pennsylvania P, 2011.

109. Georgoudaki, Ekaterini, "Rita Dove: Crossing Boundaries," *Callaloo* 14. 2 (Spring, 1991).

110. Gilbert, Sandra and Susan Gubar, *The Madwoman in the Attic: The Women Writer and the Nineteenth-Century Literary Imagination*, New Haven: Yale UP, 1979.

111. —. *Shakespeare's Sisters*, Bloomington: Indiana UP, 1979.

112. Gillem, Angela R., "Triple Jeopardy in the Lives of Biracial Black/White Women," in *Lectures on the Psychology of Women*. eds. Joan C. Chrisler, Carla Golden, Patricia D. Rozee, New York: McGraw-Hill, 2000.

113. Gilman, Sander, "The Hottentot and the Prostitute: Toward an Iconography of Female Sexuality," in Deborah Willis, ed. *Black Venus* 2010: *They Called Her "Hottentot"*, Philadelphia: Temple UP, 2010.

114. Gooding-Williams, Robert, *In the Shadow of Du Bois: Afro-Modern Political Thought in America*, Cambridge: Harvard UP, 2009.

115. Gordon-Reed, Annette, "Foreword," Elizabeth Dowling Taylor, *A Slave in the White House*, New York: Palgrave, 2012.

116. Gosmann, Uta, *Poetic Memory: The Forgotten Self in Plath, Howe, Hinsey, and Gluck*, Madison: Farleigh Dickinson UP, 2012.

117. Graf, Fritz, "Greek Mythology: An Introduction," trans. Thomas Marier, Baltimore: The Johns Hopkins UP, 1996.

118. Gray, Paul and Jack E. White, "Rooms of Their Own: Toni Morrison, Rita Dove," *Time* 18, (Oct., 1993).

119. Greasley, Philip A. ed. *Dictionary of Midwestern Literature*, Bloomington: Indiana UP, 2001.

120. Gregory, James N., *The Southern Diaspora*, Chapel Hill: The U of North Carolina P, 2005.

121. Griffin, Garah Jasmine, "*Who Set You Flowin'?*": *The African-American*

Migration Narrative, New York: Oxford UP, 1995.

122. Gulick, L. H., "How I Slept Outdoors," *Country Life in America* 16 (May, 1909).

123. H. D. , *End to Torment: A Memoir of Ezra Pound*, New York: New Directions Publishing Corporation, 1979.

124. Hakutani, Yoshinobu, *Cross-Cultural Visions in African American Modernism—From Spatial Narrative to Jazz Haiku*, Columbus: The Ohio State UP, 2006.

125. Hall, Stuart, Cultural Identity and Disapora. In Patric Williams &Laura Chrisman. eds. *Colonial Discourse & Postcolonial Theory: A Reader.* Harvester Wheatsheaf, 1993.

126. Hampton, Janet Jones, "Portraits of a Diasporan People: The Poetry of Shirley Campbell and Rita Dove," *Afro-Hispanic Review* 14. 1 (Spring, 1995).

127. Hanson, Joyce A. , *Rosa Parks: A Biography*, New York: Greenwood, 2011.

128. Harrington, Walt, "The Shape of Her Dreaming-Rita Dove Writes a Poem," *The Washington Post Magazine* (May, 1995).

129. Hayden, Robert, *How I Writer/1*, New York: Harcourt Brace Jovanovich, Inc. , 1972.

130. Hayes, Elizabeth, ed. *The Persephone Myth in Western Literature*, in *Images of Persephone: Feminist readings in Western Literature*, Gainesville: UP of Florida, 1994.

131. Hedley, Jane, "Rita Dove's Body Politics," in Jane Hedley, Nick Halpern, and Willard Spiegelman, eds. *In the Frame: Women's Ekphrastic Poetry from Marianne Moore to Susan Wheeler*, Newark: U of Delaware P, 2009.

132. Hemenway, Robert E. , *Zora Neale Hurston: A Literary Biography*, Urbana, Illinois: U of Illinois P, 1980.

133. Herman, David, *Basic Elements of Narrative*, Malden: Wiley-

Blackwell, 2009.

134. Hernton, Calvin C. , "The Sexual Mountain and Black Women Writers," *Black American literature Forum* 18.4 (1984) .

135. Herrera, Hayden, *Frida Kahol: The Paintings*, New York: Harper Collins, 1991.

136. Hine, Darlene Clark, "Black Migration to the Urban Midwest: The Gender Dimension, 1915 – 1945," *The Great Migration in Historical Perspective*, ed. Joe William Trotte, Bloomington: Indiana UP, 1991.

137. Hirsch, Marianne, "Maternal Narratives," *Reading Black, Reading Feminist*, ed. Henry Louis Gates, Jr. New York: Meridian, 1990.

138. Hohle, Randolph, *Black Citizenship and Authenticity in the Civil Rights Movement*, New York: Routledge, 2013.

139. Holland, Patrick and Graham Huggan, eds. *Tourists with Typewriters*, Ann Arbor: U of Michigan P, 2000.

140. Holt, Thomas C. , *African-American History*, Washington, D. C. : American Historical Association, 1997.

141. Honey, Maureen, ed. *Shadowed Dreams: Women's Poetry of the Harlem Renaissance*, New Brunswick: Rutgers UP, 2006.

142. hooks, bell, "Black Women Intellectuals," *Breaking Bread: Insurgent Black Intellectual Life*, eds. bell hooks and Cornel West, Boston: South End Press, 1991.

143. —. *Yearning: Race, Gender, and Cultural Politics*, Boston, MA: South End Press, 1990.

144. —. *Black Looks: Race and Representation*, Boston: South End Press, 1992.

145. Hoose, Phillip, *Claudette Colvin: Twice Toward Justice*, New York: Melanie Kroupa Books, 2009.

146. Hopkins, Patricia Dannette, *Invisible Woman: Reading Rape and Sexual Exploration in African-American Literature*, Dissertation, University of Pennsylvania, 2002.

147. Howard, Ben, "A Review of Mother Love," *Poetry* 167.6 (Mar., 1996).

148. Hughes, Langston, "The Negro Artists and the Racial Mountain," *Black Aesthetic*. ed. Addison Gayle, Jr. New York: Doubleday, 1971.

149. —. *The Collected Poems of Langston Hughes*. Arnold Rampersad and David Roessel. eds. New York: Vintage, 1994.

150. Hull, Akasha (Gloria), "When Language Is Everything," *The Women's Review of Books* 11.8 (May, 1994).

151. Hulme, Peter and Tim Youngs, eds. *The Cambridge Companion to Travel Writing*, New York: The Cambridge UP, 2002.

152. Hurston, Zora Neale, *Dust Tracks on a Road*, New York: Harper Collins, 2006.

153. Ingersoll, Earl G. ed. *Conversations with Rita Dove*, Jackson: UP of Mississippi, 2003.

154. Ingersoll, Earl G., Judith Kitchen, Stan Sanvel Rubin, eds. *The Post-Confessionals: Conversations With American Poets of the Eighties*, Rutherford, N.J.: Fairleigh Dickinson UP, 1989.

155. Ireton, Kevin, "The American House: Where Did We Go Wrong," *Fine Homebuilding* (December 2010/January 2011).

156. Jackson, Richard, ed. *Acts of Mind: Conversations with Contemporary Poets*, Tuscaloosa, Alabama: The U of Alabama P, 1983.

157. Jaffar-Agha, Tamara, *Demeter and Persephone: Lessons from a Myth*, North Carolina: McFarland & Co, Inc. Publishers, 2002.

158. Johnson, Charles, "The End of the Black American Narrative," Gerald Early and Randall Kennedy, *Best African American Essays*, New York: One World Books, 2010.

159. Jusdanis, Gregory, *Belated Modernity and Aesthetic Culture: Inventing National Literature*, Minneapolis, MN: U of Minnesota Press, 1991.

160. Kalfopoulou, Adrianne, *A Discussion of the Ideology of the American Dream in the Culture's Female Discourses: the Untidy House*, Lewiston,

Queenston, Lampeter: The Edwin Mellen Press, 2000.

161. Kaplan, Amy and Donald Pease, eds. *Cultures of the U. S. Imperialism.* Durham: Duke UP, 1993.

162. Kaplan, Amy, "Manifest Domesticity," *American Literature* 70 (1998).

163. Karp, Ivan, Christine Mullen Kreamer, Steven D. Lavine, eds. *Museums and Communities: The Politics of Public Culture*, Washington, D. C. : Smithsonian Institution Press, 1992.

164. Keckley, Elizabeth, "Preface," *Behind the Scenes*, New York: G. W. Carleton & Co. , Publishers, 1868, xi-xvi.

165. Keniston, Ann, *Overheard Voices: Address and Subjectivity in Postmodern American Poetry*, New York and London: Routledge, 2006.

166. Keyes, Carol, *Language's "Bliss of Unfolding" in and Through History, Autobiography and Myth: The Poetry of Rita Dove*, Dissertation: University of New Hampshire, 1999.

167. Kidd, Anthony and Jackson Jenny, eds. *Performing Heritage: Research, Practice and Innovation in Museum Theatre and Live Interpretation*, Manchester and New York: Manchester UP, 2012.

168. Kielburger, Craig and Marc Kielburger, *Me to We: Find Meaning in a Material World*, Mississauga, Ontario: John Wiley & Sons Canada, Ltd. , 2004.

169. Kielburger, Craig and Marc Kielburger, *Me to We: Find Meaning in a Material World*, Mississauga, Ontario: John Wiley & Sons Canada, Ltd, 2004.

170. King, Martin Luther, *Stride Toward Freedom*, New York: Harper and Row, 1958.

171. Kirkpatrick, Patricia, "The Throne of Blues: An Interview with Rita Dove," *Hungry Mind Review* 35 (1995).

172. Kletzing, H. F. and William F. Crogman, *Progress of a Race*, New York: Negro UP, 1969.

173. Kohl, Herbert, *She Would Not be Moved: How We Tell the Story of Rosa*

Parks and the Montgomery Bus Boycott, New York: The New Press, 2005.

174. Lacan, Jacques, *The Four Fundamental Concepts of Psycho-Analysis*, trans. By Alan Sheridan, Harmondsworth: Penguin, 1979.

175. Langdel, Cheri Colbi, *Adrienne Rich: the Moment of Change*, Westport, Connecticut, London: Praeger, 2004.

176. Lavine, Steven D. and Ivan Karp, eds. *Exhibiting Cultures: The Poetics and Politics of Museum Display*, Washington, D. C. : Smithsonian Institution, 1991.

177. Lefebvre, Henri, *The Production of Space*, Oxford & Cambridge: Blackwell Publishers Inc. , 1991.

178. Lemann, Nicholas, *The Promised Land: The Great Black Migration and How It Changed America*, New York: Alfred A. Knopf, 1991.

179. Leonard, Linda, *Wounded Woman: Healing the Father-Daughter Relationship*, Swallow Press/ Ohio UP, 1990.

180. Levinas, Emmanuel, "Prayer without Demand," trans. Sarah Richmond. In *The Levinas Reader*, ed. Sean Hand. Oxford: Blackwell, 1989.

181. Levine, Lawrence W. , "Slave Songs and Slave Consciousness," In *American Negro Slavery*, eds. Allen Weinstein and Frank Otto Gatell, New York: Oxford UP, 1973.

182. Li, Stephanie, *Something Akin to Freedom: The Choice of Bondage in Narratives by African American Women*, Albany: State University of New York Press, 2010.

183. Liddell, H. G. , and Robert Scott, *A Greek-English Lexicon*, Oxford: Clarendon P, 1968.

184. Lindberg-Seyersted, Brita, *Black and Female: Essays on Writings by Black Women in the Diaspora*, Oslo-Copenhagen-Stockholm: Scandinavian University Press, 1994.

185. Lisle, Debbie, *The Global Politics of Contemporary Travel Writing*, New York: Cambridge UP, 2006.

186. Lloyd, Jill& Michael Peppiatt, eds. , *Christian Schad and the Neue*

Sachlichkeit, New York: W. W. Norton & Company, 2003.

187. Lofgren, Lotta, "Partial Horror: Fragmentation and Healing in Rita Dove's 'Mother Love'," *Callaloo* 19. 1 (Winter, 1996).

188. Loftin, Elouise, *Jumbish*, New York: Emerson Hall Publishers, 1972.

189. Loizeaux, Elizabeth Bergmann, *Twentieth-Century Poetry and the Visual Arts*, New York: Cambridge UP, 2008.

190. Lorde, Audre, *The Collected Poems of Audre Lorde*, New York: W. W. Norton & Company, Inc. 1997.

191. Louis, Margot, *Persephone Rises*, 1860–1927: *Mythography, Gender, and the Creation of a New Spirituality*, Farnham: Ashgate, 2009.

192. Love, Katie Lynn, *An Emancipatory Study with African-American Women in Predominantly White*, Dissertation, University of Connecticut, 2009.

193. Lumley, Robert, *The Museum Time-Machine: Putting Culture on Display*, London: Routledge, 1988.

194. Luo, Lianggong, "Interview with Elizabeth Alexander," *Foreign Literature Studies* 5 (2011).

195. Macdonald, Sharon, ed. *The Politics of Display: Museum, Science, Culture*, London and New York: Routledge, 1998.

196. Malpas, Jeff, *Heidegger's Topology*, Cambridge, M. A.: MIT Press, 2006.

197. Marsh, Nicky, *Democracy in Contemporary U. S. Women's Poetry*, New York: Palgrave Macmillan, 2007.

198. Mason, Rhiannon, "Museums, Galleries and Heritage: Sites of Meaning-making and Communication," in Gerard Corsane, ed. *Heritage, Museums And Galleries: An Introductory Reader*, New York: Routledge, 2005.

199. May, Martha, *Women's Roles in Twentieth-Century America*, Westport, Connecticut: Greenwood Press, 2009.

200. McDowell, Robert, "The Assembling Vision of Rita Dove," *Callaloo* 26 (Winter, 1986).

201. —. "This Life," *Callaloo* 26 (Winter, 1986).

202. McHale, Brian, *The Obligation Toward the Difficult Whole: Postmodernist Long Poems*, Tuscaloosa and London: The U of Alabama P, 2004.

203. McMillan, Laurie, "Telling a Critical Story: Alice Walker's In Search of Our Mothers' Gardens," *Journal of Modern Literature* 28. 1 (Autumn, 2004).

204. Michaels, Walter Benn, *Our America: Nativism, Modernism, and Pluralism*, Durham: Duke UP, 2002.

205. Miller, J. Hillis, *The Ethics of Reading*, New York: Columbia UP, 1987.

206. —. *Versions of Pygmalion*, Cambridge: Harvard UP, 1990.

207. Miller, Jim, "Literature's New Nomads," *Publisher's Weekly* 114. 7 (14 August, 1989).

208. Misrahi-Barak, Judith, "Exploring Trauma through the Memory of Text: Edwidge Danticat Listens to Jacques Stephen Alexis, Rita Dove, and René Philoctète," *Journal of Haitian Studies* 19. 1 (Spring, 2013).

209. Molotsky, Irvin, "Rita Dove Named Next Poet Laureate; First Black in Post," *The New York Times* (19 May, 1993): c15, c18.

210. Monsivais, Carlos, Luis-Martin Lozano, Antonio Saborit, Diego Rivera, eds. *Frida Kahlo*. Boston: Little, Brown and Company, 2000.

211. Montefiore, Jan, *Feminism and Poetry: Language, Experience, Identity in Women's Writing*, London, Chicago, Sydney: Pandora, 1994.

212. Moon, Danelle, *Daily Life of Women During the Civil Rights Era*, Santa Barbara, California: Green Wood, 2011.

213. Moore, Thomas, *The Re-enchantment of Everyday Life*, New York: Harper Collins Publishers, 1996.

214. Mootry, Maria and Gary Smith. eds., *A Life Distilled: Gwendolyn Brooks, Her Poetry and Fiction*. Urbana: U of Illinois P, 1987.

215. Morra, Linda M. and Jessica Schagerl, eds., *Basements and Attics, Closets and Cyberspace: Explorations in Canadian Women's Archives*, Waterloo, O. N.: Wilfrid Laurier UP, 2012.

216. Morrison, Toni, "Behind the Making of the Black Book," *Black World* 23

（1974）.

217. —. *Beloved*, New York: Knopf, 1987.

218. —. *Playing in the Dark: Whiteness and the Literary Imagination*, Cambridge: Harvard UP, 1992.

219. Morrison, Toni, *The Bluest Eye*, New York: Washington Square Press, 1970.

220. Murch, Donna, "The Campus and the Street: Race, Migration, and the Origins of the Black Panther Party in Oakland, California," in Manning Marable and Elizabeth Kai Hinton, eds. *The New Black History: Revising the Second Reconstruction*, New York: Palgrave Macmillan, 2011.

221. Myles, Lynette D. , *Beyond Borders: Female Subjectivity in African American Women's Narratives of Enslavement*, New York: Palgrave Macmillan, 2009.

222. Nunes, Ana, *African American Women Writers' Historical Fiction*, New York: Palgrave Macmillan, 2011.

223. Ochshorn, Kathleen, "The Community of Native Son," *Mississippi Quarterly* 42 (1989).

224. Olson, Charles, *Selected Writings*, New York: New Directions Publishing, 1997.

225. Omi, Michael and Howard Winant, *Racial Formation in the United States: from the 1960s to the 1990s*, New York: Routledge, 1994.

226. Ostriker, Alicia, "The Thieves of Language: Women Poets and Revisionist Mythmaking," *Signs* 8. 1 (Spring, 1982), rept. In Elaine Showalter, ed. *The New Feminist Criticism*. London: Virago, 1986.

227. Painter, Nell Irvin, "Voices of Suffrage: Sojourner Truth, Frances Watkins Harper and the Struggle for Woman Suffrage," *Votes for Women: The Struggle for Suffrage Revisited*. Nell Irvin Painter. ed. New York: Oxford University Press, 2002.

228. Parini, Jay. et al. , ed. , *The Columbia History of American Poetry*, Beijing: Foreign Language Teaching and Research Press, 2005.

229. Parks, Rosa and Jim Haskins, *Rosa Parks: My Story*, New York: Dial Books, 1992.

230. Parmar, Pratibha, "Black Feminism: The Politics of Articulation," *Identity: Community, Culture, Difference*. J. Rutherford. ed. London: Lawrence and Wishart, 1991.

231. Patterson, Orlando, *Freedom: Freedom in the making of Western Culture*, London: I. B. Tauris & Co Ltd. , 1991.

232. Paul, Catherine E. , *Poetry in the Museums of Modernism*, Ann Arbor: The U of Michigan P, 2002.

233. Pereira, Malin, "An Interview with Rita Dove," *Contemporary Literature* 40. 2 (1999) .

234. Pereira, Malin, "The Poet in the World, the World in the Poet: Cyrus Cassells's and Elizabeth Alexander's Versions of Post-soul Cosmopolitanism," *African American Reviews* 41 (2007) .

235. —. "Walking into the Light: Contemporary Black Poetry, traditions, and the Individual Talent," *Into a Light Both Brilliant and Unseen: Conversations with Contemporary Black Poets*. Athens, Georgia: The U of Georgia P, 2010.

236. —. "When the Pear Blossoms/Cast Their Pale Faces on/the Darker Face of the Earth: Miscegenation, the Primal Scene, and the Incest Motif in Rita Dove's Work," *African American Review* 36. 2 (Summer, 2002) .

237. —. *Rita Dove's Cosmopolitanism*, Urbana and Chicago, IL: U of Illinois P, 2003.

238. Perloff1, Marjorie, *The Dance of the Intellect: Studies in the Poetry of the Pound Tradition*, New York: Cambridge UP, 1985.

239. Peterson, Christopher, *Kindred Specters: Death, Mourning, and American Affinity*, Minneapolis: U of Minnesota P, 2007.

240. Pierson, George W. , *The Moving American*, New York: Alfred A. Knopf, 1973.

241. Pillow, Gloria Thomas, *Mother Love in Shades of Black: The Material*

Psyche in the Novels of African American Women, Jefferson & London: McFarland & Company, Inc., Publishers, 2010.

242. Plumb, J. H., *The Death of the Past*, New York, Palgrave Macmillan, 2004.

243. Pogge, Thomas, "Cosmopolitanism and Sovereignty," *Ethics* 103. 1 (1992).

244. Ponty, M. M., *Phenomenology of Perception*, London: Routledge, 2002.

245. Posnock, Ross, *Color and Culture: Black Writers and the Making of the Modern Intellectual*, Cambridge, M. A.: Harvard UP, 1998.

246. Pratt, Mary Louise, "Arts of the Contact Zone," *Profession* 91 (1991).

247. Quashie, Kevin, "Black Masculinity and Queer Gendering in Rita Dove's 'Thomas and Beulah'," *CLA Journal* 59. 4 (June, 2016).

248. —. "The Black Woman as Artist: The Queer Erotics of Rita Dove's Beulah," *Tulsa Studies in Women's Literature* 37. 2 (Fall, 2018).

249. Raboteau, Albert J., "Introduction," in Clifton H. Johnson, ed. *God Struck Me Dead: Voices of Ex-Slaves*. Nashville: Social Institute, Fisk University, 1945.

250. Raiskin, Judith, "The Art of History: An Interview with Michelle Cliff," *The Kenyon Review* 15 (1993).

251. Rampersad, Arnold, "The Poems of Rita Dove," *Callaloo* 9 (Winter, 1986).

252. Randall, Dudley. ed., *The Black Poets*, New York, Toronto, London: Bantam Books, 1985.

253. Rediger, Pat, ed., *Great African Americans in Civil Rights*, New York: Crabtree Publishing Company, 1995.

254. Reilly, John M., ed., *Richard Wright: The Critical Reception*, New York: Burt Franklin, 1978.

255. Reynolds, Guy, *Apostles of Modernity: American Writers in the Age of Development*, Lincoln and London: U of Nebraska P, 2008.

256. Reznikoff, Charles, *The Complete Poems of Charles Reznikoff*, ed. Seamus Cooney, Santa Rosa: Black Sparrow Press, 1996.

257. Rich, Adrienne, *Of Woman Born: Motherhood as Experience and Institution*, New York: W. W. Norton, 1986.

258. —. *The Fact of a Doorframe: Poems Selected and New 1950–1984*, New York: Norton, 1984.

259. —. *What Is Found There: Notebooks on Poetry and Politics*, New York: Norton, 1993.

260. Righelato, Pat, Geometry and Music: Rita Dove's "Fifth Sunday," *The Yearbook of English Studies* 31 (2001).

261. Righelato, Pat, *Understanding Rita Dove*, Columbia: U of South Carolina P, 2006.

262. —. "Rita Dove and the Art of History," *Callaloo* 31. 3 (2008).

263. Rilke, Rainer Maria, *The Notebooks of the Malte Laurids Brigge*, trans. M. D. Herter Norton, New York: Norton, 1992.

264. Robinson, Jo Ann Gibson, *The Montgomery Bus Boycott and the Women who Started it: The Memoir of Jo Ann Gibson Robinson*, Knoxville: The U of Tennessee P, 2007.

265. Robnett, Belinda, "African-American Women in the Civil Rights Movement, 1954 – 65: Gender, Leadership, and Micromobilization," *American Journal of Sociology* 101. 6 (1996).

266. Rodriguez, Barbara, *Autobiographical Inscriptions: Form, Personhood, and the American Woman Writer of Color*, New York: Oxford UP, 1999.

267. Romanyshyn, Robert, *Psychological Life: From Science to Metaphor*, Austin: Texas UP, 1982.

268. Rorem, Ned, *The Paris Diary & The New York Diary: 1951–1961*, New York: Da Capo Press, 1998.

269. Rowell, Charles Henry, "Interview with Rita Dove," *Callaloo* 31. 3 (2008).

270. Rubin, Judith and Stan Sanvel Kitchen, "A Conversation with Rita Dove," *Black American Literature Forum* 20 (1986).

271. Ruddick, Lisa, *Reading Stein: Body, Text, Gnosis*, Ithaca: Cornell

UP，1990.

272. Rukeyser, Muriel, *The Collected Poems of Muriel Rukeyser*, eds. Janet Kaufman, Anne Herzog, Pittsburgh：U of Pittsburgh P，2006.

273. Russell, Sandi, *Render Me My Song*：*African-American Women Writers form Slavery to the Present*, London, New York, Sydney：Pandora Press, 2002.

274. Salas, Angela M. , *Flashback Through the Heart*：*The Poetry of Yusef Komunyakaa*, Selinsgrove, P. A. ：Susquehanna UP，2004.

275. Scharffenberger, Elizabeth，"'Aristophanes' Thesmophoriazousai and the Challenges of Comic Translation：The Case of William Arrowsmith's *Euripides Agonistes*，" *American Journal of Philology* 123. 3（2002）.

276. Schumidt, Elizabeth Hun, *The Poets Laureate Anthology*, New York：W. W. Norton & Company, 2010.

277. Schwerner, Armand, "Tablets Journal/ Divagations，" *The Tablets*, Orono, ME：Natl. Poetry Foundation, 1999.

278. Sexton, Danny, "Lifting the Veil：Revision and Double-Consciousness in Rita Dove's *The Darker Face of the Earth*，" *Callaloo* 31. 3（Summer, 2008）.

279. Sharp, Joanne P. , "Writing over the Map of Provence：The Touristic Therapy of A Year in Provence，" in James Duncan and Derek Gregory, eds. , *Writes of Passage*：*Reading Travel Writing*, London and New York：Routledge, 1999.

280. Shinn, Thelma J. , *Women Shapeshifters*：*Transforming the Contemporary Novel*, CT：Greenwood Press, 1996.

281. Shoptaw, John, "Review，" *Black American Literature Forum* 21. 3 Poetry Issue（Autumn, 1987）.

282. Slattery, Dennis Patrick, *The Wounded Body*：*Remembering the Markings of Flesh*, New York：State U of New York P，2008.

283. Spear, Allan H, *Black Chicago*：*The Making of a Negro Ghetto*, 1890 – 1920, Chicago：University of Chicago Press, 1967.

284. Steffen, Therese，"Rooted Displacement in Form：Rita Dove's Sonnet

Cycle 'Mother Love'," in *The Furious Flowering of African American Poetry*, ed. Joanne V. Gabbin, Charlottesville: The UP of Virginia, 2000.

285. —. *Crossing Color: Transcultural Space and Place in Rita Dove's Poetry, Fiction, and Drama*, New York: Oxford UP, 2001.

286. —. "The Darker Face of the Earth: A Conversation with Rita Dove", *Transition* 74 (1998).

287. Stein, Kevin, "Lives in Motion: Multiple Perspectives in Rita Dove's Poetry," *Mississippi Reviews* 23.3 (Spring, 1995).

288. Steward, Susan, *On Longing: Narratives of the Miniature, the Gigantic, the Souvenir, the Collection*, Baltimore, M.A.: Johns Hopkins UP, 1984.

289. Stocking, George, *Objects and Others: Essays on Museums and Material Culture*, *History of Anthropology*, Milwaukee: U of Wisconsin P, 1986.

290. Strother, Z. S., "Display of the Body Hottentot," In *Africans on Stage: Studies in Ethonological Show Business*, ed. Bernth Lindfors, Bloomington: U of Indiana P, 1999.

291. Sumana, K., *The Novels of Toni Morrison: A Study in Race, Gender and Class*, New Delhi: Prestige Books, 1998.

292. Taraborrelli, Angela, Contemporary Cosmopolitanism, London and New York: Bloomsberry, 2015.

293. Tate, Claudia, *Domestic Allegories of Political Desire: The Black Heroine's Text at the Turn of the Century*, New York: Oxford UP, 1992.

294. Taylor, Henry, *Compulsory Figures: Essays on Recent American Poets*, Baton Rouge and London: Louisiana State UP, 1992.

295. Temperley, Howard, *After Slavery: Emancipation and Its Discontents*, London: Frank Cass Publishers, 2000.

296. Theoharis, Jeanne, "Introduction: National Honor/ Public Mythology," *The Rebellious Life of Mrs. Rosa Parks*, Boston: Beacon Press, 2013.

297. Thompson, Carl, *Travel Writing*, New York: Routledge, 2011.

298. Todorov, Tzvetan, "The Journey and Its Narratives," in *The Morals of*

History, trans. Alyson Waters, Minneapolis: U of Minnesota P, 1995, 60-70.

299. Trotter, Joe W., Jr., ed., *The Great Migration in Historical Perspective*: *New Dimensions of Race*, *Class*, *& Gender*, Bloomington: Indiana UP, 1991.

300. Trotter, Joe W. Jr., "African American in the City: The Industrial Era, 1900-1950," in Kenneth W. Goings, Raymond A. Mohl eds., *The New African American Urban History*, Thousand Oaks: SAGE Publications, 1996.

301. Trouillot, Michel-Rolph, *Silencing the Past: Power and the Production of History*, Boston: Beacon P, 1995.

302. Udall, SR., "Frida Kahlo's Mexican Body," *Woman's Art Journal* 24. 2 (Fall 2003/Winter 2004).

303. Vendler, Helen, "An Interview with Rita Dove." in Henry Louis Gates, Jr. ed. *Reading Black*, *Reading Feminist: A Critical Anthology*, New York, NY: Meridian, 1990.

304. —. "Blackness and Beyond Blackness," *Times Literary Supplement*, Feb. 18 (1994).

305. —. "Rita Dove: America's Poet Laureate," *Ideas: Newsletter of the National Humanities Center* 2. 1 (1993).

306. —. "Rita Dove: Identity Markers," *Callaloo* 17. 2 (Spring, 1994).

307. —. "The Black Dove: Rita Dove, Poet Laureate," *Soul Says*, Cambridge: Belnap Press, 1995.

308. —. "A Dissonant Triad: Henri Cole, Rita Dove, and August Kleinzahler," *Soul Says*, Cambridge: Belnap Press, 1995.

309. —. *Given and the Made*, Cambridge, M. A.: Harvard UP, 1995.

310. Vogel, Susan, "Always True to the Object, in Our Fashion," in Ivan Karp and Steven D. Lavine, eds., *Exhibiting Cultures: The Poetics and Politics of Museum Display*, Washington, D. C.: Smithsonian, 1991.

311. Wade-Gayles, Gloria, "Reivew of Fifth Sunday," *Obsidian* Ⅱ 2. 2

（Summer, 1987）.

312. Walker, Alice, *In Search of Our Mother's Gardens*: *Womanist Prose*, New York: Harcourt Brace Jovanovich, 1983.

313. —. *Now Is the Time to Open Your Heart*, New York: Random House, 2004.

314. Wallace, Patricia, "Divided Loyalties: Literal and Literary in the Poetry of Lorna Dee Cervantes, Cathy Song and Rita Dove," *MELUS* 18.3 （Autumn, 1993）.

315. Walsh, William, "'Isn't Reality Magic?': An Interview with Rita Dove," *Kenyon Review* 11.3 （Summer, 1994）.

316. Walters, Jennifer, "Nikki Giovanni and Rita Dove: Poets Redefining," *The Journal of Negro History* 85.3 （Summer, 2000）: 210-217.

317. Walters, Tracey L., *African American Literature and the Classicist Tradition*: *Black Women Writers from Wheatley to Morrison*, New York: Palgrave Macmillan, 2007.

318. Walters, Wendy W., *Archive of the Black Atlantic*: *Reading Between Literature and History*, New York, London: Routledge, 2013.

319. Warren, Robert Penn, "The Uses of History in Fiction," *Southern Literary Journal* 1.2 （Spring, 1969）.

320. Washington, Mary Helen, "I Sign My Mother's Name: Alice Walker, Dorothy West, Paule Marshall," *Mothering the Mind*, eds. Ruth Perry and Martine Watson Brownley, New York: Holmes and Meier, 1984.

321. —. *Invented Lives*: *Narratives of Black Women*, 1860-1960, New York: Anchor, 1987.

322. Watkin, William, *Theories of Loss in Modern Literature*, Edinburgh: Edinburgh UP, 2004.

323. Wegner, Philip E., *Spatial Criticism*: *Critical Geography*, *Space*, *Place and Textuality*, Edinburg: Edinburg UP, 2002.

324. Weigl, Bruce, "A Review of Grace Notes," *Manoa* 2.1 （Spring, 1990）.

325. Weis, Gail, "The Body as Narrative Horizon," *Thinking the Limits of the Body*. eds. Jeffery Cohen and Gail Weis, New York: State U of New York P, 2003.

326. Weisbuch, Robert, *Emily Dickinson's Poetry*, Chicago: U of Chicago P, 1975.

327. Wenzel, Marita, "House, Cellars and Caves in Selected Novels from Latin America and South Africa," *Literary Landscapes: From Modernism to Postcolonialism*, eds. Attie de Lange, Gail Fincham, Jeremy Hawthorn and Jakob Lothe, New York: Palgrave Macmillan, 2008.

328. Werbner, Pnina, Anothropology and the New Cosmopolitanism: Rooteel, Feminist and Vernacular perspective, New York: Berg Publisher, 2009.

329. West, Cornel, "The Dilemma of the Black Intellectual," *Breaking Bread*. Bell Hooks and Cornel West, eds. Boston: South End Press, 1991.

330. Wheeler, Lesley, *Poetics of Enclosure: American Women Poets from Dickinson to Dove*, Knoxville: The U of Tennessee P, 2002.

331. White, Deborah Gray, *Ar'n't I a Woman? Female Slaves in the Plantation South*, New York: Norton, 1985.

332. White, E. Frances, *Dark Continent of Our Bodies: Black Feminism & Politics of Respectability*, Philadelphia: Temple UP, 2001.

333. White, Hayden, "Historical Pluralism," *Critical Inquiry* 12. 3 (1986): 480-493.

334. William L. Andrews, ed., "Introduction," *Slave Narratives After Slavery*, New York: Oxford UP, 2011.

335. Williams, Patricia, *The Alchemy of Race and Rights*, Cambridge, Mass. & London: Harvard UP, 1991.

336. Willis, Deborah, ed., *Black Venus 2010: They called Her "Hottentot"*, Philadelphia: Temple University Press, 2010.

337. Willis, Susan, *Specifying: Black Women Writing the American Experience*, Madison: The U of Wisconsin P, 1987.

338. Wilson, Ivy G., *Specters of Democracy: Blackness and the Aesthetics of*

Politics in the Antebellum U. S.，New York：Oxford UP，2011.

339. Winterson, J., "Live Through This," *Modern Painters* (June, 2005)：98-103.

340. Woodson, Jon, *Anthems, Sonnets, and Chants: Recovering the African American Poetry of the 1930s*, Columbus：The Ohio State UP, 2011.

341. Wright, Carolyne, "Persona Grata," *The Women's Review of Books* 13.8 (May, 1996).

342. Wright, Richard, "Blueprint for Negro Writing," rpt. In *Richard Wright Reader*, ed. Ellen Wright and Michel Fabre, New York：Harper and Row, 1978.

343. Wright, Richard, *Later Works*, New York：Library of America, 1991.

344. Wyatt, Jean, "Giving Body to the Word：The Maternal Symbolic in Toni Morrison's *Beloved*," *PMLA* 108.3 (1993)：474-487.

345. Wymond, Mabel Criswell, "My Outdoor Living and Sleeping Room," *Country Life in America* 16 (May, 1909)：93.

346. Younges, Tim, "Interview with Gary Younge," *Studies in Travel Writing* 6 (2002).

347. Zamora, Lois Parkinson, "Magical Romance/Magical Realism：Ghosts in U. S. and Latin American Fiction," In *Magical Realism：Theory, History, Community*, ed. Lois Parkinson Zamara and Wendy B. Faris. Durham, NC：Duke UP, 1995.

中文文献

1. 〔加〕安顿·L. 阿拉哈：《主流族群与少数族群的权利之辨：论加拿大黑人、社会团体与多元文化主义》，《深圳大学学报》（人文社会科学版）2011 年第 3 期。

2. 〔英〕卡尔·波普尔：《历史主义的贫困》，何林等译，社会科学文献出版社，1987。

3. 〔美〕阿兰·布鲁姆：《巨人与侏儒——布鲁姆文集》，张辉等译，华夏出版社，2007。

4.〔美〕哈罗德·布鲁姆：《影响的焦虑——一种诗歌理论》，徐文博译，凤凰出版传媒集团、江苏教育出版社，2006。

5.〔美〕哈罗德·布鲁姆：《西方正典》，江宁康译，译林出版社，2011。

6.〔美〕哈罗德·伊罗生：《群氓之族》，邓伯宸译，广西师范大学出版社，2008。

7.〔法〕莫里斯·布朗肖：《文学空间》，顾嘉琛译，商务印书馆，2003。

8. 程锡麟、秦苏珏：《美国文学经典的修正与重读问题》，《当代外国文学》2008 年第 4 期。

9.〔美〕戴卫·赫尔曼主编《新叙事学》，马海良译，北京大学出版社，2002。

10. 董衡巽等编《美国文学简史》（下册），人民文学出版社，1986。

11.〔法〕弗朗兹·法农：《黑皮肤，白面具》，万冰译，译林出版社，2005。

12.〔美〕弗雷德里克·詹姆逊：《后现代主义：或晚期资本主义的文化逻辑》，吴美真译，时报文化出版企业股份有限公司，1998。

13. 富强：《论新历史主义视角下的〈反美阴谋〉》，《当代外国文学》2007 年第 2 期。

14. 耿幼壮：《书写的神话——西方文化中的文学》，中国人民大学出版社，2006。

15. 顾明生：《被逐的"伊俄卡斯忒"——试论〈俄狄浦斯王〉中女性话语的消亡》，《外语研究》2008 年第 1 期。

16.〔法〕海德格尔：《人，诗意地安居》，郜元宝译，张汝伦校，广西师范大学出版社，2000。

17. 郝桂莲、赵丽华、程锡麟：《理论、文学及当今的文学研究——文森特·里奇访谈录》，《当代外国文学》2006 年第 2 期。

18. 蒋天平：《种族和性别权力下的疯子——美国三部小说中女性的疯狂》，《天津外国语大学学报》2011 年第 2 期。

19. 康澄：《洛特曼的文化时空观》，《俄罗斯文艺》2006 年第 4 期。

20. 李明欢：《Diaspora：定义、分化、聚合与重构》，《世界民族》2010 年第 5 期。

21. 凌津奇：《“离散”三议：历史与前瞻》，《外国文学评论》2007 年第 1 期。

22. 陆扬：《精神分析文论》，山东教育出版社，1998。

23. 陆扬：《空间理论和文学空间》，《外国文学研究》2004 年第 4 期。

24. 罗岗、顾铮主编《视觉文化读本》，广西师范大学出版社，2003。

25. 〔捷克〕米兰·昆德拉：《小说的艺术》，董强译，上海译文出版社，2004。

26. 南帆：《文学的维度》，上海三联书店，1998。

27. 〔德〕尼采：《悲剧的诞生》，赵登荣等译，漓江出版社，2000。

28. 〔美〕J. 希利斯·米勒：《解读叙事》，申丹译，北京大学出版社，2002。

29. 〔美〕W. J. T. 米歇尔：《图像理论》，陈永国、胡文征译，北京大学出版社，2007。

30. 〔法〕皮埃尔-安德烈·塔吉耶夫：《种族主义源流》，高凌瀚译，生活·读书·新知三联书店，2005。

31. 戚涛：《“空间·政治·文学”学术研讨会综述》，《外国文学》2007 年第 1 期。

32. 邱珍琬：《女性主义治疗理论与实务运用》，台北：五南图书出版股份有限公司，2006。

33. 〔法〕让-皮埃尔·韦尔南：《众神飞飏——希腊诸神的起源》，曹胜超译，中信出版社，2003。

34. 〔法〕让·徐雷-卡纳尔：《黑非洲：地理·文化·历史》，何钦译，世界知识出版社，1960。

35. 〔美〕爱德华·索亚：《第三空间——去往洛杉矶和其他真实和想象地方的旅程》，陆扬等译，上海教育出版社，2005。

36. 舒奇志：《殖民地文化的成长之旅——牙买加·金凯德自传体小说〈安妮·章〉主题评析》，《四川外语学院学报》2005 年第 4 期。

37. 苏榕：《重绘城市：论〈猴行者：其伪书〉的族裔空间》，《欧美研究》1992 年第 2 期。

38. 〔美〕苏珊·桑塔格：《在美国》，廖七一、李小均译，译林出版社，2003。

39. 童庆炳：《文学经典建构诸因素及其关系》，《北京大学学报》（哲学社会科学版）2005 年第 5 期。

40. 王瑾：《互文性》，广西师范大学出版社，2005。

41. 王晋平：《心狱中的藩篱——〈最蓝的眼睛〉中的象征意义》，《外国文学研究》2000 年第 3 期。

42. 王守仁、吴新云：《性别·种族·文化》，北京大学出版社，2004。

43. 王卓：《后现代主义视野中的美国当代诗歌》，山东文艺出版社，2005。

44. —.《投射在文本中的成长丽影——美国女性成长小说研究》，中国书籍出版社，2008。

45. —.《阅读·误读·伦理阅读"俄狄浦斯情结"——解读达夫诗剧〈农庄苍茫夜〉》，《外国文学研究》2009 年第 4 期。

46. —.《都市漫游叙事视角下的美国犹太诗性书写》，《英美文学研究论丛》2009 年第 2 期。

47. —.《爱欲的神话——论安德勒·罗德诗歌爱欲写作策略》，《济南大学学报》（社会科学版）2010 年第 1 期。

48. —.《从内部书写自我的完整维度——论伊丽莎白·亚历山大诗歌文化空间建构策略》，《当代外国文学》2010 年第 3 期。

49. —.《论丽塔·达夫诗歌的文化空间建构》，《解放军外国语学院学报》2010 年第 3 期。

50. —.《一双"观察的眼睛"在述说——论布鲁克斯长诗〈在麦加〉中的多元凝视》，《国外文学》2012 年第 3 期。

51. —.《论丽塔·达夫〈穆拉提克奏鸣曲〉的历史书写策略》，《外国文学评论》2012 年第 4 期。

52. —.《一场"黑人内部"的女人私房话——〈穿越象牙门〉与〈最蓝的眼睛〉的互文阅读》，《山东外语教学》2013 年第 3 期。

53. —.《丽塔·达夫诗歌主题研究》，博士学位论文，华中师范大学，2013。

54. —.《多元文化视野中的美国族裔诗歌研究》，中国社会科学出版社，2015。

55. —.《论丽塔·达夫诗歌中"博物馆"的文化隐喻功能》,《国外文学》2017 年第 1 期。

56. —.《种族之战？文化之战？经典之战？——从丽塔·达夫与海伦·文德勒的论战说起》,《浙江工商大学学报》2017 年第 2 期。

57. —.《黑色维纳斯之旅——论〈黑色维纳斯之旅〉中的视觉艺术与黑人女性身份建构》,《当代外国文学》2017 年第 2 期。

58. —.《跨学科视域下的英美小说叙事策略与身份政治研究》,外语教学与研究出版社,2019。

59. —.《论丽塔·达夫的美国黑人民权运动书写》,《外国语文研究》2019 年第 5 期。

60. —.《〈上帝帮助孩子〉中的肤色隐喻与美国后种族时代神话》,《当代外国文学》2020 年第 3 期。

61. —.《"黑色维纳斯"的伦理选择——文学伦理学批评视域下的帕克斯戏剧〈维纳斯〉》,《外国文学研究》2021 年第 1 期。

62. 肖锦龙:《试谈希利斯·米勒的言语行为理论文学观》,《外国文学》2007 年第 2 期。

63. 谢国荣:《1960 年代中后期的美国"黑人权力"运动及其影响》,《世界历史》2010 年第 1 期。

64. 杨经建:《"乱伦"母题与中外叙事文学》,《外国文学评论》2000 年第 4 期。

65. 〔美〕伊丽莎白·赖斯编《美国性史》,杨德、暴永宁、唐建文、卞集译,东方出版社,2004。

66. 〔美〕詹姆斯·博曼:《公共协商:多元主义、复杂性与民主》,黄相怀译,中央编译出版社,2006。

67. 张京媛主编《新历史主义与文学批评》,北京大学出版社,1997。

68. 张子清:《2011 美国诗界大辩论:什么是美国的文学标准》,《文艺报》2012 年 1 月 13 日。

69. 赵晓彬:《洛特曼与巴赫金》,《外国文学评论》2003 年第 1 期。

70. 曾巍:《丽塔·达夫〈冥河酒馆〉的陌生化书写》,《山东外语教学》2020 年第 5 期。

达夫作品缩略用法

DF	*The Darker Face of the Earth*
FS	*Fifth Sunday*
GN	*Grace Notes*
M	*Museum*
RP	*On the Bus with Rosa Parks*
SP	*Selected Poems*
TB	*Thomas Beulah*
YH	*The Yellow House on the Corner*
AS	*American Smooth*
ML	*Mother Love*

后 记

　　后记写了不少，这一篇却注定与众不同，因为它承载着太多令我难忘的记忆、令我动容的场景和令我顿悟的时刻。这部专著中论及的女性在时间和空间中经历的成长也正是我在读博的岁月中受益终身的成长经历。从这一点来看，学术研究的确是人生经历的凝练，是学者思、行、言不断自我否定、自我完善的独特经历。这部专著是以我的博士学位论文为基础进行扩展和完善而成稿的。从博士学位论文完成到获得国家社科基金后期资助项目，再到该书付梓经过了整整十年时间。我的学术成果的问世似乎和十年有缘。2015 年出版的专著《多元文化视野中的美国族裔诗歌研究》从立项到出版，也经历了整整十年时间。古人云，"十年磨一剑"，可谓真谛。这部专著也是我完成的第三个国家社科基金项目，是我的美国族裔文学研究和诗歌诗学研究的一次综合性提炼。

　　在该书完成之际，我在华中师范大学聂珍钊教授身边攻读博士学位的点点滴滴又呈现在眼前。能够成为聂老师的学生是我学术之路和人生之路上最大的幸事。与聂老师的师生之缘开始于 2009 年我的访学经历。当时的我正苦苦挣扎于我的课题"多元文化视野中的美国族裔诗歌研究"之中。课题庞杂的体系、散乱的思路几乎让我失去了接着做下去的勇气和信心。聂老师对于我正困顿其间的诸多问题给予了细致入微的指导。从总体框架设计到学术术语界定，从诗人定位到作品阐释，都凝聚着他的智慧、学识和见识。经过一年的访学，徜徉在桂花之香中的我已经神清气爽，70万字的课题顺利结项，鉴定等级是优秀。这次访学经历带给我的是学术意识的彻底改变。这种改变既抽象又具体，却同样让我受益无穷。其中学术境界和国际化视野是聂老师赋予我的最为宝贵的财富，也将是我终生追求的学术目标。

2010 年，我有幸成为聂老师的博士生，而我的学术研究也就此翻开了新的一页。我感触最深的就是聂老师对我"宽""严"相济的指导和教诲。所谓"宽"就是聂老师充分尊重我个人的学术研究志趣。所谓"严"就是他对我学术研究的各个环节都严格把关，从不迁就。在确定博士学位论文选题时，我颇为纠结。原因在于尽管我深爱丽塔·达夫的诗歌，却也深知作为当代美国非裔诗人的达夫并非通常意义上的"大家"，而她的诗歌距离经典也还有漫长的路要走。我何尝不知，博士学位论文选择大家之经典意味着什么。学术研究做经典、做大家，一劳永逸。因为这可能意味着终生不需要转向，而自己的研究成果也自然会融入国内外经典研究的行列，有被经典化的可能性。当我把这些顾虑向聂老师和盘托出时，他毫不迟疑地对我的选题表示支持，原因有二：学术兴趣是最好的老师，也是高质量完成学术研究的前提；当代作家更需要有前沿意识的学者投入大量精力研究，以填补空白。聂老师的支持和鼓励让我愉快地、信心满满地投入博士学位论文的写作之中。然而，与之前对我的选题的"宽"不同，聂老师对论文的各个环节都极其严格。他对论文整体架构、具体研究方法、文字表述等细节问题都极为严格地把关和修改，并提出了大量中肯的修改意见。正是在他"宽""严"相济的指导下，我顺利完成了博士学位论文，并在此期间发表了多篇与博士学位论文相关的高质量论文。

我的感念还要送给创作了这些触动了我灵魂深处最柔软神经的丽塔·达夫。达夫的人生就是一首动人的诗歌。这位能拉大提琴、会唱意大利歌剧、喜爱跳华尔兹的美国黑人女作家用自己精彩的人生诠释了黑人女性知识分子成长的多种可能性。她的诗歌、小说和诗剧更是以极具包容感的力量游走于黑人文化和欧洲文化、黑人文学传统和西方经典文学之间，在多种意义上实现了跨界书写，从而对美国当代黑人的文化身份进行了新的诠释。在与达夫的多次邮件往来中，可以深切地感受到她的热情和理解，对中国学者的友好以及对中国文化的好奇和好感。这和她在与文德勒的激烈辩论中表现出来的咄咄逼人简直判若两人。这可能就是丽塔·达夫，一个多面的达夫。

我的感念还要给予我在宾夕法尼亚大学的合作导师赛迪欧斯·戴维斯

教授。在撰写博士学位论文期间，我获得了一次去国外访学的机会，于是这部手稿也随着我漂洋过海，来到了宾夕法尼亚大学。宾夕法尼亚大学英语系是个藏龙卧虎之地，这里既有美国著名诗人、语言诗领军人物伯恩斯坦，也有多位艺术与科学院院士。同时，这里的族裔文学研究在美国也一直处于前沿。我的合作导师戴维斯教授就是美国非裔文学和南方文学研究的资深专家。浓厚的学术氛围、丰富的文献资料以及各位教授的真知灼见让我开始以更为严谨的态度重新审视自己的这项研究成果，并动手对博士学位论文进行修改和调整。这次修改是全方位的，既有重要观念的修正，也有总体结构调整，更有诸多细节的修改和重写。同时我还利用宾大 Van Pelt 图书馆丰富的藏书，更新了全部相关信息。

最后，我的感念要给予一直尽心尽力支持我的家人。感谢培育、关爱我的父母双亲。他们的信任和鼓励是我努力的动力之源；感谢愿意陪着我慢慢变老的丈夫，他的欣赏、理解和关爱让我自信地去迎接每一次挑战；感谢愿意陪着我一同成长的儿子，他的乖巧、懂事和自律让我一次次体验到作为母亲的骄傲。

随着这部专著完成，我人生最宝贵的岁月也将成为记忆链条中的一个环扣，并将成为勾连我未来人生之路的关键一环。这十年的人生体验、学术感悟、知识积累将成为我人生之路和学术之路最宝贵的精神财富和永远的动力之源。

图书在版编目（CIP）数据

黑色维纳斯的诗艺人生与世界观照：丽塔·达夫研
究／王卓著.--北京：社会科学文献出版社，2022.12
国家社科基金后期资助项目
ISBN 978-7-5228-0706-5

Ⅰ.①黑⋯　Ⅱ.①王⋯　Ⅲ.①丽塔·达夫-文学研究
Ⅳ.①I712.065

中国版本图书馆 CIP 数据核字（2022）第 175948 号

国家社科基金后期资助项目

黑色维纳斯的诗艺人生与世界观照：丽塔·达夫研究

著　　者／王　卓

出 版 人／王利民
责任编辑／高　雁
责任印制／王京美

出　　版／社会科学文献出版社（010）59367226
　　　　　地址：北京市北三环中路甲 29 号院华龙大厦　邮编：100029
　　　　　网址：www.ssap.com.cn
发　　行／社会科学文献出版社（010）59367028
印　　装／三河市龙林印务有限公司

规　　格／开　本：787mm×1092mm　1/16
　　　　　印　张：32　字　数：507 千字
版　　次／2022 年 12 月第 1 版　2022 年 12 月第 1 次印刷
书　　号／ISBN 978-7-5228-0706-5
定　　价／168.00 元

读者服务电话：4008918866